KB169932

신과 나눈 이야기

옮긴이 조경숙

1958년 부산에서 태어나 서울대 역사교육과를 졸업하고 영어와 일어를 우리말로 옮기는 일을 했습니다. 그동안 옮긴 책으로는 《소설 사회학을 위하여》, 《곰돌이 푸우는 아무도 못말려》, 《내 영혼이 따뜻했던 날들》, 《신과 나누는 우정》, 《청소년을 위한 신과 나눈 이야기》, 《우리는 신이다》, 《사내 대탐험》, 《끝없는 사랑》, 《사랑의 기적》 등이 있습니다.

신과 나눈 이야기 3

닐 도날드 월쉬 지음·조경숙 옮김

1판 1쇄 펴낸날 1999년 3월 30일 | 2판 12쇄 펴낸날 2023년 5월 10일 | 펴낸이 이충호 | 펴낸곳 길벗어린이(주)
펴낸이 이충호 | 펴낸곳 길벗어린이(주) | 등록번호 제10-1227호 | 등록일자 1995년 11월 6일
주소 04000 서울시 마포구 월드컵북로 45 에스디타워비엔씨 2F | 대표전화 02-6353-3700
팩스 02-6353-3702 | 홈페이지 www.gilbutkid.co.kr
편집 송지현 임하나 황설경 박소현 김지원 | 디자인 김연수 송윤정
마케팅 호종민 신윤아 이가윤 최윤경 김연서 강경선 | 경영지원본부 이현성 김혜윤 전예은
ISBN 978-89-5582-504-6 03840

아름드리미디어는 길벗어린이(주)의 청소년·단행본 브랜드입니다.

신과 나눈 이야기
Conversations with God

book 3

아름드리미디어

Conversations with God, book 3

Original English language edition published Hampton Roads Publishing

Copyright © 1998 by Neale Donald Walsch.

Korean language edition © 2009 Arumdri Media Publishing Co.

All rights reserved.

이 책의 한국어판 저작권은 대니홍 에이전시를 통한 저작권자와의 독점 계약으로

아름드리미디어에 있습니다.

저작권법에 의해 한국 내에서 보호를 받는 저작물이므로 무단 전재와 무단 복제를 금합니다.

지구상의 다른 어떤 사람보다
내게 더 많은 것을 주고
나를 더 많이 가르쳐준
내 가장 친한 친구이자, 친애하는 동료이고,
정열적인 연인이자, 멋진 아내인

낸시 플레밍-월쉬에게
이 책을 바친다.

당신으로 하여 나는
내 최고의 꿈이 실현되는 축복을 받았고,
내 영혼은 다시 노래 부르게 되었소.
당신은 내게 기적처럼 사랑을 펼쳐 보여주었고,
나를 나 자신으로 되돌려주었소.

나는 내 가장 큰 스승인 당신에게 약소하나마
이 책을 바치오.

감사의 말

언제나처럼 나는 가장 먼저 내 가장 좋은 친구, 신에게 감사한다. 그리고 언젠가는 모든 사람이 신과 친구가 되기를 바란다.

다음으로 나는 내 인생의 멋진 동반자인 낸시에게 감사와 헌사를 올린다. 낸시가 내게 해준 그 모든 일을 생각하면 내 감사의 인사말은 정말 약소하기 그지없다. 사실 나로서는 그녀가 얼마나 내게 놀라운 존재인지 표현할 방도가 없다. 그냥 그녀가 없었다면 내 작업은 불가능했으리란 말밖에는.

다음으로 나는 햄튼로드 출판사의 발행인 로버트 S. 프리드먼에게 감사한다. 그는 1995년 대중 앞에 이 자료를 처음으로 선보이고 《신과 나눈 이야기》 3부작을 모두 출판하는 용기를 보여주었다. 다른 네 개 출판사에서 거절당했던 이 원고를 받아들이겠다는 그의 결정이 몇백만 명의 삶을 바꾼 것이다.

그리고 나는 이 마지막 헌사에서 조너선 프리드먼이 이 책의 출판 과정에서 보여준 크나큰 도움에 대해 감사하지 않을 수 없다. 그의 명확한 비전과 강렬한 목적의식, 깊이 있는 영적 이해, 끝없이 샘솟는 열정, 그리고 그 대단한 창의력이야말로 이 3부작이 만들어지고 서점의 책장에 꽂히는 과정을 현실화해준 힘이었다. 그는 또한 《신과 나눈 이야기》의 발간 시기와 디자인을 결정해주었다. 그의 헌신 덕에 책이 아무 문제 없이 첫선을 보이게 되었다. 아마 《신과 나눈 이야기》를 사랑하는 독자라면 그 누구나 나처럼 조너선에게 빚을 지고 있다고 해도 과언이 아닐 것이다.

나는 또 처음부터 이 프로젝트를 추진해가는 데 지치지 않는 열정을 보여준 매튜 프리드먼에게도 감사를 전하고 싶다. 디자인과 제작에서 그의 공동 창조 노력의 가치는 말로 다 할 수 없을 정도다.

마지막으로 나는 자신의 저작들로 미국과 세계의 철학적 영적 지도를 크게 바꾸면서, 그런 결단이 불러온 압력과 개인적인 어려움에 굴복하지 않고 더 큰 진리를 말하는 데 헌신해온 몇몇 저자와 교사들에게 감사한다.

조앤 보리센코, 디팩 초프라, 래리 도시 박사, 웨인 다이어 박사, 엘리자베스 퀴블러-로스 박사, 바버러 막스 허버드, 스티븐 레빈, 레이먼드 무디 박사, 제임스 레드필드, 버니 시겔 박사, 브라이언 와이스 박사, 매리앤 윌리엄슨, 게리 주커브 등 이제 나 개인적으로 직접 알게 되고 깊이 존경하게 된 이들 모두에게 감사와 찬사의 말을 전한다.

그들은 우리 시대에 길을 보여주는 이들이고, 길을 찾아낸 이들이다. 내가 조금이라도 영원한 진리의 공공연한 선언자로서 여행을 시작할 수 있던 것은 그들이 그것을 가능하게 해놓았기 때문이다. 그들의 삶은 우리 모두의 영혼이 빛으로 충만함을 증거해주었다. 그들은 내가 이야기로만 했던 것을 몸으로 증명했다.

머리말

이 책은 놀라운 책이다. 이건 이 책을 쓰는 것과 거의 관계가 없었던 사람으로서 하는 말이다. 사실 내가 한 일이라고는 "얼굴을 내밀고", 몇 가지 질문을 하고, 그런 다음 받아쓰는 게 전부였다.

이것이 신과 이야기를 나누기 시작한 1992년 이후로 내가 해왔던 일의 전부다. 그해에 나는 무척 낙담하고 번민에 가득 차서 "삶을 잘 굴러가게 하려면 대체 뭐가 필요하단 말입니까? 대체 내가 무슨 짓을 했길래 늘 이렇게 고통스런 삶을 살아야 한단 말입니까?"라고 외쳤다.

나는 화가 나서 신에게 보내는 편지 형식으로 이런 물음들을 노란색 종이철 위에 적고 있었다. 그런데 충격적이고도 놀랍게, 신이 대답해주는 것이 아닌가! 그 대답은 소리 없는 목소리가 내 마음에 대고 속삭이는 말들의 형태로 왔고, 나는 그런 말들을 받아적을 만큼 충분히 운이 좋았다.

나는 6년 넘게 이렇게 해왔다. 이렇게 사사로운 차원에서 대화가 진행되어가던 중 나는 언젠가 이것이 책으로 나오게 되리란 말을 들었고, 그래서 그 원고의 첫 번째 부분을 1994년 말에 한 출판사에 보냈다. 그리고 7개월 뒤 첫 책이 서점에 깔렸다. 이 글을 쓰고 있는 지금까지 그 책은 무려 91주 동안《뉴욕타임스》베스트셀러 목록에 올라 있다.

그 대화의 두 번째 부분인 2권 역시 베스트셀러가 되어 《뉴욕타임스》 목록에 올라간 지 벌써 여러 달째다. 그리고 이제 여기에 이 놀라운 대화의 세 번째이자 마지막 부분이 있다.

이 3권을 쓰는 데는 4년이 걸렸다. 그 일은 쉽게 진행되지 않았다. 영감을 받는 순간들 사이의 간격이 너무나 길어서 반년 이상에 걸친 경우도 몇 번이나 있었다. 첫 번째 책의 이야기들은 1년에 걸친 과정으로 진술되었고, 두 번째 책은 그보다 약간 더 많은 시간이 걸려 완성되었다. 그런데 이 마지막 부분은 뭇 사람들의 주시를 받으면서 적혀야 했다. 1996년 이후로 내가 가는 곳 어디서나 들었던 이야기는 오직, "3권은 언제 나옵니까?" "3권은 어디 있어요?" "언제쯤에나 3권을 볼 수 있을까요?"뿐이었다.

여러분도 이런 상황이 내게 어떤 영향을 미쳤는지, 이런 상황이 그것을 진행하는 과정에 어떤 영향을 미쳤는지 상상할 수 있을 것이다. 나로서는 양키 스타디움의 투수석에서 사랑을 나누는 게 차라리 더 나았을지도 모른다.

사실 그쪽이 오히려 내게 더 많은 사생활을 보장해주었을지도 모른다. 3권을 적어가면서 나는 펜을 집어들 때마다, 5백만 명의 사람들이 한마디 한마디를 지켜보면서 귀를 곤두세운 채 기다리고 있는 것을 느껴야 했다.

이런 이야기를 시시콜콜히 하는 건 작업을 끝낸 게 자랑스러워서가 아니라, 그냥 그 일이 왜 그렇게 오래 걸렸는지 설명하기 위해서다. 최근 몇 년 동안 내가 정신적으로, 영적으로, 그리고 물리적으로도 혼자 있을 수 있었던 시간은 무척 드물었다.

내가 이 3권을 시작한 것은 1994년 봄이다. 전반부 이야기 대부분이 이 시기에 적혔다. 그러다가 작업은 여러 달을 훌쩍 건너뛰더니 급기야 일 년을 넘어섰고, 결국 1998년 봄과 여름이 되어서야 마무리 장들을 받아적는 것으로 끝을 볼 수 있었다.

여러분은 이 책에 많은 것을 의지할 수 있다. 이 책은 결코 억지로 나오지 않았다. 영감이 명료하게 떠오르지 않으면 나는 그냥 펜을 내려놓고 더 이상 적지 않았다. 한번은 족히 14개월이 넘도록. 당시 나는 아예 책을 내지 않겠다는 생각까지 했다. 책을 안 내는 것과 내가 책을 내겠다고 말했다고 해서 책을 내야 하는 것 사이에 어떤 선택의 여지가 있었다면 말이다. 이 때문에 출판사 측을 약간 짜증나게 만들긴 했지만, 나로서는 아무리 오래 걸리더라도, 앞으로 나오게 될 결과물에 대한 믿음을 갖는 데 큰 도움이 되었다. 나는 이제 확신을 가지고 이 책을 여러분에게 내놓는다. 이 책은 3부작 가운데 앞선 두 권에서 다른 가르침들을 요약하면서, 그 가르침들의 논리적이면서도 숨막히는 결론을 향해 나아간다.

여러분이 이 3부작의 첫 두 권에 실려 있는 머리말을 읽었다면, 내가 두 경우 모두 약간 염려스러워하고 있음을 눈치챘을 것이다. 사실 나는 그 책들에 대해 세상이 어떤 반응을 보일지 겁을 먹고 있었다. 하지만 이제 나는 겁먹지 않는다. 나는 3권에 대한 어떤 반응도 두렵지 않다. 나는 이 3권이 통찰력과 진리와 온화함과 사랑으로 책을 읽는 많은 사람들을 감동시키리란 걸 알고 있다.

나는 이 책이 신성한 영성 자료라고 믿는다. 나는 이제 이것이 3부작 전체에도 똑같이 타당하며, 이 책들이 몇십 년, 아니 몇 세대, 어쩌면 몇 세기 동안 읽히고 연구될 수도 있다는 걸 안다. 왜냐하면 함께 묶어서 보면, 이 3부작은 관계를 어떻게 잘 꾸려가는가에서부터 궁극적 실재의 본질과 우주철학에 이르기까지 놀라운 범위의 주제들을 다루고 있기 때문이다. 그리고 삶과 죽음, 연애, 결혼, 섹스, 육아, 건강, 교육, 경제, 정치, 영성, 종교, 천직과 올바른 생계 수단, 물리학, 시간, 사회 도덕과 관습, 창조 과정, 우리가 신과 맺는 관계, 생태학, 죄와 벌, 우주의 고도로 진화된 사회들의 삶, 옳고 그름, 문화적 신화들과 문화 윤리, 영혼, 짝영혼, 사랑의 본성까지 포함해서, 나아가 신성(神性)이

우리의 타고난 유산임을 아는 우리 자신의 면모를 영광스럽게 표현
할 수 있는 방법까지도 포함해서.

 내 기도는 여러분이 부디 이 책으로 은혜 입으시라는 것이다.

 축복 있기를.

닐 도날드 월쉬

1998년 9월

오리건 주 애슐랜드

Conversations with God
1

오늘은 1994년 부활절이다. 나는 지시받은 대로 지금 손에 펜을 들고 신을 기다리고 있다. 신은 지난 두 번의 부활절에 그랬듯이, 1년여에 걸쳐 이루어질 또 한번의 대화를 시작하기 위해 이 자리에 나타나겠노라고 약속했다. 세 번째이자 마지막인 이번의 대화를 위해.

1992년부터 시작된 이 과정, 이 놀라운 교류는 1995년 부활절 무렵이면 끝나기로 예정되어 있다. 그렇게 되면 3년간에 걸쳐 세 권의 책이 완결되는 것이다. 그중 첫 번째 책에서는 주로 개인적인 문제들, 연인관계, 자신에게 맞는 일 찾아내기, 돈과 사랑과 섹스와 신이라는 강력한 에너지들과, 이 에너지들을 우리의 일상 삶 속에서 어떻게 소화시킬지를 다룬 반면, 둘째 권에서는 이런 주제들을 더 넓혀서 주요한 지정학적 고찰들, 즉 정부의 성격과 전쟁 없는 세상 만들기, 국제사회의 통일을 위한 토대 놓기 따위로 뻗어갔다. 그리고 나는 3부작의 마지막 부분인 이 세 번째 책은 인간이 마주한 가장 큰 문제들에 초점을 맞추게 될 것이라고 들었다. 다른 영역들, 다른 차원들을 다루는 개념들과 그 복잡한 전체 짜임이 어떻게 서로 얽혀 있는가에.

따라서 이 책들은 다음 세 단계를 밟고 있다.

개인 차원의 진리

지구 차원의 진리

우주 차원의 진리

처음 두 원고의 경우, 나는 그것들이 어떻게 진행될지 아무 생각이 없었다. 원고를 쓰는 절차는 간단하다. 먼저 펜을 들고 종이에 질문을 적은 다음, 마음에 무슨 생각이 떠오르는지 살핀다. 아무 생각도 떠오르지 않으면, 다시 말해 내게 아무런 말도 제시되지 않으면, 다음 기회가 올 때까지 모든 걸 치워버린다. 1권의 원고를 완성하는 데는 대략 1년 정도가 걸렸고, 2권은 1년 이상이 걸리고 있다(2권 원고는 이 3권을 시작하는 지금까지도 끝나지 않고 있다).

나는 그중에서도 이 세 번째 원고가 가장 중요한 것이 되길 기대하고 있다.

이 일이 시작된 이후 처음으로, 나는 이런 식의 절차에 강한 자의식을 느끼고 있다. 위의 첫 네다섯 단락을 쓴 지가 벌써 두 달 전이다. 부활절 이후로 두 달이 지났지만 내게는 아무것도 떠오르지 않는다. 자의식을 빼고는 아무것도.

나는 지난 몇 주일을 이 3부작 중 식자화된 1권 원고를 다시 살펴보고 잘못된 부분을 고치는 데 보냈다. 그리고 이번 주에 와서야 비로소 1권의 마지막 교정본을 받았지만, 고쳐야 할 곳이 43군데나 있어 다시 수정하도록 출판사로 돌려보내야 했다. 그러는 사이 지난주에야 드디어 두 번째 책이 끝났다. 본래 "예정 시간"보다 두 달 늦게(이것은 1994년 부활절에 끝맺기로 되어 있었다). 이 2권은 아직 식자화되지 않은 수기 상태의 원고로 있다.

2권이 채 끝나지 않은 상태에서 금년 부활절에 시작된 이 3권은 그때 이후 계속해서, 자신에게 신경을 좀 써달라는 비명을 지르면서 방치되어왔다.

그런데 이 모든 일이 시작된 1992년 이후 처음으로, 나는 이 과정에 화를 낸다고까지는 못해도 어쨌든 거부감을 느끼고 있다. 숙제에 얽매인 것처럼 느끼는 것이다. 사실 나란 인간은 지금까지 **해야** 한다고 주어진 일 치고 좋아하면서 해본 적이 한번도 없다. 게다가 1권의 미수정 원고를 몇몇 사람에게 돌려 읽게 하여 그들의 반응을 듣고 난 지금, 나는 이 세 권 모두가 앞으로 몇십 년 동안 많은 사람들에게 읽혀져 세세히 검토되고, 신학과의 상관성이 분석되고, 격렬한 토론 대상이 되리란 걸 확인할 수 있었다.

이런 이유들 때문에 나는 그동안 이 펜을 친구로 여기면서 3권 원고에 접근하기가 무척 힘들었다. 이 원고가 완결되어야 한다는 건 알지만, 감히 이런 정보를 세상에 내민 데 대해—이것을 감히 신이 내게 직접 보내준 것이라고 선언한 데 대해서는 말할 것도 없고—사람들이 퍼부을 무자비한 공격과 경멸, 나아가 증오에 나 자신을 노출시키고 있음도 알기 때문이다.

그중에서도 내가 느끼는 가장 큰 두려움은, 지금까지의 내 삶과 내 행동을 특징지어온 그 끊임없는 실수와 비행(非行)들을 놓고 볼 때,

신의 "대변자"가 되기에는 아무래도 부적절하고 부적합한 인물이 나란 사람임이 드러나는 데 있다 할 것이다.

전처(前妻)들과 내 자식들을 포함하여 예전에 나를 알았던 사람들은 누구라도 앞장서서 이 글들을 부정할 충분한 권리가 있다. 남편과 아버지라는 그 간단한 기본 역할들에서조차 내가 얼마나 미숙하고 불성실한 인간이었는지를 생각한다면 말이다. 나는 이 측면에서는 말할 것도 없고, 자상함과 진솔함, 근면, 책임감 따위와 관련된 삶의 다른 측면들에서도 비참할 정도로 실패했다.

간단히 말해 나는 자신을 신의 사람, 혹은 진리의 전달자로 내세울 수 없다는 것, 내게는 그런 자격이 없다는 것을 너무나 잘 알고 있다. 사실 나는 절대 그런 역할을 맡을 수 있는 사람이 아니다. 아니, 그런 역할을 맡는다고 가정할 수조차 없는 사람이다. 내 삶 전체가 내 나약함을 증거하는 마당에, 감히 진리를 말한다고 가정함으로써 나는 진리를 손상시키고 있다.

그러니 제발, 신이시여, 청컨대 당신 필경사로서의 의무에서 절 벗어나게 해주십시오. 그리고 제발 그런 영예를 받을 만한 방식으로 살아가는 다른 사람을 찾아내십시오.

나는 우리가 여기서 시작한 일을 마쳤으면 싶다. 물론 네가 꼭 그래야 한다고 강제하지는 않겠지만. 네가 나한테나 다른 사람한테 져야 하는 "의무" 따위는 없다. 그런 네 사고방식이 네게 많은 죄의식을 불러왔다는 건 이해가 가지만 말이다.

저는 제 자식들까지 포함해서 사람들을 저버렸습니다.

네 삶에서 일어난 일 모두가, 너나 너와 관련된 영혼들이 성장하기 위해서 필요했고 원했던 바로 그 방식으로, 너희가 성장할 수 있도록 하기 위해 일어났던 완벽한 사건들이다.

뉴에이지 사람들이 자기 행동에 대한 책임을 면하고, 불쾌한 결과들을 회피하려 할 때, 완벽한 "출현"이라고 내세우는 게 그런 거죠.

전 거의 항상 이기적으로 살았던 것 같습니다. 믿기 힘들 정도로 이기적이었죠. 다른 사람들에게 미칠 영향 같은 건 생각하지도 않고 나를 기쁘게 하는 일들만 하면서요.

자신을 기쁘게 하는 일을 하는 데 잘못된 건 없다……

하지만 무척 많은 사람들이 상처 입고 버림받았습니다.

무엇이 너를 가장 기쁘게 하는가라는 물음만 있을 뿐이다. 내 보기에 너는, 지금 너를 가장 기쁘게 하는 건 남에게 거의 혹은 전혀 상처 입히지 않는 처신이라고 말하는 것 같은데.

그건 부드럽게 표현한 거구요.

부드럽게가 아니라 일부러 그렇게 표현했다. 너는 자신에게 관대해지는 법을 배워야 한다. 자신을 심판하는 짓도 그만두고.

그게 힘듭니다. 특히나 다른 사람들이 나를 심판할 만반의 준비를

다 갖춘 상황에서는요. 저는 진리인 당신에게 무척 곤혹스러운 요소
가 되리라는 예감이 듭니다. 이 3부작을 완결하고 출판하는 일을 제
가 계속하다가는 당신의 메시지와 전혀 어울리지 않는 대리인인 나
때문에 메시지 자체를 불신하게 만들고 말리라는 예감 말입니다.

　　네가 진리를 불신하게 만들 순 없다. 진리는 그냥 진리일 뿐
이니, 그것은 증명될 수도 논박될 수도 없다. 그것은 그냥 있는
것이다.
　　내 메시지의 경이로움과 아름다움은 사람들이 너를 어떻게
생각하는가에 영향받지 않을 것이고, 영향받을 수도 없다.
　　사실 너는 가장 좋은 대리인 중 한 사람이다. 네가 이른바 불
완전한 방식으로 삶을 살아왔다는 점에서.
　　사람들은 네게 자신을 빗대볼 수 있다. 그들이 너를 심판할
때조차도. 그리고 그런 사람들일수록 네가 참으로 진지하다는
걸 알고 나면, 네 "지저분한 과거"까지도 용서해줄 수 있다.
　　하지만 네게 말하노니, 여전히 남이 자신을 어떻게 생각할지
염려하는 한, 너는 그 사람들의 것이다.
　　자기 외부에서 어떤 인정(認定)도 구하지 않을 때, 그때서야
비로소 너는 너 자신의 주인일 수 있다.

　　제가 염려하는 건 나 자신이 아니라 메시지입니다. 당신의 메시지
가 손상될까봐 염려스러운 거죠.

　　만일 메시지가 걱정된다면, 그것을 밖으로 몰아내라. 그것이

손상될까봐 걱정하지 마라. 메시지 스스로가 이야기할 테니.

내가 가르쳐준 것을 기억하라, 메시지를 얼마나 잘 받아들이는가는 그것을 얼마나 잘 보내는가 만큼 중요하지 않다.

그리고 잊지 마라, 너희는 자신이 배워야 할 것을 남에게 가르치는 법이다.

완벽을 이야기하자고 굳이 완벽해져야 하는 건 아니고,

깨달음을 이야기하자고 굳이 깨달아야 하는 건 아니며,

가장 높은 진화를 이야기하자고 굳이 가장 높이 진화해야 하는 건 아니다.

다만 진심이길 구하고, 진지하길 힘써라. 자신에게서 비롯되었다고 여기는 모든 "상처"를 되물리고 싶다면, 그렇다는 걸 네 행동으로 보여줘라. 네가 할 수 있는 일을 하고, 그런 다음 그것이 알아서 하도록 놔둬라.

말하긴 쉬워도 행하기는 어려운 게 그런 겁니다. 이따금 전 심한 죄의식을 느낍니다.

죄의식과 두려움이야말로 인간의 유일한 적이다.

죄의식은 중요합니다. 우리가 잘못했던 때가 언젠지 말해주니까요.

네게 도움되지 않는 것, '자신이 누구고 누가 되고자 선택하는지Who You Are and Who You Choose to Be'에 관해 진실을 말하지 않는 게 있을 뿐이지, "잘못했던" 것 같은 건 없다.

죄의식은 너희를 자기 아닌 것에 묶어두는 느낌이다.

하지만 죄의식은 적어도 우리가 길을 잃었다는 걸 알아채게 해주는 느낌이잖습니까?

네가 이야기하는 건 죄의식이 아니라 자각awareness이다.

너희에게 말하노니, 죄의식은 땅을 자욱하게 뒤덮은 안개이고, 식물을 죽이는 독극물이다.

너희는, 죄의식으로는 시들고 죽어갈 뿐 자랄 수 없다.

너희가 구하는 것은 자각이다. 그러나 죄의식은 자각이 아니고, 두려움은 사랑이 아니다.

다시 한번 말하지만, 두려움과 죄의식이야말로 너희의 유일한 적이다. 너희의 참된 친구는 사랑과 자각이다. 전자를 후자와 혼동하지 않도록 하라. 전자는 너희를 죽이고 말겠지만, 후자는 너희에게 생명을 준다.

그렇다면 제가 무엇에도 "죄의식"을 느껴선 안 된다는 겁니까?

절대로, 어떤 경우에도. 그렇게 해서 뭐 좋은 게 있는가? 죄의식은 너희가 자신을 사랑할 수 없게 만들고, 다른 사람을 사랑할 기회를 빼앗을 뿐이다.

그리고 아무것도 두려워하지 말아야 하고요?

두려움과 조심은 다르다. 조심하라, 다시 말해 의식하라, 하지만 두려워하지는 마라. 의식은 움직이게 하지만, 두려움은 마비시킬 뿐이니.

마비되지 말고 움직여라.

저는 항상 신을 두려워하라고 배웠는데요.

알고 있다. 그리고 그때 이후로 너는 나와의 관계에서 줄곧 마비되어왔다.

네가 나를 두려워하길 그만뒀을 때, 그때서야 비로소 너는 나와 뭔가 의미 있는 관계를 창조할 수 있었다.

나를 찾아내게 해주는 어떤 선물, 어떤 특별한 은총을 내가 너희에게 줄 수 있다면, 겁 없음이 그것이었을 것이다.

겁 없는 자들에게 축복 있기를, 그들은 신을 알게 되리니.

이것은 자신이 신에 관해 알고 있다고 여기는 것을 내려놓을 만큼 충분히 겁이 없어야 한다는 뜻이다.

너희는 남들이 신에 관해 너희에게 말해준 것에서 비켜설 만큼 충분히 겁이 없어야 한다.

충분히 겁이 없을 때, 그때서야 비로소 너희는 감히 자기 나름의 신 체험 속으로 들어갈 수 있다.

그리고 그때 너희는 그걸 놓고 죄의식을 느끼지 말아야 한다. 자기 나름의 체험이 자신이 알고 있다고 여긴 신이나 다른 모든 사람이 자신에게 말해준 신과 어긋나더라도, 너희는 죄의식을 느끼지 말아야 한다.

두려움과 죄의식이야말로 인간의 유일한 적이다.

하지만 당신의 제안대로 하는 걸 악마와 거래하는 거라고 말하는
사람들도 있습니다. 오직 악마만이 그런 걸 제안할 거란 거죠.

악마는 없다.

그 또한 악마나 함직한 주장이고요.

악마라면 신이 말하는 건 뭐든지 말할 것이다, 이런 이야긴가?

단지 좀 더 영리하게요.

악마가 신보다 영리하다고?

아니, 좀 더 교활하죠.

그래서 악마는 신이 함직한 말을 해 악마가 "아닌 체"하고?

단지 약간만 "비틀어서"요. 그 사람을 길에서 벗어나 헤매게 하기에
충분할, 딱 고만큼만요.

내 생각엔 우리가 "악마"에 대해 이야기를 좀 나눠볼 필요가
있을 것 같다.

글쎄요, 그 문제라면 1권에서 많이 다루었는데요.

그걸로 충분치 않았던 게 확실하다. 게다가 1권을 읽지 않은 사람들도 있을 것이다. 그런 차원이라면 2권도 마찬가지고. 따라서 여기서는 1, 2권에서 찾아낸 몇 가지 진리들을 요약하는 것으로 시작하는 게 좋을 성싶다. 그것들은 이 세 번째 책에서 다룰 더 큰 보편 진리들을 위한 무대가 되어줄 것이다. 그리고 우리는 어차피 조만간에 악마 문제에 다시 부딪히게 될 것이기에, 나는 너희에게 왜, 어떻게 해서 그런 실체가 "날조되었는지" 알려주고 싶다.

그래요, 좋습니다. 당신이 이겼어요. 전 이미 대화 속에 빠져들고 말았습니다. 이 대화는 분명히 계속 진행되겠군요. 하지만 제가 이 세 번째 대화로 들어서는 지금, 사람들이 알아둬야 할 게 한 가지 있습니다. 제가 이 문단의 첫번째 문장을 쓰고 나서 **반 년**이 지났다는 거요. 오늘은 1994년 11월 25일, 추수감사절 다음날입니다. 여기까지 오는 데, 위에 받아 적은 당신의 마지막 문장에서 이 문단의 내 글까지 오는 데 25주가 걸렸다는 이야기입니다. 이 25주 동안에 많은 일이 일어 났죠. 하지만 일어나지 않은 한 가지는 이 책이 단 한 줄도 앞으로 나아가지 않았다는 겁니다. **이 책은 왜 이렇게 오래 걸리는 겁니까?**

네가 어떻게 자신을 가로막을 수 있는지 알겠느냐? 네가 어떻게 자신을 사보타주할 수 있는지 알겠느냐? 자신의 인생행로에서 뭔가 좋은 것에 닿으려는 바로 그 순간, 네가 어떻게 자신을 멈출 수 있는지 알겠느냐? 너는 평생 이런 식으로 해왔다.

아니, 잠깐만요! 이 프로젝트를 오도가도 못하게 붙잡은 쪽은 **제가** 아닌데요. 전 **아무것도** 할 수 없습니다. 단 한마디도 쓸 수 없어요. 마음이 통한다는 느낌을 받지 않으면, 이 노란 종이철로 와서 계속해야겠다는…… 이런 말을 쓰기는 싫지만 어쩔 수 없군요…… **영감을 받지** 않으면요. 그리고 영감은 **당신** 분야지, 내 분야가 아니라고요!

알겠다. 그러니까 너는, 오도가도 못하게 붙잡은 쪽이 네가 아니라 나라고 생각하는구나.

그 비슷한 거죠, 그래요.

내 멋진 친구여, 정말 너—그리고 다른 인간들—다운 생각이다. 너는 지난 반 년 동안 네 최고선(善)에 대해 아무것도 하지 않으면서 수수방관하고 있었다. 아니 사실상 그걸 네게서 밀어내고 나서는, 자신이 아무 데도 이르지 못한 걸 놓고 네 외부의 누군가나 뭔가를 비난해왔다. 너는 여기서 어떤 유형을 보지 못하겠느냐?

글쎄요……

네게 말하건대, 내가 너와 함께 있지 않는 때는 없고, 내가 "준비되지" 않은 순간은 없다.

예전에도 이런 이야기를 한 적이 있지 않느냐?

글쎄요. 그래요, 하지만……

나는 언제나 너와 함께 있다. 시간의 마지막 순간까지도.

하지만 나는 결코 내 의지를 네게 강요하지 않을 것이다.

나는 너를 위해 네 최고선을 택하지만, 그에 앞서 나는 너를 위해 네 의지를 택한다. 이것이야말로 가장 확실한 사랑 방식이다.

너희가 자신을 위해 원하는 것을 내가 너희를 위해 원할 때, 그때 내가 진실로 사랑하는 것은 너희지만, 내가 너희를 위해 원하는 것을 **내가** 너희를 위해 원할 때, 그때 내가 사랑하는 것이 나다. 너희를 **통해서**.

그러니 너희 역시 같은 방식으로 남들이 자신을 사랑하는지와 자신이 진실로 남들을 사랑하는지 판별할 수 있다. 자신을 위해서는 아무것도 택하지 않고, 다만 사랑하는 사람이 선택한 것을 가능하게 해주는 것이 사랑이기에.

이건 당신이 1권에서 말한 내용과 정면으로 충돌하는 것 같은데요. 거기서 당신은, 사랑이란 남이 어떤 상태이고 무엇을 하고 무엇을 갖고 있는가가 아니라, **자신이** 어떤 상태이고 무엇을 하고 무엇을 갖고 있는가와만 관계가 있다고 하셨어요.

게다가 이건 다른 문제들도 제기합니다. 예를 들면…… 애한테 "차도에서 나와!"라고 고함 지르는 부모의 경우요. 아니, 자기 목숨까지 무릅쓰고 복잡한 차도로 뛰어들어가 애를 잡아채오는 경우라고 하는 게 더 낫겠군요. 이런 부모라면 어느 쪽입니까? 이 엄마는 자기 애를 사랑하지 않는 겁니까? 어쨌든 그녀는 자기 의지를 애한테 강요했으니까요. 아이가 차도에 있었던 건 아이 자신이 **그걸 원했기** 때문임을 잊지 마십시오.

이런 모순들을 어떻게 설명하시겠습니까?

아무 모순도 없다. 그런데도 너는 그 조화로움을 보지 못한다. 이 신성한 사랑의 교리를 이해하려면, 먼저 너는 나를 위한 내 최고 선택과 너희를 위한 너희의 최고 선택이 같다는 걸 이해해야 한다. 그것은 너희와 내가 하나이기 때문이다.

보다시피 그 '신성한 교리'는 동시에 '신성한 이분법'이기도 하다. 그것은 삶 자체가 이분법, 즉 확연히 모순되는 두 진리가 같은 공간에 동시에 존재할 수 있는 체험이기 때문이다.

이 경우에 확연히 모순되는 진리들이란 너희와 내가 나눠져 있으면서 또한 하나라는 것이다. 이 확연한 모순은 너와 다른 모든 사람의 관계에서도 똑같이 나타난다.

나는 1권에서 말했던 것을 고수할 것이다. 사람들이 인간관계에서 저지르는 가장 큰 실수는 다른 사람이 원하고 있고, 되고 있고, 하고 있고, 가지고 있는 것에 마음 쓴다는 데 있다. 오직 자신에게만 마음 써라. 자신이 되거나 하거나 가지고 있는 것이 무엇이고, 자신이 원하고 필요하고 선택하는 것이 무엇이며, 자신을 위한 최고의 선택이 무엇인가에.

나는 또한 내가 그 책에서 말했던 다음 진술도 고수할 것이다. 남이란 존재하지 않는다는 걸 깨달을 때, 자신을 위한 최고의 선택은 남을 위한 최고의 선택이 된다.

따라서 잘못은 자신에게 가장 좋은 것을 **선택하는 데** 있지 않고, 무엇이 가장 좋은지 **모른다는 데** 있다. 그리고 이것은 자신이 누가 되려고 하는지는 물론이고, '자신이 참으로 누군지' 모르기 때문이다.

이해를 못하겠는데요.

자, 예를 하나 들어주마. 만일 인디애나폴리스 500(미국의 유명한 자동차 경주 - 옮긴이)에서 이기려고 한다면 시속 240킬로미터의 속도로 차를 모는 것이 네게 가장 좋겠지만, 야채가게까지 안전하게 가려고 한다면, 그렇지 않을 것이다.

당신은 그게 완전히 맥락 관계라고 말씀하시는군요.

그렇다. **삶** 전체가 그러하다. 무엇이 "가장 좋은가"는 네가 누구고 누가 되려고 하는지에 달렸다. 너희는 자신이 누구고 어떤 존재인지 지혜롭게 판단하고 나서야 비로소, 자신에게 가장 좋은 것을 지혜롭게 선택할 수 있다.

그런데 신인 나는 내가 무엇이 되려고 하는지 **안다**. 따라서 나는 내게 "가장 좋은" 게 뭔지 **안다**.

그렇다면 그게 뭡니까? 말해주십시오. 신에게 "가장 좋은" 게 뭔지.

무척 흥미롭군요……

　내게 가장 좋은 것은 **너희가 자신에게 가장 좋겠다고 결정하는 것을 너희에게 주는 것이다.** 왜냐하면 나는 표현된 나 자신이 되고자 하기 때문이다. 그리고 나는 너희를 **통해서** 이렇게 되고 있다.

　내 이야기를 따라오고 있는가?

그럼요. 그 이야기를 믿고 안 믿고를 제쳐둔다면요.

　좋다. 이제부터 나는 너희에게 믿기 힘든 사실을 말하려 한다.

　나는 너희에게 언제나 가장 좋은 것을 주고 있다…… 물론 너희가 그걸 언제나 아는 건 아니란 사실은 나도 인정하지만.

　이 수수께끼는 이제 조금은 명료해져서, 너희는 내가 무엇에 맞먹는 존재인지 이해하기 시작했다.

　나는 신이자,

　여신이다.

　나는 '지고의 존재'고, 나는 '전부의 전부'다. 나는 시작이면서 끝이고, 알파이면서 오메가다.

　나는 총합이면서 본질이고, 질문이면서 대답이다. 나는 위이면서 그것의 아래이고, 왼쪽이면서 오른쪽이며, 여기면서 지금이고, 전이면서 후이다.

　나는 빛이면서, 빛을 창조하고 그것이 빛이게 만드는 어둠이다. 나는 끝없는 "좋음"이면서, "좋음"을 좋게 만드는 "나쁨"이다. 나는 이 모든 것, 전부의 전부이니, 내 전부를 체험하지 않고서는 나 자신의 어떤 부분도 체험할 수 없다.

너희가 나에 대해 이해하지 못하는 게 이것이다. 너희는 나를 저것이 아니라 이것으로, 낮음이 아니라 높음으로, 악이 아니라 선으로 만들고 싶어한다. 하지만 내 반(半)을 부정하는 건 너희 자신의 반을 부정하는 것이니, 그렇게 해서는 너희가 절대 '참된 자신'이 될 수 없다.

나는 '장대한 전부'이고, 내가 추구하는 것은 나 자신을 체험으로 아는 것이다. 나는 너희와 존재하는 다른 모든 것을 통해 이렇게 하고 있다. 그리고 나는 내가 내리는 **선택을 통해** 장대함으로 나 자신을 체험하고 있다. 선택들 하나하나가 다 자기 창조고, 선택들 하나하나가 다 자기 규정이기 때문이다. 각각의 선택이 다 '지금 이 순간 **되고자** 선택하는 나 자신'으로서 나를 표현한다represent, 즉 다시 나타낸다re-present.

하지만 선택할 뭔가가 존재하지 않는다면, 나는 장대함이기를 선택할 수 없다. 내가 장대한 내 일부를 선택하기 위해서는, 나의 어떤 일부는 반드시 장대함보다 못한 것이어야 한다.

이건 너희 역시 그러하다.

나는 나 자신을 창조하고 있는 신이다.

그리고 너희 역시 그러하다.

너희 영혼soul이 하고자 갈구하는 것, 너희 영spirit이 목말라하는 것이 이것이다.

너희가 선택하는 것을 내가 갖지 못하게 막는다면, 그건 내가 선택하는 것을 내가 갖지 못하도록 막는 게 될 것이다. 내 가장 큰 바람은 나 자신을 '나'로 체험하는 것이다. 그리고 1권에서 공들여 자세히 설명했듯이, 나는 '내가 아닌 것'의 공간 속에서만 이렇게 할 수 있다.

따라서 나는 '나'인 것을 체험하기 위해, '나 아닌 것'을 정성들여 창조했다.

그럼에도 내가 창조하는 **모든 것**이 나다. 따라서 어떤 의미에서는 나 **아닌** 것이 나다.

어떻게 자기 아닌 것이 그 사람일 수 있습니까?

쉬운 일이다. 너희는 항상 그렇게 하고 있다. 그냥 너희가 어떤 식으로 행동하는지만 살펴봐라.

나 아닌 것은 **아무것도** 없다. 그러니 나인 것도 나고, 나 아닌 것도 나다. 이것을 이해하고자 하라.

이것이 바로 신성한 이분법이다.

이것은, 지금까지는 가장 탁월한 정신들만이 이해할 수 있었던 '신성한 수수께끼'다. 나는 여기서 더 많은 사람들이 이해할 수 있는 방식으로 너희에게 그것을 밝혀주었다.

1권에서 전달하려 했던 메시지가 이것이었다. 그리고 여기 이 3권에 나올 훨씬 더 장엄한 진리들을 이해하고 깨달으려 한다면, 너희가 반드시 이해하고 깊이 깨달아야 할 기본 진리가 이것이다.

하지만 우선은 그런 장엄한 진리들 중 하나로 가보자. 네 질문의 두 번째 부분에 대한 답변 안에 그것이 담겨 있으니.

안 그래도 우리 이야기가 제가 한 그 질문 부분으로 돌아가길 바라던 터였습니다. 그렇게 하려는 **아이 자신의 의지를 가로막아서까지** 아이에게 가장 좋은 걸 말하거나 행하는 부모는 과연 아이를 사랑하는 겁니까? 아니면 아이가 차도에서 놀게 내버려두는 것으로 부모의 참된 사랑을 과시해야 하는 겁니까?

멋진 질문이다. 육아란 게 시작된 이후로, 부모라면 누구나 이런저런 형태로 제기해온 질문이 그것이다. 그리고 그 대답은 부모인 너희에게나 신인 나에게나 같다.

그렇다면 그 대답은 어떤 겁니까?

참아라, 내 아들아, 참아라. "참는 자에게 복이 있다." 이런 말, 들어본 적 있느냐?

예, 우리 아버지가 그런 이야기를 하시곤 하셨죠. 전 그 말을 싫어했습니다.

이해가 간다. 하지만 너 자신에게 참을성을 갖도록 해라. 특히나 네 선택이 네가 원한다고 여기는 걸 가져다주지 않을 때는. 예컨대 네 질문의 뒷부분에 대한 대답처럼 말이다.

너는 대답을 원한다고 하면서, 그것을 선택하지는 않는다. 너는 대답을 갖는 체험을 하지 않으니, 자신이 대답을 선택하고 있지 않다는 걸 안다. 사실 너는 대답을 가지고 있다. 지금까지 줄곧 가지고 있었다. 단지 네가 대답을 선택하지 않을 뿐이다. 너는 자신이 그 대답을 모른다고 믿는 쪽을 선택하고 있다. 그래서 너는 그것을 모르는 것이다.

그래요, 당신은 1권에서도 이런 이야기를 자주 하셨죠. 신에 대한 완벽한 이해를 포함해서 지금 이 순간 내가 갖고자 하는 모든 것이 내게 있지만, 그것을 갖고 있음을 내가 **알** 때까지는 그것을 갖는 **체험을 하지** 않을 거라고요.

정확하다! 너는 그것을 완벽하게 표현했다.

하지만 내가 체험하고 있음을 체험하지 않고서 어떻게 내가 알고 있음을 알 수 있습니까? 체험하지 않은 걸 무슨 수로 알 수 있단 말입니까? "모든 앎은 체험"이라고 말했던 유명한 사람도 있지 않습니까?

그가 틀렸다.
앎은 체험을 뒤따르지 않는다. 앎이 체험을 앞선다.
세상의 반이 그것을 거꾸로 알고 있다.

그러니까 당신 말씀은 제 질문의 뒷부분에 대한 답을 제가 갖고 있으면서도 안다는 사실을 **모를** 뿐이란 건가요?

맞았다.

하지만 내가 안다는 걸 **모른다면**, 그건 어쨌든 모르는 거죠.

그렇다, 그게 바로 역설이다.

나는 이해할 수 없다…… 내가 이해하는 경우를 빼고는.

사실이다.

그럼 "자기가 안다는 걸 모르는데", "자기가 안다는 걸 아는" 이 자리에 이르려면 어떻게 해야 합니까?

"자기가 안다는 걸 알려면, 자기가 아는 듯이 행동해라."

당신은 1권에서도 이런 이야기를 하셨더랬죠.

그렇다. 이 책에서는 이전 가르침에서 진행된 것을 요약하는 것으로 시작하는 게 좋을 성싶다. 게다가 너는 "어쩌다 보니" 마침맞은 질문들을 하여, 우리가 이전 책들에서 어느 정도 자세하게 논의했던 정보를 이 앞 부분에서 짤막하게 요약할 수 있는 기회를 내게 주고 있다.

1권에서 우리는 '존재-행위-소유Be-Do-Have'의 패러다임과 사람들이 이걸 어떤 식으로 뒤집었는지 이야기했다.

대부분의 사람들은 자신들이 뭔가(더 많은 시간, 돈, 사랑 혹은 다른 뭔가)를 "가진다면", 비로소 자신들이 뭔가(책을 쓰고, 취미를 키우고, 휴가를 가고, 집을 사고, 관계를 감당하는 따위의)를 "할" 수 있고, 그것은 자신을 뭔가가 "되게"(행복하게, 평온하게, 만족스럽게, 애정 깊게) 해줄 거라고 믿는다.

　　그들은 사실상 '존재-행위-소유'의 패러다임을 뒤집고 있다. 본 모습대로의 우주에서는 (너희 생각과는 반대로) "가짐"은 "됨"을 낳지 않는다. 오히려 반대다.

　　먼저 소위 "행복한"(혹은 "알"거나 "현명하"거나 "자비로운" 따위의) 상태가 "되고" 나서, 이 되어 있음의 자리에서 뭔가를 "하기" 시작하라. 그러면 얼마 안 가 너희는 자신이 하고 있는 일이, 너희가 항상 "갖고" 싶어하던 그것을 가져다주면서 끝맺는다는 걸 발견할 것이다.

　　이 창조하는 과정(바로 이런 게…… 창조 과정이란 것이다)을 작동시키는 방식은, 먼저 너희가 "갖고" 싶은 게 뭔지 살펴보고, 그것을 "가진다면" 자신이 어떻게 "될" 것 같은지 자문해본 다음, 곧 바로 그런 **되어 있음**으로 들어가는 것이다.

　　이런 식으로 하면 너희는 지금껏 써오던 '존재-행위-소유'의 패러다임을 뒤집어—실제로는 그것을 바로 세워—우주의 창조력에 맞서지 않고 오히려 그것과 더불어 움직일 수 있다.

　　이 원리를 진술하는 지름길은 이렇다.

　　너희가 삶에서 **해야 할 일**은 **아무것도** 없다.

　　자신이 무엇이 **되고 있는지**가 문제의 전부다.

　　우리 대화가 끝날 즈음에 가서 내가 다시 언급하려는 세 가지 메시지 중 하나가 이것이다. 나는 그 메시지들을 가지고 이 책을 끝맺을 작정이다.

여기서는 이해를 돕기 위해, 그냥 어떤 사람이 있는데, 그는 자기가 시간이나 돈이나 사랑을 조금만 더 가질 수 있다면, 자신이 진짜로 행복해질 걸로 생각한다고 해보자.

그 사람은, 지금 이 순간 "별로 행복하지 않은" 것과 그가 원하는 돈이나 시간이나 사랑을 갖지 않았다는 것 사이의 연관 관계를 이해하지 못하는군요.

맞는 말이다. 반면에 행복해하고 "있는" 사람은 진짜로 중요한 온갖 일을 할 수 있는 시간과, 필요한 모든 돈과, 평생 지속되기에 충분할 만큼의 사랑을 가진 것처럼 보인다.

그는 "행복해지기" 위해 필요한 모든 것을 가졌다는 걸 발견하겠죠……"행복해져 있는" 것에서 시작하는 걸로요!

맞았다. 너희가 **미리** 무엇이 되기로 정하는가가 **그것을 너희의 체험으로 만들어낸다.**

"될 것이냐to be, 안 될 것이냐not to be, 그것이 문제로다."

바로 그거다. 행복은 마음의 상태니, 모든 마음 상태가 으레 그러하듯, 그것은 자신을 물질 형상으로 재생산한다.

여기 냉장고 자석용으로 붙여둘 문구가 있다.

"모든 마음 상태는 자신을 재생산한다."

하지만 행복해"지기" 위해서나 다른 어떤 되려는 것들, 예를 들면 더 풍족해지거나 더 사랑'받기' 위해서 필요하다고 여기는 것을 갖고 있지 않은데, 어떻게 **그렇게** "되어 있는" 것에서 시작할 수 있습니까?

그런 듯이 행동하라, 그러면 너는 그것을 자신에게 끌어올 것이다.

너는 네가 그런 체하는 것이 된다.

다른 말로 하면, "성공할 때까지 성공한 척하라"는 거군요.

그래, 그 비슷한 것. 다만 너희가 진짜로 "척하고"만 있어서는 안 된다. 너희는 진지하게 행동해야 한다.

너희가 하는 모든 일을 진지하게 하라. 그러지 않고서는 그 행위가 가져다줄 이로움을 잃고 말리니.

이것은 내가 "너희에게 상 주려" 하지 않아서가 아니다. 너도 알다시피, 신은 "상도 벌도 주지" 않지만, 자연법칙이 창조 과정을 작동시키기 위해서는, 몸과 마음과 영spirit이 생각과 말과 행동 속에서 통일되는 것이 필요하다.

자기 마음을 속일 순 없는 법이니, 너희가 진지하지 않다면, 너희 마음은 그걸 알 것이고, 그러면 그걸로 끝이다. 너희는 창조 과정에서 마음이 너희를 도울 모든 기회를 그냥 잃고 만다.

물론 훨씬 더 힘들긴 하지만, 마음 없이도 창조할 수는 있다. 너희는 마음이 믿지 않는 일을 몸더러 하라고 시킬 수 있다. 그리고 너희 몸이 충분히 오랫동안 그렇게 한다면, 너희 마음은 그것에 관한 이전 생각을 놓아버리고 '새로운 생각'을 창조하기 시작할 것이다. 일단 뭔가에 대해 새로운 생각을 가지고 나면, 너희는 그냥 한번 해본 것으로가 아니라 그것을 너희 존재의 지속되는 측면으로 창조하는 데 성공한 셈이다.

이것은 힘들게 일하는 방식이다. 그리고 이런 경우에도 행동은 진지해야 한다. 너희가 사람을 가지고 그럴 수 있는 것과 달리, 우주를 조종할 수는 없기 때문이다.

따라서 여기에는 대단히 미묘한 균형이 존재한다. 마음이 믿지 않는 일을 몸이 하더라도, 몸의 행동이 효과를 발휘하기 위해서는 반드시 마음이 거기에 진지함이라는 요소를 보태야 한다는.

몸이 하는 것을 "믿지" 않는데, 어떻게 마음이 진지함을 보탤 수 있습니까?

사리사욕이라는 이기적 요소를 빼버리는 것으로.

예?

몸의 행동만으로도 자신이 원하는 걸 가질 수 있다는 데 마음이 진지하게 수긍하지 않을 수도 있다. 하지만 마음은, 신이 너를 통해 남들에게 좋은 것을 가져다주리란 것을 아주 당연하게 받아들인다.

그러니 자신을 위해 원하는 것이 무엇이든, 그것을 남에게 주어라.

방금 한 말을 다시 한번 말씀해주시겠습니까?

물론.

자신을 위해 원하는 것이 무엇이든, 그것을 남에게 주어라.

네가 행복해지기를 원하면, 남을 행복하게 만들고,

네가 풍족해지기를 원하면, 남을 풍족하게 만들어라.

또 네가 삶에서 더 많은 사랑을 원한다면, 남들이 그들의 삶에서 더 많은 사랑을 갖게 만들어라.

진지하게 이렇게 하라. 사리사욕을 구해서가 아니라, 남들이 그렇게 되기를 네가 진심으로 원해서. 그러면 네가 내주는 모든 것이 네게 되돌아오리니.

왜 그렇게 되죠? 어떻게 해서 그런 식으로 되는 겁니까?

어떤 것을 내주는 행동 자체가, 내주기 위해 그것을 **갖는** 체험을 너더러 하게 만든다. 네가 지금 갖지 않은 것을 남들에게 줄 수는 없는 법이니, 네 마음은 자신에 대한 새로운 결론, 새로운 생각에 도달한다. 즉 너는 이걸 가진 게 틀림없다, **그렇지 않고서야 그걸 내줄 리 없다**고.

그러고 나면 이제 이 새로운 생각이 네 체험이 되어, 너는 그렇게 "되어 있는" 데서 출발한다. 그리고 일단 네가 뭔가가 "되어 있는" 데서 출발할 때, 너는 이미 신성한 너 자신이라는 우주에서 가장 강력한 창조기의 기어를 넣은 것이다.

너희가 어떤 것으로 되어 있든, 너희는 그것을 창조하고 있다.

순환은 완결되어, 너희는 삶에서 그것을 점점 더 많이 창조할 것이고, 그것은 너희의 물질 체험으로 드러날 것이다.

이것은 삶의 가장 큰 비밀이다. 1권과 2권에서 너희에게 말해주려던 것이 이것이다. 이 모두가 1, 2권에 훨씬 더 자세하게 들어 있다.

부디 제게 설명해주십시오. 왜 자기가 자기를 위해 원하는 것을 남에게 줄 때 진지함이 그렇게 중요한지.

만일 너희가 뭔가를 자신에게 돌아오게 하려는 일종의 술책, 일종의 조작으로 남에게 준다면, 너희 마음은 이것을 안다. **너희는 자신이 지금 이것을 갖고 있지 않다**는 신호를 마음에게 주었을 뿐이다. 그리고 우주란 너희 생각을 물질 형상으로 재생산하는 거대한 복사기에 불과하니, **바로 이것이 너희의 체험이 될 것이다.** 즉 너희는 계속해서 "그것을 갖지 않는" 체험을 할 것이다. 너희가 무슨 짓을 하든!

게다가 너희가 그것을 주려는 그 사람들도 이것을 체험할 것이다. 그들은 너희가 그냥 뭔가를 얻으려 할 뿐이라는 것, 그런 마음에서 나온, 제 잇속만 차리는 천박함을 놓고 볼 때, 너희에게는 사실 내놓을 게 아무것도 없으니, 너희의 줌은 공허한 몸 짓에 불과하리란 걸 알 것이다.

그리하여 너희는 끌어오려던 바로 그것을 밀쳐낼 것이다.

하지만 너희가 순수한 마음으로, 다시 말해 그들이 그것을 원하고, 필요하고, 가져야 한다는 걸 알기 때문에 남에게 뭔가 를 준다면, 그때 너희는 주기 위해 그것을 갖고 있는 자신을 발 견할 것이다. 그리고 이건 굉장한 발견이다.

진짜로 그래요! 정말 그렇게 **돼요!** 저도 예전에 그런 경험을 한 적 이 있어요. 그 당시에는 워낙 상황이 안 좋아서, 저는 머리를 싸매고, 이제 더 이상 돈도 없고 양식도 거의 바닥났으니, 언제쯤 가야 제대로 된 식사를 하게 될지, 또 집세나 낼 수 있을지 모르겠다고 걱정하던 참이었습니다. 그런데 그날 저녁, 버스터미널에서 웬 어린 남매를 만 난 겁니다. 부친 화물을 찾으러 갔는데 거기에 그 애들이 있더군요. 외 투를 담요 삼아서 벤치에서 서로 부둥켜안고서요.

개들을 보자 제 마음은 온통 개들한테로 쏠렸습니다. 제가 어렸을 때가 떠오르더군요. 우리가 애들이었을 때 그런 식으로 떠돌아다니던 모습이요. 그래서 개들한테 다가가서는, 우리 집에 같이 가서 따뜻한 난롯가에 앉아 뜨거운 초콜릿을 좀 먹지 않겠느냐, 어쩌면 소파 겸용 침대를 펼쳐서 하룻밤 편히 잘 수 있을지도 모른다고 했더니, 개들은 눈이 휘둥그레져서 절 쳐다보더군요. 마치 크리스마스날 아침의 아이 들처럼요.

어쨌든 전 애들을 데리고 집으로 갔습니다. 제가 저녁을 해줬지요. 우리 셋은 그날 밤 꽤 오래간만에 아주 잘 먹었습니다. 먹을 건 항상 거기에 있었더라구요. 냉장고 안 가득히요. 저는 그냥 몸을 젖혀서 거기에 처박아두었던 재료들을 끄집어내기만 하면 됐습니다. 나는 냉장고 안의 걸 "싹쓸이"해서 부침개를 만들었는데, **그건 정말 황홀했어요!** 이 재료들이 다 어디서 왔지?라고 생각하던 게 기억이 나요.

다음날 아침, 저는 아침까지 먹이고 나서 애들을 데리고 나섰습니다. 버스터미널에 개들을 다시 내려놓을 때는, 주머니를 뒤져서 "아마 이게 도움이 될 거야"라면서 20달러짜리 지폐도 주었고요. 그러고는 개들을 껴안아주고 자기들 가던 길을 가게 했지요. 그날은 온종일 제 상황이 훨씬 더 속 편하게 느껴지더군요. 아니 일주일 내내요. 게다가 저로서는 절대 잊지 못할 그 경험 덕분에 삶을 보는 제 시각과 분별력이 크게 바뀌었습니다.

그때부터 상황이 풀려갔지요. 그리고 오늘 아침 거울 속의 내 모습을 들여다보면서 전 대단히 중요한 사실을 알아챘습니다. 나는 아직도 **여기에 있다는 것** 말입니다.

그건 아름다운 이야기다. 그리고 네가 옳다. **그것은 바로 그런 방식으로 작용한다.** 그러니 너희가 뭔가를 원한다면 그걸 줘버려라. 그러면 너희는 더 이상 그것을 "원하지" 않을 것이다. 너희는 순식간에 그것을 "갖는" 체험을 하게 될 것이다. 그때부터는 오직 정도의 문제만 남는다. 심리적으로 보더라도 너희는 옅은 공기에서 창조해내기보다는 "덧붙이는" 게 훨씬 쉽다는 걸 발견할 것이다.

방금 여기서 제가 대단히 심오한 이야기를 들은 것 같은데요. 이제 이것을 제 질문의 두 번째 부분과 연결해주시겠습니까? 어떤 연관 관계가 있는 건가요?

　　보다시피 내가 여기서 말하려는 건, 그 질문에 대한 대답을 네가 이미 안다는 점이다. 지금 이 순간 너는 자신이 그 대답을 모르지만, 대답을 안다면 자신이 지혜로워지리라고 생각하면서 살고 있다. 그래서 너는 지혜를 구해서 내게 온다. 하지만 네게 이르노니, 지혜로워라, 그러면 너는 지혜로워질 것이다.

　　그렇다면 지혜로워"지는" 가장 빠른 길은 무엇일까? 남을 지혜롭게 만드는 것.

　　이 질문에 대한 대답을 갖길 원한다고? 그렇다면 **남에게 그 대답을 주어라.**

　　그러니 이제 내가 네게 그 질문을 하겠다. 나는 "모르는" 체할 테니, 네가 내게 대답해다오.

　　남이 자신을 위해 원하는 것을 네가 그 사람을 위해 원하는 것이 사랑이라면, 아이를 차도 밖으로 끌어내는 부모가 어떻게 아이를 진실로 사랑하는 부모일 수 있는가?

전 모르겠는데요.

　　네가 모른다는 건 나도 안다. **하지만 네가 안다고 치면, 뭐라고 대답하겠느냐?**

글쎄요, 저라면 그 부모는 아이가 원했던 것, 다시 말해 살아남는 걸 아이를 위해 원했다고 했겠죠. 저라면 아이는 죽고 싶어하지 않았지만, 차도에서 돌아다니는 게 그런 결과를 가져올 수 있다는 걸 몰랐을 뿐이라고 말했겠죠. 그러니까 아이를 거기서 끌어내리려고 뛰어드는 부모는 아이가 자신의 의지를 행사할 기회를 뺏은 게 아니라, 다만 아이의 진짜 선택, 아이의 가장 깊은 바람에 닿았을 뿐이라고요.

그건 아주 멋진 대답이 되었을 게다.

그게 사실이라면, 그렇다면 신인 당신은, **우리가 자신을 해치지 못하게 막는** 일만은 하고 있어야 하잖습니까? 자신을 위태롭게 하는 게 우리의 가장 깊은 바람일 수는 없으니까요. 하지만 우리는 항상 자신을 위태롭게 합니다. 그런데도 당신은 우리 곁에 앉아서 지켜보기만 하구요.

나는 언제나 너희의 가장 깊은 바람에 닿아 있고, 나는 언제나 그것을 너희에게 준다.
설사 너희가 자신을 죽게 할 일을 하더라도 그게 너희의 가장 깊은 바람이라면, 너희는 바로 그 "죽어가는" 체험을 할 것이다.
나는 무슨 일이 있어도 절대 너희의 가장 깊은 바람에 간섭하지 않는다.

우리가 자신을 위태롭게 하는데, 그게 우리가 하려던 거란 말씀입니까? 그게 우리의 **가장 깊은 바람**이라고요?

너희는 자신을 "위태롭게 할" 수 없다. 너희는 위태로워질 수 없다. "위험"이란 객관 현상이 아니라 주체의 반응이다. 너희가 어떤 만남이나 어떤 상황에 직면해서 자신에게 "위험한" 체험을 택할 순 있지만, 그건 어디까지나 너희의 결정이다.

이런 진리를 전제로 했을 때, 네 질문에 대한 대답은 그렇다이다. 너희가 자신을 "위태롭게" 한 건 너희가 그렇게 하길 원했기 때문이다. 하지만 지금 내가 말한 건 아주 높은 비전(秘傳)의 차원에서지, 사실 네 질문이 "나오는" 차원에서는 아니다.

네가 뜻하는 의미에서는, 말하자면 의식적인 선택의 차원에서라면, 나는 그렇지 않다고 말할 것이다. 너희가 자신을 위태롭게 할 때마다, 항상 너희가 "그러길 원해서" 그렇게 하는 건 아니다.

차도에서 돌아다니다 차에 치이는 아이가, 차에 치이길 "원해서"(바라서, 구해서, 의식하면서 선택해서) 그랬던 건 아니다.

포장은 달라도 계속해서 같은 유형—전혀 그에게 맞지 않는 유형—의 여자들과 결혼하는 남자가, 안 좋은 결혼 관계를 되풀이하길 "원해서"(바라서, 구해서, 의식하면서 선택해서) 그랬던 건 아니다.

망치로 자기 엄지를 때린 사람이 그런 체험을 "원해서" 했다고 할 수는 없을 것이다. 그는 그것을 바라지 않았고, 구하지 않았으며, 의식하면서 선택하지도 않았다.

그럼에도 너희는 잠재의식과 무의식의 차원에서 온갖 객관 현상들을 끌어오고, 온갖 사건들을 창조한다. 너희는 진화 업무를 추진해가면서 다음번에 체험하고 싶은 것을 체험할 수 있는 완벽하게 정확한 조건, 완벽한 기회를 자신에게 제공하기 위해, 삶의 온갖 사건과 장소와 물건들을 자신에게 끌어온다—원한다면 그것들을 너희 스스로가 창조한다고 말할 수도 있다.

'참된 자신'이기 위해서 너희가 치유하거나 창조하거나 체험하고 싶어하는 뭔가를, 치유하거나 창조하거나 체험할 완벽하게 정확한 기회가 아닌 어떤 일도 너희 삶에서 우연히 일어날 수 없다. 너희에게 말하노니, 그런 일은 생길 수 없다.

그렇다면 진짜 나는 누구입니까?

네가 되고자 선택하는 모든 존재가 다 '너'고, 네가 되고 싶어하는 신성의 모든 측면이 다 '너'다. 그게 바로 너희다. 그것은 어느 때라도 바뀔 수 있다. 사실 그것은 시시때때로 자주 바뀐다. 하지만 너희 삶이 자리 잡길 원한다면, 그런 광범한 변수의 체험을 그만두고 싶다면, 그렇게 할 수 있는 방도가 있다. 그냥 '자신'과 '되고자 원하는 자신'을 놓고 그렇게 자주 마음을 바꾸는 걸 그만두면 된다.

그것도 말하기는 쉬워도 행하기는 어려운 일이죠.

나는 너희가 여러 다양한 차원에서 이런 결정들을 내리고 있음을 본다. 차도에 나가 놀겠다고 작정하는 아이는 죽겠다고 선택하는 게 아니다. 그 애가 다른 여러 가지 선택을 하고 있을 순 있지만, 죽는 건 그중 하나가 아니다. 어머니는 이 사실을 안다.

여기서 문제는 아이가 죽기로 선택한 데 있지 않고, 죽는 걸 포함해서 하나 이상의 결과를 가져올 수 있는 선택들을 내렸다는 데 있다. 아이에게는 이 점이 명확하지 않다. 그 애는 이 사실을 모른다. 그것은 빠뜨린 자료다. 그리고 그 때문에 아이는 명확한 선택, 더 나은 선택을 못하는 것이다.

그러니 보다시피 너는 그것을 완벽하게 분석했다.

그리고 신인 나는 너희의 선택에 절대 개입하지 않겠지만, 그 선택들이 어떤 것일지는 항상 알 것이다.

따라서 네게 어떤 일이 일어난다면, 너는 그 일이 그런 식으로 일어난 건 완벽하다고 보아도 좋다. 신의 세계에서는 어떤 것도 완벽을 피할 수 없기 때문이다.

너희 삶의 설계—그 속의 사람과 장소와 사건들—모두가 완벽 자체의 완벽한 창조자인 너희에 의해서 완벽하게 창조되었다. 너희에 의해서, 그리고 나에 의해서……너희에게서, 너희로서, 너희를 통해.

그런데 우리는 이 공동 창조 과정을 의식하면서 함께할 수도 있고, 의식하지 못한 채 함께할 수도 있다. 너희는 자각하면서 삶을 거쳐갈 수도 있고, 자각하지 못한 채 거쳐갈 수도 있다. 너희는 너희 길을 자면서 걸어갈 수도 있고, 깨어서 걸어갈 수도 있다.

너희가 선택하라.

잠깐만요, 여러 다양한 차원들에서 결정을 내린다고 하셨던 부분으로 돌아가서요, 당신은 제가 삶을 자리 잡게 하고 싶다면, '자신'과

'되고자 원하는 자신'을 놓고 마음을 바꾸길 그만둬야 한다고 하셨습니다. 그리고 제가 쉽지 않은 일이라고 하자, 당신은 우리 모두가 여러 다양한 차원에서 선택하고 있음을 본다고 하셨고요. 여기에 대해 더 자세히 말해주시겠습니까? 그게 무슨 뜻입니까? 그 의미가 뭐죠?

너희가 오로지 너희 영혼soul이 바라는 것만을 바랐다면, 만사는 아주 간단했을 것이다. 너희가 오로지 자신의 순수 영spirit 부분에만 귀를 기울였다면, 너희의 모든 결정은 손쉬웠을 테고 모든 결과는 즐거웠을 것이다. 그건…… 영은 언제나 가장 고귀한 것만을 선택하기 때문이다.

그 선택들은 재고될 필요도 없고, 분석되거나 평가될 필요도 없다. 너희는 그냥 그 선택들을 따라가면 된다.

하지만 너희는 영만이 아닌, 몸과 마음과 영으로 이루어진 '3중의 존재'다. 너희의 영광과 경이가 여기에 있다. 너희는 대개 세 차원 모두에서 동시에 결정과 선택들을 내리지만, 그렇다고 **그것들이 서로 항상 일치하는 건 아니기** 때문이다.

너희 몸은 이것을 원하는데, 마음은 저것을 구하고, 영은 또 영대로 다른 것을 바라는 게 드문 일은 아니다. 이것은 특히나 아이들의 경우에 그래서, 그들 대부분은 영혼에 공명하는 건 말할 것도 없고, 몸에 "재미있을" 것 같은 것과 마음에 의미 있는 것을 구별할 만큼도 아직 충분히 성숙하지 못했다. 따라서 아이는 얼결에 찻길로 들어서는 것이다.

그런데 신인 나는 너희가 잠재의식으로 내리는 선택까지 포함해서 너희의 모든 선택을 알고 있지만, 나는 그것들에 절대

개입하지 않을 것이다. 아니, 정반대로 너희가 선택한 것을 갖게끔 보장해주는 것이 내 일이다. (사실 그것들을 너희에게 주는 것은 너희다. 내가 해온 일은 너희가 그렇게 할 수 있게 해주는 체계를 작동시키는 것이다. 창조 과정이라 부르는 이 체계에 관해서는 1권에 자세히 설명되어 있다.)

너희의 선택들이 충돌할 때, 몸과 마음과 영이 하나로 움직이지 않을 때, 창조 과정은 모든 차원에서 작동하여 잡다한 결과들을 만들어낸다. 반면에 너희 존재가 조화롭고, 너희 선택이 통일되어 있을 때는 놀라운 일이 벌어질 수 있다.

너희 젊은이들에게는 이런 통일된 존재 상태를 묘사할 수 있는, "합쳐서 하면 되지"라는 말이 있다.

그런데 너희가 결정을 내리는 차원들 속에는 또 하위 차원들이 있다. 이것은 특히 마음의 차원에서 그러하다.

너희 마음은 내면의 갈등을 한층 심화시킬 가능성을 낳으면서, 하위의 세 차원, 즉 논리와 직관과 감정 차원 중 적어도 한 차원에서, 때로는 세 차원 모두에서 결정과 선택을 내릴 수 있고, 실제로 내리고 있다.

그리고 이런 차원들 중 하나인 감정 차원 속에는 다시 다섯 가지 차원들이 있다. 이것들이 서러움과 노여움, 부러움, 두려움, 사랑이라는 **다섯 가지 자연스러운 감정**이다.

그리고 다시 이것들 속에는 사랑과 두려움이라는 마지막 두 차원이 있다.

사랑과 두려움은 다섯 가지 자연스러운 감정 안에 포함되는 동시에, 모든 감정의 토대가 된다. 다섯 가지 자연스러운 감정

중 나머지 셋은 모두 이 두 감정의 부산물들이다.

모든 생각이 결국에는 사랑 아니면 두려움에 뒷받침된다. 이것은 위대한 양극성이자, 으뜸가는 이원성이다. 궁극에 가서는 모든 것이 이 두 가지 중 하나로 귀결된다. 모든 생각과 관념, 개념, 이해, 결정, 선택, 행동들이 이 두 가지 중 하나를 근거로 한다.

하지만 맨 마지막에 진실로 존재하는 것은 오직 하나뿐이니, 사랑이 그것이다.

사실 존재하는 건 사랑뿐이다. 두려움조차 사랑의 부산물이어서, 효과적으로 쓰여지면 사랑을 표현한다.

두려움이 **사랑**을 표현한다고요?

그것의 가장 고귀한 형태에서는, 그렇다. 모든 게 사랑을 표현한다. 그 가장 고귀한 표현 형태에서는.

아이가 차에 치여 죽지 않도록 구해내는 부모는 두려움을 표현하는가? 아니면 사랑을 표현하는가?

글쎄요, 제 생각엔 둘 다 같은데요. 아이의 생명에 대한 두려움과 아이를 구하려고 자기 생명까지 무릅쓰는 사랑요.

맞았다. 따라서 우리는 여기서 가장 고귀한 형태의 두려움은 사랑이 됨을……, 두려움으로 표현된…… **사랑임**을 본다.

마찬가지로 자연스러운 감정들인 서러움과 노여움과 부러움도 눈금을 따라 올라가다 보면, 모두가 이런저런 형태의 두려움이면서, 또한 이런저런 형태의 사랑이다.

하나가 다른 하나를 가져온다. 이해하겠느냐?

문제는 다섯 가지 자연스러운 감정이 왜곡되기 시작할 때 생겨난다. 그렇게 되면 그것들은 아주 이상야릇해져서 전혀 사랑의 부산물로 인식할 수 없다. 사랑의 존재인 신으로 인식할 수 없는 건 물론이고.

예전에 이 다섯 가지 자연스러운 감정에 대해 들은 적이 있습니다. 엘리자베스 퀴블러-로스 박사와 멋진 협력 관계를 맺고 있을 때요. 그녀가 그것들에 대해 가르쳐줬습니다.

그렇다. 그리고 그녀에게 이걸 가르치라고 부추긴 건 나였다.

그래서 제가 선택할 때, "내가 어디서 나오는지"에 따라 많은 것이 좌우된다는 것과, 제가 "나오는" 곳이 깊이가 다른 여러 층일 수 있다는 건 저도 압니다.

그렇다, 그건 실제로 그러하다.

이 다섯 가지 자연스러운 감정에 대해 한번 쭉 말씀해주시겠습니까? 엘리자베스에게 배운 것을 많이 잊어버려서 다시 한번 듣고 싶거든요.

서러움grief은 자연스러운 감정이다. 그것은 잘 가라고 말하고 싶지 않을 때, 너희더러 잘 가라고 말할 수 있게 해주는 너희 부분, 어떤 종류의 상실이든 상실을 체험할 때 내면의 슬픔 sadness을 표현할 수 있게—밀어내고 몰아낼 수 있게— 해주는 너희 부분이다. 그 상실이 사랑하는 사람을 잃는 것이든, 아니면 콘택트렌즈를 잃어버리는 것이든.

자신의 서러움을 마음껏 표현할 수 있을 때, 너희는 서러움에서 벗어난다. 슬플 때 마음껏 슬퍼할 수 있는 아이들은 어른이 되었을 때, 슬픔에 대해 아주 건강한 태도를 갖게 되고, 그만큼 자신의 슬픔을 쉽사리 극복한다.

반면에 "자, 자, 울지 마"라는 말을 들으며 자란 아이들은 어른이 되었을 때, 울음을 삼키는 힘든 시간을 갖는다. 어쨌든 살아오는 동안 줄곧 그렇게 하지 말라고 들어온 그들로서는 자신의 설움을 억누르기 마련이다.

계속해서 억눌린 서러움은 대단히 부자연스러운 감정인 만성 우울이 된다.

사람들이 살인을 하고, 전쟁이 시작되고, 국가가 무너지는 건 만성 우울 때문이다.

노여움anger은 자연스러운 감정이다. 이것은 너희더러 "아냐, 됐어"라고 말할 수 있게 해주는 도구다. 하지만 노여워한다고 해서, 반드시 남을 남용하게 되는 건 아니고, 반드시 다른 사람에게 해를 입히게 되는 건 아니다.

자신의 노여움을 마음껏 표현할 수 있는 아이들은 어른이 되었을 때, 노여움에 대해 아주 건강한 태도를 갖게 되고, 그만큼 자신의 노여움을 쉽사리 극복한다.

화내는 건 좋지 않다, 그것을 표현하는 건 잘못이다. 아니, 그것을 체험하지도 말아야 한다고 느끼도록 길러진 아이들은 어른이 되었을 때, 자신의 노여움을 적절히 처리하지 못하는 힘든 시간을 갖게 된다.

계속해서 억눌린 노여움은 대단히 부자연스러운 감정인 분노rage가 된다.

사람들을 죽이고, 전쟁이 시작되고, 국가가 무너지는 건 분노 때문이다.

부러움envy은 자연스러운 감정이다. 이것은 다섯 살짜리 꼬마더러 자기도 누나처럼 문고리에 손이 닿거나 자전거를 탈 수 있었으면 하고 바라게 만드는 감정이다. 부러움은 너희더러 그것을 다시 해보고, 더 열심히 해보고, 성공할 때까지 계속 노력해보고 싶어하게 만드는 자연스러운 감정이다. 부러워하는 건 대단히 건강하고 자연스러운 행동이다.

부러움을 마음껏 표현할 수 있는 아이들은 어른이 되었을 때, 부러움에 대해 아주 건강한 태도를 갖게 되고, 그만큼 자신들의 부러움을 쉽사리 극복한다.

부러워하는 건 좋지 않다, 그것을 표현하는 건 나쁘다. 아니, 그것을 체험하지도 말아야 한다고 느끼도록 길러진 아이들은 어른이 되었을 때, 자신의 부러움을 적절하게 처리하지 못하는 힘든 시간을 갖게 된다.

계속해서 억눌린 부러움은 대단히 부자연스러운 감정인 질투jealousy가 된다.

사람들을 죽이고, 전쟁이 시작되고, 국가가 무너지는 건 질투 때문이다.

　두려움fear은 자연스러운 감정이다. 모든 아기는 딱 두 가지 두려움만을 가지고 태어난다. 즉 떨어질지 모른다는 두려움과 큰 소리에 대한 두려움. 그 외의 다른 모든 두려움은 환경이 가져다주고, 부모가 가르친 학습된 반응이다. 자연스러운 두려움의 목적은 약간의 주의를 심어주는 데 있다. 주의는 몸이 계속 살아 있게 도와주는 도구다. 그것은 사랑의 부산물, 자신에 대한 사랑이다.

　두려워하는 건 좋지 않다, 그것을 표현하는 건 나쁘다. 아니, 그걸 체험하지도 말아야 한다고 느끼도록 길러진 아이들은 어른이 되었을 때, 자신의 두려움을 적절하게 처리하지 못하는 힘든 시간을 갖게 된다.

　계속해서 억눌린 두려움은 대단히 부자연스러운 감정인 공포panic가 된다.

　사람들을 죽이고, 전쟁이 시작되고, 국가가 무너지는 건 공포 때문이다.

　사랑love은 자연스러운 감정이다. 아기가 한계나 조건 없이, 위축되거나 당황하지 않고, 평소에 자연스럽게, 사랑을 마음껏 표현하고 받아들일 수 있을 때, 사랑은 더 이상 아무것도 요구하지 않는다. 이런 식으로 표현되고 받아들여진 사랑의 기쁨은 그 자체만으로 충분하기 때문이다. 하지만 제약당하고, 한정되고, 규칙과 규제와 관습과 제한들로 뒤틀리고, 통제되고, 조작당한 사랑은 부자연스러워진다.

　자연스러운 사랑은 좋지 않다, 그것을 표현하는 건 나쁘다.

아니, 그것을 체험하지도 말아야 한다고 느끼도록 길러진 아이들은 어른이 되었을 때, 사랑을 적절하게 처리하지 못하는 힘든 시간을 갖게 된다.

계속해서 억눌린 사랑은 대단히 부자연스러운 감정인 소유욕possessiveness이 된다.

사람들을 죽이고, 전쟁을 시작하고, 국가들이 무너지는 건 소유욕 때문이다.

이처럼 억눌린 자연스러운 감정들은 부자연스러운 반응과 대응들을 낳는다. 그리고 대다수 사람들이 자신의 자연스러운 감정들 대부분을 억누르면서 살지만, 사실 이 감정들은 너희 동무이고 너희가 받은 선물이다. 이것들은 너희가 체험을 다듬을 수 있게 해주는 성스러운 도구들이다.

너희는 태어날 때 이 도구들을 받는다. 이것들은 너희가 삶을 뚫고 나갈 수 있게 도와준다.

왜 대부분의 사람들이 이런 감정들을 억누릅니까?

그들은 그것들을 억누르라고 배웠다. 그들은 그렇게 하라고 들어왔다.

누구한테서요?

자신들을 길러준 부모한테서.

왜요? 그 사람들은 왜 그렇게 했을까요?

　　그들 역시 자기 부모한테서 그렇게 배웠기 때문이다. 그 부모
들은 또 자기 부모들한테서 그렇게 들었고.

그래요, 그래요. 하지만 **왜요?** 그렇게 **계속되게** 하는 원인이 뭐죠?

　　계속되게 만드는 원인은, 너희가 부모 노릇 하기에 맞지 않는
사람들을 가졌다는 데 있다.

그게 무슨 말입니까? "맞지 않는 사람들"이라니, 누구 말씀입니까?

　　너희의 어머니 아버지가.

어머니와 아버지가 자식들을 기르기에 맞지 않는 사람들이라고요?

　　그 부모들이 젊을 때는 그렇다. 대부분의 경우에 그렇다. 사
실 그들 중 많은 수가 지금 하는 만큼이라도 잘하고 있는 것 자
체가 기적이다.
　　젊은 부모보다 아이 기를 채비가 덜 된 사람은 없다. 그리고
어쨌든 젊은 부모들보다 이 사실을 더 잘 아는 사람도 없다.
　　대부분의 부모들이 쥐꼬리만 한 인생 체험밖에 없는 상태에
서 육아 업무를 맡게 된다. 당사자인 자신들조차 아직 다 길러
지지 않은 채로 말이다. 그들도 아직 답을 찾는 중이고, 그들도

아직 실마리를 구하는 중이다.

그들은 아직 '자신'조차 발견하지 못했으면서, 자신보다 훨씬 더 취약한 다른 사람들(자식들을 말함 – 옮긴이)에게서 발견한 것들을 지도하고 키워주려 애쓰고 있다. 그들은 자신조차 규정하지 못했으면서, 남들을 규정하도록 떠밀리고 있다. 그들 자신이, 자기 부모들이 심히 잘못 규정해온 자신의 모습을 극복하려고 아직 애쓰고 있는 상황에서.

그들은 아직 자신이 누군지조차 발견하지 못했으면서, 너희에게 너희가 누구인지 말해주려고 애쓰고 있다. 그들은 너희를 바르게 이해시켜야겠다는 엄청난 압박감을 느끼지만, 사실 그들로서는 자신들의 삶조차 "바르게" 이해할 수 없다. 그래서 그들은 자신의 삶과 아이의 삶 전부를 잘못 이해한다.

그들이 운이 좋다면, 자식들에게 입히는 해악이 그리 크지 않을 수 있고, 자손들은 그걸 극복하게 되겠지만, 그렇다 해도 아마 십중팔구 자기 자손들에게 그 해악의 일부를 물려주기 전에 그렇게 되지는 않을 것이다.

너희 대다수가 멋진 부모가 될 수 있는 지혜와 인내, 이해와 사랑을 갖게 되는 건, **너희의 육아 연배**parenting years**가 끝나고 난 다음**이다.

이건 왜 그런 거죠? 이해가 안 되는군요. 많은 경우에 당신 관찰이 정확하다는 건 알지만, 이건 왜 그렇죠?

본래 젊은 친부모들이 양육자가 되기로 되어 있지 않았기 때문이다. 너희가 아이를 기르는 연배는 사실 지금으로 치면, 그것이 끝나는 시기에 시작되어야 한다.

전 여전히 그 점을 잘 모르겠는데요.

인간은 생체상으로 자신도 아직 아이인 동안에 아이를 창조할 수 있다. 그리고 너희가 놀랄 사실은 이 아이인 기간이 무려 40~50년에 달한다는 것이다.

인간이 40~50년 동안 "아이"로 있다고요?

어떤 관점에서는 그렇다. 이것이 너희로서는 이해하기 힘든 진리란 건 나도 안다. 하지만 네 주위를 둘러봐라. 아마도 너희 종(種)의 행동 방식이 내 논점을 밝혀줄 테니.

너희 사회에서는 스물한 살이 되면 "다 자라서" 세상에 나갈 준비가 되었다고 말한다. 어려움은 여기에 있다. 여기에다 너희를 기르기 시작했을 때, **그들의 나이가 스물한 살보다 그다지 많지 않았던** 어머니 아버지가 너희 대다수를 길렀다는 사실을 보태보라. 그러면 무엇이 문제인지 이해되기 시작할 테니.

친부모가 양육자가 되기로 **되어** 있었다면, 적어도 쉰 살이 될 때까지 너희는 아이를 낳을 수 없었다!

아이를 **낳는** 건 잘 발달되고 튼튼한 신체를 가진 젊은이가 하기로 되어 있었던 반면, 아이를 **기르는** 건 잘 발달되고 튼튼한 정신을 가진 연장자가 하기로 되어 있었다.

너희 사회는 계속해서 아이 양육에 대한 책임을 친부모에게 지우고자 해왔다. 그 결과 너희는 육아 과정을 대단히 힘겹게 만들었을 뿐 아니라, 성적(性的) 행동을 둘러싼 여러 에너지들까지도 왜곡하고 말았다.

호오…… 더 설명해주시겠습니까?

그러지.

내가 여기서 살펴본 것을 알아차린 사람들은 많다. 즉 그들이 아주 괜찮은 사람들이라 해도, 아이를 가질 수 있는 연배 정도에서는 아이를 키울 수 없는 경우가 많다는 사실을. 아니 대부분이라는 사실을. 하지만 사람들은 이 사실을 발견하고 나서 전혀 잘못된 해결책을 내놓았다.

너희는 젊은이들이 섹스를 즐기게 놔두는 대신에, 섹스 때문에 아이가 생기고 연장자들이 아이를 길러야 한다면, **아이 기를 책임을 받아들일 준비가 될 때까지** 젊은이들은 섹스를 해서는 안 된다고 말한다. 너희는 그 시기 전에 젊은이들이 성(性)을 체험하는 걸 "나쁜 것"으로 만듦으로써, 삶의 가장 즐거운 축하 의식 중 하나이기로 되어 있던 것을 금기(禁忌)로 온통 도배하고 말았다.

따라서 따르기엔 너무 부자연스럽다는 훌륭한 이유로, 너희 자식들이 이 금기에 별 신경을 안 쓰게 되는 건 지극히 당연한 일이라 할 것이다.

인간 존재는 자신이 준비되었음을 말해주는 내면 신호를 느끼자마자, 짝 짓고 성교하기를 바라게 되어 있다. **이건 인간의 천성이다.**

하지만 자신의 천성에 관한 그들의 생각은, 자기 내면에서 느끼는 것보다 부모로서 너희가 그들에게 말해준 것과 더 깊은 관계가 있기 마련이어서, 너희 아이들은 삶이란 게 도대체 어떤 건지 말해달라고 너희를 쳐다보곤 한다.

그래서 난생 처음으로 서로를 훔쳐보고, 천진하게 서로 놀고, 서로의 "차이"를 탐색해보려는 충동을 느낄 때, 그들은 이에 관한 신호를 찾아 너희를 쳐다보게 된다. 자기 천성의 이 부분은 "좋은 것"인가? "나쁜 것"인가? 허용되는 것인가? 아니면 억누르고 삼가고 단념해야 하는 것인가?

나는, 많은 부모들이 인간 천성의 이 부분에 대해 자기 자식들에게 이야기해준 것이 온갖 종류의 것들, 말하자면 **자신들이** 들은 것, **종교가** 말하는 것, 사회가 생각하는 것 등등, 사물의 자연스러운 질서만 빼고 그야말로 온갖 것들에 그 기원을 두고 있음을 목격한다.

너희 인간종의 자연스러운 질서에서 보면, 성욕은 아홉 살부터 열네 살까지의 어딘가에서 발육하기 시작해서, 열다섯 살이 넘으면 대다수 사람들에게서 분명하게 드러난다. 이렇게 해서 시간에 맞서는 경주가 시작된다. 기쁨에 찬 자신의 성 에너지를 마음껏 쏟아내기 위해 우르르 달아나는 아이들과, 이들을 막기 위해 우르르 쫓아가는 부모들의 경주가.

부모들은 이 투쟁에서 자신들이 찾아낼 수 있는 지원과 동맹이면 뭐든 가리지 않았다. 왜냐하면 앞에서 지적했듯이, 그들은 자기 자식들에게 어느 모로 보나 천성의 일부인 일을 하지 말라고 요구하는 것이기 때문이다.

그리하여 자식들에 대한 부자연스러운 요구들을 정당화하기 위해, 어른들은 온갖 종류의 가족적, 문화적, 종교적, 사회적, 경제적 압력과 제한과 한계들을 발명해냈고, 이렇게 해서 아이들은 자신의 성욕을 부자연스러운 것으로 받아들이도록 길러졌다. 그것이 "자연스러운" 것이라면, 어떻게 그토록 수치스럽고, 그토록 항상 제지당하고, 그토록 통제되고, 궁지에 내몰리고, 억제되고, 구속되고, 부정될 수 있겠는가 말이다.

저, 제 생각엔 여기서 약간 과장하시는 것 같습니다. 당신은 그렇게 생각하지 않으십니까?

정말이냐? 그럼 너는 부모가 자기 몸의 특정 부위에 정확한 이름조차 사용하지 않을 때 네다섯 살짜리 어린애가 받을 충격에 대해서는 어떻게 생각하느냐? 너는 그렇게 하는 데서 위안을 느끼는 너희 수준에 대해 아이에게 뭐라고 말하느냐? 그리고 그들은 어디서 위안을 받아야 한다고 생각하느냐?

음……

그래…… 정말로…… "음"이다.

저, "우린 그런 말들은 그냥 안 씁니다." 우리 할머니가 말씀하셨듯이요. "지지"나 "네 아랫도리"라고 하는 게 왠지 듣기에 더 낫거든요.

그건 오로지, 일상 대화에서 그 말들을 사용하기가 거의 불가능할 정도로, 너희가 이 신체 부위들의 실제 명칭에 너무 많은 "혹"들을 붙여놓았기 때문이다.

물론 아주 어린아이들은 부모들이 왜 이런 식으로 느끼는지 모른다. 다만 그들은, 몸의 어떤 부위들은 "괜찮지 않다", 그 부위들과 관련된 모든 것이 "잘못"까지는 아니더라도 당혹스럽다는 인상, 대개는 **지울 수 없는** 인상을 받게 된다.

아이들이 자라 십대가 되면, 이게 사실이 아니라는 걸 깨달을 수도 있다. 하지만 그때가 되면 그들은, 성욕과 임신의 관계와, 자신들이 낳은 아이는 자신들이 길러야 하는 상황에 대해서 아주 단호한 어투로 말하는 걸 듣게 되고, 따라서 이제 아이들은 성적 표현이 "잘못된 것"이라고 느낄, 또 다른 이유를 갖게 되는 것이다. 이렇게 해서 순환은 완결된다.

이것은 너희 사회에 혼란과 적지 않은 재난을 불러왔다. **천성을 가지고 농락할 때, 으레 나타나는 결과는 재난이다.**

너희는 성적 당혹과 억압과 수치를 만들어냈고, 이것은 성적 위축과 성기능 장애, 그리고 폭력을 불러왔다.

하나의 사회로서 너희는, 당혹스러움을 느끼는 것에 대해서는 위축되기 마련이고, 억누른 행위에 대해서는 기능장애를 겪기 마련이며, **가슴으로는 전혀 수치심을 느낄 필요가 없음을 알면서도** 수치심을 느끼게 되는 것에 대해서는 반발심에서라도 폭력적으로 행동하기 마련이다.

그렇다면 프로이트가, 인간종이 지닌 그 엄청난 양의 분노는 성과 관련이 있을 것이다, 아마도 신체의 자연스럽고 기본적인 본능과 관심과 욕구들을 억눌러야 하는 데서 나온 뿌리 깊은 분노일 거라고 한 건 나름대로 정확했군요.

너희 정신과 의사들 중 단 한 사람만이 그 정도로 과감했던 건 아니다. 그렇게 좋게 느끼는 것에는 전혀 수치심을 느낄 필요가 없다는 걸 아는데도, 실제로는 수치심과 죄의식을 느낄 때, 사람들은 으레 화를 내기 마련이다.

우선 사람들은 그렇게 명백하게 "나쁘기로" 되어 있는 것에 그렇게 좋은 감정을 느끼는 자신에게 화를 낸다.

그리고 나서 자신이 기만당해온 것일 뿐, 성욕은 멋지고 존경스럽고 영광스러운 인간 체험이기로 되어 있었다는 걸 마침내 깨달을 때, 그들은 다른 사람들에게 화를 내게 된다. 성욕을 억누르게 만든 부모와, 그것을 수치스러워하게 만든 종교와, 그런데도 감히 성욕을 느끼게 만든 모든 이성(異性)과, 그것을 통제하는 사회 전체에.

마지막으로 그들은, 이런 것들이 성욕을 금지하도록 내버려둔 자신에게 화를 낸다.

이 억눌린 분노의 상당 부분이 너희가 지금 살고 있는 사회의 왜곡되고 오도된 도덕적 가치관들 속으로 흘러들어왔다. 기념비와 동상, 기념우표, 영화, 사진, 텔레비전 프로그램들을 가지고 세상에서 가장 추악한 일부 폭력 행위들은 찬미하고 칭송하지만, 세상에서 가장 아름다운 일부 사랑 행위들은 감추는,

아니 더 나쁘게는 싸구려로 만드는 사회 속으로.

이 모든 것, 정말 **이 모든 게** 친부모가 육아까지 다 책임져야 한다는 단 하나의 사고방식에서 비롯된 결과들이다.

하지만 친부모가 육아를 책임지지 않는다면, 누가 책임진다는 겁니까?

공동체 전체가. 그중에서도 특히 연장자들elders이.

연장자들요?

대부분의 진보된 종과 사회들에서, 아이들을 키우고 먹이고 훈련시키고, 지혜와 가르침과 그들 나름의 전통을 아이들에게 전수해주는 건 연장자들이다. 이 점에 대해서는 나중에 진보된 문명들에 대해 이야기할 때, 다시 언급하기로 하자.

부족의 연장자들이 아이를 기르는 덕분에, 짓누르는 책임감이나 부담감 같은 게 전혀 없고, 어린 나이에 자식 낳는 걸 "잘못"이라 여기지 않는 사회는 성적 억압이 뭔지 모른다. 또 그런 사회는 강간과 성도착증, 사회적-성적 기능장애에 대해서도 들어본 적이 없다.

우리 행성에 그런 사회들이 있습니까?

그렇다. 비록 지금은 사라져가고 있지만. 그런 사회들을 야만이라 여기는 너희들은 그것들을 뿌리째 뽑아내고 동화시키려 해왔다. 하지만 소위 비야만적이라는 너희 사회는 아이들(그리고 같은 차원에서 아내와 남편들)을 재산, 개인 소유물로 여긴다. 따라서 친부모들은 아이 양육자가 될 수밖에 없다. 자신들의 "소유물"이니 만큼, 자신들이 보살필 수밖에 없기 때문이다.

너희 사회가 지닌 문제들 중 다수의 근저에 깔린 뿌리 생각이 배우자와 자식들을 개인 소유물, 말하자면 "내 것"으로 보는 이런 관념이다.

나중에 고도로 진화된 존재들 사이에서의 삶을 탐구하고 논의할 때, "소유권"이라는 이 주제 전반을 다루게 되겠지만, 여기서는 잠시 다음 문제에 대해서만 생각해보자. 신체적으로 아이 가질 준비가 된 연령대에 정말 감정적으로도 아이 기를 준비가 된 사람이 과연 누가 있는지.

진실은, 대다수 인간들이 삼사십대가 되어도 아이 기를 경륜을 갖추지 못한다는 것이다. 그리고 그렇게 되길 기대해서도 안 된다. 사실 그들은 아직 자식들에게 심오한 지혜를 전해줄 만큼 충분히 어른으로 살지 않았다.

전에 그런 종류의 견해를 들은 적이 있습니다. 마크 트웨인도 그중 한 사람이죠. 그는 "내가 열아홉 살이었을 때, 우리 아버지는 아무것도 몰랐다. 하지만 내가 서른다섯 살이 되었을 때, 나는 노인네들이 그토록 많은 걸 깨친 것에 감탄했다"고 했다더군요.

그가 완벽하게 포착했다. 너희의 젊은 시절은 진리를 모아들이기로 되어 있지, 절대 진리를 가르치기로 되어 있지 않다. 그렇다면 **아직 모아들이지도 못한 진리를 무슨 수로 너희 자식들에게 가르칠 수 있단 말인가?**

당연히 너희는 그렇게 할 수 없다. 그러니 너희는 자신이 아는 유일한 진리인 남들의 진리, 즉 너희 아버지 어머니의 진리, 너희 문화의 진리, 너희 종교의 진리들을 그들에게 말해주는 것으로 메우려 할 것이다. 아직 찾고 있는 중인 자신의 진리만 빼고는 뭐든 가리지 않고.

너희가 이 행성에서 반세기가량을 살 때까지도 너희는 여전히 자신의 진리, 자신에 대한 견해를 추구하고 시험하고 찾아내고 실패하고 형성하고 재형성하는 과정에 있을 것이다.

그러고 나면 마침내 너희는 자신의 진리에 자리 잡고 안주하기 시작할 수 있다. 그때 너희가 고개를 끄덕일 가장 큰 진리는, 아마도 불변의 진리 같은 건 어디에도 없다는 것, 삶 자체가 그러하듯 진리도 변하고 자라고 진화한다는 것, 그리고 너희가 진화 과정이 멈췄다고 생각하는 바로 그 순간, 사실 그것은 멈춘 게 아니라 그제서야 참으로 시작된다는 사실일 것이다.

그렇습니다. 전 이미 그 진리에 도달했습니다. 50이 지났거든요. 그러다 보니 그런 생각을 하게 되더라구요.

좋다. 너는 이제 지혜로운 이, 연장자다. 이제 너는 아이들을 길러야 한다. 아니, 지금부터 10년쯤 후가 더 낫겠지. 자손을 길러야 하는 사람은 연장자들이다. 그들은 그렇게 하도록 되어 있다.

연장자들은 진리와 삶을 안다. 그들은 중요한 게 뭐고 중요하지 않은 게 뭔지 안다. 그들은 신실함과 정직함, 충실함, 우정, 사랑 같은 용어들이 뜻하는 바가 참으로 무엇인지 안다.

당신이 여기서 말하려는 핵심을 알겠군요. 그걸 받아들이긴 어렵지만요. 하지만 우리가 자식들을 가졌을 때, 그리고 **그들을** 가르치기 시작해야 한다고 느낄 때, 우리 대부분이 "아이"에서 "학생"으로도 옮겨가지 못했던 건 사실입니다. 그래서 우리는, 우리 부모가 우리에게 가르친 걸 자식들에게 가르치기로 마음먹는 거구요.

그렇게 해서 아버지의 죄는 아들에게 이어진다. 심지어 7대 손까지도.

어떻게 해야 그런 상황을 바꿀 수 있죠? 어떻게 해야 그런 순환을 끝낼 수 있나요?

육아를 존경스러운 너희 노인네들 손에 맡겨라. 부모들에게는 원할 때마다 아이를 보게 하라. 원한다면 아이와 함께 살 수도 있지만, 아이를 보살피고 기르는 일을 부모가 전적으로 책임지지는 않게 하라. 연장자들이 제공하는 교육과 가치관을 가지고, 공동체 전체가 아이들의 신체적, 사회적, 영적 필요들을 채워주게 하라.

나중에 이 대화에서 우주의 다른 문화들에 대해 이야기할 때, 우리는 몇몇 새로운 생활 모델들을 살펴보게 될 것이다. 하

지만 그 모델들이 너희가 현재 짜놓은 생활 방식에 도움이 되지
는 않을 것이다.

그게 무슨 말입니까?

내 말은, 단순히 육아만이 아니라 너희의 생활 방식 전체가
비효율적인 모델에 따라 운영되고 있다는 이야기다.

그건 또 무슨 말입니까?

너희는 서로에게서 멀어져왔다. 너희는 가족을 잘게 쪼갰고,
거대도시를 선호한 나머지, 소규모 공동체들을 해체했다. 이
대도시들에는 사람은 많지만, 자기 책임 속에 전체에 대한 책
임도 들어 있다고 보는 "부족"이나 집단, 혹은 씨족의 구성원들
은 거의 없다. 이 때문에 사실 너희에게는 연장자가 없다. 어쨌
든 손이 미치는 범위에서는 전혀 없다.

연장자들에게서 멀어진 것보다 더 나쁜 건 그들을 제쳐버렸
다는 것이다. 너희는 그들을 구석으로 몰아넣고, 그들의 힘을
빼앗고, 그들에게 화를 내기까지 했다.

그렇다, 너희 사회의 구성원들 중 일부는 고령자들에게 화까
지 내고 있다. 젊은 사람들이 자기 수입에서 점점 더 많은 비율
로 지불해야 하는 혜택들을 고령자들이 요구한다고 해서, 그들
은 어쨌든 체제에 붙어 피를 빨고 있는 게 아니냐고 주장하면서.

그건 사실입니다. 지금 사회학자들 중에는 기여는 점점 더 적게 하면서 요구는 점점 더 많이 한다고 노인들이 비난받는 걸 가지고 세대 간의 전쟁을 예견하는 사람들도 있습니다. 노인들은 이제 갈수록 많아질 겁니다. "베이비 붐" 세대가 경로 우대층에 들어서고 있는데다가, 사람들의 수명도 더 길어지고 있으니까요.

하지만 너희 연장자들이 기여를 하지 않는 건 너희가 그들더러 기여하지 못하게 했기 때문이다. 너희는 그들이 기업에 진짜로 뭔가 도움될 만한 일을 할 수 있는 바로 그때, 그들더러 직장에서 물러나길 요구했고, 그들의 참여가 삶의 진행에 뭔가 의미를 가져올 수 있었을 바로 그때, 그들더러 가장 능동적이고 의미 있는 삶의 참여에서 물러나길 요구했다.

육아에서만이 아니라, 정치와 경제, 그리고 연장자들이 발판이나마 갖고 있던 종교에서까지, 너희 사회는 젊은이 우선주의와 노인 해고주의를 관철하는 사회가 되어왔다.

또한 너희 사회는 다원 사회라기보다는 단일 사회, 다시 말해 집단이라기보다는 개인으로 이루어진 사회가 되어왔다.

너희는 사회를 원자화하고 젊게 만든 대가로 그것의 풍요와 자원을 왕창 잃고 말았다. 지금 너희는 이 두 가지 없이 살고 있다. 감정적 심리적 빈곤과 박탈감 속에서 살아가는 그 많은 사람들과 더불어.

그렇다면 다시 한번 질문할게요, 우리가 이 순환을 끝낼 무슨 방법이 있습니까?

첫째로, 그것이 사실임을 확인하고 인정하라. 너무 많은 사람들이 그것을 부정하면서 살고 있다. 너무 많은 사람들이 그게 그냥 그렇지 않은 체하고 있다. 너희는 자신에게 거짓말을 하면서, 진리를 말하는 건 물론이고 듣고 싶어하지도 않는다.

있는 그대로를 관찰하고 인정하지 못하는 이런 부정은 절대 사소한 일이 아니니, 우리는 여기에 대해서도 나중에 고도로 진화된 존재들의 문명을 살펴볼 때 다시 이야기하게 될 것이다. 그리고 너희가 참으로 상황을 바꾸고 싶다면, 제발 너희 자신이 내 말을 듣게끔 그냥 내버려두어라. 내가 바라는 건 이것 하나뿐이다.

자, 평이하고 단순한 진리를 말할 시간이 왔다. 준비되었느냐?

예, 전 준비되었습니다. 그게 바로 제가 당신에게 온 이유니까요. 이 모든 대화가 시작된 방식이기도 하구요.

진리란 대체로 편치 않은 것이다. 진리는 그것을 무시하고 싶어하지 않는 사람들에게만 편안한 것일 수 있다. 그럴 때 진리는 편안하게 해줄 뿐 아니라 영감을 준다.

저한테는 이 세 편의 대화 모두가 영감을 주고 있습니다. 부디 계속 하십시오.

가슴을 두근거려도 좋을 만한, 낙관적으로 느껴도 좋을 만한 몇 가지 이유가 있다. 나는 상황이 이미 변하기 시작했음을 보고 있다. 최근 들어 그 어느 때보다 인간종들 사이에서 공동체를 만들고 대가족을 세우는 것을 더 강조하고 있다. 너희는 점점 더 연장자들을 존경하면서, 그들의 삶에서, 또 그들의 삶으로부터, 의미와 가치들을 끌어내고 있다. 이것은 무척 쓸모 있는 방향으로 큰걸음을 내디딘 것과 같다.

그리하여 상황이 "바뀌고" 있다. 너희 문화는 이미 그 걸음을 내디뎠다. 이제 그것은 거기서 앞으로 나아가고 있다.

이런 변화들을 하루아침에 만들어낼 수는 없다. 예를 들어 너희는, 지금과 같은 식의 사고 행렬이 시작되는 육아 방식 전체를 일거에 바꿀 순 없다. 그럼에도 한 걸음 한 걸음 미래를 바꿔갈 여지는 충분히 있다.

이 책을 읽는 것도 그런 걸음들 중 하나다. 이 대화가 끝날 때까지 우리는 중요한 여러 지적들로 몇 번이고 되돌아갈 것이다. 이런 반복은 우연이 아닐 것이니, 그것은 강조하기 위해서다.

너는 너희의 내일을 건설할 발상들을 내게 청했다. 이제 너희의 어제를 돌아보는 것으로 그것을 시작해보자.

Conversations with God

2

과거가 미래와 무슨 연관이 있습니까?

　과거를 알 때, 너희는 가능한 모든 미래를 더 잘 알 수 있다. 너는 내게 와서 너희 삶을 더 낫게 만들 방법을 물었다. 그렇다면 너희가 어떤 식으로 해서 지금의 위치에 이르렀는지 아는 게 도움이 될 것이다.

　나는 너희에게 권력power과 권능strength, 그리고 그 둘 사이의 차이점에 대해 말하고자 한다. 또 나는 너희가 발명한 이 사탄 형상에 대해, 너희가 어떻게, 또 왜 그를 발명했는지, 그리고 어떻게 해서 신을 "그녀"가 아닌 "그"로 결정했는지 이야기하려 한다.

　나는 너희 신화들이 나라고 말해온 존재가 아니라, '진실로 내가 누구인지'를, 너희더러 신화 대신 우주철학—삼라만상에 대한 참된 우주철학과 그것과 나의 관계—을 기꺼이 집어들게 만들, 그런 방식으로 '내 존재'를 묘사하려 한다. 나는 너희에게 삶과, 그것의 작동 방식, 그리고 그런 식으로 작동하는 이유를 알려주려 한다. 이 장(章)에서 우리는 이 모두를 다룰 것이다.

이런 것들을 알고 나면, 너희는 너희 종(種)이 창조한 것 중에서 무엇을 버리고 싶은지 결정할 수 있다. 우리 대화의 이 세 번째 부분, 이 세 번째 책은 새로운 세상 건설, 새로운 현실 창조에 관한 것이기 때문이다.

내 자식들아, 너희는 너희 스스로 만들어낸 감옥 안에서 너무 오래 살아왔다. 이제 자신을 풀어줄 때가 왔다.

너희는 다섯 가지 자연스러운 감정들을 가두고, 누르며, 대단히 부자연스러운 감정들로 바꿔왔고, 이런 왜곡된 감정들은 역으로 너희 세상에 불행과 죽음과 파괴를 가져왔다.

이 행성에서 오랜 세월, 너희 행동 방식의 모델이 되어온 건 '자기 감정에 "빠지지" 마라'였다. 너희가 느끼는 게 서러움이라면 극복하고, 노여움이라면 틀어막아라. 너희가 느끼는 게 부러움이라면 부끄러워하고, 두려움이라면 넘어서라. 그리고 너희가 느끼는 게 사랑이라면, 통제하고 한정 짓고 미뤄두고, 거기서 달아나라. 그것을 드러내는 상황을 막기 위해 너희가 해야 할 일이면 뭐든지 하라. 지금 당장 이 자리에서, 무슨 일이든.

이제 너희가 자신을 자유롭게 풀어줄 때가 왔다.

사실 너희가 가둬온 건 성스러운 너희 자신이다. 이제 자신을 자유롭게 풀어줄 때가 왔다.

전 벌써 흥분하기 시작하고 있습니다. 우린 어떤 식으로 출발할 겁니까? 어디서 시작할 건가요?

그 모든 게 어떻게 해서 이런 식으로 되고 말았는지에 관한 짤막한 연구에서. 그러기 위해 너희 사회가 자신을 재조직하던 시기로 돌아가보자. 인간이 지배종이 되어가면서, 감정을 드러내거나 때로는 감정을 지니는 것까지도 부적절하다고 결정했을 때가 이 시기다.

"사회가 자신을 재조직하던 시기"라뇨? 뭘 두고 하시는 말씀입니까?

너희 역사의 전반부에 너희는 이 행성에서 모권제 사회로 살았지만, 그 후 그것이 부권제로 바뀌었다. 그리고 너희는 그런 변화를 만들어내면서 자기 감정을 표현하는 데서도 멀어졌다. 너희는 그런 건 "나약한 짓"이라고 규정했다. 남자들이 악마와 남성 신을 발명한 것 역시 이 시기에 이루어진 일이다.

남자들이 악마를 발명했다고요?

그렇다. 사탄은 불가피하게 남자의 발명품일 수밖에 없었다. 결국에 가서는 사회 전체가 그것을 받아들였지만, 감정 기피와 "악자Evil One"의 발명은 전적으로 모권제에 맞선 남성 반역의 일부였다. 모권제 시기 동안 여자들은 만사를 자신들의 감정에 따라 지배했고, 모든 정부 공직과 모든 종교 요직, 상업과 과학과 학계와 의료계에서 모든 영향력 있는 자리를 차지했다.

남자들은 어떤 권력을 가지고 있었습니까?

아무 권력도 없었다. 남자들은 자기 존재까지 정당화해야 할 판이었다. 왜냐하면 그들은 여성의 난자를 수정시키고, 무거운 물건을 옮기는 능력 말고는 거의 중요성이 없었기 때문이다. 그들은 일개미나 일벌과 흡사하게 힘든 육체노동을 했고, 아이들을 생산하고 보호하는 역할을 맡았다.

남자들이 사회라는 직물 속에서 자신들이 설 더 넓은 자리를 찾아내고 만들어내는 데만도 몇백 년의 시간이 걸렸고, 자기 씨족의 일에 참여하여, 공동체의 결정 사항에 발언권을 갖거나 표결권을 갖는 데만도 몇 세기가 걸렸다. 여자들은 남자들이 그런 문제들을 이해할 수 있을 만큼 지혜롭지 않다고 생각했던 것이다.

맙소사, 단지 어떤 성(性)을 가졌느냐에 따라, 한쪽 성의 구성원 전체에게 심지어 투표권도 행사하지 못하게 한 사회가 실제로 있었다니, 정말 상상하기 힘들군요.

이런 문제에 대한 네 유머 감각이 마음에 든다. 사실 나도 그렇다. 계속해도 되겠느냐?

그럼요.

그리고 그들이 마침내 지도자의 자리를 놓고 투표해서 실제로 그 자리를 차지할 수도 있다는 생각을 하기까지 또 몇 세기가 지나갔다. 그들은 문화면에서도 영향력 있고 유력한 모든 지위에서 배제당해 있었다.

마침내 남자들이 그 사회에서 권위 있는 자리들을 차지했을 때, 그들이 마침내 아이 생산자와 사실상의 육체노예로서의 예전 지위를 넘어섰을 때 말입니다, 그때 그들은 여자들에게 불리하게 형세를 역전시키거나 하지 않고, 성에 관계없이 인간이면 누구나 받아야 할 존경과 힘과 영향력을 여자들에게도 당연히 그대로 인정했겠죠?

또 그런 식의 유머가 나오는구나.

아, 죄송합니다. 제가 잘못 끼어든 건가요?

우리 이야기로 돌아가보자. 그런데 "악마"의 발명에 관한 이야기를 계속하기 전에, 권력power에 대해 몇 마디 얘기하고 넘어가자. 사탄을 발명하게 된 이유가 바로 여기에 있으니까 말이다.

당신이 지금 지적하시려는 게 요즘 사회에서는 모든 힘을 남자들이 다 갖고 있다는 거죠, 그렇죠? 그렇다면 당신 이야기에 앞서 이런 일이 왜 생겼다고 보는지 제 생각을 말씀드릴게요.

당신은 모권제 시기의 남자들이 여왕벌에게 봉사하는 일벌과 흡사했다고 말씀하셨습니다. 또 남자들은 힘든 육체노동을 하고, 아이들을 생산하고 보호하는 역할을 담당했다고도 하셨고요. 그 순간 저는, "그래서 바뀐 게 뭐지? 남자들은 **지금도** 그렇게 하고 있잖아!"라고 말하고 싶었습니다. 그리고 장담하지만 별로 바뀌지 **않았노**라고 말할 남자들이 아마 많을 겁니다. 남자들이 자신들의 "알아주지 않는 역할"을 계속하는 대가를 건져냈다는 사실만 빼고요. 지금 남자들은 그때보다 더 많은 힘을 갖고 있죠.

사실상 대부분의 힘을 갖고 있다.

좋아요, 대부분의 힘이라고 합시다. 하지만 제가 여기서 보는 아이러니는 남자와 여자 양쪽 다가 남이 안 알아주는 일을 하는 쪽은 자신들인데, 온갖 즐거움을 다 누리는 쪽은 상대방이라고 생각한다는 거죠. 남자들은 자신들이 지닌 힘의 일부를 도로 가져가려는 여자들에게 화를 냅니다. 그 문화를 위해서 온갖 일을 다 하는 건 자기들인데, **그런 일들을 하기 위해 필요한** 최소한의 힘까지 갖지 못하다니, 그건 저주받은 거라면서요.

여자들은 또 여자들대로 남자들에게 화를 냅니다. 자신들은 그 문화를 위해서 자신들이 지금 하는 일을 앞으로도 계속할 텐데, 그런데도 여전히 아무 힘도 못 갖다니, 그건 저주받은 거라면서요.

네가 정확하게 분석했다. 남자와 여자 양쪽 다가 스스로 불

러들인 비참이라는 끝없는 순환 속에서 자신들의 실수를 반복하리라는 저주를 받고 있다. 그 저주는 남자나 여자 어느 한쪽이 삶이란 힘이 아니라 강함과 관련된 것임을 깨달을 때까지, 그리고 그 양쪽 다가 삶이란 분리가 아니라 합일과 관련된 것임을 이해할 때까지 풀리지 않을 것이다. **내적 권능**은 **합일**에 있기 때문이다. 반면에 분리된 내적 권능은 흩어져서 사람들이 자신을 약하고 무력하게 느끼도록 만들고, 따라서 권력을 찾아 투쟁하게 만든다.

너희에게 말하노니, 너희 사이의 골을 메워 분리의 환상을 끝내라, 그러면 너희는 내적 권능이라는 근원으로 되돌아가리니. 너희가 참된 힘, 뭐든 할 수 있고 뭐든 될 수 있으며 뭐든 가질 수 있는 힘을 발견하게 될 곳이 바로 여기다. 창조력은 합일이 만들어내는 내적 권능에서 나오는 것이기에.

이것은 너희와 너희 동료 인간들 간의 관계에서만이 아니라, 너희와 너희 신의 관계에서도 그러하다.

자신을 분리된 존재로 여기길 그만둬라. 내적 합일의 권능에서 나오는 모든 참된 힘이 너희 맘대로 휘두를 수 있는 너희 것—세상 전체로서, 그리고 그런 전체의 개별 부분으로서—이 되리니.

하지만 다음을 잊지 마라.

권력은 권능에서 나오지만, 권능은 설익은 권력raw power에서 나오지 않는다. 이 점에서 세상 사람들 대부분이 거꾸로 알고 있다.

권능 없는 권력은 환상이고, 합일 없는 권능은 거짓이다. 인간종에게 도움이 되지 않았으면서도, 너희 종의 의식 깊숙이 새겨진 거짓. 너희는 내적 권능이 **개별성**과 **분리됨**에서 나온다고 생각하지만, 아니다, 그렇지 않다. 사실 신에게서 분리되고 서로에게서 분리된 것이야말로 너희가 겪는 모든 기능장애와 고난의 원인이다. 그런데도 여전히 분리는 스스로 권능인 체해왔고, 너희 정치와 경제, 나아가 너희 종교까지도 그 거짓을 지속해왔다.

이 거짓이 온갖 전쟁과, 전쟁을 불러오는 온갖 계급투쟁의 발단이고, 인종간 성(性)간의 온갖 증오와, 증오를 불러오는 온갖 권력투쟁의 발단이며, 사사로운 온갖 분쟁과 분란들, 그리고 분란을 불러오는 온갖 내부 투쟁의 발단이다.

그런데도 너희는 그 거짓에 악착같이 매달린다. 그것이 아무리 너희를 익히 보던 곳으로 다시 데려간다 해도, 아니 때로는 그것이 너희를 몰락으로 데려갈 때조차도.

이제 내가 너희에게 말하노니, 진리를 알라, 그러면 진리가 너희를 자유케 하리니.

어떤 분리도 없다. 서로에게서도, 신에게서도, 존재하는 어떤 것에게서도.

나는 이 책에서 이 진리를 몇 번이고 되풀이할 것이다. 이 말을 몇 번이고 거듭할 것이다.

무엇에서도, 누구에게서도 분리되지 않은 것처럼 행동해보라, 내일이면 세상이 치유되리니.

이것은 동서고금을 통틀어 최대의 비책(秘策)이다. 인간이 몇천 년 동안 찾아왔던 대답이 이것이고, 인간이 이루려고 애써왔던 해결책이 이것이며, 인간이 갈구해왔던 계시가 이것이다.

어떤 것과도 분리되지 않은 듯이 행동해보라, 그러면 너희는 세상을 치유할 것이다.

그리고 그것은 지배하는 권력이 아니라 함께하는 권력과 관련된 것임을 이해하라.

고맙습니다. 이해가 됩니다. 그럼 되돌아가서, 처음에는 여자가 남자를 지배할 힘을 가졌는데 지금은 그게 뒤바뀌었고, 남자들은 부족이나 씨족의 여성 지도자에게서 이 힘을 빼앗아오기 위해 악마라는 걸 발명했다, 이런 이야긴가요?

그렇다. 그들은 두려움을 이용했다. 그들이 지닌 유일한 도구가 두려움이었기 때문이다.

그 역시 별로 변한 게 없군요. 남자들은 지금도 그렇게 합니다. 때로는 **이성**에 호소해보려고 하지도 않고 아예 처음부터 두려움을 이용하죠. 특히나 덩치 크고 힘센 남자들(혹은 덩치 크고 힘센 국가들)이라면요. 어떤 때는 힘이 정의고, 권능은 권력이라는 게 남자들 몸속에 완전히 배어 있는 것 같아요. **세포화된** 것처럼요.

그렇다. 모권제가 전복되고 나서는 줄곧 그런 식이었다.

어떻게 해서 그런 식으로 되었습니까?

이 짧은 역사가 이야기하려는 게 바로 그거다.

그렇다면 계속하십시오.

모권제 시기 동안 남자들이 지배권을 얻기 위해 해야 했던 일은, 자신들의 삶을 지배할 더 많은 힘이 남자들에게 주어져야 한다는 사실을 여자들에게가 아니라, 다른 남자들에게 납득시키는 것이었다.

어쨌든 삶은 순조롭게 흘러가고 있었고, 남자들이 자신들을 가치 있게 만들어줄 몇 가지 육체노동을 하고 나서 성관계를 갖는 식으로 그럭저럭 그날 하루를 보내는 것보다 더 안 좋은 방식으로 보낼 가능성이 여전히 존재하는 마당에, 무력한 남자들이 다른 무력한 남자들에게 권력을 추구하라고 납득시키기는 쉬운 일이 아니었던 것이다. 그들이 두려움을 찾아낼 때까지는.

두려움은 여자들이 고려하지 못했던 것들 중 한 가지였다.

이 두려움이란 건 가장 불만 많은 남자들이 뿌린 의심의 씨앗에서 시작되었다. 이들은 남자들 중에서 주로 "별 볼일 없는" 사람들이었다. 근력도 없고 별 매력도 없어서 여자들이 거의 관심을 두지 않는 남자들.

그리고 그런 상황이었기 때문에, 여자들이 그들의 불평을 성적 좌절감 때문에 분통을 터뜨리는 것으로 보고 신경 쓰지 않았을 거란 건, 제가 장담하죠.

정확하다. 그럼에도 그 불평분자들은 자신들이 지닌 유일한 도구를 활용할 수밖에 없었다. 그래서 그들은 의심의 씨앗에서 두려움을 키워내고자 했다. 그들은 이렇게 물었다. 만일 여자들이 틀렸다면 어떻게 하지? 여자들의 세상 경영 방식이 최선이 아니라면? 그리고 실제로 그런 방식 때문에 사회 전체, 인간 종 전체가 너무나도 확실하고 분명하게 절멸되고 마는 결과에 이른다면?

이것은 대다수 남자들이 상상도 못했던 의문이었다. 여하튼 여자들은 여신에게 이르는 직통 회선을 갖고 있지 않은가 말이다. 사실 그들은 신체상으로도 여신을 그대로 본받지 않았는가? 게다가 여신은 선하지 않은가?

이 교의는 너무나 강력했고, 너무나도 속속들이 배어 있어서, 남자들은 모권제 사람들이 상상하고 숭배했던 위대한 어머니라는 한없는 선량함에 맞서기 위해, 악마, 즉 사탄을 발명하는 것 말고는 달리 선택의 여지가 없었다.

그들은 "악자" 같은 게 있다는 사실을 사람들에게 어떤 식으로 납득시키려 했습니까?

그들 사회의 구성원들이라면 누구나 이해하고 있던 한 가지가 "썩은 사과" 이론이었다. 여자들조차도 아무리 어떻게 해보려 해도 그냥 "못됐다"고밖에 말할 수 없는 아이들이 있음을 경험으로 알고 있었다. 누구나 다 알듯이 특히 남자아이들 중에는 그런 통제 불능인 경우가 있기 마련이다.

그리하여 다음과 같은 신화가 만들어졌다.

하루는 여신 중의 여신인 위대한 어머니가 **착하지 않다**는 게 드러난 한 아이를 낳았다. 어머니가 아무리 애를 써도 아이는 착해지려 하지 않았다. 결국 그는 왕위를 놓고 자기 어머니에게 대항했다.

아무리 사랑 많고 용서 잘하는 어머니라도 이것만은 감당하기 힘들었기에, 그 아이는 영원히 추방당하고 말았다. 하지만 그는 더 교묘한 변장과 복장을 하고 계속해서 나타났다. 심지어 때로는 자신이 위대한 어머니인 체하면서.

이 신화는 남자들이 "우리가 숭배하는 여신이 진짜 여신인지 어떻게 알아? 그게 이제는 다 자라 우리를 농락하려는 그 나쁜 아이일 수도 있잖아?"라고 물을 근거를 마련했다.

이런 책략으로 남자들은 다른 남자들이 불안해하도록 만들었고, 그런 다음에는 여자들이 자신들의 걱정을 심각하게 받아들이지 않는 것에 화를 내면서 남자들더러 모반을 일으키게 만들었다.

너희가 지금 사탄이라고 부르는 존재는 이렇게 해서 창조되었다. "나쁜 아이"에 관한 신화를 창조하고, 그런 피조물의 존재 가능성을 씨족 여자들에게까지 확신시키는 건 어려운 일이 아니었다. 또 그 나쁜 아이가 남자라는 사실을 사람들에게 받아들이게 만드는 것 역시 어려운 일이 아니었다. 어차피 남자는 열등한 종자가 아닌가 말이다.

이런 책략은 다음과 같은 신화상의 문제를 제기하는 데 이용되었다. 그 "나쁜 아이"가 남자라면, 그 "못된 놈"이 사내라면,

누가 그를 제압할 수 있지? 여자인 여신이 그럴 수 없다는 건 분명하잖아?라는 문제를 제기하는 데. 남자들은 약삭빠르게도, 지혜와 통찰력, 명석함과 자비심, 계획성과 심사숙고라면 여자가 더 뛰어나다는 걸 의심할 사람은 아무도 없지, 하지만 야만스러운 힘이 문제되는 상황이라면 남자가 필요하지 않느냐고 반문했다.

이전의 여신 신화에서 남자들은 그냥 상대역이었다. 노복으로 봉사하면서, 여신의 장대함을 찬양하려는 자신들의 지치지 않는 욕망을 육욕의 차원에서 충족시키곤 했던, 여자의 짝.

하지만 이제는 그 이상을 할 수 있는 남자가 필요했다. 여신을 보호하면서 적을 막아낼 수도 있는 남자가. 이런 식의 변화가 하룻밤 사이에 이루어진 건 아니다. 그것은 오랜 세월에 걸쳐서 일어났다. 서서히, 아주 서서히, 사회들은 영적 신화들 속에서 남자들을 상대역인 동시에 보호자로 보기 시작했다. 이제 누군가에게서 여신을 지켜야 할 필요가 생긴 이상, 사회에 그같은 보호자가 필요한 건 당연한 일이었다.

그에 비한다면 남성이 보호자에서, 이제 여신 옆에 나란히 서는 **동등한 짝**으로 뛰어오른 것은 별반 중요한 사건이 아니었다. **남신(男神)**이 만들어졌고, 한동안은 남신들과 여신들이 함께 신화를 지배했다.

그러다가 다시 서서히 남신들에게 더 큰 역할이 주어졌다. 방어를 위한 필요, 힘을 위한 필요가 지혜와 사랑을 위한 필요를 대신하기 시작한 것이다. 그리하여 신화들 속에 새로운 종류의 사랑, 야만스러운 힘으로 보호하는 사랑이 태어났다. 하지만 그것은 자신이 보호하는 것을 탐내기도 하는 사랑, 자기 여신을 질투하는 사랑, 여자들의 욕정에 그냥 봉사하는 게 아니라 이제는 그것을 얻기 위해 싸우고 죽는 사랑이었다.

신화들은 말할 수 없이 아름다운 여신들을 놓고 다투고 싸우는, 엄청난 힘을 지닌 남신들을 부각시키기 시작했다. **질투하는 신은** 이렇게 해서 탄생했다.

이건 정말 흥미진진하군요.

기다려라. 이제 거의 다 끝나가는 중이니까. 하지만 아직 좀 더 남은 이야기가 있다.

오래지 않아 남신들의 질투는 여신들만이 아니라 온갖 영역의 온갖 창조물들로 넓혀져갔다. 이 질투 많은 신들은 요구했다. 다른 어떤 신도 사랑하지 말고 나를 사랑하라, 그러는 편이 좋다, 만일 **그러지 않는다면**—!

남자들은 가장 힘 있는 종자였고, 남신들은 가장 힘센 남자들이었기에, 이 새로운 신화를 놓고 다툴 여지는 거의 없는 듯이 보였다.

다투다가 진 사람들의 이야기가 나타나기 시작했다. **분노하는 신이 탄생한 것이다.**

그리고 뒤이어 신성(神性)의 개념이 완전히 뒤집혔다. 이제 신성은 온갖 사랑의 근원이 아니라 온갖 두려움의 근원이었다.

주로 여자였던 사랑의 모델, 예를 들면 자식에 대한 어머니의 사랑과, 그리고 그렇지, 그리 똑똑하지는 못해도 결국에 가서는 쓸모 있는 사람으로 만드는, 남편에 대한 부인의 사랑처럼 끝없이 인내하는 사랑이라는 모델은, 어떤 간섭도 참지 못하고, 어떤 무관심도 용납하지 못하며, 어떤 불쾌함도 그냥 넘어가지 못하는, 요구 많고 참을성 없는 남신의 질투하는 사랑, 분노하는 사랑으로 바뀌었다.

또한 한없는 사랑을 경험하고 자연법칙에 온순하게 복종하면서 흥겨워하던 여신의 웃음은, 사랑을 영구히 한정 짓고 자연법칙을 정복하겠노라 선언하면서 전혀 흥겨워하지 않는 남신의 근엄한 표정으로 바뀌었다.

이것이 너희가 지금까지 숭배하는 신이고, 바로 이것이 너희가 지금 그 자리로 오게 된 과정이다.

굉장하군요. 흥미진진하면서도 굉장해요. 그런데 뭘 지적하시려고 제게 이런 이야기들을 해주시는 겁니까?

너희 자신이 그 모든 걸 만들어냈음을 아는 게 중요하다. "힘이 정의"라거나 "권력이 곧 권능"이라는 발상이 생겨난 건 너희 남자들이 창조해낸 신학상의 신화들 속에서다.

분노하고 질투하고 화내는 신은 상상의 산물에 불과하다. 하지만 너희가 뭔가를 충분히 오랫동안 상상하면 **그것은 실재가 된다.** 너희 중에는 지금도 여전히 그것을 실재라고 여기는 사람들이 있다. 하지만 그것은 궁극의 실체, 혹은 실제로 이곳에서 벌어지는 상황과는 아무 관계도 없다.

그렇다면 실제로 벌어지는 건 뭔가요?

실제로 벌어지는 건, 너희 영혼은 자신이 상상할 수 있는, **가장 고귀한 자기 체험**을 갈망한다는 것이다. 영혼은 이 목적을 위해, 즉 체험으로 자신을 실현시키기 위해(즉 자신을 현실로 만들기 위해) 이곳에 왔다.

그러다가 영혼은 육신의 즐거움들—섹스만이 아니라 온갖 종류의 즐거움들—을 찾아냈고, 이런 즐거움들에 빠진 나머지, 점차 영적 즐거움을 잊고 말았다.

하지만 영적 즐거움 역시 즐거움이다. 그것은 몸이 너희에게 줄 수 있는 것보다 더 큰 즐거움인데도, 영혼은 이것을 잊고 말았다.

좋습니다. 그런데 우리는 지금 역사에서 완전히 벗어나서 당신이 이 대화에서 전에 언급했던 것으로 되돌아가고 있어요. 다시 역사로 되돌아가시면 안 될까요?

사실 우리는 역사에서 벗어나고 있는 게 아니다. 우리는 모든 걸 함께 묶으려 하고 있다. 보다시피, 그건 정말 아주 단순하다. 너희 영혼의 목적, 그것이 몸으로 오는 까닭은 '참된 자신'이 되고 '참된 자신'을 표현하는 것이다. 영혼은 이렇게 하기를, 자신과 자신의 체험을 알기를 갈구한다.

알고자 하는 이런 갈구가 바로, 되기를 추구하는 삶이다This yearning to know is life seeking to be. 이것은 표현하고 싶어하는 신이다. 너희 역사 속의 신은 실제로 존재하는 신이 아니다. 내가 지적하려는 게 이것이다. 내가 나 자신을 표현하고 체험하는 도구로 삼는 것은 너희 영혼이다.

그렇게 되면 당신 체험이 너무 많이 **제한되지** 않을까요?

그것이 그렇지 않을 때를 빼고는 그렇겠지. 그건 너희에게 달렸다. 너희가 택하는 수준이 어떤 것이든, 그 모든 수준에서 너희는 내 표현이고 내 체험이 된다. 대단히 장대한 표현을 택했던 사람들도 있었지만, 예수 그리스도보다 더 고귀한 표현을 택했던 사람은 없었다. 물론 똑같이 고귀한 표현을 택했던 사람들은 더 있지만.

그리스도가 가장 고귀한 예가 아니라고요? 그는 육화된 신이잖습니까?

그리스도는 가장 고귀한 예다. 그렇다고 그가 가장 고귀한 상태에 도달한 유일한 예는 아니다. 그리스도는 육화된 신이지만, 그렇다고 그가 신이 된 유일한 인간은 아니다.

모든 사람이 다 "육화된 신"이다. 너희는 자신의 지금 형상으로 나를 표현하고 있다. 하지만 나를 제한할까봐 염려하지 마라. 그것이 나를 얼마나 제한할지 염려하지 마라. 나는 제한되지 않고 있고, 지금까지도 제한되지 않았다. 너는 내가 택한 형상이 오직 너희뿐이라 생각하느냐? 너는 내가 내 본질로 물들인 생물이 오직 너희만이라 생각하느냐?

너희에게 말하노니, 모든 꽃과 모든 무지개, 하늘의 모든 별 속에 내가 있고, 그 별들 둘레를 도는 모든 행성, 그 안과 바깥에 존재하는 모든 것 속에 내가 있다.

나는 바람의 속삭임이고, 너희 햇볕의 따스함이며, 눈송이들마다의 믿기 힘든 독창성이자 놀라운 완벽이다.

나는 솟구쳐 날아오르는 독수리의 당당함이고, 들녘 암사슴의 지순함이며, 사자의 용기고, 고대인들의 지혜다.

그리고 나는 너희 행성에서 볼 수 있는 표현 양태들만으로 한정되지 않는다. 너희는 '내'가 누군지 모른다. 그냥 알고 있다고 여길 뿐이다. 하지만 나란 존재가 너희만으로 한정되거나, 내 '신성한 본질', 이 가장 '성스러운 영성'이 너희에게만 주어졌다고 생각하지 마라. 그건 건방진 생각, 오해에서 나온 생각이리니.

나는 모든 것 속에 존재한다. 모든 것 속에. 전부임은 내 표현이고 온전함은 내 본성이니, 나 아닌 것이 없고, 나 아닌 뭔가는 존재할 수 없다.

내 축복받은 창조물인 너희를 창조한 목적은 자기 체험을 창조하는 자로서 나 자신을 체험하기 위해서였다.

이해를 못하는 사람들도 있습니다. 우리 모두가 이해할 수 있도록 해주십시오.

오직 아주 특별한 생물만이 창조할 수 있는 신의 한 측면이 창조자로서의 내 측면이다.

나는 너희 신화 속의 신도 아니고 여신도 아니다. 나는 창조주다. 창조하는 자. 그럼에도 나는 '나 자신을 자신의 체험으로 알고자' 한다.

내가 눈송이를 통해 내 디자인의 완벽함을 알고, 한 송이 장미를 통해 내 경이로운 아름다움을 알듯이, 나는 너희를 통해 내 창조력을 안다.

나는 너희에게 네 체험을 의식하면서 창조할 수 있는, 내가 지닌 능력을 주었다.

너희를 통해 나는 내 모든 측면을 알 수 있다. 눈송이의 완벽함과, 장미의 경이로운 아름다움, 사자의 용기, 독수리의 당당함, 이 모든 것이 너희에게 거하고 있다. 나는 너희에게 이 모든 것에 보태 한 가지—그것을 자각할 수 있는 의식—를 더 심었다.

그러기에 너희는 자의식을 갖게 되는, 최고의 선물을 받았다. 너희는 자신이 자신임을 자각할 수 있게 되었다. 내가 바로 그런 존재다.

나는 자신이 자신**임을** 자각하는 나 자신이다.

이것이 '나는 나다I Am That I Am'라고 할 때의 의미다.

너희는 자각이라는 내 부분이 표현된 것이다.

그리고 너희가 체험하는 것(과 내가 너희를 통해 체험하는 것)은 나 자신을 창조하는 나다.

나는 쉬지 않고 나 자신을 창조하고 있다.

그 이야기는 신이 불변이 아니란 뜻입니까? 다음 순간에 당신이 무엇이 **될지는** 당신도 모른다는 뜻인가요?

내가 어떻게 알 수 있겠느냐? 너희가 아직 정하지도 않았는데!

터놓고 말할게요. 이 모든 걸 제가 정하고 있는 겁니까?

그렇다. 너희는 '내'가 되기를 선택하는 나다.

너희는 나다. 나인 것이 되기를 택하고, 내가 되려는 것을 택하는.

너희 모두는 이것을 집단으로 창조하고 있다. 너희 각자가 '자신이 누구인지' 결정하고 그것을 체험할 때, 너희는 개인 차원에서 이렇게 하고 있고, 너희가 공동으로 창조하는 집단 존재일 때, 너희는 집단으로 이렇게 하고 있다.

나는 너희 다수의 집단 체험이다.

그러면 당신은 다음 순간에 당신이 뭐가 될지 정말 모른단 말씀입니까?

잠시 전의 나는 유쾌해하고 있는 존재였다. 물론 나는 안다. 나는 너희의 모든 결정을 이미 알고 있기에, 내가 누군지, 내가 항상 누구였는지, 내가 언제나 누구일지 알고 있다.

내가 다음 순간에 무엇이 되고, 무엇을 하고, 무엇을 가지려는지, 당신이 어떻게 알 수 있습니까? 인류 전체가 뭘 선택할지는 말할 것도 없고요.

간단하다. 너희는 이미 그것들을 선택했다. 너희가 되려 하거나 하려 하거나 가지려 하는 것들, 그 모두를 너희는 이미 했다. 너희는 지금 이 순간 그것들을 하고 있다!
이해하겠느냐? 시간 같은 건 없다.

이것도 전에 이야기하셨는데요.

여기서 다시 살펴보는 것이 좋겠다.

좋습니다. 이것이 어떤 식으로 작동하는지 다시 한번 말씀해주십시오.

과거 현재 미래란 너희의 현재 체험을 짜 넣을 맥락을 만들어내기 위해 너희가 지어낸 개념들이고, 너희가 발명한 현실들이다. 그렇게 하지 않았더라면 너희의(우리의) 모든 체험이 중첩되고 말았을 것이다.
사실 그것들은 중첩되고 있다. 다시 말해 같은 "시간"에 일어나고 있다. 단지 너희가 이 사실을 모를 뿐이다. 너희가 '전체 실체Total Reality'의 윤곽을 그려줄 인식 껍질 속에 자신을 놓았기 때문이다.
나는 2권에서 여기에 대해 자세히 설명했다. 여기서 이야기되고 있는 것을 맥락 속에 제대로 놓으려면 그 책을 다시 읽어보는 게 좋을 것이다.

내가 여기서 말하려는 핵심은 그 모든 것이 한꺼번에 일어나고 있다는 것이다. 그야말로 모든 것이. 그렇다, 그래서 나는 내가 무엇"일지" 무엇"인지" 무엇"이었는지" 아는 것이다. 나는 이것을 항상always 알고 있다. 다시 말해 모든 면에서all ways.

그러니 보다시피, 너희는 어떤 식으로도 나를 놀라게 할 수 없다.

너희 이야기, 세상의 모든 드라마는 너희가 자신의 체험으로 자신이 누군지 알 수 있게 하기 위해서 창조되었다. 또한 그것은 너희가 '자신이 누군지' 잊을 수 있도록 설계되었다. 그래서 너희가 다시 한번 '자신이 누군지' 기억해내고, 그런 자신을 창조할 수 있도록.

내가 누구인지 이미 체험하고 있다면, 나 자신을 **창조할** 수 없기 때문이겠죠. 만일 내 키가 **이미** 180센티미터라면, 나는 180센티미터인 나를 창조할 수 없습니다. 따라서 나는 키가 180센티미터가 되지 **않거나** 적어도 **생각에서라도** 180센티미터가 되지 않아야 하는 거죠.

정확하다. 너는 그것을 완벽하게 이해했다. 창조자로서 자신을 표현하는 것이 영혼(신)의 가장 큰 바람이지만, 삼라만상이 이미 창조되어 있는 상황이니, 우리는 우리가 창조한 사실 자체를 까맣게 잊는 것 말고는 다른 선택의 여지가 없었다.

그렇다면 우리가 방법을 찾아냈다는 게 놀랍군요. 우리 모두가 '하나One'이고, '하나'인 우리는 신이라는 사실을 "잊으려는" 건, 흡사 방안에 분홍 코끼리가 있는 걸 잊으려는 것과 같을 테니 말입니다. 어떻게 우리가 그 정도로 최면 상태에 빠질 수 있었을까요?

자, 너는 이제 막 모든 물질 삶의 비밀스러운 이치를 건드렸다. 너희를 그토록 심한 최면에 걸리게 한 게 바로 물질계에서의 삶이다. 그리고 그만큼 그건 어쨌든 놀라운 모험이기 때문이다!

우리가 여기서 잊기 위해 사용했던 것이 너희 중 일부가 '쾌감 원칙Pleasure Principle'이라 부르는 것이다.

가장 고귀한 성질의 즐거움은 너희더러 '자신이 참으로 누구인지'를 바로 지금 여기서 체험으로 창조하게끔 만들고, 다음번의 가장 높은 장대함의 수준에서 '자신이 누구인지'를 재창조하고, 재창조하고, 다시 또 창조하게끔 만드는, 바로 그런 측면의 즐거움이다. 신의 가장 큰 즐거움이 바로 이것이다.

그리고 가장 저급한 성질의 즐거움은 너희더러 '자신이 참으로 누구인지'를 잊게끔 만드는, 바로 그런 측면의 즐거움이다. 그러니 그 저급함을 비난하지 마라. 그것이 없었다면 고귀함도 체험할 수 없었을 테니.

그 말씀은, 처음에는 우리더러 '자신이 누구인지' 잊게 만드는 육신의 즐거움이, 나중에 가서는 우리가 기억에 이를 수 있게 해주는 통로가 되리라고 하시는 것 같은데요.

드디어 이해했구나. 네가 말한 그대로다. '자신이 누군지' 기억해내는 통로로서 물질의 즐거움을 이용하는 것은 모든 생명의 기본 에너지를 몸을 통해 끌어올림으로써 이루어진다.

이것이 너희가 이따금 "성 에너지"라 부르는 에너지다. 그 에너지는 소위 '제3의 눈'이라는 지점에 도달할 때까지 너희 존재의 내부 경혈을 따라 끌어올려진다. 제3의 눈은 이마 바로 아래, 눈과 눈 사이에서 약간 위쪽에 있는 지점이다. 에너지를 끌어올릴 때, 너희는 그것이 너희 몸 전체를 훑으면서 지나게 한다. 그것은 내면 오르가슴과 비슷하다.

어떤 식으로 해서 이렇게 됩니까? 어떻게 하는 겁니까?

너희는 "그걸 고안해낸다". 내 말은 말 그대로 그렇다는 것이다. 너희는 말 그대로 소위 "차크라"의 내면 통로를 "고안해낸다." 누구나 섹스에 대한 갈증을 갖게 되듯이, 생명 에너지가 일단 되풀이해서 끌어올려지고 나면, 누구나 이 체험을 구하는 취향을 갖게 된다.

에너지가 끌어올려지는 체험은 굉장한 것이어서, 그것은 재빨리 너희가 가장 바라는 체험이 된다. 그렇더라도 너희는 에너지를 낮추려는—기본 욕구를 충족하기 위해—갈망을 완전히 잃지는 않을 것이고, 내가 여러 번 지적했듯이, 낮은 체험 없이는 높은 체험도 존재할 수 없으니, 그러려고 애쓸 필요도 없다. 일단 높은 체험에 이르고 나면, 너희는 높은 것으로 옮겨가는 즐거움을 다시 한번 체험하기 위해 낮은 체험으로 되돌아가지 않을 수 없다.

이것은 모든 생명의 성스러운 리듬이다. 너희는 너희 몸 안에서 에너지를 돌리는 것으로 이렇게 할 뿐 아니라, '신의 몸' 안에서 더 큰 에너지를 돌리는 것으로도 이렇게 한다.

너희는 저급한 형상으로 육화하여 높은 의식 상태로 진화한다. 말하자면 너희는 그냥 신의 몸 안에서 에너지를 끌어올리고 있을 뿐이다. 너희 자신이 **바로** 그 에너지다. 그리고 가장 높은 상태에 이르러 그것을 충분히 체험하고 나면, 너희는 다음번에 무엇을 체험하고 싶은지와, 그것을 체험하기 위해 상대성 영역에서 어디로 가고 싶은지를 정한다.

너희는 자신으로 되어가는 자신을 다시 체험하고 싶어서—사실 이건 굉장한 체험이다—'우주 수레바퀴Cosmic Wheel' 위에서 처음부터 완전히 다시 시작할 수도 있다.

그게 "업보의 수레바퀴karmic wheel"와 같은 겁니까?

아니다. "업보의 수레바퀴" 같은 건 없다. 너희가 상상해온 그런 방식으로는. 너희 중 다수는 자신이 수레바퀴가 아니라 **발로 밟아 돌리는 바퀴**treadmill 위에 있다고 상상해왔다. 그러기에 너희는 그 속에서 과거 행위들이 빚어낸 업을 갚고, 어떤 새로운 업도 빚어내지 않으려고 영웅적인 노력을 기울인다. 이것이 너희 중 일부가 "업보의 수레바퀴"라 불러온 것이다. 이것은 너희의 몇몇 서양 신학들과도 크게 다르지 않다. 어느 쪽 패러다임이나 너희를, 다음번 영적 수준으로 옮겨가기 위해 정화되고자 애쓰는 무가치한 죄인으로 여긴다는 점에서.

　　반면에 나는, 내가 여기서 묘사해온 체험을 우주 수레바퀴라 부른다. 무가치함이나 업보, 처벌이나 "정화" 따위는 존재하지 않기 때문이다. 우주 수레바퀴란 너희라면 그냥 궁극의 실체, 혹은 삼라만상의 우주철학이라 불렀을 것에 지나지 않는다.

　　그것은 생명의 순환, 혹은 내가 이따금 '과정Process'이라 이름 붙였던 것이다. 그것은 시작도 끝도 없는 상태, 삼라만상 모든 것이 서로 한없이 연결되는 길, 그것을 따라 영혼이 영원토록 즐겁게 여행하는 길을 묘사한 의태어다.

　　그것은 모든 생명의 성스러운 리듬이다. 이 리듬에 따라 너희는 신의 에너지를 움직인다.

와! 이런 이야기를 이처럼 쉽게 설명해주시다니! 이런 걸 이렇게 명확하게 이해해본 적이 없는 것 같습니다.

　　음, 여기서 너희가 자신더러 체험시키려고 가져오는 것이 명확성이다. 이 대화의 목적 또한 여기에 있다. 그래서 네가 그것을 얻었다고 하니 기쁘구나.

사실 우주 수레바퀴에는 "높고 낮은" 곳이 있을 수가 없죠. 어떻게 있을 수 있겠습니까? 그건 **바퀴**지, **사다리**가 아닌데요.

　　아주 훌륭하다. 뛰어난 심상imagery이자 뛰어난 이해라는 게 그런 것이다. 그러니 소위 인간의 저급한 동물적 기본 본능들을 비난하지 마라. 오히려 그것들을 축복하고, 그것들을 너희가 집으로 돌아올 길을 찾아내기 위해 거쳐야 하고 써먹어야 할 길로서 존중하라.

이런 이야기는 많은 사람들을 섹스와 관련된, 허다한 죄의식들에서 벗어나게 해줄 겁니다.

내가 섹스와, 나아가 삶의 모든 것을 즐기고, 즐기고, 또 **즐기라**고 말한 이유가 그것이다.

너희가 성스럽다고 칭하는 것들을 신성모독과 뒤섞어라. 너희가 자신의 제단을 사랑을 위한 최고의 장소로 보고, 자신의 침실을 예배를 위한 최고의 자리로 볼 때까지, 너희는 전혀 아무것도 보지 못하리니.

너는 "섹스"가 신과 별개라고 생각하느냐? 너희에게 이르노니, **나는 밤마다 너희 침실에 있다!**

그러니 그대로 계속하라! 소위 불경스러움을 이른바 심오함과 뒤섞어라. 아무런 차이도 없음을 보고, 그 모든 걸 너희가 하나로 체험할 수 있도록. 그런 식으로 진화해갈 때, 너희는 섹스를 놓아버리는 자신이 아니라, 그냥 그것을 더 높은 수준에서 즐기는 자신을 보게 될 것이다. 삶의 모든 것이 S.E.X, 다시 말해 에너지의 종합 교환Synergistic Energy eXchange이기에.

섹스를 놓고 이 점을 이해할 때, 너희는 삶의 모든 것을 놓고, 심지어 너희가 "죽음"이라 부르는 삶의 종말을 놓고도, 이 점을 이해하게 될 것이다. 너희는 죽음의 순간에도 삶을 놓아버리는 자신을 보지 않고, 그것을 그냥 더 높은 차원에서 즐기는 자신을 보게 될 것이다.

그리고 마침내 너희가 신의 세계에는 어떤 분리도 없음을 이해할 때, 즉 신이 아닌 건 아무것도 없음을 이해할 때, 그때서야 비로소 너희는 소위 사탄이라는 이 인간의 발명품을 내려놓게 될 것이다.

만일 사탄이 존재한다면, 그건 나와의 분리에 대해 지금껏 너희가 지녔던 온갖 생각들로 존재하는 것이다. '나는 존재하는 전부'니, 너희는 내게서 떨어질 수 없다.

남자들이 악마를 발견했던 건 자신들이 원하는 것을 사람들이 하도록 을러대기 위해서였다. 그렇게 하지 않는다면 신에게서 분리되리라는 위협을 휘두르면서. 그중에서도 영원히 꺼지지 않는 지옥 불길 속으로 던져지리라는 선고는 **최고의 협박전술**이었다. 하지만 이제 너희는 더 이상 겁낼 필요가 없다. 그 무엇도 너희를 내게서 떼놓을 수 없으며, 앞으로도 영원히 그러할 것이기에.

너희와 나는 '하나'다. 내가 나라면, 내가 존재하는 전부라면, 우리는 그렇지 않을 도리가 없다.

그렇거늘 왜 내가 나 자신을 심판하겠는가? 그리고 내가 무슨 수로 그렇게 하겠는가? 나 자신이 '존재 전체'고 그 밖에 다른 건 존재하지 않거늘, 어떻게 내가 나 자신을 내게서 분리할 수 있겠는가?

내 목적은 진화에 있지 심판에 있지 않고, 성장에 있지 죽음에 있지 않으며, 체험에 있지 체험하지 못함에 있지 않다. 내 목적은 존재함에 있지, 존재하기를 그침에 있지 않다.

나로서는 나 자신을 너희에게서, 아니 다른 어떤 것에서도 분리시킬 방도가 없다. 그냥 이것을 모르는 것, 그것이 "지옥"이고, 이것을 완벽하게 알고 이해하는 것, 그것이 "구원"이다. 이제 너희는 구원받았다. 너희는 더 이상 "죽은 다음에" 자신에게 무슨 일이 벌어질지를 놓고 염려할 필요가 없다.

Conversations with God

3

잠시 이 죽음이란 걸 놓고 이야기할 수 있을까요? 당신은 이 3권이 더 높은 진리들, 보편 진리들을 다루게 될 거라고 하셨습니다. 그런데 지금까지 우리가 나눈 이야기를 다 훑어봐도 죽음과 죽고 난 후에 무슨 일이 벌어지는지에 대해서는 그다지 다룬 것 같지 않습니다. 지금 그 이야기를 해보면 어떨까요? 그 문제로 한번 가보면요.

좋다. 네가 알고 싶은 게 무엇이냐?

죽으면 무슨 일이 벌어지나요?

너는 무슨 일이 벌어지길 택하겠느냐?

당신 이야기는, 무슨 일이 벌어지는가는 우리 선택에 달렸다는 건가요?

너는 단지 죽었다는 이유만으로 너희가 창조를 멈춘다고 생각하느냐?

모르겠습니다. 그래서 당신께 묻는 거구요.

그렇다면 됐다 (덧붙이자면 너는 알고 있다. 하지만 나는 네가 잊었음—이건 굉장한 일이다—도 이해한다. 그 모든 것이 계획에 따른 것이다).

죽더라도 너희는 창조를 멈추지 않는다. 이건 확실하게 이해가 되느냐?

예.

좋다.

그런데 너희가 죽어서도 창조를 멈추지 않는 건, 너희는 결코 죽지 않기 때문이다. 너희는 생명 자체이니 죽을 수가 없다. 생명이 생명이 **아닐** 순 없기에, 너희는 죽을 수 없다.

따라서 너희가 죽는 순간에 벌어지는 일은…… 너희가 계속해서 살고 있는 것이다.

"죽었던" 그 많은 사람들이 죽었다는 사실을 믿지 않는 까닭이 이것이다. 그들은 죽는 체험을 하지 않았다. 오히려 그들은 훨씬 생생하게 살아 있는 듯이 느낀다(실제로 그렇기 때문에). 그래서 혼란이 일어나는 것이다.

그는 아마도 뻣뻣하게 굳어서 움직이지 않고 누워 있는 자기 육신을 볼 것이다. 그런데도 자신은 순식간에 방 안 곳곳을 돌아다니고 있지 않은가! 그것은 흔히 온 방 안을 말 그대로 날아다니는 체험을 한다. 그런 다음에는 공간 속 어떤 곳이든, 그야말로 순식간에. 그것이 특정한 조망 지점을 바라기라도 할라치면, 그것은 순식간에 그런 체험을 하는 자신을 발견한다.

만일 그 영혼soul(앞으로 우리가 그것에 붙이려는 이름인)이 "아니, 내 몸이 왜 움직이지 않지?"라고 궁금해하면, 영혼은 바로 그곳에 가 있는 자신을 발견할 것이다. 몸 바로 위에 둥둥 떠서 그 부동의 상태를 신기한 듯이 지켜보는 자신을.

만일 누군가가 방으로 들어왔는데, 그 영혼이 "저게 누구지?"라고 생각하면, 영혼은 당장에 그 사람의 바로 코앞이나 바로 옆에 있게 된다.

그리하여 영혼은 자신이 생각의 속도로 어디로든 갈 수 있다는 걸 금세 깨닫는다.

믿을 수 없는 자유로움과 경쾌함이 그 영혼을 휘어잡는다. 그 실체가 온갖 생각을 하면서 이런 식으로 여기저기 튀어다니는 데 "익숙해지기"까지 걸리는 시간은 대개 잠깐만으로 충분하다.

만일 그 사람에게 자식이 있다면, 그는 당연히 자기 아이들을 생각할 것이고, 그러면 그 애들이 어디에 있든 영혼은 순식간에 아이들 앞에 가 있게 된다. 따라서 영혼은 자기가 원하는 곳이면 어디든 생각의 속도로 있을 수 있다는 사실만이 아니라, 두 곳이나 세 곳, 혹은 다섯 곳이라도 동시에 있을 수 있다는 걸 깨닫는다.

영혼은 곤란이나 혼란을 겪는 일 없이, 이런 여러 장소들에서 동시에 존재하고 관찰하며 행동할 수 있다. 그런 다음 그것은 그냥 다시 초점을 맞추는 것만으로 한 곳으로 되돌아와 자신을 "재결합할" 수 있다.

그 영혼은 이승에서 기억해냈더라면 좋았을 사실, 즉 온갖 결과를 창조하는 건 결국 자신의 생각이고, 드러남을 가져오는 건 자신의 의지intent라는 사실을 저승에서 기억하는 것이다.

내가 의지를 가지고 초점을 맞추면, 그게 내 현실이 된다는 거군요.

맞았다. 유일한 차이는 너희가 그 결과를 체험하는 속도다. 물질 삶에서는 생각과 체험 간에 시간 간격이 있을 수 있지만, 영계에서는 어떤 지연(遲延)도 없다. 결과는 즉시 이루어진다.

따라서 새롭게 몸에서 벗어난 영혼은 자신의 생각을 아주 조심스럽게 조절하는 법을 배운다. 자신이 무엇을 생각하든, 그것을 그대로 체험해버리게 되기 때문이다.

나는 여기서 "배운다"는 말을 아주 느슨하게, 사실 묘사라기보다는 구어(口語)투로 쓰고 있다. 그보다는 차라리 "기억해낸다"는 용어가 좀 더 정확할 것이다.

만일 물질화된 영혼이 영성화된 영혼만큼 빠르고 효율적으로 자기 생각을 조절하는 법을 배운다면, 그의 삶 전체가 바뀔 것이다.

개인 현실의 창조는 생각의 조절, 혹은 기도라고 부를 수 있는 것에 전적으로 좌우된다.

기도요?

기도의 최고 형태가 생각의 조절이다. 그러니 오직 좋은 것, 바른 것만을 생각하라. 부정과 어둠 속에 머물지 마라. 그리고 상황이 암울해 보이는 순간들이라도, 아니 특히 그런 순간들일수록, 오직 완벽만을 보고 오직 감사만을 표현하라. 그런 다음에는 너희가 다음번에 드러내고 싶은 완벽이 무엇일지만을 상상하라.

이 공식 속에 차분함이 있고, 이 과정 속에 평온함이 있으며, 이 깨달음 속에 기쁨이 있다.

이건 정말 굉장하군요. 정말 굉장한 정보입니다. 이걸 절 통해 보내주셔서 고맙습니다.

그걸 보내줄 수 있게 해줘서 고맙다. 네가 다른 때보다 더 "깨끗한" 때가 있고, 다른 순간보다 더 많이 열린 순간이 있다. 이제 막 헹궈낸 체처럼 그것은 더 넓게 "뚫려 있다". 더 많은 그물눈들이 열려 있는 것이다.

아주 멋지게 표현하십니다.

나도 최선을 다하고 있다.

그럼 다시 재생시켜보자. 몸에서 벗어난 영혼은 자신의 생각을 아주 조심스럽게 제어하고 조절하는 법을 재빨리 기억해낸다. 그가 뭘 생각하든, 바로 그것을 창조하고 체험하게 되기 때문이다.

다시 말하지만, 이것은 여전히 몸을 가지고 살아가는 영혼들의 경우에도 동일하다. 다만 대체로 그 결과가 즉각적이 아니란 사실만 빼고. 자기가 상황을 벌어지게 하는 게 아니라 자기에게 상황이 벌어진다는 환상, 그 문제에서 **자신이 원인임을 잊게 만드는 환상을** 만들어내는 것이, 생각과 창조 간의 이 "시간" 간격—며칠이나 몇 주, 몇 달, 심지어 몇 년이 될 수도 있는—이다.

내가 이미 여러 번 서술했듯이, 이 잊어버림은 "그 체계 속에 심어져" 있다. 그것은 과정의 일부다. '자신이 누군지' 잊지 않고서는, 너희는 '자신'을 창조할 수 없으니, 잊음을 불러오는 그 환상은 일부러 만들어낸 결과다.

그러니 몸을 떠났을 때, 생각과 창조 사이의 공공연하고도 즉각적인 연결 관계를 보는 건 너희로서는 참으로 놀라운 일일 것이다. 하지만 처음에는 그것이 충격적인 놀라움이겠지만, 그러고 나서 자기 체험의 창조에서 자신이 그 결과가 아니라 원인임을 기억해내기 시작했을 때, 그것은 대단히 즐거운 놀라움으로 바뀔 것이다.

우리가 죽기 전에는 생각과 창조 사이에 그런 지연이 있는데, 왜 죽고 나면 아무런 지연도 없는 겁니까?

너희가 시간이라는 환상 속에서 움직이고 있기 때문이다. 너희가 몸을 떠나면 시간이라는 매개변수에서도 떠나게 되니, 생각과 창조 사이에 어떤 지연도 있을 수 없다.

다른 말로 하면, 당신이 그토록 자주 말씀하셨듯이 시간은 존재하지 않는다는 거군요.

너희가 이해하는 식으로는 아니다. "시간"이라는 현상은 실제로는 관점perspective의 작용이다.

우리가 몸으로 있는 동안에는 왜 시간이 존재하는 겁니까?

그것을 있게 한 것은 너희가 지금 관점 속으로 들어오고, 지금 관점을 가정했기 때문이다. 너희는 이 관점을 도구로 사용하여 자신의 체험들을 단일 사건이 아니라 개별 조각들로 나눔으로써, 그것들을 훨씬 더 충분히 탐구하고 검토할 수 있게 만든다.

삶은 단일 사건, **지금 이 순간** 우주에서 벌어지는 일이다. 그 모두가 지금 일어나고 있다. 모든 곳에서.

지금 말고는 어떤 "시간"도 없고, **여기** 말고는 어떤 "공간"도 없다.

여기와 지금이 존재하는 전부다.

그럼에도 너희는 여기와 지금의 장대함을 낱낱이 체험하고, 성스러운 자신을 바로 지금 여기서 그 현실을 창조하는 자로서 체험하기를 원했다. 너희가 그렇게 할 수 있는 단 두 가지 방식,

단 두 가지 체험 영역이 존재했으니, 시간과 공간이 그것이었다.

이것은 너무나도 멋진 생각이어서 너희는 말 그대로 기뻐서 폭발했다!

그 기쁨의 폭발로 너희 부분들 사이에 공간이 창조되었고, 너희의 한 부분에서 다른 부분으로 옮겨가는 데 시간이 걸렸다.

이런 식으로 너희는 자신의 조각들을 바라보기 위해 그야말로 **너희 자신을 찢었다.** 너희라면 아마 너무나 행복해서 "펑 터져버렸다"고 말하겠지만.

그때 이후로 계속해서 너희는 그 조각들을 주워들고 있다.

제 삶이 완전히 그래요! 전 그냥 그 조각들을 함께 모으고 있는 겁니다. 그것들이 어떤 의미를 지니는지 알아보려고 애쓰면서요.

그리고 너희는 소위 시간이란 장치를 써서, 조각들을 떼어내고 나눌 수 없는 것을 나누어, 자신이 뭔가를 창조하는 동안, 그것을 좀 더 충분히 이해하고 체험하려고 애써왔다.

너희는 단단한 물체란 게 기실 전혀 단단하지 않고, 사실 100만 가지 다양한 결과들—모두가 한꺼번에 벌어지기에 더 큰 결과를 빚어내는 다양한 상황들—의 덩어리임을 알면서도 현미경을 통해 그것을 살펴보는 것과 꼭 마찬가지로, 시간을 너희 영혼의 현미경으로 사용한다.

바위의 우화를 생각해보라.

옛날에 바위 하나가 있었다. 그 바위는 무수한 원자와 양자와 중성자와 아(亞)분자 물질 미립자들로 가득 차 있었다. 이

미립자들은 어떤 패턴을 이루면서 쉬지 않고 빙빙 돌고 있었다. 각각의 미립자들은 "여기"서 "저기"까지 가고 있었고, 그렇게 하기 위해서는 "시간"이 걸리지만, 그럼에도 너무나 빨리 움직여서 바위 자체는 전혀 움직이지 않는 듯이 보였다. 그것은 그냥 있었다. 그 자리에 드러누운 채 햇빛에 취하고 비에 젖으면서 꿈쩍도 하지 않고.

"이게 뭐지? 내 안에서 움직이는 게?"

바위가 묻자 아득히 멀리서 '한 목소리'가 대답했다.

"그건 너다."

"나라고? 맙소사, 이건 있을 수 없는 일이야. 난 전혀 움직이지 않고 있어. 누가 봐도 알 수 있는 거잖아."

바위의 대꾸에 목소리는 동의했다.

"그래, **떨어져서 보면**. 이 위에서 보면 너는 단단하고, 움직이지 않고, 가만히 있는 듯이 보이지. 하지만 가까이 다가가면, 실제로 벌어지는 상황을 아주 자세히 들여다보면 말이야, 내 눈에는 너란 존재를 구성하는 모든 것이 **움직이는** 게 보여. 그것들은 너를 '바위'라는 물체로 만들어주는 특정한 패턴에 따라 시간과 공간 속을 믿을 수 없을 만큼 빠른 속도로 움직이고 있어. 그러니 너는 마치 요술 같아! 너는 움직이면서 또한 **움직이지 않아**."

"그렇다면 환상은 어느 쪽이지? 바위의 일체성, 부동성인가? 아니면 부분들의 분리와 운동인가?"

바위의 물음에 목소리는 이렇게 대답했다.

"그렇다면 환상은 어느 쪽이지? 신의 일체성, 부동성인가?

아니면 부분들의 분리와 운동인가?"

내가 너희에게 말하건대, 이것은 만세반석Rock of Ages이니, 나는 이 반석 위에 내 사원을 짓겠노라. 이것은 백방으로 구해야 간신히 찾을 수 있는 영원한 진리다. 나는 너희를 위해 여기 이 짧은 이야기에서 그 모든 걸 설명했다. 이런 게 우주철학이다.

삶이란 믿을 수 없을 만큼 빠르고 미세한 일련의 운동이다. 이 운동들은 존재 전체의 부동성과 존재성에 아무런 영향도 미치지 않는다. 그럼에도 바위의 원자들이 그랬듯이, 그것은 바로 너희 눈앞에서 부동성을 창조하는 운동이다.

이만큼 떨어져서 보면 분리 따위는 없다. 존재 전체는 존재하는 모든 것이고, **그 외의 것은 존재하지 않으니**, 그런 건 있을 수 없다. 나는 '부동의 동인Unmoved Mover'이다.

하지만 너희가 존재 전체를 바라보는 한정된 관점에서 보면, 너희는 나뉘고 분리된 존재들이다. 부동의 한 존재가 아니라, 쉼없이 움직이는 무수히 많은 존재들.

둘 다 정확한 관찰이다. 두 현실 다 "진짜"다.

그러니까 내가 "죽더라도", 나는 전혀 죽는 게 아니군요. 단지 "시간"이나 공간, 지금과 그때, 전과 후가 전혀 없는, 거시우주에 대한 인식으로 바뀌는 것뿐이군요.

맞다. 이해했구나.

제가 그 점을 당신에게 도로 설명해드릴 수 있을지 한번 해볼게요.

제가 그걸 묘사할 수 있을지 말입니다.

그렇게 해라.

거시 관점에서 보면 어떤 분리도 없습니다. "저 멀리서 보면" 만물의 모든 미립자가 그냥 하나인 듯이 보이는 거죠.

발치에 놓인 바위를 쳐다볼 때, 당신은 바로 그 순간 그 자리에서 그 바위를 온전하고 완전하고 완벽한 것으로 보지만, 당신이 바위를 의식하는 그 찰나에도 바위 속에서는 많은 일이 진행되고 있습니다. 놀라운 속도로 움직이는 바위 미립자들의 엄청난 운동이 있는 거죠. 그리고 그때 그 미립자들이 하는 일은, 존재하는 그대로의 바위를 만들어내는 겁니다.

아무리 당신이 그 바위를 자세히 들여다봐도, 당신에게는 이 과정이 보이지 않습니다. 설사 개념으로는 그것을 알고 있다 해도, 당신에게는 그 모든 게 "지금" 벌어지고 있는 거죠. 바위는 바위가 **되어가는** 게 아니라, 바로 지금 여기서 바위입니다.

하지만 당신이 바위 속 한 아분자 미립자의 의식이라면, 당신은 처음에는 "여기" 있다가 다음에는 "저기" 있으면서, 광란의 속도로 움직이는 자신을 체험할 것입니다. 그래서 바위 바깥의 어떤 목소리가 당신에게 "그 모든 것이 한꺼번에 일어나고 있다"고 말한다면, 당신은 그를 거짓말쟁이나 협잡꾼이라 부르겠죠.

하지만 바위에서 떨어져서 보면, 바위의 일부가 다른 부분과 분리되어 있고, 게다가 그것이 광란의 속도로 돌고 있다는 발상 쪽이 되레 거짓으로 보입니다. 그 거리에서는, 그 안에서는 보이지 않던 것, 즉 모두가 '하나'이며, 그 모든 운동을 가지고도 **무엇 하나 움직일 수 없다**는 사실을 볼 수 있는 거죠.

네가 해냈구나. 너는 그것을 이해했다. 네가 말하는 건—그것은 정확하다—삶이란 결국 관점의 문제란 것이다. 만일 네가 계속해서 이 진리를 이해한다면, 너는 신의 거시 현실을 이해하기 시작할 것이고, **그 모두가 같은 것**이라는 우주 전체의 비밀을 풀게 될 것이다.

우주는 신의 몸속에 든 분자다!

사실 크게 다르지 않다.

그리고 소위 "죽을" 때, 우리가 돌아가는 의식이 이 거시 현실이고요?

그렇다. 하지만 너희가 돌아가는 거시 현실조차도 **훨씬 더 큰 거시 현실의 미시 현실**일 뿐이다. 그리고 그 거시 현실은 다시 더 큰 현실의 소부분이고…… 또 그것은 다시…… 말하자면 끝없이 계속되는 영원한 세계다.

우리가 더 이상 그것이 아닌 다른 뭔가가 될 때까지…… 우리는 끊임없이 자신을 창조하면서, 끊임없이 지금의 우리가 되고 있는 신, "존재" 자체다.

심지어 바위조차도 영원히 바위이지는 않으리니, 다만 "영원할 것처럼" 보일 뿐이다. 사실 바위이기 전에 그것은 다른 뭔가여서, 몇십만 년이 걸리는 과정을 거치고서야 비로소 바위로 굳어졌다. 그것은 한때 다른 뭔가였고, 앞으로 다시 다른 뭔가일 것이다.

너희 역시 마찬가지다. 너희가 언제나 지금의 "너희"였던 건 아니다. 너희는 다른 뭔가였다. 그리고 너희가 완벽한 장대함으로 그곳에 서 있는 지금, 너희는 진실로…… "다시 다른 뭔가"다.

우와, 정말 놀랍군요. 뭐라 말할 수 없이 굉장해요! 이런 건 한번도 들어본 적이 없습니다. 당신은 삶의 우주철학을 통째로 집어들어서는 그걸 내 머리에 쏙쏙 박히는 용어들로 표현해주셨습니다. 정말 굉장해요.

오, 고맙다. 그렇게 말해줘서. 나는 최선을 다하고 있다.

당신은 끔찍할 정도로 잘하고 계십니다.

네가 거기서 택했어야 할 용어가 그건 아닌 것 같은데.

아차.

그냥 장난이다. 이쯤에서 분위기를 누그러뜨리고 좀 웃자고 한 소리다. 사실 나를 "화나게" 만들 순 없다. 그런데도 네 동료 인간들은 자주 나를 대신해서 자신들을 화나게 만들곤 한다.

저도 눈치채고 있었습니다. 그런데 되돌아가서요, 이제 막 제가 뭔가 붙든 것 같습니다.

그게 뭐냐?

이 모든 설명은, 제가 "혼이 몸에서 벗어났을 때는 '시간'이란 게 존재하지 않는데 우리가 몸으로 있는 동안에는 왜 시간이 존재합니까?"라는 단 한 가지 물음에서 나왔습니다. 그리고 당신이 말씀하시는 건, 사실 "시간"이란 **관점**이다, 그것은 "존재하지도" "존재하기를 그치지도" 않는다, 하지만 영혼이 자신의 관점을 바꾸면, 우리는 다양한 방식으로 궁극의 실체를 체험한다는 것인 듯합니다.

바로 그것이 내가 말하는 것이다! 너는 이해했다!

그리고 당신은, **거시우주**에서는 영혼이 생각과 창조, 다시 말해 **발상과 체험 간의 직접적인 연결 관계를 깨닫는다는** 더 큰 측면을 지적하셨구요.

그렇다—거시 차원에서 그것은 바위를 보고 바위 내부의 운동을 보는 것과 같다. 분자 운동과 그것이 창조해내는 바위라는 외관 사이에는 어떤 "시간"도 존재하지 않는다. 운동이 일어나고 있을 때도, 바위는 그냥 "있다". 아니 사실 운동이 일어나기 **때문에** 바위는 있는 것이다. 이 원인과 결과는 즉각적이다. 운동은 일어나고 있고, 바위는 "존재하고" 있다, 완전히 "동시"에.

소위 "죽음"의 순간에 영혼이 깨닫는 것이 이것이다. 그것은 그냥 관점의 변화다. 너희는 더 많이 보기에 더 많이 이해한다.

죽고 나면 너희는 더 이상 자신의 이해로 한정되지 않는다. 너희는 바위도 보고 바위 안도 본다. 그때 너희는 지금이라면 삶의 가장 복잡한 측면처럼 보였을 것을 보고도 "당연하지"라고 말할 만큼, 그 모든 것이 너희에게 너무나 명확할 것이다.

그러고 나면 너희가 깊이 생각해봐야 할 새로운 수수께끼들이 나타나리니, 우주 수레바퀴를 따라 돌면서 너희는 훨씬 더 큰 현실들, 훨씬 더 큰 진리들을 만날 것이다.

하지만 너희가 자신의 관점이 생각을 창조하고 생각이 만사를 창조한다는 이 진리를 기억해낼 수 있다면, 몸을 떠난 다음이 아니라 **떠나기 전에 이것을 기억해낼 수 있다면, 너희의 삶 전체가 바뀔 것이다.**

그러니까 생각의 조절 방식이 관점을 바꾸는 거군요.

맞다. 다른 관점을 가졌다고 해봐라, 그러면 모든 걸 다르게 생각할 것이다. 이런 식으로 해서 너희는 자기 생각을 조절하는 법을 배우리니, 체험을 창조하는 데는 조절된 생각이 전부다.

어떤 사람들은 이것을 상시 기도constant prayer라 부른다.

전에도 이런 이야기를 하셨지요. 하지만 저는 한번도 기도를 이런 식으로 생각해보지 않았습니다.

너희가 그렇게 할 때 무슨 일이 벌어질지 왜 보지 못하느냐? 생각을 조절하고 이끄는 걸 최고의 기도 형태로 여길 때, 너희는 오로지 좋은 것, 바른 것만을 생각하리니, 부정과 어둠 속에 머물지 않을 것이다—물론 너희가 거기에 잠시 빠져들 수는 있지만. 그리고 상황이 암담해 보이는 순간이라도, 아니 특히 그런 순간들일수록 너희는 오직 완벽만을 보게 되리니.

당신은 계속해서 그리로 돌아가시는군요.

나는 너희에게 도구들을 주고 있다. 너희가 너희 삶을 바꾸는 데 사용할 도구들을. 나는 그중 가장 중요한 것을 몇 번이고 다시 되풀이하고 있다. 되풀이는 너희가 그것이 가장 필요할 때 재인식하게, "다시 깨닫게" 해주기 때문이다.

벌어지는 모든 일, 일어났고 일어나고 있으며 앞으로 일어날 모든 일이, '자신이 누구고 누가 되기를 택하는가'와 관련된, 너희 내면 깊은 곳의 생각과 선택과 발상과 결단들이 외부로 드러난 물질 표현이다. 그러니 너희 마음에 들지 않는 삶의 측면들을 비난하지 마라. 대신 그것들과 그것들을 가능하게 만든 조건들을 바꾸고자 하라.

어둠을 보라. 하지만 어둠을 저주하지는 마라. 그보다는 어둠을 비추는 빛이 되어 그것을 바꿔라. 눈부신 네 빛의 광휘를 사람들 앞에 던져, 어둠 속에 서 있던 사람들이 네 존재의 빛으로 밝아지게 하라. 그러면 마침내 너희 모두가 자신이 참으로 누군지 보게 되리니.

네 빛은 네 길을 밝히는 것 이상을 할 수 있으니, 빛을 가져오는 자가 되라. 네 빛으로 온 세상이 밝아질 수도 있다.

그러니 비추어 밝게 하라! 비춰라! 칠흑 같은 어둠의 순간이 오히려 네가 받는 가장 큰 선물이 될 수 있도록. 그러면 너희는 선물을 받을 때조차, '자신'이라는 이루 말로 다할 수 없는 보물을 남들에게 주는 것으로, 그들에게 선물을 주는 것이 되리니.

사람들을 그들 자신으로 되돌려주는 것, 이것을 너희의 과제로 삼고, 이것을 너희의 가장 큰 기쁨으로 삼아라. 그들이 가장 암울해하는 시간들에도, 아니 특히나 그런 시간들에.

세상이 너희를 기다리고 있으니 세상을 치유하라. 바로 지금 너희가 있는 그 자리에서. 너희가 할 수 있는 많은 일들이 있다.

내 양이 길을 잃었으니, 이제 그들을 찾아내야 한다. 그러니 너희는 뛰어난 목자가 되어 그들을 다시 내게로 데려와라.

4

고맙습니다. 그런 부름과 그런 과제를 내주셔서 고맙습니다. 제 앞에 그런 목표를 설정해주시다니, 고맙습니다. 당신도 아시다시피 제가 진짜로 원했던 길이 자신을 항상 그 방향으로 나가도록 만드는 것이었거든요. 그게 바로 제가 당신에게 온 이유고, 제가 이 대화를 사랑하고 찬미해온 이유입니다. 내가 내 안의 신성(神性)을 발견하고 다른 모든 사람들에게서 그것을 보기 시작한 게 당신과의 대화를 통해서니까요.

내 지극히 사랑하는 자여, 네가 그렇게 말하니 하늘이 기뻐하는구나. 바로 이것이 내가 네게로 오고, 나를 부를 모든 사람에게로 오게 되는 이유다. 지금 이 순간에도 나는 이 글을 읽고 있는 사람들에게 가 있다. 이 대화는 결코 너 혼자하고만 나누려던 게 아니었다. 그것은 이 세상 몇백만 명의 사람들을 위해 계획된 것이었다. 그리하여 각자에게 필요한 바로 그 순간에, 때로는 그럴 수 없이 기적적인 방식으로 이 책을 손에 넣은 그들은, 자기 삶의 그 순간에 딱 들어맞는 방식으로, 스스로가 불러들인 그 지혜를 받고 있다.

너희 각자가 혼자 힘으로 이런 결과를 만들어내고 있다는 이 사실이야말로 여기서 벌어지는 일의 경이로움이다. 너희에게는 그것이 마치 다른 누군가가 자신에게 이 책을 주고, 자신을 이 대화로 데려오고, 자신더러 이 대화집을 펼치게 한 "것처럼 보이겠지만", **실상 너희를 여기로 데려온 건 너희 자신이다.**

그러니 이제 너희 마음에 지녀온, 남은 문제들을 함께 탐구해보자.

죽은 후의 삶에 대해 좀 더 이야기해주실 수 있겠습니까? 당신은 죽은 후 영혼에게 어떤 일이 벌어지는지 설명하고 계셨습니다. 그리고 저는 가능하면 최대한 그 점에 대해 많이 알고 싶고요.

그렇다면 네 갈증이 채워질 때까지 그것에 대해 이야기해보기로 하자.

앞에서 나는, 벌어지는 일 모두가 너희가 원해서 벌어지는 것이라고 말했다. 말 그대로다. 너희는 몸을 지니고 있을 때만이 아니라 몸에서 벗어나 있을 때도 자신의 현실을 창조한다.

처음에는 너희가 이것을 알아차리지 못해 자신의 현실을 의식하면서 창조하지 못할 수도 있다. 그렇게 되면 서로 다른 두

에너지인 조절되지 않은 자기 생각이나 집단의식 중 하나가 너희 체험을 창조할 것이다.

조절되지 않은 자기 생각이 집단의식보다 강한 정도에 따라, 바로 그 정도만큼, 너희는 그것을 자신의 현실로 체험할 것이다. 반면에 너희가 집단의식을 받아들이고 흡수하고 내면화하는 정도에 따라, 바로 그 정도만큼, 너희는 그것을 자신의 현실로 체험할 것이다.

이것은 너희의 지금 삶에서 소위 현실이란 걸 창조하는 방법과 조금도 다르지 않다.

너희는 삶에서 언제나 자기 앞에 다음 세 가지 선택을 마주한다.

1. 너희는 조절되지 않은 자기 생각들이 그 순간을 창조하게 할 수도 있고,

2. 창조력을 지닌 자기 의식이 그 순간을 창조하게 할 수도 있으며,

3. 집단의식이 그 순간을 창조하게 할 수도 있다.

여기에 아이러니가 있다.

지금 삶에서 너희는 개인의 자각을 의식하면서 창조하는 쪽이 힘들다는 걸 깨닫는다. 사실 너희가 주변에서 보는 그 모든 걸 전제로 하면, 너희는 자주 자신의 이해(理解)를 틀린 걸로 치곤 한다. 이 때문에 집단의식에 내맡기는 것이 자신에게 도움이 되든 안 되든, 너희는 그렇게 한다.

반면에 처음으로 소위 사후(死後)라는 순간으로 들어갔을 때, 너희가 주변에서 보는 모든 걸(아마 너희로서는 믿지 못할)

전제로 한다면, 너희는 아마도 집단의식에 굴복하기가 **힘들다**는 걸 깨달을 것이다. 이 때문에 자기 개인의 이해들이 자신에게 도움이 되든 안 되든, 너희는 그것들에 매달리는 쪽으로 기울 것이다.

하지만 너희에게 말하노니, 낮은 의식에 둘러싸여 있을 때는 자기 개인의 이해에 머무는 편이 너희에게 이롭고, 높은 의식에 휩싸여 있을 때는 집단의식에 내맡기는 편이 너희에게 더 이롭다.

그러니 높은 의식을 가진 존재들을 찾는 게 현명하리니, 너희가 교제하는 동아리의 중요성은 아무리 강조해도 지나치지 않다.

반면에 소위 사후에는 너희가 이런 등급표를 놓고 염려할 필요가 전혀 없다. 왜냐하면 너희는 순식간에, 그야말로 자동으로, 높은 의식을 가진 존재들과 높은 의식 자체에 둘러싸일 것이기에.

그럼에도 자신이 그토록 크나큰 사랑에 둘러싸인 걸 너희가 모를 수는 있다. 당장에는 모를 수도 있다. 따라서 너희에게는 그런 상황을 자신이 "벌어지게" 하는 것처럼 보일 수 있다. 자신이 그 순간에 아무 운이나 작용하게 하는 변덕을 부리는 것처럼 보일 수 있다. 하지만 실제로 너희가 체험하는 건 죽는 상태에서 너희가 지녔던 의식이다.

너희 중 일부는 죽는 게 어떤 건지 알지 못하면서도 기대를 갖는다. 너희는 평생 동안 죽은 다음에 벌어질 일을 놓고 이런저런 생각들을 해왔다. 너희가 "죽으면" 그런 생각들이 뚜렷이 드러나리니, 너희는 자신이 어떻게 생각해왔는지 갑자기 깨닫는다realize(현실로 만든다make real). 그것은 너희의 가장 강력한 생각들, 너희가 가장 열렬하게 지녀왔던 생각들, 즉 삶에서 항상 그러했듯이 우세해질 생각들이다.

그렇다면 어떤 사람이 지옥에 **갈 수도** 있겠군요. 그 사람이 평생 동안 지옥을 가장 확실하게 존재하는 장소로 여겼고, 신은 "산 자와 죽은 자"를 심판할 것이며, "겨에서 밀을", "양에서 염소를" 가려낼 것이고, 자신이 저지른 온갖 일들이 다 신을 화나게 했으니, 자신은 당연히 "지옥으로 가리라" 믿었다면, 그는 지옥으로 **가겠군요!** 영원히 꺼지지 않는 천벌의 불길 속에 던져질 테고요. 무슨 수로 피할 수 있겠습니까? 당신은 이 대화를 진행하면서 몇 번이나 지옥은 존재하지 않는다고 말씀하셨습니다. 하지만 당신은 우리 자신의 현실을 창조하는 건 우리고, 우리가 그렇게 생각한다면 어떤 현실이라도 창조할 힘을 갖고 있다고도 하십니다. 그러니 지옥불과 천벌을 믿는 사람에게는 그런 것들이 **존재할 수 있고, 존재하게 되는 거죠.**

'궁극의 현실'에서는 '존재' 자체를 빼고는 아무것도 존재하지 않는다. 네가 묘사하는 식의 지옥 체험을 포함해서, 너희가 원하는 모든 하위 현실을 창조할 수 있으리라는 네 지적은 정확하다. 나는 이 대화를 통틀어 어디에서도 너희가 지옥을 체험할 수 없다고는 하지 않았다. 나는 다만 지옥은 존재하지 않는다고 말했다. **너희가 체험하는 대부분이 존재하지 않지만, 그럼에도 너희는 그것들을 체험한다.**

이건 정말 믿기 힘들군요. 바넷 베인이라는 제 친구가 얼마 전에 이 문제를 다룬 영화를 제작했습니다. 정말 딱 이 문젭니다. 제가 이 문단을 쓰는 지금은 1998년 7월입니다. 저는 지금 이 문단을 2년 전에 적은 문단들 사이에 끼워 넣고 있습니다. 전에는 한번도 이런 적이 없지만, 원고를 출판사에 보내려고 마지막으로 또 한번 읽고 있자니 생각이 나더군요. '가만 있어봐! 얼마 전에 로빈 윌리엄스가 **우리가 여기서 이야기하는 바로 이 문제**를 영화에서 다루었잖아.' 그 영화 제목은 〈천국보다 아름다운 What Dreams May Come〉인데, 놀랍게도 방금 당신이 말씀하신 걸 영상으로 그려내고 있습니다.

　나도 그 영화를 알고 있다.

당신이 아신다고요? **신이 영화관에도 갑니까?**

　신은 영화도 만든다.

와!

　그렇다. 너는 〈오, 신이시여 Oh, God〉(조지 번스 주연의 영화 – 옮긴이)를 못 보았느냐?

글쎄요, 아 물론, 하지만……

　어째서 너는 신이 오직 책만 쓴다고 생각하느냐?

그럼, 로빈 윌리엄스 영화는 말 그대로 사실입니까? 제 말은, 그게 진짜냐는 겁니다.

아니다. 신성을 다룬 어떤 영화도, 어떤 책도, 혹은 인간의 다른 어떤 설명도, 말 그대로 사실인 건 없다.

성경도요? 성경도 글자 그대로 사실이 아닙니까?

아니다. 나는 네가 그걸 안다고 생각하는데.

저, 이 **책**은요? **이 책**은 당연히 글자 그대로 사실이겠죠!

아니다. 네게 이런 이야기를 하기는 싫지만, 너는 이 책을 너 개인이라는 체filter로 걸러서 가져오고 있다. 네 체의 그물눈이 이제 갈수록 더 엷어지고 더 가늘어진다는 건 인정하마. 너는 아주 좋은 체가 되어가고 있다. 그럼에도 불구하고 너는 여전히 체다.

저도 압니다. 다만 그걸 이 자리에서 다시 한번 확실히 하고 싶었던 겁니다. 이런 책과 〈천국보다 아름다운〉 같은 영화를 말 그대로 사실로 받아들이는 사람들도 있거든요. 저는 그 사람들이 그러지 못하게 말리고 싶고요.

그 영화의 작가와 제작자들은 불완전한 체로 거르긴 했지만,

그래도 몇 가지 굉장한 진리들을 제시했다. 그들이 그려내려던 핵심은, 너희는 체험하고 싶어하는 꼭 그대로를 죽고 나서 체험하게 된다는 점이다. 그들은 이 점을 아주 효과적으로 그려냈다. 자, 이제 본래 우리가 있던 곳으로 되돌아가지 않겠느냐?

그렇게 하십시오. 저는 다만 그 영화를 보면서 궁금했던 걸 알고 싶었을 뿐이니까요. 지옥 같은 건 없다, 그런데도 지옥을 체험한다면, 이 지옥은 뭐가 다른 겁니까?

너희 스스로 창조한 현실에 남아 있는 한, 아무 차이도 없을 것이다. 하지만 너희가 그런 현실을 영원히 창조하는 일도 없을 것이다. 너희 중 일부는 소위 "나노세컨드"(10억분의 1초 - 옮긴이)라 부르는 극히 짧은 순간밖에는 그것을 체험하지 않을 것이다. 따라서 너희는 자신의 상상이라는 은밀한 영역에서조차 슬픔이나 고통의 자리를 체험하지 않을 것이다.

제가 평생 동안 그런 자리가 있고, 제가 저지른 어떤 짓 때문에 그런 자리에 던져져도 마땅하다고 믿어왔다면 무엇이 영원히 그런 곳을 창조하는 저 자신을 막아줄 수 있습니까?

네 앎과 이해가.
이승에서 너희의 다음번 순간이 너희가 지난번 순간에 얻은 새로운 이해들에서 창조되듯이, 소위 저승에서도 너희는 앞서 알고 이해한 것으로부터 새로운 순간을 창조할 것이다.

그리고 너희가 거기서 금방 알고 이해하게 될 한 가지는, 너희는 언제나 자신이 체험하고 싶은 것을 선택하고 있다는 사실이다. 이것은 사후에는 결과들이 즉각 나타나기 때문이니, 너희라도 뭔가에 대한 자신의 생각과 그런 생각이 창조해내는 체험 사이의 연결 관계를 놓칠 리 없을 것이다.

너희는, 자신의 현실을 창조하는 건 자신임을 이해하게 될 것이다.

그 이야기를 듣고 보니, 왜 어떤 사람들의 체험은 행복한데, 어떤 사람들의 체험은 무서운지, 또 왜 어떤 사람들의 체험은 의미심장한데, 다른 사람들의 체험은 실상 무의미한지, 이해가 될 것 같습니다. 그리고 죽고 난 직후의 순간들에 벌어지는 상황을 놓고 왜 그토록 서로 다른 이야기들이 존재하는지도요.

평화와 사랑으로 가득한 임사(臨死) 체험을 하고 돌아와 두 번 다시 죽음을 두려워하지 않게 되는 사람들이 있는가 하면, 아주 겁에 질려 돌아오는 사람들도 있습니다. 자신들이 사악한 어둠의 세력들을 만난 게 틀림없다고 확신하면서요.

영혼은 마음의 가장 강력한 제안에 반응하고 그것을 재창조하면서, 그것을 자신의 체험으로 빚어낸다.

어떤 영혼들은 그런 체험 속에 한동안 머무르면서 그것을 아주 현실처럼 만든다. 심지어 몸을 가진 동안의 체험들—똑같이 비현실적이고 일시적이지만—에 머무를 때조차도, 그들은 그렇게 한다. 반면에 재빨리 자신을 적응시켜 그 체험을 있는 그대로 보고, 새로운 생각들을 생각하기 시작하며, 당장에 새로운 체험들로 옮겨가는 영혼들도 있다.

당신 말씀은 사후라고 해서 상황이 존재하는 무슨 특별한 방식 같은 건 없다는 건가요? 우리 마음과 상관없이 존재하는 영원한 진리 같은 건 없다는 겁니까? 죽음을 거쳐 다음 현실 속으로 들어갈 때까지, 우리는 계속해서 신화와 전설과 가상 체험들을 만들어간다는 겁니까? 그렇다면 우리가 그런 구속에서 풀려나는 건 언제입니까? 언제쯤에야 우리는 진리를 알게 되는 겁니까?

너희가 그렇게 하기를 선택할 때. 이것이 바로 로빈 윌리엄스 영화의 핵심이고, 여기서 하는 이야기의 핵심이다. 존재 전체의 영원한 진리를 알고, 그 위대한 수수께끼를 이해하며, 그 웅장한 현실을 체험하는 것이 자신의 유일한 바람인 사람들은 그렇게 한다.

아니다, '위대한 유일 진리'는 있고, '종국의 실체Final Reality'는 존재한다. 하지만 너희는 그런 현실에 관계없이 언제나 너희가 택하는 바를 가질 것이다. 신성한 피조물인 너희는 너희의 현실을 성스럽게 창조하고 있다는 것—때로는 그것을 체험하는 동안에도—바로 이것이 그 실체이기에.

하지만 너희가 개별 현실을 창조하길 그만두고 더 큰 현실, 통일된 현실을 이해하고 체험하고 싶어한다면, 너희는 당장에 그렇게 할 기회를 가질 것이다.

그런 선택과 그런 바람과 그런 의지와 그런 앎의 상태로 "죽는" 사람들은 당장에 '하나됨Oneness'('하나임'으로도 번역 – 옮긴이)의 체험 속으로 옮겨간다. 나머지 사람들은 그렇게 하기를 바랄 경우에만, 바라는 만큼만, 또 바랄 때만, 비로소 그런 체험 속으로 옮겨갈 것이다.

이것은 영혼이 몸을 지니고 있을 때도 마찬가지다.

그것은 전적으로 바람의 문제, 선택하고 창조하는 문제, 궁극에 가서는 창조할 수 없는 것을 창조하는 문제, 다시 말해 이미 창조된 것을 체험하는 문제다.

이것은 '창조된 창조자The Created Creator'요, '부동의 동인'이다. 그것은 알파요 오메가며, 전이자 후이고, 너희가 신이라 부르는 삼라만상의 지금–그때–항상의 측면이다.

나는 너희를 저버리지 않겠지만, 그렇다고 너희에게 나 자신을 강요하지도 않을 것이다. 지금까지 한번도 그렇게 한 적이 없고, 앞으로도 없을 것이다. 너희는 원할 때마다 내게로 돌아올 수 있다. 너희가 몸을 지니고 있든, 아니면 몸에서 벗어난 다음이든, 당장 그 자리에서. 너희는 개별 자아의 상실이 너희를 기쁘게 할 때마다 '하나One'로 되돌아가 그것을 체험할 수 있다. 또 너희는 원할 때마다 개별 자아의 체험을 다시 창조할 수도 있다.

그것이 존재 전체의 가장 미세한 부분이든 아니면 가장 큰 부분이든, 너희는 원하는 모든 측면을 체험할 수 있다. 너희는 미시우주를 체험할 수도 있고, 거시우주를 체험할 수도 있다.

나는 미립자를 체험할 수도 있고, 바위를 체험할 수도 있다.

그렇다. 잘했다. 너는 이것을 이해해가고 있다.

너희가 인간의 몸을 가지고 머물 때, 너희는 전체보다 작은 부분, 즉 미시우주의 부분을 체험한다. (물론 그렇다고 가장 작은 부분이란 의미는 아니다.) 반면에 너희가 몸에서 벗어나 있을 때(일부에서 "영계"라 부르는 상태에 있을 때), 너희의 시야는 기하급수로 확대된다. 갑자기 뭐든 알고 뭐든 할 수 있을 것 같아진다. 그때 너희는 거시우주 관점을 가질 것이고, 지금은 이해하지 못하는 것을 이해하게 될 것이다.

그때 가서 너희가 이해하게 될 한 가지는 다시 또 더 큰 거시우주가 존재한다는 사실이다. 즉 존재 전체는 너희가 그 시점에서 체험하는 현실보다 훨씬 더 크다는 게 갑작스레 분명해지리니, 이것은 당장에 너희를 경외심과 기대감, 경탄과 흥분, 기쁨과 들뜸으로 가득 채울 것이다. 그때가 되면 내가 알고 이해하는 것, 즉 게임은 결코 끝나지 않는다는 사실을 너희도 알고 이해할 것이기에.

제가 과연 참된 지혜의 자리에 이를 수 있을까요?

너희가 "죽고" 나면, 너희는 지금껏 자신이 답했던 온갖 물음들을 다시 제기하는 쪽을 선택할 수도 있고, 존재하리라 꿈도 꾸지 못했던 새로운 질문들에 자신을 여는 쪽을 선택할 수도 있다. 혹은 존재 전체와 하나되는 체험을 선택할 수도 있다. 또 너희는 자신이 다음번에 되고 싶고, 하고 싶고, 갖고 싶은 게 뭔지 정할 기회를 가질 것이다.

너는 가장 최근의 육신으로 돌아가길 원하느냐? 아니면 다른 종류의 인간 형상으로 삶을 다시 체험하길 원하느냐?

혹은 그 당시 체험 수준에서 네가 있는 "영계"의 그 위치에 그대로 머물길 원하느냐? 너는 자신의 앎과 체험이 계속해서 더 나아가길 원하느냐? 아니면 "자신의 정체성을 완전히 잃고", 이제 '하나임'의 일부가 되기를 원하느냐?

너는 무엇을 원하느냐? 무엇을 원하느냐? 무엇을?

나는 언제나 너희에게 이것을 물을 것이다. 너희가 가장 아끼는 소망, 너희의 가장 큰 바람을 주는 법 말고는 아무것도 모르는 우주가 알고자 하는 것 역시 언제나 이것이다. 사실 우주는 날마다, 순간마다 이렇게 하고 있다. 너희와 나의 차이는, 너희는 이것을 의식으로 자각하지 못하지만, 나는 자각한다는 것이다.

말해주십시오, 제가 죽고 나면 몇몇 사람들이 그럴 거라고 하듯이 제 친척들, 제 가족들이 절 만나러 와서 무슨 일이 벌어지고 있는지 제게 이해시켜주는지요. 우리는 "먼저 간 사람들"과 다시 만나게 되나요? 우리는 영원히 함께 있을 수 있나요?

너는 무엇을 원하느냐? 너는 이런 일들이 벌어지길 원하느냐? 그러면 그렇게 될 것이다.

아, 제가 혼동했군요. 그러니까 당신 말씀은 우리는 누구나 자유의지를 갖고 있고, 이 자유의지는 우리가 죽고 나서까지 이어질 거란 거죠?

그렇다, 그게 바로 내가 말하고 있는 것이다.

그게 사실이라면, 제 가족들의 자유의지가 내 것과 일치해야겠군요. 내가 그런 생각과 바람을 가지고 있을 때, 그들도 나와 같은 생각과 바람을 가져야겠군요. 그렇지 않다면 내가 죽더라도 그들은 날 위해 거기 있지 않겠군요. 더구나 저는 앞으로 영원히 그들과 함께 있고 싶은데, 그중 한두 사람은 계속 나아가기를 바란다면 어떻게 되는 겁니까? 또 개중에는 점점 더 높은 체험, 당신 표현대로 '하나임'과 다시 합쳐지는 체험 속으로 옮겨가고 싶어할 사람도 있을 테고요. 그러면 어떻게 되죠?

우주에는 어떤 모순도 없다. 모순 같아 보이는 상황들은 있지만, 실제로는 어떤 모순도 존재하지 않는다. 네가 묘사한 식의 상황이 일어난다 해도(그런데 이건 아주 좋은 질문이다), 너희 양쪽 다 자신들이 택하는 것을 가질 수 있게 될 것이다.

양쪽 다요?

양쪽 다.

어째서 그런지 여쭤봐도 됩니까?

된다.

그럼, 어째서……

　너는 신을 뭐라고 생각하느냐? 너는 내가 한 곳, 오직 한 곳
　에만 존재한다고 생각하느냐?

아뇨. 전 당신이 모든 곳에 동시에 존재한다고 생각합니다. 저는 신
이 전지전능하다는 걸 믿습니다.

　음, 네 말이 맞다. 내가 없는 곳은 없다. 이건 이해하겠느냐?

그렇다고 생각합니다.

　좋다. 그렇다면 너는 뭣 때문에 그게 너와는 다르다고 생각
　하느냐?

당신은 신이니까요. 전 다만 인간일 뿐이지만요.

　알겠다. 우리는 아직도 이런 식의 "다만 인간일 뿐인" 것에
　붙들려 있구나……

좋습니다, 좋아요…… 논의의 편의를 위해서 저도 신이라고, 혹은
적어도 신과 같은 재질로 이루어졌다고 해두죠. 그렇다면 당신 말씀
은 저도 어디나 항상 있을 수 있다는 겁니까?

그것은 그냥 의식이 자신의 현실 속에 무엇을 붙잡는가의 문제일 뿐이다. 소위 "영계"에서 너희는 상상할 수 있는 모든 걸 체험할 수 있다. 따라서 네가 한 "때"에 한 곳에서 한 영혼soul으로 존재하는 자신을 체험하고 싶다면, 너는 그렇게 할 수 있다. 하지만 네가 그보다 더 큰, 한 "때"에 두 곳 이상에서 존재하는 네 영spirit을 체험하고 싶다면, **너는 그렇게도 할 수 있다.** 사실 너희는 어느 "때"든 자신이 **원하는 곳 어디에나** 존재하는 것으로서 너희 영을 체험하리니, 이것은 실제로는 오직 한 "때"와 한 "곳"만이 존재하며, 너희는 언제나 그 모두에 있기 때문이다. 따라서 너희는 그렇게 하기를 선택할 때마다, 자신이 원하는 그것의 어떤 부분, 혹은 어떤 **부분들**도 체험할 수 있다.

저는 제 가족과 함께 있기를 원하지만, 그중 **한 사람**은 다른 어딘가에 있는 "전체의 일부"가 되기를 원한다면요? 그럴 때는 어떻게 되죠?

너와 네 가족이 같은 것을 원하지 않기란 불가능하다. 너와 나, 그리고 네 가족과 나, 말하자면 우리 모두가 같은 존재다.

뭔가를 바라는 네 행동 자체가 뭔가를 바라는 내 행동이다. 너희는 **바람**이라는 체험을 행동으로 드러내는 나 자신에 지나지 않기 때문이다. 따라서 나는 너희가 바라는 것을 바란다.

네 가족들과 나 역시 같은 존재다. 따라서 그들은 내가 바라는 것을 바라고 있다. 그렇다면 네가 바라는 것이라면 네 가족들 또한 바라고 있다는 결론이 나오게 된다.

마찬가지로 지상에서도 너희 모두는 같은 것을 바란다. 너희는 평화를 바라고, 풍요를 바란다. 너희는 기쁨을 바라고, 성취를 바란다. 너희는 만족을 바라고, 일을 통한 자기 표현과, 삶에서의 사랑과, 몸의 건강을 바란다. 너희 모두가 같은 것을 바란다.

너는 이것이 우연의 일치라고 생각하느냐? 아니다, 그렇지 않다. **그것은 삶이 작동하는 방식이다.** 지금 이 순간 나는 네게 이 점을 설명하고 있다.

그런데 지상의 방식과 소위 영계의 방식에서 유일하게 다른 한 가지는, 지상에서는 너희 모두가 같은 것을 바라면서도, 어떻게 해야 그것을 갖게 될지를 놓고는 모두가 서로 다르게 생각한다는 것이다. 따라서 같은 것을 추구하는데도 너희는 서로 전혀 다른 방향으로 가고 있다!

너희가 지닌 이런 다른 견해들은 너희에게 서로 다른 결과들을 가져다준다. 이런 견해들을 '받침 생각Sponsoring Thoughts'이라 부를 수도 있을 것이다. 여기에 대해서는 앞서 이미 이야기했다.

그렇습니다. 1권에서요.

너희들 다수가 공유하는 그런 생각들 중 하나가 충분치 못하다는 관념이다. 너희들 다수가 존재의 가장 깊은 곳에서 그냥 **충분치 못한 게 있다, 뭐든 충분치 않다**고 믿는다.

사랑이 충분치 않고, 돈이 충분치 않으며, 먹을거리가 충분치 않고, 옷이 충분치 않으며, 잠 잘 곳이 충분치 않고, 시간이 충분치 않으며, 모든 사람에게 골고루 돌아갈 만큼 좋은 아이디어가 충분치 않고, 그리고 당연히 모두에게 골고루 돌아가기에는 **너희** 자신이 충분치 않다고.

이런 받침 생각 때문에 너희는 "충분치 않다"고 여기는 걸 손에 넣으려 할 때, 온갖 종류의 전략과 전술들을 채택한다. 하지만 이것들은, 너희가 바라는 게 무엇이든 간에…… 그것이 모두에게 돌아갈 만큼 충분히 존재한다는 걸 확신하고 나면, 당장 그 자리에서 내던지고 말 접근 방식들에 불과하다.

너희가 "천국"이라 부르는 곳에서는 자신과 자신이 바라는 것 사이에 어떤 분리도 존재하지 않음을 자각하게 되니, 너희가 지닌 "충분치 않음"의 관념은 사라진다.

너희는 충분한 것보다 훨씬 더 많은 너희가 있음을 자각한다. 너희는 자신이 어떤 특정 "시간"에 둘 이상의 장소에 있을 수 있음을 자각하게 된다. 따라서 네 형제가 원하는 것을 네가 원하지 않을 이유가 없고, 네 자매가 택하는 것을 네가 택하지 않을 까닭이 없다. 만일 그들이 죽는 순간에 자신들의 공간 속에 네가 있기를 원한다면, 너에 대한 그런 생각 자체가 너를 그들에게로 불러들일 것이다. 그리고 네가 거기로 가는 것이 네가 하고 있을 다른 일에서 너를 벗어나게 하는 게 아니니, 너로서도 그들에게 달려가지 않을 이유가 전혀 없다.

'안 돼No'라고 말할 아무런 이유도 없는 이런 상태가 내가 항상 머무는 상태다.

너는 예전에 신은 절대 '아니No'란 말을 하지 않는다고 들었다. 그리고 그건 사실이다.

나는 너희가 바라는 꼭 그대로를 항상 너희에게 줄 것이다. 시간이 시작된 이후로 내가 항상 그래왔듯이.

당신이 정말로 어떤 순간에 **각자가 바라는 꼭 그대로를 모두에게 항상 주고 있단 말입니까?**

그렇다, 내 사랑하는 자여, 그렇다.

네 삶은 네가 바라는 바와, 자신이 바라는 걸 가질 수 있으리란 네 믿음의 반영물이다. 네가 아무리 간절히 바라더라도 가질 수 있다고 믿지 않는다면, 나로서도 그걸 줄 수가 없다. 나는 그것에 관한 네 생각을 침해하지 않을 것이기에. 내가 그것을 침해할 수 없는 것, 이것은 법칙이다.

자신이 뭔가를 가질 수 없다고 믿는 건 그걸 갖기를 바라지 않는 것과 같다. 그것은 같은 결과를 낳는다.

하지만 지상에서는 바란다고 해서 뭐든 다 가질 순 없습니다. 예를 들어 우리는 한꺼번에 두 곳에 있을 수 없습니다. 우리가 바랄 수는 있지만 가질 수 없는 건 이것 말고도 많습니다. 지상에서의 우리는 하나같이 대단히 제한된 존재들이니까요.

나는 네가 그걸 그런 식으로 본다는 걸 안다. 그래서 네게는 그것이 그런 식인 것이다. 영원히 진리로 남을 한 가지 사실은, 너희는 언제나 자신에게 주어지리라고 믿는 체험을 받으리란 것이다.

따라서 네가 자신은 한꺼번에 두 곳에 있을 수 없다고 말한다면, 그렇다면 너는 있을 수 없다. 하지만 네가 생각의 속도로 네가 원하는 어디든 있을 수 있다고 말한다면, 나아가 주어진 순간에 둘 이상의 장소에서 물질 형상으로 자신을 드러낼 수도 있다고 말한다면, 그렇다면 너는 그렇게 할 수 있을 것이다.

자, 당신도 보시다시피 제가 이 대화를 따라가지 못하게 만드는 경우가 이런 겁니다. 저도 이 정보가 신에게서 직접 오고 있다는 사실을 믿고 싶습니다. 하지만 당신이 이런 식의 이야기를 할 때면 저는 속으로 거의 미칠 지경이 됩니다. 도무지 믿을 수가 없거든요. 제 말은 당신이 앞에서 말한 걸 도무지 사실로 받아들일 수 없다는 겁니다. 어떤 인간 체험도 이런 걸 증명하지는 못했습니다.

천만에. 모든 종교의 성자와 현인들이 이 두 가지 다를 해냈다고 일컬어져왔지 않느냐? 그렇다면 그렇게 하기 위해서는 아주 높은 수준의 믿음이 있어야 할까? **놀라운** 수준의 믿음이? 한 존재가 1000년은 걸려야 도달할 그런 수준의 믿음이? 그렇다. 그럼 그건 불가능하다는 뜻일까? 아니다.

어떻게 해야 그런 믿음을 지닐 수 있습니까? 어떻게 해야 제가 그런 수준의 믿음에 이를 수 있습니까?

너는 거기에 이를 수get there 없다. 단지 거기에 있을 수be there만 있다. 나는 지금 말장난을 하는 게 아니다. 말 그대로 그렇다는 뜻이다. 나라면 '완전한 앎Complete Knowing'이라고 불렀을 이런 종류의 믿음은 너희가 **손에 넣으려고** 애쓸 수 있는 뭔가가 아니다. 사실 손에 넣으려고 애쓴다면 너희는 그것을 가질 수 없다. 그것은 그냥 너희 **자신인** 뭔가다. 너희 **자신이** 그냥 이 앎이다. 너희가 이런 **존재**being**다.**

그런 있음beingness은 **전면 자각**total awareness의 상태에서 나온다. 그것은 오직 그런 상태에서만 나올 수 있다. 만일 너희가 자각하게 되기를 구한다면, 그렇다면 너희는 그렇게 될 수 없다.

그것은 너희 키가 150센티미터일 때 180센티미터"이려고" 애쓰는 것과 같다. 너희는 180센티미터일 수 없다. 너희는 오직 있는 그대로, 150센티미터"일" 수만 있다. **180센티미터로 자랐을 때,** 그때서야 비로소 너희는 180센티미터"일" 것이다. 너희가 180센티미터일 때, 그러면 너희는 180센티미터인 사람들이 할 수 있는 온갖 일을 다 할 수 있을 것이다. 그리고 너희가 전면 자각의 상태에 **있을 때,** 그때서야 비로소 너희는 전면 자각 상태에 있는 존재들이 할 수 있는 온갖 일을 다 할 수 있을 것이다.

그러니 너희가 이런 일들을 할 수 있다고 "믿으려 애쓰지" 마라. 대신 전면 자각의 상태로 옮겨가고자 하라. 그러면 믿음은 더 이상 필요하지 않을 것이고, '완전한 앎'이 자신의 경이로움을 펼치리니.

예전에 명상을 하다가 완전한 '하나됨', 전면 자각을 경험했더랬습니다. 정말 멋졌어요. 황홀경이었지요. 저는 그때 이후로 계속해서 그 체험을 다시 가져보려고 애써왔습니다. 앉아서 명상하면서 그 전면 자각을 다시 가져보려고요. 그런데 안 되더군요. 그러니까 그 이유가 이거란 거죠, 그렇죠? 당신 이야기는 뭔가를 가지려고 애쓰는 한, 나는 그것을 가질 수 없다, 그 애씀 자체가 내가 지금 그것을 갖고 있지 않다는 진술이기 때문이란 거죠. 당신은 이 대화 전체에 걸쳐서 제게 계속 같은 지혜를 주고 계시는군요.

그래, 그렇다. 이제 너는 그것을 이해하는구나. 이제 네게는 그것이 좀 더 분명해지고 있다. 우리가 여기서 계속 원을 따라 도는 이유가 여기에 있다. 바로 이것이 우리가 계속해서 같은 말을 반복하고, 같은 상황을 다시 찾는 이유다. 너는 세 번, 네 번, 때로는 다섯 번을 돌고서야 이해한다.

그러고 보니 제가 그런 질문을 한 게 잘됐군요. "너는 동시에 두 곳에 있을 수 있다"거나 "너는 네가 원하는 무슨 일이든 할 수 있다"는 식의 이야기는 위험한 소재일 수 있거든요. 이건 사람들을, "나는 신이다! 나를 봐! 난 날 수 있어!"라고 외치면서 엠파이어 스테이트 빌딩에서 뛰어내리게 만들 그런 소재입니다.

그렇게 하기 전에 먼저 전면 자각 상태에 있는 편이 나을 것이다. 너희가 다른 사람들에게 자신이 신임을 과시함으로써 그것을 증명해야 하는 경우라면, 너희는 자신이 신임을 모른다는 것이기에, 너희 현실 속에서는 이 "알지 못함"이 자신을 과시할 것이다. 결국 너희는 체면을 완전히 구기고 말 것이다.

신은 누구에게도 자신을 증명하려 하지 않는다. 그럴 필요가 없기 때문이다. 신은 그냥 있다, 그리고 신이란 게 그런 것이다. 자신이 신과 '하나'임을 아는 사람들이나 내면의 신을 체험한 사람들은 그들 자신한테는 말할 것도 없고, 누구한테도 그것을 증명할 필요가 없고, 증명하려 하지도 않는다.

그러했기에 그들이 "네가 정말 하느님의 아들이거든 어서 십자가에서 내려와봐라!"라며 그를 조롱했을 때, 예수라 불린 그 사람은 아무것도 하지 않았다.

하지만 3일 후, 어떤 목격자도, 어떤 관중도, 뭔가를 증명해줘야 할 어떤 사람도 없을 때, 그는 놀랍다고 말하는 것으로도 부족한 엄청난 일을 가만히 소리 없이 해냈다. 그때 이후로 세상은 두고두고 그 일을 이야기하고 있다.

너희가 구원을 찾을 곳이 이런 기적에서다. 예수만이 아니라 '너희 자신'에 관한 진리를 너희에게 보여주는 이런 기적은, 너희가 지금껏 들어왔고 진리로 받아들였던 너희 자신에 관한 거짓말에서 너희를 구원해줄 수 있기 때문이다.

신은 언제나 너희를 '자신'에 관한 가장 고귀한 생각으로 초대한다.

너희 행성에도 지금 이 순간, 이런 여러 고귀한 생각들을 드러내온 사람들이 있다. 물체가 나타났다가 사라지게 하고, 그들 자신들이 나타났다가 사라지게 하며, 나아가 몸을 하고 "영원히 살거나", 몸으로 돌아와 다시 사는 것을 포함해서. 이 모든 것, 이 모두가 그들의 믿음, 그들의 앎, 세상과 세상 이치에 대한 그들의 변치 않는 명료함 덕분에 가능했던 것이다.

그런데 예전에는 육신 형상을 한 사람들이 이런 일들을 해낼 때마다, 너희는 그 사건들을 기적이라 부르고 그 사람들을 성자와 현인으로 삼았지만, 그렇다고 그들이 너희보다 더 성자와 현인인 건 아니다. 너희 모두가 성자이고 현인이기 때문이니, 그 **들이 너희에게 전해주려는 메시지가 바로 이것이다.**

제가 어떻게 그런 걸 믿을 수 있습니까? 저도 진심으로 그걸 믿고 싶지만, 그럴 수가 없습니다. 그냥 그럴 수가 없어요.

그렇다, 너는 그것을 믿을 수 없다. 너는 다만 그것을 알 수 있을 뿐이다.

어떻게 해야 알 수 있습니까? 어떻게 해야 제가 그렇게 될 수 있습니까?

네가 자신을 위해 원하는 것이 무엇이든, 그것을 남에게 주어라. 그러나 네가 그렇게 될 수 없다면 다른 누군가가 그렇게 되도록 도와줘라. 다른 누군가에게 그가 이미 갖고 있음을 **말해주고,** 그가 그것을 지녔음을 **칭찬하고,** 그가 그것을 지녔음을 **존경하라.**

구루guru(영적인 면에서의 지도자-옮긴이)를 갖는 진가가 여기에 있다. 바로 이것이 핵심이다. 서구에서는 "구루"라는 용어에 대단히 부정적인 에너지를 실어왔기에, 이제 그 말은 거의 비아냥거림이 되고 말았다. "구루"가 된다는 건 어쨌든 협잡꾼이 되는 것이고, 구루에게 네 정성을 바치는 건 어쨌든 네 힘을 내주는 것이라는 식으로.

하지만 너희 구루를 존경하는 건 힘을 내주는 것이 아니라, 힘을 **얻는** 것이다. 너희가 구루를 존경할 때, 너희가 자신의 선각자 스승을 찬미할 때, 너희는 "나는 당신을 본다"고 말하는 셈이다. 그리고 너희가 남에게서 보는 것이라면, 너희는 자신에게서도 보기 시작할 수 있다. 그것은 너희 내면 실체가 외화된 증거물이다. 너희가 구루에게서 보는 것은 너희 내면의 진실, 너희 존재의 진실에 대한 외화된 증명이다.

네가 쓰는 이 책들에서 너를 통해 주는 진리가 이것이다.

저는 이 책들을 제가 쓰는 걸로 보지 않는데요. 신인 당신이 저자이고, 저는 단지 필경사라고 보는데요.

저자는 신이다…… 그리고 **너 역시 저자다.** 내가 쓰든 아니면 네가 쓰든 아무 차이도 없다. 차이가 있다고 여기는 한, 너는 네가 쓰는 내용의 핵심을 놓칠 것이다. 그럼에도 지금까지 대다수 인류가 이 가르침을 놓쳐왔다. 그래서 나는 옛 스승들과 똑같은 메시지를 가진 새로운 스승들, 더 많은 스승들을 너희에게 보내고 있는 것이다.

나는 그 가르침을 너 자신의 사사로운 진리로 받아들이기 꺼려하는 너를 이해한다. 만일 네가 이 글들을 말하거나 쓰면서, 신과 '하나'라거나 심지어 신의 일부라고 주장하면서 돌아다녔다면, 세상은 너를 어떻게 생각해야 할지 몰랐을 것이다.

사람들이야 자기들 멋대로 생각할 수 있겠죠. 제가 아는 건, 나는 여기 이 책들에서 제시되는 정보의 수령자가 될 자격이 없고, 자신이 이 진리의 전달자가 될 만큼 가치 있다고 느끼지 않는다는 겁니다. 지금 제가 이 세 번째 책을 적고 있지만, 이것을 세상에 내놓기 전에도 내가 저지른 온갖 실수와 온갖 이기적인 행동들을 생각하면, 이 멋진 진리의 전달자가 되기에 가장 **부적합한** 인물이 나라는 사실을요.

하지만 바로 이 점이 이 3부작의 가장 위대한 메시지겠죠. 신은 누구한테서도 숨지 않고 모두에게 말한다는 거요. 심지어 우리 중에 가장 무가치한 사람에게까지요. 신이 저 같은 사람한테도 말씀하신다면, 신은 진리를 추구하는 남녀노소 모두의 가슴에 대고 직접 말씀하실 테니 말입니다.

그러니 우리 모두에게 희망이 있는 거죠. 우리 중 누구도 신이 저버릴 만큼 끔찍하지 않고, 신이 외면할 만큼 용서할 수 없지는 않은 셈이니까요.

너는 이걸 믿고 있느냐? 네가 방금 적은 것들 전부를?

그렇습니다.

그렇다면 그럴지어다, 그것이 너와 함께하리니.

하지만 나는 네게 이렇게 말하겠다. 다른 모든 사람처럼 너도 가치 있다. 무가치함은 지금까지 인간 종족을 찾아온 것 중에서 최악의 고발장이다. 너는 과거에 근거해서 네 가치를 평가하지만, 나는 미래에 근거해서 네 가치를 평가한다.

미래, 미래, 언제나 미래다! 너희 삶은 미래에 있지, 과거에 있지 않고, 너희 진리 역시 미래에 있지, 과거에 있지 않다.

너희가 한 일은 너희가 하려는 일에 비하면 중요하지 않고, 너희가 얼마나 잘못했는가는 너희가 얼마나 창조할지에 비하면 무의미하다.

나는 네 잘못을 용서한다, 그 전부를. 나는 네 잘못된 열정을 용서한다, 그 전부를. 나는 네 그릇된 관념과 오도된 이해와 상처 주는 행동과 이기적인 결정을 용서한다, 그 전부를.

남들은 너를 용서하지 않을지 모르지만, 나는 용서한다. 남들은 너를 죄의식에서 풀어주지 않을지 모르지만, 나는 풀어준다. 남들은 네가 잊고 앞으로 나아가 새로운 뭔가가 되게 놔두지 않을지 모르지만, 나는 그렇게 한다. 왜냐하면 나는 네가 예전의 너가 아니라 지금의 너고 앞으로도 항상 그럴 것임을 알기 때문이다.

어떤 죄인이라도 한순간에 성인이 될 수 있다. 단 1초만에, 단숨에.

사실 "죄인" 같은 건 없다. 적어도 내게는 아무도 죄지을 수 없기 때문이니, 내가 너를 "용서한다"고 말하는 이유가 여기에 있다. 내가 이 용어를 쓰는 건 그것이 너희가 이해할 것 같은 용어이기 때문이다.

그러나 사실 나는 **어떤 것에 대해서도** 너희를 용서하지 **않는다**. 그리고 앞으로도 **영원히** 용서하지 않을 것이다. 내게는 용서할 게 없으니, 그럴 필요가 없다. 하지만 내가 너희를 방면시켜줄 수는 있다. 그러기에 나는 그렇게 한다. 내가 그 많은 스승들의 가르침을 통해 예전에 그토록 자주 그래왔던 것처럼, 지금 여기서 다시 한번.

왜 우리는 그런 가르침들을 따르지 않았을까요? 왜 우리는 그걸 믿지 않았을까요? 당신의 가장 위대한 약속을.

너희가 신의 선함을 믿지 못하기 때문이다. 그렇다면 내 선함을 믿는 건 놔두고, 대신 단순 논리를 믿어라.

내가 너희를 용서할 필요가 없는 이유는, 너희는 나를 화나게 할 수도, 위태롭게 하거나 해칠 수도 없다는 데 있다. 그런데도 너희는 자신들이 나를 화나게 할 수 있고, 심지어 나를 위태롭게 할 수도 있다고 상상한다. 이 무슨 망상인가! 이 무슨 과대망상이란 말인가!

나는 해 입지 않는 자니, 너희는 어떤 식으로도 나를 해치거나 위태롭게 할 수 없다. 그리고 해 입지 않는 자는 다른 사람에게 해를 입힐 수도 없고, 입히지도 않을 것이다.

너는 이제, 내가 비난하지 않고, 벌주지 않을 것이며, 나로서는 보복할 필요도 없다는 진리 뒤에 있는 논리를 이해한다. 어떤 방식도 나를 화나게 하거나, 위태롭게 하거나, 다치게 하지 않았고, 또 그렇게 할 수도 없으니, 나로서는 그럴 필요가 없다.

너와 다른 모든 사람 역시 마찬가지다. 비록 누군가가 너희를 다치게 하고, 위태롭게 하며, 해칠 수 있고, 또 그래왔다고 너희 모두가 상상하더라도.

너희는 피해를 봤다고 상상하기에 복수가 필요하고, 고통을 체험하기에 그 보복으로 다른 사람의 고통을 요구한다. 하지만 남에게 고통을 가하는 것에 도대체 어떤 정당화가 가능하단 말인가? 너희는 누군가가 너희에게 상처를 입혔으니(라고 너희는 생각한다) 거꾸로 그를 상처 입히는 게 옳고 정당하다고 느끼는가? 너희가 입으로는 사람으로 해서는 안 되는 일이라고 말하는 그런 짓이라도 정당화만 할 수 있다면, 자기가 하는 건 괜찮다는 이야기냐?

이런 게 광기다. 그리고 이 광기에서 너희가 보지 못하는 건, 남에게 고통을 가하는 사람들 **모두가** 자기 쪽이 옳다고 여긴다는 점이다. 그 사람 자신은, 그가 추구하고 바라는 것을 전제로 할 때, **자신이 취하는 모든 행동을 올바른 행동으로 이해한다.**

너희 규정에 따르면 그들이 추구하고 바라는 것이 글렀겠지만, 그들의 규정에 따르면 그르지 않았다. 그들의 세상형(型)과 도덕적 윤리적 해석과 신학적 이해는 물론이고, 그들의 결정과 선택과 행동들에 너희는 동의하지 않을지 모르지만…… 그들은 자신들의 가치관에 근거해서 그것들에 동의한다.

너희는 그들의 가치관이 "글렀다"고 단정한다. 하지만 너희 가치를 "옳다"고 말하는 건 누군가? 오직 너희뿐이다. 너희 가치관은 너희가 그것을 "옳다"고 말하기 때문에 옳은 것이다. 그렇다 해도 너희가 그 평가를 계속 유지한다면 이것도 어느 정도는 의미가 있을지 모른다. 하지만 무엇을 "옳고" "그르다"고 여기는지를 놓고 너희 스스로도 계속해서 마음을 바꾸고 있지 않는가? 너희는 개인으로서도 이렇게 하고 사회로서도 이렇게 한다.

20~30년 전만 해도 너희 사회가 "옳다"고 여기던 것을, 너희

는 지금 "틀렸다"고 여긴다. 그리 머지않은 과거에 너희가 "틀렸다"고 여기던 것을, 너희는 이제 "옳다"고 단정한다. 도대체 어느 쪽이 진짜인지 누가 알 수 있단 말인가? 너희는 무슨 수로 선수 일람표도 없이 선수들을 알 수 있는가?

그런데도 우리는 감히 서로를 심판하면서 앉아 있군요. 우리는 감히 비난하죠. 용납되는 것과 용납되지 않는 것에 대한, 우리의 변화하는 관념들을 몇몇 사람들이 따라잡지 못했다고 해서요. 휘유~ 우린 진짜 대단합니다. 심지어 "괜찮은" 것과 괜찮지 않은 것에 대해서조차 우리 마음을 계속 유지하지도 못하면서요.

그건 문제가 아니다. 너희가 "옳고 그른" 것에 대해 견해를 바꾸는 것 자체는 문제가 아니다. 너희는 견해를 바꿔야 한다. 그러지 않는다면 너희는 절대 성장하지 못할 것이다. 변화는 진화의 산물이다.

아니다, 문제는 너희가 변했거나, 너희 가치가 변한다는 데 있지 않다. 문제는 자신이 지금 지닌 가치관이 옳고 완벽한 것이니, 나머지 다른 사람들도 그것을 신봉해야 한다는 생각을 많은 사람들이 고집한다는 데 있다. 너희 중에는 지극히 독선적으로 자신을 정당화하는 사람들도 있다.

그런 믿음이 너희에게 도움이 된다면 그것을 고수하라. 붙들고 포기하지 마라. "옳고 그름"에 대한 너희의 견해는 '자신이 누군가'에 대한 규정이다. 하지만 남들에게 너희식으로 규정하라고 요구하지는 마라. 그리고 너희의 지금 믿음과 관행들에 너무 "얽매인" 나머지, 진화 과정 자체를 멈추게 하지는 마라.

사실 삶이란 너희가 있든 없든 계속되기 마련이니, 그렇게 하기를 원하더라도 너희는 그렇게 할 수 없다. 어떤 것도 똑같이 남아 있지 않으며, 어떤 것도 변하지 않고 그대로일 수 없다. 변하지 않는다는 건 움직이지 않는 것이고, 움직이지 않는 건 죽은 것이다.

삶의 모든 것이 운동이다. 바위조차 운동으로 가득하다. 모든 것이 움직인다. 그야말로 **모든 것이**. 움직이지 않는 건 아무것도 없다. 따라서 운동한다는 바로 그 사실 때문에, 한순간에서 그 다음 순간까지 똑같은 건 아무것도 없다, 아무것도.

똑같이 남는 것, 혹은 똑같이 남으려 하는 것은 삶의 법칙에 맞서는 것이니, 이건 어리석은 짓이다. 이 투쟁에서는 언제나 삶이 이길 것이다.

그러니 변하라! 그렇다, 바꾸어라! "옳고" "그름"에 대한 너희의 견해를 바꾸고, 이것과 저것에 대한 너희의 관념을 바꿔라. 너희 뼈대를 바꾸고, 너희 체계를 바꾸고, 너희 모델을 바꾸고, 너희 이론을 바꿔라.

가장 심오한 너희 진실들도 바뀌게 놔둬라. 부디 그것들을 너희가 손수 바꿔라. 나는 완전히 말 그대로의 뜻으로 말하고 있다. **부디** 그것들을 너희가 손수 바꿔라. 자신에 대한 새로운 발상 속에 성장이 있고, '있는 그대로'에 대한 새로운 발상 속에서 진화가 촉진된다. 그것이 누구고, 무엇이고, 어디고, 언제고, 어떻고, 왜 그런가에 대한 너희의 새로운 발상 속에서 수수께끼가 풀리고, 음모가 드러나며, 이야기가 끝난다. 그러면 너희는 새로운 이야기, 더 멋진 이야기를 시작할 수 있다.

어떤 것에 대한 새로운 발상 속에는 흥분이 있고 창조가 있다. '너희 안의 신'이 뚜렷이 드러나 충분히 실현되는 지점 또한 여기다.

너희 생각에 아무리 "좋았다"고 보이는 상황이라도 더 좋아질 수 있고, 너희 생각에 아무리 근사해 보이는 신학과 이데올로기와 우주철학이라도 훨씬 더 큰 경이로 충만할 수 있다. "천지간에는 너희의 지혜로 상상할 수 있는 것보다 더 많은 것들"이 있기 때문이다.

그러니 열려 있으라, **열려 있으라.** 너희가 옛 진리로 편안했다 해서, 새로운 진리의 가능성까지 닫아버리지는 마라. 삶은 너희의 안전지대가 끝나는 곳에서 시작된다.

하지만 성급하게 다른 사람을 판단하지 마라. 차라리 판단을 피하고자 하라. 다른 사람의 "그름"은 어제 아침 너희의 "옳음"이었고, 다른 사람의 잘못은 지금은 바로잡은 과거의 너희 행동이며, 다른 사람의 선택과 결정들이 "상처 주고" "해롭고" "이기적이고" "용서할 수 없"듯이 너희 자신의 허다한 선택과 결정들도 그러했으니.

다른 사람이 어떻게 "그럴" 수 있는지 "도무지 상상할 수 없을" 때, 너희는 자신이 어디서 왔고, 자신과 그 사람 둘 다 어디로 가고 있는지 잊고 있다.

그리고 너희 중에 자신을 나쁜 놈이라고 생각하는 사람들, 자신이 하잘것없고 구제불능이라고 생각하는 사람들에게 말하노니, 너희 중 영원히 길을 잃는 사람은 아무도 없고, 앞으로도 영원히 없을 것이다. 너희 모두, **모두가** 되어가는 과정 속에 있고, 너희 모두, **모두가** 진화를 체험해가는 중이기에.

이것이 내가 꾀하는 일이다.

너희를 통해.

Conversations with God
5

어렸을 때 배웠던 기도가 생각나는군요. "주여, 저는 당신을 제 집 안으로 들일 만큼 훌륭하지 않지만, 그냥 그렇다고 말씀해주시면 제 영혼이 치유되겠습니다." 이제 당신은 그렇게 말해주셨고, 저는 치유된 걸 느낍니다. 저는 더 이상 자신이 무가치하다고 느끼지 않습니다. 당신은 어떻게 하면 제가 가치 있다고 느끼는지 아시는군요. 제가 세상 사람들에게 한 가지 선물을 줄 수 있다면 이것일 겝니다.

너는 이 대화로 그들에게 그런 선물을 주었다.

이 대화가 끝나더라도 계속 그런 선물을 줄 수 있다면 좋겠습니다.

이 대화는 결코 끝나지 않을 것이다.

저, 그러니까 이 3부작이 완결되더라도 말입니다.

그렇게 할 수 있는 길이 있을 것이다.

그러고 보면 전 무척 행복한 놈입니다. 내 영혼이 주고 싶어하는 선물이 이것이니까요. 우리는 누구나 남에게 줄 선물을 가지고 있지요. 제 선물은 이것이었으면 좋겠습니다.

그렇다면 가서 그것을 주어라. 네가 삶에서 만나는 모든 사람에게 자신의 가치를 느끼게 하라. 그 모두가 인간으로서 자신의 가치와 자신의 참된 경이를 느끼게 하라. 이 선물을 주어라, 그러면 너는 세상을 치유하리니.

부디 당신이 도와주십시오.

너는 언제나 내 도움을 받을 것이다. 우리는 친구다.

어쨌든 전 이 대화를 사랑합니다. 그래서 당신이 전에 말했던 것에 대해 한 가지 물어보고 싶은데요.

나는 여기 있다.

"생애들 사이의" 삶에 대해서 말씀하실 때, 말하자면 당신은, "너희는 원할 때마다 개별 자아의 체험을 다시 창조할 수도 있다"고 하셨습니다. 그게 무슨 뜻입니까?

그건 너희가 원할 때마다 언제든 새로운 "자신"이나 예전의 너희와 같은 자신으로 전체에서 떠오르리란 뜻이다.

그럼 제 개별 의식, "나"에 대한 자각을 제가 지닐 수 있고, 그것으로 돌아갈 수도 있다는 뜻입니까?

그렇다, 너희는 언제든지 원하는 모든 걸 체험할 것이다.

그래서 제가 "죽기" 전과 똑같은 사람으로 이승으로, 땅으로 되돌아올 수도 있다고요?

그렇다.

육신을 가지고요?

너는 예수 이야기를 듣지 못했느냐?

들었죠. 하지만 전 예수가 아닙니다. 예수처럼 되겠다고 나서지도 않을 거구요.

그가 "너희 역시 이런 일들, 아니 이보다 더한 일들도 할 수 있다"고 하지 않았느냐?

그랬죠. 하지만 예수는 그런 기적들을 말한 게 아닙니다. 전 그렇게 생각하지 않습니다.

네가 그렇게 생각하지 않는다니 유감이구나. 예수가 죽은 자 가운데서 일어난 유일한 사람은 아니니까 말이다.

아니라고요? 죽은 자 가운데서 일어난 사람들이 또 있습니까?

그렇다.

맙소사, 그건 신성모독입니다.

그리스도가 아닌 사람이 죽은 자 가운데서 일어난 게 신성모독이라고?

저, 그렇게 말할 사람들도 있을 거란 얘깁니다.

그렇다면 그 사람들은 성경을 한번도 읽어보지 않았다.

성경요? 성경에서 예수 아닌 다른 사람이 죽고 나서 다시 몸으로 되돌아왔다고 말한다고요?

라자로라고 못 들어봤느냐?

아이고, 그건 억지예요. 그가 죽은 자 가운데서 일으켜진 건 그리스도의 권능 덕분이었습니다.

맞다. 그런데 너는 네 표현대로 "그리스도의 권능"이 단지 라자로만을 위해 예비되어 있었다고 생각하느냐? 세상의 역사에서 단 한 사람만을 위해?

그 문제를 그런 식으로 생각해보지는 않았습니다.

네게 말하노니, "죽은 자" 가운데서 일으켜진 사람들은 많다. "삶으로 되돌아온" 사람들은 많이 있다. 그것은 너희 병원들에서 날마다, 그리고 바로 지금도 일어나는 일이다.

잠깐만요, 그것도 억지입니다. 그건 의학이지 신학이 아닙니다.

호, 그러니까 신은 어제의 기적에만 관계하지, 오늘의 기적과는 관계가 없다는 거구나.

흐음…… 좋습니다. 당신에게도 기술 면에서 자격을 드리죠. 하지만 **죽은 자 가운데서 자기 힘으로 일어난 사람은 아무도 없습니다. 예수가 했듯이!** 아무도 **그런 식으로** "죽은 자" 가운데서 돌아오지 않았다구요.

자신할 수 있느냐?

음…… 꽤 자신할 수 있죠……

마하바타 바바지Mahavatar Babaji라고 들어본 적이 있느냐?

이 이야기 속에 동양의 신비주의자까지 끌어들일 필요는 없을 것 같은데요. 그런 걸 구입할 사람은 많지 않습니다.

알겠다. 음, 물론 그들이 옳겠지.

다시 바로잡을게요. 그러니까 당신 말씀은 영혼들이 영적 형상이나 물질 형상으로 소위 "죽은 자"들 가운데서 돌아올 수 있다는 겁니까? 그들이 원하는 게 그것이라면요?

이제 너는 이해하기 시작하고 있다.

좋습니다. 그렇다면 왜 더 많은 사람들이 그렇게 하지 않았습니까? 왜 이런 이야기를 날마다 못 듣는 거죠? 이 정도 일이라면 세계 토픽감일 텐데요.

사실 영적 형상으로는 많은 사람들이 그렇게 하고 있다. 하지만 육신으로 돌아오길 선택하는 사람들이 많지 않다는 건 나도 인정한다.

하, 그것 봐요! 제 말이 맞았군요! **왜 안 그렇죠?** 그게 그렇게 쉬운 일이라면 왜 더 많은 영혼들이 그렇게 하지 않습니까?

그건 쉽고 어렵고의 문제가 아니라, 바람직한가 아닌가의 문제다.

무슨 말씀인지요?

예전 형상의 육신으로 돌아가기를 바라는 혼이 매우 드물다는 말이다.

영혼이 몸으로 돌아가길 택할 때는 거의 언제나 다른 몸으로 그렇게 한다. 이런 식으로 해서 그것은 새로운 일정을 시작하고, 새로운 기억해냄을 체험하며, 새로운 모험들에 부딪힌다.

영혼이 몸에서 떠나는 것은 대개 그 몸과의 관계가 끝났기 때문이다. 그는 그 몸을 가지고 할 수 있는 일을 다 했다. 그는 자신이 추구하던 체험을 체험했다.

사고로 죽은 사람이라면요? 그 사람도 자신의 체험으로 죽은 겁니까? 아니면 체험이 "잘린" 겁니까?

너는 아직도 사람들이 우연히 죽는다고 생각하느냐?

당신은 그렇게 생각하지 않는다는 말씀입니까?

이 우주에서는 어떤 일도 우연히 일어나지 않는다. "우연" 같

은 건 없다. "우연의 일치" 같은 것도 없고.

만약 그게 사실이라고 저 자신을 납득시킬 수 있다면, 죽은 사람들을 위해 애도하는 일은 두 번 다시 없겠군요.

그들은 네가 자신들을 위해 애도해주길 조금도 원하지 않는다.

그들이 어디에 있는지 네가 안다면, 그들이 자기 나름의 고귀한 선택으로 거기에 있다는 걸 네가 안다면, 너는 그들의 출발을 축하했을 것이다. 네가 한순간이라도 소위 사후세계란 걸 체험했다면, 너 자신과 신에 관한 가장 근사한 생각을 가지고 거기에 와봤더라면, 너는 그들의 장례식에서 가장 유쾌한 웃음을 웃었을 것이고 네 가슴은 기쁨으로 가득 찼을 것이다.

우리가 장례식에서 우는 건 우리의 상실감 때문입니다. 그들을 두 번 다시 보지 못하리란 걸 알기에, 사랑하던 이를 두 번 다시 붙들거나 껴안거나 만질 수 없고, 그와 함께 있을 수 없으리란 걸 알기에, 우리는 슬퍼하는 겁니다.

실컷 운다는 게 그런 것이다. 그런 울음은 너희의 사랑과 너희가 사랑하는 사람을 영광스럽게 한다. 하지만 기쁨에 차서 몸을 떠나는 영혼을 기다리고 있는 현실과 체험이 얼마나 근사하고 경이로운지 안다면 이런 애도조차 그리 길지 않을 것이다.

사후세계의 모습은 어떤 겁니까? 실제로요. 제발 저한테 몽땅 다 이야기해주십시오.

　　내가 밝히지 않으려 해서가 아니라, 말해준다 해도 너희의 지금 조건, 지금 이해 수준으로는 너희가 그것을 도저히 상상하지 못하는 탓에 일부 밝혀질 수 없는 것들도 있긴 하다. 하지만 그렇다 해도 이야기될 수 있는 더 많은 것들이 있다.

　　앞에서 이야기했듯이, 소위 사후세계에서 너희는 지금 체험하는 삶에서와 마찬가지로 세 가지 중 하나를 하게 될 것이다. 너희는 조절되지 않은 생각들을 창조하는 데 굴복할 수도 있고, 자신의 체험을 선택에 따라 의식하면서 창조할 수도 있으며, 존재 전체의 집단의식을 체험할 수도 있다. 이 마지막 체험을 재합일, 혹은 '하나'와의 재결합이라 부른다.

　　하지만 너희가 첫 번째 길을 택한다 해도, 너희 대다수는 그다지 오래 그렇게 하지는 않을 것이다(지상에서 너희가 처신하는 방식과 달리). 이것은, 자신이 체험하는 것을 싫어하자마자, 너희는 새롭고 좀 더 즐거운 현실을 창조하고 싶어할 것이기 때문이다. 너희는 부정적인 생각들을 그냥 멈추는 것으로 이렇게 할 것이다.

　　이 때문에 너희는 그렇게 하고 싶어하지 않는 한, 그토록 겁내는 "지옥"을 체험하는 일이 없을 것이다. 설사 그런 경우라도, 자신이 원하는 것을 얻는다는 점에서 너희는 "행복할" 것이다. (네가 아는 것보다 더 많은 사람들이 "비참한" 것에 "행복해한다.") 그러니 너희는 더 이상 그렇게 하고 싶지 않을 때까지 계속 그것을 체험할 것이다.

하지만 너희들 대다수는 그 체험을 이제 막 시작하려는 그 순간에 이미 거기서 벗어나서 새로운 것을 창조하게 될 것이다. **이와 똑같은 방식으로 너희는 지상에서의 삶에서도 지옥을 없앨 수 있다.**

너희가 두 번째 길을 택해 자신의 체험을 의식하면서 창조한다면, 너희는 의심할 여지 없이 "곧장 천국에" 이르는 체험을 할 것이다. 자유롭게 선택하는 사람이면 누구라도, 그리고 천국을 믿는 사람이면 누구라도 이것을 창조하려 할 테니 말이다. 설령 천국을 믿지 않는다 해도, 너희는 체험하고 싶은 건 뭐든 체험하게 될 테고, 이것을 이해하는 순간, 너희의 소망은 점점 더 나아질 것이며, 그렇게 되면 결국 너희는 천국을 믿게 **될 것이다!**

너희가 세 번째 길을 택해 집단의식의 창조에 자신을 맡긴다면, 너희는 순식간에 완전한 포용과 완전한 평온, 완전한 기쁨, 완전한 자각, 그리고 완전한 사랑 속으로 옮겨갈 것이다. 이런 게 집단의식이기 때문이다. 그렇게 되면 너희는 '하나임'과 하나될 것이고, '너희인 것'을 빼고는, '지금까지 존재했던 전부'를 빼고는, 다른 어떤 것도 존재하지 않게 될 것이다─다른 뭔가가 있어야 한다고 너희가 결정하기 전까지는. 이것이 너희 다수가 명상 상태에서 아주 잠깐씩 경험하곤 했던 "하나임과 하나되는" 체험인 열반nirvana이다. 이것은 말로 표현할 수 없는 황홀경이다.

이렇게 해서 너희가 무한 시간─무(無)시간 동안 하나임을 체험하고 나면, 너희는 마침내 그 체험을 그만둘 것이다. '하나

아닌 것'도 함께 존재하지 않고서는, 또 그것이 존재할 때까지는, '하나임'을 '하나임'으로 체험할 수 없기에, 너희는 이것을 이해하면서 다시 한번 분리, 즉 분열이라는 발상과 생각을 창조할 것이다.

그리하여 너희는 영원히 영원히, 끝없이 영원히, 우주 수레바퀴를 따라 여행하고, 가고, 돌고, 존재하게 될 것이다.

너희는 몇 번이고—무수히 여러 번, 그때마다 무한한 기간 동안—다시 '하나됨'으로 돌아갈 것이고, 우주 수레바퀴의 어떤 지점에 있든 '하나됨'으로 돌아갈 도구가 자신에게 있음을 알게 되리라.

너희는 이 책을 읽고 있는 지금 이 순간에도 그렇게 할 수 있고,

내일이라도 명상 속에서 그렇게 할 수 있다.

언제라도 그렇게 할 수 있다.

그리고 당신은 우리가 죽을 때 지니고 있던 의식 수준에 반드시 머물러야 하는 건 아니라고 말씀하셨지요?

그렇다. 너희는 원하는 만큼 재빨리 다른 수준으로 옮겨갈 수도 있고, 너희가 하고 싶은 만큼 많은 "시간"을 들일 수도 있다. 만일 너희가 한정된 관점과 조절되지 않은 생각의 상태로 "죽는다면", 너희는 더 이상 원하지 않을 때까지 그 상태가 너희에게 가져다주는 모든 걸 체험할 것이다. 그러고 나면 너희는 "깨어나"—의식하면서—자신의 현실을 손수 창조하는 체험을 시작할 것이다.

너희는 첫 단계를 돌아보면서 그것을 정화(淨化)라 부를 것이고, 너희 생각의 속도로 원하는 모든 걸 가질 수 있는 두 번째 단계를 천국이라 부를 것이며, '하나됨'의 희열을 체험하는 세 번째 단계를 열반이라 부를 것이다.

이와 관련해서 알고 싶은 게 한 가지 더 있습니다. "죽고 나서"가 아니라 몸 밖에서의 체험에 대해서 말입니다. 제게 그걸 설명해주시겠습니까? 그럴 경우에 무슨 일이 벌어지는지.

그냥 '자신'의 본체essence가 신체를 떠난 것이다. 이것은 꿈꾸는 동안에는 흔한 일이고, 명상 동안에는 자주 있는 일이며, 몸이 깊은 잠에 빠진 동안에는 숭고한 형태로 빈번히 벌어지는 일이다.

그런 "이탈" 동안 너희 영혼은 원하는 곳 어디든 갈 수 있다. 그런데 그런 체험을 보고하는 사람들이 자기 의지로 이런 결정을 내렸다는 사실을 나중에 기억하지 못하는 경우가 흔히 있다. 그들로서는 그것을 "그냥 내게 일어난 일"로서 체험할 수도 있지만, 무릇 영혼의 행동과 관련된 어떤 일도 저절로 일어나는 법은 없다.

우리가 하는 일이 오직 발 가는 대로 창조하는 것뿐이라면, 만사가 어떻게 해서 우리에게 "드러날" 수 있습니까? 어떻게 해서 그것이 우리에게 "밝혀질" 수 있습니까? 제가 보기에는 만사가 우리에게 밝혀질 수 있는 경우는 그것이 우리와 떨어져서, 우리 창조물의 일부가 아

닌 것으로 존재할 때뿐인 것 같은데요. 이 문제를 좀 이해할 수 있게
해주십시오.

어떤 것도 너희와 떨어져서 존재하지 않는다. 모든 것이 너희
의 창조물이다. 확연한 네 이해 부족까지도 너 자신의 창조물이
다. 그것은 말 그대로 네가 상상으로 지어낸 것이다. 너는 자신
이 이 문제에 대한 답을 모른다고 상상한다. 그래서 너는 모르
는 것이다. 하지만 네가 안다고 상상하는 순간, 너는 곧바로 알
게 된다.

너는 자신이 이런 식의 상상을 하게끔 놔두는 것으로 그 '과
정Process'이 계속될 수 있게 한다.

과정이라고요?

삶, 그 영원한 과정 말이다.

그것이 소위 유체이탈 체험이든, 꿈이든, 아니면 수정 같은
명료함이 너희를 찾아오는 신비스러운 각성의 순간이든 간에,
너희가 자신에게 "밝혀지는" 체험을 하는 그 순간에 벌어지는
일은, 너희 자신이 그냥 "기억해냄" 속으로 빠져든다는 것뿐이
다. 너희는 자신이 이미 창조한 것을 기억해내고 있다. 그리고
이런 기억해냄은 대단히 강력할 수 있어서, 개인 차원에서의 현
현(顯現)을 만들어낼 수도 있다.

그런 장대한 체험을 한번 하고 나면, 다른 사람들이 "현실"
이라 부르는 것과 잘 융화하는 방식으로 "현실 생활"로 되돌아

가기가 대단히 힘들어질 수 있다. 그것은 **너희** 현실이 바뀌었기 때문이다. 그것은 다른 뭔가가 되어버렸다. 그것은 늘어났고 자랐으며, 두 번 다시 오그라들 수 없다. 그것은 요정 지니를 병 속에 도로 집어넣으려고 애쓰는 것과 같다. 그것은 그렇게 되지 않는다.

유체이탈 체험이나 소위 "임사(臨死)" 체험에서 돌아온 많은 사람들이 이따금 완전히 달라진 것처럼 보이는 게 이 때문입니까?

바로 맞혔다. 그리고 그들은 달라졌다. 왜냐하면 이제 그들은 그만큼 훨씬 많이 알기 때문이다. 하지만 그런 체험들에서 멀어질수록, 시간이 더 많이 지날수록, 그들은 자신들의 옛 태도로 더 많이 돌아간다. 자신들이 아는 것을 또다시 잊었기 때문이다.

"기억을 유지할" 무슨 방도가 있습니까?

있다. 순간마다 너희의 앎을 행동으로 표현하라. 환상의 세계가 너희에게 보여주는 것이 아니라, 너희가 아는 것에 따라 행동하라. 겉모습이 아무리 너희를 미혹하더라도 너희가 아는 것에 머물러라.

모든 선각자가 해왔고, 하고 있는 일이 이것이다. 그들은 겉모습으로 판단하지 않고, 자신들이 아는 것에 따라 행동한다.

그리고 기억해내는 또 다른 방법도 있다.

예?

　남이 기억하게 만들어라. 너희가 자신을 위해 원하는 것을
남에게 주어라.

그건 제가 이 책들을 가지고 하고 있다고 여기는 거군요.

　바로 그것이 네가 하고 있는 일이다. 그리고 더 오래 그렇게
할수록, 네가 그렇게 할 필요는 더 줄어들 것이다. 이 메시지를
남에게 더 많이 보낼수록, 네가 그것을 너 자신에게 보낼 필요
는 더 줄어들 것이다.

나 자신과 남이 '하나'니, 내가 남에게 주는 것이 곧 나 자신에게 주
는 게 된다.

　봐라, 지금 너는 내게 답을 주고 있다. 그리고 물론, 그것은
이런 방식으로 작동한다.

우와, 정말 제가 신에게 답을 주었군요. 근사해요, 이건 진짜 근사
하군요.

　너는 내게 말하고 있다.

그래서 근사하다는 겁니다. 제가 당신에게 말해주고 있다는 그 사

실이 말입니다.

내가 너희에게 말하노니, 우리가 '하나'로 말하게 될 날이 오리라. 모든 사람에게 그런 날이 오리라.

저, 그런 날이 제게 오고 있는 거라면, 당신이 말씀하시는 걸 제가 정확히 이해하는지 확실히 해두고 싶습니다. 그래서 말인데요, 딱 한 번만 더 다른 문제로 되돌아갔으면 합니다. 이 점에 대해 당신이 여러 번 얘기했다는 건 알지만, 제가 정말로 그걸 이해하는지 진짜로 확실히 해두고 싶거든요.

많은 사람들이 열반이라 부르는 이 '하나 상태'에 도달하고 나면, 근원으로 돌아가고 나면요, 우리가 거기에 계속 머물지 않으리라는 게 정말입니까? 제가 이걸 다시 묻는 이유는, 이것이 제가 이해하는 동양의 여러 비전(秘傳)들이나 신비주의 가르침들과는 정반대되는 것처럼 보여서 말입니다.

그 웅장한 무no-thing의 상태, 즉 '전체와 하나됨'으로 남아 있는 상태 자체가 거기에 있는 걸 불가능하게 만들 것이다. 내가 방금 설명했듯이, 존재는 비존재의 공간에서를 빼고는 존재할 수 없다. '하나됨'의 완전한 희열조차 완전한 희열보다 못한 뭔가가 존재하지 않는다면, "완전한 희열"로 체험될 수 없다. 이 때문에 완전한 '하나됨'의 완전한 희열보다 못한 뭔가가 창조되어야 했던 것이고, 계속해서 창조되어야 하는 것이다.

하지만 우리가 완전한 희열 속에 있을 때, 우리가 다시 한번 '하나됨'에 녹아들어, 우리가 전부/무가 되었을 때 말입니다. 우리는 존재한다는 사실조차 **모르는** 것 아닙니까? 우리가 체험하고 있는 어떤 것도 없으니까요…… 모르겠어요. 전 이게 잘 이해가 안 됩니다. 이건 제가 다룰 수 없는 문제인 것 같군요.

너는 내가 '신성한 딜레마'라 부르는 것을 묘사하고 있다. 이것은 신이 항상 가졌고, 신이 신이 아닌 것(혹은 신이 아니라고 생각한 것)의 창조로 해결했던 바로 그 딜레마다.

신은 자신의 일부를 '자신을 알지 못하는 더 못한 체험'에 내주어―그리고 순간마다 다시 내주어―자신의 나머지가 자신을 '참된 자신'으로 알 수 있게 했다.

그리하여 "하느님은 자신의 독생자를 보내시어 너희를 구원받게 했다." 이제 너희는 이 신화가 어디서 나왔는지 알 것이다.

저는 우리 모두가 신이고, 우리 모두가 결코 끝나지 않는 원을 따라 계속해서 앎에서 모름으로 갔다가 다시 앎으로, 그리고 있음에서 없음으로 갔다가 다시 있음으로, 또 '하나됨'에서 분리로 갔다가 다시 '하나됨'으로 이어지는 여행을 하고 있다고 생각하는데요. 이런 게 삶의 순환, 당신이 말하는 우주 수레바퀴라고요.

정확하다. 바로 그거다. 아주 잘 표현했다.

하지만 우리 모두가 기준 O으로 다시 돌아가야 합니까? 언제나 완전히 다시 시작해야 하는 겁니까? 시작점, 출발점으로 다시 돌아가서요? "계속"으로 건너뛸 수는 없나요? 200달러를 모을 순 없는 겁니까?

이번 생애만이 아니라 다른 모든 생애에서도, 너희가 어떤 일을 해야 할 필요는 없다. 너희는 신 체험을 재창조함에서, 가고 싶은 곳은 어디든 갈 수 있고, 하고 싶은 일은 무엇이라도 할 수 있는 선택권을 가질 것이다. **너희는 언제나 자유선택권을 가질 것이다.** 너희는 우주 수레바퀴의 모든 지점으로 옮겨갈 수 있다. 너희가 원하는 어떤 것으로도 "되돌아올" 수 있고, 선택하는 다른 어떤 차원이나 현실, 태양계, 어떤 다른 문명으로도 "되돌아올" 수 있다. 신성(神性)과의 완전한 합일 지점에 이르렀던 사람들 중 일부는 깨달은 선각자로 "되돌아가기"를 선택했다. 그리고, 그렇다, 떠날 때 깨달은 선각자였다가 다시 그 모습의 자신으로 "되돌아가길" 선택한 사람들도 있다.

틀림없이 너도 몇십 몇백 년에 걸쳐 되풀이되는 생김새를 하고서 너희 세상으로 몇 번이고 되돌아온 구루와 선각자들에 관한 이야기를 알고 있을 것이다.

너희에게는 오로지 이런 식의 보고에만 근거한 종교 하나가 있다. '말일 성도 예수 그리스도 교회'라는 그 종교는, 자신을 예수라고 부르는 존재가, 그가 "마지막으로" 확실히 떠나고도 여러 세기가 지난 다음 다시 지상으로 되돌아왔고, 이번에는 미국에 나타났다는 조지프 스미스의 보고에 근거하고 있다.

그러니 너희는 자신이 기뻐하며 되돌아갈 수 있는 곳이라면, 우주 수레바퀴 위의 어떤 지점으로도 되돌아갈 수 있다.

하지만 그런 이야기까지도 절 맥 빠지게 합니다. 우리는 전혀 휴식을 갖지 않는 겁니까? 우리가 열반에 **머물면서** 그곳에 남아 있는 경우는 절대 없는 겁니까? 우리는 이런 식으로 영원히 "왔다 갔다" 해야 할 운명입니까? "보였다 안 보였다" 하는 이 쳇바퀴를 돌리면서요. 우리는 어디에도 이르지 않는 끝없는 여행을 하는 겁니까?

그렇다. 바로 그것이 최대의 진리다. 가야 할 곳도 없고, 해야 할 일도 없으며, 지금 이 순간 너희가 되고 있는 바로 그 자신을 빼고는 누구도 "될" 필요가 없다.

진실은, 여행 따위는 없다는 것이다. 너희는 지금 이 순간 자신이 되고자 하는 그것이고, 지금 이 순간 자신이 가고자 하는 그곳에 있다.

이것을 아는 사람이 선각자다. 그래서 그는 그 투쟁을 끝낸다. 그러고 나면 선각자는 너희가 투쟁을 끝내도록 도와주려 한다. 너희가 깨달음에 이르렀을 때, 남들의 투쟁을 끝내길 추구하게 되듯이.

하지만 이 과정, 이 우주 수레바퀴는 맥 빠지는 쳇바퀴가 아니다. 그것은 신과 삶 전체의 완벽한 장대함에 대한 영광스러운 재확인이고 끊임없는 재확인이다. 거기에 맥 빠짐 따위는 없다.

그래도 제게는 맥 빠지게 느껴지는데요.

네 마음을 바꿀 수 있을지 어디 보자. 너는 섹스를 좋아하느냐?

좋아하죠.

섹스에 대해 정말 괴팍한 견해를 가진 사람들을 빼면, 누구나 그렇지. 그렇다면 내가, 너는 내일부터 시작해서 매력과 사랑을 느끼는 모든 사람과 섹스할 수 있다고 말하면 어떻겠느냐? 그것이 너를 행복하게 해줄 것 같으냐?

이것이 그 사람들의 의지를 거스르면서 되는 겁니까?

아니다. 네가 이런 식으로 사랑이라는 인간 체험을 더불어 축하하고 싶은 사람이면 그 사람도 너와 더불어 그렇게 하고 싶도록 내가 조정해주마. 그들은 네게 크나큰 매력과 사랑을 느낄 것이다.

와! 그렇다면—좋고 말고요!

그런데 조건이 딱 하나 있다. 너는 한 사람에서 다른 사람으로 넘어갈 때 멈춰야 한다. 중단 없이 이 사람에서 저 사람으로 곧바로 넘어갈 수는 없다.

그쯤은 저도 알고 있습니다.

자, 보다시피 이런 식의 신체 결합이 가져다주는 황홀경을 체험하려면, 너는 누군가와 성적으로 결합하지 않는 체험도 가져야 한다. 설사 아주 잠깐이라 해도.

당신이 어디로 가고 있는지 알 것 같군요.

　그렇다. 아무 황홀경도 없는 때가 없다면, 황홀경조차 황홀경이 아닐 것이다. 이것은 신체의 황홀경에서 그러하듯, 영적 황홀경에서도 마찬가지다.

　삶의 순환과 관련해서 맥 빠짐 따위는 없다. 오직 기쁨만이, 그냥 기쁨만이, 그리고 더 많은 기쁨만이 있을 뿐이다.

　참된 선각자들은 오로지 기뻐한다. 지금은 너희가 이런 깨달음의 차원에 머무는 걸 바람직하게 여길 수도 있다. 그러고 나면 너희는 황홀경 속으로 들어왔다 나갔다 할 수 있으며, 그래도 여전히 항상 기쁠 수 있다. 너희는 기뻐하기 위해서, 황홀경이 필요한 것이 아니다. 너희는 그냥 그런 황홀경이 있음을 알기에 기쁜 것이다.

가능하다면 이제 주제를 바꿔서 지구 재난에 대해 얘기해보고 싶은데요. 그런데 그러기 전에 잠시 살펴보고 싶은 게 있습니다. 여기서 한번 이상 듣는 이야기들이 많은 것 같아서요. 때로는 제가 같은 걸 몇 번이고 다시 듣고 있는 것처럼 느껴지기도 합니다.

아주 좋다! 너는 그러고 있으니까! 내가 앞에서 말했듯이 이건 설계에 따른 것이다.

이 메시지는 용수철과 같다. 용수철은 감겨 있을 때 자신에게 되돌아온다. 한 원이 다른 원 위에 포개져서, 그것은 말 그대로 "원을 그리며 빙빙 도는" 듯이 보인다. 용수철이 풀렸을 때, 그때서야 비로소 너희는 그것이 생각했던 것보다 훨씬 더 멀리까지 나선을 그리며 뻗어나간다는 걸 알 것이다.

그렇다, 네가 옳다. 나는 여기서 이야기되는 것 중 상당수를 여러 번 다른 방식으로 이야기했다. 아니 때로는 **같은 방식으로도**. 네가 본 게 정확하다.

네가 이 메시지를 끝낼 때가 되면 너는 그것의 핵심 사항들을 아마도 글자 그대로 암송할 수 있게 될 것이다. 네가 그러길 원한다면 그런 날이 올 것이다.

좋습니다, 됐습니다. 이제 앞으로 나가서요, 제가 "신과 직통 회선"을 갖고 있다고 여기는 듯한 사람들이 꽤 있습니다. 그리고 그 사람들은 우리 지구의 운명을 알고 싶어하고요. 제가 전에도 이런 질문을 했다는 건 알지만, 이번에는 진짜로 솔직한 답변을 듣고 싶습니다. 많은 사람들이 예견하듯이 지구는 대격변을 겪게 됩니까? 그게 아니라면 그 많은 심령술사들이 보는 건 뭡니까? 만들어낸 환영인가요? 우리는 기도해야 합니까? 아니면 우리가 변해야 합니까? 뭔가 우리가 할 수 있는 일이 있습니까? 아니면 안됐지만 그래봤자 아무짝에도 쓸모없는 겁니까?

나로서는 그런 물음들을 다루게 돼 기쁘지만, 그렇다고 우리가 "앞으로 나아가지는" 않을 것이다.

앞으로 나아가는 게 아니라고요?

그렇다. 나는 전에 시간에 대해 몇 번 설명하면서 이미 그 답들을 네게 주었다.

"앞으로 일어날 모든 일이 이미 일어났다"고 하셨던 부분 말입니까?

그렇다.

하지만 "이미 일어난 모든 일"이란 게 뭡니까? 그것들은 어떤 식으로 일어났습니까? 그리고 **뭐가** 일어난 겁니까?

그 모든 일이 일어났다. 그 모든 것이 이미 일어났다. 모든 가능성이 사실로 존재한다. 완료된 사건들로.

어떻게 그럴 수 있죠? 저는 아직도 어떻게 그럴 수 있는지 이해가 안 됩니다.

이것을 너희가 더 잘 연상할 수 있는 상황으로 표현해주마. 이렇게 하는 게 도움이 되는지 보자. 너는 컴퓨터 비디오게임을 하기 위해 CD-ROM을 쓰는 아이들을 본 적이 있느냐?

예.

그렇다면 너는 그 아이가 조이스틱으로 만들어내는 온갖 동작들에 어떤 식으로 반응할지를 컴퓨터가 어떻게 아는지 자문해본 적이 있느냐?

그럼요, 사실 전 그게 궁금했습니다.

그 모든 것이 디스크에 있다. 컴퓨터가 아이가 만들어내는 온갖 동작들에 어떻게 반응할지 아는 건 모든 가능한 동작이 **그에 따른 적합한 반응과 더불어 디스크에 이미 들어 있기 때문이다.**

무시무시하군요. 거의 초현실적인데요.

뭐가? 모든 끝남과 그 끝남을 불러오는 모든 전환과 변형이 디스크에 이미 프로그램되어 있다는 게? 거기에 "무시무시한" 건 전혀 없다. 그건 그냥 기술이다. 그리고 비디오 게임의 기술을 대단하다고 여기는 건 우주의 기술을 볼 때까지 미뤄라!

우주 수레바퀴를 그런 CD-ROM으로 생각하라. 모든 끝남이 이미 존재한다. 우주는 그냥 **이번에는** 너희가 어느 쪽을 택할지만 보려고 기다리고 있다. 그리고 너희가 이기든 지든, 아니면 비기든 간에 게임이 끝나고 나면, 우주는 이렇게 말할 것이다. "계속할까요?"

네 컴퓨터는 네가 이기든 지든 신경 쓰지 않기에, 네가 "그것의 감정을 다치게 할" 수는 없다. 그것은 그냥 네게 다시 게임할 기회를 제공할 뿐이다. 모든 끝남이 이미 존재하니, 네가 어떤 끝남을 체험하는가는 네 선택에 달렸다.

그렇다면 신은 CD-ROM일 뿐이란 겁니까?

꼭 그런 식이라고 말하지는 않겠다. 하지만 이 대화 전체를 통해서 나는 누구라도 나름으로 이해할 수 있는 예들을 써서 개념들을 구체화하려고 해왔다. 그런 점에서 나는 CD-ROM 이 좋은 예라고 생각한다.

많은 점에서 삶은 CD-ROM과 비슷하다. 모든 가능성이 존재하고, 모든 가능성이 이미 일어났다. 이제 너희는 어느 것을 체험할지 고를 시점에 이르렀다.

이것은 지구 격변에 대한 네 질문과 곧바로 연결된다.

많은 심령술사들이 지구 변화에 대해 말하는 건 사실이다. 그들은 "미래" 쪽의 창문을 열어 그것을 보았다. 문제는 그들이 본 것이 어느 "미래"인가다. CD-ROM에서 게임의 끝남이 그러하듯, **하나 이상의 버전**version이 있다.

한 버전에서는 지구가 대격변에 처하겠지만, 다른 버전에서는 그렇지 않을 것이다.

사실 그 **모든** 버전이 **이미 일어났다.** 잊지 마라, 시간은—

—압니다, 알아요. "시간은 존재하지 않는다"—

　　—맞았다. 그리고?

따라서 모든 것이 동시에 일어나고 있다.

　　또 맞았다. 지금껏 일어났고, 지금 일어나고, 앞으로 일어날 모든 일이 바로 지금 존재하고 있다. 컴퓨터 게임에서 그 모든 동작이 지금 이 순간 디스크에 존재하는 것과 마찬가지로. 그러니 심령술사들의 지구 종말 예언이 실현되면 재미있겠다고 여긴다면, 너희의 모든 주의를 그것에 맞춰라. 그러면 그것을 너희에게 끌어올 수 있을 테니. 하지만 너희가 다른 현실을 체험하는 게 좋겠다고 생각하면, 그것에 초점을 맞춰라. 너희가 자신에게 끌어올 결과가 그것이 될 수 있도록.

그러니까 당신은 지구 변동이 일어날지 아닐지 말씀해주시지 않을 작정이군요, 그렇죠?

나는 너희가 내게 말해주길 기다리고 있다. 그것은 너희의 생각과 말과 행동들로 너희가 결정할 일이다.

2000년 컴퓨터 문제는 어떻습니까? 요즘 와서 소위 "Y2K"고장이 우리 사회경제 체제에 엄청난 재난을 불러오리라고 말하는 사람들이 있습니다. 정말 그럴까요?

너는 무엇을 말하느냐? 너는 무엇을 선택하느냐? 너는 자신이 이런 것들과는 아무 관계도 없다고 생각하느냐? 네게 말하건대, 그렇게 생각한다면 정확하지 않을 것이다.

이 모든 게 어떤 식으로 드러날지 당신이 말씀해주지 않으시렵니까?

나는 너희 미래를 예언하려고 여기 있는 게 아니니, 그렇게 하지 않을 것이다. 이것이 내가 너희에게 말할 수 있는 최대치다. 이것은 누구라도 너희에게 말할 수 있는 최대치다. 조심하지 않는다면 너희는 지금 가는 바로 그곳에 이를 것이다. 그러니 너희가 가고 있는 그 길을 좋아하지 않는다면, **방향을 바꿔라.**

제가 어떻게 그렇게 합니까? 무슨 수로 제가 그런 엄청난 결과에 영향을 미칠 수 있습니까? 심령사들이나 영적 "권위자"들이 예언하는 이 모든 재난을 마주해서 우리가 **해야 할** 일은 뭡니까?

내면으로 가라. 너희 내면에 있는 지혜의 자리를 찾아라. 이것이 너희에게 뭘 해달라고 부탁하는지 알아보고, 그런 다음 그것을 하라.

만일 그것이 지구 격변을 불러올 수 있는 환경 남용에 대해 뭔가 조치를 취하라고 너희 정치가와 산업가들에게 요구하는 걸 뜻한다면, 그렇게 하라. 만일 그것이 Y2K 문제를 함께 해결하도록 너희 공동체 지도자들을 불러모으는 걸 뜻한다면, 그렇게 하라. 그리고 만일 그것이 그냥 네 길을 걸으면서, 날마다 긍정적인 에너지를 내보내 문제를 **일으킬** 돌연한 공포 속에 네 주위 사람들이 빠지지 않도록 해주는 걸 뜻한다면, 그렇게 하라.

무엇보다 중요한 건 두려워하지 않는 것이다. 너희는 어떤 사건으로도 "죽을" 수 없으니, 아무것도 겁낼 필요가 없다. 펼쳐져가는 '과정'을 자각하면서 만사가 너희를 위해 괜찮아지리란 걸 차분히 알라.

모든 것의 완벽과 접하길 구하라. 너희가 '참된 자신'을 창조하기 시작할 때, 너희는 자신이 선택하는 바를 정확히 체험할 수 있는 바로 그곳에 정확히 있게 될 것임을 알라.

모든 것에서 완벽을 보는 것, 이것이 평화로 가는 길이다.

마지막으로 어떤 것에서 "벗어나려" 애쓰지 마라. 너희가 저항하는 건 지속된다. 나는 1권에서 여기에 대해 이미 말했고, 그건 사실이다.

미래에서 "보는" 것이나 미래에 대해 "들은" 것을 놓고 슬퍼하는 건 "완벽 속에 머물지" 못해서다.

또 다른 충고는요?

찬양하라! 삶을 찬양하고, 자신을 찬양하라! 예언들을 찬양하고, 신을 찬양하라!

찬양하라! 게임을 즐겨라.

그 순간이 무엇을 가져올 것처럼 보이든, 그 순간에 기쁨을 가져와라. '너희 자신'이 기쁨이고, 너희는 언제나 기쁨일 것이기에.

신은 불완전한 어떤 것도 창조할 수 없다. 만일 신이 불완전한 뭔가를 창조할 수 있다고 여긴다면, 너희는 신을 전혀 모르고 있다.

그러니 찬양하라. 완벽을 찬양하라! 웃고 찬양하고, 오직 완벽만을 보라. 그러면 남들이 불완전이라 부르는 것이 너희에게 불완전한 어떤 방식으로도 너희를 건드리지 않으리니.

제가 지구 자전축이 바뀌거나, 운석에 짓뭉개지거나, 지진으로 짜부라지거나, 혹은 Y2K의 히스테리컬한 혼란에 휘말리는 걸 피할 수 있다는 말씀인가요?

　너는 그중 어떤 것이든 그것이 주는 모든 부정적인 영향에서 확실히 벗어날 수 있다.

그건 제가 당신에게 물었던 게 아닌데요.

　하지만 내가 대답했던 건 그것이다. '과정'을 이해하고, 그 모든 것의 완벽을 보면서, 미래를 두려움 없이 마주하라.
　그 평온함, 그 태연함, 그 고요함이, 다른 사람들이라면 "부정적"이라고 불렀을, 대부분의 체험과 결과들에서 너를 벗어나게 해주리니.

이 모든 것에서 당신이 틀렸다면 어떻게 하죠? 당신이 전혀 "신"이 아니라면요? 단지 내 상상력이 너무 풍부한 데서 나온 과잉 작품에 불과하다면요?

　아, 다시 또 그 문제냐?
　글쎄, 그렇다면 어떻게 하냐고? 하지만 그래서 어떻다는 거냐? 너는 이보다 더 낫게 사는 법을 생각할 수 있느냐?
　내가 여기서 말하는 건, 행성 범위의 재난을 말하는 이들 긴박한 예언들을 마주해서 고요히 머물고, 평온하게 머물고, 태연하게 머문다면, 너희는 가능한 한 최상의 결과를 얻으리라는 게 전부다.

설사 내가 신이 아니라 해도, 내가 그 모든 걸 꾸며내는 그냥 "너"라 해도, 네가 이보다 더 나은 충고를 얻을 수 있겠느냐?

아뇨, 그럴 것 같진 않군요.

그러니 여느 때처럼 내가 "신"이든 아니든 아무 차이도 없다.

그냥 이것을 가지고, 이 세 권 모두에 실린 정보들을 가지고, 지혜롭게 살아라. 아니면 네가 나아갈 더 나은 길을 생각할 수 있다면, **그렇게 해라.**

설사 이 책들에서 이야기하는 사람이 진짜로 그냥 닐 도날드 월쉬일 뿐이라 해도, 너는 여기서 다루는 그 모든 주제에서 이 보다 더 나은 충고를 찾기 힘들 것이다. 그러니 그것을 이런 식으로 봐라, 내가 말하는 신이거나, 이 닐이라는 친구가 아주 영리한 녀석이라고 말이다.

무슨 차이가 있는가?

차이는요, 이런 이야기를 하는 이가 진짜 신이라고 확신했더라면, 제가 좀 더 새겨들었을 거란 거죠.

오, 정말 우스운 이야기군. 나는 100가지 다른 형태로 1,000번에 걸쳐 메시지를 보냈건만, 너는 그 대부분을 무시했다.

예, 아마 그랬을 겁니다.

그랬을 거라고?

좋습니다, 그랬습니다.

그렇다면 이번에는 무시하지 마라. 너는 자신을 이 책으로 데려온 게 누구라고 생각하느냐? 바로 너다. 그러니 네가 신에게 귀 기울일 수 없다면, 자신에게 귀 기울여라.

아니면 내 친애하는 심령술사에게나.

아니면 네 친애하는 심령술사에게나.

이젠 절 놀리고 계시는군요. 하지만 덕분에 제가 논의하고 싶었던 또 다른 주제가 떠올랐습니다.

알고 있다.

아신다고요?

물론이다. 너는 심령술을 논의하고 싶어한다.

당신이 어떻게 아시죠?

내가 심령술사다.

맞아요, 전 당신이 그렇다는 쪽에 걸겠습니다. 당신은 모든 심령술
사들의 어머니입니다. 당신이라면 그 분야 최고수고, 왕초고, 일인자
고, 위원회 의장감이죠.

내 아들아, 너는…… 잘…… 이해하고 있다.

이제 5달러 주십시오.

멋지군, 형제. 계속해보게.

그러니까 제가 알고 싶은 건 "심령력(心靈力)"이 뭔가라는 겁니다.

너희 모두가 소위 "심령력"이란 걸 갖고 있다. 사실 그것은
육감이다. 그리고 너희 모두가 "온갖 것에 대해 육감"을 갖고
있다.

심령력이란 너희의 한정된 체험에서 빠져나와 더 넓은 시야
속으로 들어가는 능력에 불과하다. 물러서는 능력, 너희가 자
신이라 여기는 한정된 개인으로서 느꼈을 것보다 더 많이 느끼
는 능력, 그 혹은 그녀가 알았을 것보다 더 많이 아는 능력. 그
것은 너희 주위 어디에나 널려 있는 **더 큰 진리** 속으로 물길을
뚫는 능력, 다른 에너지를 느끼는 능력이다.

이 능력을 발달시키려면 어떻게 해야 합니까?

"발달"이 맞는 말이다. 그것은 일종의 근육과 같은 것이어서, 너희 모두가 가지고 있지만, 너희 중 일부만이 그것을 발달시키는 쪽을 선택한다. 반면에 나머지 사람들에게서 그것은 발달되지 않은 채, 훨씬 쓸모없이 방치된다.

심령 "근육"을 발달시키려면, 그것을 단련시켜야 한다. 그것을 써라. 날마다, 끊임없이.

그 근육은 지금 거기에 있지만, 작고 약하다. 그것은 거의 쓰이지 않고 있다. 그래서 이따금 직관이 너희를 "때려도" 너희는 그에 따라 행동하지 않고, 뭔가에 대한 "예감이 들어도" 너희는 그것을 무시한다. 꿈을 꾸거나 "영감"을 느껴도, 빈약한 주의만을 기울이면서 너희는 그것을 그냥 흘려보낸다.

고맙게도 너는 이 책에 대해 가졌던 그 직관의 "때림"에는 주의를 기울였다. 그렇지 않았다면 너는 지금 이 문장들을 읽고 있지 않을 것이다.

너는 자신이 우연히 이 글들로 오게 되었다고 생각하느냐? 어쩌다가?

그러니 심령 "력"을 발달시키는 첫 번째 조치는, 네가 그것을 갖고 있음을 알고, 그것을 쓰는 것이다. 네가 가진 모든 예감, 네가 느끼는 모든 느낌, 네가 경험하는 모든 직관의 "때림"에 주의를 기울여라. 주의를!

그런 다음에는 네가 "아는" 것에 따라 행동하라. 네 마음이 거기서 벗어나라고 속삭이지 못하게 하고, 네 두려움이 너를 거기서 끌어당기지 못하게 하라.

네가 두려워하지 않고 직관에 따라 더 많이 행동할수록, 네 직관은 너를 더 많이 도와주리니. 그것은 언제나 거기에 있었거늘, 너는 이제서야 그것에 주의를 기울이는구나.

하지만 저는 언제라도 찾을 수 있는 주차 공간 식의 심령 능력을 말하는 게 아닙니다. 저는 진짜 심령력을 말하는 겁니다. 미래를 내다보거나, 생판 알지도 못하는 사람에 관해서 알려주는 그런 능력 말입니다.

내가 이야기했던 것도 바로 그거였다.

이 심령력은 어떤 식으로 작용합니까? 그걸 가진 사람들이 말하는 대로 따라야 합니까? 어떤 심령술사가 예언을 했을 때, 제가 그 예언을 바꿀 수 있는 겁니까, 아니면 내 미래는 바위처럼 고정되어 있습니까? 생판 낯선 사람의 얼굴을 보자마자 그 사람에 대해 아는 심령술사들은 어떻게 해서 그런 겁니까? 만일—

잠깐만. 거기에는 서로 다른 네 가지 질문이 있다. 좀 속도를 늦추어서 한번에 하나씩 다루도록 하자.

좋습니다. 심령력은 어떤 식으로 작용합니까?

심령력이 작용하는 방식을 네게 이해시켜줄, 심령 현상의 법칙 세 가지가 있다. 그것들을 복습해보자.

1. 모든 생각이 에너지다.
2. 모든 것이 움직이고 있다.
3. 모든 시간이 지금이다.

심령술사는 이런 현상들이 만들어내는 체험—진동—에 자신을 연 사람이다. 그것은 마음속에 영상으로 그려질 때도 있고, 말의 형태로 생각을 이룰 때도 있다.

심령술사는 이런 에너지들을 느끼는 데 숙달되어간다. 이 에너지들은 워낙 가볍고, 워낙 순식간에 스쳐가고, 워낙 엷어서, 처음에는 이렇게 하기가 쉽지 않을 수도 있다. 여름밤의 부는 듯 마는 듯한 산들바람이 네 머리카락을 건드렸는가 싶기도 하지만 아닐 수도 있듯이, 아득히 멀리서 뭔가 희미한 소리가 들렸는가 싶기도 하지만 아닐 수도 있듯이, 눈가를 휙 하고 스쳐가는 흐릿한 영상이 거기 있었노라고 맹세라도 하고 싶지만 머리 들어 쳐다보면 이미 없어졌듯이, 사라졌다! 그게 과연 거기에 있기나 했던가?

초보 심령술사들이 항상 하는 질문이 이것이다. 하지만 숙달된 심령술사는 절대 묻지 않는다. 그런 질문을 하는 건 대답을 내쫓는 것이고 정신mind을 끌어들이는 것이기 때문이다. 심령술사들이 절대 하고 싶지 않은 일이 이것이다. 직관은 정신 속에 살지 않는다. 심령술사가 되려면 너희 정신에서 벗어나야 한다. 직관은 심령psyche 속에, 영혼 속에 살기 때문이다.

직관은 영혼의 귀다.

영혼이야말로 유일하게 생명의 가장 희미한 진동들까지 "잡아내고", 이 에너지들을 "느끼며", 즉석에서 이 파장들을 감지하고, 그것들을 해석하기에 충분할 만큼 예민한 도구다.

　너희는 오감이 아니라 육감을 가지고 있다. 육감이란 후각과 미각, 촉각, 시각, 청각, 그리고…… **지각**sense of knowing이다.

　"심령력"이 작동하는 방식은 이렇다.

　네가 생각을 할 때마다, 생각은 에너지를 내보낸다. 생각은 에너지다. 심령의 영혼이 잡아내는 것이 이 에너지다. 하지만 진짜 심령술사는 그 에너지를 해석하려고 멈춰 서지 않는다. 아마도 그는 그 에너지가 뭣처럼 느껴지는지 그냥 불쑥불쑥 뱉어내기만 할 것이다. 이런 방법으로 심령술사는 너희가 지금 뭘 생각하는지 너희에게 말해줄 수 있다.

　너희가 지금껏 가졌던 모든 느낌이 너희 영혼 속에 들어 있다. 너희 영혼은 너희가 느낀 모든 느낌의 총합이다. 그것은 저장소다. 너희가 그 느낌들을 그곳에 저장하고 나서 몇 년의 세월이 지났더라도, 진짜로 열린 심령술사라면 이 "느낌들"을 지금 이 자리에서 "느낄" 수 있다. 그건 모두가 지금이기 때문이고—

시간 같은 건 없기 때문이다—

　이런 식으로 해서 심령술사는 너희 "과거"를 너희에게 말해줄 수 있다.

　"내일" 역시 존재하지 않는다. 모든 것이 지금 이 순간 일어나고 있다. 일어난 모든 일이 에너지 파장을 내보내, 우주 감광판 위에 지워지지 않는 영상을 남긴다. 심령술사는, 그것이 지금 이 순간 일어나는 일인 것처럼—이건 사실이다—"내일"의 영상을 보거나 느낀다. 이것이 일부 심령술사가 "미래"를 말하는 방식이다.

생리학상으로 어떻게 이렇게 되느냐고? 아마도 자신이 하고 있는 일을 스스로는 의식하지 못하겠지만, 심령술사는 강렬한 집중을 통해 사실상 자신의 아(亞)분자 성분을 파견하고 있다. 그의 "생각"—네가 이 표현을 원한다면—은 몸을 떠나 공간 속으로 쌩~ 하고 날아간다. 그것은 빙 돌아서, 네가 아직 체험하지 않은 그 "지금"을 멀리서 "볼" 수 있을 만큼 충분히 멀리 충분히 빨리 날아간다.

아분자의 시간여행이군요!

너라면 그렇게 말할 수 있겠지.

아분자의 시간여행이라구요!

좋~았어. 우린 이걸 버라이어티 쇼로 바꾸기로 결정한 거다.

아뇨, 아뇨. 얌전히 있을게요. 약속합니다…… 진짜로요. 계속하시죠. 전 정말로 이런 이야기가 듣고 싶었거든요.

좋다. 심령술사의 그 아분자 부분이 집중으로 얻은 상(像)의 에너지를 흡수한 다음, 그 에너지를 가지고 다시 심령술사의 몸으로 쌩~ 하고 돌아오면, 심령술사는 이따금 전율하면서 "영상을 얻거나" "느낌을 느낀다". 그는 아무런 자료 "처리"도 하지 않고, 단지—그리고 즉석에서—그것을 묘사하는 데만 온힘을 기울인다. 그 심령술사는 자신이 "생각하거나" 갑자기 "보거나" "느끼는" 것이 뭔지 묻지 않으면서, 그것이 가능한 한 건드려지지 않고 그냥 "빠져나가게" 놔두는 법을 배운 것이다.

몇 주가 지나 영상으로 보였거나 "느껴진" 그 사건이 실제로 일어날 경우, 사람들은 그 심령술사를 족집게라 부른다. 그리고 물론 그건 사실이다!

만일 그런 식이라면, 어째서 "틀린 예언들"이 나올 수 있는 겁니까? 다시 말해 그런 일이 "일어나지" 않는 일이 있을 수 있습니까?

심령술사는 "미래를 예언한" 것이 아니라, 단지 지금이라는 영원한 순간에 관찰된, "있을 수 있는 가능성들" 중 하나를 흘끗 보고 내놓은 것뿐이기 때문이다. 그러기에 누가 그런 선택을 했는지 읽는 것이야말로 심령술의 영원한 화두다. 그는 얼마든지 쉽사리 또 다른 선택, 예언과 일치하지 않는 선택을 내릴 수 있기 때문이다.

영원한 순간은 모든 "있을 수 있는 가능성들"을 포함한다. 지금 와서는 이미 여러 번 설명한 셈이지만, 모든 것이 이미 일어났다, 백만 가지 다른 방식으로. 남은 건 오직 너희가 어떤 인식 perception을 선택하는가뿐이다.

그것은 전적으로 인식의 문제다. 인식을 바꿀 때, 너희는 생각을 바꾸고, 생각은 너희 현실을 창조한다. 어떤 상황에서든 너희가 기대할 수 있는 모든 결과가 이미 너희를 위해 거기에 있다. 너희가 해야 할 일은 그것을 인식하는 것, 아는 것뿐이다.

"너희가 청하기도 전에 내가 대답해주리라"고 했을 때의 의미가 이것이다. 사실 너희의 기도는 기도를 내놓기도 전에 "응답받는다".

그렇다면 어째서 기도한 것을 전혀 얻지 못하는 일이 생깁니까?

이 문제는 1권에서 다루었다. 너희가 얻는 건 너희가 청한 것이 아니라, 언제나 너희가 창조한 것이다. 창조는 생각을 뒤따르고, 생각은 인식을 뒤따른다.

마음을 뜨끔하게 하는 이야기군요. 이 문제는 전에도 다뤘는데 그래도 여전히 뜨끔해지는군요.

그래도 그렇지? 계속해서 그 문제로 가는 게 좋은 이유가 여기에 있다. 여러 번 듣다보면 너는 그것을 마음으로 감쌀 기회를 갖게 되고, 그러고 나면 네 마음이 "뜨끔거리지 않게" 된다.

만사가 지금 한꺼번에 벌어지고 있다면, 그 모든 것 중에서 내 "지금" 순간에 내가 체험하는 부분을 정해주는 건 뭡니까?

네 선택들, 그리고 네 선택들에 대한 네 믿음이. 그런 믿음을 만들어내는 건 특정 주제에 대한 네 생각이고, 그런 생각들은 네 인식에서, 다시 말해 "네가 그것을 바라보는 방식"에서 나온다.

그러기에 심령술사들은 네가 "내일"을 놓고 지금 어떤 선택을 내리고 있는지를 보고, 그 선택이 마지막까지 펼쳐졌는지를 본다. 하지만 참된 심령술사라면 그게 꼭 그런 식으로 되어야 하는 건 아니라고 말할 것이다. 너는 "다시 선택할" 수 있다. 결말을 바꿀 수 있다.

사실 전 이미 가졌던 체험을 바꿀 작정입니다.

정확하다! 이제 너는 그것을 이해해가고 있다. 이제 너는 역설 속에 사는 법을 이해해가고 있다.

하지만 그게 "이미 일어났다면" 그건 누구에게 "일어난" 겁니까? 그리고 제가 그걸 바꾼다면, 그 바뀜을 체험하는 "나"는 누구입니까?

시간선을 따라 움직이는 하나 이상의 "너"가 있으니, 이 모든 게 2권에 자세히 설명되어 있다. 너더러 그것을 다시 읽어보라고 권하고 싶구나. 그러고 나서 거기에 있는 것을 여기에 있는 것과 결합시켜라. 더 나은 이해를 위해서.

좋습니다. 당연히 그래야겠죠. 하지만 저는 이 심령술을 소재로 해서 좀 더 이야기하고 싶은데요. 많은 사람들이 심령술사라고 자처합니다. 어떻게 해야 사이비와 진짜를 구별할 수 있습니까?

누구나 **"심령술사"다.** 그러니 그들 **모두가 "진짜"다.** 네가 살펴보고 싶어하는 건 그들의 목적이다. 그들이 너를 돕고자 하는지, 아니면 자기 이익을 챙기려는지.

자기 이익을 챙기려는 심령술사들, 소위 "직업적 심령술사들"은 흔히 자신들의 심령력으로 어떤 일들을 해주겠노라고 약속한다. 그들은 "잃은 애인을 돌아오게 하고", "부와 명예를 안겨주고", 심지어는 살을 빼도록 도와주겠노라고 약속한다.

그들은 자신들이 이 모든 걸 다 할 수 있다고 약속한다. 하지만 복채를 낼 때만. 그들은 네 상사든 네 애인이든 네 친구든 가릴 것 없이 다른 사람의 마음까지 "읽어서", 그들에 관한 온갖 이야길 다 해주기도 한다. 그들은 이렇게 말할 것이다. "아무거나 가져오시오. 목도리든 사진이든 필체 견본이든 말이오."

누구나 흔적, "심령 지문", 에너지 자국을 남기기 마련이고, 진짜 민감한 사람이라면 이것을 느낄 수 있기 마련이니, 사실 그들은 그 사람들에 관해 네게 말해줄 **수 있다.** 종종 꽤 많은 것을.

하지만 믿을 만한 직관자라면 절대 다른 사람을 네게 돌아오게 해주거나, 어떤 사람의 마음을 바꿔주거나, **자신의 심령"력"을 가지고 어떤 결과를 만들어내겠노라고** 제안하지 않을 것이다. 이 재능을 발달시키고 사용하는 데 자기 인생을 바친 참된 심령술사라면, 다른 사람의 자유의지는 절대 간섭받게 되어 있지 않고, 다른 사람의 생각은 절대 침해받게 되어 있지 않으며,

다른 사람의 심령 공간은 절대 훼손되게 되어 있지 않다는 걸 안다.

전 당신이 "옳고 그른" 건 없다고 말씀하신 걸로 생각했는데요. 갑자기 이 "절대"들은 다 뭡니까?

내가 "언제나"나 "절대"란 표현을 쓸 때는 언제나 내가 아는 바, 너희가 이루고자 하는 것, 너희가 하려고 애쓰는 것이란 문맥 안에서다.

나는 너희 모두가 진화하려 하고, 영적으로 성장하려 하며, '하나됨'으로 돌아가려 한다는 걸 안다. 너희는 지금껏 자신이 자신에 관해 가졌던 가장 위대한 전망의 가장 숭고한 해석으로 자신을 체험하고자 한다. 너희는 개개인으로서도, 한 종(種)으로서도, 이것을 추구한다.

그런데 내가 몇 번이나 말했듯이, 내 세계에는 "옳고 그른" 것, "해야 하고 하지 말아야 하는" 게 없다. 그리고 "나쁜" 것도 "지옥"도 존재하지 않으니, 너희가 "나쁜" 걸 선택하더라도 영원히 꺼지지 않는 지옥불 속에서 불타는 일도 없다. 물론 너희가 그런 것들이 있다고 생각하지 않는다면 말이다.

그럼에도 물질계 속에 설정된 자연법칙들은 있으니, 그중 하나가 인과법칙이다.

인과법칙에서 가장 중요한 것 중 하나가,

야기된caused **모든 결과는 결국에 가서 자신이 체험한다는 것이다.**

그게 무슨 뜻이죠?

　너희가 남더러 체험하게 한 것이 무엇이건 간에, 언젠가는 너희가 그것을 체험하리란 뜻이다.
　너희 뉴에이지 구성원들은 그것을 더 감칠맛 나게 표현해 왔다.

"돌아가는 건 돌아오기 마련이다."

　맞다. 다른 사람들은 **"너희는 남들에게 대접받기 바라는 대로 남들을 대접하라"**는 예수의 훈계로 이 점을 알고 있다.
　예수는 인과법칙을 가르친 것이다. 그것은 '일급 법칙Prime Law'이라 불릴 만한 것이다. 커크와 피카르, 제인웨이가 받은 일급 지령과 비슷한.

이런! 신이 〈스타트렉〉 팬이라니!

　놀리는 거냐? 그 에피소드의 반을 내가 썼다.

진이 당신의 그 말을 듣지 말았어야 할 텐데.

　무슨 말을…… 진이 나더러 그렇게 말하라고 **했는데.**

당신이 진 로든버리와 만나고 있다고요?

그리고 칼 세이건과 봅 하인라인도. 그 패거리들 모두가 여기 있다.

아시겠지만, 이런 장난을 쳐서는 안 됩니다. 이러다간 이 대화 전체의 신뢰성을 무너뜨리고 말 겁니다.

참, 그렇지, 신과 이야기를 나누려면 진지해야지.

뭐랄까, 적어도 믿음이 가도록은 해야죠.

내가 진과 칼과 봅을 바로 여기서 만났다는 걸 못 믿겠다고? 걔들한테 일러줘야겠군. 자, 어쨌든 진짜 심령술사를 "사이비"와 어떻게 구별할 수 있을지로 돌아가보자. 진짜 심령술사는 일급 지령이 뭔지 알고 그것에 따라 산다. 이 때문에 네가 그녀더러 "오래전에 잃은 사랑"을 되돌아오게 해달라거나, 네가 지닌 다른 사람의 손수건이나 편지로 그의 오라aura를 읽어달라고 부탁했을 때, 진짜 심령술사는 이렇게 말할 것이다.

"미안하지만, 그렇게는 못하겠습니다. 전 절대로 다른 사람이 걷는 길에 간섭하거나, 끼어들거나, 가로막거나 하지 않습니다."

"전 어떤 식으로든 그들의 선택에 영향을 끼치거나, 그것을 끌어오거나, 그것과 충돌하지 않을 겁니다."

"그리고 전 누구에 대해서든지 사사롭거나 은밀한 정보를 누설하지 않습니다."

누군가가 네게 이런 "서비스들"을 해주겠노라고 제안하는 사람이 있다면, 그 사람은 악덕업자라 불릴 만한 사람이다. 너한테서 돈을 짜내기 위해 너 자신의 인간적 약점과 유약함을 이용한다는 점에서.

하지만 유괴당한 아이라든지, 가출했다가 집에 연락하고 싶어도 자존심이 너무 세서 못하는 십대 아이들처럼, 잃어버린 가족이 있는 곳을 찾도록 도와주는 심령술사라면요? 아니면 죽었든 살았든, 어떤 사람이 있는 곳을 경찰에 알려주는 고전적인 경우라면요?

당연히 이 질문들 모두가 스스로 답하고 있다. 진짜 심령술사라면 절대 자신의 의지를 남에게 강요하지 않을 것이다. 그녀는 오로지 봉사하기 위해 거기에 있다.

심령술사더러 죽은 사람을 만나게 해달라는 건 괜찮습니까? 우리는 "앞서 가버린" 사람들과 접촉하려고 해야 합니까?

어째서 그렇게 하고 싶은 거냐?

그 사람들이 우리에게 말하고 싶은 게 있는지 알아보고, 있으면 이야기하게 하려고요.

"저승"에서 온 누군가가 너희에게 알려주고 싶은 게 있다면, 그쪽에서 먼저 너희가 그것을 알도록 만들 방법을 찾아낼 테니 염려하지 마라.

"앞서 가버린" 너희 숙모와 삼촌, 형제, 자매, 아버지, 어머니, 배우자, 연인은 다들 자기 나름의 여행을 계속하면서, 완벽한 기쁨을 맛보고 완전한 이해로 나아가고 있다.

너희가 잘 있는지 보기 위해서든, 너희에게 자신들이 무사하다는 걸 알려주기 위해서든, 너희에게 되돌아오는 것이 그들이 하고 싶은 일 중 일부라면, 그들은 그렇게 하리란 걸 믿어라.

그런 다음엔 신경 써서 "표지sign"를 찾아보고 그것을 붙들어라. 그걸 그냥 네 상상이나 "희망 사항", 혹은 우연의 일치로 넘겨버리지 마라. 신경 써서 메시지를 찾아내 그것을 받아들여라.

죽어가는 남편을 간호하던 한 부인을 아는데요, 그 부인은 남편에게, 정말로 먼저 가야 한다면 제발 자기한테 다시 돌아와서 그가 무사하다는 걸 알려달라고 간청했습니다. 남편은 그러겠노라고 약속하고 이틀 뒤에 죽었습니다. 그로부터 일주일도 지나지 않은 날 밤에, 그 부인은 꼭 누가 자기 옆 침대 위에 앉아 있는 것 같은 느낌에 잠에서 깼다고 합니다. 눈을 뜨자, 정말 맹세컨대 침대 발치에 앉아서 자기를 보면서 웃는 남편이 보이더래요. 하지만 그녀가 눈을 깜박이고 다시 바라보자 남편은 사라지고 말았답니다. 그녀가 나중에 그 얘기를 저한테 하더군요. 그때는 자기가 홀린 게 틀림없다면서요.

그렇다, 그건 대단히 공통된 현상이다. 너희는 부정할 수 없는 명확한 표지를 받고도 그것들을 무시해버린다. 아니면 너희 마음이 장난친 걸로 여기고 그냥 넘겨버리거나.

너희는 지금도 같은 선택을 하고 있다. 이 책을 가지고.

왜 우리는 그렇게 할까요? 왜 우리는 이 세 권의 책에 실린 지혜처럼 뭔가를 청했다가, 막상 그걸 받으면 믿지 않으려 할까요?

너희가 신의 위대한 영광을 의심하기 때문이다. 도마(예수의 부활을 의심하여 직접 만져보고서야 믿었던 제자 - 옮긴이)처럼 너희도 보고 느끼고 만져야 믿을 것이다. 하지만 너희가 알고 싶어하는 건 보거나 느끼거나 만질 수 있는 게 아니다. 그것은 다른 영역이다. 그리고 너희는 그것에 열려 있지 않다. 너희는 준비되지 않았다. 그렇다고 초조해하지는 마라. 학생이 준비되면 선생은 나타나기 마련이니.

애초 질문의 출발선으로 돌아가서요, 그러니까 당신 말씀은 저승에 있는 사람들과 접촉하려고 심령술사나 무당을 찾아가선 **안 된다**는 건가요?

나는 너희가 어떤 일을 해야 된다거나 해선 안 된다고 말하는 게 아니다. 단지 나로서는 네가 뭘 알고 싶어하는지 잘 알 수가 없구나.

음, 그럼 **그 사람**에게서 듣고 싶은 뭔가가 아니라 그에게 말하고 싶은 뭔가를 **자기가** 갖고 있다고 치면요?

너는 그것을 말할 수 있는데, 그는 그것을 들을 수 없다고 생각하느냐? 그것이 아무리 사소한 것이라도 너희가 이른바 "저승"에 있는 존재와 관련된 어떤 생각을 하는 순간, 그 존재의 의식은 네게로 날아온다.

너희가 그 사람에 관한 어떤 생각이나 관념을 품었는데, 소위 "고인(故人)"의 본체가 그것을 완전히 자각하지 못하는 경우는 결코 없다. 따라서 그런 교류를 하려고 영매를 이용할 필요는 없다. **교류의 가장 좋은 "영매"는 사랑이다.**

아 예, 하지만 **쌍방** 교류라면요? 그럴 때는 영매가 도움이 되지 않을까요? 그런 교류가 가능하기는 한 겁니까? 아니면 그건 완전히 엉터리입니까? 그건 위험합니까?

너는 지금 영과의 교류를 말하고 있다. 그렇다, 그런 교류는 가능하다. 위험하냐고? 사실 너희가 겁낸다면 모든 게 "위험하다". 너희는 자신이 두려워하는 것을 창조한다. 하지만 두려워할 것은 사실 아무것도 없다.

사랑하는 사람은 절대 너희와 멀리 떨어져 있지 않다. 생각보다 더 멀리 떨어져 있지는 않다. 너희에게 그들이 필요할 때, 그들은 언제라도 권유하고 위로하고 충고할 수 있는 상태로, 항상 그곳에 있을 것이다. 만일 너희 쪽에서 사랑하던 사람이 "괜찮은지" 심히 불안해하면, 그들은 만사가 잘 되고 있다는 걸 알려줄 표지나 신호, 가벼운 "메시지"를 너희에게 보낼 것이다.

너희는 그들에게 부탁할 필요조차 없을 것이다. 왜냐하면 이번 생에서 너희를 사랑했던 영혼들은 아무리 미세한 것이라도 너희의 오라 영역에서 곤란이나 동요를 느끼는 순간, 너희에게 끌려오고, 너희에게 당겨오고, 너희에게 날아오기 때문이다.

그들이 자신들의 새로운 존재 가능성에 대해 배울 수 있는 으뜸가는 기회들 중 하나가, 자신들이 사랑하던 사람들에게 도움과 위로를 제공하는 것이다. 그러니 너희가 진실로 그들에게 열려 있다면, 너희는 위안 주는 그들의 존재를 느낄 것이다.

그러니까 "맹세컨대" 죽은 사람이 방 안에 있었노라던 사람들에게서 우리가 듣는 이야기들이 사실일 수 있겠군요.

가장 확실하게 사실이다. 너희는 사랑하던 사람의 체취나 향수 냄새를 맡을 수도 있고, 그들이 피우던 담배 연기 한 모금을 마실 수도 있으며, 그들이 즐겨 흥얼거리던 노래를 어렴풋이 들을 수도 있다. 아니면 그들의 이런저런 소지품들이 전혀 엉뚱한 곳에서 불현듯 나타날 수도 있다. 손수건이나 지갑, 커프스 단추나 장신구 같은 것이 "뜬금없이" 그냥 "불쑥 나오는" 것이다. 너희는 갑자기 그걸 의자 쿠션 안이나 오래된 잡지 꾸러미 밑에서 "찾아낸다". 특별한 순간을 찍은 영상이나 사진이 거기 있다! 너희가 그 사람을 그리워하고, 그를 생각하고, 그의 죽음을 슬퍼하는 바로 그 순간에. 이런 일들은 "그냥 일어나지" 않는다. 이런 종류의 일들은 우연히 "마침 그때", 어쩌다 "마침맞게 나타나는" 게 아니다. 너희에게 말하노니, **우주에는 어떤 우연의 일치도 없다.**

이런 일은 아주 흔하다, 정말 아주 흔하다.

이제 네 질문으로 돌아가서, 몸에서 벗어난 존재와 교류하기 위해 소위 "영매"나 "통로"가 필요하냐고? 아니다. 그것이 이따금 도움이 되냐고? 이따금은. 거꾸로 그것은 그만큼 많이 심령술사나 영매, 그리고 그들의 동기에 좌우된다.

누군가가 대가 없이는 이런 식으로 너희와 일하길 거부한다면, 혹은 어떤 식의 "채널링"이나 "중개" 작업도 거부한다면, 한시바삐 뛰어서 다른 길로 가라. 그런 사람은 아마 돈을 위해서만 그 자리에 설 것이다. 그들이 "영계"와의 접촉에 대한 너희 필요나 바람을 이용할 때, 몇 주 몇 달 혹은 심지어 몇 년 동안 몇 번이고 다시 되돌아가는 "올가미에 걸리더라도" 놀라지 마라.

영이 그러하듯, 오직 남을 돕기 위해서만 그 자리에 있는 사람은 자신이 하려는 일을 계속 하기에 필요한 것을 빼고는 자신을 위해 아무것도 요구하지 않는다.

어떤 심령술사나 영매가 너희를 돕는다는 데 동의했을 때, 그녀가 참으로 이런 입장에 서 있다면, 그 보답으로 너희가 할 수 있는 모든 도움을 확실히 제공하라. 자신이 더 많이 할 수 있다는 걸 알면서 조금만 주거나 전혀 주지 않음으로써, 그토록 놀라운 영의 관대함을 이용하지 않도록 하라.

그가 진실로 세상에 봉사하고자 하는 사람, 지혜와 지식, 통찰력과 이해, 보살핌과 자비를 진실로 함께 나누고자 하는 사람인지 살펴라. 그런 사람들을 부양하라. 그들에게 넉넉하게 제공하라. 그들에게 최고의 영예를 지불하고, 그들에게 너희가 줄 수 있는 최대치를 주어라. 빛을 가져오는 자들이 이들이니.

우린 많은 걸 다뤘군요. 야, 정말 많은 걸 다뤘습니다. 이제 방향을
바꾸고 싶은데 괜찮으시겠습니까?

괜찮겠냐고?

예, 전 지금 굴러가고 있어요. 전 마침내 굴렁쇠 위에 올라탔습니
다. 게다가 전 지난 3년 동안 별러왔던 질문들을 몽땅 다 쏟아내고 싶
거든요.

그건 나로서는 전혀 상관없다. 계속하라.

시원시원하시군요. 그렇다면 전 지금 또 다른 비전(秘傳)상의 수수

께끼에 대해 이야기해보고 싶은데요, 제게 환생에 대해 말씀해주시렵니까?

그러지.

많은 종교들이 환생을 잘못된 교리라고 말합니다. 우리는 여기서 딱 한 번의 생애, 한 번의 기회만 갖는다는 거죠.

알고 있다. 그건 정확하지 않다.

어떻게 그토록 중요한 일을 놓고 그 많은 종교들이 생판 틀릴 수 있습니까? 어떻게 그들이 그토록 기본되는 진실을 모를 수 있는 겁니까?

너는, 사람들이 지닌 많은 종교들이 두려움에 근거하고 있음을 이해해야 한다. 그 종교들의 가르침에서는 숭배하고 두려워해야 할 신에 대한 교리가 중심이다.

너희 지구 사회 전체가 모권제에서 부권제로 개조된 것이 두려움을 통해서였고, 초기 성직자들이 사람들더러 "악한 행실을 회개하고 주의 말을 명심하게" 만든 것이 두려움을 통해서였으며, 교회가 교인들을 획득하고 통제한 방식 역시 두려움을 통해서였다.

일요일마다 교회에 가지 않으면 하느님이 너희를 벌하시리라고 주장한 종파까지 있다. 그 종파는 교회에 가지 않는 게 죄라고 선포했다.

　그렇다고 아무 교회나 가서는 안 되고, 특정 종파의 교회에
만 다녀야 했다. 다른 종파의 교회에 가는 것, 그것도 죄였다.
이것은 순전히 두려움을 이용해서 통제하려는 시도였다. 놀라
운 건 그것이 들어먹혔다는 사실이다. 젠장hell, 그건 **지금도** 들
어먹히고 있다.

저, 당신은 신이십니다. 욕하지 마십시오.

　누가 욕한다는 거냐? 나는 사실을 말하고 있었다. 나는 "젠
장, 그건 아직도 들어먹히고 있다"고 말했다.

　신이 몰인정하고, 제 잇속만 챙기고, 용서하지 않고, 복수심
에 불타는 인간과 닮았다고 믿는 한, 사람들은 언제까지라도
지옥을 믿을 것이고, 신이 자신들을 그곳으로 보내리라 믿을 것
이다.

　옛날에는 대다수 사람들이 이 모든 걸 넘어설 수 있는 신이
란 걸 상상할 수 없었다. 그래서 그들은 "주의 무시무시한 복수
를 두려워하기" 위해 여러 종파들의 가르침을 받아들였다.

　자신들이 선하고, 자기 나름대로 설정한 근거에 따라 혼자
힘으로도 적절하게 행동할 수 있다는 걸 마치 사람들 스스로
가 믿지 못하는 듯이. 그래서 그들은 자신들을 제대로 단속하
기 위해, 분노하고 심판하는 신이라는 교리를 가르치는 종교를
만들어내야 했다.

　그런데 환생이라는 개념은 이 모든 걸 방해하는 장애물이었다.

어째서 그랬죠? 어떤 점이 그런 교리들을 그렇게 위태롭게 만들었습니까?

교회가 '너희는 착해지는 편이 나을 것이다, 그렇지 **않았다가는—**'을 선언하고 있는 판에, 윤회론자들이 나와서는, "너희는 이 다음에 다른 기회를 가질 것이고, 그 다음엔 또 다른 기회를 가질 것이다. 그러고도 기회는 얼마든지 있다. 그러니 염려하지 말고 너희가 할 수 있는 최선을 다하라. 얼어붙는 두려움에 그렇게 마비되지 마라. 더 잘하겠노라고 자신에게 약속하고 그 약속대로 해나가라"고 했다고 해봐라.

초기 교회가 이런 이야기를 듣고 있을 수 없었던 건 당연했다. 그래서 교회는 두 가지 일을 했다. 우선 교회는 환생의 교리를 이단으로 내몬 다음, 고해성사를 만들어냈다. 고해는 교인들에게 윤회가 약속했던 것, 다시 말해 또 다른 기회를 줄 수 있었다.

그러니까 그러고 나서부터 우리는, 너희가 지은 **죄를 고하지 않는다면,** 그 죄로 하여 신은 너희를 벌하시겠지만, 죄를 고한다면, 신이 너희의 고해를 듣고 너희를 용서하셨음을 알리니, 너희는 편안하리란 설정을 갖게 된 거군요.

그렇다. 하지만 함정이 있었다. 이 면죄부는 **신에게서 직접 나올 수 없었다.** 그것은 교회를 거쳐서 흘러나와야 했다. 교회 성직자들은 고백해야 할 "참회들"을 선포했고, 이것들은 죄인들에게 일상 기도의 형태로 요구되었다. 그리하여 이제 사람들은 교인 자격을 유지해야 할 두 가지 이유를 갖게 되었다.

고해가 아주 괜찮은 인기 프로란 걸 발견한 교회는 얼마 안 가 **고해하러 오지 않는 건** 죄가 된다고 선언했다. 누구든 적어도 1년에 한 번은 그렇게 해야 했다. 그렇게 하지 않는다면 신이 화내실 또 다른 이유가 생기는 것이기에.

교회는 점점 더 많은 종규(宗規)들—그중 다수가 제멋대로였고 변덕스러웠다—을 양산해내기 시작했는데, 이 각각의 종규들이 정해진 대로 따르지 못했음을 고백하지 않을 경우, 신의 끝없는 심판을 자신의 배후 권능으로 하고 있었음은 두말할 여지도 없다. 하지만 어쨌든 고백하고 나면 그 사람은 신에게서 용서받아 심판을 피할 수 있었다.

그런데 이제 또 다른 문제가 생겼다. 사람들은 이것을 고백만 하면 무슨 짓을 해도 좋다는 뜻으로 해석했던 것이다. 교회는 진퇴양난에 빠졌다. 사람들의 가슴에서 두려움이 빠져나가고, 교회 출석률과 교인수가 떨어졌다. 사람들은 1년에 한 번씩 "고해하러" 와서 참회로 죄를 사면받고 나면, 다시 여전히 자기들 식대로 삶을 살아갔다.

이제 이건 의문의 여지가 없었다. 가슴속에 두려움을 박아 넣을 방안을 찾아야 했다.

그렇게 해서 발명된 것이 연옥이다.

연옥요?

그래, 연옥. 이것은 지옥과 뭔가 비슷하면서도, 영원하지는 않은 곳으로 묘사되었다. 이 새로운 교리는, **너희가 너희 죄를 고백하더라도** 신은 그 죄로 하여 너희를 벌주시리라고 선언했다.

이 교리하에서 신은 불완전한 개개 영혼들에게, 그들이 저지른 죄의 수와 종류에 따라 특정 양의 고통을 판결했다. "대"죄와 "소"죄가 있었다. 대죄는 죽기 전에 고해하지 않으면 곧장 지옥으로 보내질 그런 죄들이었다.

교회 출석률은 다시 한번 치솟았다. 모금액 역시 올라갔는데, 특히 기부금이 그러했다. 연옥의 교리에는 **고통에서 벗어날 길을 돈으로 살 수 있는** 방안도 들어 있었기 때문이다.

죄송하지만—?

교회의 가르침에 따르면, 사람들은 특별 면죄를 받을 수 있었다. 하지만 이번에도 직접 신에게서가 아니라 교회 성직자들에게서만. 이 특별 면죄를 받으면 그 사람은 자신의 죄가 "벌어들인" 연옥의 고통에서—혹은 적어도 그 일부에서는—벗어날 수 있었다.

"선도(先導)를 위한 집행유예" 같은 건가요?

그렇다. 하지만 물론 이 집행유예는 극소수의 사람들에게만, 대체로 교회에 두드러지게 많은 기부를 한 사람들에게만 주었다.

그중에서도 완전 사면이라면 진짜 어마어마한 액수를 내고서야 받을 수 있는 것이었다. 완전 사면은 **연옥에 전혀 들를 필요가 없다는** 뜻이었다. 그것은 천국행 직행표였다.

신이 내리는 이 특별한 은혜를 입을 수 있는 사람들의 수는 당연히 훨씬 더 적어서, 기껏해야 왕족과 최상층의 부자들 정도였다. 완전 사면을 얻는 대가로 교회에 바친 돈과 보석과 토지의 양은 그야말로 엄청났다. 하지만 이 모든 배타성은 대중들에게 심한 좌절과 분노를 불러왔고, 교회의 입장에서 보면 이건 전혀 의도하지 않았던 익살극이었다.

빈농들은 주교의 사면을 얻을 수 있으리라는 희망조차 품을 수 없었고, 대중은 체제에 대한 믿음을 잃었다. 다시 한번 출석률은 추락일로를 밟았다.

이번에는 그들이 어떻게 했나요?

그들은 9일기도 양초를 들여왔다.

사람들은 교회에 와서 "연옥에 있는 불쌍한 영혼들"을 위해 9일기도 양초를 켤 수 있었다. 그리고 9일기도문(특별한 순서로 된 일련의 기도문이어서 다 끝내기까지 시간이 걸린다)을 암송하여 사랑하는 고인(故人)이 받은 "선고" 연한을 줄임으로써, 그렇지 않더라면 신이 허락하지 않았을 더 짧은 기간 안에 그들을 연옥에서 빼낼 수 있었다.

그들은 자신을 위해서는 아무것도 할 수 없었지만, 적어도 고인을 위해서는 자비를 빌 수 있었던 것이다. 초 한 자루를 켤 때

마다 갸름한 구멍 속으로 동전 한두 닢을 떨어뜨리는 게 이로
우리란 건 두말할 것도 없었다.

무수히 많은 작은 초들이 무수히 많은 빨간 유리 뒤에서 깜
박거렸고, 무수히 많은 페소와 페니(화폐 단위-옮긴이)들이 무수
히 많은 함석 상자들 속으로 들어갔다. 연옥에 있는 영혼들에
게 고통을 가하는 나를 "누그러뜨리려는" 시도로.

휘유! 이건 믿을 수가 **없군요**. 그러니까 당신 말씀은 사람들이 이걸
꿰뚫어보지 못했다는 건가요? 사람들이 그걸, 자신들이 신이라 부른
이 **무법자**desperado로부터 자신들을 지키기 위해 무슨 짓이라도 할
만큼 필사적인desperate 교인들을 유지하는 데 필사적이었던 교회가
벌이는 필사적인 시도로 보지 못했다는 겁니까? 말하자면 사람들이
실제로 이런 뇌물들을 가져왔다는 겁니까?

틀림없는 사실이다.

교회가 환생을 진실이 아니라고 선언한 게 놀랄 일이 아니군요.

그렇다. 하지만 나는, 너희가 사실 우주의 나이에 비교하면
한 찰나에 불과한 한 평생만을 살면서, 불가피하게 저지르기로
되어 있는 온갖 실수들을 저지르고 난 후에, 마지막에 가서야
희망을 가질 수 있도록 너희를 창조하지는 않았다. 나로서는 그
걸 그런 식으로 짜 맞추는 상황을 떠올려보려 했지만, 그렇게
되면 내 목적이 뭐가 될지 도무지 어림할 수가 없었다.

너희 또한 그것을 어림하지 못했을 것이다. 이 때문에 너희는 계속해서 "주(主)는 불가사의한 방식으로 일하시니, 신이 이뤄내는 경이로움이여"라는 식의 말들을 해야 했다. 하지만 나는 불가사의한 방식으로 일하지 않는다. 내가 하는 모든 일에는 까닭이 있고, 그것은 그럴 수 없이 명확하다. 이 3부작을 진행하는 동안 나는 벌써 여러 번 너희를 창조한 까닭과 너희 삶의 목적을 설명했다.

환생은, 내가 이 우주에 놓아둔 의식 있는 다른 몇백만의 창조물들과 너희를 통해, 수많은 생애에 걸쳐 '나 자신'을 창조하고 체험한다는 그 목적에 딱 들어맞는다.

그렇다면 다른 행성에도 생명이 있―

물론 있다. 너는 정말로 이 거대한 우주에 너희만 있다고 믿느냐? 하지만 이것은 우리가 나중에 다룰 또 다른 주제다……

약속하시는……?

약속한다.

그리하여 한 영혼으로서 너희의 목적은 자신을 그 모든 것으로 체험하는 것이다. 우리는 진화하고 있다. 우리는…… 되어가고 있다.

무엇이 되어가냐고? 우리는 모른다! 그곳에 닿을 때까지는 알 수 없다! 하지만 우리에게 그 여행은 기쁨이다. 그리고 우리가 "그곳에 닿자"마자, 우리가 '자신'에 관한 가장 고귀한 다음 번 관념을 창조하자마자, 우리는 더 웅장한 생각, 더 고귀한 관념을 창조할 것이고, 그리하여 그 **기쁨을 영원히 이어갈 것이다.**

너는 지금 나와 함께 있느냐?

예, 이젠 이 표현을 그대로 따라 올 **수도** 있을 것 같은데요.

좋다.

그래서…… 너희 삶의 본질과 목적은 '자신이 참으로 누군지' 결정하고, 그것이 되는 것이다. 너희는 날마다 이렇게 하고 있다. 온갖 행동과 온갖 생각과 온갖 말을 가지고. 바로 이것이 너희가 하는 일이다.

그런데 너희가 이것에 기뻐하는 정도에 따라, 자신의 체험으로 '자신'에게 기뻐하는 정도에 따라, 바로 그 정도만큼 너희는 다소간 그 창조물에 집착하게 될 것이다—그것을 점점 더 완벽으로 이끌기 위해 여기저기에 오직 사소한 수정만을 가하면서.

파라마한사 요가난다는 자신에 관해 생각했던 것을 "완벽"에 가깝게 그려낸 사람의 본보기다. 그는 자신에 관해, 그리고 나와 자신의 관계에 대해 아주 명확한 관념을 갖고 있었으며, 그것을 "그려내는 데" 자기 인생을 바쳤다. 그는 자신에 관한 관념을 자기 현실 속에서 체험하고 싶어했다. 체험을 통해 자신을 바로 그것으로 알고 싶어했던 것이다.

베이브 루스(미국의 유명한 야구선수 – 옮긴이) 역시 같은 일을 했다. 그는 자신에 관해, 그리고 나와 자신의 관계에 대해 아주 명확한 관념을 갖고 있었으며, 그것을 그려내는 데, 자신을 체험으로 아는 데 자기 인생을 바쳤다.

이 정도 수준으로 사는 사람은 그다지 많지 않다. 그 선각자와 베이브는 자신에 대해 서로 전적으로 다른 관념을 가졌지만, 그럼에도 두 사람 다 똑같이 그 관념들을 장대하게 표현해 냈다.

또한 그들 두 사람은 당연히 나에 대해서도 다른 관념을 갖고 있었다. 그것은 '내가 누구인지'와, 자신과 나의 참된 관계를 보는 의식 수준이 다른 데서 연유한다. 그리고 그런 의식 수준들은 그들의 생각과 말과 행동 속에 반영되었다.

한 사람은 자기 삶의 대부분을 평화와 고요의 자리에 머물면서, 남들에게도 깊은 평화와 고요를 가져다준 반면, 다른 한 사람은 초조와 소란과 간헐적인 분노(특히 자기 마음대로 할 수 없을 때)의 자리에 있으면서, 자기 주변 사람들의 삶에도 소란을 가져다주었다.

하지만 둘 다 똑같이 착했다. 사실 베이브보다 더 마음이 여린 사람은 없었다. 그 두 사람 간의 차이라고 하면, 한 사람은 물질 소유의 측면에서 실상 아무것도 갖지 못했지만 한번도 자신이 가진 것 이상을 원한 적이 없었던 반면, 다른 한 사람은 "모든 걸 가졌는데" 자신이 진짜로 원하는 건 전혀 갖지 못했다는 것이다.

조지 허먼(베이브 루스의 본명-옮긴이)에게 이야기의 결말이 이런 것이었다면, 우리 모두가 거기에 대해 약간의 슬픔을 느낄 수도 있었겠지만, 베이브 루스로 자신을 육화한 그 영혼은 소위 진화라는 이 과정을 아직 끝낸 게 아니다. 그 영혼은 자신이 자신을 위해 일으킨 체험만이 아니라 남들을 위해 일으킨 체험 까지도 재검토할 기회를 가졌고, 이제 그 영혼은 더욱 더 웅장 한 해석으로 자신을 창조하고 재창조하고자 하면서, 다음번에 자신이 체험하고 싶은 것이 무엇인지 결정하기에 이르렀다.

이 두 영혼에 관한 이야기는 이것으로 그만두자. 두 영혼 모 두 자신들이 지금 체험하고 싶은 것과 관련해서 다음 번 선택 을 이미 내린데다가, 사실 둘 다 지금 그것을 체험하고 있는 중 이니 말이다.

당신 말씀은 두 사람 다 이미 다른 육신으로 환생했다는 겁니까?

다른 신체로 되돌아가는 환생만이 그들에게 열린 유일한 선 택이었다고 가정한다면, 그건 오해일 것이다.

다른 선택이 뭐가 **있습니까?**

그들이 되고 싶다면 실제로 무엇이라도.

나는 이미 여기서, 소위 죽고 나서 무슨 일이 벌어지는지 설 명했다.

어떤 영혼들은 자신들이 알고 싶은 게 더 많이 있다고 느낀 다. 그래서 그들은 "학교"로 가는 반면, 너희가 "나이 든 영혼" 이라 부르는 다른 영혼들은 그들을 가르친다. 그렇다면 그 영혼 들은 그들에게 무엇을 가르치는가? **그들이 배워야 하고 배워야**

했던 건 아무것도 없다는 것, 그들이 지금껏 해야 했던 건 오직 기억해내는 것뿐이라는 것, '자신들이 참으로 누구고 무엇인지' 기억해내는 것뿐이라는 것을.

그들은 자신이 누구인지에 대한 체험을, '자신'을 충분히 표현하고, **그것이 되는** 데서 얻는다는 걸 "배운다". 그들은 그것이 자신들에게 차분히 드러나게 함으로써 이것을 기억해낸다.

"저승"(나는 여기서 너희에게 익숙한 용어, 그러면서도 되도록 이면 논지에서 벗어나지 않게 해줄 일상어를 써서 말하고 있다)에 이를 즈음이나 그곳에 이르고 얼마 안 돼 벌써 이것을 기억해내는 영혼들도 있다. 그러고 나면 이런 영혼들은 자신이 "되고" 싶은 모든 것으로 자신을 즉석에서 체험하는 기쁨을 추구할 것이다. 그들은 아마도 무한수의 내 측면들 중에서 고른 그것을 당장 그 자리에서 체험하고자 할 것이다. 개중에는 그렇게 하기 위해 물질 형상으로 되돌아가길 선택하는 영혼들도 있을 수 있다.

어떤 물질 형상이든요?

어떤 형상이든.

그렇다면 영혼이 짐승으로 돌아올 수도 있다는 게 **사실**인가요? 신이 암소일 수 있다는 게? 그래서 암소들은 사실 신령스럽다는 게? 거룩한 암소여!

(으흠!)

죄송합니다.

너는 평생을 1인 코미디를 하는 데 보냈다. 그리고 말이 난 김에 하는 말이지만, 네 삶을 살펴보면 너는 그 역할을 꽤 잘해낸 편이다.

차앙! 이건 효과음입니다. 심벌즈가 여기 있었더라면 당신에게 차앙— 하고 부딪쳐드렸을 텐데.

고맙네, 고맙구먼.
하지만 여보게, 좀 진지해지세나⋯⋯
네가 기본 원리 면에서 묻고 있는 질문—영혼이 동물로 되돌아올 수 있는가—에 대한 답은 당연히 가능하다는 것이다. 하지만 현실적 질문은 영혼이 그렇게 하겠는가이고, 그 대답은 아마 그러지 않으리란 것이다.

동물들도 영혼을 갖고 있습니까?

동물의 눈 속을 한번이라도 들여다본 사람이라면, 누구나 이 질문에 대한 답을 알고 있다.

그렇다면 그 동물이 우리 할머니, 우리집 고양이로 돌아온 할머니가 아니란 걸 제가 어떻게 알 수 있습니까?

우리가 여기서 이야기하는 '과정'은 진화, 자기 창조와 진화다. 그리고 진화는 한쪽 방향으로만 진행된다. 위로, 계속해서 위로만.

영혼의 가장 큰 바람은 자신의 더 고귀한 측면들을 체험하는 것이다. 그러기에 영혼은 진화 눈금을 따라 위로 올라가려 하지, 아래로 내려가려 하지 않는다. 영혼이 소위 열반이라 부르는 것—'전체'인 나와의 완전한 '하나됨'—을 체험할 때까지는.

하지만 영혼이 자신을 더 고귀하게 체험하길 바란다면, 왜 굳이 성가시게 인간 존재로 되돌아가려 하죠? 그건 분명히 "위로 가는" 걸음은 아닐 텐데요.

그 영혼이 인간 형상으로 되돌아가는 건, 언제나 더 많이 체험하고, 따라서 더 많이 진화하려는 노력에서다. 인간 중에도 구별 가능하고 증명 가능한 여러 진화 수준들이 있다. 누구라도 많은 생애—몇백 번의 생애—에 걸쳐 인간으로 되돌아가 위로 계속 진화해갈 수 있다. 하지만 영혼의 가장 웅장한 바람인 상향 운동은 저급한 생명 형상으로 되돌아가는 것으로는 이룰 수 없다. 따라서 그런 식의 돌아감은 일어나지 않는다. 그 영혼이 존재 전체와 궁극의 재합일에 도달할 때까지는.

그렇다면 저급한 생명 형상을 하고서 그 체계 속으로 들어오는 "새

영혼들"이 날마다 새로 생긴다는 이야기군요.

그렇지 않다. 지금껏 창조된 모든 영혼은 한꺼번에 창조되었다. 우리 모두는 지금 여기 있다. 하지만 내가 전에 설명했듯이 한 영혼(내 일부)이 궁극의 실현에 이르렀을 때, 그는 모든 것을 다시 한번 기억해내고 다시 한번 자신을 새로이 재창조할 수 있도록, "다시 출발하는", 말 그대로 "모든 걸 잊는" 쪽을 선택할 수 있다. 이런 식으로 해서 신은 자신을 계속 다시 체험한다.

영혼은 또한 원한다면 몇 번이고, 특정 수준에서 특정 생명 형상을 "재활용하는" 쪽을 선택할 수도 있다.

환생이 없다면, 물질 형상으로 되돌아갈 능력이 없다면, 우주 시계가 눈 한번 깜박이는 것보다 몇십억 배 더 짧은 시간인 한 생애 안에, 영혼은 자신이 이루려는 모든 것을 이뤄야 할 것이다.

그러니 그렇다, 환생은 당연히 사실이다. 그것은 진짜고, 그것은 유의미하며, 그것은 완벽하다.

알겠습니다. 그런데 제가 헷갈리는 게 한 가지 있습니다. 당신은 시간 같은 건 없다고 하셨습니다. 모든 것이 바로 지금 벌어지고 있다고요. 맞습니까?

그렇다.

거기다가 우리가 시공간 연속체 속에서 다양한 차원들, 혹은 다양한 지점들에 "항상" 존재한다고 암시하셨고요. 당신은 2권에서 이 문제를 깊이 다뤘습니다.

그건 사실이다.

좋습니다. 그런데 그게 뒤죽박죽이 되고 마는 경우가 이런 때입니다. 만일 시공간 연속체 위에 있는 "나들" 중 하나가 "죽었다가" **다른 사람으로 이곳에 돌아온다면……** 그렇다면…… 그때의 나는 누굽니까? 나는 **동시에 두 사람으로** 존재해야 하는 겁니까? 그리고 당신이 그럴 거라고 말했듯이 제가 한없이 계속 이런 식으로 해나간다면, 저는 동시에 100사람으로 있게 됩니다. 아니, 1,000사람, **100만 사람으**로요! 시공간 연속체의 100만 곳에서 100만 가지 버전의 100만 명으로요.

그렇다.

전 그게 이해가 안 됩니다. 제 머리로는 이해할 수가 없습니다.

사실 너는 지금까지 잘해왔다. 그건 대단히 앞선 개념이었는데도, 너는 그걸 꽤 잘 다뤄왔다.

하지만…… 하지만요…… 그게 사실이라면, 불멸인 "나"의 일부인 "나"는 지금이라는 영원한 순간에, 우주 수레바퀴 위 몇십억 군데의 다른 지점들에서, 몇십억 가지 다른 형상들을 하고, 몇십억 가지 다른 방식으로 진화하고 있겠군요.

　또 맞았다. 그게 바로 내가 하고 있는 일이다.

아니, 그게 아니고요, 전 그게 제가 하는 거라고 말씀드린 건데요.

　그것도 맞다. 그게 바로 내가 말한 것이다.

아니, 그게 아니고요, 제가 말한 건—

　네가 뭐라 했는지는 나도 안다. 너는 내가 네게 말했다고 했던 바로 그것을 말했다. 여기서 혼란은 네가 아직도 여기에 우리 중 하나 이상이 있다고 생각한다는 데 있다.

그럼 아닌가요?

　우리 중 하나 이상이 여기에 있는 게 아니다, 절대로. 이제 너도 눈치챘느냐?

제가 여기서 **저 자신에게** 말해왔다는 뜻입니까?

　그 비슷한 것이다.

당신이 신이 **아니란** 뜻입니까?

그건 내가 말한 게 아니다.

그럼 당신이 신이란 말씀입니까?

그게 내가 말한 것이다.

하지만 당신이 신이라면, 그리고 당신이 나고 내가 당신이라면, 그럼…… 그럼…… 내가 신이군요!

그렇다, 너희가 부처다. 너는 그것을 완전히 이해했다.

하지만 저는 신이기만 한 게 아닙니다. 저는 **다른** 모든 사람이기도 합니다.

그렇다.

하지만—그건 나를 빼고는 다른 누구도, 다른 무엇도 존재하지 않는다는 뜻입니까?

내가 말하지 않았느냐? 나와 아버지는 '하나'라고?

그랬죠, 하지만……

그리고 내가 말하지 않았느냐? 우리 모두는 '하나'라고?

그랬죠. 하지만 저는 당신이 그걸 글자 그대로의 의미로 말했다는
건 몰랐습니다. 당신이 비유로 그렇게 말한 걸로 생각했거든요. 말하
자면 사실을 진술한 게 아니라 철학적인 표현이라고요.

　　그것은 사실을 진술한 것이다. 우리 모두는 '하나'다. "너희가
여기 있는 형제 중에 가장 보잘것 없는 사람 하나에게 해준 것
이…… 내게 해준 것이라"고 할 때의 의미가 이것이다.
　　이제 이해하겠느냐?

예.

　　오, 마침내. 드디어 마침내 이해했구나―

하지만―제가 좀 따져도 용서해주시겠지요―하지만 말입니다……
다른 사람과 있을 때, 예를 들면 제 아내나 우리 애들과 있을 때, 전
제가 그들과 **별개인** 듯이 느낍니다. 그들은 "내"가 **아니라고** 느끼는 거
죠.

　　의식이란 불가사의한 것이어서, 그것은 자신을 천 조각, 만
조각, 억의 제곱 조각으로도 나눌 수 있다.
　　나는 나 자신을 무수한 "조각들"로 나누어, 내 "조각"들 하나
하나가 자신을 돌아보고, 나란 존재의 경이를 바라볼 수 있게
했다.

하지만 제가 왜 이런 망각과 의심의 시기를 거쳐야 하는 겁니까? 전 **지금도** 완전히는 못 믿겠어요. 전 **지금도** 망각 속에 살고 있다구요!

자신에게 너무 가혹하게 대하지 마라. 그건 과정의 일부다. 그것이 그런 식으로 진행되더라도 상관없다.

그렇다면 왜 지금 제게 이 모든 걸 말씀해주십니까?

네가 재미없어하기 시작했기 때문이다. 삶이 더 이상 기쁨이 아니기 시작했던 것이다. 너는 과정에 너무 사로잡히기 시작한 나머지, 그것이 그냥 과정이란 걸 잊고 말았다.

그래서 너는 나를 불렀고 내게 와달라고 청했다. 너를 이해 시켜 주고, 네게 신성한 진리를 보여주며, 최대의 비밀, 네 스스로 가로막아온 비밀, 자신이 누군가라는 비밀을 보여달라고.

이제 나는 그렇게 해왔다. 이제 나는 다시 한번 네가 기억해 내게 만들었다. 자, 그렇다면 그게 의미가 있겠느냐? 그게 내일 네 행동 방식을 바꿔주고, 그게 오늘 밤 네가 상황을 다르게 보도록 만들어주겠느냐?

이제 너는 다친 이들의 상처를 치유해주고, 두려워하는 이들의 불안을 잠재워주며, 헐벗은 이들의 필요를 채워주고, 이뤄낸 이들의 장대함을 축하해주면서, 어디서나 나를 그려보겠느냐?

진리에 대한 이번의 기억이 네 삶을 바꾸고, 너더러 남들의 삶을 바꾸게 해주겠느냐?

아니면 망각으로 되돌아가, 다시 이기심에 빠지고, 이 깨어
남 전에 너 자신이라 여겼던 그 왜소함으로 다시 찾아가 그곳에
머물겠느냐?

자, 너는 어느 쪽을 택하려느냐?

삶은 정말 한없이 영원히 진행되는 거군요.

　　그것은 가장 확실하게 그렇다.

거기에 끝 같은 건 없군요.

　　끝은 없다.

환생은 사실이고요.

　　그렇다. 너희는 필멸(必滅)의 형상으로, 다시 말해 "죽을" 수
있는 물질 형상으로 되돌아갈 수 있다. 너희가 원할 때마다, 너

희가 원하는 방식으로.

돌아가고 싶은 때를 우리가 정합니까?

　너희가 돌아가고 "싶다면", 그리고 너희가 돌아가고 싶을 "때"라면, 그렇다.

그럼 떠나고 싶은 때도 우리가 정하는 겁니까? 언제 죽고 싶은지를 우리가 선택하는 겁니까?

　영혼의 의지를 거스르는 어떤 체험도 영혼을 찾아오지 않는다. 체험을 창조하는 주체가 영혼이니, 그렇게 하는 건 규정상 불가능하다.
　영혼은 아무것도 원하지 않는다. 영혼은 모든 걸 다 갖고 있다. 모든 지혜와 모든 앎과 모든 힘과 모든 영광을. 영혼은 결코 잠들지 않고 결코 잊지 않는 네 부분이다.
　몸이 죽기를 영혼이 바라느냐고? 아니다. 너희가 절대 죽지 않는 것이 영혼의 바람이다. 그럼에도 영혼이 그 형상으로 남아 있는 데서 아무 의미도 찾지 못하는 순간, 영혼은 곧바로 몸을 떠날 것이다. 말하자면 육신의 대부분을 뒤로하고, 자신의 몸 형상을 바꿀 것이다.

우리가 절대 죽지 **않는** 게 영혼의 바람이라면서, 왜 우리가 죽습니까?

너희는 죽지 않는다. 그냥 형상을 바꿀 뿐이다.

우리가 절대 그렇게 하지 않는 것이 영혼의 바람이라면서, 왜 우리는 그렇게 합니까?

형상을 바꾸지 않는 건 영혼의 바람이 아니다!
너희는 "변신자"다!
특정 형상으로 머물러봤자 더 이상 아무 소용도 없을 때, 영혼은—기꺼이, 자발적으로, 즐겁게—형상을 바꾸어 우주 수레바퀴 위를 계속 옮겨간다.

즐겁게라고요?

크나큰 기쁨으로.

애석해하면서 죽는 영혼은 없단 말씀입니까?

영혼은 죽지 않는다, 결코.

제 말은 현재의 신체 형상이 바뀌는 걸 어떤 영혼도 애석해하지 않느냐는 거죠. "죽으려는" 것을요.

몸은 결코 "죽지" 않는다. 다만 영혼과 함께 형상을 바꿀 뿐이다. 하지만 나는 네 말의 의미를 이해하니, 당분간은 네가 설정한 어휘를 쓰도록 하겠다.

소위 사후라는 것과 관련해서 창조하고 싶은 게 뭔지 너희가 확실하게 이해하고 있다면, 혹은 신과 재결합하는 사후 체험을 뒷받침할, 일련의 명확한 믿음을 너희가 갖고 있다면, 아니다, 영혼이 소위 죽음을 애석해하는 일은 결코 없다. 절대로 그런 일은 없다.

그런 경우의 죽음은 영광스러운 순간이고 멋진 체험이다. 이제 영혼은 자신의 자연스러운 형상, 자신의 정상 상태로 되돌아갈 수 있다. 믿기 힘든 경쾌함, 절대 자유의 느낌, 무한함이 있고, 더없이 황홀하고 웅장한, '하나됨'의 자각이 있다.

그런 변화를 영혼이 애석해할 수는 없는 일이다.

그럼 당신은 죽음이 **행복한** 체험이라는 겁니까?

죽음이 그렇기를 원하는 영혼에게는, 그렇다, 언제나.

글쎄요, 만일 영혼이 그토록 탐탁잖게 여기는 몸에서 벗어나길 원한다면, 영혼은 왜 그냥 가버리지 않습니까? 왜 영혼은 몸 주위를 떠도는 겁니까?

나는 영혼이 몸에서 벗어날 때 기뻐한다고 했지, 영혼이 "몸에서 벗어나길 원한다"고는 하지 않았다. 그 둘은 다른 것이다.

너희는 이 일을 하면서도 행복하고, 저 일을 하면서도 행복할 수 있다. 너희가 두 번째 일을 하면서 기뻐한다고 해서, 첫 번째 일을 하면서 불행했던 건 아니다.

영혼은 몸으로 있는 것이 불행하지 않다. 천만에, 영혼은 너희가 지금 형상인 것을 기뻐한다. 하지만 그렇다고 영혼이 그 형상에서 벗어남 또한 똑같이 기뻐할 수 없는 건 아니다.

죽음에 관해서 제가 이해하지 못하는 게 많군요.

그렇다. 그것은 너희가 죽음에 대해 생각하고 싶어하지 않기 때문이다. 하지만 어떤 순간이든 너희가 그 순간의 삶을 알아차리는 그 찰나, 너희는 곧바로 죽음과 상실을 응시해야 한다. 그러지 않는다면 너희는 삶을 전혀 알아차리지 못한 채, 그 반쪽만을 알 것이다.

각각의 순간은 그것이 시작되는 그 찰나에 끝난다. 이것을 보지 못하는 한, 너희는 그 속에 든 절묘함을 보지 못할 것이니, 그 순간을 평범하다 일컬을 것이다.

각각의 상호작용은 그것이 "시작하기 시작하자"마자 "끝나기 시작한다". 이것을 진실로 응시하고 깊이 이해했을 때, 그때서야 비로소 모든 순간과 삶 자체에 가득한 보물이 너희에게 열릴 것이다.

너희가 죽음을 이해하지 못할 때, 삶은 너희에게 자신을 줄 수 없다. 아니, 너희는 죽음을 이해하는 것 이상을 해야 한다. **너희는 죽음을 사랑해야 한다. 너희가 삶을 사랑하는 그 순간에도.**

너희가 개개인과 갖는 시간을 그 사람과의 마지막 시간이라 생각할 때, 그 시간은 찬미받을 것이고, 너희가 개개 순간에 갖는 체험을 **마지막** 그런 순간이라 생각할 때, 그 체험은 무한히 확장될 것이다. 자신의 죽음을 응시하지 않으려는 너희의 거부가 자신의 삶을 응시하지 않으려는 너희의 거부를 불러온다.

너희는 삶을 있는 그대로 보지 않는다. 너희는 그 **순간**과, 순간이 너희를 위해 붙잡고 있는 모든 걸 놓치고 있다. 너희는 그것을 곧장 꿰뚫어보지 않고, 곧장 지나쳐본다.

뭔가를 깊이 살펴볼 때, 너희는 그 순간을 곧장 꿰뚫어본다. 뭔가를 깊이 응시한다는 건 그것을 곧장 꿰뚫어본다는 것이다. 그럴 때 환상은 존재하기를 그치고, 그럴 때 너희는 어떤 것이든 그 참모습대로 본다. 오직 그럴 때만 너희는 그것을 진실로 즐길 수 있다, 다시 말해 **그 속에 기쁨을 집어넣을** 수 있다. ("즐긴다en-joy"는 건 뭔가를 기쁘게 만든다는 뜻이다.)

그럴 때 너희는 환상까지도 즐길 수 있다. 너희는 그것이 환상임을 알 것이고, 이 앎 자체가 그 기쁨의 반을 차지하리니! 너희를 그토록 고통스럽게 만드는 건 너희가 그것을 진짜라고 여기기 때문이다.

진짜가 아님을 아는 어떤 것도 너희에게 고통스럽지 않다. 이 문장을 한번 더 말하자꾸나.

진짜가 아님을 아는 어떤 것도 너희에게 고통스럽지 않다.

그것은 너희 마음의 무대에서 상연되는 영화나 드라마 같은 것이다. 너희가 상황과 배우들을 만들어내고, 너희가 대사를 쓴다.

그 모든 것이 진짜가 아님을 이해하는 순간, 어떤 것도 고통스럽지 않다.

이것은 삶의 경우에 그러하듯, 죽음의 경우에도 사실이다.

죽음 역시 환상임을 이해할 때, 너희는 "오, 죽음이여, 네 가시는 어디에 있는가?"라고 말할 수 있다.

너희는 죽음을 **즐길 수도** 있다! 너희는 **다른** 누군가의 죽음까지도 즐길 수 있다.

이런 이야기가 이상하게 들리는가? 이런 이야기를 말하는 게 이상한가?

오직 너희가 죽음—과 삶—을 이해하지 못할 때, 오직 그럴 때만 그럴 것이다.

죽음은 절대 끝이 아니다. 그것은 언제나 시작이다. 죽음은 문 열림이지, 문 닫힘이 아니다.

삶이 영원하다는 걸 이해할 때, 너희는 죽음이 환상, 계속해서 너희가 몸을 무척 염려하도록 만듦으로써 너희 몸을 너희라고 믿게 만드는 환상임을 이해한다. 하지만 너희는 몸이 아니니, 몸의 파멸은 너희의 관심거리가 아니다.

죽음은, 너희에게 진짜인 건 삶임을 가르칠 테고, 삶은 피할 수 없는 건 죽음이 아니라 무상성(無常性, impermanence)임을 가르친다.

무상성만이 유일한 진리다.

항상 그대로인 건 없다. 천지만물이 시시각각 변하고 있다.

어떤 것이 항상 그대로라면, 그것은 존재하지 못할 것이다. 왜냐하면 항상성permanence이라는 개념 자체도 뭔가 의미를 가지려면 무상성에 좌우되기 때문이다. 따라서 **항상성조차 무상**

하다. 이것을 깊이 살펴보고, 이 진리를 응시하라. 그것을 이해하라, 그러면 신을 이해하리니.

이것이 법(法)이요, 이것이 부처다. 이것은 부처 법이다. 이것은 가르침이자 스승이요, 교훈이자 선각자다. 이것은 둥글게 말려서 하나가 된 대상이자 관찰자다.

그것들이 하나 아닌 다른 것이었던 적은 없다. 삶이 눈앞에서 펼쳐질 수 있도록 그것들을 펼친 건 너희였다.

그러나 너희 앞에 펼쳐진 자신의 삶을 볼 때, 너희 자신이 끌러지게 하지는 마라. 자신을 묶어둬라! 환상을 보고 그것을 즐겨라! 하지만 환상이 되지는 마라!

너희는 환상이 **아니라 그것의 창조자다.**

너희는 이 세상에 있는 것이지, 이 세상 출신이 아니다.

그러니 죽음에 대한 너희의 환상을 **이용하라.** 그것을 이용하라! 그것이 너희에게 삶의 더 많은 것을 열어주는 열쇠가 되게 하라.

꽃을 죽어가는 것으로 보면 그 꽃이 슬퍼 보이겠지만, 그 꽃을, 바뀌고 있고 얼마 안 가 열매 맺을 나무 전체의 일부로 본다면, 그때 너희는 그 꽃의 참된 아름다움을 볼 것이다. 꽃의 피고 짐을 나무가 열매 맺을 준비를 갖추는 표지로 이해할 때, 그때 너희는 삶을 이해하리니.

이것을 주의 깊게 살펴봐라, 그러면 너희는 삶이 그 자체로 비유임을 이해할 것이다.

언제나 잊지 마라, 너희는 꽃이 아니며, 그렇다고 열매도 아니다. 너희는 나무다. 너희의 뿌리는 내 속에 깊이 박혀 있다.

나는 너희가 싹을 틔운 흙이니, 너희의 꽃과 열매는 내게로 돌아와 더 비옥한 흙을 낳을 것이다. 그리하여 생명이 생명을 낳으니, 그것은 영원히 죽음을 알지 못한다.

이건 정말 아름답군요. 진짜 아름답군요. 고맙습니다. 그럼 이젠 저를 괴롭히고 있는 것에 대해 말해주시겠습니까? 전 자살에 대해 이야기할 필요가 있거든요. 왜 자기 삶을 자기가 끝내지 못하게 하는 그런 금기들이 있는 걸까요?

그러게, 왜 그런 게 있지?

자살하는 게 잘못이 아니란 말씀입니까?

그 질문 자체에 두 가지 잘못된 개념이 들어 있으니, 나는 네가 만족할 만큼 그 질문에 답할 수 없다. 그 질문은 두 가지 잘못된 가정을 근거로 하고, 두 가지 오류를 지니고 있다.

첫 번째 잘못된 가정은 "옳고" "그름" 따위가 있다는 가정이고, 두 번째 잘못된 가정은 죽임이 가능하다는 가정이다. 따라서 네 질문을 분석하는 순간, 질문 자체가 무너지고 만다.

이 대화 곳곳에서 몇 번이나 되풀이해서 지적했듯이 "옳고" "그름"은 궁극의 현실과 전혀 관계없이, 인간의 가치관으로만 존재하는 철학상의 양극이다. 게다가 그것들은 너희의 체계에서조차 불변의 구조물이라기보다는, 오히려 시시각각 변해가는 가치들이다.

너희는 그런 변화가 너희를 만족시킬 때 이 가치들을 놓고 너희 마음을 바꾸면서도(진화하는 존재로서 너희는 당연히 그래야 한다), 그 길을 따라 이어진 단계마다에서 너희는 그렇게 하지 않았노라고, 너희 사회의 핵심 통합력을 이루는 것은 **불변의** 가치들이라고 주장하면서 이렇게 하고 있다. 이렇게 해서 너희는 자가당착 위에 너희 사회를 세웠다. 너희 사회의…… 어쩌구저쩌구는 불변의 가치들이라고 선포하는 그 사이에도, 너희는 쉬지 않고 가치들을 바꾼다. 오호 통재라, **가치여!**

이 자가당착이 제시하는 문제들의 답은, 모래를 콘크리트로 만들려고 모래에 찬물을 끼얹는 데 있지 않고, 모래의 변화를 축하하는 데 있다. 모래가 너희가 만든 성 모양으로 자신을 붙들고 있는 동안, 그것의 아름다움을 찬미하라. 하지만 그러고 나서 밀물이 밀려들어왔을 때 그것이 취하게 되는 새 형상과 새 모습 또한 찬미하라.

바뀌는 모래들이 너희가 오를 새 산을 쌓을 때 그것들을 찬미하라. 그러면 너희는 그 꼭대기에―그리고 그것을 가지고―너희의 새 성을 세우리니. 하지만 이 산과 이 성들은 변화의 기념비들이지, 항상성의 기념비들이 아님을 이해하라.

오늘의 너희를 찬미하되, 어제의 너희를 비난하지 말고, 내일 될 수 있는 너희를 배제하지도 마라.

"옳고" "그름"이 너희 상상이 지어낸 허구고, "괜찮고" "괜찮지 않음"이 너희의 최근 선호와 짐작에서 나온 선언에 불과함을 이해하라.

예컨대 사람의 생명을 끝내는 문제에서는, 그렇게 하는 건

"괜찮지 않으리란" 게 현재 너희 행성에 사는 대다수 사람들의 짐작이다.

마찬가지로 지금도 너희 중 다수는 자기 삶을 끝내고 싶어하는 사람을 도와주는 게 괜찮지 않다고 주장한다.

두 경우 모두에서, 너희는 이것이 "계율에 어긋남"에 틀림없다고 말한다. 너희가 이런 결론에 이른 것은 십중팔구, 상대적으로 빨리 삶을 끝내는 상황이 벌어진다는 데 그 원인이 있을 것이다. 하지만 어느 정도 긴 시간에 걸쳐서 삶을 끝내는 행동들은 똑같은 결과를 이뤄내더라도 계율에 어긋나지 않는다.

따라서 너희 사회에서는 권총으로 자살한 사람의 가족들은 보험 혜택을 상실하지만, 담배로 그렇게 한 사람의 가족들은 보험 혜택을 상실하지 않는다.

너희의 자살을 도와주는 의사는 인간백정이라 불리지만, 담배 회사가 그렇게 하는 건 상업이라 불린다.

이처럼 너희에게는 그것이 그냥 시간의 문제여서, 자기 파괴의 합법성, 그것의 "올바름"이나 "그릇됨"은 그런 행위를 누가 하는가뿐 아니라 그것이 얼마나 빨리 이뤄지는가와도 깊은 관계가 있는 듯이 보인다. 죽음이 빠를수록 그것은 더 "잘못된" 것처럼 보이고, 죽음이 느릴수록 그것은 좀 더 "괜찮은" 쪽으로 기운다.

재미있는 건, 이것이 진짜 인도적인humane 사회라면 내렸을 결론과는 정반대라는 사실이다. 어떤 것을 "인도적"이라고 일컬을지에 대한, 모든 근거 있는 규정들에 따르면, 죽음은 짧을수록 좋다. 그럼에도 너희 사회는 자비로운 일을 하려는 사람들은 벌하고, 미친 짓을 하려는 사람들에게는 상을 준다.

신이 요구하는 게 끝없는 고통이고, 그 고통을 인도적으로 빨리 끝내는 걸 "잘못"이라고 생각하는 건 미친 짓이다.

"인도적인 자를 벌하고, 미친 자에게 상 줘라."

오직 한정된 이해를 가진 존재들로 구성된 사회만이 받아들일 수 있는 좌우명이 이것이다.

그러기에 너희는 발암물질들을 들이켜서 너희 체제를 독살하고, 너희를 서서히 죽게 만들 화학약품들로 처리된 음식물을 먹어서 너희 체제를 독살하며, 너희가 쉬지 않고 오염시킨 공기를 마셔서 너희 체제를 독살한다. 너희는 천 번이 넘는 순간들에 백 가지 다른 방식으로 너희 체제를 독살하는데, **이런 물질들이 너희에게 전혀 좋지 않다는 걸 알면서도** 이렇게 한다. 하지만 그것들이 너희를 죽이는 데는 더 긴 시간이 필요하니, **덕분에 너희는 벌받지 않고 자살할 수 있다.**

반면에 너희가 더 빨리 듣는 뭔가로 자신을 독살한다면, 너희는 도덕률에 어긋나는 짓을 저질렀다고 비난받으리라.

그러나 내가 너희에게 말하노니, **자신을 서서히 죽이는 게 부도덕하지 않듯이, 자신을 빨리 죽이는 것도 부도덕하지 않다.**

그럼 자살하는 사람도 신한테서 벌받지 않겠군요.

나는 벌하지 않는다. 나는 사랑한다.

사람들이 흔히 말하듯이, 자살로 곤경에서 "벗어나거나", 자신의 상황을 끝내려고 생각하는 사람들은 죽고 나서도 똑같은 곤경이나 상황에 직면하게 될 뿐, 어디서도 벗어날 수 없고, 무엇도 끝낼 수 없다고 하는 게 사실입니까?

소위 사후세계에서 겪는 너희 체험은, 거기로 들어가는 시점에 너희가 지녔던 의식의 반영이다. 그럼에도 너희는 언제나 자유의지의 존재니, 원할 때마다 자신의 체험을 바꿀 수 있다.

그러니까 가족 가운데서 자살로 속세 삶을 끝낸 사람도 괜찮다는 거죠?

그렇다. 그들은 아주 잘 있다.

이 주제를 다룬 책으로 앤 퍼이어가 쓴《스티븐은 살아 있다Stephen Lives》라는 멋진 책이 있습니다. 십대의 나이에 자살한 자기 아들에 대한 이야기죠. 무척 많은 사람들이 이 책에서 도움을 받았습니다.

앤 퍼이어는 멋진 사자(使者)다. 그녀의 아들 역시 그러하고.

그렇다면 당신이 그 책을 좀 추천해주시겠습니까?

그것은 중요한 책이다. 그 책은 이 주제에 대해 우리가 지금 여기서 이야기하는 것보다 더 많은 것을 말하고 있어서, 사랑하는 사람이 자살로 생을 마감했던 경험을 둘러싼 논란들에서 떠나지 못하거나, 그런 경험으로 깊은 상처를 입은 사람들에게는 이 책이 치유의 문을 열어줄 것이다.

그런 식으로 깊은 상처를 입거나 논란을 벌인다는 게 슬픈 일이죠. 하지만 제 생각엔, 그중 상당 부분이 우리 사회가 자살을 둘러싸고 "우리에게 지운 짐"이 빚어낸 결과인 것 같습니다.

너희가 너희 사회의 도덕 체계가 지닌 모순을 보지 못하는 경우는 허다하다. 그중에서도 특히 두드러지는 인간 체험의 하나가, 너희 생명을 단축시키겠지만 서서히 그렇게 하리란 걸 아주 잘 아는 일들을 하는 것과, 너희 생명을 빨리 단축시킬 일들을 하는 것 사이의 모순이다.

하지만 이런 식으로 당신이 곱씹어주고 나니까 아주 명백해 보이는군요. 왜 우리는 그토록 명백한 진리들을 혼자 힘으로는 보지 못할까요?

너희가 이 진리들을 본다면, **그와 관련해 뭔가를 해야 할 것이기** 때문이다. 너희는 그렇게 하고 싶지 않다. 그래서 너희에게는 뭔가를 쳐다보긴 하면서도 그것을 보지 않는 것 말고는 달리 선택의 여지가 없다.

하지만 우리가 그 진리들을 본다면, 왜 그와 관련해 뭔가를 하고 싶어하지 않습니까?

그것들과 관련해 뭔가를 하려면, 너희 자신의 즐거움을 끝내야 하리라고 믿기 때문이다. 그리고 너희가 전혀 바라지 않는 일이 즐거움을 끝내는 것이다.

너희를 서서히 죽게 만드는 것들 대다수가 너희를 즐겁게 해주거나, 거기서 비롯되는 것들이다. 그리고 너희를 즐겁게 해주는 것들 대부분이 몸을 만족시키는 것들이다. 사실 너희 사회를 원시사회로 특징짓는 것이 이것이다. **너희 삶은 주로 몸의 즐거움을 구하고 체험하는 것을 중심으로 짜여 있다.**

물론 만방의 모든 존재가 즐거움을 추구한다. 즐거움을 추구하는 데 원시적인 건 없다. 사실 그것은 사물의 자연 질서다. 다만 각각의 사회와 그 사회들 속에 사는 존재들을 차이나게 만드는 것은, 그들이 **어떤 걸 즐겁다고 규정하는가**다. 주로 **몸**의 즐거움을 중심으로 짜인 사회는 영혼의 즐거움을 중심으로 짜인 사회와는 다른 차원에서 작동한다.

그렇다고 이것이 너희 청교도들이 옳았고, 몸의 모든 즐거움을 부정해야 한다는 의미도 아님을 이해하라. 그것은 승격한 사회들에서는 육신의 즐거움이 누리는 즐거움들 중 가장 다수를 차지하지는 않는다는 뜻이다. 거기서는 육신의 즐거움이 1순위가 아니다.

사회나 존재가 더 많이 승격할수록elevated 그 즐거움도 더 고상해진다elevated.

잠깐만요! 그 말씀은 확실한 가치판단처럼 들리는데요. 전 신인 당신은 가치판단을 하지 않는다고 생각했는데요.

에베레스트 산이 매킨리 산보다 더 높다고 말하는 것이 가치판단이냐?

사라 숙모가 조카 토미보다 더 늙었다고 말하는 게 가치판단이냐?

이런 것들은 가치판단이냐, 아니면 관찰이냐?

나는 그 사람의 의식이 더 승격한 것이 "더 낫다"고 말하지는 않았다. 사실 그렇지 않다. 그것은 1학년보다 4학년이 "더 낫지" 않은 것과 마찬가지다.

나는 그냥 4학년이란 게 어떤 건지 관찰하고 있을 뿐이다.

그리고 이 행성의 우리는 4학년이 아니고 1학년에 속하겠죠. 그렇죠?

애야, 너희는 아직 유치원에도 들어가지 않았다. 너희는 영아원에 있다.

제가 어떻게 그런 말을 모욕으로 듣지 않을 수 있겠습니까? 왜 그 말이 제게는 당신이 인류를 얕잡아보는 것처럼 들릴까요?

너희가 너희 아닌 것이 되는 데, 그리고 너희인 것이 되지 않는 데 너무 깊이 몰두하고 있기 때문이다.

대부분의 사람들은 관찰되는 것을 자기 것으로 삼고 싶지 않을 때, 그냥 관찰만 하는데도 모욕으로 듣는다.

하지만 뭔가를 붙잡지 않고서는 그것을 놓아줄 수도 없는 법이고, 한번도 소유해보지 않고서는 제것이 아니라고 팽개칠 수도 없는 법이다.

인정하지 않고서는 바꿀 수도 없는 법이다.

맞았다.

깨달음은 "있는 것"을 판단 없이 인정하는 데서 시작된다.

있음Isness 속으로 옮겨간다고 하는 것이 이것이다. 자유를 찾게 될 곳이 바로 이 있음에서다.

저항하는 건 지속되고, 살펴보는 건 사라진다. 다시 말해 그 것은 환상적 형태를 갖기를 그만두니, 너희는 그것을 있는 그대로 본다. 그리고 있는 건 언제나 바뀔 수 있다. 바뀔 수 없는 건 있지 않은 것뿐이다. 그러니 있음을 바꾸려면 그 속으로 옮겨가라. 그것에 저항하지 말고, 그것을 부정하지 마라.

너희는 자신이 부정하는 것을 선언하고, 자신이 선언하는 것을 창조한다.

뭔가를 부정하는 행동 자체가 그것을 거기에 자리 잡게 하니, 어떤 것을 부정하는 건 그것을 재창조하는 것이다.

어떤 것을 인정할 때는 그것을 통제할 수 있지만, 부정하는 건 그것이 거기 있지 않다고 보는 것이니, 너희는 그것을 통제할 수 없다. 따라서 너희가 부정하는 것이 되레 너희를 통제하게 된다.

너희 종race 대다수는 자신들이 아직 유치원으로도 진화하지 않았다는 사실을 인정하고 싶어하지 않는다. 인류가 아직도 영아원에 있다는 사실을 인정하고 싶지 않은 것이다. 하지만 이 인정하지 못함 자체가 그들을 그곳에 붙잡아두고 있다.

　너희는 너희 아닌 것(고도로 진화된 존재)이 되는 데 너무 깊이 몰두한 나머지, 너희인 것(진화하는 존재)이 되지 못하고 있다. 따라서 너희는 자신에 맞서 움직이고, 자신과 싸우고 있는 셈이니, 그 때문에 무척 느리게밖에 진화하지 못하고 있다.

　진화로 가는 지름길은 없는 것이 아니라 있는 것을 받아들이고 인정하는 데서 시작된다.

그리고 "있는 것"이 묘사되는 걸 듣더라도 더 이상 모욕당한다고 느끼지 않을 때, 자신이 인정했음을 알 것이다.

　정확하다. 내가 너더러 푸른 눈을 가졌다고 말하는 것이 어찌 너를 모욕하는 것이겠느냐?

　그러니 이제 내가 너희에게 말하노니, 사회나 존재가 더 많이 승격할수록 그 즐거움도 더 고상해진다.

　너희가 무엇을 '즐거움'이라 부르는지가 너희의 진화 수준을 선언한다.

"승격한"이란 이 용어를 좀 설명해주십시오. 당신은 이 용어를 무슨 뜻으로 사용하십니까?

　너희 존재는 미시우주 안의 우주다. 너희와 너희의 육신 전체는 일곱 중심, 즉 일곱 차크라(요가에서 말하는 에너지 중심으로 각 차크라마다 명칭이 있지만, 여기서는 대략적인 신체 부위만을 말하면, 아래쪽부터 회음부의 선골 신경총, 하단전의 전립선 신경총, 위 뒤쪽의 태양 신경총, 심장 주변의 심장 신경총, 인후 부위의 후두 신경총, 양미간 사이의 동굴 신경총, 정수리 부분의 송과선을 가리킨다 – 옮긴이)를 중심으로 하여 뭉쳐진 생짜raw 에너지로 이루어져 있다. 차크라 중심들과 그것들이 의미하는 바를 공부하라. 이것들을 다룬 몇백 권의 책들이 있다. 이것은 내가 예전에 인류에게 전해준 지혜다.

너희의 아래쪽 차크라들을 즐겁게 하는 것, 혹은 자극하는 것이 위쪽 차크라들에도 똑같이 즐거운 건 아니다.

너희가 신체를 거쳐 생명 에너지를 더 높이 끌어올릴수록 너희 의식은 더 많이 승격된다.

예, 다시 이리로 왔군요. 그 말씀은 독신을 옹호하는 듯이 들리는데요. 성욕을 표현하는 것에 전적으로 반대하는 주장처럼요. 모름지기 의식이 "승격한" 사람들이라면 그들의 뿌리 차크라—그들의 첫 번째 혹은 최하위 차크라—"에서 비롯되어" 남과 교류하는 일은 없으리라는 식으로요.

그건 사실이다.

하지만 당신은 이 대화에서 줄곧 인간의 성욕을 **축하해야지**, 억눌러선 안 된다고 말씀하신 걸로 아는데요.

그것도 맞다.

음, 여기서 절 좀 도와주십시오. 우린 모순에 부딪힌 것 같거든요.

내 아들아, 세상은 모순으로 가득 차 있다. 모순 없음이 진리의 필수 요소는 아니다. 때때로 위대한 진리는 모순 **속**에 있다. 우리가 여기서 부딪히고 있는 것은 '신성한 이분법'이다.

그렇다면 제가 그 이분법을 이해할 수 있게 해주십시오. 저는 평생 동안 뿌리 차크라에서 "쿤달리니 에너지(뿌리 차크라에서 잠자는 우주 에너지로 이것이 명상이나 수련을 통해 깨어나 정수리 차크라에 이르면 삼매에 들 수 있다고 한다―옮긴이)를 끌어올리는" 것이 얼마나 바람직하고, 얼마나 "많이 승격하는" 건지 들어왔거든요. 섹스 없이도 무아경 속에서 사는 신비론자들에게는 이것이 주요한 정당화가 되어왔고요.

그러고 보니 우린 죽음이라는 주제에서 벗어나고 말았군요. 이야기를 이렇게 옆길로 새게 해서 죄송하지만―

뭐가 죄송하다는 거냐? 이야기는 이야기가 가는 곳으로 가기 마련이다. 우리가 이 대화 전체에서 다루는 "화제"는 온전히 인간이 된다는 게 무슨 뜻인지와 이 우주에서의 삶이란 게 어떤 것인가다. 화제는 오직 이것뿐이고, 이 주제 역시 그 범위 안에 들어간다.

내가 앞에서 지적했듯이, 죽음을 알고 싶어하는 건 삶을 알고 싶어하는 것이다. 그리고 우리의 주제 교체가 생명을 창조하고 그것을 장엄하게 찬양하는 행위 자체를 포함할 정도로 우리의 탐구 범위를 확대해준다면, 그렇게 되도록 놔둬라.

이제 한 가지 사실을 다시 한번 확실히 해두자. 모든 성적 표현을 닫아버리고 모든 성 에너지를 승격시키는 것이 "고도로 진화된" 존재가 되기 위한 필요조건은 아니다. 만일 그게 사실이라면 "고도로 진화된" 존재는 어디에도 존재할 수 없을 것이다. 왜냐하면 모든 진화가 멈출 것이기에.

지극히 당연한 지적이시군요.

그렇다. 그러니 진짜 거룩한 이들은 섹스를 하지 않으며 그것이 그들의 거룩함을 나타내는 표지라고 말하는 사람들은, 삶이란 게 어떤 식으로 작동하기로 되어 있는지 이해하지 못하는 사람들이다.

이것을 선명한 조건 속에 담아보자. 만일 너희가 그렇게 하는 것이 인간 종족에게 좋은지 아닌지 판단할 잣대를 원한다면, 아래의 간단한 물음을 자신에게 던져봐라.

모든 사람이 그렇게 하면 어떻게 되지?

이것은 대단히 손쉬우면서 대단히 정확한 기준이다. 모든 사람이 똑같이 그렇게 했는데, 인간종에게 궁극적으로 이로운 결과가 나왔다면, 그 일은 "진화된" 것이다. 만일 모두가 그렇게 했는데, 그것이 인간종에게 재앙을 가져온다면, 그것은 추천하기에 그리 "승격된" 일이 아니다. 동의하느냐?

물론입니다.

그렇다면 너는 방금, 진짜 선각자라면 성적 독신을 깨달음으로 가는 길이라고 말하지 않으리란 사실에 동의한 것이다. 그럼에도 성적 표현을 부끄럽게 만들고, 그것을 둘러싸고 온갖 종류의 죄의식과 기능장애를 발달시킨 것이, 어쨌든 성적 절제가 "더 고상한 길"이고, 성적 표현은 "더 저급한 욕구"라는 이런 관념이다.

하지만 종족 번식을 막으리란 게 성적 금욕에 반대하는 근거라면, 섹스가 일단 이 역할을 끝내고 나면 더 이상 섹스할 필요가 없지 않느냐고 주장할 수도 있잖습니까?

사람들이 섹스를 하는 건 인간종을 번식시켜야 한다는 책임감을 깨달아서가 아니다. 사람들이 섹스를 하는 건 그것이 **하기에 자연스러운 일**이기 때문이다. 그것은 유전자 속에 심어져 있다. 너희는 생물학적인 명령에 복종하는 것이다.

맞아요! 그것은 종의 생존 문제로 몰고 가는 **유전 신호**입니다. 하지만 종의 생존이 보장되고 나면, "그 신호를 무시하는" 게 "승격된" 행동 아닐까요?

네가 신호를 잘못 해석했다. 그것은 종의 생존을 보장하라는 생물학적 명령이 아니라, 너희 존재의 본성인 **'하나됨'을 체험하라는** 생물학적 명령이다. 새 생명의 창조는 '하나됨'이 이루어졌을 때 일어나는 일이지, 그것이 '하나됨'을 추구하는 이유는 아니다.

만일 성적 표현의 유일한 이유가 번식이라면, 그것이 단지 "전달 체계"일 뿐이라면, 너희는 더 이상 상대방과 섹스할 필요가 없을 것이다. 생명의 화학 요소들을 배양접시 속에서 결합시키면 될 테니 말이다.

하지만 이것으로는 영혼의 가장 기본되는 욕구를 만족시키지 못할 것이다. 단순한 번식보다 훨씬 더 큰 욕구이면서도, 참된 자신의 재창조와 관련이 있음이 드러난 영혼의 기본 욕구를.

생물학적 명령은 더 많은 생명life을 **창조하라는** 것이 아니라, 더 많은 삶life을 **체험하라는** 것, 다시 말해 **'하나됨'의 발현**이라는 그 본모습대로 삶을 체험하라는 것이다.

사람들이 섹스하는 걸 당신이 막지 않겠노라는 이유가 이거군요. 그들이 아이 갖는 걸 오래전에 중단했다 해도 말입니다.

물론이다.

하지만 아이 갖는 걸 중단하면 섹스도 **그만둬야** 하고, 그런데도 이런 행위를 계속하는 그런 쌍들은 저속한 육신의 충동에 빠진 것뿐이라고 말하는 사람들도 있습니다.

그렇다.

그리고 이건 "승격된" 것이 아니라 인간의 고귀한 천성보다 못한, 그냥 동물적인 행위에 지나지 않는다고요.

이것은 우리의 주제를 다시 차크라, 즉 에너지 중심으로 되돌린다.

나는 앞에서 "너희가 신체를 거쳐 생명 에너지를 끌어올릴수록, 너희 의식은 더 많이 승격된다"고 말했다.

예! 그리고 그래서 "섹스 불가"를 말씀하시는 듯이 보였고요.

아니다, 그렇지 않다. 네가 이해하는 식으로는 아니다.

앞서 네가 언급했던 것으로 다시 돌아가서 다음 사실을 명확히 해보자. 섹스하는 것에서 천하거나 추잡한 건 아무것도 없다. 너희는 너희 마음과 너희 문화로부터 그런 관념을 얻었을 뿐이다.

열정적이고 욕망에 찬 성적 표현의 어떤 것도 비천하거나 저속하거나 "품위 없지" 않다(**성스럽지** 않은 건 물론이고). 육신의 충동은 "동물적 행위"의 발현이 아니다. 그 충동들을 **체계 속에 심은 건 나다.**

너희는 그것을 그런 식으로 창조한 이가 나 아닌 다른 누구일 거라고 생각하느냐?

하지만 육신의 충동은 너희 모두가 서로에 대해 갖기 마련인, 복잡하고 혼잡한 반응 중 단 한 가지 요소에 불과하다. 잊지 마라, 너희는 일곱 차크라를 가진 3중의 존재다. 너희가 세 측면 모두와 일곱 중심 모두로부터 동시에 서로에게 반응할 때, 그때 너희는 마침내 갈구하던 그 절정의 체험을 가질 것이다. 너희가 창조된 목적인 바로 그 체험을!

이런 에너지들 중 어떤 것도 저속하지unholy 않지만, 너희가 그 중 딱 하나만 선택한다면, 그것은 "완전하지 않다un-whole-y". **그것은 온전치**whole **못하다!**

온전치 못한 너희는 본래의 자신보다 못한 존재다. 바로 **이것이** "저속하다"고 할 때의 의미다.

우와! 이해했어요, **이해가 돼요!**

"승격하기로" 작정한 사람들에게 주는 섹스 금지의 훈계는 절대 나한테서 나온 훈계가 아니다. 그건 권유였다. 권유는 훈계가 아니다. 그런데도 너희는 그것을 훈계로 만들었다.

그리고 그 권유는 섹스를 그만두라는 것이 아니라, **온전치 못함**을 그만두라는 것이었다.

너희가 하는 것이 **무엇이든**, 섹스를 하든, 아침을 먹든, 일하러 가든, 해변을 걷든, 줄넘기를 하든, 좋은 책을 읽든, 그야말로 뭘 하든, 온전한 존재로서, 너희인 온전한 존재로서 그 일을 하라.

너희가 아래쪽 차크라 중심에서만 섹스를 한다면, 너희는 뿌리 차크라에서만 움직이면서 훨씬 더 영광스러운 체험 부분을 놓치는 것이다. 하지만 너희가 다른 사람을 사랑하는 존재이고, 그리고 너희가 그렇게 되고 있는 동안, 일곱 에너지 중심 모두로부터 오고 있다면, 그때 너희는 절정을 체험할 것이다. 이것을 어찌 성스럽다 하지 않을 수 있겠는가?

당연히 그렇겠죠. 그런 체험이 성스럽지 않다는 건 상상할 수도 없는 일이죠.

그러니 생명 에너지를 네 몸을 거쳐 정수리 차크라로 끌어올리라는 권유는 너희더러 **회음부에서 떨어지라는** 제안이나 요구가 되고자 했던 게 아니다.

너희가 가슴 차크라, 나아가 정수리 차크라로까지 에너지를 끌어올렸더라도, 이것이 너희 회음부 차크라에는 에너지가 있을 수 없다는 의미는 아니다.

만일 그렇지 않다면, 너희는 사실상 끊어지고 만다disconnected.

생명 에너지를 너희의 위쪽 중심들로 끌어올렸을 때, 너희는 다른 사람과 소위 성적 체험이라 부를 만한 것을 가질 수도 있고 아닐 수도 있다. 하지만 설령 너희가 그런 체험을 갖지 않는다 해도, 성스러움에 대한 어떤 우주법칙을 어기기 때문에 그런 것은 아닐 것이다. 또 그런 체험을 갖지 않는다고 해서 그것이 너희를 더 "승격시켜"주지도 않을 것이다. 마찬가지로 너희가 다른 사람과 섹스하기를 택한다 해도, 그것이 너희를 뿌리 차크라 수준만으로 "낮추지도" 않을 것이다. 너희가 회음부에서 끊어지는 것과 반대로 정수리에서 끊어지지 않는 한.

그래서 나는 다음과 같은 권유, 훈계가 아닌 권유를 너희에게 하고자 한다.

너희의 생명력인 에너지를 매순간마다 가능한 한 최고 수준으로 끌어올려라. 그러면 너희는 승격될 것이니. 이것은 섹스를 하거나 하지 않는 것과는 관계가 없다. 그것은 너희가 뭘 하든 의식을 끌어올리는 것과 관계가 있다.

아하! 이해가 갑니다. 의식을 어떻게 끌어올리는지는 모르지만요. 사실 저로서는 **어떻게 해야** 차크라 중심들을 거치면서 생명 에너지를 끌어올리게 되는지 잘 모르겠거든요. 그리고 이 중심이 뭔지 잘 모르는 사람들도 아마 태반일 겁니다.

"영성의 생리학"에 대해 진심으로 더 많이 알고 싶어하는 사람이라면 얼마든지 쉽게 찾아낼 수 있다. 나는 예전에 아주 명확한 용어들로 이 정보를 제공해주었다.

다른 저자들을 통해 다른 책들에서 그렇게 하셨다는 말씀이시죠?

그렇다. 디팩 초프라의 저서들을 읽어봐라. 그는 지금 이 순간 너희 행성에서 가장 명석한 해설가 중 한 사람이다. 그는 영성의 신비와 그것의 과학을 이해한다.

그리고 그 외에도 다른 멋진 전달자들이 있다. 그들의 책은 몸을 거쳐 생명력을 끌어올리는 법만이 아니라, 육신을 떠나는 법까지도 설명해준다.

이런 책들을 추가로 읽고 나면 너희는 몸을 놓아버리는 게 얼마나 기쁜 일인지 기억해낼 수 있고, 그러고 나면 어째서 두 번 다시 죽음을 두려워하지 않을 수 있는지 이해할 것이다. 너희는 어째서 몸과 함께 있는 것도 기쁨이고, 거기서 벗어나는 것도 기쁨인가라는 이분법을 이해할 것이다.

Conversations with God

9

그러고 보면 삶은 일종의 학교 같은 건가 봅니다. 해마다 개학 첫날이 되면 무척 들뜨곤 하던 게 기억납니다. 그리고 학년이 끝날 때는 끝난다는 사실에 흥분했고요.

맞다! 정확하다! 네가 핵심을 찔렀다. 그게 바로 그런 것이다. 다만 삶은 학교가 아니다.

예, 기억합니다. 1권에서 당신이 자세히 설명하셨죠. 그때까지만 해도 전 삶이 "학교"고, 우리는 "교훈을 배우기 위해" 여기에 와 있는 거라고 생각했습니다. 1권에서 당신은, 제가 이것이 그릇된 교리란 걸 이해하는 데 크나큰 도움을 주셨습니다.

기쁘구나. 너희를 명료함으로 데려가는 그것이 이 3부작을 가지고 우리가 여기서 하려는 일이다. 그리고 너는 이제 어째서 "죽고" 나면 영혼이 굳이 "삶"을 애석해하는 일 없이 기쁨에 겨워할 수 있는지도 확실하게 이해한다.

하지만 네가 앞에서 더 큰 질문을 했으니, 우리는 그 질문으로 다시 돌아가야 한다.

죄송하지만 제가 무슨 질문을 했나요?

너는 "영혼이 몸 안에서 그토록 불행하다면, 왜 그냥 떠나버리지 않느냐?"고 물었다.

아, 예.

음, 영혼은 그렇게 한다. 하지만 내가 앞에서 설명했듯이, "죽을" 때만 그렇게 한다는 뜻은 아니다. 그러나 영혼이 불행해서 몸을 떠나는 건 아니다. 오히려 영혼은 다시 태어나고 싶어서, 기운을 되찾고 싶어서 몸을 떠난다.

영혼은 자주 이렇게 합니까?

날마다.

날마다 영혼이 몸을 떠난다고요? 언제요?

영혼이 더 큰 체험을 갈망할 때마다. 영혼은 이런 체험이 기운을 회복해준다는 걸 안다.

그냥 **떠나는** 겁니까?

그렇다. 영혼은 항상 너희 몸을 떠난다. 너희 생애 내내 줄곧. 이것이 우리가 잠을 발명한 이유다.

잠을 자면 영혼이 몸을 떠납니까?

물론이다. 그게 **잠**이란 거다.

너희가 그렇게 하려고만 하면, 영혼은 너희 생애 내내 주기적인 재충전으로 기운을 되찾으려 한다. 몸이라 부르는 이 탈것을 자신이 계속해서 끌고 다닐 수 있도록.

너는 영혼이 몸에 깃드는 것이 쉬운 일이라고 생각하느냐? 그렇지 않다. 그건 **간단할지는** 모르지만, **쉽지는** 않다! 그건 기쁨일지는 모르지만, 쉽지는 않다. 그것은 너희 영혼이 지금껏 해온 일들 중에서 가장 힘든 일이다.

너희로서는 상상하기 힘든 가벼움과 자유를 아는 영혼은, 다시 한번 그런 존재 상태가 되기를 갈망한다. 학교를 좋아하는 아이라도 여름방학을 애타게 기다릴 수 있고, 남들과 어울리기를 원하던 사람이라도 어울리는 동안 혼자이기를 갈망할 수 있듯이. 영혼은 가벼움이자 자유고, 평화이자 기쁨이며, 무한함이자 고통 없음이고, 완벽한 지혜이자 완벽한 사랑이라는 자신의 참된 존재 상태를 추구한다.

영혼은 이 모든 것인 동시에 그 이상이다. 그럼에도 영혼은 몸을 갖고 있는 동안 이 소중한 것들을 거의 체험하지 못한다. 그래서 영혼은 자기하고 의논했다. 영혼은 지금 선택하는 대로의 자신을 창조하고 체험하기 위해서, 필요한 만큼 얼마든지 오래 몸을 가진 채 머물겠노라고 자신에게 통고했다. 다만 원할 때마다 몸을 **떠날 수** 있다는 조건에서만!

영혼은 소위 잠이라는 체험을 통해서 날마다 이렇게 하고 있다.

"잠"이, 영혼이 몸을 떠나는 체험이라고요?

그렇다.

전 우리가 잠을 자는 건 몸에 휴식이 필요해서라고 생각했는데요.

네가 잘못 알았다. 그 반대다. 영혼이 휴식을 원하기에, 몸더러 "잠에 빠지게" 만드는 것이다.

영혼이 몸을 가진 데서 오는 그 한계들에 지치고, 그 힘겨움과 자유 없음에 지쳤을 때, 영혼은 말 그대로 몸을 쓰러뜨린다 (때로는 서 있는 바로 그 자리에서).

영혼이 "재충전하려" 할 때, 영혼이 그 모든 비진리와 거짓 현실과 상상으로 그려낸 위험들에 지쳐 기진맥진해졌을 때, 영혼이 다시 한번 연결되고, 확인받고, 휴식하고, 마음을 위해 다시 깨어나고자 할 때, 영혼은 그냥 몸에서 떠나버린다.

몸을 처음 받아들이는 영혼은 그것이 극히 힘든 체험이란 걸 알게 된다. 그것은 특히나 새로 도착한 영혼에게는 대단히 피곤한 체험이다. 아기들이 잠을 많이 자는 이유가 여기에 있다.

다시 한번 몸에 소속되는 최초의 충격을 극복하고 나면, 영혼은 그 면에서 참을성을 키워가기 시작한다. 이제 영혼은 좀 더 오래 몸에 머문다.

이와 동시에 마음이라 불리는 너희 부분은, 애초부터 예정되어 있던 대로 망각 속으로 옮겨간다. 이제는 덜 빈번하긴 하지만 그래도 여전히 대체로 하루를 주기로 해서 이루어지는, 몸을 벗어나는 영혼의 비행조차 마음을 항상 기억으로 데려가주지는 못한다.

사실 이 시기 동안 영혼은 자유로울지 모르지만, 마음은 혼란스러울 수 있고, 이 때문에 너희는 존재 전체로서 "나는 지금 어디에 있는 거지? 나는 여기서 뭘 창조하고 있지?"라고 묻게 된다. 이런 탐색은 변덕스러운 여행, 때로는 무섭기까지 한 여행, 너희가 "악몽"이라 부르는 여행을 불러올 수 있다.

때로는 정반대의 일이 일어나, 영혼이 위대한 회상remember-ing의 자리에 도달할 수도 있다. 이제 마음은 각성을 얻게 되니, 덕분에 영혼은 평화와 기쁨으로 충만하다. 그렇게 되면 너희는 몸으로 돌아오고 나서도 몸 안에서 이것들을 체험할 수 있다.

너희의 전 존재가 이 같은 원기회복을 더 많이 자신할수록, 그리고 그것이 몸을 가지고 하는 것과 하려는 것이 뭔지 더 많이 기억해낼수록, 이제 **자신이 이유가 있어서, 목적을 갖고 몸**

으로 왔음을 아는 너희 영혼은 몸에서 벗어나기를 덜 원하게 된다. 이제 영혼의 바람은 그 목적에 자신을 일치시키는 것, 자신이 지닌 몸을 가지고 그 모든 시간을 가장 잘 이용하는 것이다.

위대한 지혜를 가진 사람은 잠을 잘 필요가 거의 없다.

그 사람에게 얼마나 많은 잠이 필요한가로 그 사람이 얼마나 진화되었는지 알 수 있다는 말씀입니까?

거의 그렇다. 거의 그렇다고 말해도 좋다. 하지만 영혼은 이따금 순전히 몸에서 벗어나는 기쁨만을 위해 몸을 떠나기도 한다. 마음을 위해 다시 깨어나고, 몸을 위해 기운을 되찾는 것이 아니라, 순전히 '하나임'을 아는 황홀경을 다시 창조하고 싶어서일 수도 있는 것이다. 따라서 잠을 많이 자는 사람일수록 덜 진화되었다고 말하는 게 항상 타당하지는 않다.

그럼에도 자신이 몸을 가지고 뭘 하는지와 자신은 몸이 **아니라 몸을 가진** 존재임을 더 많이 자각하게 될 때, 그들은 몸과 더불어 더 많은 시간을 보내려 하고 보낼 수 있다. 따라서 그들이 그만큼 **"잠이 덜 필요한"** 것처럼 보이는 건 우연의 일치가 아니다.

나아가 몸을 가진 존재로서의 망각과 영혼의 '하나됨' 둘 다를 한꺼번에 체험하려는 존재들도 있다. 이런 존재들은 여전히 몸을 갖고 있으면서도, 자신의 일부를 몸과 동일시하지 않도록 훈련시킴으로써, '참된 자신'을 아는 황홀경을 체험할 수 있다. 그렇게 하기 위해 굳이 인간으로서의 자각을 잃거나 하는 일 없이.

그 사람들은 어떻게 이렇게 하죠? 어떻게 해야 이렇게 할do 수 있나요?

그것은 내가 앞에서 말했듯이, 자각의 문제, 전면 자각 상태에 도달하는 문제다. 너희가 전면 자각을 할do 수는 없다. 너희는 오직 전면 자각일be 수만 있다.

어떻게요? **어떻게** 말입니까? 당신이 제게 줄 수 있는 **도구들**이 있을 텐데요.

이런 체험을 창조할 수 있는 최상의 도구들 중 하나가 날마다의 명상이다. 이 도구를 써서 너희는 생명 에너지를 정수리 차크라로까지 끌어올릴 수도 있고…… 심지어는 **"깨어 있는" 동안에 몸에서 떠날 수도 있다.**

명상을 하면, 몸이 깨어 있는 동안에 자신을 전면 자각을 체험하기 위한 준비 상태로 만들 수 있다. 이런 준비된 상태를 **참된 각성**true wakefulness이라 부른다. 이것을 체험하자고 굳이 명상하면서 앉아 있어야 하는 건 아니다. 명상은 그냥 장치, 네가 말했듯이 "도구"일 뿐이다. 하지만 이것을 체험하자고 반드시 앉아서 하는 명상을 해야 하는 건 아니다.

너희는 앉아서 하는 명상만이 유일한 명상이 아니란 사실도 알아둬야 한다. 멈춰서 하는 명상도 있고, 걸으면서 하는 명상도 있으며, 일하면서 하는 명상, 섹스하면서 하는 명상도 있다.

참된 각성 상태에서 멈출 때, 그냥 너희가 가던 길에서 멈출 때, 가던 곳으로 가길 **멈추고**, 하던 일을 하길 멈출 때, 잠깐만 멈출 때, 그냥 너희가 있는 바로right 그 자리에 그냥 "있을" 때, 너희는 있는 바로 그 자리에서 **제대로**right 된다. 아주 잠깐만 멈추는 걸로도 축복받을 수 있다. 천천히 주위를 둘러봐라, 못 보고 지나치던 것들을 알아차릴 것이니. 비 내린 직후의 짙은 흙 냄새와, 사랑하는 사람의 왼쪽 귀를 덮은 곱슬머리를. 뛰노는 아이들을 보는 건 또 얼마나 기분 좋은 일인가. 이런 게 **참된 각성** 상태다.

이것을 체험하려고 굳이 너희 몸을 떠날 필요는 없다.

이런 상태에서 걸을 때, 너희는 온갖 꽃들 속에서 숨쉬고, 온갖 새들과 함께 날며, 발 밑의 온갖 버석거림을 느낀다. 너희는 아름다움과 지혜를 찾아낸다. 아름다움을 이룬 곳 어디서나 지혜를 찾을 수 있고, 아름다움은 어디서나 이뤄지기 때문이다. 삶의 온갖 것들이 다 아름다움의 소재다. 그것이 너희를 찾아오리니, 너희는 그것을 찾아 헤맬 필요가 없다. 이런 게 참된 각성 상태다.

그리고 이것을 체험하려고 굳이 너희 몸을 떠날 필요는 없다.

이런 상태에서 뭔가를 "할" 때, 너희는 자신이 하는 모든 일을 명상으로, 따라서 그것을 너희가 자기 영혼에게 주고, 너희 영혼이 전부에게 주는 선물, 즉 공물(供物)로 바꾼다. 설거지를 하는 너희는 손을 타고 흐르는 물의 온기를 즐기면서, 물과 온기, 양쪽의 경이로움에 감탄한다. 컴퓨터 앞에서 일하는 너희는 손가락의 명령에 따라 눈앞의 화면에 나타나는 글자들을 보면서, 너희 분부를 따르는 심신의 작용에 흐뭇해한다. 저녁을 준비하는 너희는 이 양식을 너희에게 가져다준 우주의 사랑을 느끼면서, 너희 존재의 사랑 전부를 이 요리 속에 집어넣는 것으로 그 선물에 보답한다. 사랑은 수프까지도 진수성찬으로 바꿀 수 있으니, 그 요리가 호사스럽든 소박하든, 그것은 중요하지 않다. 이런 게 참된 각성 상태다.

이것을 체험하려고 굳이 너희 몸을 떠날 필요는 없다.

이런 상태에서 성 에너지를 교환할 때, 너희는 '자신'에 대한 가장 고귀한 진실을 알게 되니, 연인의 가슴은 너희의 집이 되고, 연인의 몸은 너희의 몸이 된다. 너희 영혼은 자신이 더 이상 무엇과도 분리되었다고 상상하지 않는다. 이런 게 참된 각성 상태다.

이것을 체험하려고 굳이 너희 몸을 떠날 필요는 없다.

준비되어 있을 때 너희는 깨어 있다. 한번의 웃음, 가벼운 웃음만으로도 너희를 거기로 데려갈 수 있다. 그냥 한순간 모든 것을 멈추고 웃어봐라. 아무것도 아닌 일에, 그냥 기분이 좋아서. 그냥 너희 가슴이 신비를 알아서, 너희 영혼이 그 신비가 뭔지 알아서. 그 사실에 웃어라. 많이 웃어라. 그 웃음이 너희를 괴롭히는 모든 것을 치유해주리니. 이런 게 참된 각성 상태다.

네가 나더러 도구를 달라고 하니, 내가 그것들을 주겠노라.

숨쉬기, 이건 또 다른 도구다. 길고 깊게 숨쉬고, 느리고 부드럽게 숨쉬어라. 에너지가 가득하고 사랑이 가득한 삶, 그 삶의 부드럽고 달콤한 무(無)를 숨쉬어라. 너희가 쉬는 숨은 신의 사랑이니, 깊이 숨쉬어라. 그것을 느낄 수 있도록 아주 아주 깊이 숨쉬어라. 그 사랑이 너희를 울게 하리니.

기쁨에 겨워 울게 하리니.

이제 너희는 너희 신을 만났고, 너희 신이 너희를 너희 영혼에게 소개했으니.

일단 이런 상태를 체험하고 나면, 삶은 절대 예전 같지 않다. 사람들이 "산꼭대기에 올랐거나" 장엄한 황홀경에 빠졌던 경험을 말하는 것은, 그들의 존재 상태가 영원히 변했기 때문이다.

감사합니다. 이해합니다. 그건 간단한 행위군요. 간단하면서도 지극히 순수한 행위요.

그렇다. 하지만 알아둬라. 몇 년을 명상해도 이걸 체험하지 못하는 사람들도 있다. 그것은 그가 얼마나 열려 있고, 얼마나 기꺼이 하는가에 달렸다. 그리고 어떤 기대든 기대에서 얼마나 떨어질 수 있는가에도.

날마다 명상해야 합니까?

만사가 그렇듯이 여기에도 "해야" 하거나 "하지 말아야" 하는 건 없다. 그것은 너희가 무엇을 해야 하는가의 문제가 아니라 무엇을 하고자 하는가의 문제다.

어떤 영혼들은 자각하면서 걷고자 한다. 그들은 지금 살아가는 사람들 대다수가 잠자면서 걷고 있음을, 의식 없이 걷고 있음을 인정한다. 이런 사람들은 의식 없이 삶을 지나가고 있다. 하지만 자각하면서 걷는 영혼들은 다른 길을 택한다. 그들은 다른 방식을 택한다.

그들은 '하나됨'이 가져다주는 온갖 평화와 기쁨을, 온갖 무한함과 자유를, 온갖 지혜와 사랑을 체험하고자 한다. 몸을 떨어뜨려 "넘어졌을"(잠잘) 때만이 아니라, 몸을 일으켜 세웠을 때도.

그런 체험을 창조하는 영혼을 두고 흔히들 "그의 혼이 깨어났다His is risen"고 말한다.

다른 사람들, 소위 "뉴에이지"에 속하는 사람들은 이것을 "의식 상승" 과정이라고 부른다.

어떤 용어를 사용하는가는 중요하지 않다(말은 가장 신뢰할 수 없는 교류 형태다). 그 모두가 자각 속에서 사는 것으로 귀착되니, 그렇게 해서 그것은 전면 자각이 된다.

그러면 너희가 마침내 전면 자각하게 되는 것은 무엇인가? 너희는 마침내 자신이 누구인지 전면 자각하게 된다.

매일의 명상은 너희가 이것을 이룰 수 있는 한 가지 방법이다. 하지만 그것은 실행과 헌신을 요구하고, 외부 보상이 아니라 내면 체험을 추구하겠노라는 결단을 요구한다.

그리고 비밀을 쥐고 있는 건 침묵임을 잊지 마라. 그러기에 침묵의 소리는 가장 달콤한 소리고 영혼의 노래다.

자기 영혼의 침묵보다 세상의 소리를 믿을 때, 너희는 길을 잃을 것이다.

그러니까 날마다의 명상은 좋은 아이디어군요.

좋은 아이디어? 그렇다. 하지만 내가 방금 여기서 말한 것을 이해하라. 영혼의 노래를 부를 수 있는 방법은 많다. 달콤한 침묵의 소리를 들을 수 있는 경우는 많다.

기도 속에서 침묵을 듣는 사람이 있는가 하면, 일하면서 그 노래를 부르는 사람도 있다. 고요한 명상에서 비밀을 찾는 사람이 있는가 하면, 번잡한 환경 속에서 그렇게 하는 사람도 있다.

깨달음에 이르거나 이따금이나마 그것을 체험할 때, 세상의 소음은 입을 다물고, 산란함은 가라앉는다, 설사 소음과 산란함의 한가운데에 있을 때라도. 삶의 모든 것이 명상이 되기 때문이다.

삶의 모든 것이 명상**이다**. 그 속에서 너희는 신성을 명상하고 있다. 참된 각성, 혹은 알아차림mindfulness이란 게 이런 것이다.

이런 식으로 체험될 때, 삶의 모든 것이 축복받는다. 더 이상의 투쟁이나 고통이나 염려는 없다. 오직 체험만이 있다. 너희가 원하는 그 어떤 방식으로도 분류할 수 있는 체험만이. 너희는 그 모두를 완벽으로 분류할 수도 있다.

그러니 너희 **삶**과 그 속의 모든 사건을 명상으로 이용하라. 잠자면서 걷지 말고, 깨어서 걷고, 무심하게 움직이지 말고, 정신차려 움직이며, 의심과 두려움에 묵지 말고, 죄의식과 자기 비난에도 묵지 마라. 그보다는 차라리 자신이 무척 사랑받고 있음을 확신하면서 영원의 광휘 속에 거하라. 너희는 언제나 나와 '하나'이니, 나는 너희를 영원히 환영할 것이다. 나는 너희의 귀가(歸家)를 환영할 것이다.

너희 집은 내 가슴속에 있고, 내 집은 너희 가슴속에 있으니. 나는 너희가 죽음에서 확실히 보게 될 이것을 삶에서도 보도록 너희를 초대한다. 그러고 나면 너희는 죽음 따위는 없다는 것, 그리고 소위 삶과 죽음은 결코 끝나지 않는, 같은 체험의 양면임을 알게 되리라.

우리는 존재하는 전부고, 지금껏 존재했던 전부며, 앞으로 존재할 전부, 끝없는 세상이다.

아멘.

Conversations with God

10

당신을 사랑합니다. 당신도 아시죠?

　그렇다. 그리고 나도 너를 사랑한다. 너는 그걸 아느냐?

이제 알기 시작하고 있습니다. 정말로 알기 시작하고 있습니다.

　좋다.

Conversations with God

11

제게 영혼에 대해 말씀해주시겠습니까?

그러지. 너희의 한정된 이해 영역 안에서 설명하려고 애써보마. 하지만 어떤 것들이 "의미가 통하지" 않는다고 해서 좌절하지는 마라. 너는 이 정보를 특별한 체로 걸러서 가져오고 있음을 잊지 마라. 네가 너무 많은 것을 기억해내지 못하도록 너 자신이 직접 설계했던 바로 그 체로 걸러서.

제가 그렇게 한 이유를 다시 일깨워주십시오.

너희가 모든 걸 기억해낸다면 게임은 끝날 것이다. 너희는 특별한 이유가 있어서 여기에 온 것이니, 전부가 어떤 식으로 맞쳐지는지 이해하는 건 너희의 '신성한 목적' 자체를 훼손할 것이다. 지금의 의식 수준에서 일부는 언제까지나 수수께끼로 남을 것이고, 그건 그렇게 되는 게 옳다.

그러니 모든 수수께끼를 어쨌든 한꺼번에 풀려고 하지 마라. 우주에 기회를 줘라. 우주가 적절한 진행 과정 속에서 자신을 펼쳐가도록.

되어가는 체험을 즐겨라.

느긋하게 서둘러라.

맞는 말이다.

저희 아버지가 그런 말씀을 자주 하셨습니다.

너희 아버지는 현명하고 멋진 남자였다.

저희 아버지를 그런 식으로 말할 사람은 많지 않을걸요.

그를 정말로 아는 사람은 많지 않다.

저희 어머니는 아버지를 잘 아셨습니다.

그래, 그녀는 그랬다.

그래서 어머니는 아버지를 사랑하셨고요.

　　그래, 그녀는 그랬다.

그래서 아버지를 용서하셨던 거구요.

　　그래, 그녀는 그랬다.

어머니를 상처 입힌 아버지의 행동 전부를요.

　　그렇다. 그녀는 이해했고 사랑했고 용서했다. 그리고 이 점에서 그녀는 멋진 본보기, 축복받은 스승이었고, 지금도 그러하다.

　그렇습니다. 그건 그렇고…… 영혼에 대해서는 말씀해주실 겁니까?

　　그래야지. 너는 뭘 알고 싶으냐?

　첫 번째 질문은 빤한 거에서 시작할게요. 전 이미 답을 알지만, 우리 이야기의 출발점으로 삼기에 적당할 것 같아서요. 인간의 영혼soul 같은 게 있습니까?

　　그렇다. 그것은 너희 존재의 세 번째 측면이다. 너희는 몸과 마음과 영spirit으로 이루어진 3중의 존재다.

제 몸이 어디 있는지는 저도 압니다. 그건 보이니까요. 그리고 제 마음(정신—옮긴이)이 어디 있는지도 알 것 같습니다. 그건 머리라는 제 몸 부분 속에 있습니다. 하지만 영혼이 어디 있는지는 도무지—

　잠깐 거기서 멈춰라. 너는 뭔가 잘못 알고 있다. 너희 마음은 머릿속에 있지 않다.

아니라고요?

　그렇다. 너희 두개골 속에 있는 건 **뇌**지, 마음이 아니다.

그럼 그건 어디에 있습니까?

　너희 몸의 세포들 하나하나마다에.

우와……

　너희가 마음이라 부르는 건 사실은 에너지다. 그것은…… 생각이다. 그리고 생각은 물체가 아니라 에너지다.
　너희 뇌는 물체다. 그것은 물질 메커니즘, 생화학 메커니즘이다. 인간 몸속에서 가장 크고 가장 정교하지만, 그렇다고 유일하지는 않은 메커니즘. 몸은 이 메커니즘을 가지고 생각 에너지를 물질 자극으로 변형시킨다, 즉 바꾼다. 너희 뇌는 변형자 transformer다. 너희 몸 전체가 그러하다. 너희는 세포 하나하나마다에 작은 변형자를 가지고 있다. 생화학자들은 개별 세포들, 이를테면 혈액세포들이 나름의 지성을 지닌 듯이 보인다는 사실을 자주 언급해왔다. 사실 세포들은 그렇다.

그건 세포들만이 아니라 몸의 더 큰 부위들에도 해당됩니다. 지구에 사는 사람이라면 누구나, 이따금 자기 나름의 마음을 가진 듯이 보이는 몸의 특정 부위를 알고 있죠⋯⋯

그렇다, 그리고 여자라면 누구나 남자들의 선택과 결정들이 몸의 그 부위에서 영향받을 때, 남자들이 얼마나 불합리해지는지 안다.

어떤 여자들은 남자들을 통제하는 데 이 지식을 써먹기도 하죠.

부정할 수 없다. 그리고 어떤 남자들은 거기서 내린 선택과 결정들로 여자들을 통제한다.

부정할 수 없죠.

그 곡예를 멈추게 할 방법을 알고 싶으냐?

꼭요!

앞에서 일곱 차크라 중심 모두를 포함시킬 수 있게 생명 에너지를 끌어올리는 것에 대해 했던 그 모든 이야기가 의미하는 바가 이것이다.

너희의 선택과 결정들이 네가 묘사한 그 한정된 지점보다 더 넓은 곳에서 나올 때, 여자들이 너희를 통제하기는 불가능하다. 그리고 너희 또한 그들을 통제하려 하지 않을 것이다.

지금껏 여자들이 그런 식의 조작과 통제수단에 의지하려 했던 이유는 오직 하나, 다른 통제수단, 적어도 그만큼 효과적인 통제수단은 없는 듯이 보였고, 그런 통제수단 없이는 남자들이 자주 심한 통제 불능 상태가 된다는 데 있었다.

하지만 남자들이 자신들의 고귀한 천성을 더 많이 보여줬더라면, 그리고 여자들이 남자들의 그런 측면에 더 많이 호소했더라면, 소위 "성(性) 간의 전쟁"은 끝났을 것이다. 너희 행성의 다른 전쟁들이 대부분 그렇듯이.

내가 전에 말했듯이, 이것은 남자와 여자가 섹스를 포기해야 한다거나, 섹스는 인간 존재의 저급한 천성이라는 의미가 아니다. 그것은, 상위 차크라들로 끌어올려지지 않고 그 사람을 온전하게 만들 다른 에너지들과 결합되지 않은 성 에너지만으로는 온전한 인간을 반영하는 선택과 결과들을 낳을 수 없다는 의미다. 이런 선택과 결과들은 대체로 장대하지 못하다.

'온전한 너희'는 장대함 그 자체지만, '온전한 너희'보다 못한 것은 모두가 장대하지 못하다. 그러니 너희가 장대하지 못한 선택이나 결과를 만들겠다고 장담하고 싶다면, 오직 너희 뿌리 차크라 중심에서만 결정을 내리고, 그런 다음 그 결과를 살펴봐라.

그 결과는 예언이라도 할 수 있을 만큼 예측 가능하다.

흐음, 저도 그 사실을 알고 있었던 것 같군요.

물론 너는 알고 있었다. 인류가 직면한 가장 큰 문제는 언제 배우는가가 아니라, 이미 **배운 것을 언제 실행하는가**다.

그러니까 마음은 세포마다에 있군요……

그렇다. 그리고 너희 뇌에는 다른 어느 부위보다 더 많은 세포가 있다. 그래서 너희 마음이 거기 있는 것처럼 보이는 것이다. 하지만 그것은 그냥 주요한 처리 중심이지, 유일한 중심은 아니다.

됐습니다. 확실히 알겠습니다. 그럼 영혼은 어디에 있죠?

너는 어디에 있다고 생각하느냐?

제3의 눈 뒤에?

아니.

가슴 가운데? 심장 오른쪽, 갈비뼈 바로 밑에요.

아니다.

좋습니다. 전 손 들었습니다.

그것은 어디나 있다.

어디나요?

어디나.

마음처럼 말이군요.

아차, 잠깐만. 마음은 어디나 있지 않다.

마음이 어디나 있지 않다고요? 전 당신이 방금 마음은 몸의 모든 세포에 있다고 말씀하신 줄 알았는데요.

그것이 "어디나"는 아니다. 세포들 사이에는 빈 공간들이 있다. 사실 너희 몸은 99퍼센트가 공간이다.

이 공간이 영혼이 있는 곳입니까?

영혼은 너희 안in you 어디에나 있고, 너희를 거치며through you 어디나 있으며, 너희 둘레around you 어디나 있다. 그것은 너희를 **담고** 있다.

잠깐만요! 이번엔 **당신이** 잠시 멈춰주세요. 전 지금까지 몸이 내 영혼을 담는 그릇이라고 배웠습니다. 그런데 "네 몸은 네 존재의 사원이다"에 무슨 일이 일어난 겁니까?

　　그건 비유다.
　　그 말은 사람들에게, 자신이 자기 몸 이상이고, 자신보다 더 큰 뭔가가 있다는 걸 이해시키는 데 도움이 된다. 말 그대로 더 큰 뭔가가 있다. 영혼은 몸보다 크다. 그것은 몸 안에서 옮겨지지 않고, 몸을 자기 안에서 옮긴다.

당신 말씀을 들어봐도, 전 여전히 그림이 그려지지 않는데요.

　　너는 "오라aura"라고 들어본 적이 있느냐?

그럼요, 그럼요. **그게 영혼입니까?**

　　그것은 거대하고 복잡한 실체에 대한 상(像)을 너희에게 주면서, 너희 언어로, 너희 이해로 다가갈 수 있는, 가장 가까운 말이다. 영혼은 너희를 붙들어주는 것이다. **우주를 담고 있는 신의 영혼이 우주를 붙들어주는** 것과 마찬가지로.

우와. 이건 제가 지금까지 생각해오던 것들을 완전히 뒤집는군요.

기다려라, 내 아들아. 뒤집는 건 이제 시작이다.

하지만 영혼이 어떤 의미에서는 "우리 안에 있고 우리 둘레에 있는 공기"라면, 그리고 다른 모든 사람의 영혼도 그러하다면, 한 영혼이 **끝나고** 다른 영혼이 시작되는 지점은 어딥니까?

오, 맙소사, 아니, 말하지 마십시오.

알겠느냐? 너는 답을 이미 안다!

다른 영혼이 "끝나고" 우리 영혼이 "시작하는" 지점 따위는 **없는 거**군요! 거실의 공기가 "멈추고" 부엌의 공기가 "시작하는" 지점 같은 건 없듯이요. 그 모두가 **똑같은 공기**입니다. 그 모두가 **똑같은 영혼**이고요!

너는 방금 우주의 비밀을 풀었다.

그리고 우리 몸을 담고 있는 것이 우리이듯이, 우주를 담고 있는 게 당신이라면, **당신이 "끝나고" 우리가 "시작되는"** 지점도 없군요!

(으흠)

헛기침하고 싶으시면 하십시오. 이건 저한테는 기적 같은 계시예요! 제 말은 제가 이걸 항상 이해하고 있었다는 사실을 알았다는 겁니다. 하지만 이제서야 그게 **이해가 되다니!**

그건 굉장하다. 그렇지 않느냐?

당신도 보다시피, 예전의 제 이해에서 문제는, 몸을 "이" 몸과 "저" 몸을 구별해주는 분리된 용기로 보았던 데 있습니다. 게다가 저는 지금까지 영혼이 몸 안에 산다고 생각했기 때문에, "이" 영혼과 "저" 영혼도 구별했던 거죠.

당연히 그렇게 되지.

하지만 영혼이 몸 안과 바깥 어디에나 있다면—당신 표현대로 자신의 "오라"로—그렇다면 어떻게 한 오라가 "끝나고" 다른 오라가 "시작되는" 때가 있을 수 있겠습니까? 그리고 이제 저는 난생 처음으로, 한 영혼이 "끝나지" 않았는데 다른 영혼이 "시작된다"는 게 어떻게 가능한지 진짜로—**물질적인 의미**에서요— 알겠습니다. 또 '우리 모두가 하나'라는 게 **물질 차원**에서 사실이란 것도요.

만세! 지금 나는 이 말밖에 할 수 없다. 만세!

전 항상 이게 형이상학적인 진리라고 생각했는데, 이제야 그게 **형이하학적** 진리란 걸 알겠습니다. 성스러운 안개(영혼의 오라를 말함-옮긴이)여, 이제 막 종교가 과학이 되었도다!

내가 너희에게 그렇게 말하지 않았다고 말하지는 마라.

그런데 여기서 잠깐만요. 한 영혼이 끝나고 다른 영혼이 시작되는 지점이 없다면, 그건 개별 영혼 같은 건 전혀 없다는 뜻입니까?

글쎄, 그렇기도 하고 아니기도 하지.

정말 신다운 대답이군요.

고맙다.

하지만 솔직히 말해 전 좀 더 명확한 답변을 바라고 있습니다.

여기서 내게 잠깐 여유를 다오. 우리는 너무 빨리 움직이고 있다. 너는 지금 손을 상해가면서 쓰고 있다.

미친 듯이 갈겨쓴다는 말씀이군요.

그렇다. 그러니 여기서 잠시 숨을 고르도록 하자. 모두들 긴장을 풀어라. 그 모든 걸 너희에게 설명할 테니.

좋습니다. 계속하십시오. 전 준비됐습니다.

내가 '신성한 이분법'이라 이름 붙인 것에 대해서 내가 지금껏 얼마나 많이 이야기했는지는 기억하느냐?

예.

자, 이것도 그중 하나다. 사실 그중에서 가장 큰 것이다.

알겠습니다.

너희가 우리 우주에서 은혜롭게 살아가려면, 신성한 이분법을 배우고 철저히 이해하는 게 중요하다.

신성한 이분법은 명백하게 모순되는 두 진리가 같은 공간에서 동시에 존재할 수 있다고 주장한다.

그런데 너희 행성 사람들은 이것을 받아들이기 힘들어한다. 그들은 질서 잡기를 좋아해서, 자신들의 그림에 들어맞지 않는 것이면 무엇이든 자동으로 거부한다. 이런 까닭에, 자신들을 주장하기 시작하는 두 현실이 서로 모순되는 것처럼 보일 때, 그들은 당장 그 자리에서 그중 하나는 틀린 것, 잘못된 것, 사실 아닌 것이라고 가정한다. 사실 그 둘 다가 참일 수 있음을 이해하고 받아들이려면, 크나큰 성숙이 필요하다.

하지만 너희가 사는 상대계와 대립하는 절대계에서는, 존재 전체인 하나의 진리가, 상대적인 의미로 보면 이따금 모순처럼 보이는 결과를 낳으리란 건 지극히 당연해 보인다.

이것이 신성한 이분법이다. 이것은 인간 체험 중에서 대단히 참된 부분이다. 앞에서 말했듯이, 이것을 받아들이지 않고서 은혜롭게 살기란 사실 불가능하다. 사람들은 늘상 헛되이 "정의"를 구하거나, 절대 화해하기로 되어 있지 않고, 오히려 **그것**

들 사이의 긴장이라는 성질 자체로 인해 바라던 바로 그 결과를 낳는, 대립하는 힘들을 화해시키려고 열심히 애쓰면서, 툴툴거리고 화내고 엎치락뒤치락한다.

하지만 사실은 바로 그런 긴장들이 상대계를 붙들고 있다. 그런 긴장의 하나로 선과 악의 긴장이 있지만, 궁극의 현실에서는 선과 악 같은 건 없다. 절대계에서는 존재하는 모든 것이 사랑이다. 하지만 상대계에서 너희는, 너희가 악이라 "부르는" 체험을 창조했다. 너희가 그렇게 한 건 매우 건전한 이유에서다. 너희는 사랑이 존재 전체임을 그냥 "아는" 것이 아니라 사랑을 몸소 체험하길 원했다. 하지만 뭔가를 체험하려면 그것 말고 다른 것들도 있어야 하기에, 너희는 너희 현실 속에 선과 악의 양극성을 창조했다. (그리고 날마다 계속 그렇게 한다.) 한쪽을 이용하여 다른 쪽을 체험할 수 있도록.

따라서 우리는 다음과 같은 신성한 이분법, 즉 같은 장소에 동시에 존재하는 외관상 모순된 두 가지 진리를 갖는다.

선과 악은 있다.

존재하는 모든 것이 사랑이다.

이것을 제게 설명해주셔서 감사합니다. 전에도 신성한 이분법에 대해 언급하셨지만, 이번에는 훨씬 더 잘 이해할 수 있게 해주셨습니다. 고맙습니다.

천만에.

그런데 내가 말했듯이, 그중에서도 가장 큰 신성한 이분법은 우리가 이제부터 살펴보려는 것이다.

오직 '한 존재', 따라서 오직 '한 영혼'만이 있다. 그리고 그 '한 존재' 속에 많은 영혼들이 있다.

이분법이 작용하는 방식은 이렇다 : 너는 방금 이분법이 영혼들 사이에 분리가 없다는 사실을 네게 설명하도록 만들었다. 영혼이란 모든 물체(의 **오라**로서) 안과 둘레에 존재하는 생명 에너지다. 어떤 의미에서 그것은 모든 물체를 제자리에 "잡아두는" 것이다. "신의 영혼"은 우주를 잡아두고, "사람의 영혼"은 사람의 몸을 잡아둔다.

영혼은 몸을 담는 용기지, 몸이 영혼을 담는 용기나 "주택"은 아니니까요.

맞다.

하지만 영혼들을 "나누는 선" 같은 건 없는 거죠. "한 영혼"이 끝나고 "다른 영혼"이 시작되는 지점 따위는 없으니, 실제로는 한 영혼이 모든 몸을 다 잡아두는 거군요.

정확하다.

그럼에도 그 한 영혼은 개별 영혼들의 다발"처럼 느껴집니다."

사실 그것은 —실제로는 내가—설계에 따라 그렇게 한다.

그것이 어떤 식으로 작동하는지 설명해주시겠습니까?

그러지.

영혼들 사이에 사실상의 분리는 없지만, '한 영혼'을 이루는 소재는 물질 현실 속에서 다양한 밀도를 낳으면서 다양한 속도로 자신을 드러낸다.

다양한 속도요? 언제 속도가 들어왔습니까?

삶의 모든 것이 진동이다. 너희가 삶이라 부르는 것(너희는 그것을 그냥 손쉽게 신이라 부를 수도 있다)은 순수 에너지다. 이 에너지는 쉼없이 항상 진동한다. 그것은 파동으로 움직이고 있다. 그 파동은 다양한 속도로 진동하여 다양한 밀도, 즉 다양한 빛을 낳고, 이것은 다시 너희라면 물질계의 다양한 "결과들"이라고 불렀을, 다양한 물체들을 낳는다. 그 물체들은 서로 다르고 구별된다. 하지만 그것들을 낳는 에너지는 어느 것이나 똑같다.

네가 사용한 거실과 부엌 사이의 공기 예로 돌아가보자. 너는 불현듯 떠오른 그 심상(心象), 영감을 멋지게 사용했다.

그게 어디서 왔는지 맞혀보십시오.

그렇다, 그걸 네게 준 건 나다. 그런데 너는 "거실의 공기"가 끝나고 "부엌의 공기"가 시작되는 특정한 지점 같은 건 그들 두

물리적 위치 사이에 없다고 말했다. 그건 사실이다. 하지만 "거실의 공기" 밀도가 낮아지는 지점, 즉 그것이 흩어지고 "엷어지는" 지점은 있다. "부엌의 공기" 역시 마찬가지여서, 네가 부엌에서 멀어질수록 저녁 냄새는 약해진다!

하지만 집안의 공기는 다 같은 공기일 뿐. 부엌 속에만 있는 "별개의 공기" 같은 건 없다. 그런데도 부엌의 공기는 확실히 "다른 공기" 같아 보인다. 그 하나로 냄새가 다르다!

이처럼 그 공기들은 다른 **특징들**을 지니니, 그것은 마치 **다른 공기**인 듯이 보인다. 하지만 그렇지 않다. 달라 **보여도** 그 모두가 **같은** 공기다. 다만 거실에서는 난로 냄새가 나고, 부엌에서는 음식 냄새가 난다. 심지어 너희는 어떤 방에 들어가서 공기가 전혀 없기라도 한 듯이, "으휴, 숨 막혀. **여긴 공기를 좀 넣어야겠군**"이라고 말할 수도 있다. 하지만 물론 공기는 많다. 너희가 하고 싶어하는 건 공기의 성격을 바꾸는 것이다.

그래서 너희는 약간의 공기를 밖에서 안으로 들인다. 하지만 그 **또한 같은 공기니**, 모든 것 속에서, 모든 것 둘레에, 모든 것을 거쳐서, 움직이는 오직 하나의 공기만이 있다.

이건 정말 끝내주는군요. 전 완전히 "접수했습니다". 전 당신이 우주를 설명해주시는 방식이 마음에 듭니다. 제가 완전히 "접수할" 수 있게 해주시니까요.

음, 고맙다. 나는 노력하고 있다. 그러니 계속할 수 있게 해다오.

그러십시오.

　너희 집안의 공기가 그러하듯, 생명 에너지—너희가 "신의 영혼"이라 부르게 될 것—도 자신이 둘러싸고 있는 물체에 따라 다른 성질을 지닌다. 사실 이 에너지는 그런 물체들을 이루기 위해 특별한 방식으로 결합한다.

　물질을 이루기 위해 에너지 미립자들이 함께 결합할 때, 그것들은 대단히 응축되고 짓이겨지고 함께 밀쳐진다. 이제 그것들은 별개의 단위들인 "것처럼 보이고" 심지어 그런 "것처럼 느껴지기" 시작한다. 다시 말해 그것들은 그 밖의 모든 에너지와 "다른 별개"의 에너지처럼 보이기 시작한다. 그럼에도 이 모두가 같은 에너지, **다르게 처신하지만** 같은 에너지다.

　'전부인 것'이 '다수인 것'으로 드러나도록 해주는 것이 다르게 처신하는 바로 이 행동이다.

　내가 1권에서 설명했듯이, 자신을 **분화하는 이 능력을** 발달시킬 때까지, '존재하는 것'은 자신을 존재하는 것으로서 체험할 수 없었다. 그리하여 '전부인 것'은 '이것인 것'과 '저것인 것'으로 나누어졌다. (나는 지금 이것을 극히 단순하게 만들려 애쓰고 있다.)

　너희가 "영혼"이라 부르기로 한 것이 바로 구별되는 단위로 합쳐져서 물체를 붙들고 있는 이 "에너지 덩어리"다. 우리가 여기서 이야기하는 것은 많은 수의 너희가 된 내 부분들이다. 따라서,

　우리 중에 오직 '하나'만이 있으면서,

'많은' 우리가 있다는, 신성한 이분법이 존재하게 되는 것이다.

우와— 이건 굉장해요.

　나도 알고 있다.
　계속해도 되겠느냐?

아뇨, 여기서 멈추세요. 좀 지쳤어요.
됐어요, 계속하세요!

　좋다.
　그런데 내가 말했듯이, 에너지가 합쳐질 때 그것은 대단히 응축되지만, 이 응축점에서 멀어질수록 에너지는 더 많이 흩어진다. "공기는 더 엷어지고" 오라는 흐려진다. 에너지가 완전히 사라지는 일은 절대 없다. 에너지는 그렇게 할 수 없다. 에너지는 만물을 이루는 재질이고, 존재하는 전부다. 그럼에도 그것이 아주 아주 옅어지고 대단히 엷어져서 거의 "있지 않게" 될 수는 있다.
　그러다가 에너지는 다시 다른 곳에서(이것을 그것의 다른 부분이라고 읽어라), 너희가 물질이라 부르는 것, 별개의 단위"처럼 보이는" 것을 다시 한번 이루기 위해 "함께 뭉쳐서" 합칠 수 있다. 이렇게 해서 이제 서로 별개인 두 개의 단위가 나타나지만, 사실 분리 따위는 전혀 존재하지 않는다.
　이상이 아주 단순하고 기본적인 차원에서 물질 우주 전체의 근저를 설명한 것이다.

우와, 하지만 이게 진짜일까요? 이 모든 걸 제가 꾸며낸 게 아니란
걸 어떻게 알죠?

너희 과학자들은 이미 모든 생명의 건축용 벽돌들이 동일하
다는 걸 발견해가고 있다.

그들은 달에서 가져온 돌에서 나무에서 발견한 것과 똑같은
재질을 찾아냈고, 나무를 분석하여 너희에게서 발견한 것과 똑
같은 재질을 찾아냈다.

내가 너희에게 말하노니, 우리는 모두 **같은 재질**이다.

우리 모두는 다양한 형상과 다양한 물질들을 창조하기 위해
다양한 방식으로 합쳐지고 압축된, 같은 에너지다.

그 자체로 저절로 "중요한matters" 것은 없다. 다시 말해 완전
히 혼자 힘으로 **물질matter이 될 수 있는** 건 없다. 예수는 "아버
지 없이는 나는 아무것도 아니다"고 말했다. 만물의 아버지는
순수 사고다. 이것이 생명 에너지다. 너희가 절대 사랑이라 부
르기로 했던 것이 이것이고, 신이고 여신이며, 알파이고 오메가
며, 시작이자 끝인 것이 이것이다. 그것은 전부의 전부All-in-All
고, 부동의 동인이며, 제1근원이다. 태초 이래로 너희가 이해하
고자 해왔던 위대한 신비, 끝없는 수수께끼, 영원한 진리가 이
것이다.

우리 중에 오직 '하나'만이 있으니, **그것이 바로 너희다.**

Conversations with God
12

이 글을 읽는 제 마음은 지금 경외심과 감사함으로 가득합니다. 이런 식으로 저와 함께 여기에 있어주셔서 고맙습니다. 우리 모두와 함께 있어주셔서 고맙습니다. 벌써 몇백만 명이 이 책을 읽었고, 또 앞으로도 몇백만 명이 더 그렇게 할 테니까요. 사실 당신이 우리 가슴에 와주신 것만으로도 우리는 숨이 막힐 만큼 크나큰 선물을 받은 것입니다.

내 사랑하는 이여, 나는 언제나 네 가슴속에 있었다. 다만 이제 네가 거기서 나를 실제로 느낄 수 있다니 기쁘구나.
나는 항상 너희와 함께 있었다. 나는 한번도 너희를 떠나지 않았다. 내가 너희고, 너희가 나다. 앞으로도 우리는 영원히 떨어지지 않을 것이다. 그렇게 하는 건 가능하지 않기에.

하지만 정말 몹시 외롭다고 느끼는 날들도 있습니다. 그런 때는 저 혼자서 이 전쟁을 치르는 것처럼 느끼곤 하죠.

내 아이야, 그것은 네가 나를 떠났기 때문이다. 네가 나를 자각하기를 포기했기 때문이다. 내 존재를 자각한다면, 너는 결코 외로울 수 없다.

어떻게 해야 제가 자각 속에 머물 수 있습니까?

네 자각을 남들에게 주어라. 개종시켜서가 아니라 본보기가 되는 것으로. 다른 모든 사람의 삶 속에서, 사랑의 발단—바로 나—이 되어라. 너는 남들에게 주는 것을 너 자신에게 주고 있다. 우리 중에 오직 '하나'만이 존재하기에.

고맙습니다. 그래요, 당신은 전에도 이런 실마리를 주셨더랬죠. 발단이 되어라, 네가 자신에게서 체험하고 싶은 것이 무엇이든, 남들의 삶에서 그것의 발단이 되라고요.

그렇다. **네가 너 자신에게 되게 하려는 그것을 남들에게 하라.** 이것은 위대한 비책이고, 성스러운 지혜다.
너희 행성에 평화와 기쁨의 삶을 창조하는 데, 너희가 겪는 모든 문제, 너희가 겪는 모든 갈등, 너희가 겪는 모든 곤란이 이 간단한 지침을 이해하고 따르지 못하는 데서 비롯된다.

알겠습니다. 당신이 다시 한번 그렇게 평이하면서도 명확하게 말씀해주시니 이해가 됩니다. 이제 다시는 "그것을 잃지" 않도록 하겠습니다.

자신이 내주는 것을 "잃는" 법은 없다. 이것을 항상 기억해라.

고맙습니다. 이제 영혼에 관해서 두세 가지 더 질문해도 괜찮겠습니까?

네가 살아가는 방식과 관련해서 좀 더 일반적인 차원에서 언급할 것이 한 가지 더 있다.

그러십시오.

너는 방금 너 혼자서 이 전쟁을 치르는 것처럼 느낄 때가 있다고 말했다.

예.

무슨 전쟁?

그건 비유였습니다.

나는 그렇게 생각하지 않는다. 나는 그게, 네가(그리고 많은 사람들이) 실제로 삶을 어떤 식으로 생각하는지를 잘 보여주고 있다고 생각한다.

네 머릿속에서 그것은 "전쟁"으로 표현된다. 여기서 일종의 투쟁이 벌어지고 있다고.

음, 저한테는 삶이 이따금 그런 식으로 여겨집니다.

삶이 본래부터 그런 식인 건 아니다. 그리고 삶을 그런 식으로 여길 필요도 없다. 어떤 경우에도.

죄송하지만, 그건 저로서는 믿기 힘들군요.

바로 그 때문에 네 현실이 그렇지 않았던 것이다. 너희는 현실이라고 믿는 바로 그것을 현실로 만들어낸다. 하지만 너희에게 말하노니, 너희 삶은 절대 투쟁이 되기로 되어 있지 않았다. 그리고 지금도, 앞으로도 그래야 할 필요가 없다.

나는 너희에게 장대한 현실을 창조할 수 있는 도구들을 주었다. 너희는 그냥 그것들을 쓰지 않아왔다. 아니 좀 더 정확하게 말하면, 너희는 그것들을 잘못 사용해왔다.

내가 여기서 말하는 도구란 세 가지 창조 도구들이다. 우리는 지금까지 이야기를 해오면서 그것들에 대해 여러 번 말했다. 너는 그것들이 무엇무엇인지 아느냐?

생각과 말과 행동요.

　　잘했다. 기억하고 있구나. 나는 예전에 내가 보낸 영적 스승 중 한 사람인 밀드레드 힌클리에게 영감을 주어, "너희는 혀끝에 우주의 창조력을 가지고 태어났다"고 말하게 했다.
　　이것은 놀라운 의미를 함축한 진술이다. 내가 보낸 스승들 중 또 한 사람에게서 나온 다음과 같은 진리가 그러하듯이.
　　"너희가 믿는 대로 그렇게 너희에게 될지니."
　　이 두 진술은 생각과 말에 관한 것이다. 행동과 관련해서는 내가 보낸 또 한 사람의 스승이 한 말이 있다.
　　"시작은 신이고 끝은 행동이다. 행동은 창조하는 신, 즉 체험된 신이다."

그건 1권에서 **당신**이 말씀하신 겁니다.

　　내 아들아, 1권을 가져온 것은 너고, 너를 통해서다. 모든 위대한 가르침에 영감을 준 것이 나라 해도, 인간의 형상을 통해서 그것들을 가져왔듯이, 그런 영감을 행동에 옮긴 사람들과 그것들을 두려움 없이 공개하여 함께한 사람들 누구나가 다 내가 보낸 위대한 스승들이다.

제가 그런 범주에 들 수 있을지 자신이 없군요.

　　네가 영감을 받아 다른 사람들과 함께 한 그 말들은 몇백만

명을 감동시켰다.

내 아들아, **몇백만 명**이다.

그것들은 24개 국어로 번역되었고, 세계 곳곳으로 퍼져갔다.

너희는 어떤 잣대로 위대한 스승이라는 자격을 주느냐?

그 사람의 말이 아니라 그 사람의 행동을 잣대로 삼죠.

그건 아주 현명한 대답이다.

그리고 이번 생애에서 제가 한 일들은 절 좋게 말해주지 않죠. 그러니 제가 스승으로서 자격이 없는 건 당연한 거구요.

너는 방금 지금껏 살았던 스승들의 반을 지워버렸다.

무슨 말씀을 하시는 겁니까?

나는 내가 《기적수업》에서 헬렌 슈크먼을 통해 말했던 것, 즉 너희는 너희가 배워야 할 것을 가르치기 마련이란 이야기를 하고 있다.

너는 네가 완벽에 이르는 법을 가르칠 수 있으려면, 완벽을 증명해야 한다고 믿느냐?

그리고 네가 소위 잘못이라 불리는 것들에서 네 몫을 해내기도 했지만—

—제 몫 이상이었죠—

　—너는 또한 나와 나눈 이 대화를 세상에 내놓는 엄청난 용기를 보여주었다.

아니면 엄청난 무모함이거나요.

　왜 너는 자신을 그런 식으로 비하하길 고집하느냐? 아니, 너희 모두가 그렇게 한다! 너희들 한 사람 한 사람이 다! 너희가 자신의 위대성을 부정하는 건, 자신 안의 내 존재를 부정하는 것이다.

전 아닙니다! 전 **한번도** 그걸 부정하지 않았어요!

　정말이냐?

음, 적어도 최근에는요……

　네게 말하노니, 오늘 밤 닭이 울기 전에 네가 세 번 나를 부정하리라.
　너 자신을 자신보다 못하다고 여기는 모든 생각이 사실은 나를 부정하는 것이고,
　너 자신을 비하하는, 너 자신에 관한 모든 말이 나를 부정하는 것이며,

어떤 종류든 "넉넉하지 않음", 즉 부족과 불충분함의 역할을 연출하는, 너 자신을 통해서 나오는 모든 행동이 사실은 나를 부정하는 것이다. 생각에서만이 아니라, 말에서만이 아니라, 행동에서도.

전 사실—

—너희 삶이, 너희가 지금껏 자신에 관해 지녔던 가장 위대한 전망의 가장 숭고한 해석이 아닌 다른 어떤 것도 표현하지 않게 하라.

그렇다면 네가 지금껏 너 자신에 관해 가졌던 가장 위대한 전망은 무엇이냐? 그건 네가 언젠가 위대한 스승이 되겠다는 것 아니냐?

저……

그게 아니냐?

아뇨, 맞습니다.

그렇다면 **그렇게 되라.** 그렇게 **있어라.** 네가 다시 한번 **그것을 부정할** 때까지.

전 다시는 부정하지 않겠습니다.

300

부정하지 않을 거라고?

예.

그걸 증명해봐라.

증명하라고요?

증명해라.

어떻게요?

지금 이 자리에서 "나는 위대한 스승이다"고 말해라.

윽……

어서, 그렇게 말해라.

저…… 아시다시피 문제는 이 글들이 출판될 거란 겁니다. 전 제가 종이철에 적고 있는 이 모든 내용이 책으로 출판되어 세상에 나올 거란 사실을 의식하고 있습니다. 피오리아 사람들도 이걸 읽을 겁니다.

피오리아라고! 하! **베이징**이라고 해라!

좋습니다. 중국에서도요. 제가 지적하려는 게 그겁니다. 사람들은 2권이 나오고 한 달도 안 됐을 때부터 3권은 언제 나오냐고 묻고 있습니다. 전 3권이 왜 그렇게 오래 걸리는지 그 사람들에게 설명하려고 애쓰죠. **온 세상이 다 지켜보고 기다리는 걸** 의식하면서 이 대화를 갖는다는 게 어떤 건지 그 사람들에게 이해시키려고요. 1권과 2권 때는 그렇지 않았습니다. 그 두 권은 아무 생각 없이 그냥 따라간 대화였습니다. 전 그것들이 책이 되리라고는 생각도 안 했습니다.

아니다, 너는 했다. 네 가슴 깊은 곳에서 너는 그렇게 생각했다.

글쎄요, 아마 그렇게 되길 바라긴 했겠죠. 하지만 이젠 저도 **압니다.** 그리고 그건 이 종이철에 적어나가는 것과는 별개의 문제입니다.

네가 적은 한마디 한마디가 샅샅이 읽히리란 걸 이제 너도 알기 때문이다.

그렇습니다. 그런데 지금 당신은 내가 위대한 스승이라고 말하길 원하십니다. 만인이 다 보고 있는 마당에 그렇게 말하긴 힘든 일이죠.

너는 내가 너한테 은밀하게 자기 선언을 하라고 요구했으면 좋겠느냐? 너는 그게 자신을 권능 있게 만드는 방법이라고 생각하느냐?

내가 너더러 **공개적으로 자신이 누군지** 선언하라고 한 것은,

여기서의 너는 공개되어 있다는 바로 그 사실 때문이다. 그 발상은 너더러 공개적으로 그것을 말하게 하는 것, 그 이상도 그 이하도 아니다.

공식 선언은 전망을 가진 최고 형태다.

네가 지금껏 자신에 관해 가졌던 가장 위대한 전망의 가장 숭고한 해석에 따라 **살아라**. 그것을 선언함으로써 그렇게 살기 시작하라.

공개적으로 선언함으로써.

그것을 그렇게 만드는 첫 단계는 그것이 그렇다고 **말하는 것**이다.

하지만 겸손은 어떡하구요? 또 예의는요? 만나는 모든 사람에게 자신에 대한 가장 숭고한 발상을 선언하는 게 점잖은 일입니까?

모든 위대한 선각자가 그렇게 했다.

그랬죠, 하지만 거만하지는 않았습니다.

"나는 생명이요 길이다"는 얼마나 "거만한가"? 이 정도면 너한테는 충분히 거만하지 않느냐?

자, 너는 두 번 다시 나를 부정하지 않겠노라고 말해놓고도, 나를 부정하는 걸 정당화하는 데 벌써 10분을 낭비했다.

전 **당신**을 부정하고 있는 게 아닙니다. 우리가 여기서 이야기하는 건 나에 관한 가장 위대한 전망에 대해서입니다.

네가 가진 자신에 관한 가장 위대한 전망은 **나다! 그것이 바로 나다!**

네가 네 가장 위대한 부분을 부정할 때, 너는 나를 부정하고 있다. 그리고 네게 말하노니, 오늘 새벽이 오기 전에 너는 세 번 이렇게 할 것이다.

제가 그렇게 하지 않는 경우를 빼면요.

네가 그렇게 하지 않는 경우를 빼면. 맞는 말이다. 오직 자신만이 결정할 수 있고, 오직 자신만이 선택할 수 있다.

그런데 너는 **비공식적으로만** 위대한 스승이었던 위대한 스승을 알고 있느냐? 부처와 예수, 크리슈나 모두가 공개적으로 스승들이었다. 그렇지 않느냐?

그랬죠. 하지만 널리 알려지지 않은 위대한 스승들도 있습니다. 우리 어머니도 그중 한 사람이었고요. 당신 스스로 앞에서 그렇게 말씀하셨잖습니까? 위대한 스승이 되는 게 꼭 널리 알려져야 하는 건 아닙니다.

너희 어머니는 선구자고, 사자(使者)며, 그 길을 예비한 사람이었다. 그녀는 네게 그 길을 **보여주는** 것으로 네가 그 길을 위해 예비하게 했다. 하지만 너 또한 스승이다.

그리고 네가 알듯이 훌륭한 스승이었던 너희 어머니는 분명히 네게 자신을 부정하라고 가르치지 않았다. 그런데도 **너는 남들에게 이것을 가르치려 한다.**

오, 전 정말로 그렇게 하길 원해요! 그게 제가 하고 싶은 거라고요!

"하길 원하지" 마라. 네가 "원하는" 것을 갖지 못하리니. 너는 자신에게 그것이 "부족"함을 선언할 뿐이어서, 그곳이 네가 남겨질 곳이 되리니. 너는 **부족한 채로 남으리니.**

그래요! 좋습니다! 전 하길 "원하지" 않고 그렇게 하길 **택합니다!**

그게 낫다. 그게 훨씬 낫다. 그런데 너는 무엇을 택하느냐?

저는 남들에게 자신을 절대 부정하지 말라고 가르치는 쪽을 택하겠습니다.

좋다, 그리고 네가 가르치길 택하는 다른 게 또 있느냐?

저는 남들에게 신인 당신을 절대 부정하지 말라고 가르치는 쪽을 택하겠습니다. 당신을 부정하는 건 자신을 부정하는 것이고, 자신을 부정하는 건 당신을 부정하는 것이니까요.

좋다. 그렇다면 너는 이것을 되는 대로, "우연이다시피" 가르치는 쪽을 택하겠느냐? 아니면 이것을 당당하게 의도한 것처럼 가르치는 쪽을 택하겠느냐?

저는 그걸 의도하면서 가르치는 쪽을 택하겠습니다. 당당하게요. 저희 어머니가 그랬듯이요. 우리 어머니는 절대 나 자신을 부정하지 말라고 **가르쳤습니다.** 어머니는 그걸 제게 날마다 가르쳤습니다. 그녀는 지금껏 제가 만난 사람들 중에서 가장 많이 절 격려해준 사람이었지요. 어머니는 제게 자신과 당신에 대한 믿음을 가지라고 가르쳤습니다. 제가 그런 스승이 되어야 할 텐데…… 전 어머니가 제게 가르쳐주신 그 **모든** 지혜를 가르치는 그런 스승이 되기를 **택하겠습니다.** 어머니는 말로만이 아니라 자신의 **삶 전체를** 가르침으로 만드셨죠. **그런게 그 사람을 위대한 스승으로 만드는 겁니다.**

네가 옳다. 너희 어머니는 위대한 스승이었다. 그리고 더 큰 진리에서도 네가 옳다. 꼭 널리 알려져야 위대한 스승이 되는 건 아니다.

나는 너를 "시험하고" 있었다. 네가 이 문제에서 어디로 가는지 보고 싶었다.

그럼 제가 "가기로 되어 있던" 곳으로 "갔습니까"?

너는 모든 위대한 스승이 가는 곳으로 갔다. 너 자신의 지혜와 진리의 자리로. 네가 가야 할 자리는 언제나 바로 이곳이다. 그곳은 네가 세상을 가르칠 때 돌아가서 다시 나와야 할 자리다.

저도 압니다. 그건 저도 압니다.

그러면 자신에 관한 네 **가장 깊은 진리**는 무엇이냐?

저는……
…… 위대한 스승입니다.
영원한 진리를 가르치는 위대한 스승.

드디어 네가 해냈구나, 조용하고 부드럽게. 드디어 네가 해냈구나. 네 가슴은 그것의 진실됨을 안다. 그리고 너는 단지 네 가슴을 말한 것뿐이다.

너는 뻐기지 않으니, 아무도 그것을 뻐김으로 듣지 않을 것이고, 너는 자랑하지 않으니, 아무도 그것을 자랑으로 듣지 않을 것이다. 너는 네 가슴을 두드리지 않고, 네 가슴을 열고 있다. 여기에는 큰 차이가 있다.

누구나 자기 가슴속에서는 '자신이 누군지' 안다. 그들은 위대한 발레리나고, 위대한 변호사며, 위대한 배우고, 위대한 1루수다. 위대한 탐정이고, 위대한 영업자며, 위대한 부모고, 위대한 설계사다. 위대한 시인이고, 위대한 지도자며, 위대한 건설업자고, 위대한 치유자다. 그리고 그들 한 사람 한 사람이 다 위대한 사람이다.

누구나 자기 가슴속에서는 '자신이 누군지' 안다. 그들이 가슴을 연다면, 그들이 자기 가슴의 바람을 남들과 함께한다면, 그들이 자신의 진심 어린 진실에 따라 산다면, 이 세상은 장대함으로 가득할 것이다.

너는 위대한 스승**이다**. 그런데 너는 그 선물이 어디서 왔다고 생각하느냐?

당신에게서요.

그 때문에 '네가 누군지' 선언하는 건 단지 '내가 누군지'를 선언하는 것이 되는 것이다. 언제나 나를 근원으로 선언하라, 그러면 네가 자신을 위대한 자로 선언해도 아무도 꺼리지 않으리니.

하지만 당신은 항상 **나 자신**을 근원으로 선언하라고 요구하셨는데요.

네가 근원이다, 나인 모든 것의. 네가 가장 잘 아는 위대한 스승은 "나는 생명이요 길이다"라고 말했다.

그는 또 "내게로 오는 이 모든 것이 아버지에게서 나온다. 아버지 없이 나는 아무것도 아니다"라고 말했다.

그리고 그는 "나와 아버지는 하나다"라고도 말했다.

이해하겠느냐?

우리 중에 오직 '하나'만이 존재한다.

맞았다.

그건 우리 이야기를 다시 인간 영혼의 문제로 돌아가게 해주는군요. 이제 제가 영혼에 대해 몇 가지 더 물어봐도 되겠습니까?

시작하라.

좋습니다. 얼마나 많은 영혼들이 있습니까?

하나.

가장 넓은 의미에서는 그렇겠죠. 그런데 전체인 그 '하나' 중에 얼마나 많은 "개체들"이 있습니까?

호, 나는 거기서 그 말이 마음에 든다. 네가 그 말을 쓰는 방식이 마음에 든다. 전체 에너지인 그 한 에너지가 자신을 여러 다양한 부분들로 **개체화했다**는 거지. 나는 그 표현이 마음에 든다.

기쁘군요. 그래서 당신은 얼마나 많은 개체들을 창조했습니까? 얼마나 많은 영혼들이 있는 겁니까?

너희가 이해할 수 있는 용어로는 대답할 수 없다.

어쨌든 해봅시다. 그건 불변수입니까? 변수입니까? 아니면 무한수입니까? 당신은 "본래 가마" 이후로도 "영혼들"을 구워내셨습니까?

그렇다, 그건 상수다. 그렇다, 그건 변수다. 그렇다, 그건 무한수다. 그렇다, 나는 영혼들을 창조했다. 그리고 아니다, 나는 창조하지 않았다.

이해를 못하겠군요.

나도 안다.

그러니 부디 도와주십시오.

네가 진짜로 그렇게 말했느냐?

뭘 말입니까?

"그러니 부디 도와주십시오, 신이여"라고?

하, 똑똑하시군요. 좋습니다, 이것이 제가 할 마지막 일이라면 전 이걸 이해하려 하오니, 부디 도와주십시오, 신이여.

그렇게 하마. 네 결심이 그토록 굳으니, 내가 널 도와주겠노라. 하지만 네게 경고하건대, 유한한 관점으로 무한을 이해하거나 파악하기는 어렵다. 그럼에도 불구하고 한번 시도해보자꾸나.

좋은 생각이십니다.

　그렇다, 좋은 생각이다. 먼저, 네 질문들은 소위 시간이란 실체가 존재함을 전제로 한다는 사실을 지적하는 데서 시작해보자. 사실 그런 실체는 없다. 오직 한순간만이 있으니, '지금'이라는 영원한 순간이 그것이다.

　지금껏 일어난 모든 일이 지금 일어나고 있고, 앞으로 벌어질 모든 일이 이 순간에 벌어지고 있다. 먼저란 건 **없으니,** 어떤 일도 "먼저" 일어나지 않았고, 나중이란 건 **없으니** 어떤 일도 "나중에" 일어나지 않는다. 언제나 '바로 지금'이고, 오직 '바로 지금'이다.

　'바로 지금' 상황에서 나는 끊임없이 변하고 있다. 따라서 내가 자신을 "개체화하는"(나는 네 용어가 마음에 든다!) 방식들의 가짓수는 **언제나 다르면서 언제나 같다.** 오직 '지금'만이 존재한다고 치면, 영혼의 수는 언제나 불변이다. 하지만 너희가 지금을, 지금과 **그때**now and then라는 의미의 지금으로 생각하는 쪽을 좋아한다고 치면, 그것은 언제나 변한다. 앞에서 환생과 저급한 생명 형상들, 그리고 영혼들이 "되돌아오는" 방법에 대해 이야기할 때, 우리는 여기에 대해 언급했다.

　나는 언제나 변하니, 영혼의 수는 무한하다. 그럼에도 어떤 주어진 "시간 지점"에서 그것은 유한한 것처럼 보인다.

　그리고 그렇다, 궁극의 깨달음에 이르러 궁극의 실체와 합치고 나면, 자진해서 모든 것을 "잊고" "처음부터 다시 시작한다는" 의미에서 "새 영혼들"은 있다. 그들은 우주 수레바퀴에서 새로운 자리로 옮겨가기로 작정했으며, 일부는 다시 "젊은 영혼들"이 되는 쪽을 선택했다. 그럼에도 모든 영혼들은 본래 가마의 일부다. 모든 것이 지금이라는 유일한 순간에 창조되고 있기에(창조되었고, 창조될 것이기에).

　　그러니 너희가 그것을 어떻게 보느냐에 따라 그 수는 유한하기도 하고 무한하기도 하며, 변하기도 하고 변하지 않기도 한다.

　　궁극의 실체가 가진 이런 성질 때문에 나는 종종 '부동의 동인'이라 불린다. 나는 항상 움직이고 있으면서 절대 움직이지 않았던 것이고, 항상 변하고 있으면서 절대 변하지 않았던 것이다.

좋아요, 이해했습니다. 당신에게 절대적인 건 없군요.

　　모든 것이 절대적이란 사실만 빼고.

그것이 그렇지 않은 경우만 빼고요.

　　맞다. 정확하다. 네가 "해냈다!" 아주 잘했다!

저, 사실은요, 제가 이 소재를 항상 이해하고 있었던 것 같습니다.

　　그렇다.

제가 이해하지 못했을 때만 빼고요.

맞는 말이다.

그것이 그렇지 않은 경우만 빼고요.

정확하다.

첫 번째는 누군가입니다.

아니다, 첫 번째는 무엇인가다. 누군가는 두 번째다.

기대하시라! 그러니까 당신은 애벗이고 저는 코스텔로입니다. 이건 흡사 우주 버라이어티 쇼 같군요.

그렇지 않을 때만 빼고. 네가 몹시 진지하게 받아들이고 싶어할 순간과 사건들도 있다.

제가 그렇게 하지 않는 경우만 빼고요.

네가 그렇게 하지 않는 경우만 빼고.

자, 다시 한번 영혼의 주제로 돌아가서……

야, 그건 굉장한 책 제목이잖느냐…… 영혼의 주제라.

우리가 그런 책을 내게 될지도 모르지요.

농담하는 거냐? 우린 이미 갖고 있다.

우리가 갖고 있지 않은 경우만 빼고요.

그건 사실이다.

그게 사실이 아닌 경우만 빼고요.

너로서는 절대 알 수 없다.

당신이 알 때만 빼고요.

알겠느냐? 너는 이것을 이해해가고 있다. 이제 너는 그것이 실제로 어떤 건지 기억해가고 있다. 게다가 너는 그것을 즐기고 있다! 너는 이제 "가볍게 사는" 것으로 되돌아가고 있다. 너는 **가벼워지고 있다.** 깨달음이 뜻하는 바가 이것이다.

화끈하군요.

아주 근사하지. 그건 네가 달아올랐다는 뜻이다!

예. "모순 속에서 산다는 게" 그런 거죠. 거기에 대해서는 당신이 여러 번 말씀하셨고요. 이제 영혼의 주제로 되돌아가서요, 나이 든 영혼과 젊은 영혼의 차이는 뭡니까?

에너지 몸체(말하자면 내 일부)는 궁극의 자각에 도달한 후에, 무엇을 선택하는가에 따라 자신을 "젊었다고" 여길 수도 있고 "늙었다고" 여길 수도 있다.

우주 수레바퀴로 되돌아갈 때, 어떤 영혼들은 늙은 영혼이 되기를 선택하는 반면, 어떤 영혼들은 "젊은" 영혼이 되기를 선택한다.

사실 "젊었다"고 일컬어지는 체험이 존재하지 않는다면, "늙었다"고 불리는 체험도 존재할 수 없다. 그래서 어떤 영혼들은 "젊었다"고 일컬어지기를 "자원했고", 어떤 영혼들은 "늙었다"고 일컬어지기를 자원했다. 진실로 존재 전체인 '한 영혼'이 자신을 완벽하게 알 수 있도록.

어떤 영혼들은 "착하다"고 일컬어지는 쪽을, 어떤 영혼들은 "나쁘다"고 일컬어지는 쪽을 선택한 것 역시 같은 이유에서다. 어떤 영혼도 절대 벌받지 않는 이유가 이것이다. 어떻게 '한 영혼'이 전체의 일부가 되었다는 이유로 자신의 일부를 벌하고 싶어하겠는가?

어린이 그림책《작은 영혼과 태양The Little Soul and The Sun》에는 이 점이 무척 아름답게 설명되어 있다. 그 책은 아이들이 이해할 수 있도록 이 점을 단순화해 전개한다.

당신한테는 뭐든지 설득력 있게 설명할 수 있는 무슨 기술이 있으신가 봅니다. 끔찍할 정도로 복잡한 개념들을 그토록 명료하게 표현해내시다니 말입니다. 심지어 애들까지도 이해할 수 있게요.

고맙다.

그러고 보니 영혼에 관한 또 다른 문제가 여기 있군요. 소위 "짝영혼soul partners"이란 게 있습니까?

있다. 하지만 너희가 생각하는 방식으로는 아니다.

뭐가 다릅니까?

너희는 "짝영혼"을 "자신의 다른 반쪽"을 뜻하는 것으로 낭만화했다. 하지만 인간 영혼, 다시 말해 "개체화된" 내 부분은 사실 너희가 상상하는 것보다 훨씬 크다.

달리 말하면, 제가 영혼이라 부르는 것이 제 생각보다 크다는 거군요.

훨씬 더 크다. 그것은 방 하나의 공기가 아니라 집 전체의 공기다. 그리고 그 집에는 많은 방들이 있다. "영혼"은 하나의 정체성identity으로 한정되지 않는다. 그것은 거실의 "공기"도 아니고, 짝영혼이라 불리는 두 개인으로 "쪼개지지도" 않으며, 거실 겸 부엌의 공기도 아니다. 그것은 **대저택 전체**의 "공기"다.

내 왕국에는 많은 대저택들이 있다. 그리고 모든 저택 둘레와 저택 안, 저택을 거쳐 떠다니는 다 같은 공기라도 **어떤** 저택의 공기가 "더 가깝게closer" 느껴질 수 있다. 그런 저택의 방들 안으로 걸어 들어갔을 때, 너희는 아마도 "저기서랑 비슷한 close 것 같아"라고 말할지 모른다.

그리하여 그때 너희는 오직 '한' 영혼만이 존재함을 이해한다. 하지만 소위 개별화된 영혼이라고 해도 몇백 가지 물질 형상들의 위와 안, 또 그것들을 거쳐서 떠도는 거대한 존재다.

동시에요?

시간 같은 건 없다. 나는 단지 "그렇기도 하고 아니기도 하다"고 말하는 것으로 그 물음에 대답할 수 있다. 너희가 이해할 수 있도록 설명하면, 너희 영혼이 감싸고 있는 물질 형상 중 일부는 "지금 살고" 있고, 다른 형상들은 지금의 너희가 "고인"이라고 불렀을 형상으로 개별화되어 있으며, 또 다른 일부는 너희가 "미래"라고 부르는 것 속에 사는 형상들을 감싸왔다. 이 모든 것이 지금 이 순간에 일어나고 있지만, 그럼에도 시간이라는 너희의 고안품이, 실현된 체험을 너희가 더 잘 느끼도록 해주는 도구 역할을 하는 건 사실이다.

그러니까 내 영혼이 "감싸온"—당신이 쓴 이 용어는 재미있군요—이 몇백 가지 물체들이 다 내 "짝영혼"입니까?

너희가 그 용어를 사용해온 방식보다는 그게 좀 더 정확한 쪽에 가깝다는 면에서, 그렇다.

그리고 내 짝영혼의 일부는 앞서 살았습니까?

그렇다. 너희의 표현 방식대로라면, 그렇다.

우와, 잠시만요! 방금 여기서 뭔가 접수된 것 같아요! "앞서" 살았던 이 내 일부들이, 지금 시점에서는 내 "전생들"이라고 표현했을 그런 건가요?

좋은 생각이다! 너는 이해해가고 있다! 이것들 중 일부는 너희가 "앞서" 살았던 "다른 삶들"이고, 일부는 아니다. 너희 영혼의 다른 일부들은 너희가 자신의 미래라고 부르는 것 속에서 살아갈 몸체들을 감싸고 있다. 그리고 나머지 다른 것들은 지금 이 순간에 너희 행성에서 살고 있는 또 다른 형상들로 구체화되고 있다.

너희가 이런 것들 중 하나와 마주칠 때, 너희는 즉석에서 친근감을 느낄지 모른다. 심지어 때로는 "우린 '전생'을 함께 보낸 게 틀림없어"라고 말할지도 모른다. 너희 말이 맞을 것이다. 너희는 "전생"을 **함께 보냈다. 같은 물질 형상**으로든, 아니면 같은 시공간 연속체 속의 두 가지 형상으로든.

정말 믿어지지 않는 일이군요. 이걸로 뭐든지 설명할 수 있어요!

그렇다, 그건 그렇게 할 수 있다.

한 경우만 빼고요.

그게 뭐냐?

제 쪽은 누군가와 "전생"을 보냈다는 걸 금방 **알아차렸는데**—전 그걸 **그냥** 알아차립니다. **뼛속**에서 그게 느껴지는 거죠—그런데 제가 그 사람들에게 이런 이야기를 해도 그들은 전혀 그걸 못 느끼는 경우가 있습니다. **이건** 어떻게 된 겁니까?

그건 네가 "과거"와 "미래"를 혼동한 것이다.

예?

너는 그들과 또 다른 생애를 함께 보냈다. 하지만 그게 꼭 전 생인 건 아니다.

그럼 그건 "후생future life"인가요?

맞았다. 그 모두가 지금이라는 영원한 순간에 일어나고 있기에, 너는 어떤 의미에서는 아직 **일어나지 않은** 것을 자각하는 셈이다.

그렇다면 왜 그 사람들도 같이 미래를 "기억하지" 못합니까?

이것들은 대단히 미묘한 진동이어서 다른 사람들보다 그것들에 더 민감한 사람들이 있다. 게다가 그건 상대방에 따라 다르다. 너는 어떤 사람과 함께한 네 "과거"나 "미래" 체험을 다른 사람과 함께한 그것보다 더 "민감하게" 느낄 수 있다. 이것은 대개 너희가 같은 몸체를 감싼 아주 거대한 영혼의 일부로서 그때의 시간을 보냈다는 것을 의미하는 반면, "예전에 만났던" 느낌은 똑같지만 앞의 것만큼 그렇게 강하지는 않다면, 그것은 너희가 같은 "시간"을 함께하긴 했지만 같은 몸체는 아니었다는 뜻일 수 있다. 아마도 너희는 남편과 아내, 형제와 자매, 부모와 아이, 그리고 연인이었을(혹은 앞으로 그럴) 것이다.

이것들은 강한 인연이니, 너희가 그들을 "이" 생에서 "처음"으로 "다시 만날" 때, 그런 인연을 느끼는 건 당연한 일이다.

당신 말씀이 사실이라면, 제가 예전에는 결코 설명할 수 없었던 현상, 이를테면 잔다르크나 모차르트, 혹은 "과거"의 다른 어떤 유명인사로서의 기억을 가졌다고 주장하는 사람이 이번 "생애"에서 두 사람 이상인 현상이 설명이 되는 것 같군요. 전 지금까지 이런 현상이 환생을 엉터리 교리라고 말하는 사람들의 주장을 뒷받침해주는 증거라고 생각해왔거든요. 어떻게 두 사람 이상이 예전에 같은 사람이었노라고 나설 수 있느냐는 거죠. 하지만 전 이제 이것이 어째서 가능한지 알았어요! 말하자면 그건 지금 한 영혼에 감싸여 있는 여러 지각 존재들 sentient beings이 잔다르크였던(지금 잔다르크인) 자신들의 단일 영혼

중 그 부분을 "기억해내고"(다시 한번 그 부분의 구성원이 되고) 있을 뿐이군요.

게다가 보십시오, 이건 모든 한계를 날려버리고 모든 걸 가능하게 해줍니다. 앞으로 저는 "그건 불가능해"라면서 갑자기 멈춰 서는 순간, 내 그런 행동은 내가 모르는 많은 것이 있음을 증명할 뿐이라는 걸 알 겁니다.

그걸 기억해내는 건 좋은 일이다. 그걸 기억해내는 건 아주 좋은 일이다.

그리고 우리가 둘 이상의 "짝영혼"을 가질 수 있는 거라면, 그건 우리가 한 생애 동안에 둘 이상의 사람과 그토록 강렬한 "짝영혼 느낌"을 체험하는 것이 어째서 가능한지도 설명해줍니다. 심지어는 **한번에 두 사람 이상과도요!**

사실이다.

그렇다면 한꺼번에 두 사람 이상을 사랑하는 것도 **가능하겠군요.**

물론이다.

아뇨, 아뇨. 제 말은 우리가 주로 한 사람만을 위해, 혹은 적어도 **한번에** 한 사람만을 위해 예비해둔, 그런 강렬하고 밀착된 사랑 말입니다.

왜 너희는 사랑을 "예비해두고" 싶어하느냐? 왜 너희는 그것을 "예비로" 잡아두고 싶어하느냐?

"그런 식으로" 두 사람 이상을 사랑하는 건 옳지 않거든요. 그건 배신입니다.

누가 네게 그렇게 말했느냐?

모두 다요. 모두가 다 제게 그렇게 말합니다. 우리 부모님도 그렇게 말씀하셨고, 내가 믿는 종교도 그렇게 말했습니다. 우리 사회도 그렇게 말합니다. 모두가 다 그렇게 말해요!

이런 것들이 아들에게 전해지는, "아버지의 죄" 중 일부다.

너희는 모든 이를 최대한으로 사랑하는 것이 자신이 할 수 있는 가장 즐거운 일임을 스스로의 체험으로 배운다. 그럼에도 너희 부모와 선생과 성직자들은 너희에게 다르게 말한다. 그들은 너희에게, "그런 식으로는" 한번에 한 사람만 사랑할 수 있을 거라고 말한다. 우리가 여기서 말하는 건 섹스만이 아니다. **어떤 식으로든** 다른 사람을 한 사람과 똑같이 특별하다고 여길 때, 너희는 대개 자신이 그 한 사람을 배신했다고 느끼도록 배웠다.

맞아요! 그거예요! 그게 바로 우리가 설정한 방식이라고요!

그러기에 너희가 표현하는 건 참된 사랑이 아니라, 어떤 모조변종(模造變種)이다.

인간 체험의 틀 안에서 참된 사랑을 표현하는 건 어느 정도로 허용되는 걸까요? 그런 표현에 어떤 한계를 설정해야 합니까?—사실 설정해야 **한다고** 할 사람들도 있을 겁니다. 사회적 성적 에너지가 무제한으로 몽땅 풀려난다면, 어떤 결과가 벌어질까요? 완전한 사회적 성적 자유란 모든 책임의 포기입니까? 아니면 모든 책임의 최고치입니까?

사랑의 자연스러운 표현을 제한하려는 모든 시도는 자유 체험을 부정하는 것이고, 따라서 영혼 자체를 부정하는 것이다. 영혼은 의인화된 자유이기 때문이다. 신은 무한하고 어떤 종류의 한계도 없으니, 신은 그 정의에서 이미 자유**다**. 영혼이란 다름 아닌 축소된 신이다. 영혼은 어떤 한계 설정에도 반발한다. 외부에서 부과하는 한계를 받아들일 때마다, 영혼은 새로운 죽음을 겪는다.

이런 의미에서는 탄생 자체가 죽음이고 죽음이 탄생이다. 영혼은 탄생에서 몸이라는 끔찍한 한계 속에 갇힌 자신을 발견하고, 죽음으로 그런 갇힘에서 다시 벗어난다. 영혼은 잠자는 동안에도 같은 일을 한다.

영혼은 다시 자유를 향해 날아가고, 다시 한번 자신의 본성을 표현하고 체험하면서 기뻐한다.

그런데 영혼이 몸을 **갖고 있는** 동안에도 자신의 본성을 표현하고 체험할 수 있을까?

네가 묻는 질문이 이것이다. 그리고 이 질문은 삶 자체의 이유와 목적으로 우리를 데려간다. 만일 몸을 가진 삶이 감옥이나 제한일 뿐이라면, 그것의 정당화는 말할 것도 없고, 거기에서 무슨 좋은 게 나올 수 있으며, 그것이 무슨 역할을 할 수 있겠는가라는 물음으로.

그래요, 그게 바로 제가 물으려던 것일 겝니다. 전 그걸 인간 체험의 그 끔찍한 제한성을 느낀, 세상의 모든 존재를 대신해서 묻고 있습니다. 그리고 전 지금 신체의 제한이 아니라—

—나도 안다—

—감정과 심리 면에서의 제한을 말하는 겁니다.

그렇다, 나도 안다. 이해한다. 그런데 네 관심들은 모두 동일한 대주제와 관련되어 있다.

그래요, 맞아요. 하지만 먼저, 하던 이야기를 끝낼게요. 전 제가 원하는 방식대로 모두를 사랑하게 놔두지 않는 세상의 무능함에 무척 실망하면서 평생을 살았습니다.

어렸을 때는 그게 낯선 사람에게 말 걸지 말고, 함부로 이러쿵저러쿵 수다 떨지 말란 문제였습니다. 지금도 기억나는데, 한번은 아버지와 함께 길을 가던 중이었습니다. 우리는 푼돈을 구걸하는 거지 옆을 지나게 됐고, 저는 안된 생각이 들어 내 호주머니에 있던 잔돈 몇 푼을 그 사람에게 주려 했습니다. 그런데 아버지가 저를 막더니 서둘러 저만치 끌고 가시더군요. "쓰레기야, 저런 인간은 그냥 쓰레기야." 아버지는 이렇게 말씀하셨습니다. 그건 우리 아버지가 나름으로 설정한 사람답다는 규정에 따라 살지 않는 사람들에게 붙이는 딱지였습니다.

그 다음으로 기억나는 건 우리 형하고 있었던 일입니다. 크리스마스 이브에 집 안에 발도 못 들여놓게 하는 바람에 그 후로 우리와 함께 살지 않았던 형이죠. 아버지와 말다툼을 좀 했다는 이유로 말입니다. 제가 좋아하던 형이어서 전 형이 그날 밤 우리와 함께 있기를 원했죠. 하지만 아버지는 현관에서 형을 가로막아 집안에 들어오지 못하게 했습니다. 어머니는 망연자실해하셨고(형은 어머니가 전남편과의 사이에서 얻은 자식이었거든요), 전 그냥 어리둥절했습니다. 말다툼 좀 했다고, 크리스마스 이브인데 형을 사랑하면 안 되고 함께 있으면 안 되다니?

크리스마스에는 전쟁터에서도 24시간 휴전을 하는 판인데, 크리스마스를 망칠 만큼 심한 말다툼이란 게 있을 수 있을까? 이게 일곱 살짜리 어린애의 가슴이 알고 싶어하던 거였습니다.

그러다 나이가 들어가면서 분노만이 아니라 두려움도 사랑이 흐르지 못하게 한다는 걸 알았습니다. 낯선 사람에게 말을 걸어서는 안 되는 이유가 여기 있었던 거죠. 자기 방어를 할 수 없는 아이였을 때만 아니라 어른이 되어서도요. 전 낯선 사람들과 진심으로 마음을 터놓고 만나거나, 그들에게 다가가면 못쓴다는 것과, 방금 소개받은 사람들을 대할 때는 따라야 할 어떤 예의범절이 있다는 걸 배웠습니다. 어느 쪽도 저로서는 이해가 되지 않았지만요. 저는 새로 만난 그 사람의 모든 걸 알고 싶었고, 제 모든 걸 그 사람들에게 알려주고 싶었는데! 하지만 안 되죠. 관례는 우리더러 기다릴 줄 알아야 한다고 말했습니다.

그리고 어른이 되고 난 지금, 성행위가 그 속에 개입될 때는 그 관례가 훨씬 더 엄격하고 훨씬 더 많은 제한을 갖는다는 걸 배웠습니다. 전 아직도 이해를 못하고 있지만요.

전 제가 단지 사랑하고 싶고, 사랑받고 싶어할 뿐이라는 걸 압니다. 그냥 내게 자연스럽게 느껴지는 방식으로, 기분 좋게 느껴지는 방식으로, 모두를 사랑하고 싶어한다는 걸요. 하지만 사회에는 이런 것들에 관한 관례와 규정들이 있기 마련이죠. **관련 당사자들이 체험하는데 동의하더라도,** 사회가 동의하지 않으면 그 두 연인이 "잘못된" 걸로 낙인찍힐 만큼 엄격한 관례와 규정들이요.

왜 이런 겁니까? 이 모든 게 뭣 **때문**입니까?

음, 네 입으로 직접 말했다. 두려움 때문이라고.

그 모든 게 두려움 때문이다.

그래요, 하지만 이런 두려움은 타당하지 않습니까? 우리 인간의 행실을 생각하면, 이런 제한과 강제들이 오히려 적절한 방안이 아닐까요? 예를 들어 젊은 여자와 사랑에 빠져(혹은 "색욕에" 빠져) 자기 아내를 버린 사람이 있다고 합시다. 이건 단지 한 예에 불과합니다. 어쨌든 그래서 그 여자는 서른아홉이나 마흔셋의 나이에 아이들까지 딸린 채 이렇다 할 밥벌이 기술도 없이 남겨집니다. 아니 더 나쁜 경우는 자기 딸보다 더 어린 여자한테 홀딱 빠진 예순여덟의 할아버지한테 버림받은 예순넷의 할머니겠죠.

네가 묘사하는 그 남자는 이제 예순넷인 자기 부인을 사랑하지 않는다는 게 네 가정이냐?

글쎄요, 아마 그는 당연히 그런 식으로 행동하겠죠.

아니다. 그가 사랑하지 않아서 벗어나려는 건 자기 부인이 아니다. 그건 그가 자기한테 자리 잡고 있다고 느끼는 제한이다.

당치도 않습니다. 그건 순전히 색욕입니다. 그는 자기 젊음을 되찾으려는 그냥 괴팍한 노인네일 뿐이라고요. 젊은 여자와 함께 있고 싶은 자신의 유치한 욕망을 조절하지 못해서, 힘들고 어려운 시절을 함께해온 자기 조강지처와 맺었던 약속을 지키지 못하는 노인네요.

물론이다. 너는 그것을 완벽하게 표현했다. 하지만 네가 말한 어떤 것도 내가 말한 것을 바꾸지는 못했다. 사실 어떤 경우든 그 남자는 자기 부인을 여전히 사랑한다. 반란을 일으키게 만든 건 자기 부인이 그에게 설정한 제한이거나, 그가 자기 부인과 계속 살기로 한다면 그와는 아무 관계도 없을 그 젊은 여자가 그에게 설정한 제한이다.
내가 여기서 지적하려는 건, 그것이 **어떤** 종류의 제한이든 영혼은 제한에 반발하기 마련이란 점이다. 바로 이것이 한 남자가 자기 부인을 떠나거나, 한 여자가 갑자기 자기 남편을 떠나는(어쨌든 이런 일도 일어난다) 반란만이 아니라, 인류 역사상 일어난 **모든** 반란을 점화시켜온 요인이다.

설마 행동 면에서 모든 제한을 완전히 철폐하자는 주장은 아니시겠지요? 그건 행실 면에서 무정부 상태를 불러올 겁니다. 사회 혼란이죠. 설마 당신이 "스캔들"을 일으키는 사람들, 다시 말해 놀랍게도 **자유결혼**을 하는 사람들을 옹호하는 건 아니겠죠?

나는 **어떤 것도** 옹호하거나 옹호하지 않지 않는다. 나는 어떤 것도 "지지하거나" "반대하지" 않는다. 인류는 끊임없이 나를 "지지하거나" "반대하는" 신으로 만들려 해왔지만, 나는 그렇지 않다.

나는 그냥 있는 그대로를 관찰할 뿐이다. 나는 그냥 너희가 **나름의** 옳고 그른 체계, 나름의 찬성과 반대 체계를 창조하는 걸 지켜볼 뿐이다. 그리고 나는 너희가 한 종으로서, 또 개인으로서 선택하고 바란다고 말하는 것에 비추어볼 때, 그에 관한 너희의 지금 관념들이 너희에게 도움이 되는지 어떤지도 살펴본다.

"자유결혼"의 문제 역시 마찬가지다.

나는 "자유결혼"에 찬성하지도 반대하지도 않는다. 그리고 너희가 그것에 찬성하는가 반대하는가는 너희가 결혼으로, 그리고 결혼에서 무엇을 원하기로 결정하는가에 좌우된다. 내가 말했듯이 모든 행동이 자기 규정의 행동이니, **결혼**에 대한 그런 결정은, 소위 "결혼"이라는 그 체험과 관련하여 '자신이 누군지'를 창조한다.

어떤 결정을 내릴 때는 질문이 올바르게 제기되었는지 확인하는 게 중요하다. 예컨대 소위 "자유결혼"과 관련해서 그 질문은, "우리는 쌍방이 결혼관계 외부에 있는 사람들과의 성적 접촉을 허용하는 자유결혼을 해야 할까?"가 아니다. 그 질문은 "결혼이라는 체험과 관련해서 나는 누구이고 우리는 누구인가?"다.

그리고 그 물음에 대한 대답은 삶의 가장 큰 물음에 대한 대답 속에서 찾게 될 것이다. 어떤 것이든 그것과 관련해서, 그것과의 관계에서 '나는 지금 누구인가'—마침표—에 대한 대답 속에서. '나는 누구이고, 나는 누가 되기를 선택하는가'라는 물음에 대한 대답 속에서.

내가 이 대화를 통해서 되풀이해서 이야기했듯이, 이 물음에 대한 대답이 모든 물음에 대한 대답이다.

신이시여, 그건 실망스러운 이야기군요. 왜냐하면 그 물음에 대한 대답은 너무 광범하고 너무 일반적이어서 다른 어떤 물음에도 전혀 대답하지 못하거든요.

호, 그래? 그렇다면 그 물음에 대한 네 대답은 무엇이냐?

이 책들에 따르면요, 당신이 이 대화에서 말씀하시는 듯이 보이는 것에 따르면요, 전 "사랑"입니다. 바로 이것이 진짜 '나'입니다.

훌륭하다! **배웠구나!** 그 말이 맞다. 너는 사랑이다. 사랑은 존재 전체다. 그래서 너희도 사랑이고 나도 사랑이다. 사랑 **아닌** 것은 아무것도 없다.

두려움은요?

두려움은 너희 아닌 것이다. 두려움Fear은 진짜처럼 보이는 가짜 증거False Evidence Appearing Real다. 두려움은 사랑의 대립물이다. 너희는 체험으로 '자신인 것'을 알기 위해서 너희 현실 속에 두려움을 창조했다.

너희가 존재하는 상대계에서는 너희 아닌 것이 없다면 너희인 것도…… **없다**는 게 진리다.

그래요, 그래요. 우린 이 대화에서 이런 이야기를 수도 없이 해왔습니다. 하지만 저한테는 그게 당신이 제 불평을 회피하는 걸로 보이는데요. 저는, 우리가 누구인가(사랑)라는 물음에 대한 대답은 너무 광범해서 대다수 다른 물음들에 대한 대답이 되기 힘들다고 말했습니다. 그건 전혀 대답이 아니라고요. 당신은 그게 모든 물음에 대한 답이라고 하시고, 저는 그게 어떤 물음에도 답이 아니라고 말합니다. "우리 결혼이 자유결혼이어야 하는가?"라는 특정한 물음은 말할 것도 없고요.

그게 너한테 그러하다면, 그건 네가 사랑이 뭔지 모르기 때문이다.

누군들 알겠습니까? 태초 이래로 인류는 그 한 가지를 이해하려고 애써왔죠.

존재하지 않는 것.

존재하지 않는 것, 예, 그렇죠. 저도 압니다. 그건 비유군요.

내가 너희식 "비유"를 써서 사랑을 설명할 수 있는 몇 가지 말과 방법들을 찾아낼 수 있을지 한번 보자.

훌륭한 생각이십니다. 역시 당신이 최고입니다.

마음에 떠오르는 첫 번째 단어는 무한함이다. 사랑인 것은 한계가 없다.

저, 그건 우리가 이 주제를 시작했을 때 있었던 바로 그 자리인데요. 우린 계속 원을 따라 돌고 있습니다.

도는 건 좋은 일이다. 도는 걸 나무라지 마라. 계속 돌아라. 문제를 중심으로 계속 돌아라. 돌고 되풀이해도 상관없다. 다시 찾아가고 고쳐 말해도 상관없다.

전 이따금 초조해집니다.

이따금? 그거 아주 재미있군.

좋습니다, 좋아요. 당신이 말씀하시던 거나 계속하시죠.

사랑은 무한함이다. 거기에는 시작도 없고 끝도 없으며, 먼저도 없고 나중도 없다. 사랑은 언제나 그랬고, 언제나 그러하며, 언제나 그럴 것이다.

그러니 사랑은 또한 영원함always이다. 그것은 영원한 실체다.

그리하여 우리는 전에 썼던 또 다른 단어인 자유로 돌아온다. 사랑이 한계 없고 영원하다면, 그렇다면 사랑은…… 자유롭다. 사랑은 완벽하게 자유로운 것이다.

그러니 너희는 인간 현실에서 영원히 사랑하고 사랑받으려는 자신을 발견할 것이고, 그 사랑이 영원히 한계 없기를 갈망하는 자신을 발견할 것이며, 그것을 영원히 자유롭게 표현할 수 있기를 바라는 자신을 발견할 것이다.

너희는 모든 사랑 체험에서 자유와 무한함과 영원함을 추구할 것이다. 너희가 그것을 언제나 얻는 건 아니지만, 그럼에도 너희는 바로 이것을 추구할 것이다. 이런 게 사랑이니, 너희는 이것을 추구할 것이다. 너희도 내면 깊은 곳에서는 이렇다는 걸 안다. 너희 자신이 사랑이고, 너희는 사랑 체험을 통해 '자신이 누구고 무엇인지' 알고 체험하려 하기 때문이다.

너희는 삶을 표현하는 삶이고, 사랑을 표현하는 사랑이며, 신을 표현하는 신이다.

그러니 다음의 모든 말이 다 동의어다. 이것들을 같은 것으로 여겨라.

신

삶

사랑

무한함

영원함

자유

이 중 하나가 아닌 어떤 것도 **이 중에 들지 않는다.**

너희는 이것들 모두이니, 너희는 조만간 **이것들 모두로 자신을 체험하려 할 것이다.**

"조만간"이라니, 무슨 뜻입니까?

그것은 너희가 언제 두려움을 극복하는가에 달렸다. 내가 말했듯이 두려움이란 진짜처럼 보이는 가짜 증거다. 그것은 너희 아닌 것이다.

너희가 '자신 아닌 것'을 체험하길 끝냈을 때, 너희는 자신인 것을 체험하려 할 것이다.

누가 두려움을 체험하고 싶겠습니까?

아무도 체험하고 싶어하지 않지만, 너희는 그렇게 하도록 배운다.

아이는 아무런 두려움도 체험하지 않는다. 아이는 자기가 뭐든지 다 할 수 있다고 생각한다. 아이는 아무런 자유의 부족도 체험하지 않는다. 아이는 자기가 누구나 다 사랑할 수 있다고 생각한다. 또 아이는 삶의 부족 역시 체험하지 않는다. 아이—

와 어린애처럼 행동하는 사람들—는 자신이 영원히 살 거라고 믿고, 어떤 것도 자기를 다치게 할 수 없다고 생각한다. 그리고 아이는 어떤 추잡한 것도 알지 못한다. 그 아이가 어른들에게 추잡한 것을 배울 때까지는.

그래서 아이들은 벌거벗고 뛰어다니고, 아무나 껴안으면서도 전혀 대수롭잖게 여긴다. 너희 어른들이 똑같이 그렇게 할 수 있기만 했더라도······

글쎄요, 아이들은 지순한 아름다움으로 그렇게 하죠. 어른들이 그런 지순함으로 되돌아갈 수는 없죠. 어른들이 "벌거벗을" 때는 언제나 그렇고 그런 성적인 게 있는 거거든요.

그렇겠지. 그리고 물론 신은 "그렇고 그런 성적인 것"이 지순하고 자유롭게 체험되는 걸 금지했을 테고.

실제로 신은 그것을 허락하지 **않았습니다.** 아담과 이브는 에덴동산에서 벌거벗고 뛰어다니면서 더없이 행복했습니다. 그런데 이브가 선악과(善惡果)를 먹고 나자, 당신은 우리를 지금 상태로 있으라고 심판하셨습니다. 우리 모두가 그렇고 그런 원죄를 지었으니까요.

나는 절대 그렇게 하지 않았다.

저도 압니다. 하지만 전 여기서 기성 종교에 충격을 좀 주려 했습니다.

가능하면 그런 건 피하도록 하라.

그래요, 그래야겠죠. 기성 종교인들은 워낙 유머 감각이 없거든요.

또 시작하는구나.

죄송합니다.

내가 **말하던 건**…… 너희는 한 종으로서 무한하고 영원하고 자유로운 사랑을 체험하길 추구하도록 되어 있다는 것이다. 결혼제도는 영원성을 일궈내려는 너희 나름의 시도였다. 결혼제도를 가지고 너희는 평생의 반려자가 되기로 합의한다. 하지만 그것이 "무한하고" "자유로운" 사랑을 낳은 경우는 거의 없었다.

왜 없었죠? 자유롭게 선택한 결혼이라면 그건 자유의 표현이잖습니까? 그리고 자기 배우자 말고는 다른 누구와도 성적으로 자신의 사랑을 증명하지 않겠노라고 말하는 건 한계가 아닙니다. 그건 선택입니다. 선택은 **자유의 행사**지, 한계가 아닙니다.

그것이 계속해서 선택인 한에서는, 그렇다.

음, 그건 그래야죠. **약속**이 그랬습니다.

그렇다―그리고 문제가 시작되는 지점도 여기다.

자세히 말씀해주십시오.

봐라, 너희가 관계에서 아주 특별한 걸 체험하고 싶은 때가 올 수 있다. 이 사람이 저 사람보다 네게 더 특별하다는 게 아니라, 만인에 대해, 그리고 삶 자체에 대해 네가 지닌 깊은 사랑을 드러내는 방식이 그 사람에게만 특이하다는 의미에서.

사실 너희가 사랑하는 사람들에게 어떤 식으로 사랑을 드러내는가는 사람에 따라 다르다. 너희는 어떤 두 사람에게도 완전히 똑같은 방식으로 자신의 사랑을 드러내지 않는다. 독창적인 피조물이자 독창적인 창조자인 너희가 창조하는 것은 무엇이든 하나같이 독창적이다. 어떤 생각이나 말이나 행동도 복제할 수 없다. 너희는 어떤 것도 복제할 수 없다. 단지 창작할 수만 있다.

너는 **왜** 어떤 두 눈송이도 똑같지 않은지, 그 까닭을 아느냐? 그것들이 똑같게 되는 건 그냥 **불가능하기** 때문이다. "창조"는 "복제"가 아니고, 창조주는 오직 창조만 할 수 있다.

이것이 어떤 두 눈송이도 같지 않고, 어떤 두 사람도 같지 않고, 어떤 두 생각도 같지 않고, **어떤** 두 관계도 같지 않고, 같은 종류의 어떤 둘도 같지 않은 까닭이다.

우주와 그 속의 모든 것이 유일한 형상으로 존재하니, **그것과 정말로 똑같은 다른 건** 없다.

이건 다시 신성한 이분법이군요. 모든 것이 유일하지만 모든 것이 '하나'다.

맞다. 네 손의 손가락 하나하나는 다 다르지만, 그럼에도 그 모두가 같은 손이다. 네 집안의 공기는 어디나 있는 공기지만, 방방마다의 공기는 뚜렷이 다르게 느껴질 만큼 같지 않다.

사람의 경우도 마찬가지다. 모든 사람이 '하나'지만, 어떤 두 사람도 똑같지 않다. 따라서 설사 너희가 그렇게 하려고 애써도 두 사람을 똑같은 방식으로 사랑할 수는 없다. 그리고 **사랑이란 무릇 특별한 대상에 대한 특별한 반응이니**, 너희로서도 전혀 그렇게 하고 **싶지** 않을 것이다.

그래서 너희가 어떤 사람에게 자신의 사랑을 드러낼 때, 너희는 다른 사람과는 할 수 없는 방식으로 그렇게 한다. 너희의 생각과 말과 행동들—반응들—은 말 그대로 복제할 수 없다 …… 너희가 이런 감정들을 가지는 상대방 또한 그런 것과 마찬가지로.

너희가 한 사람과만 이런 특별한 표현을 바라는 때가 온다면, 네 표현대로 그것을 선택하라. 그것을 알리고 그것을 선언하라. 하지만 네 선언이 계속되는 네 의무가 아니라, 순간순간 네 **자유**의 공표가 되게 하라. 참된 사랑은 언제나 자유롭고, 사랑이라는 공간 속에 **의무**는 존재할 수 없는 법이니.

하지만 너희가 오직 특별한 한 사람과만 특별한 방식으로 사랑을 표현하겠다는 자신의 결정을 결코 어길 수 없는 성스러운 약속으로 여긴다면, 그 약속을 의무로 체험할 날이 올 것이고, 너희는 그 약속에 화를 내게 될 것이다. 그러나 너희가 이 결정을 딱 한 번만에 맺은 약속으로가 아니라 계속해서 내리는 자유로운 선택으로 여긴다면, 분노의 날은 결코 오지 않을 것이다.

다음을 기억하라. 성스러운 약속은 오직 하나뿐이다. **네 진리를 말하고 네 진리에 따라 사는 것**이 그것이다. 모든 다른 약속들은 자유의 몰수이니, 결코 성스러울 수 없다. 자유란 너희 자신이니, 너희가 자유를 몰수한다면 너희는 자신을 몰수하는 것이다. 그것은 성사(聖事)가 아니다. 그것은 불경이다.

휘유! 아주 강경하게 말씀하시는군요. 그러니까 우리는 절대 약속 따위는 하지 말아야 한다, 누구한테 어떤 것도 약속해서는 안 된다, 이런 이야긴가요?

너희들 대다수가 현재 사는 식대로의 삶이라면, 어떤 약속이든 그 약속 속에는 거짓말이 심어져 있기 마련이다. 어떤 특정한 내일에, 너희가 뭔가를 놓고 어떻게 느끼고, 무엇을 하고 싶어할지를 지금 시점에서 알 수 있다고 하는 거짓말이. 너희가 반응하는 존재로 사는 한—너희 대다수가 그러하다—너희는 이것을 알 수 없다. 오직 창조하는 존재로서 살 때, 그때서야 비로소 너희 약속에는 거짓말이 들어가지 않는다.

창조하는 존재는 뭔가를 놓고 미래의 어떤 순간에 자신이 어떻게 느낄지 알 수 있다. 창조하는 존재는 자신의 느낌을 체험하는 게 아니라, 그것을 창조하기 때문이다.

자신의 미래를 창조할 수 있을 때까지, 너희는 자신의 미래를 예언할 수 없고, 자신의 미래를 **예언할** 수 있을 때까지는 그에 관해 어떤 것도 진실되게 약속할 수 없다.

하지만 자신의 미래를 창조하고 예언하는 사람에게도 그것을 바꿀 수 있는 권한과 권리는 있다. 변화는 모든 피조물의 기본권이다. 사실 그것은 "권리" 이상이다. "권리"는 주어지는 것이지만 "변화"는 이미 존재하는 것이기에.

변화는 그냥 존재한다.

변화인 것, 이것이 너희다.

너희는 이것을 **받을** 수 없다. 너희 자체가 이것이다.

그런데 너희 자체가 "변화"이고, **너희에 관해 변하지 않는 유일한 것이** 변화이니, 너희는 **언제나 똑같으리라고** 진실되게 약속할 수 없다.

우주에서 불변인 건 없다는 뜻인가요? 당신 말씀은, 그 모든 창조행위 속에서 불변인 채로 남아 있는 건 아무것도 없다는 겁니까?

너희가 삶이라 부르는 과정은 재창조의 과정이다. 삶의 모든 것이 지금이라는 각각의 순간마다 끊임없이 자신을 새롭게 재창조하고 있다. 이 과정에서 어떤 것이 동일하다면 그것은 전혀 변하지 않았다는 뜻이니, 완전히 동일하기는 불가능하다. 하지만 동일함은 불가능해도 유사함은 그렇지 않다. 변화 과정이 너희가 예전에 경험한 것과 두드러지게 비슷한 판형을 만들어낸 결과가 유사함이다.

창조 행위가 높은 수준의 유사함에 이르렀을 때, 너희는 그 것을 동일함이라 부른다. 한정된 관점이라는 너희의 조야한 시야에서 볼 때는, 그게 맞다.

따라서 인간의 차원에서 보면 우주에는 거대한 불변성이 존 재하는 듯이 보인다. 다시 말해 상황들이 비슷해 보이고, 비슷하게 행동하고, 비슷하게 반응하는 듯이 보이는 것이다. 너희는 여기서 일관성을 본다.

이것은 물질계 속에서 자기 존재를 고찰하고 체험할 수 있는 틀을 너희에게 제공한다는 점에서 유용하다.

그럼에도 너희에게 말하노니, 물질과 비물질을 합친 삶 전체의 시야에서 본다면, 불변성이라는 겉모습은 사라지고, 만사가 그것들의 **참모습**, 즉 끊임없이 변하는 모습 그대로로 체험될 것이다.

당신이 말씀하시는 건, 그 변화들이 이따금 워낙 정교하고 워낙 미묘해서, 식별력이 떨어지는 우리 시야에서 보면, 사실은 그렇지 않은데도 그것들이 같아 **보인다는**—때로는 완전히 똑같아 보인다는— 거군요.

그렇다.

"똑같은 쌍둥이 같은 건 없다."

맞다. 너는 그것을 완벽하게 파악했다.

그럼에도 우리는 불변성이라는 **결과**를 만들어낼 **수도** 있을 만큼, 우리 자신을 유사한 형상으로 재창조할 수도 있고요.

그렇다.

그리고 우리는 인간관계에서도 이렇게 할 수 있고요. 자신이 누군가란 차원에서, 또 우리가 어떻게 처신하는가란 차원에서 말입니다.

그렇다—비록 너희 대다수는 이렇게 하기가 대단히 힘들겠지만.

우리가 방금 배웠듯이, 참된 불변성(겉모습의 불변성과 반대되는 것으로서)은 자연법칙에 어긋나는 것이어서, 겉모습만의 동일성을 창조하려 해도 위대한 선각자가 있어야 한다.

선각자가 동일한 모습으로 자신을 보여주려면, 그는 모든 자연스러운 경향을 넘어서야 한다(변화하려는 경향이 자연스러운 쪽임을 잊지 마라). 사실 그라도 모든 순간에 똑같게 보여줄 수는 없다. 하지만 그녀는 똑같은 겉모습을 만들어내기에 충분할 만큼은 비슷하게 보여줄 수 있다.

하지만 "선각자"가 **아니라도** 항상 "똑같이" 자신을 보여주는 사람들도 있습니다. 전 그 사람의 행동과 외양이 워낙 예측 가능해서 목을 걸고 내기라도 할 수 있는 사람들을 압니다.

하지만 **의도적으로** 이렇게 하려면 엄청난 노력을 들여야 한다.

선각자는 높은 수준의 유사성(너희가 "일관성"이라 부르는 것)을 **의도적으로** 창조하는 사람이지만, 그 제자는 굳이 그렇게 의도하지 않고서도 일관성을 창조하는 사람이다.

특정 환경에 언제나 같은 방식으로 반응하는 사람은, 예컨대 "나로서는 어쩔 수가 없었어"라는 말 따위를 자주 하겠지만,

선각자라면 절대 그런 말을 하지 **않을** 것이다.

설사 그 사람의 반응이 탄복할 만한 결과—그들이 칭찬받을 일—를 가져오더라도, 그는 아마 "음, 그건 아무것도 아니었어. 사실 그건 저절로 된 거야. 누구라도 그렇게 할 수 있을 거야"라고 대꾸하겠지만,

선각자라면 결코 이렇게 말하지 않을 것이다.

따라서 선각자는 **자신이 뭘 하고 있는지 아는**—완전히 말 그대로—사람이다.

그녀는 **왜** 그렇게 하는지도 안다.

반면에 깨달음의 차원에서 움직이지 않는 사람은 흔히 양쪽 다 모른다.

이게 약속을 지키기가 그렇게 힘든 이유입니까?

이건 한 가지 이유다. 내가 말했듯이, 너희가 자신의 미래를 예언할 수 있을 때까지, 너희는 어떤 것도 진실되게 약속할 수 없다.

사람들이 약속을 지키기 힘든 두 번째 이유는, 그들 자신과,

자신들이 행한 공증(公證)이 충돌하게 된다는 데 있다.

그게 무슨 뜻입니까?

그들이 어떤 것을 놓고 발전시켜가는 진리가, 자신의 진리는 항상 그럴 것이라고 그들이 말했던 그것과 다르다는 뜻이다. 따라서 그들은 깊은 갈등을 겪는다. 어디에 따를 것인가? 내 진리에? 아니면 내 약속에?

조언을 해주신다면?

나는 전에 네게 이런 조언을 했다.
남을 배신하지 않으려고 자신을 배신하는 것 역시 배신이긴 마찬가지다. 그것은 최고의 배신이다.

하지만 이렇게 되면 도처에서 약속을 어기는 사태가 벌어져요! 무엇에 대한 것이든, 또 누구의 말이든 중요하지 않을 겁니다. 어떤 거든 간에 아무한테도 의지할 수 없을 거라구요!

호, 그래서 너는 지금까지 남들이 약속을 지키는 것에 의지해왔던 거냐? 그리고 보면 네가 그렇게 괴로워한 것도 전혀 놀랄 일이 아니지.

제가 괴로워했다고 누가 그럽디까?

그럼 너는 네가 **행복하던** 때에 세상을 보고 행동하는 방식이 그런 거란 얘기냐?

좋습니다, 좋아요. 그래서 전 괴로워했습니다. 이따금요.

아니, 무척 많은 시간 동안. 너는 행복해야 할 온갖 **이유**를 다 갖고 있을 때도 자신이 괴로워하게 내버려두었다. 자신의 행복을 계속 붙잡고 있을 수 있을지 염려하면서!

그리고 네가 이런 염려까지 **해야** 했던 건, "자신의 행복을 붙잡고 있는 것"을 남들이 약속을 얼마나 잘 지키는가에 주로 의지했기 때문이다.

다른 사람이 약속을 지키길 기대할 권리, 적어도 **희망할** 권리조차 없단 말입니까?

왜 너는 그런 권리를 원하려는 거냐?

남이 네게 한 약속을 지키지 않을 경우는 그가 그렇게 하기를 원하지 않거나, 혹은 같은 거지만, 그가 그렇게 할 수 없다고 느끼는 때밖에 없다.

그리고 그가 네게 한 자신의 약속을 지키지 않거나, 혹은 무슨 이유에선가 그냥 그렇게 할 수 없다고 느낄 때, 왜 너는 굳이 그가 그렇게 하기를 바라느냐?

너는 정말로 그녀가 지키고 싶어하지 않는 합의를 그녀가 지키길 바라느냐? 너는 정말로 그들이 할 수 없다고 느끼는 일들을 하도록 사람들을 강제해야 한다고 느끼느냐?

왜 너는, 그게 무슨 일이든, 또 그게 누구든, 그 사람의 의지에 반해서 그 일을 하도록 강제하길 바라느냐?

글쎄요, 그들이 하겠노라고 말한 것을 하지 **않고** 그냥 넘어가게 놔둔다면, 나나 내 가족이 다치게 되리란 게 그 한 이유겠죠.

그러니까 상처를 피하기 위해서 상처를 입히려고 하는구나.

다른 사람더러 자기가 한 약속을 지키라고 하는 게 어째서 그 사람을 상처 주는 건지 모르겠군요.

하지만 그 사람으로서는 그것을 상처받는 것으로 볼 수밖에 없다. 그렇지 않았더라면 그는 자진해서 약속을 지켰을 테니까.

그래서 약속을 한 사람에게 그냥 그것을 지키라고 요구해서 "상처 주지" 말고, 제 쪽에서 상처를 감수해야 한단 말입니까? 아니면 내 아이들이나 가족이 상처 입는 걸 지켜봐야 한단 말입니까?

너는 정말로 다른 사람에게 약속을 지키라고 강요하면, 네가 상처 입지 않으리라고 생각하느냐?

네게 말하노니, 남들에게 더 많은 해를 입힌 쪽은 자기들이 하고 싶은 일을 자유롭게 해왔던 사람들이 아니라, 말없이 집요한 삶을 살았던(즉 그들이 해야 "한다"고 느꼈던 일을 한) 사람들이었다.

누군가에게 자유를 줄 때, 너희는 위험을 제거하지, 그것을 키우지 않는다.

그렇다, 누군가가 너희에게 한 약속이나 서약의 "올가미에서 벗어나게" 놔두는 것이 단기적으로는 너희를 다치게 하는 것처럼 **보일지** 모르지만, 장기적으로는 결코 너희를 해롭게 하지 않을 것이다. 너희가 남들에게 자유를 줄 때, 너희는 **자신에게** 자유를 주고 있기 때문이다. 그렇게 해서 이제 너희는, 지키고 싶어하지 않는 약속을 지키라고 남에게 강요할 때 어쩔 수 없이 따라나오는 번민과 비애, 그리고 자기 위엄과 자기 가치의 손상에서 자유롭다.

그리고 다른 사람을 그가 한 약속에 붙잡아두려 했던 사람이면 거의 누구나 발견하는 사실이지만, 해를 입히는 기간이 길수록 그 해악도 커지기 마련이다.

이런 견해가 사업에도 똑같이 적용되는 겁니까? 그런 식으로 해서야 세상이 어떻게 사업을 할 수 있겠습니까?

사실 사업을 하는, 유일하게 분별 있는 방식이 이것이다.

지금 이 순간 너희 사회 전체에서 사업이 가진 문제는, 그것이 힘에 근거하고 있다는 데 있다. 합법적인 힘(너희가 "법의 폭력"이라고 부르는 것)과 너무나도 빈번하게 사용되는 물리적인 힘(너희가 세상의 "무력"이라 부르는 것)에.

너희는 아직 설득의 기술을 사용하는 법조차 배우지 못했다.

합법적인 힘—법정을 통한 "법의 폭력"—이 아니라면, 우리가 무슨 수로 사업가들에게 자신들의 계약 조건을 이행하고 합의한 걸 지키라고 "설득합니까"?

너희 문화의 지금 윤리로는 아마 달리 방도가 없을 것이다. 하지만 문화 윤리가 **바뀐다면**, 사업체들—같은 차원에서 개인들—이 합의를 깨지 못하게 하려고 너희가 지금 쓰고 있는 그 방식은 대단히 미개한 것으로 비칠 것이다.

설명해주시겠습니까?

지금 너희는 합의들을 확실하게 지키게 하려고 폭력을 쓰고 있다. 하지만 너희의 문화 윤리가, 너희 모두가 '하나'라는 이해를 받아들이는 것으로 바뀔 때, 너희는 더 이상 폭력을 쓰지 않을 것이다. 그렇게 해봤자 자신을 해치는 것에 불과하니, 너희는 자신의 오른손으로 왼손을 때리지 않을 것이다.

왼손이 당신 목을 조르더라도요?

그건 그 시점에서 또 하나의 불가능한 일이다. 그때가 되면 너희는 자신의 목을 조르지 않게 될 것이고, 얼굴에게 분풀이하려고 코를 물어뜯는 일도 없을 것이며, 합의를 깨뜨리는 일도 없을 것이다. 그리고 물론 너희의 합의 자체가 크게 달라질 것이다.

너희는 다른 사람이 가치 있는 뭔가를 너희에게 줘야지만, 비로소 자신이 가진, 가치 있는 뭔가를 그에게 주기로 합의하지 않게 될 것이고, 그냥 소위 답례란 걸 받기 전까지는 너희가 뭔가를 주거나 나누는 걸 망설이는 일도 없을 것이다.

너희는 자동으로 주고 나누게 될 것이니, 따라서 깨뜨릴 계약도 훨씬 줄어들 것이다. 왜냐하면 계약은 상품과 서비스의 교환과 관련된 것인 반면, 너희 삶은 교환이 이루어지는가 아닌가에 **상관없이** 상품과 서비스를 주는 것과 관련될 것이기에.

그럼에도 너희의 구원을 찾을 수 있는 곳이 이런 식의 일방적인 줌에서다. 왜냐하면 너희는 신이 체험했던 것, 즉 남에게 준 것이 자신에게 주는 것이 됨을 발견하게 될 것이기에. 돌아가는 것은 돌아오기 마련이다.

네게서 비롯된 모든 일이 네게로 돌아오리라.

일곱 배로. 그러니 너희는 "되찾으려고" 염려할 필요가 전혀 없다. 너희는 오직 "내주는" 것만 염려하면 된다. 삶은 최상질의 가짐이 아니라 최상질의 줌을 창조하는 것과 관련되어 있다.

너희는 계속해서 잊고 있다forgetting. 하지만 삶은 "갖기 위한 것for getting"이 아니라 "주기 위한 것for giving"이니, 그렇게 하려면 남들을 용서해야forgiving 한다. 특히나 너희가 **가지려 했던 것을 너희에게 주지 않았던** 사람들을!

이런 방향 전환은 너희 문화의 내력을 완전히 뒤바꿀 것이다. 지금 너희 문화에서는 소위 "성공"이란 걸 주로 자신이 얼마나 많이 "가졌는가"로, 얼마나 많은 명예와 돈과 권력과 소유물들을 모았는가로 재지만, 새로운 문화에서는 **남들에게** 얼마나 많이 모으게 했는가로 "성공"이 재어질 것이다.

아이러니는, 남들에게 더 많이 모으게 할수록, 너희는 애쓰지 않고도 더 많이 모으리란 것이다. "약속된" 것을 서로에게 주라고 너희를 강요하는 어떤 "계약"도, 어떤 "합의"도, 또 어떤 "거래"나 "협상"이나 소송이나 재판도 없이.

미래 경제에서 너희는 일신의 이익을 위해서가 아니라 일신의 성장을 위해서 일할 것이고, 그것이 너희의 이득이 될 것이다. 그럼에도 너희가 참된 자신의 더 크고 더 숭고한 해석으로 되어감에 따라 물질적인 의미에서의 "이익"도 너희에게 다가올 것이다.

그런 시절이 되면, 그들이 그렇게 하겠노라고 "말했다"고 해서, 뭔가를 자신에게 주도록 강요하려고 폭력을 쓰는 것이 너희에게는 대단히 미개해 보일 것이다. 다른 사람들이 합의를 지키지 않더라도, 너희는 그들이 그냥 자기 나름의 길을 가고, 나름의 선택을 내리며, 자신에 대한 나름의 체험을 창조하도록 놔둘 것이다. 그리고 그들이 너희에게 주지 않은 것이 무엇이든 너희는 아쉬워하지 않을 것이다. "그것이 나온 곳에 더 많이" 있고, 너희가 그것을 끌어내는 출처source는 그들이 아니라 너희 자신임을 알게 될 것이기에.

우와. **알겠습니다.** 그런데 사실 우리는 목표 지점에서 벗어난 것 같은데요. 이 모든 논의는 제가 사랑에 대해 물었던 것에서 시작되었습니다. 인간들이 그걸 한계 없이 표현해도 좋은지 물었던 것에서요. 그리고 그게 자유결혼의 문제로 이어졌구요. 그런데 갑자기 여기 와서 우리는 목표 지점에서 벗어나고 말았습니다.

사실 그렇지 않다. 우리가 논의 대상으로 삼았던 것들 모두가 관련이 있다. 이것은 소위 계몽된, 혹은 고도로 진화된 사회들에 관한 네 질문으로 가기 위한 완벽한 도입부다. 고도로 진화된 사회들에는 "결혼"도, "사업"도, 또 같은 차원에서 너희가 너희 사회를 붙들어두기 위해 창조했던 어떤 작의적인 사회 구조물도 있지 않기 때문이다.

아, 예, 얼마 안 가면 그 문제에 이르겠군요. 어쨌든 저는 지금 여기서 이 주제를 마무리하고 싶거든요. 당신은 여기서 호기심을 자극하는 이야기들을 하셨습니다. 제가 이해한 바로는 그 이야기들을 종합했을 때 나올 결론이, 사람들 대부분은 약속을 지킬 수 없으니 약속을 하지도 마라인 듯합니다. 이건 결혼제도란 배에 커다란 구멍을 뚫어 가라앉히고 말 이야기군요.

나는 네가 쓴 "제도"라는 말이 마음에 든다. 결혼한 대다수 사람들은 자신이 "제도" 속에 있음을 체험한다.

맞아요, 그건 일종의 정신건강 제도나 형법제도입니다. 아니면 가장 가능성이 적지만, 더 큰 배움을 위한 제도거나요!

맞았다, 그거다. 그것이 바로 대다수 사람들이 결혼을 체험하는 방식이다.

저, 사실 전 당신이 농담을 하시길래 맞장구를 친 것뿐입니다. 사실 저로서는 "대다수 사람들"이라고 단언하지는 못하겠습니다. 결혼제도를 아끼고 그것을 보호하고 싶어하는 사람들은 아직 얼마든지 있습니다.

나는 앞의 진술을 고수할 것이다. 대다수 사람들은 결혼으로 아주 힘든 시기를 보낸다. 그리고 그들은 결혼이 자신들에게 저지르는 짓들을 좋아하지 않는다.
전 세계의 이혼율 통계가 이것을 증명하고 있다.

그러니까 당신은 결혼이 없어져야 한다는 건가요?

나는 그 문제에 아무런 선호도 갖고 있지 않다. 다만—

—압니다, 알아요. 관찰할 뿐이란 거죠.

훌륭하다! 너희는 끊임없이 나를 선호를 가진 신으로 만들고 싶어하지만, 나는 그렇지 않다. 이제 네가 그렇게 하길 그만두려 하니, 고맙구나.

여기서 우리는 결혼제도만 침몰시킨 게 아닙니다. 우린 종교도 침몰시켰다구요!

인류 전체가 신은 선호를 갖지 않는다는 사실을 이해했다면, 사실 종교는 존재하지 못했을 것이다. 왜냐하면 종교란 건 으레 자기 스스로 신의 선호에 대한 진술이 되고자 하기 때문이다.

당신이 아무런 선호도 갖지 **않는다면**, 그럼 종교는 사기겠군요.

음, 그건 너무 매몰찬 말이다. 나라면 그걸 허구라고 불렀을 것이다. 그건 그냥 너희가 만들어낸 것이다.

신은 우리가 결혼하는 쪽을 더 좋아하신다는 허구를 우리가 만들어낸 것처럼요?

그렇다. 나는 그 면에서 어느 쪽도 더 좋아하지 않는다. 하지만 내가 알기론 **너희는** 좋아한다.

왜요? 왜 우리는 결혼이 그렇게 힘들다는 걸 알면서도 결혼을 더 좋아할까요?

결혼은 너희의 사랑 체험 속에 "변함없음", 즉 영원성을 가져오기 위해, 너희가 생각해낼 수 있었던 유일한 방법이었다.
그것은 여자가 의지처(依支處)와 생존을 보장받을 수 있는 유일한 방법이었고, 남자가 변함없는 섹스 이용권과 반려자를 보장받을 수 있는 유일한 방법이었다.

그리하여 하나의 사회규약이 만들어졌고, 거래가 이루어졌다. 네가 내게 이것을 주면 나는 네게 저것을 주겠노라는 거래가. 이 점에서 결혼은 사업과 흡사했다. 그래서 계약이 맺어졌고, 쌍방 모두 그 계약을 강제할 필요가 있었기에, 결혼은 신과의 "성스러운 약조"이니, 그 약조를 어기는 사람들은 신에게 벌을 받으리라고 이야기되었다.

나중에 가서 이것이 들어먹히지 않자, 너희는 그것을 강제하기 위해 인간의 법률들을 만들었다.

하지만 그조차도 먹히지 않았다.

소위 신의 법도, 또 인간의 법도, 사람들이 자신들의 결혼서약을 깨뜨리는 걸 막지는 못했다.

어째서요?

통상 너희가 고안한 대로의 결혼서약들은 단 하나뿐인 중요 법칙과 정면으로 충돌하는 것이었기 때문이다.

어떤 법칙 말입니까?

자연법.

하지만 생명이 통일, '하나됨'을 표현하는 건 자연의 순리입니다. 그게 바로 제가 이 대화들에서 얻고 있는 것 아닙니까? 게다가 결혼은 우리가 그것을 가장 아름답게 표현하는 방법이고요. 당신도 아실 겁니다. "신이 함께 모은 것을 인간이 흐트러뜨리지 않게 하라"고 했습니다.

너희 대다수가 행하는 식의 결혼이 특별히 아름다운 건 아니다. 그것은 개개 인간 존재가 타고나는 세 측면의 진실 중 두 측면을 침해한다.

다시 그 문제로 돌아가실 겁니까? 전 이제서야 제가 이야기를 추스려가기 시작했다고 생각했는데요.

상관없다. 다시 한번 꼭대기부터 시작하자.

'너희'는 사랑이다.

사랑인 것은 무한하고 영원하고 자유롭다.

바로 이것이 너희고, 바로 이것이 너희의 **천성**이다. 너희는 날 때부터 무한하고 영원하고 자유롭다.

따라서 너희의 천성을 침해하거나, 너희의 천성을 경시하는, 인위적인 모든 사회적, 도덕적, 종교적, 철학적, 경제적, 정치적 구조물 자체가 너희 자신을 공격하니, 너희로서는 그것에 저항할 수밖에 없다.

너는 너희 나라를 탄생시킨 것이 무엇이라고 생각하느냐? 그것은 "나에게 자유가 아니면 죽음을 달라"가 아니었느냐?

그런데 너희는 너희 나라에서 그 자유를 포기했고, 너희 삶에서 그것을 포기했다. 모두가 안전을 위해서라는 같은 이유에서.

살아가는 것, 삶 자체를 너무나 두려워하는 너희는, 안전을 보장받는 대가로 **너희 존재의 천성 자체를** 포기하고 말았다.

너희가 결혼이라 부르는 그 제도는, 소위 정부라는 제도가 그러하듯, 안전을 확보하려는 너희식 시도다. 사실 서로의 행동 양식을 지배하기 위해 고안된, 인위적인 사회 구조물이라는 점에서 그 둘은 형태만 다른, 같은 것이다.

맙소사, 전 그걸 한번도 그런 식으로 보지 않았습니다. 전 언제나 사랑의 궁극적인 선언이 결혼이라고 생각했는데요.

너희가 상상하는 대로의 결혼이라면, 그렇다. 하지만 너희가 고안한 대로의 결혼이라면, 그렇지 않다. 너희가 고안한 대로의 결혼은 두려움의 궁극적인 선언이다.

결혼이 너희를 사랑 속에서 무한하고 영원하고 자유롭게 해줄 때, **그때서야** 비로소 그것은 사랑의 궁극적인 선언일 수 있다.

지금도 그렇지만, 너희의 결혼은 자신의 사랑을 약속이나 보장의 수준으로 낮추려는 노력에서 나온 것이었다.

결혼은 지금 "그런 것"이 **항상 그렇게 되도록** 보장하려는 노력이다. 이런 보장이 필요하지 않다면, 너희는 굳이 결혼할 필요가 없을 것이다. 그렇다면 너희는 이 보장을 어디에 써먹는가? 첫째, 안전을 확보하는 수단으로(너희 내면의 것에서 안전을 확보하는 대신에). 그리고 둘째로, 안전을 끝내 장담할 수 없을 때, 서로를 벌하기 위한 수단으로. 깨어진 결혼 약속은 거꾸로 이제 막 개시된 소송의 논거가 될 수 있다.

이렇게 해서 너희는 결혼이 아주 쓸모 있다는 걸 알았다. 그것이 하나같이 잘못된 이유들 때문이라 해도.

또한 결혼은 너희가 서로에게 지닌 감정을 다른 사람에게는 결코 갖지 않으리란 보장을 확보하려는 너희식 시도다. 혹은 적어도 그런 감정들을 다른 사람에게 절대 같은 방식으로 표현하지는 않으리란 보장을.

다시 말해 성적으로.

다시 말해 성적으로.

마지막으로 너희가 고안해낸 대로의 결혼은, "이 관계는 특별하다. 나는 이 관계를 다른 모든 관계보다 우선시하겠다"고 선언하는 방식이다.

그게 뭐가 잘못입니까?

아무것도. 그건 "잘잘못"의 문제가 아니다. 잘하고 잘못하고는 존재하지 않는다. 그것은 무엇이 너희에게 도움이 되는가의 문제다. 무엇이 자신을 '참된 자신'의 다음번 숭고한 이미지로 재창조해주는가의 문제.

만일 "이 하나의 관계, 지금 이 자리에서 이 딱 하나의 관계만이 다른 어떤 것보다 더 특별하다"고 말하는 존재가 '참된 자신'이라면, 결혼이라는 너희의 고안물은 완벽하게 그렇게 보장해준다. 하지만 영적 선각자로 인정받고 있거나 인정받았던 사람들 거의 다가 결혼하지 않았다는 건 흥미롭지 않으냐?

맞아요, 선각자들은 독신이기 때문이죠. 그 사람들은 섹스를 하지 않습니다.

　아니다. 그것은 선각자들이 결혼이라는 너희의 지금 고안물이 끌어내려는 진술—그 한 사람이 다른 사람들보다 자신에게 더 특별하다는 진술—을 진실되게 할 수 없었기 때문이다.

　선각자는 이런 진술을 하지 않는다. 이것은 **신도 하지 않는 진술이다.**

　사실 너희가 지금 고안한 대로의 결혼서약은 대단히 신답지 못한 진술을 너희가 하도록 만든다. 신이라면 결코 하지 않을 약속이 그것인데도, 너희는 이것을 가장 성스러운 약속이라 느낀다. 이것이야말로 최고의 역설이다.

　그럼에도 인간의 두려움을 정당화하기 위해 너희는 **너희하고 똑같이 행동하는** 신을 상상해냈다. 그리하여 너희는 자신의 "선택받은 민족"에게 한 신의 "약속"이니, 신과 신이 사랑하는 사람들 사이에서 특별한 방식으로 맺어진 계약이니를 운운한다.

　너희는 다른 사람보다 더 특별한 방식으로 한 사람을 사랑하지 않는 신이라는 발상을 참아내지 못하기에, 특정한 이유로 특정한 사람들만을 사랑하는 신을 주인공으로 하는 소설을 만들어낸다. 너희는 이 소설들을 종교라 일컫지만, 나는 그것들을 불경스럽다 칭할 것이다. 신이 한 사람을 다른 사람보다 더 사랑한다는 식의 모든 생각이 엉터리고, **너희더러 같은 것을** 진술하라고 요구하는 모든 의식이 성사(聖事)가 아닌 신성모독이다.

아, 신이시여, 그만하십시오. **그만요!** 당신은 제가 지금껏 결혼에 대해 품었던 온갖 아름다운 생각들을 죽이고 있어요! 신이 이런 이야기를 쓸 리가 없습니다. 신이라면 종교와 결혼을 절대 그런 식으로 말하지 않을 거라구요!

우리가 지금 여기서 이야기하는 것은 너희가 **고안해낸 방식의** 종교와 결혼이다. 너는 이런 이야기가 가혹하다고 생각하느냐? 내가 너희에게 말하노니, 너희는 자신들의 두려움을 정당화하고, 서로에 대한 너희의 정신나간 대우를 합리화하려고, 신의 말을 저질로 만들었다.

계속해서 내 이름으로 서로를 제한하고, 서로를 해치고, **서로를 죽이기** 위해 필요한 신의 말이라면, 너희는 그것이 어떤 말이라도 신더러 하게 만들고 말 것이다.

그렇고 말고. 너희는 내 이름을 불러냈고, 내 깃발을 흔들었으며, 몇백 년 동안 십자가를 너희 전쟁터로 끌고 다녔다. 하나같이 내가 다른 사람보다 한 사람을 더 사랑한다는 증거로, 그리고 **그것을 증명하기** 위해 내가 **너희더러 그들을 죽이라고 요구하리란** 증거로.

하지만 너희에게 말하노니, 내 사랑은 무한하고 내 사랑은 조건이 없다.

너희가 듣고 있을 수 없는 한 가지가 바로 이것이고, 너희가 참을 수 없는 한 진리가 바로 이것이며, 너희가 받아들일 수 없는 한 진술이 바로 이것이다. 결혼제도(너희가 고안해낸 대로의)뿐만 아니라, 너희의 종교제도와 정부제도까지 송두리째 무너뜨리고 마는 그 완전한 포용성 때문에.

너희는 배척에 근거한 문화를 창조했고, 배척하는 신이라는 '문화 신화'로 그것을 지탱해왔다.

하지만 신의 문화는 포용에 근거하니, 신의 사랑은 모두를 포용하고, 신의 왕국은 모두를 초대한다.

그리고 이 진리가 너희가 신성모독이라 부르는 것이다.

이게 사실이라면, 너희가 삶에서 창조한 모든 것이 엉터리가 되는 것이니, 너희는 그럴 수밖에 없다. 인간의 모든 관습과 고안품들은, 그것들이 무한하고 영원하고 자유롭지 않은 그 정도만큼 엉터리다false.

"옳고" "그르고" 따위가 없다면 어떻게 뭔가가 "엉터리"일 수 있습니까?

뭔가가 자신의 목적에 맞게 기능하지 못한다면, 그것은 그 정도만큼 엉터리다. 문이 열리고 닫히지 않을 때, 너희는 그 문을 "그르다"고 말하지 않는다. 너희는 그냥 그것의 설치나 작동이 엉터리라고 말할 것이다. 그것이 자신의 목적에 이바지하지 않기 때문에.

너희가 삶에서, 너희 인간 사회에서 고안하는 것이 무엇이든, 인간이 되는 데 너희의 목적에 기여하지 않는 것은 엉터리다. 그것은 엉터리 고안품이다.

그냥 다시 음미해보려고 물어보는 건데요, 인간이 되는 데 우리의 목적이라뇨?

　　'자신이 참으로 누군지' 결정하고 선언하며, 창조하고 표현하며, 체험하고 성취하는 것.
　　너희가 지금껏 '참된 자신'에 대해 가졌던 가장 위대한 전망의 가장 숭고한 해석으로 순간순간마다 자신을 새롭게 재창조하는 것.
　　바로 이것이 인간이 되는 데 너희의 목적이고, 바로 이것이 삶 전체의 목적이다.

그래서, 그게 우리를 어디에 남겨놓는 겁니까? 우리는 종교를 무너뜨렸고, 결혼을 제거했고, 정부를 고발했습니다. 그러고 나서 우리는 어디에 있는 겁니까?

　　무엇보다 우리는 아무것도 무너뜨리지 않았고, 아무것도 제거하지 않았으며, 아무것도 고발하지 않았다. 너희가 창조해낸 고안품이 제대로 작동하지 않고, 너희가 그것을 가지고 만들어내려 했던 것을 만들어내지 못할 때, 그런 상황을 묘사한다고 해서 그 고안품을 무너뜨리거나 제거하거나 탄핵하는 건 아니다.
　　심판과 관찰의 차이를 잊지 않도록 하라.

저, 전 여기서 당신과 논쟁하려는 게 아닙니다. 하지만 방금 말씀하신 것 중 많은 부분이 **제게는** 상당 정도 심판으로 들렸거든요.

여기서 우리를 구속하는 건 말이 지닌 끔찍한 한계다. 실제로는 쓸 수 있는 말들이 워낙 적어서, 같은 말을 몇 번이고 다시 쓰지 않을 수가 없다. 그것들이 언제나 같은 의미나 같은 종류의 생각을 전달하지 않을 때조차도.

너희는 바나나 스플리트(요리−옮긴이)를 "좋아한다love"고 말하지만, 그것이 너희가 서로를 좋아한다love고 말할 때와 같은 의미가 아닌 건 분명하다. 그러니 보다시피, 너희가 어떻게 느끼는지 묘사할 수 있는 말들이 너희 언어에는 거의 없다.

이런 식으로, 다시 말해 말의 방식으로, 너와 교류하면서 나는 스스로가 그런 한계들을 체험하게 놔두었다. 따라서 이 용어들 중 일부를, **판단을 내릴 때 사용해왔던 너희로서는, 내가** 그것들을 **사용하면서** 판단을 내리고 있다는 결론을 쉽사리 내릴 수 있으리란 점은 나도 인정한다.

하지만 이 자리에서 네게 장담하지만, 나는 그렇지 않다. 이 대화 전체에 걸쳐, 나는 단지 어떻게 하면 너희가 가고 싶다고 말하는 곳에 이를 수 있는지 말해주려고 해왔고, 또 너희 길을 막고 있는 게 뭔지, 다시 말해 너희가 그곳에 가는 걸 막는 게 뭔지를 가능하다면 강한 충격을 주면서 묘사하려고 해왔다.

종교와 관련해서, 너희가 가고 싶다고 말하는 곳은 진실로 신을 알 수 있고 사랑할 수 있는 그런 곳이지만, 나는 너희 종교들이 너희를 그리로 데려가지 못하는 걸 관찰하고 있을 뿐이다.

너희 종교들은 신을 '위대한 수수께끼'로 만들었고, 너희가 신을 사랑하지 못하도록, 두려워하도록 만들었다.

또한 종교들은 너희 행실을 거의 바꾸지 못했다. 너희는 아직도 서로를 죽이고, 서로를 비난하며, 서로를 "잘못된" 걸로 만들고 있다. 사실 너희더러 그렇게 하도록 부추겨온 것이 너희 **종교들**이다.

그러니 종교와 관련해서 나는 단지, 너희는 종교가 너희를 저리로 데려다줬으면 좋겠다고 말하는데, 종교는 너희를 다른 데로 데려가고 있음을 관찰할 뿐이다.

이제 너희는 **결혼이** 너희를 영원한 지복(至福)의 땅, 혹은 적어도 어느 정도 적당한 수준의 평화와 안전과 행복으로 데려가줬으면 좋겠다고 말한다. 종교와 마찬가지로 결혼이라는 너희의 발명품도 처음 출발할 때는, 너희가 처음 그것을 체험할 때는, 그런 대로 이런 소망을 잘 처리하는 편이다. 하지만 결혼 역시 종교와 마찬가지로, 너희가 그 체험 속에 오래 머물면 머물수록, 점점 더 너희를 너희가 가고 싶지 않다고 말하는 바로 그곳으로 데려간다.

결혼한 사람 거의 절반이 이혼으로 자신들의 결혼을 해체했고, 결혼한 채로 남는 사람들 중 많은 수가 절망적일 정도로 불행하다.

"지극히 복된 결합"이 너희를 쓰라림과 분노와 회한으로 데려가는 것이다. 그것이 너희를 처절한 비극의 자리로 데려가는 경우 역시 적지 않다.

너희는 너희 **정부들이** 평화와 자유와 국내 질서를 보장해줬으면 좋겠다고 말하지만, 나는 너희가 고안해낸 대로의 정부들은 전혀 이렇게 하지 못함을 관찰한다. 오히려 너희 정부들은 너희를 전쟁과, 점점 확대되어가는 자유의 부족, 그리고 국내

폭동과 사변으로 데려간다.

너희가 사람들에게 똑같은 기회를 제공하는 과제를 감당하지 못한 건 말할 것도 없고, 사람들을 그냥 건강하게 먹이고 활기차게 유지하는 정도의 기본적인 문제들도 해결하지 못했다.

몇만 명이 몇 개국을 충분히 먹여 살릴 수 있는 음식들을 날마다 버리는 이 행성에서, 날마다 몇백 명이 굶주림으로 죽어가고 있다.

너희는 남은 밥을 "가진 자"에서 "못 가진 자"로 전해주는 가장 간단한 과제조차 처리하지 못한다—너희가 자원을 좀 더 평등하게 나누길 과연 원하기나 하는가라는 논쟁을 해결하지 못한 건 말할 것도 없고.

그런데 **이것들은 판단이 아니다.** 이것들은 너희 사회를 **관찰하면 확인할 수** 있는 것들이다.

왜죠? 왜 이 모양입니까? 왜 우리는 지난 몇십 년 동안 자신의 문제들을 처리하는 면에서 그다지도 진전을 보지 못했을까요?

몇십 년? **몇 세기**라고 해라.

좋습니다. 몇 세기 동안요.

그것은 인간의 '첫 번째 문화 신화'와, 거기서 따라나올 수밖에 없는 다른 모든 신화와 관련이 있다. 신화는 윤리를 구성하고, 윤리는 태도를 만들어내기 마련이니, 그 신화들이 바뀔 때까지는 다른 어떤 것도 바뀌지 않을 것이다. 그런데 문제는 너희의 문화 신화가 너희의 기본 본능과 일치하지 않는다는 데 있다.

무슨 뜻입니까?

인간 존재는 날 때부터 악하다는 것이 너희의 '첫 번째 문화 신화'다. 원죄의 신화가 이것이다. 이 신화는 너희의 기본 천성이 악할 뿐 아니라, 너희는 그런 식으로 태어났다고 주장한다.

첫 번째 신화에서 따라나올 수밖에 없는 '두 번째 문화 신화'는 "적자"만이 생존한다는 것이다.

이 두 번째 신화는, 너희 중에는 강한 자와 약한 자가 있고, 살아남으려면 강한 쪽에 속해야 한다고 주장한다. 따라서 너희는 동료 인간을 돕기 위해 가능한 한 최선을 다하겠지만, 자신의 생존이 문제가 된다면, 또 그럴 때는, 자신을 먼저 돌볼 것이고, 심지어 남들이 죽게 내버려두기도 하리라면서. 아니, 그 신화는 너희가 그 이상도 할 것이라고 주장한다. 자신과 자기 가족들이 살기 위해서 그래야 한다고 생각하면, 사실 너희는 남들을—십중팔구 "약자"를—죽이고, 그럼으로써 자신을 "적자"로 규정할 것이라고.

너희 중 일부는 이것이 너희의 기본 본능이라고 말한다. "생존본능"이라 불리는 이 문화 신화야말로 너희의 사회윤리 중에서 큰 부분을 차지하면서, 너희의 집단행동 중 많은 부분을 형성해왔다.

하지만 너희의 "기본 본능"은 생존이 아니라, 공정함과 '하나

됨', 사랑이다. 이것은 세상의 모든 지각 있는 존재sentient beings
의 기본 본능이다. 그것은 너희의 세포 기억이고, **타고난 천성**
이어서, 너희의 '첫 번째 문화 신화'를 뒤집는다. 너희는 본래 악
하지 **않다.** 너희는 "원죄"를 갖고 태어나지 **않았다.**

너희의 "기본 본능"이 "생존"이었다면, 너희의 기본 천성이
"악했다면", 너희가 떨어지는 아이나 물에 빠진 남자를 구하거
나, 이런저런 사람을 이런저런 것에서 구하려고 본능적으로 움
직이는 일 같은 건 절대 없었을 것이다. 하지만 너희가 기본 본
능에 따라 행동하고 기본 천성을 드러낼 때, 그리고 자신이 뭘
하는지 **생각하지** 않을 때, 너희가 **위험을 무릅쓰면서까지** 취하
는 행동 방식이 실상 이런 것이다.

그러니 너희의 "기본" 본능은 "생존"일 수 없고, 너희의 기본
천성은 당연히 "악하지" 않다. 너희의 본능과 천성은 공정함과
'하나됨', 사랑이라는 너희의 본질을 반영하게 되어 있다. 이것
의 사회적 의미를 살펴볼 때는 "공정함fairness"과 "평등equality"
의 차이를 이해하는 것이 중요하다. **평등해지는 것, 즉 똑같아
지는 것**은 모든 지각 있는 존재의 기본 본능이 아니다. 오히려
정반대가 사실이다.

모든 살아 있는 것들의 기본 본능은 동일함이 아니라 독특함
을 표현하는 것이다. 두 존재가 진짜로 똑같은 사회를 창조하기
란 불가능할 뿐 아니라 바람직하지도 않다. 진짜 평등, 다시 말
해 경제와 정치와 사회 면에서 "동일함"을 만들어내려는 사회
메커니즘은 가장 장대한 발상과 가장 고귀한 목적—각 존재가
자신이 지닌 가장 장대한 바람의 결과물을 만들어낼 기회를 가

짐으로써, 자신을 진실로 새롭게 재창조한다는—에 기여하는 것이 아니라, 그것을 방해하는 것이다.

이를 위해 필요한 것은 기회의 **평등**이지, **사실상의** 평등이 아니다. 이 기회의 평등이 **공정함**이다. 반면에 외부의 힘과 법률로 만들어내는 사실상의 평등은 공정함을 **자아내지** 않고 그것을 **배제할** 것이다. 그것은 모든 깨달은 존재의 최고 목표인 참된 자기 재창조를 이룰 기회를 배제할 것이다.

그렇다면 어떤 체제가 기회의 자유를 **창조하는가?** 사회가 모든 개인의 생존 필요를 충족시킬 수 있게 해줌으로써, 어느 존재나 자기 생존보다는 자기 발달과 자기 창조를 자유롭게 추구할 수 있게 해주는 체제, 달리 말하면 삶—**생존은 이 속에서 보장된다**—이라는 참된 체계를 본뜬 체제가.

자기 생존이 문제가 아닌 **계몽된** 사회들이라면 모두에게 돌아갈 만큼 충분히 있는데도, 그 구성원들 중 한 명만이 고통을 겪게 놔두는 일이 없을 것이다. 이런 사회들에서는 자기 이해와 최상의 상호 이해가 동일하다.

하지만 "타고난 사악함"이나 "적자생존"의 신화를 중심으로 삼는 사회로서는 어떻게 해도 이런 이해에 이르지 못할 것이다.

예, 이건 알겠습니다. 이 "문화 신화" 문제는 앞선 문명들의 태도 및 윤리와 더불어 나중에 더 자세히 탐구해보고 싶은 주제이긴 하지만, 지금은 다시 한번 되돌아가서 제가 앞서 했던 질문들을 해결하고 싶습니다.

당신과 이야기를 나눌 때 어려운 점 하나는 답변들이 워낙 흥미 있는 방향으로 나가는 바람에, 종종 시작한 지점이 어디였는지를 잊고 만다는 겁니다. 하지만 이번에는 잊지 않았습니다. 우린 결혼에 대해서 이야기하고 있었습니다. 사랑과 그 필요조건들에 대해서요.

사랑에는 어떤 필요조건도 **없다**. 바로 이 점이 그것을 사랑으로 만드는 것이다.

타인에 대한 너희의 사랑에 필요조건이 달려 있다면, 그것은 모조품이지, 전혀 사랑이 아니다.

내가 여기서 너희에게 말해주려고 해온 게 바로 이것이다. 네가 여기서 했던 모든 질문을 가지고 내가 열두 가지 다른 방식으로 말해온 게 이것이다.

예를 들어 결혼이란 맥락에는, 사랑이 필요하지 않은 서약 교환이란 게 있다. 그런데 **너희는** 사랑이 뭔지 모르기에, 그것이 필요하다. 그래서 너희는 **사랑이라면 결코 요구하지 않았을** 것을 서로에게 약속하게 만든다.

그래서 당신은 결혼에 **반대하시는군요**!

나는 어떤 것에도 "반대하지" 않는다. 나는 그냥 내가 보는 것을 서술하고 있을 뿐이다.

그런데 너희는 내가 보는 것을 **바꿀 수 있다**. 너희는 "결혼"이라는 너희 사회의 구조물을 다시 설계하여, 사랑이라면 결코 요구하지 않았을 것을 결혼 또한 요구하지 않게 하고, **오직 사랑만이 선언할 수 있는 것을** 결혼 또한 선언하게 만들 수 있다.

달리 말하면, 결혼서약을 바꾸라는 거군요.

그 이상이다. 그 서약의 근거가 되는 **기대**를 바꿔라. 하지만 이 기대를 바꾸기는 힘들 것이다. 그것은 너희의 문화유산이고, 그 문화유산은 다시 너희의 문화 신화에서 나오기 때문이다.

여기서 또 우린 예의 그 문화 신화로 돌아갔군요. 당신이 여기에 매달리는 이유가 뭡니까?

나는 여기서 너희에게 바른 방향을 가리켜주고 싶다. 나는 너희가 너희 사회를 데려가고 싶다고 말하는 곳을 보면서, 너희를 그쪽으로 돌아서게 만들 수 있는 인간의 말과 용어들을 찾아내고 싶다.
내가 예를 하나 들어줄까?

그래 주십시오.

사랑에 관한 너희 문화 신화들 중 하나는 받는 것보다 주는 것이 사랑이라고 말한다. 이것은 문화적 명령이 되었다. 하지만 그것은 너희를 화나게 만들고, 너희가 상상했던 것보다 더 큰 해악을 끼치고 있다.
그것은 사람들이 좋지 않은 결혼에 발을 들여놓게 하고, 그런 결혼을 유지하게 하며, 온갖 종류의 관계들을 기능장애로 만들고 있다. 그런데도 이 널리 퍼진 문화 신화에 감히 도전하겠노라 나서는 사람은 아무도 없다. 너희가 지침을 구하는 부모와, 너희가 감화를 구하는 성직자들과, 너희가 명확성을 구하는 심리학자와 정신과 의사들은 물론이고, 너희가 지적 지도력을 구하는 작가와 예술가들까지도.

그 신화를 지속시키는 노래가 작곡되고, 이야기가 만들어지며, 영화가 제작되고, 지침이 주어지며, 기도문이 제공되고, 육아가 이루어진다. 그러고 나면 너희 모두는 **그것에 따라 살도록** 홀로 남겨진다.

그러나 너희는 그렇게 하지 못한다.

그런데 문제가 되는 건 너희가 아니라 그 '신화'다.

사랑이 받는 것보다는 주는 것이 **아니라고요?**

그렇다.

그게 **아니라고요?**

그렇다. 사랑은 한번도 그랬던 적이 없다.

하지만 당신 스스로 좀 전에 "사랑에는 어떤 필요조건도 없다"고 하셨잖습니까? 사랑을 사랑으로 만드는 게 바로 이것이라고요.

그것도 맞다.

글쎄요, 제게는 그 말이 꼭 "받는 것보다는 주는 것"이라는 식으로 들리는데요.

그렇다면 너는 1권 8장을 다시 읽어볼 필요가 있다. 내가 여기서 언급하는 모든 것이 거기에 설명되어 있다. 이 대화록은 순서대로 읽어서 한 덩어리로 간주되게끔 되어 있다.

압니다. 하지만 그럼에도 불구하고 1권을 읽지 않고 이런 이야기들과 마주친 사람들을 위해서 설명해주시지 않겠습니까? 당신이 지금 어디로 가고 있는지요. 사실 솔직히 말해서 저 자신도 그 부분을 재음미하고 난 지금에서야 이게 무슨 소린지 **이해할** 것 같거든요.

좋다. 자, 시작한다.
너희가 하는 모든 일이 너희 자신을 위한 것이다.
이것이 참인 건 너희와 다른 모든 사람이 '하나'기 때문이다.
따라서 너희가 남에게 해준 일이 곧 자신에게 해준 일이고, 너희가 남에게 해주지 못한 일이 곧 자신에게 해주지 못한 일이다. 남에게 좋은 것이 너희에게 좋은 것이고, 남에게 나쁜 것이 너희에게 나쁜 것이다.
이것은 가장 기본 되는 진리다. 그런데도 너희가 가장 자주 무시하는 진리 또한 이것이다.
이제 너희가 남과 관계를 맺을 때, 그 관계는 오직 하나의 목적만을 가진다. 그 관계는 너희가 '참된 자신'에 관한 가장 고귀한 관념을 결정하고 선언하는 매개물, 창조하고 표현하는 매개물, 체험하고 성취하는 매개물로만 존재한다.

그런데 '참된 자신'이 친절하면서 사려 깊고, 자상하면서 함께 나누고, 자비로우면서 애정 깊은 사람이어서, 너희가 남들과 더불어 있을 때도 이런 것들로 **있다면**, 너희는 자신이 몸으로 온 바로 그 이유인 가장 장대한 체험을 **자신에게** 주고 있는 셈이다.

이것이 너희가 몸을 취한 이유다. 왜냐하면 오직 상대성의 물질계에서만 너희는 자신을 이런 것들로 알 수 있기 때문이다. 너희가 온 절대계에서는 앎을 이런 식으로 체험하는 것이 불가능하다.

나는 이 모든 것을 1권에서 훨씬 더 자세하게 설명했다.

그런데 '참된 자신'이 자신을 사랑하지 않고, 남들이 자신을 남용하고 해치고 파괴하도록 놔두는 존재라면, 그렇다면 너희는 그것을 체험하게 해주는 행동들을 계속해나갈 것이다.

하지만 너희가 진실로 친절하면서 사려 깊고, 자상하면서 함께 나누고, 자비로우면서 애정 깊은 사람이라면, 너희는 자신의 이런 존재 상태를 함께하는 사람들 속에 너희 자신을 포함시킬 것이다.

사실 너희는 자신에서 **출발할** 것이고, 이런 문제들에 **자신을 가장 먼저** 집어넣을 것이다.

삶의 모든 것은 자신이 무엇이 되고자 하는지에 달렸다. 예를 들어 너희가 다른 모든 사람과 '하나'되고자 한다면(즉 너희가 이미 참임을 알고 있는 개념을 체험하고자 한다면), 너희는 대단히 특별한 방식으로, 즉 자신의 '하나됨'을 자신이 체험하고 자신에게 증명할 수 있는 방식으로 행동하게 될 것이다. 그리고 이 때문에 너희가 어떤 일들을 할 때, 너희는 다른 누군가에게 뭔가를 해주지 않고 자신에게 그 일을 해주는 체험을 하게 될 것이다.

이것은 너희가 무엇이 되려 하든 상관없이 똑같이 사실이다. 만일 너희가 사랑이고자 한다면, 너희는 남들과 더불어 모든 걸 사랑할 것이다. 남들을 **위해서**for가 아니라 남들과 **더불어** with.

그 차이를 알아차려라. 그 뉘앙스를 포착하라. 너희는 **자신을 위해서 남들과 더불어** 모든 걸 사랑할 것이다. 자신과 '참된 자신'에 관한 너희의 가장 숭고한 관념을 실현하고 체험하기 위해서.

이런 의미에서 보면, 남을 위해서는 어떤 일도 할 수 없다. 자신의 자유의사로 하는 모든 행동act이 말 그대로 그냥 그것, 즉 "연기act"일 뿐이기에. 너희는 **연기하고** 있다. 다시 말해 역할을 설정하여 행동하고 있다. 단 너희는 **체하고** 있지 않다. 너희는 실제로 그것이 **되고**being 있다.

너희는 인간 **존재**being다. 그리고 너희가 어떤 존재일지 결정하고 선택하는 것은 너희다.

너희의 셰익스피어는 이렇게 말했다. "세상이 온통 무대요, 사람들은 배우라."

그는 또 "되느냐, 되지 않느냐(사느냐, 죽느냐 - 옮긴이), 이것이 문제다"라고 말했다.

그리고 그는 **또** 이렇게도 말했다. "너 자신에게 진실되라, 그러면 밤이 낮을 따르듯, 너는 누구에게도 거짓되지 않으리니."

너희가 자신에게 진실할 때, 너희가 **자신을 배신하지** 않을 때, 그러고 나서 너희가 "주고 있는 것처럼 보일" 때, 너희는 사실 자신이 "받고" 있음을 알게 되리니. 너희는 말 그대로 자신을 자신에게 되돌려주고 있다.

"남"은 **없다는** 바로 그 이유 때문에, 너희가 다른 사람에게 진짜로 "줄" 수는 없다. 우리 모두가 '하나'라면, 존재하는 건 오직 자신뿐이기에.

이건 이따금 어의론적 "속임수"같이 들리는데요. 말의 의미를 바꾸기 위해 단어의 위치를 바꿔치기하는 것 말입니다.

그건 속임수가 아니라 **마법이다!** 그리고 그것은 의미를 바꾸기 위해 단어를 바꿔치기하는 문제가 아니라, 체험을 바꾸기 위해 인식을 바꾸는 문제다.

너희의 모든 체험은 너희의 인식을 근거로 하고, 너희의 인식은 너희의 이해를 근거로 하며, 나아가 너희의 이해는 너희의 신화, 다시 말해 **너희가 지금까지 들어온 것**을 근거로 한다.

이제 내가 너희에게 말하노니, 현재의 너희 문화 신화들은 너희에게 도움이 되지 않았다. 그것들은 너희가 가고 싶다고 말하는 곳으로 너희를 데려가지 않았다.

그렇다면 너희는, 가고 싶다고 말하는 곳을 자신에게 속이고 있거나, 아니면 개인과 국가와 종의 차원 모두에서 자신이 거기에 도달하지 못하고 있음을 보지 못하고 있다.

다른 종들도 있습니까?

아 그럼, 단언하지.

좋습니다. 전 기다릴 만큼 기다려왔습니다. 그것에 관해 말해주십시오.

곧 해주지. 아주 금방. 하지만 나는 그에 앞서 너희가 어떻게 하면 소위 "결혼"이란 이 발명품을 바꿀 수 있을지에 대해 말하고 싶다. 그렇게 해서 너희가 가고 싶다고 말하는 곳으로 더 가까이 갈 수 있도록 말이다.

그것을 없애지는 마라, 그것을 폐지하지는 마라, **그것을 바꿔라.**

그래요, 저도 그걸 알고 싶습니다. 저도 인간 존재가 참된 사랑을 표현할 **무슨** 방도가 있을지 알고 싶습니다. 그래서 전 대화의 이 부분을 제가 시작했던 지점에서 끝냈으면 합니다. 우리는 사랑의 표현에 어떤 한계를 설정해야 합니까?—사실 꼭 그래야 **한다고** 말할 사람도 있겠지만요.

아니다. 어떤 한계도 설정할 필요가 없다. 그리고 **너희의 결혼서약은 바로 이 점을 진술해야 한다.**

이건 정말 놀랍군요. 왜냐하면 제가 낸시와의 결혼서약에서 진술

했던 게 바로 그거거든요.

알고 있다.

낸시와 제가 결혼하기로 결정했을 때, 갑자기 결혼서약문을 완전히 새로 써야겠다는 생각이 떠오르더군요.

알고 있다.

그리고 낸시도 찬성했고요. 그녀도 우리가 "으레 해오던 식의" 결혼 서약을 교환할 수는 없다는 데 동의했습니다.

알고 있다.

그래서 우리는 머리를 맞대고 앉아 **새로운** 결혼서약을 만들어냈습니다. 당신 표현 방식대로라면, "문화적 명령에 도전하는" 서약을요.

그래, 너는 그랬다. 나도 아주 자랑스러웠다.

그리고 사실 전, 우리가 그걸 적는 동안, 신부님이 읽으시도록 그 서약을 종이에 적어가는 동안요, 우리 두 사람 다 영감을 받고 있었다고 믿습니다.

물론 너희는 그랬다!

당신 말씀은—?

너는 책을 쓸 때만 내가 네게 온다고 생각하느냐?

우와.

그렇다, 우와다.
그렇다면 너는 왜 그 결혼서약을 여기에 옮겨 적지 않느냐?

예?

자, 어서. 너한테는 그것의 복사본이 있다. 그것들을 여기에 옮겨 적어라.

저, 우린 그걸 세상 사람들하고 함께하려고 만든 게 아닌데요.

이 대화가 시작되었을 때만 해도, 너는 그중 **어떤** 것도 세상과 함께하게 되리라고 생각하지 않았다.
자, 어서 그것들을 옮겨 적어라.

전 그냥, "우리가 완벽한 결혼서약문을 써냈다!"고 말하는 걸로 사람들이 생각하게 만들고 싶지 않습니다.

느닷없이 사람들이 어떻게 생각할지가 걱정된다고?

제발, 무슨 뜻인지 아시잖습니까?

봐라, 그것이 "완벽한 결혼서약문"이라고 말하는 사람은 아무도 없다.

음, 그렇담 그렇게 하죠, 뭐.

그건 그냥 너희 행성에 사는 사람이 그렇게 과감하게 제안한 것 치고는 최고다.

하느님—!

그냥 **농담이다**. 자, 여기서 분위기를 부드럽게 해보자.
어서 시작해라. 서약을 옮겨 적어라. 내가 책임을 지마. 그리고 사람들은 그걸 좋아하게 될 것이다. 그건 사람들에게 우리가 여기서 말한 게 뭔지 알게 해줄 것이다. 어쨌든 넌 사람들에게 이런 식으로 서약하도록 권하고 싶다는 생각까지 하지 않았느냐?—사실 그건 전혀 "서약"이 아니라 결혼선서이지만.

음, 좋습니다. 우리가 결혼할 때 낸시와 저는 서로에게 이렇게 말했습니다…… 우리가 받은 "영감" 덕분에요.

신부:

닐과 낸시가 오늘 밤 이 자리에 선 것은, 엄숙한 약속을 하거나 성스러운 서약을 교환하기 위해서가 아닙니다.

낸시와 닐이 이 자리에 선 것은 서로에 대한 자신들의 사랑을 공식화하고, 자신들의 진실을 알리고, 배우자가 되어 함께 살고 함께 성장하겠노라는 자신들의 선택을 여러분이 보는 앞에서 큰 소리로 선언하기 위해서입니다. 그들이 내린 결정에서 우리 모두가 동감할 수 있는 진실을 느끼게 됨으로써, 그 결정을 훨씬 더 힘있게 만들기 바라는 마음에서 말입니다.

두 사람은 또한 자신들의 결합 의식이 우리 모두를 가깝게 묶어주는 계기가 되기를 바라면서 오늘 밤 이 자리에 섰습니다. 오늘 밤 배우자나 연인과 함께 이곳에 오신 분들에게는 이 의식이 여러분 자신의 애정 깊은 결합을 되새기는 계기가 되고, 그 결합에 다시 봉헌하는 시간이 되길 바랍니다.

그럼 왜 결혼하는지 묻는 것에서 시작하겠습니다. 닐과 낸시는 이미 자신들 스스로 이 질문에 대답했고, 그 대답을 제게도 말해주었지만, 이제 저는 여러분 앞에서 다시 한번 묻고자 합니다. 두 사람이 자신들의 그런 대답에 확신을 가지고, 자신들의 이해를 분명히 하며, 자신들이 함께한 진리를 흔들림 없이 실행할 수 있도록 말입니다.

(신부가 탁자에서 장미 두 송이를 집어든다.)

이건 장미 의식입니다. 이 의식을 통해 낸시와 닐은 자신들의 이해를 함께 나누고, 그 나눔을 기념할 것입니다.

자, 낸시, 그리고 닐, 당신들은 내게, 안전을 구해서 이 결혼을 하는 게 아니라고 말했습니다.

두 사람은, 유일한 진짜 안전은 소유하거나 소유당하는 데 있지 않고,

자신이 삶에서 필요하다고 여기는 것을 상대방이 대주길 요구하거나, 기대하거나, 심지어 바라는 데도 있지 않고,

자신이 삶에서 필요한 모든 것, 사랑과 지혜와 통찰력과 힘과 지식과 이해와 보살핌과 자비와 강함, 이 모든 것이 자신의 내면에 있음을 아는 데 있으니,

이런 것들을 받으리라는 희망으로가 아니라 이런 선물들을 주리라는 희망으로, 상대방이 그것들을 훨씬 더 넉넉하게 가질 수 있으리라는 희망으로 결혼한다고 말했습니다.

오늘 밤 두 사람은 이 점을 흔들림 없이 확신합니까?

(두 사람, "예, 그렇습니다"라고 함께 대답한다.)

그리고 닐과 낸시, 당신들은 내게, 당신들 내면의 고귀하고 가장 좋은 것들—신과 삶과 인간과 창조력과 일에 대한 사랑을 비롯하여 자신을 온전히 대변하고 자신에게 기쁨을 가져다주는 모든 측면을 포함해서—을 진실되게 표현하고 솔직하게 축하하는 것에서 상대방을 어떤 식으로도 한정하거나 통제하거나 가로막거나 제한하기 위한 수단으로 이 결혼을 하는 게 아니라고 말했습니다. 오늘 밤 두 사람은 이 점을 흔들림 없이 확신합니까?

(두 사람, "예, 그렇습니다"라고 함께 대답한다.)

마지막으로 낸시와 닐, 당신들은 내게, 의무를 지는 것으로가 아니라 기회를 제공하는 것으로 이 결혼을 본다고 말했습니다.

성장할 기회, 충분한 자기 표현의 기회, 자신의 삶을 최상의 가능성으로 끌어올릴 기회, 자신이 지금껏 자신에 대해 가졌던 모든 잘못된 생각과 유치한 발상들을 치유할 기회, 두 영혼의 영적 교섭을 통해 신과 궁극적으로 재결합할 기회를 제공하는 것으로 본다고 말입니다.

그리고 당신들은 이것이야말로 성스러운 영적 교섭이고, 관계 속에 내재된 모든 권위와 책임을 똑같이 나누고, 있을 수 있는 모든 짐을 똑같이 지고, 그 영광을 똑같이 입는 동등한 배우자로서 사랑하는 사람과 함께하는 여행이라고 말했습니다.

이제부터 두 사람은 이 비전vision에 함께 들어서길 원합니까?

(두 사람, "예, 그렇습니다"라고 함께 대답한다.)

이제 나는 세속적인 차원의 이해를 상징하는 이 빨간 장미를 두 사람에게 드리겠습니다. 두 사람 다 육신의 형상으로, 그리고 결혼이라는 물질 구조 속에서 어떤 삶을 꾸려갈지 알고 동의한다는 것을 상징하는 뜻에서 말입니다. 자, 이제 두 사람이 이 동의와 이해를 사랑으로 함께 나누고자 함을 상징하는 뜻으로 각자의 장미를 상대방에게 주십시오.

그럼 이제 이 하얀 장미를 집으십시오. 그 하얀 장미는 당신들의 더 큰 이해, 당신들의 영적 본성과 영적 진리를 상징하는 것입니다. 그것은 당신들의 실체와 최고 자아가 지닌 순수성, 그리고 당신들 머리 위에서 지금도 비추고 있고, 앞으로도 항상 비출 신의 사랑이 지닌 순수성을 뜻합니다.

(신부가 줄기에 닐의 반지가 걸려 있는 장미를 낸시에게

주고, 낸시의 반지가 걸린 장미를 닐에게 준다.)

오늘 주고받은 약속을 기억하게 해줄 기념물을 가져오셨습니까?

(두 사람, 각자 장미 줄기에서 반지를 빼내 신부에게 건네준다. 신부는 반지를 손에 들고 이야기를 계속한다……)

원은 태양과 지구와 우주의 상징입니다. 원은 거룩함과 완벽과 평화의 상징입니다. 또한 원은 시작도 끝도 없는 영적 진리와, 사랑과 삶의 영원성을 상징하는 것이기도 합니다. 그리고 지금 이 자리에서 닐과 낸시는 이것을 소유가 아닌 결합의 상징, 제한이 아닌 함께함의 상징, 포획이 아닌 포용의 상징으로 삼고자 합니다. 사랑은 소유하거나 제한될 수 없고, 영혼은 결코 사로잡힐 수 없기 때문입니다.

이제 닐과 낸시, 차례로 상대방에게 주고 싶은 반지를 집으십시오.

(두 사람, 상대방의 반지를 집는다.)

닐, 제 말을 따라하십시오.

나, 닐은…… 낸시 당신에게, 내 짝이 되고, 내 연인이 되고, 내 친구가 되고, 내 처가 되어주길 청합니다. 나는 당신이 기쁠 때나 슬플 때나, '당신 자신'이 누군지 명확히 기억할 때나 잊었을 때나, 당신이 사랑으로 행동할 때나 그렇지 못할 때나, 당신에게 내 가장 깊은 우정과 사랑을 줄 것을 선언합니다. 또 나는 신과 이 자리에 참석하신 여러분들 앞에서 어떤 어둠의 순간이 찾아오더라도, 아니 특히나 그런 순간들일수록, 언제나 당신 안에서 신성의 빛을 볼 것이고, 내 안에 있는 신성의 빛을 당신과 함께 나눌 것을 선언합니다.

나는 우리가 만나는 모든 사람과 더불어, 우리 속의 모든 좋은 것을 함께 나누며 신의 일을 함께 할 수 있는 영혼의 성스러운 협력관계 속에서, 당신과 영원히 함께 있을 수 있기를 기원합니다.

(신부가 낸시에게 묻는다.)

낸시, 당신은 자신의 처가 되어달라는 닐의 요청을 받아들이겠습니까?

(낸시, "예, 그러겠습니다"고 대답한다.)

이번에는 낸시, 제 말을 따라하십시오.

나, 낸시는……(낸시도 같은 서약을 한다).

(신부가 닐에게 묻는다.)

닐, 당신은 자신의 남편이 되어달라는 낸시의 요청을 받아들이겠습니까?

(닐, "예, 그러겠습니다"고 대답한다.)

그럼 두 사람 다 서로에게 건네줄 반지를 손에 쥐고 제 말을 따라 하십시오.

나는 당신과 결혼합니다…… 이제 나는 당신이 내게 준 반지를 받습니다…… (두 사람, 반지를 교환한다)…… 그리고 그것을 내 손바닥 위에 놓습니다…… (두 사람, 손바닥 위에 반지를 놓는다)…… 당신에 대한 내 사랑을 모두가 보고 알 수 있도록.

(신부, 끝맺는다……)

우리는 오직 혼인 당사자만이 혼배성사를 서로에게 베풀 수 있고, 오직 혼인 당사자만이 그것을 축성할 수 있음을 잘 알고 있습니다. 내 교회도, 국가가 내게 준 어떤 힘도, 오직 두 사람만이 선언할 수 있고, 오직 두 영혼만이 실현할 수 있는 것을 선언할 권위를 내게 부여할 수 없습니다.

그래서 당신 낸시와 당신 닐이 당신들 가슴속에 이미 적혀 있는 진실을 선언했고, 여기 당신 친구들과 살아 있는 '한 영혼'이 보는 앞에서 같은 것을 증명한 지금, 우리는 당신들 스스로 …… 남편과 처가 되었음을 선언하는 것을 기쁘게 지켜봅니다.

자, 이제 기도합시다.

사랑과 생명의 성령이시여, 이 넓고 넓은 세상에서 두 영혼이 서로를 찾아냈습니다. 이제 둘의 운명은 한 무늬로 짜여질 것이고, 두 사람의 어려움과 기쁨 또한 나누어짐을 알지 못할 것입니다. 닐과 낸시, 바라건대 이들의 가정이 그곳에 들어서는 모든 사람을 위한 행복의 자리가 되게 하시고, 남녀노소 모두가 서로의 만남으로 새로워지는 곳, 성장과 나눔이 이루어지는 곳, 음악과 웃음이 있는 곳, 기도와 사랑을 위한 장소가 되게 하소서.

바라건대 이 두 사람과 가까운 사람들이 이들의 아름답고 활기 찬 사랑으로 풍요로워지게 하시고, 이들의 일이 세상에 봉사하는 삶의 기쁨이 되게 하시며, 이들이 지상에서 착하게 오래도록 살 수 있게 하소서.

아멘, 또 아멘.

그 당시 전 정말 뿌듯했습니다. 이런 걸 진심으로 함께 말할 누군가를 내 인생에서 찾아낼 수 있었다니 전 정말 복 받은 놈입니다. 신이시여, 제게 낸시를 보내주셔서 감사합니다.

너도 알다시피, 그녀에게는 너 역시 축복의 선물이다.

그러기를 바라죠.

날 믿어라.

제가 뭘 원하는지 아십니까?

모른다. 뭘 원하느냐?

전 모든 사람이 이런 식의 결혼선서문을 만들 수 있기를 원합니다. 전 사람들이 이것을 잘라내 다듬거나 아니면 이것을 베껴서 **자신들의** 결혼식에서 사용했으면 합니다. 장담하지만, 아마 이혼율이 급락할 겁니다.

이런 것들을 말하기 힘들어할 사람들도 있을 것이다. 그리고 많은 사람들이 그것을 지키기 힘들어할 테고.

우리가 그 선서를 지킬 수 있어야 할 텐데. 여기에 그 선서문을 옮겨 적고 난 지금, 우리가 선서한 대로 살아야 하는 문제가 생겼군요.

385

그럼 너는 그 선서에 따라 살지 않을 작정이었느냐?

물론 그럴 작정이었죠. 하지만 다른 사람들하고 똑같이 우리도 사람입니다. 그런데 이제 우리가 실패하거나 비틀거린다면, 우리 관계에 무슨 일이 터지거나, 애석하게도 지금의 관계를 끝내는 쪽을 선택해야 한다면, 온갖 사람들이 다 환멸을 느끼고 말 겁니다.

터무니없는 생각이다. 그들도 너희가 자신에게 진실됨을 알 것이다. 그들도 너희가 다시 새롭게 선택했음을 알 것이다. 내가 1권에서 말했던 걸 떠올려봐라. 관계의 기간을 그 질과 혼동하지 마라. 너는 동상(銅像)이 아니다. 낸시 역시 마찬가지고. 아무도 너희를 그 자리에 놓지 않았다. 그리고 너희 또한 자신을 그곳에 놓을 필요가 없다. 그냥 사람으로 있어라. 그냥 사람인 그대로 있어라. 앞으로 어떤 시점에서 너와 낸시가 너희 관계를 다른 방식으로 바꾸고 싶다고 느낀다면, 너희에게는 그럴 수 있는 완벽한 권리가 있다. 그리고 **바로 이것이 이 대화 전체의 핵심이다.**

그리고 그게 바로 우리가 만든 선서의 핵심이고요!

맞았다. 네가 그걸 이해하다니 기쁘구나.

그래요, 전 그 결혼선서문이 마음에 듭니다. 그것을 여기에 적게 돼서 기쁘고요. 그건 삶을 함께 시작하는 새롭고 멋진 방법이죠. 더 이상 여자에게 "사랑하고 존경하고 복종할 것"을 약속하게 만들지 않고요. 남자들이 이런 걸 요구한 건 독선적이고 시건방지고 이기적인 짓이었습니다.

물론 네 말이 맞다.

그리고 그보다 더 독선적이고 이기적인 건 남자들이 그런 남성 우위를 **신이 정하신** 바라고 주장했다는 겁니다.

이번에도 네 말이 맞다. 나는 그런 걸 정한 적이 없다.

그런데 마침내 진짜로 신에게서 영감을 받은 결혼서약이 나왔군요. 어느 쪽도 노예나 동산(動産)으로 만들지 않는 서약, 사랑에 대한 진실을 말하는 서약, 어떤 한계도 설정하지 않고 오직 자유만을 약속하는 서약요! 모든 가슴이 **진실되게 남을** 수 있는 서약 말입니다.

"자신한테 아무것도 요구하지 않는 서약을 지키는 것쯤이야 식은 죽 먹기잖아!"라고 말할 사람들도 있을 것이다. 너는 여기에 대해 뭐라고 말할 테냐?

저라면 "누군가를 지배하는 것보다 자유롭게 하기가 훨씬 더 힘들다. 누군가를 지배할 때는 당신이 원하는 것을 얻지만, 누군가를 자유롭게 할 때는 **그들이** 원하는 것을 얻는다"고 말할 겁니다.

너라면 현명하게 대꾸할 수 있을 것이다.

멋진 생각이 떠올랐어요! 우린 결혼선서에 관한 소책자를 만들어야 합니다. 사람들이 결혼식날 사용할 일종의 기도책 말입니다.

작은 소책자 정도면 될 겁니다. 그 안에 결혼선서만이 아니라 결혼식의 전 과정과 이 세 권의 대화록에서 뽑은 사랑과 관계에 대한 주요 구절들도 함께 싣는 겁니다. 또 결혼과 관련된 몇 가지 특별 기도와 명상들도 물론 싣고요. 그 책자는 당신이 결혼에 반대하지 **않는다는** 걸 밝혀줄 겁니다!

전 정말 행복합니다. 왜냐하면 처음 한동안은 당신이 "결혼 반대론자"인 듯이 들렸거든요.

내가 어떻게 결혼에 반대할 수 있겠느냐? 우리 **모두가** 결혼했다. 우리는 지금 이 순간 **서로** 결혼해 있고, 앞으로도 영원히 그러할 것이다. 우리는 결합되어 있다. 우리는 하나다. 우리의 결혼식은 그 어느 결혼식보다 성대하고, 너희에게 주는 내 서약은 그 어느 서약보다 장대하다. 나는 너희를 영원히 사랑하고, 모든 것에서 너희를 자유롭게 하겠노라. 내 사랑은 결코 너희를 구속하지 않으리니, 이 때문에 너희는 결국에는 나를 사랑하게 "될 것이다". '자신'이 되는 자유야말로 너희의 가장 큰 바람이고, 내 가장 큰 선물이기에.

이제 너는 우주의 최고 법칙에 따라 나를 네 합법적인 배우자이자 공동 창조자로 받아들이겠느냐?

예.

그럼 이제 **당신은 저를** 당신의 배우자이자 공동 창조자로 받아들이시겠습니까?

받아들이고 말고. 나는 언제나 그래왔다. 지금 이 순간 우리는 '하나'고 영겁의 세월 내내 '하나'일 것이다. 아멘.

또 아멘.

14

이 글들을 읽는 제 마음은 경외심과 감사함으로 가득합니다. 이런 식으로 저와 함께 여기에 있어주셔서 고맙습니다. 우리 모두와 함께 여기에 있어주셔서 고맙습니다. 몇백만의 사람들이 이 대화록을 읽었고, 앞으로도 몇백만의 사람들이 읽을 테니까요. 당신이 우리 가슴에 오신 것은 숨이 막힐 만큼 엄청난 축복을 저희에게 주신 것입니다.

내 사랑하는 이들이여, 나는 언제나 너희 가슴속에 있었다. 다만 이제 너희가 거기서 나를 실제로 느낄 수 있다니 기쁘구나.

나는 언제나 너희와 함께 있었다. 나는 너희를 떠난 적이 **없다.** 내가 너희고 너희가 나다. 우리가 서로 떨어지는 일은 결코 없을 것이다. 그건 **불가능한** 일이기에.

잠시만요! 이건 **기시감**(既視感)처럼 느껴지는군요. 이런 이야기들을 우리가 앞에서도 똑같이 하지 않았습니까?

물론 그랬다. 12장 첫 부분을 읽어봐라. 다만 이번에는 그 말들이 처음보다 더 많은 것을 의미하고 있다.

기시감이 진짜라면, 근사하지 않겠습니까? 그래서 우리가 이따금 어떤 일을 진짜로 "다시 한번" 체험하면서 거기서 더 많은 의미를 얻어낼 수 있다면요.

너는 어떻게 생각하느냐?

전 그게 **바로** 이따금 일어나는 일이라고 생각해요!

그렇지 않은 경우를 제외하고.

그렇지 않은 경우를 제외하고요!

좋았어. 또 한번 잘했다. 너는 새로운 광범한 이해로 워낙 빠르고 민첩하게 옮겨가고 있어서, 이젠 겁이 날 정도다.

정말로요—? 그런데, 당신하고 논의해야 할 심각한 문제가 한 가지 있습니다.

알고 있다. 시작해봐라.

영혼은 언제 몸과 결합합니까?

네 생각에는 언제일 것 같으냐?

영혼이 그렇게 하기로 선택할 때요.

좋았어.

하지만 사람들은 좀 더 분명한 대답을 원합니다. 그들은 생명이 언제 시작되는지 알고 싶어합니다. 그들이 아는 대로의 생명 말입니다.

이해한다.

그러니까 그 신호가 뭐냐는 거죠. 그게 자궁에서 몸이 빠져나오는 출산 때입니까? 아니면 생명의 물질 요소들이 결합하는 수정 때입니까?

생명은 끝이 없으니, 시작도 없다. 생명은 그냥 확장하여 새로운 형상을 창조할 뿐이다.

그건 60년대에 유행하던 달궈진 용암 램프 속의 끈적이 같은 것이 틀림없군요. 그 끈적이 구슬들은 크고 둥그렇고 물렁물렁한 공 모양으로 바닥에 누워 있다가, 열을 받으면 솟아오르면서 잘게 나눠져 새로운 구슬 모양을 이룹니다. 솟아오르면서 스스로 모양을 이루는 거죠. 그러다가 꼭대기에 이르면 자기들끼리 이리저리 합쳐지면서 한꺼번에 콰르르 떨어져 내립니다. 그래서 다시 큰 구슬들 모양을 이루었다가 처음부터 또 시작하는 겁니다. 그 공 안에 "새" 구슬은 하나도 없습니다. 그 모두가 **같은** 것이죠. **새로운 다른** 것"처럼 보이는" 것으로 자신의 모습을 바꾸는 거요. 워낙 변화무쌍해서 누구라도 그걸 보고 있노라면 정신이 홀딱 빠지고 말죠.

그건 멋진 비유다. 영혼 또한 그러하다. 사실 '존재 전체'인 한 영혼은 작고 작은 부분들로 자신의 모습을 바꾼다. 모든 "부분들"이 처음부터 존재했기에, 어떤 "새로운" 부분도 없다. 다른 부분들"처럼 보이는" 것으로 자신의 모습을 바꾸지만, 실제로는 항상 존재했던 전체의 부분들이 있을 뿐이다.

조앤 오스본이 작곡하고 직접 불렀던 멋진 팝송 중에 "신이 우리 중 하나라면 어쩌지? 우리처럼 그냥 그렇고 그런 사람이라면?"이라고 묻는 가사가 있습니다. 전 그녀한테 가서 이 부분을 "신이 우리 중 하나라면 어쩌지? 우리처럼 그냥 끈적이 구슬이라면?"으로 바꾸라고 할 참입니다.

하! 그거 아주 괜찮다. 너도 알다시피 그녀가 부른 그 재기 발랄한 노래는 곳곳에서 문제를 일으켰다. 사람들은 내가 자기들 중 하나에 불과하다는 생각을 참을 수 없었던 것이다.

신보다는 인간 종족에 대한 흥미 있는 논평이시군요. 우리가 신을 우리 중 하나로 빗대는 걸 불경스럽다고 여긴다면, 그건 우리에 대해 뭘 말해주는 겁니까?

그러게, 뭘 말해주지?

하지만 당신은 "우리 중 하나"입니다. 그게 바로 당신이 여기서 말씀하시는 거고요. 그러니 조앤이 옳았던 거죠.

당연히 그녀는 옳았다. 참으로 옳았다.

제 질문으로 돌아가고 싶은데요, 우리가 아는 대로의 생명이 언제 시작되는지 말해주시면 안 될까요? 영혼이 어떤 지점에서 몸으로 들어가는지요?

영혼은 몸속으로 들어가지 않는다. 영혼이 몸을 감싼다. 내가 전에 말했던 걸 기억하느냐? 몸은 영혼의 집이 아니다. 그 반대다.

만물이 항상 살아 있다. "죽음" 같은 건 없다. 그런 존재 상태는 없다.

'항상 살아 있는 것'은 자신을 그냥 새로운 형상, 새로운 물질 형상으로 모양 짓고, 그 형상을 살아 있는 에너지, 생명 에너지로 가득 채운다, 끝없이.

너희가 생명이라 일컫는 것이 '나'라는I AM 에너지라면, 생

명은 언제나 존재한다. 그것이 존재하지 **않는** 경우는 없다. 생명은 결코 끝나지 않거늘, 어떻게 생명이 **시작되는** 지점이 있을 수 있겠느냐?

제발, 여기서 벗어나게 해주십시오. 제가 어디로 가려는지 아시잖습니까?

그래, 안다. 너는 나를 낙태 논쟁 속에 밀어 넣고 싶어한다.

예, 그래요! 인정해요! 어차피 신을 여기에 모셨으니, 그 기념비적인 질문을 해볼 기회가 아니냐는 게 제 생각이거든요. 제발, 생명은 언제 시작되는 겁니까?

그 답변도 워낙 기념비적이어서 너로서는 듣고 있을 수 없을 것이다.

절 다시 시험해보십시오.

그것은 결코 시작하지 **않는다**. 생명은 **끝나지** 않으니, "시작하지도" **않는다**. 너희가 생물학의 전문 영역으로 들어가고 싶어하는 건, 사람들이 처신해야 할 방식을 말하는, 소위 "신의 법률"이란 것에 따라 "규칙"을 만들어내고, 그런 다음에는 그런 식으로 처신하지 않는 사람들을 벌할 수 있기 위해서다.

그게 뭐가 잘못입니까? 그건 우리가 병원 주차장에서 의사들을 죽여도 벌받지 않게 해줄 겁니다.

그래, 이해한다. 너희는 지금까지 줄곧 나와, 너희가 **내 법률**이라고 선언한 것을 온갖 상황에 대한 정당화로 이용해먹었다.

오, 그러지 마시고요. 임신중절은 살인이라고 왜 그냥 말씀하시지 않는 겁니까?

너희는 누구도, 또 어떤 것도 죽일 수 없다.

그래요. 하지만 당신이라면 그것의 "개체화"를 끝낼 수 있다구요. 우리식 언어로 하면 그건 **살인이구요.**

특정 방식으로 자신을 표현하는 내 일부가 동의하지 않는데, 그것이 그런 식으로 개별 자신을 표현해가는 과정을 너희가 멈출 수는 없는 법이다.

예? 무슨 말씀이십니까?

내 말은, 신의 의지를 거스르는 어떤 일도 일어나지 않는다는 것이다.
삶과 일어나는 모든 일이 신의 의지—이것을 **너희의** 의지라고 읽어라—가 드러나서 표현된 것이다.

나는 이 대화에서 너희의 의지가 내 의지라고 말했다. 그건 우리 중 오직 하나만이 존재하기 때문이다.

　삶이란 완벽하게 자신을 표현하는 신의 의지다. 만일 어떤 일이 신의 의지를 **거스르면서** 일어나고 있다면, 그것은 일어날 수 없다. 신이라는 존재의 정의 자체에서, 이미 그것은 **일어날 수 없다.** 너는 한 영혼이 다른 영혼을 대신해서 어쨌든 **뭔가를 결정할** 수 있다고 믿느냐? 너는 개개인으로서 너희가 상대방이 원하지 않는 그런 방식으로 서로에게 영향을 미칠 수 있다고 믿느냐? 그런 식의 믿음은 너희가 서로 분리되어 있다는 관념을 근거로 해서만 나올 수 있다.

　너는 신이 원하지 않는 그런 방식으로 너희가 삶에 뭔가 영향을 미칠 수 있다고 믿느냐? 그런 식의 믿음은 너희와 내가 분리되어 있다는 관념을 근거로 해서만 나올 수 있다.

　두 관념 모두 틀렸다.

　우주가 동의하지 않는 방식으로 우주에 영향을 미칠 수 있다는 너희의 믿음은 심히 건방진 것이다.

　너희가 여기서 논하는 것은 강대한 권능이거늘, 너희 중 일부는 자신이 가장 강대한 권능보다 더 강대하다고 믿는다. 하지만 너희는 그렇지 않다. 그렇다고 너희가 가장 강대한 권능보다 **덜** 강대한 것도 아니다.

　너희는 그 이상도 그 이하도 아닌, 가장 강대한 권능 자체다. 그러니 그 권능이 너희와 함께 있게 하라!

당사자의 허락 없이는 어느 누구도 죽일 수 없다는 말씀입니까? 지금껏 살해당한 사람들 모두가 어느 정도 고차원에서 보면 살해당하는 데 **동의했다고** 말씀하시는 겁니까?

　　모든 걸 세속적인 의미로 살피고 생각하고 있는 너로서는 이 중 어떤 것도 이치에 닿지 않을 것이다.

전 "세속적인 의미"로 생각하지 않을 수 **없습니다.** 전 **지금 이 순간** 여기에 있습니다. 이 지상에요!

　　네게 말하노니, 너희는 "이 세상에 있는 것이지, 이 세상 출신이 아니다."

그럼 세속의 내 현실은 전혀 현실이 아니란 겁니까?

　　너는 진짜로 그것이 현실이라고 생각했느냐?

전 모르겠습니다.

　　너는 한번도, "여기에는 더 큰 뭔가가 있어"라고 생각해보지 않았느냐?

음, 그래요, 당연히 해봤죠.

　　지금 진행되는 게 이런 것이다. 나는 그것을 네게 설명하는

중이고.

좋습니다. 이해했습니다. 그러니까 추측하건대, 저는 지금 밖으로 나가서 아무라도 죽일 수 있는 거군요. 만약 그 사람들이 동의하지 않았더라면, 어쨌든 전 그렇게 하지 못했을 테니까요.

사실 인류는 그런 식으로 행동하고 있다. 재미있는 건, 너희가 이 문제를 가지고 그토록 힘들어하면서도, 돌아서서는 어쨌든 그것이 참인 듯이 행동한다는 점이다.
아니 더 나쁘게 말하면, 너희는 사람들의 의지에 **반(反)해서** 그들을 죽이고 있다. 마치 그런 건 중요하지 않다는 듯이!

당연히 그건 중요하죠! 그건 그냥 우리가 뭘 더 중요시하고 싶은가일 뿐입니다. 이해가 안 되십니까? 우리 인간이 누군가를 죽이는 순간에, 우리는 우리가 그렇게 했다는 사실이 중요하지 않다고 말하는 게 아닙니다. 맙소사, 그렇게 생각하신다면 그건 경솔하신 겁니다. 그건 그냥 우리가 뭘 더 중요시하고 싶은가의 문제일 뿐입니다.

알겠다. 그래서 너희가 다른 사람들의 의지에 **반해** 그들을 죽여도 상관없다는 걸 쉽게 받아들이는 거구나. 너희는 벌받지 않고 이렇게 할 수 있다. 그건 너희가, 잘못된 쪽은 그들의 의지라고 느끼기 때문이다.

전 절대 그렇게 말하지 않았습니다. 사람들도 그런 식으로 생각하지 않습니다.

　　않는다고? 너희 중 일부가 얼마나 위선적인지 보여주마. 너희는 예컨대 전쟁이나 사형 집행에서처럼 그들의—혹은 낙태 병원 주차장에서처럼 의사의—죽음을 원할 충분하고도 훌륭한 이유가 있는 한, 그들의 의지에 **반해서** 그들을 죽여도 상관없다고 말한다. 하지만 누군가가 **자신의** 죽음을 원할 충분하고도 훌륭한 이유가 있다고 느끼더라도, 너희는 그가 죽도록 도와주지 않을 것이다. 그것은 "자살 방조"니, 그렇게 하는 건 잘못이다!

당신은 절 놀리고 계시는군요.

　　아니다. **너희가** 날 놀리고 있다. 너희는 누군가의 의지에 **반해** 그를 죽여도 내가 **용서하리라** 말하고, 누군가의 의지**에 따라** 그를 죽이면 내가 **심판하리라** 말한다.
　　이건 광기다.
　　그런데도 너희는 그 광기를 보지 못할 뿐 아니라, **그런 광기를 지적하는** 사람들을 미친 사람들이라 주장하기까지 한다. 너희는 착실한 사람들이고, 그들은 그냥 문제아들이라는 것이다.
　　너희는 이런 종류의 뒤틀린 논리로 **삶 전체를 구성하고, 신학들을 완성한다.**

전 그걸 전혀 그런 식으로 보지 않았는데요.

401

너희에게 말하노니, 모든 것을 새로운 방식으로 살펴볼 때가 왔다. 지금은 너희가 개인으로서도 사회로서도 다시 태어날 때다. 이제 너희는 너희 세상을 다시 창조해야 한다. 너희의 광기로 그것을 무너뜨리기 전에.

이제 **내 말을 귀담아들어라.**

우리는 모두 '하나'다.

우리 중에 오직 '하나'만이 있다.

너희는 나와 떨어져 있지 않고, 너희 서로 간에도 떨어져 있지 않다.

우리가 하는 모든 일을 우리는 서로 협력해서 하고 있다. 우리의 현실은 공동으로 창조된 현실이다. 너희가 임신을 중단하는 건 우리가 임신을 중단하는 것이다. 너희의 의지가 곧 내 의지다.

신성의 어떤 개별 측면도 신성의 다른 측면들을 지배할 수 없다. 한 영혼이 다른 영혼의 의지를 거스르면서 그것에 영향을 미치기란 불가능하다. 어떤 희생자도, 어떤 악인도 없다.

너희의 제한된 시야로는 이것을 이해할 수 없다. 그럼에도 나는 너희에게 그건 그런 거라고 말하고 있다.

뭔가가 되거나, 뭔가를 하거나, 뭔가를 갖는 이유는 딱 하나뿐이다. 즉 '자신이 누구인가'를 직접 진술하는 것으로서만. 만일 개인과 사회 차원에서의 '자신'이 너희가 되고자 선택하고 바라는 자신이라면, 아무것도 바꿀 이유가 없다. 하지만 너희가 가져야 할 더 장대한 체험이 기다리고 있다고 믿는다면, 지금 드러나는 것보다 훨씬 더 위대한 신성의 표현이 기다리고 있다고 믿는다면, 그렇다면 그 진리 속으로 옮겨가라.

우리 모두는 공동 창조자들이니, 우리 전체 중 일부가 가고 싶어하는 길을 남들에게도 보여주기 위해, 우리가 할 수 있는 일을 하는 것은 우리 전체에 도움이 될 수 있다. 너는, 너희가 창조하고 싶어하는 삶을 논증하고, 네 예를 따르도록 남들을 초대하는 안내자일 수 있다. 나아가 너는 "나는 생명이요 길이니, 나를 따르라"고 말할 수도 있을 것이다. 하지만 조심하라. 그런 진술을 했다고 십자가형을 받은 사람들도 있으니.

감사합니다. 경고하신 것에 유의할게요. 되도록 자세를 낮추겠습니다.

나는 네가 그렇게 잘 해내고 있다는 걸 안다.

글쎄요, 자신이 신과 대화를 나누고 있다고 말할 때, 자세를 낮추고 있기는 쉬운 일이 아니죠.

남들이 그걸 알아버렸을 때라면.

그러길래 제가 입을 다물고 있었더라면 더 나았을 겁니다.

그렇게 하기에는 좀 늦었다.

음, 그게 누구 잘못입니까?

네가 뭘 말하려는지 알겠다.

괜찮습니다. 당신을 용서할게요.

네가 나를 용서한다고?

예.

네가 어떻게 나를 용서할 수 있느냐?

당신이 왜 그랬는지 이해할 수 있으니까요. 전 당신이 왜 제게 와서 이 대화를 시작했는지 이해합니다. 어떤 일이 벌어진 연유를 이해한다면, 그 일이 일으키거나 만들어내는 온갖 번잡함도 용서할 수 있는 거구요.

흐음. 그런데 이건 재미있군. 네가 신도 너만큼 장대한 존재라고 여길 수 있었다면 좋았을 걸.

항복!

너희는 나와 특이한 관계를 맺고 있다. 어떤 면에서 너희는 자신이 결코 나만큼 장대할 수 없으리라고 생각하지만, 다른 면에서는 내가 너희만큼 장대할 수 없다고 생각한다.
재미있지 않느냐?

흥미진진하군요.

> 그건 너희가, 우리가 떨어져 있다고 생각하기 때문이다. 만일 우리가 하나라고 생각한다면, 너희는 이런 망상들에서 벗어날 것이다.
> 너희 문화—"아기" 문화이고 사실 원시 문화인—와 우주에서 고도로 진화된 문화들 사이의 주요한 차이점이 이것이다. 가장 중요한 차이는, 고도로 진화된 문화들의 모든 지각 있는 존재는 자신들과 너희가 "신"이라 부르는 존재 사이에 어떤 분리도 없다고 확신한다는 데 있다.
> 그들은 또한 자신과 남들 사이에 어떤 분리도 없다고 확신한다. 그들은 자신이 전체를 각자 개별적으로 체험하고 있음을 안다.

아, 잘됐군요. 이제 당신은 우주의 고도로 진화된 사회 속으로 들어가고 계십니다. 전 지금까지 이걸 기다려왔습니다.

> 그렇다. 나도 우리가 그걸 탐구해볼 시간이 왔다고 생각한다.

하지만 그러기 전에, 잠시만 앞의 낙태 문제로 돌아가야겠습니다. 여기서 당신이 말씀하시는 건, 영혼의 의지를 거스르는 어떤 일도 일어날 수 없으니 사람을 죽여도 괜찮다는 건 아니죠? 그렇죠? 당신은 낙태를 용서하거나, 이 문제에서 우리에게 "탈출구"를 주는 건 아니죠? 안 그렇습니까?

내가 전쟁을 용서하지도 비난하지도 않듯이, 나는 낙태를 용서하지도 비난하지도 않는다.

모든 나라의 사람들이, 내가 자신들이 싸우는 전쟁은 용서하고, 자기 적들이 싸우는 전쟁은 심판할 거라고 생각한다. 모든 민족이 다 "신은 자기편"이라고 믿는다. 모든 주의(主義) 역시 그렇게 가정한다. 사실 모든 사람이 그렇게 느낀다. 아니면 적어도 어떤 선택이나 결정을 내릴 때 그것이 사실이기를 **희망한다.**

그런데 너는 **왜** 모든 창조물이 하나같이 신을 자기편이라고 믿는지 아느냐? 실제로 **내가 그러하기 때문이다.** 그리고 창조물들은 이것을 직관으로 안다.

이것은 그냥 "너희를 위한 너희의 의지는 너희를 위한 내 의지다"를 다른 식으로 말한 것이다. 그렇게 하는 건 그냥 "나는 너희에게 오직 **자유의지**만을 주었다"를 또 다른 식으로 말한 것이다.

자유의지를 특정한 방식으로 행사하는 것이 벌을 불러온다면, 자유의지란 있을 수 없다. 그것은 자유의지를 우롱하고, 자유의지를 모조품으로 만든다.

그러니 낙태를 하든, 전쟁을 하든, 차를 사든, 그따위 사람과 결혼을 하든, 섹스를 하든, 섹스를 하지 않든, "본분을 다하든" "본분을 다하지" 않든, 그런 것들에 옳거나 그른 건 없다. 나는 그런 것들을 좋아하지도 싫어하지도 않는다.

너희 모두는 계속해서 자신을 규정해가고 있다. 너희의 모든 행동이 자기 규정의 행동이다.

너희가 자신을 창조한 방식을 기뻐한다면, 그것이 너희에게 이바지한다면, 너희는 계속 그런 식으로 해나갈 것이다. 반면에 그렇지 않다면, 너희는 그렇게 하는 걸 그만둘 것이다. 이런 게 진화다.

이 과정이 느린 것은 너희가 진화하는 동안 무엇이 진짜로 자신에게 이바지하는가에 대한 관념을 계속해서 바꾸고, "기쁨"에 대한 개념을 계속해서 바꾸기 때문이다.

내가 예전에 말했던 것, 한 사람이나 사회가 무엇을 "즐거움"이라 부르는지에 따라 그 존재나 사회가 얼마나 높이 진화했는지 알 수 있다고 했던 걸 떠올려보라. 나는 여기에 덧붙여, 그 존재나 사회가 무엇을 자신에게 이바지한다고 선언하는지에 따라서도 그 진화 정도를 알 수 있다고 말하려 한다.

전쟁에 나서고 다른 존재들을 죽이는 것이 너희에게 이바지한다면, 너희는 그렇게 할 것이다. 임신을 중단하는 것이 너희에게 이바지한다면, 너희는 그렇게 할 것이다. 너희가 진화함에 따라 바뀌는 것은 오직 무엇이 자신에게 이바지하는가에 관한 관념뿐이다. 그리고 그것은 자신이 무엇을 하려고 생각하는지에 달려 있다.

너희가 시애틀로 가려고 한다면, 샌어제이 쪽으로 가는 것은 너희에게 이바지하지 않을 것이다. 샌어제이로 가는 것이 "도덕적으로 잘못"된 게 아니라, 그냥 너희에게 이바지하지 않을 뿐이다.

그렇게 되면 너희가 무엇을 하려는가의 문제는 **가장 중요한** 것이 무엇인가의 문제가 된다. 너희 삶 전체에서만이 아니라,

삶의 특정 **순간들마다**에서. 삶 자체를 창조하는 건 결국 삶의 **순간순간들**이기 때문이다.

이 모든 것이 너희가 1권이라 부르게 된, 성스러운 우리 대화의 초반부에 아주 자세히 다루어져 있다. 내가 여기서 그것을 되풀이하는 건 네게 그것을 상기시켜줘야 할 것 같아서다. 그렇지 않고서야 네가 낙태 문제를 물을 리는 없을 테니 말이다.

따라서 너희가 낙태를 시키려 하든, 담배를 피우려 하든, 고기를 구워 먹으려 하든, 아니면 교통사고로 사람을 치어 죽이려 하든, 말하자면 큰 문제든 작은 문제든, 중요한 선택이든 사소한 선택이든, 너희가 고려해야 할 문제는 딱 하나뿐이다. 즉 이것이 '참된 나'인가? 이것이 내가 지금 되려고 선택하는 존재인가?라는 물음.

그리고 **어떤 것도 앞뒤가 맞지 않는 건 없음**을 이해하라. 모든 것에는 귀결이 있고, 그 귀결은 자신이 누구고 무엇인가다.

너희는 지금 이 순간 자신을 규정하고 있다.

바로 그것이 낙태 문제에 대한 너희의 답변이고, 그것이 전쟁 문제에 대한 너희의 답변이며, 그것이 흡연 문제에 대한 너희의 답변이고, 그리고 그것이 고기 먹는 문제와 **너희가 지금껏 저질렀던 행위들과 관련해서 제기되는 모든 문제**에 대한 너희의 답변이다.

모든 행동이 자기 규정의 행동이다. 너희가 생각하고 말하고 행하는 모든 것이 "이게 나다"를 선언한다.

15

내 사랑하는 자녀들이여, 나는 너희에게 '자신이 누구고 누가 되기를 선택하는가'라는 이 문제가 대단히 중요하다는 걸 강조하고 싶다. 그것이 너희 체험의 색조를 정할 뿐 아니라, 내 체험의 성격도 창조한다는 점에서.

너희는 살아오면서 줄곧 신이 너희를 창조했다고 들어왔다. 그러나 이제 내가 너희에게 와서 말하노니, 너희 쪽이 신을 창조하고 있다.

이것이 너희의 이해를 크게 뒤바꾸리란 건 나도 안다. 하지만 너희가 여기에 하러 온 진짜 과제를 시작하고자 한다면, 너희는 그렇게 해야 한다.

이것은 우리가, 너희와 내가, 종사하고 있는 성스러운 과업이고, 우리가 걷는 신성한 지반이다.

이것은 행로다.

순간순간마다 신은 너희에게서, 너희로서, 너희로 하여 자신을 표현한다. 너희는 언제나 신을 이 순간 어떤 모습으로 창조할지 선택하고 있다. 그리고 그녀는 너희에게서 그 선택권을 빼앗지도, "잘못된" 선택을 했다고 너희를 벌하지도 않을 것이다. 그렇다고 너희가 이 문제들에서 아무 지침 없이 있는 건 아니다. 앞으로도 그런 일은 결코 없을 것이다. 너희 안에는 집으로 돌아오는 길을 너희에게 말해주는 내면 안내 체계가 심어져 있다. 이것은 언제나 너희에게 가장 고귀한 선택을 이야기하고, 너희 앞에 가장 장대한 전망을 제시하는 내면의 목소리다. 너희가 해야 할 일은 그 목소리에 유의하고 그 전망을 포기하지 않는 것뿐이다.

또 나는 너희 역사 전체에 걸쳐 너희에게 스승들을 보내주었다. 내 사자들은 날마다 때마다 크나큰 기쁨에 대해 말하는 기쁜 소식을 너희에게 가져다주었다.

성스러운 경전들이 쓰여졌고, 성스러운 삶들이 살아졌다. 너희와 나는 '하나'라는 이 영원한 진리를 너희가 알 수 있도록.

이제 다시 나는 너희에게 경전들을 보내고—그중 하나는 지금 너희 손에 쥐여져 있다—이제 다시 나는 너희에게 신의 말을 전하려는 사자들을 보낸다.

너희는 이 말들에 귀 기울이려느냐? 이 사자들의 말대로 따르려느냐? 그들 중 한 사람이 되려느냐?

이것은 굉장한 물음이고, 엄청난 초대며, 영광스러운 결정이다. 온 세상이 너희의 선언을 기다리고 있다. 그리고 너희는 너희 삶을 사는 것으로 그것을 선언한다.

너희가 자신의 가장 고귀한 관념들로 올라서지 않고서는, 인류 역시 절대로 자신의 가장 저급한 생각들에서 벗어날 수 없다.

너희를 통해, 너희로서 표현된 그런 관념들이 인간 체험의 다음 수준을 위한 형판(型版)을 창조하고, 무대를 놓아주며, 모델이 되기 때문이다.

너희는 생명이요 길이니, 세상이 너희를 따를 것이다. 너희는 이 문제에서 선택의 여지가 없다. 너희가 아무런 자유 선택권도 갖지 못하는 유일한 문제가 이것이다. 그것은 그냥 본래 그런 식이다. 세상은 그냥 너희 자신에 관한 너희의 관념을 따를 뿐이다. 세상은 지금껏 그래왔고, 앞으로도 계속 그럴 것이다. 먼저 자신에 관한 자신의 생각이 오고, 그 뒤를 이어 외부 세상의 물질 표현이 따라나온다.

너희는 자신이 생각하는 것을 창조하고, 너희는 자신이 창조하는 것이 되며, 너희는 자신이 되는 것을 표현한다. 그리고 너희는 자신이 표현하는 것을 체험하고, 자신이 체험하는 것이 너희인 것이며, 너희는 자신인 것을 생각한다.

이렇게 해서 그 순환은 완결된다.

사실 너희가 종사하는 성스러운 과업은 이제 막 시작되었다. 이제서야 마침내 너희는 자신이 뭘 하고 있는지 이해하게 되었다.

너희더러 이것을 알게 해준 건 너희 자신이고, 너희더러 이것에 신경 쓰게 해준 것도 너희 자신이다. 너희는 이제 과거 어느 때보다 더 '자신이 참으로 누군지' 신경 쓰고 있다. 이제서야 마침내 너희는 그림 전체를 본다.

보라, 너희는 나다.

너희는 신을 규정하고 있다.

내가 내 축복받은 일부인 너희를 물질 형상 속으로 들여보낸 것은, 내가 **개념으로** 나 자신이라고 아는 그 모든 것이 **체험으로도** 나 자신임을 알기 위해서였다. 삶은 신이 개념을 체험으로 바꾸는 도구로 존재한다. 삶은 또한 **너희가 나와 같은 일을 할 수** 있게 하려고 존재한다. 너희가 신, 직접 이렇게 하고 있는 신이기 때문이다.

나는 모든 단일 순간마다 나 자신을 재창조하길 원한다. 나는 내가 지금껏 '나 자신'에 관해 가졌던 가장 위대한 전망의 가장 숭고한 해석을 체험하길 원한다. 그리하여 나는 너희를 창조했다. 너희가 나를 재창조할 수 있도록 하기 위해서. 이것은 우리의 성스러운 과업이고, 우리의 가장 큰 기쁨이며, 우리가 존재하는 바로 그 이유다.

Conversations with God
16

이 글들을 읽는 제 마음은 경외심과 고마움으로 가득합니다. 이런 식으로 저와 함께 여기에 있어주셔서 고맙습니다. 우리 모두와 함께 여기에 있어주셔서 고맙습니다.

천만에. **너희가 날** 위해 여기에 있어줘서 고맙다.

두세 가지 정도만 더 질문했으면 하는데요, 그 "진화된 존재들"과 관련해서요. 저로서는 그래야만 이 대화를 끝낼 수 있을 것 같거든요.

내 사랑하는 이여, 이 대화는 절대 끝나지 **않을** 것이고, 네가 그래야 할 필요도 없을 것이다. 신과 나누는 네 대화는 영원히 계속될 것이다. 게다가 네가 그 일을 적극적으로 하고 있는 걸로 봐서, 그 대화는 얼마 안 가 우정으로 이어질 것이다. 모든 좋은 대화는 결국 우정으로 이어지게 마련이니, 신과 나눈 네 대화도 얼마 안 가 **신과의 우정**을 낳을 것이다.

저도 그렇게 느낍니다. 사실 전 우리가 이미 **친구**가 된 것처럼 느껴집니다.

그리고 모든 관계가 그러하듯이, 우정도 보살피고 부채질하고 자라도록 놔두면, 마침내 영적 교감을 낳기 마련이니, 너는 **신과 영적으로 교감하는** 존재로서 자신을 느끼고 체험하게 될 것이다.

그때 우리는 '하나'로서 말한 것이기에, 이것은 거룩한 교감이 될 것이다.

그렇다면 이 대화는 계속되는 겁니까?

그렇다. 영원히.

그럼 전 이 책의 말미에 가서 당신에게 잘 가시라고 말할 필요가 없겠군요.

너는 절대 잘 가라고 말할 필요가 없다. 너는 그냥 안녕하시냐고 인사하면 된다.

당신은 참으로 경이로우십니다. 당신도 그걸 아십니까? 당신은 그 냥 경이로우십니다.

그리고 너도 그렇다. 내 아들아, 너도 그렇다.
온 세상의 내 자식들 모두가 그러하듯이.

당신은 "온 세상에" 자식들을 가지고 계십니까?

물론이다.

아뇨, 말 그대로 **온 세상** 말입니다. 다른 행성에도 생명체가 있습니까? 우주의 다른 곳에도 당신 자식들이 있습니까?

그것도 물론이다.

그 문명들은 우리보다 진보된 문명입니까?

그중 일부는 그렇다.

어떤 점에서요?

모든 점에서. 기술에서, 정치에서, 사회에서, 영성에서, 물질에서, 그리고 심리에서.
예를 들면, 비교하려는 너희의 끈덕진 취향과 뭔가를 "낮고 못하고"나, "높고 낮고"나, "좋고 나쁘고"로 특징지어야 하는 너희의 줄기찬 필요는 너희가 이원론에 얼마나 깊이 빠져 있는지, 분리주의에 얼마나 깊이 잠겨 있는지를 잘 보여준다.

더 진보된 문명들에서는 이런 모습들을 찾을 수 없습니까? 그리고 이원론이란 건 뭘 말씀하시는 겁니까?

한 사회가 얼마나 이원론적으로 사고하는지가 그 사회의 진보 수준을 반영한다. 그 사회의 진화 정도를 증명해주는 것은 분리가 아니라 합일로 나아가는 운동이다.

왜요? 왜 합일이 그런 잣대가 되는 겁니까?

합일이 진리이기 때문이다. 분리는 환상이다. 한 사회가 자신을 분리되었다고 보는 한, 분리된 단위들의 집합이나 계열로 보는 한, 그 사회는 환상 속에서 살고 있다.

너희 행성에서의 모든 삶은 분리주의 위에 세워져 있고, 이원론에 근거하고 있다.

너희는 자신들이 분리된 가족이나 씨족들이고, 그것들이 모여서 분리된 지역이나 주를 이루며, 다시 그것들이 합쳐져 민족이나 국가를 이루고, 또다시 그것들이 합쳐져 분리된 세상, 즉 분리된 행성을 이룬다고 생각한다.

너희는 너희 세상이 우주에서 생명이 사는 유일한 세상이라 여기고, 너희 민족이 지상에서 가장 뛰어난 민족이라 여기며,

너희 지역이 그 나라에서 최고 지역이라 여기고, 너희 가족이 그 지역에서 가장 멋진 가족이라 여긴다.

마지막으로 너희는 **자신이** 가족 중에서 제일 낫다고 생각한다.

아, 물론 너희는 전혀 이런 식으로 생각하지 **않는다고** 주장한다. 그렇지만 **너희는 이런 식으로 생각하는 듯이 행동한다.**

하지만 너희의 진짜 생각은 너희의 사회적 결정과 정치적 결론, 종교적 결의, 경제적 선택, 그리고 친구에서 신념 체계, 나아가 신인 나와의 관계에 이르기까지, 모든 것을 놓고 내리는 너희의 선별selection들에서 드러나기 마련이다.

너희는 나와 너무나 분리된 듯이 느끼고 있어서, 내가 너희에게 말조차 걸지 않으리라 생각한다. 그러기에 너희는 자기 체험의 진실성을 부정하지 않을 수 없다. 너희는 너희와 내가 '하나'임을 **체험하지만**, 그것을 믿기를 **거부한다.** 이렇게 해서 너희는 서로에게서만이 아니라 자신의 진실에서도 분리된다.

어떻게 자신의 진실에서 분리될 수 있습니까?

그것을 무시하는 것으로, 그것을 보고도 부정하는 것으로. 아니면 그래야 하리라는 자신의 선입관에 맞추기 위해 그것을 바꾸고, 뒤틀고, 왜곡하는 것으로.

네가 여기서 출발점으로 삼았던 질문을 한번 봐라. 너는 다른 행성들에도 생명체가 있느냐고 물었고, 나는 "물론"이라고 대답했다. 내가 "물론"이라고 말한 것은 그 증거가 너무나도 명백하기 때문이다. 그것은 너무나 명백해서, 너희가 그런 걸 묻는다는 사실 자체가 나로서는 놀라운 일이다.

자, 이것이 "자신의 진실에서 분리될" 수 있는 방법이다. 도저히 놓칠 수 없을 만큼 그렇게 정면으로, 제 눈으로 진실을 보고 나서도 자신이 보는 것을 부정하는 것으로.

여기서의 메커니즘은 부정이다. 그리고 자기 부정만큼 교활한 부정은 없다.

너희는 평생을 '참된 자신'을 부정하는 데 보냈다.

너희가 설령 덜 개인적인 문제들, 오존층의 고갈이나 원시림의 강탈, 끔찍한 아동 학대 같은 문제들만으로 너희의 부정을 제한했다 해도, 그것만으로도 충분히 슬픈 일이었겠지만, 그러나 너희는 주변에서 보는 모든 것을 부정하는 것으로 만족하지 않는다. 너희는 너희 **내면에서** 보는 것들까지 모조리 부정하기 전에는 결코 편히 쉬지 않을 것이다.

너희는 자신의 내면에서 선과 자비를 보지만, 그것을 부정한다. 너희는 자신의 내면에서 지혜를 보지만, 그것을 부정한다. 너희는 자신의 내면에서 무한한 가능성을 보지만, 그것을 부정한다. 그리고 너희는 자신의 내면에서 신을 보고 체험하지만, 그 또한 부정한다.

너희는 너희 내면에 내가 있음을, 즉 내가 너희**임을** 부정한다. 그리고 이렇게 하면서 너희는 당연하고도 명백한 내 자리를 부정한다.

저는 당신을 부정하지 않았고 부정하지 않습니다.

너는 네가 신임을 인정하느냐?

음, **그런 식으로** 말하려던 건 아니었습니다……

그 봐라. 이제 네게 말하노니, **"오늘 밤 닭이 울기 전에 네가 세 번 나를 부정하리라."**

너는 바로 그런 네 생각들로 나를 부정할 것이고,

바로 그런 네 말들로 나를 부정할 것이며,

바로 그런 네 행동들로 나를 부정할 것이다.

너희는 내가 너희 속에 너희와 함께 있고, 우리가 하나임을 **가슴으로 안다.** 그런데도 너희는 나를 부정한다.

아 물론, 내가 틀림없이 존재한다고 말하는 사람들도 있다. 하지만 너희에게서 떨어져서, **저 멀리** 어딘가에. 내가 더 멀리 있다고 여기면 여길수록, 너희는 자신의 진실에서 점점 더 멀어져간다.

너희 행성의 천연자원의 고갈에서부터 그 많은 수의 가정들에서 자행되는 아동학대에 이르기까지, 삶의 다른 많은 것들에서 그러하듯, 너희는 그것을 보지만 믿지는 않는다.

하지만 왜죠? **왜** 그럴까요? 왜 우리는 보면서도 믿지 않는 걸까요?

환상에 사로잡힌 나머지, 환상에 너무 깊이 빠진 나머지, 그것을 꿰뚫어볼 수가 없기 때문이다. 사실 환상이 계속되려면 너희는 그렇게 하지 **말아야** 한다. 이것은 '신성한 이분법'이다.

내가 **되기를** 너희가 계속 추구하려면, 너희는 나를 부정해**야** 한다. 그리고 바로 이것이 너희가 하고 싶어하는 것이다. 하지만 이미 되어 있는 것이 될 수는 없는 법이니, 이 때문에 부정이 중요한 것이다. 그것은 쓸모 있는 도구다.

그것이 더 이상 그렇지 않을 때까지.

선각자는 부정이, 환상을 계속 유지하려는 사람들을 위한 것임을 안다. 반면에 인정은 이제 환상을 끝내려는 사람들을 위한 것이다.

인정과 선언과 드러냄demonstration, 이것이 신을 향해 가는 **세 단계**다. '자신이 참으로 누구고 무엇인지'를 인정하고, 온 세상이 다 듣도록 그것을 선언하며, 모든 면에서 그것을 드러내는 것이.

자기 선언 뒤에는 **언제나** 드러냄이 뒤따른다. 너희는 자신이 신임을 **드러낼** 것이다. 지금도 너희는 너희 자신이라 여기는 것을 드러내고 있다. 너희 삶 전체가 그것을 드러내고 있다.

그런데 너희가 가장 큰 도전을 만나게 되는 것이 이 드러냄에서다. 너희가 자신을 부정하는 것을 멈추자마자, 남들이 **너희**를 부정할 것이기에.

너희가 신과 '하나됨'을 선언하자마자, 남들은 너희가 사탄과 손잡았다고 선언할 것이고,

너희가 최고의 진리를 설교하자마자, 남들은 너희가 최악의 신성모독을 설교한다고 말할 것이다.

그래서 자신의 깨달음을 차분히 드러낸 모든 선각자가 그러했듯이, 너희 역시 숭배되면서 모욕당하고, 떠받들리면서 짓밟

히고, 추앙되면서 십자가에 못 박힐 것이다. 너희로서야 그 순환이 끝나겠지만, 여전히 환상 속에서 사는 사람들로서는 너희를 어떻게 생각해야 할지 모를 것이기에.

그런데 저한테는 무슨 일이 일어날까요? 전 이해할 수가 없습니다. 혼란스럽고요. 전 당신이 거기에 뭔가 "게임"이란 게 존재하려면, 환상은 계속되어야 한다고 몇 번이나 말씀하신 걸로 생각했는데요. "게임"은 계속되어야 한다고 말씀하신 걸로요.

그렇다, 나는 그렇게 말했다. 그리고 그건 실제로도 그러하다. 게임은 계속된다. 너희 중 한두 사람이 환상의 순환을 끝냈다고 해서, 그것이 게임을 끝내는 것은 아니기 때문이다—너희에게도, 그리고 다른 놀이꾼들에게도.

전부 다가 다시 '하나'가 될 때까지 게임은 끝나지 않는다. 아니, 그때도 게임은 끝나지 않는다. 전부가 전부와 재합일하는 그 성스러운 순간에 '나-우리-너희'는, 그 환희가 너무나도 장대하고 너무나도 강렬해서 말 그대로 기쁨으로 터져버릴 것이고, 희열로 폭발할 것이기에. 그리하여 그 순환은 완전히 처음부터 다시 시작될 것이다.

내 아들아, 그것은 결코 끝나지 **않을** 것이다. 그 게임은 결코 끝나지 **않을** 것이다. 그 게임이 삶 자체이고, 삶이 바로 '우리'이기 때문이다.

하지만 깨달음에 이르러 모든 앎을 이룬 개별 요소, 아니 당신 표현대로 "전체의 부분"에게는 무슨 일이 벌어집니까?

    그런 선각자는 그 순환의 자기 부분만이 완료되었음을 안다. 그녀는 자신의 환상 체험만이 끝났다는 것을 안다.

    이제 선각자는 웃음을 터트린다. 그녀는 마스터 플랜을 알기 때문이다. 그녀는 자신의 순환이 완결되어도 그 게임은 계속되리란 걸, 그 체험은 계속되리란 걸 안다. 그러고 나면 선각자는 이제 자신이 그 체험 속에서 할 수 있는 역할까지 안다. 선각자의 역할은 다른 사람들을 깨달음으로 이끄는 것이다. 그리하여 선각자는 계속해서 그 놀이를 한다. 하지만 이번에는 새로운 방식으로, 새로운 도구를 가지고. 그는 환상임을 알기에 환상 밖으로 나갈 수 있다. 선각자는 이렇게 하는 것이 자신의 목적과 즐거움에 들어맞을 때 이따금 이렇게 할 것이다. 그렇게 해서 그녀는 자신의 깨달음을 선언하고 드러내니, 남들은 그를 신/여신이라 부르리라.

    너희 종 전체가 깨달음으로 인도되어 그것을 이뤄낸다면, 전체로서 너희 종(너희 종은 하나의 통일체이기에)은 시간과 공간 속을 마음대로 옮겨다닐 것이고(너희는 물질 법칙들을 이해했듯이 그것들을 자유자재로 다루게 될 것이다), 너희는 다른 종과 다른 문명들에 속한 이들 또한 깨달음에 이를 수 있게 도와주려 할 것이다.

다른 종과 다른 문명들이 지금 우리에게 하듯이요?

맞았다. 바로 그거다.

그리고 전 우주의 모든 종이 깨달음에 이르렀을 때에야—

—아니면, 내가 표현하듯이 내 모두가 '하나됨'을 알았을 때에야—

—그 순환의 이 부분은 끝날 것이다.

네가 슬기롭게 표현했구나. 순환 자체는 **절대** 끝나지 않기 때문이다.

순환의 이 부분이 끝나는 것이 바로 순환 자체이기에!

야호! 근사하다!
너는 이해했다!
그러니 그렇다, 다른 행성들에도 생명체가 있다. 그리고 그렇다, 그중 다수가 너희보다 더 진보되어 있다.

어떤 점에서요? 당신은 사실 이 문제에는 대답하지 않으셨습니다.

아니다, 나는 했다. 나는 모든 점에서라고 말했다. 기술과 정치와 사회와 영성과 물질과 심리에서.

아, 그랬군요. 하지만 예를 좀 들어주십시오. 그런 진술은 너무 광범위해서 저한테는 의미가 없습니다.

　너도 알다시피, 나는 네 진실을 사랑한다. 누구나가 다 신을 똑바로 쳐다보면서 신이 말하는 게 의미 없다고 대놓고 단언하는 건 아니다.

그래서요? 거기에 대해서 어떻게 하시려는 겁니까?

　바로 그것, 너는 바로 그런 올바른 태도를 지니고 있다. 그건 물론 네가 옳기 때문이다. 너는 내게 도전할 수 있고, 내게 맞설 수 있고, 네가 원하는 만큼 많이 내게 이의를 제기할 수 있다. 나는 거기에 대해 매도하려는 게 아니다.
　오히려 나는 축복을 내릴 수 있다. 내가 여기서 이 대화를 가지고 그러하듯이. 이건 축복받은 사건이 아니냐?

예, 이건 축복받은 사건입니다. 이 책은 많은 사람들에게 도움을 주었습니다. 이 책은 몇백만의 사람들을 감동시켰고, 지금도 감동시키고 있습니다.

　나도 그건 안다. 그 모두가 "마스터 플랜"의 일부다. 너희가 선각자가 되게 하려는 계획의 일부.

당신은 이 3부작이 큰 성공을 거두리란 걸 처음부터 알고 계셨죠,

그렇죠?

물론 나는 알고 있었다. 너는 그것을 그렇게 성공시킨 사람이 누구라고 생각하느냐? 너는 지금 이 책을 읽고 있는 사람들에게 이것을 손에 넣을 나름의 방법들을 찾아내도록 만든 게 누구라고 생각하느냐?

너희에게 말하노니, 나는 이 자료를 찾아올 모든 사람을 알고 있다. 그리고 나는 그 한 사람 한 사람이 어떤 이유로 왔는지도 안다.

그리고 그들은 그렇게 하고 있다.

이제 문제는 그들이 다시 또 나를 부정하는가뿐이다.

그 문제가 당신에게 중요합니까?

조금도 중요하지 않다. 내 자식들 모두가 언젠가는 내게 돌아올 것이다. 그것은 그럴 것인가 아닌가의 문제가 아니라 **언제** 그럴 것인가의 문제다. 따라서 그것은 그들에게 중요한 문제일 수 있다. 그러니 들을 귀를 가진 자들은 모두 듣게 하라.

그러죠. 그런데 우리는 다른 행성에 사는 생명체들 이야기를 하고 있었습니다. 그리고 당신은 그들이 지구의 생명체보다 어떤 점에서 그토록 많이 진보했는지 예를 들어주시려던 참이었고요.

기술에서 다른 문명들 대다수가 너희보다 훨씬 앞서 있다.

너희보다 뒤처진 문명들도 있지만, 그렇게 많지는 않다는 이야기다. 대다수가 너희보다 훨씬 앞서 있다.

어떤 점에서요? **예를 하나 들어주십시오.**

좋다, 날씨를 예로 들자. 너희는 날씨를 조절하지 못한다. (너희는 그것을 정확히 예견하지도 못한다!) 그래서 너희는 그것의 변덕에 지배된다. 하지만 다른 대다수 세상들은 그렇지 않다. 다른 행성들에 사는 존재들은, 예를 들면 일정 지역의 기온을 조절할 수 있다.

그들이 그럴 수 있다고요? 전 어떤 행성의 기온은 자기 태양과의 거리라든가 기압 따위들이 복합되어 만들어진 결과라고 생각했는데요.

그런 것들이 매개변수를 확정한다. 그러나 그 매개변수들 안에서 많은 것을 해낼 수 있다.

어떻게 그렇게 합니까? 어떤 식으로요?

환경을 조절하는 것으로. 대기 속에 특정 조건들을 만들어내거나 만들어내지 않는 것으로.
너도 알다시피, 그것은 태양과 어떤 위치 관계에 있는가의 문제일 뿐만 아니라, 태양과 자신 사이에 무엇을 두는가의 문제이기도 하다.

너희는 너희 대기 속에 가장 위험한 것들을 집어넣고, 가장 중요한 것 몇 가지를 빼버렸다. 그런데도 너희는 이것을 부정하고 있다. 다시 말해 너희들 대다수가 이것을 인정하려 하지 않는다. 너희 중 가장 섬세한 마음들이 너희가 입고 있는 피해를 의심할 여지 없이 밝혀줄 때조차도 너희는 그것을 인정하려 하지 않는다. 너희는 그 섬세한 마음들을 미쳤다고 일컬으면서 너희가 더 잘 안다고 말한다.

아니면 너희는 이 지혜로운 사람들이 다른 속셈을 가지고 있고, 자기 관점을 공식화하려 하며, 자신들의 이익을 지키고 있을 뿐이라고 말한다. 하지만 다른 속셈을 가진 쪽은 **너희**고, 자기 관점을 공식화하려는 쪽도 **너희**며, 자신의 특별한 이익을 지키고 있는 쪽도 **너희**다.

너희의 주요한 관심은 언제나 너희 자신이다. 아무리 과학적이고, 아무리 증명 가능하고, 아무리 긴박한 증거라 해도, 그것이 너희의 사리사욕을 침해한다면, 너희는 그것을 부정할 것이다.

그건 너무 가혹한 판결이군요. 전 그게 사실이라고 믿을 수가 없습니다.

정말? 이제 너는 신을 거짓말쟁이로 만들 셈이냐?

음, 전 그걸 그런 식으로 말하려던 게 아닙니다. 정확하게 말하자면……

너는 너희 국가들이 탄화불소(프레온가스 – 옮긴이)로 대기를 오염시키는 짓을 그만두기로 동의하는 데만도 얼마나 많은 시간이 걸렸는지 아느냐?

예…… 하지만……

하지만이 아니다. 너는 그것이 왜 그렇게 오래 걸렸다고 생각하느냐? 아니 놔둬라, 내가 말해주마. 그것이 그렇게 오래 걸린 건, 오염을 중단하면 많은 대기업들이 엄청난 돈을 손해봐야 했기 때문이다. 그것이 그렇게 오래 걸린 건, 그렇게 하면 많은 사람들이 자신들의 편리함을 손해봐야 했기 때문이다.

그것이 그렇게 오래 걸린 건, 그토록 오랫동안 많은 사람들과 많은 나라들이 자신들의 이익을 현 상태로, 지금 유지되고 있는 그대로 지키기 위해서 그 증거를 부정하려 애썼기 때문이다. 아니, 부정할 **필요가** 있었기 때문이다.

그나마 더 많은 사람들이 주의를 기울이기 시작한 것은 피부암의 발생 비율이 심상찮을 정도로 높아지고, 기온이 상승하여 빙하와 눈이 녹기 시작하고, 해수 온도가 올라가고, 호수와 강이 범람하기 시작하고서였다.

고상한 마음들이 오래전부터 너희 앞에 놓아둔 진실을 너희가 그나마 보기 시작한 것은 **너희 자신의 이익**을 위해서도 그렇게 하지 않을 수 없게 되고서였다.

자기 이익이 뭐가 잘못입니까? 전 당신이 1권에서 자기 이익이 출발점이라고 하신 걸로 아는데요.

그렇다, 나는 그렇게 말했다. 그리고 그건 사실이다. 하지만 다른 행성의 문화와 사회들은 "자기 이익"을 너희 세상보다 훨씬 넓게 규정한다. 깨달은 존재들은 한 사람을 다치게 하는 것이 다수를 다치게 하는 것이고, 소수를 이롭게 하는 것이 다수를 이롭게 할 수밖에 없음을, 아니 결국에는 아무도 더 이롭게 하지 않음을 잘 알고 있다.

너희 행성에서는 그것이 정반대다. 한 사람을 다치게 하는 것쯤이야 다수에 의해 무시되고, 소수를 이롭게 하는 것쯤이야 다수에 의해 부정된다.

이것은 자기 이익에 대한 너희의 규정이 너무 협소하기 때문이다. 고작 자기 개인, 그리고 그걸 넘어서면 자기 가족, 그것도 자기 분부대로 따르는 가족들에게나 간신히 이를 정도로.

그렇다, 나는 1권에서, 어떤 관계에서나 자신에게 가장 이로운 일을 하라고 말했다. 하지만 나는, 무엇이 자신에게 최고로 이로운지 알 때, 자신과 남이 '하나'이니, 너희는 그것이 남들에게도 최고로 이로운 것임을 알게 되리라고도 말했다.

자신과 모든 남이 '하나'다. 이것은 아직 너희가 이르지 못한 앎의 수준이다.

네가 진보된 기술에 대해 물으니, 내가 말해주마. 너희는 진보된 사고방식 없이는 어떤 진보된 기술도 이로운 방식으로 가질 수 없다.

사고방식의 진보 없는 기술의 진보는 진보가 아니라 서거(逝

去)를 가져온다.

너희는 너희 행성에서 이미 이것을 체험했다. 그리고 이제 얼마 안 있어 너희는 그것을 다시 체험하려 하고 있다.

무슨 말씀입니까? 뭘 말씀하시는 겁니까?

내 말은 예전에 너희 행성에서, 지금 너희가 서서히 올라서고 있는 높이까지—실제로는 그 높이를 넘어서—이른 적이 있다는 이야기다. 너희는 지금 존재하는 것보다 더 진보된 문명을 지구에 건설했다. 그리고 그것은 자멸했다.

그것은 자멸했을 뿐 아니라 다른 것들까지 거의 다 파멸시켰다.

이렇게 된 건 그 문명이, 자신이 발달시킨 그 기술들을 어떻게 다뤄야 할지 몰랐기 때문이다. 기술의 진화가 영성의 진화를 훨씬 앞선 탓에, 그 문명은 기술을 자신의 신으로 삼기에 이르렀고, 사람들은 기술과, 기술이 만들고 가져다줄 수 있는 모든 것을 숭배했다. 그래서 그들은 고삐 풀린 기술이 가져다준 모든 것을 가졌지만, 그것은 그야말로 고삐 풀린 재난이었다.

그들은 말 그대로 자기들 세상을 끝장냈다.

이런 일들이 여기, 이 지구에서 일어났다는 겁니까?

그렇다.

잃어버린 도시 아틀란티스를 말씀하시는 겁니까?

그것을 그렇게 부르는 사람들도 있다.

그리고 레무리아도요? 무 대륙도요?

그 또한 너희 신화의 일부다.

그렇다면 그게 사실이었군요! 우리가 예전에 이런 수준에 달했다는 게!

아, 내 친구여, 그 수준을 넘어서. 그 수준을 훨씬 넘어서.

그리고 우리는 자멸**했군요!**

왜 그렇게 놀라느냐? 너희는 지금도 똑같이 하고 있다.

그건 저도 압니다. 어떻게 해야 우리가 중단할 수 있을까요?

이 주제에 바쳐진 책들은 많다. 대다수 사람들이 그것들을 무시하고 있지만.

그중 하나라도 제목을 말해주십시오. 우린 무시하지 않을 겁니다. 제가 약속할게요.

《우리 문명의 마지막 시간들The Last Hours of Ancient Sunlight》

을 읽어라.

톰 하트만이 쓴 거군요. 그래요! 전 그 책을 좋아해요.

　잘됐구나. 이 사자(使者)는 영감을 받았다. 세상이 이 책을
주목하게 하라.

그럴게요. 그렇게 할게요.

　그 책에는 앞의 네 질문에 대한 대답으로 내가 여기서 말하
려는 모든 것이 들어 있다. 내가 네게 그 책을 다시 쓰게 할 필
요는 없을 것이다.
　그 책은 너희 고향인 지구를 위태롭게 하는 여러 측면들과
너희가 멸망을 중단시킬 수 있는 방안들을 요약하고 있다.

인류가 이 행성에서 저질러온 일들이 그만큼 문제가 많다는 거겠
죠. 사실 당신은 이 대화를 진행하는 동안 줄곧 우리 종을 "원시적"이
라고 묘사하셨죠. 당신이 처음 그런 언급을 하고 난 이후로, 전 비원시
적인 문명에서 사는 건 어떤 건지 무척 궁금했습니다. 당신이 말씀하
셨죠? 우주에는 그런 사회나 문화들이 많다고요.

　그렇다.

얼마나 많습니까?

아주 많다.

몇십 개요? 몇백 개요?

몇만 개.

몇만 개요? 몇만 개나 되는 진보된 문명들이 있다고요?

그렇다. 하지만 너희보다 더 원시적인 문화들도 있다.

한 사회를 "원시적"이라거나 "진보적"이라고 구분하는 다른 어떤 표지가 있습니까?

그 사회가 자신이 지닌 가장 높은 이해를 얼마나 실제로 행하는가의 정도.

이것은 너희가 무엇을 믿는가에 따라 다르다. 너희는 그 사회의 이해가 얼마나 **높은가**에 따라, 그 사회를 원시적이라 부르고 진보적이라 불러야 한다고 믿는다. 하지만 그것들을 실제로 행하지 않는다면, 아무리 높은 이해라도 무슨 쓸모가 있겠는가?

답은 전혀 쓸모가 없다는 것이다. 사실 그런 식의 이해라면 위험하다.

퇴보를 진보로 칭하는 것이 원시사회의 표지다. 너희 사회는 앞으로 가지 않고 뒤로 물러났다. 너희 세상의 많은 것들이 오늘날보다 70년 전에 더 많은 자비를 증명했다.

이걸 듣기 힘들어할 사람들도 있겠군요. 당신은 자신이 판단하지 않는 신이라고 말씀하시지만, 자신들이 판단당하고 있으며, 이 책 곳곳에서 잘못된 걸로 규정되고 있다고 느낄 사람들도 있을 겁니다.

우리는 앞에서도 이 문제를 다루었다. 너희가 시애틀로 가고 싶다고 말하면서도 실제로는 샌어제이로 차를 몰고 가고 있을 때, 너희가 방향을 물어본 그 사람이, 너희는 가고 싶다고 말하는 곳에 닿지 못할 방향으로 가고 있다고 말한다면, 그 사람은 판단을 내리고 있는 것이냐?

우리를 "원시적"이라고 부르는 건 단순히 방향을 가리켜주는 것하고 다릅니다. 원시적이라는 용어 자체가 비하하는 말입니다.

호, 정말? 하지만 너희는 "원시"미술에 정말 탄복한다고 말한다. 그리고 그 "원시"성 덕분에 감칠맛 나는 음악들도 많이 있다. 물론 그런 여자들이 있는 건 말할 것도 없고.

당신은 사태를 뒤집으려고 말장난을 하고 계십니다.

전혀 그렇지 않다. 나는 단지 네게 "원시적"이란 용어가 반드시 비하어는 아니란 걸 보여주고 있을 뿐이다. 그걸 그렇게 만드는 건 너희 판단이다. "원시적"이란 그냥 서술어일 뿐이다. 그것은 그냥 말 그대로, 어떤 것이 발달의 초기 단계에 있음을 뜻하고 있다. 그것은 그 이상 아무것도 말하지 않는다. 그것은 "옳고 그름"에 대해 아무것도 말하지 않는다. 그런 의미를 보태는 건 너희다.

나는 여기서 "너희를 잘못된 걸로 규정하지" 않았다. 나는 그냥 너희 문화를 원시적이라고 서술했을 뿐이다. 너희가 원시적인 것에 대해 판단을 내리고 있을 때, 오직 그때만 그것은 잘못된 것으로 "들릴" 것이다.

나로서는 전혀 그런 판단을 내리지 않고 있다.

평가는 판단이 아니다. 그건 그냥 있는 그대로에 대한 관찰이다.

나는 내가 너희를 사랑하고 있음을 너희에게 알려주고 싶다. 나는 너희에 대해 아무런 판단도 내리지 않는다. 너희를 바라볼 때, 나는 오직 아름다움과 경이만을 본다.

원시미술을 볼 때 그렇듯이요.

맞다. 나는 너희의 멜로디를 듣고 오직 흥분만을 느낀다.

원시음악을 들을 때처럼요.

너는 이제 이해해가고 있다. 나는 너희 종에게서, 너희가 "원시적 관능성"을 가진 남자나 여자에게서 느끼는 것과 같은 에너지를 느낀다. 그리고 너희처럼 나도 흥분한다.

너희와 나에게 진실인 것은 **이것**이다. 너희는 나를 정떨어지게 하지 않는다. 너희는 나를 어지럽히지 않는다. 너희는 나를 실망시키지도 않는다.

너희는 나를 **흥분시킨다!**

나는 새로운 가능성들에 흥분하고, 이제 다가올 새로운 체험에 흥분한다. 나는 너희 속에서 새로운 모험들로 깨어나고, 새로운 수준의 장대함으로 옮겨가는 자극으로 깨어난다.

천만에, 너희는 나를 실망시키지 않는다. 너희는 나를 **짜릿하게 한다!** 나는 너희의 경이로움에 짜릿해진다. 너희는 자신들이 인간 발달의 정점에 있다고 여기지만, 내가 말하노니 너희는 이제 **시작일 뿐이다.** 너희는 자신의 장려함을 이제서야 체험하기 **시작했다!**

너희의 가장 장대한 관념들은 아직 체험되지 않았고, 너희의 가장 장대한 전망들은 아직 실현되지 않았다.

하지만 기다려라! 보라! 주목하라! 너희가 만개할 날들이 가까이 왔으니. 줄기는 튼튼하게 자랐고, 꽃잎은 금방이라도 펼쳐질 듯하다. 그리하여 너희에게 말하노니, 그 꽃의 아름다움과 향기는 땅을 가득 채울 것이고, 너희는 이제 신들의 정원에서 너희의 자리를 차지할 것이라.

바로 **이게** 제가 듣고 싶었던 겁니다. 이게 제가 여기 와서 체험하려던 거라구요! 비하가 아니라 **격려**요!

너희가 그렇다고 생각하지 않는 한, 너희는 결코 비하당하지 않는다. 신은 결코 너희를 판단하거나 "잘못된 것으로 규정하지" 않는다.

많은 사람들이 "옳고 그른 건 없다"고 말하고, 우리를 절대 심판하지 않으리라 선언하는 신이라는 이 사고방식을 "접수하지" 못하고 있습니다.

자, 네 마음을 정해라! 너는 처음엔 내가 너희를 판단한다고 말하더니, 이번에는 내가 그렇지 않다고 낭패스러워한다.

압니다, 알아요. 그건 몹시 헷갈리는 겁니다. 우린 정말 무척……
복잡합니다. 우리는 당신의 판단을 원하지 않으면서도, 또 한편에서
는 그걸 원합니다. 우리는 당신의 처벌을 원하지 않으면서도, 또 한편
에서는 그게 없으면 길을 잃을 것처럼 느낍니다. 그리고 당신이 앞서
두 권의 책에서 말씀하셨듯이, "나는 결코 너희를 벌하지 않을 것"이
라고 말씀하시면, 우린 그걸 믿지 못합니다. 그리고 그 말에 거의 화까
지 내는 사람들도 있습니다. 당신이 우리를 판단하지 않고 벌하지 않
는다면, 무엇이 우리더러 올바른 인생길을 걸어가게 해주겠냐면서요.
하늘에 "정의"가 없다면, 누가 땅에서 벌어지는 온갖 불의를 없애겠냐
는 거죠.

왜 너희는 소위 "불의"를 하늘이 고쳐주리라 기대하느냐? 비
는 하늘에서 내리지 않느냐?

그렇죠.

자, 너희에게 말하노니, 비는 의로운 자와 불의한 자를 가리
지 않고 누구의 머리 위에나 똑같이 내린다.

하지만 "복수는 나의 것이다라고 주께서 말씀하셨다"는요?

나는 그런 말을 한 적이 없다. 너희 중 하나가 그것을 꾸며냈

고, 나머지 너희는 그것을 믿었다.

　"정의"란 너희가 특정한 방식으로 행동하고 **나서** 체험하는 것이 아니라, 특정한 방식으로 행동했기 **때문에** 체험하는 것이다. 정의는 **행동**이지, 행동에 **대한** 처벌이 아니다.

그러고 보니 우리 사회의 문제는 먼저 "정의를 행하지" 않고, "부당함"이 벌어지고 나서야 "정의"를 구한다는 거군요.

　바로 맞혔다! 네가 정통으로 알아맞혔다!
　정의는 행동이지, **반응**이 아니다.
　그러니 "사후"에 이런저런 하늘의 정의를 강요함으로써, 어쨌든 "끝에 가서는 모든 걸 바로잡아주길" 내게 기대하지 마라. 너희에게 말하노니, "**사후**after-life"란 건 **없다. 단지** 삶life만이 있을 뿐이다. 죽음은 존재하지 않는다. 그리고 너희가 개인과 사회로서 삶을 체험하고 창조하는 방식 자체가 너희가 생각하는 바 그대로를 증명해준다.

그리고 당신은 이 점에서 인류를 별로 진화하지 못했다고 보시는 거고요. 그렇죠? 그럼 진화 전체를 미식축구장에 놓는다면 우리는 어디쯤에 있는 겁니까?

　12야드 선에(미식축구에서 자기편 골 영역에서 상대편 골 영역까지의 거리는 100야드 - 옮긴이).

농담이시겠죠?

아니다.

우리가 진화의 12야드 선에 있다고요?

봐라, 너희는 이번 세기에만 6야드에서 12야드까지 나아갔다.

터치다운으로 득점할 기회가 조금이라도 있습니까?

물론이다. 너희가 다시 공을 놓치지 않는다면.

다시라뇨?

내가 말했듯이, 너희 문명이 이런 벼랑 끝에 선 것이 이번이 처음은 아니다. 나는 이 이야기를 되풀이하고 싶다. 왜냐하면 **이것을 새겨듣는 건 너희에게 사활을 건 문제이기 때문이다.**

한때 너희가 너희 행성에서 발달시킨 기술은 그것을 책임 있게 사용할 수 있는 능력을 훨씬 뛰어넘은 것이었다. 너희는 인류사에서 다시 한번 같은 지점으로 다가가고 있다.

이것을 이해하는 건 생사를 다툴 만큼 중요한 문제다.

지금의 너희 기술은, 그것을 지혜롭게 사용할 수 있는 너희 능력을 능가하는 지점으로 육박하고 있다. 너희 사회는 바야흐로 기술의 산물이 되려 하고 있다. 기술이 사회의 산물이 되지 않고.

한 사회가 자기 기술의 산물이 될 때, 그 사회는 자멸한다.

왜 그렇습니까? 설명해주시겠습니까?

그러지. 핵심 문제는 기술과 우주철학cosmology, 모든 생명
의 우주철학 사이에 균형을 잡는 것이다.

"모든 생명의 우주철학"이란 뭘 말씀하시는 겁니까?

간단하게 표현하면, 그건 만사가 작동하는 방식, 다시 말해
체계 혹은 '과정'이다.

알다시피 "나를 화나게 하는 방법"이 있다.

저도 그런 게 있었으면 했습니다.

그리고 역설은, 일단 너희가 그 방식을 헤아리고 나면, 일단
너희가 우주의 작동 방식을 점점 더 많이 이해하기 시작하고 나
면, 너희는 파멸을 불러올 위험을 더 많이 감수하게 된다는 것
이다. 이 때문에 무지가 오히려 축복이 될 수도 있는 것이다.

우주는 그 자체가 기술이다. 그것은 최고의 기술이다. 그것
은 완벽하게 작동한다. 완전히 혼자 힘으로. 하지만 너희가 거
기에 끼어들어 우주 원칙들과 법칙들에 쓸데없이 간섭하기 시
작하면, 너희는 그 법칙들을 어길 위험을 감수하게 된다. 그리

고 그건 40야드 벌칙(미식축구에서는 반칙 정도에 따라 5, 10, 15야드 벌칙을 주므로, 40야드 후퇴 벌칙은 엄청난 것이다 – 옮긴이)이다.

홈팀으로서는 절망적인 후퇴로군요.

그렇다.

그래서, 우리는 이제 우리 리그에서 퇴출되는 겁니까?

너희는 거기에 가까워지고 있다. 오직 너희만이 너희 리그에서 퇴출될지 아닐지를 결정할 수 있다. 너희는 행동으로 그것을 결정할 것이다. 예를 들어 너희는 이제 스스로를 완전히 궤멸시켜버릴 수도 있을 만큼 원자 에너지에 대해 많이 알고 있다.

그래요, 하지만 우리가 그렇게 할 것 같지는 않은데요. 우리는 그보다는 괜찮은 사람들입니다. 우리는 자제할 겁니다.

정말로? 너희는 대량 파괴 무기들을 양산하는 짓을 아직도 포기하지 않고 있다. 그리고 얼마 안 가 그것들은 세상을 그 무기들에 대한 담보로 잡거나, 시험 삼아 세상을 파괴하려는 누군가의 손에 들어갈 것이다.
너희는 애들에게 성냥을 주고 있으면서도 애들이 그곳을 몽땅 다 태우는 일만은 없기를 바라고 있다. 그리고 너희 자신들조차 그 성냥을 사용하는 법을 아직 배우지 못했다.

이 모든 것에 대한 해결책은 명백하다. **아이들에게서 성냥을 빼앗고, 그 다음엔 너희 자신의 성냥도 던져버려라.**

하지만 원시사회가 자진해서 무장해제하길 기대하는 건 무리죠. 그나마 우리가 유일하게 오래 붙들고 있는 해결책인 핵폐기도 그래서 불가능한 것 같고요.

핵실험을 중지하는 것에서조차 합의를 못하는 걸 보면, 우리도 참 유별나게 자신을 통제하지 못하는 종족인 것 같군요.

설령 너희가 핵 광기로 자살하지 않는다 해도, 너희는 환경 자살로 세상을 파멸시킬 것이다. 너희는 너희 고향인 지구의 생태계를 해체시키고 있으면서도, 줄기차게 자신들은 그렇게 하지 않노라고 말한다.

이 정도로도 충분치 않은지, 너희는 생명 자체의 생화학에 어설프게 손을 대, 무성생식을 시키고 유전공학 작업을 벌이고 있다. 하지만 너희는 이것이 너희 종에게 은혜가 될 만큼 충분한 주의를 기울이면서 그렇게 하지 않고 있다. 오히려 너희는 그것을 사상 최대의 재난으로 만들 위험성을 키워가고 있다. 조심하지 않으면 너희는 핵 위협과 환경 위협을 애들 장난처럼 보이게 만들 것이다.

본래 너희 몸이 하기로 되어 있는 기능을 대신하는 약들을 발달시킨 탓에, 너희는 너희 종 전체를 나가떨어지게 할 독성에도 견딜 수 있을 만큼 저항력이 강한 바이러스를 창조하고 말았다.

당신 말씀을 들으니 좀 겁이 나는군요. 그러면 전멸입니까? 게임이
끝나는 겁니까?

아니다. 하지만 이번이 네 번의 공격 중 마지막 기회(미식축구
에서는 네 번의 공격 기회에 10야드 이상 전진해야 하며 그러지 못하면 상대
팀에 공격권이 넘어간다 – 옮긴이)다. 이제는 결정적인 패스를 해야 할
차례니, 쿼터백은 수비수의 견제를 받지 않는 위치에서 공 받
을 준비가 되어 있는 사람을 찾고 있다.
너는 견제당하지 않고 있느냐? 너는 이걸 받아낼 수 있느
냐?
나는 쿼터백이고, 지난번에 내가 너를 쳐다봤을 때, 너는 나
와 같은 색 유니폼을 입고 있었다. 우리는 아직도 같은 편이냐?

전 딱 한 팀밖에 없는 줄 알았는데요. 다른 팀은 누굽니까?

우리가 '하나'임을 무시하는 모든 생각과, 우리를 분리시키는
모든 관념, 그리고 우리가 합쳐져 있지 않다고 선언하는 모든
행동이 상대 팀이다. "상대 팀"은 실재가 아니지만, 그럼에도 너
희 현실의 일부다. 너희가 그것을 그렇게 만든 것이다.
너희가 조심하지 않는다면, 너희에게 봉사하려고 만들어진
기술이 너희를 죽일 것이다.

지금 이 순간 제 귀에는 사람들이, "하지만 혼자 힘으로야 도리가
없잖아?"라고 말하는 게 들립니다.

그들은 "혼자 힘으로야 도리가 없잖아?"라는 태도를 내버리는 것으로 시작할 수 있다.

나는 이미 너희에게 말했다. 이 주제를 다룬 몇백 권의 책들이 있다고. **그 책들을 무시하길 그만둬라.** 그 책들을 읽어라. 그 책들의 내용을 행동에 옮겨라. 다른 사람들이 그 책들에 눈뜨게 하라. 혁명을 시작하라. 그것을 진화 혁명an evolution revolution으로 만들어라.

그건 오래전부터 되어오던 일 아닙니까?

그렇기도 하고 아니기도 하다. 진화 과정은 물론 언제나 계속되어왔다. 하지만 그 과정은 지금 새로운 전기를 맞이하고 있다. 새로운 전환점이 나타난 것이다. 이제 너희는 자신들이 진화하고 있음을 **알아차리게** 되었다. 진화하고 있다는 사실만이 아니라 **어떻게** 진화하는지도. 이제 너희는 **진화가 일어나는 과정**을 알고, 그 과정을 통해 **너희 현실이 창조된다는** 걸 안다.

예전의 너희는 너희 종의 진화에서 참관인에 불과했지만, 이제 너희는 의식적인 참여자다.

과거 어느 때보다 더 많은 사람들이 마음의 힘과, 만물과 자신의 상호 관계, 그리고 영적 존재로서 자신들의 참된 정체성을 깨달아가고 있다.

과거 어느 때보다 더 많은 사람들이 그런 공간에서부터 살면서, 특별한 결과와 바람직한 결말, 의도된 체험을 일으키고 낳는 원리들을 연습하고 있다.

이것은 진실로 진화 혁명이다. 왜냐하면 점점 더 많은 사람들이 자기 체험의 질을 의식하면서 창조하고, '참된 자신'을 즉각 표현하고, '되려 하는 자신'을 재빨리 드러내는 일을 의식하면서 해가고 있기 때문이다.

지금을 그토록 결정적인 시기로 만드는 것이 이 때문이고, 지금이 중차대한 순간인 까닭이 여기에 있다. 너희의 지금 기록된 역사에서 처음으로(물론 인간 체험으로는 처음이 아니지만), 너희는 기술과 그것이 너희 세상 전체를 파멸시키게 만드는 사용법에 대한 이해, 둘 다를 가지고 있다. 너희는 실제로 너희 자신을 멸종시킬 수 있다.

이런 이야기들은 바버라 막스 허버드가《의식 있는 진화Conscious Evolution》에서 했던 지적들과 똑같군요.

그렇다. 그리고 그 지적들은 사실이다.

그 책은 우리가 어떻게 해야 예전 문명들의 끔찍한 결과들을 피하면서 진실로 땅 위에 천국을 세울 수 있을지에 관해 경이로운 전망들을 제시해줍니다. 독자를 단숨에 휘어잡는 책이죠. 그러고 보니 당신이 영감을 준 게 틀림없군요!

바버라라면 내가 거기에 관계했다고 말할지도 모르지……

당신은 앞에서 몇백 명의 저자들, 많은 사자들에게 영감을 주었노라고 말씀하셨댔죠? 우리가 알아둬야 할 다른 책들이 있습니까?

여기서 일일이 거론하기에는 너무 많다. 왜 네가 직접 찾아보지 않느냐? 그런 다음에는 특별히 네 마음을 끄는 책들의 목록을 따로 만들어 그것을 다른 사람들과 함께하라.

나는 태초 이래로 저자와 시인과 극작가들을 통해 이야기해왔다. 나는 지나온 세월 내내 노래 가사와 그림과 조각 형상과 인간 가슴의 모든 박동 속에 내 진실을 놓았다. 그리고 나는 앞으로 다가올 세월에도 그리할 것이다.

사람들은 누구나 자신이 가장 잘 이해할 수 있는 방식으로, 가장 익숙한 길을 따라 지혜로 오기 마련이고, 신의 사자들은 누구나 지극히 단순한 순간들에서 진리를 끌어내어, 지극히 단순한 방식으로 그것을 남들과 함께하기 마련이다.

네가 그런 사자다. 이제 나가서 네 사람들에게 자신들의 가장 고귀한 진리 속에서 함께 살라고 말하라. 자신들의 지혜를 함께 나누고, 자신들의 사랑을 더불어 체험하게 하라. 그들이 평화롭고 조화롭게 있을 수 있도록.

그러고 나면 너희 사회 역시 우리가 이야기해왔던 그런 사회들처럼 승격한 사회가 될 것이다.

그러니까 우리 사회와 우주의 다른 곳에 있는 고도로 진화된 문명 간의 주요한 차이점은 우리가 지닌, 이런 분리 관념이군요.

그렇다. 진보한 문명의 '첫 번째 지도 원리'는 합일이다. '하나임'과 모든 생명의 신성 불가침에 대한 인정. 그래서 승격한 사회들에서는, 어떤 상황에서도 자기 종들의 다른 개체가 원하지 않는데 그 생명을 고의로 빼앗는 일이 없다.

어떤 상황에서도요?

　어떤 상황에서도.

설사 공격을 당하더라도요?

　그런 사회나 그런 종 내부에서는 그런 상황이 벌어지지 않을 것이다.

그 종 내부는 아니겠지만, 외부에서 오는 공격이라면요?

　다른 종이 고도로 진화된 종을 공격한다면, 공격하는 쪽은 당연히 덜 진화된 종일 것이다. 사실 공격하는 쪽은 언제나 원시 존재이기 마련이다. 진화된 존재라면 절대 다른 누군가를 공격하지 않을 터이니.

그렇군요.

　공격당하는 한 종이 상대방을 죽이게 되는 경우는 그 공격 받는 존재가 참된 자신을 잊었을 때 말고는 없다.

그 존재가 자기 육신, 즉 자신의 물질 **형상**을 자신으로 여긴 다면, 그는 자신을 공격하는 자를 죽일 것이다. 그는 "자신의 생명이 끝날" 것을 두려워하기 때문이다.

반대로 그 존재가, 자신은 자기 몸이 아님을 충분히 잘 이해하고 있다면, 그는 절대로 상대방의 육신 존재를 끝내지 않을 것이다. 그로서는 그래야 할 이유가 전혀 없을 것이니, 그는 그냥 자신의 육신을 내려놓고 비육신의 자기 체험으로 옮겨갈 것이다.

오비완 케노비처럼!

그래, 맞다. 소위 "공상과학소설"의 작가들이 너희에게 대진리를 보여주는 일은 자주 있다.

그런데 여기서 잠시만요. 이건 1권에서 말씀하신 내용과 정면으로 모순되는 것 같은데요.

그게 뭐냐?

1권에서는 누군가가 자신을 남용할 때, 남용이 계속되도록 놔두는 게 결코 좋은 게 아니라고 하셨습니다. 또 1권에서는 사랑으로 행동할 때, 자신이 사랑하는 사람 중에 **자신**을 포함시키라고도 하셨고요. 그리고 자신에게 가해지는 공격을 멈추기 위해 필요한 일이면 뭐든 하라는 식의 말씀도 하셨습니다. 게다가 공격에 대한 대응으로 **전쟁**을 해도 괜찮다고까지요. 직접 인용하면 이렇습니다. "…… 독재자들이 제멋대로 활개치게 내버려둘 수는 없지만, 독재자임을 그만두게 하려면 거꾸로 그들에게 독재를 행사해야 한다."

또 그 책에서는 "신처럼 되는 것이 순교자가 되는 걸 뜻하지는 않는다. 희생자가 되는 걸 뜻하지 않는 건 더 말할 나위도 없고"라고 하셨습니다.

그런데 지금 당신은 고도로 **진화된** 존재들은 절대 다른 존재의 육신 삶을 끝내지 **않을** 것이라고 말씀하십니다. 이런 진술들이 어떻게 서로 병존할 수 있습니까?

1권의 그 부분을 다시 읽어라. 꼼꼼하게.

거기서의 내 대답들은 네가 설정한 문맥 안에서, 네 질문의 문맥 속에서 주어졌으니, 오로지 그 안에서만 고려되어야 한다.

1권 221쪽에서 네가 이야기하는 부분을 읽어봐라. 거기서 너는 깨달음의 차원에서 움직이고 있지 않는 자신의 현 상태를 인정한다. 너는 다른 사람들의 말과 행동에 쉽게 상처받는다고 말한다. 이런 상황을 전제로 해서 너는 상처받고 고통 주는 이런 체험들에 어떻게 대응하는 게 최선인지 물었다.

내 대답은 오직 이런 문맥 안에서만 받아들여져야 한다.

나는 무엇보다 먼저 다른 사람들의 말과 행동에 네가 상처받지 **않을** 날이 올 것이라고 말했다. 오비완 케노비처럼 너도, 누가 널 "죽이려" 해도 아무 고통도 체험하지 않게 될 것이라고.

내가 지금 서술하는 사회 구성원들이 도달한 깨달음의 수준이 이런 것이다. 이런 사회에서 사는 존재들은 '자신들이 누구'

고 누구가 아닌지 아주 잘 안다. 그들 중 한 명을 "고통받거나 상처받게" 하기는 대단히 어렵다. 적어도 그들의 육신을 위태롭게 만드는 것으로는 절대 그렇게 할 수 없다. 너희가 그들의 육신을 굳이 해치겠다고 마음먹는다면, 그들은 그냥 몸에서 빠져나와 그것을 너희가 갖도록 남겨놓을 것이다.

내가 1권에서 네 말에 대해 두 번째로 지적했던 점은, 네가 '자신이 누군지' 잊어버렸기 때문에 남들의 말과 행동에 그런 식으로 반응한다는 것이다. 하지만 나는 거기서 그래도 상관없다고 말했다. 그런 게 성장 과정의 일부고 진화 과정의 일부라고.

그러고 나서 나는, 그 전체 성장 과정 동안 "너희는 지금 수준에서 움직일 수밖에 없다. 지금의 이해 수준, 지금의 의지 수준, 지금의 기억 수준에서"라는 대단히 중요한 이야기를 했다.

내가 거기서 이야기한 다른 모든 것도 이런 문맥에서 받아들여져야 한다.

심지어 나는 223~4쪽에서, "이 논의의 목적에 맞추어 너희가 아직도 영혼의 일을 지향하고 있다고 가정하자. 너희는 아직도 '참된 자신'을 깨달으려("실현시키려") 애쓰는 중이다"고까지 말했다.

1권에서 내가 한 답변들은 '참된 자신'을 기억하지 못하는 존재들의 사회라는 문맥에서 보면 당연한 것이다. 하지만 여기서는 네가 그런 질문들을 한 게 아니다. 너는 여기서 내게 **우주의 고도로 진화된 사회들**에 대해 설명해달라고 부탁했다.

그러니 지금의 주제만이 아니라 우리가 여기서 다루게 될 다른 모든 화제와 관련해서도, 다른 문화에 대한 이런 설명들을 너희 문화에 대한 비판으로 보지 않는 게 너희에게도 이로울 것이다.

여기에는 어떤 판단도 없으며, 너희가 더 진화된 존재처럼 행하지 않는다고—그렇게 반응하지 않는다고—비난하거나 하는 일도 없을 것이다.

따라서 내가 여기서 이야기한 것은, 우주의 고도로 진화된 존재들이 화가 나서 다른 지각 있는 존재를 "죽이는" 일은 절대 없다는 것이다. 첫째, 그들은 분노를 체험하지 않을 것이고, 둘째, 그들은 다른 존재의 허락 없이 그 존재의 육신 체험을 끝내지 않을 것이며, 셋째, 네 특별한 관심에 특별히 답해준다면, 그들은 자기 사회나 자기 종들 아닌 것들에게 "공격당한다"고 느끼지도 않을 것이다. "공격당한다"고 느끼려면 누군가가 자신에게서 **뭔가를**, 생명이든, 가족이든, 자유든, 재산이든, 아니면 소유물이든, 하여튼 자신의 뭔가를 빼앗고 있다고 느껴야 한다. 하지만 고도로 진화된 존재로서는 이런 체험을 하는 일이 없을 것이다. 고도로 진화된 존재는 힘으로 빼앗을 태세가 되어 있을 만큼 너희에게 그토록 절실히 필요한 것이라면 뭐든지, 설령 그것이 그 진화된 존재의 육신 삶을 희생하는 것이라 해도, 그것을 그냥 **너희에게 줄 것이다.** 왜냐하면 진화된 존재는 자신이 **모든 걸 처음부터 다시 창조할** 수 있음을 알기 때문이다. 그러니 이것을 모르는 덜 진화된 존재에게 그녀가 그 모든 걸 내어주는 건 지극히 당연한 일이 아니겠느냐.

따라서 고도로 진화된 존재들은 순교자가 아니다. 어떤 "독재자"의 희생자가 아닌 건 말할 것도 없고.

그들은 이런 상태를 넘어서 있다. 고도로 진화된 존재는 자신이 모든 걸 처음부터 다시 창조할 수 있다는 걸 잘 알 뿐 아니라, **그럴 필요가 없다는** 것도 잘 안다. 그는 행복해지거나 생존하는 데 그중 어떤 것도 필요하지 않다는 걸 안다. 그는, 자기 외부의 어떤 것도 자신에게 필요하지 않으며, 본래의 "자신"은 물질적인 것과 아무 관계도 없다는 걸 이해한다.

하지만 덜 진화된 존재와 종들이 이 점을 언제나 잘 아는 건 아니다.

마지막으로 고도로 진화된 존재는 자신과 자신을 공격하는 자가 '하나'임을 이해한다. 그녀는 그 공격자를 그녀 자신 중의 상처받은 부분으로 본다. 그 상황에서 그녀의 역할은 모든 상처를 치유하는 것이다. '하나 속의 전체'가 자신을 다시 참 모습으로 알 수 있도록.

그녀에게는 자신이 지닌 전부를 내주는 것이 네게 아스피린을 주는 것과 같을 것이다.

우와. 굉장한 사고방식이군요. 굉장한 이해예요! 그런데 당신이 말한 것 중에서 물어볼 게 있는데요, 당신은 고도로 진화된 존재들이—

이제부터 "고진재"라고 줄여서 말하자. 그 명칭은 반복해서 쓰기에는 너무 길다.

좋습니다. 당신은 "고진재들"이 다른 존재의 허락 없이는 그 존재의 육신 체험을 끝내지 않을 거라고 하셨습니다.

그렇다.

하지만 무슨 이유로 한 존재가 다른 존재에게 자신의 물질 삶을 끝내도 좋다고 허락합니까?

이유는 여러 가지가 있을 수 있다. 예를 들어 자신을 양식으로 제공할 수도 있다. 아니면 전쟁을 멈추게 하는 따위의 다른 어떤 필요에 봉사하기 위해서일 수도 있고.

우리 문화들에서도 먹거나 가죽을 얻으려 할 때, 그 영혼에게 허락을 구하지 않고서는 어떤 동물도 죽이지 않는 사람들이 있는데, 그 사람들도 이런 거군요.

그렇다. 이것이 너희 원주민인 인디언들의 방식이다. 그들은 이런 식의 교류를 갖지 않고서는 꽃 한 송이, 약초 한 뿌리, 풀 한 포기도 꺾으려 하지 않았다. 사실 너희 토착 문화들 모두가 그러했다. 웃기는 건 **너희가** 그런 부족과 문화들을 "원시적"이라 부른다는 것이다.

오 맙소사, 괜찮은지 물어보지 않고서는 무 하나도 뽑을 수 없다는 말씀입니까?

너는 무슨 일이든 하고 싶은 대로 할 수 있다. 네가 물은 건 "고진재들"이 어떻게 하느냐는 것이었다.

그럼 아메리카 원주민들은 고도로 진화된 존재들입니까?

　　여느 종족, 여느 종들이 그렇듯이 일부는 그렇고, 일부는 그렇지 않다. 그것은 개개인의 문제다. 하지만 하나의 문화로서 그들은 대단히 높은 수준에 도달했다. 그들 체험의 상당 부분을 알려주는 그 '문화 신화'들은 대단히 승격된 것이었다. 하지만 너희는 그들에게 그 문화 신화들을 너희 것과 섞도록 강요했다.

　잠깐만요! 무슨 **말씀**을 하시는 겁니까? 그 황인종들은 야만인이었어요! 우리가 그들을 몇만 명씩 죽이고 나머지를 소위 보호 지역이라는 담 없는 감옥 속에 집어넣어야 했던 이유가 거기 있다고요! 그래요, 우린 지금도 그들의 성지(聖地)를 뺏어서 거기다 골프장을 세웁니다. 우린 **그래야** 합니다. 그렇지 않으면 그들은 자신들의 성지를 **신성시할** 테고, 자신들의 문화를 **기억해낼** 것이며, 자신들의 예배를 **거행할지** 모르니까요. 우린 그렇게 하도록 놔둘 수 없습니다.

　　상상이 간다.

　아뇨, 진짜라구요. 우리가 그들의 문화를 접수해서 없애지 않았더라면, 그들은 우리 문화에 충격을 가했을 거라구요! 그러면 우리가 얼마나 상처받았겠습니까?

　우리는 대지와 하늘을 존경했을 테고, 강을 오염시키길 거부했겠죠. 그랬더라면 우리 산업이 설 자리가 어디겠습니까!

　아마 사람들이 **부끄러움도 모르고** 지금도 여전히 벌거벗고 돌아다니고, 강에서 목욕하고, 땅에 의지해 살고 있겠죠. 고층 빌딩과 콘도미니엄과 방갈로들 속에서 북적대고 살면서 아스팔트 밀림 속으로 출근하는 대신에 말입니다.

맙소사, 십중팔구 지금도 여전히 텔레비전 대신에 모닥불 주위에 둘러앉아 태곳적 지혜의 가르침을 귀담아듣고 있겠죠. 우린 전혀 **발전하지 못했을** 거라구요.

그나마 다행히도, 너희는 자신에게 뭐가 좋은지 알고 있구나.

18

고도로 진화된 문명과 고도로 진화된 존재들에 대해 더 이야기해 주십시오. 그들이 어떤 이유로도 서로를 죽이지 않는다는 사실 말고 다른 어떤 점이 그들을 우리와 구별해줍니까?

그들은 공유한다.

우리도 공유해요!

아니다, 그들은 **모든 걸 모두와** 공유한다. 어떤 한 존재도 없이 지내지 않는다. 그들은 자신들 세상과 환경의 천연자원 모두를 똑같이 나누어서 모두에게 똑같이 분배한다.

어떤 국가, 어떤 집단, 어떤 문화도 자원이 발견된 그 자리를 어쩌다 보니 차지하고 있었다는 이유만으로 그것을 "자기 것"이라 여기지 않는다.

종들의 집단이 "고향"이라 부르는 행성(혹은 행성들)은 모두에게, 그 체계 속의 모든 종에게 속하는 것으로 이해된다. 사실 행성이나 행성 집단 자체가 하나의 "체계"로 이해된다. 그것은 그 체계 **자체에** 해를 입히지 않고서도, 그중 하나를 배제하거나 학살하거나 근절할 수 있는 작은 부분이나 요소들의 묶음으로서가 아니라, 유기 체계a Whole system로 간주된다.

우리 표현으로 하면 **생태계**군요.

음, 그보다 더 큰 것이다. 그것은 그 행성의 천연자원과 행성 거주자 간의 관계를 뜻하는 그냥 생태학이 아니다. 그것은 **거주자들이** 자신과, 자신들 상호 간과, 환경에 대해 갖는 관계이기도 하다.

그것은 **생명 있는 모든 종의 상호 관계**다.

"**종체계**speciesystem"요!

맞다! 나는 그 말이 마음에 든다. 잘 맞는 단어다! 우리가 지금 이야기하는 것은 생태계보다 더 크기 때문이다. 그건 정말로 **종체계**다. 너희 버크민스터 풀러가 **인지권**noosphere(인간 활동이 의식적 무의식적으로 바꿀 수 있는 생활권 – 옮긴이)이라 불렀던 것.

전 종체계 쪽이 더 마음에 듭니다. 더 이해하기 쉽거든요. 전 인지권이란 게 대관절 뭘 말하는지 항상 아리송했거든요.

　"버키"도 네 말을 마음에 들어한다. 그는 집착하지 않는다. 그는 사태를 더 단순하고 쉽게 만드는 것이면 뭐든지 항상 마음에 들어했다.

당신은 지금 버크민스터 풀러와 이야기하고 있습니까? 이 대화를 교령회(交靈會) 모임으로 바꾸신 겁니까?

　나로서는 자신을 버크민스터 풀러와 동일시했던 그 본체essence가 네 새 단어에 기뻐한다는 걸 알려줄 이유가 있었다고만 해두자.

우와, 굉장하군요. 제 말은 정말 끝내준다는 겁니다. 그걸 그냥 알 수 있다니 말입니다.

　그렇다, 그건 "끝내준다".

그러니까 고도로 진화된 문화들에서는 이 **종체계**가 중요한 거군요.

　그렇다. 하지만 그렇다고 개별 존재들이 중요하지 않다는 건 아니다. 정반대다. 개별 존재들이 중요하다는 건, 어떤 결정을 내릴 때 종체계에 미치는 영향을 맨 먼저 고려한다는 데서 이미 드러난다.

그 문화들은 모든 생명, **모든 존재를** 최상의 수준에서 부양해주는 게 **종체계**임을 이해한다. 따라서 종체계를 해롭게 할 어떤 일도 하지 않는 것은 **개별 존재들 하나하나가 중요하다는 사실을 말해주는** 것이다.

지위나 영향력이나 돈 있는 개별 존재들만이 아니라, 권세나 수완을 가진 개별 존재들, 혹은 더 큰 자기 인식을 가졌다고 추정되는 개별 존재들만이 아니라, 그 체계 안의 **모든** 존재, 모든 종이.

어떻게 이렇게 할 수 있습니까? 이것이 어떻게 가능합니까? 우리 행성에서는 일부 종들의 필요와 요구에 다른 종들의 필요와 요구가 종속되지 **않을 수** 없는데 말입니다. 그러지 않았다면 우리는 지금 우리가 아는 대로의 삶을 체험할 수 없었을 겁니다.

너희는 위태롭게도 "지금 너희가 아는 대로의 삶을" 체험하지 **못할** 때를 향해 가고 있다. 너희가 대다수 종들의 필요를 오직 한 종의 바람에 종속시키길 고집해왔다는 바로 그 사실 **때문에.**

인간종요.

그렇다. 그것도 그 종의 구성원 모두가 아니라 오직 소수만의 바람에. 그것도 최대 다수가 (그랬더라면 그나마 조금은 사리에 맞는다고 할 수도 있었겠지만) 아니라 극소수의 바람에.

최고 부자와 최고 권력자들 말이군요.

너희는 그들을 그렇게 불러왔다.

여기서 또 시작하시겠군요. 부자와 출세가들을 비난하는 또 한번
의 장광설을요.

천만에. 너희 문명은 장광설을 들을 자격이 없다. 그건 어린
애들을 방 안 가득 모아놓고 장광설을 늘어놓을 수 없는 것과
같은 이치다. 인간 존재들은 자신들이 하는 일이 더 이상 자신
들에게 가장 이롭지 않다는 걸 깨달을 때까지, 지금 하는 일을
—자신에게도, 서로에게도—계속해나갈 것이다. 아무리 많은
장광설로도 이런 상황을 바꿀 순 없다.
　장광설로 상황을 바꿀 수 있었다면, 너희 종교는 이미 오래
전에 훨씬 더 유능해졌을 것이다.

우와! 팡! 퍽! 오늘은 모두를 상대로 항복을 받아내시는군요.

나는 전혀 그런 식으로 하고 있지 않다. 이런 간단한 관찰들
이 너희를 뜨끔하게 하느냐? 그렇다면 왜 그런지 살펴봐라. 이
정도야 너희도 나도 다 알고 있다. 진리는 불편한 경우가 많지만,
그럼에도 이 책은 진리를 가져오기 위해서 왔다. 내가 영감을 준

461

다른 책들과 영화들과 텔레비전 프로그램들이 그러하듯이.

그렇다고 사람들더러 텔레비전을 보라고 부추기고 싶지는 않은데요.

좋든 나쁘든 이제 텔레비전은 너희 사회의 모닥불이다. 너희가 가고 싶지 않다고 말하는 쪽으로 너희를 데려가는 건 **매체**가 아니다. 그렇게 하는 건 너희가 거기에 실은 메시지다. 매체를 거부하지 마라. 언젠가 다른 메시지를 보내기 위해 너 자신이 그것을 사용할 수도 있으니……

괜찮으시면 다시 돌아갔으면 하는데요…… 제가 여기서 했던 본래의 질문으로 되돌아가도 될까요? 전 아직도 어떻게 해서 **종체계**가 그 체계 안의 모든 종의 필요를 똑같이 다루면서도 잘 굴러갈 수 있는지 알고 싶거든요.

필요들은 완전히 똑같이 다뤄지지만, 그렇다고 필요 자체가 완전히 똑같은 건 아니다. 그것은 비율의 문제고, 균형의 문제다.
우리가 여기서 **종체계**라 부르기로 했던 것 안에서 살아가는 모든 생명체에게는, 그 체계를 창조하고 지탱하는 물질 형상들로 살아남으려 할 때, 반드시 충족되어야 하는 필요들이 있다. 고도로 진화된 존재들은 이 점을 깊이 이해하고 있다. 또한 그들은, 그 체계 자체에 요구하는 이 필요들이 모두 똑같지는 않다는 점도 이해한다.
너희 **종체계**를 예로 들어보자.

그러죠……

　너희가 "나무"와 "사람"이라 부르는 두 생물종을 예로 들어
보면……

듣고 있습니다.

　나무에게 사람과 똑같은 일상 "건사"가 필요하지 않는다는
건 명백하다. 따라서 그 둘의 필요도 같지 않다. 하지만 그 둘
은 서로 연결되어 있다. 다시 말해 서로가 서로에게 의존하고
있다. 너희는 나무의 필요에도 인간의 필요와 똑같은 주의를 기
울여야 하지만, 나무의 필요 자체는 인간의 그것만큼 크지 않
다. 그렇다고 너희가 살아 있는 다른 종의 필요를 무시한다면,
그건 되레 자신을 위험에 빠뜨리는 꼴이 되고 말 것이다.

　앞서 내가 대단히 중요하다고 언급했던 책《우리 문명의 마
지막 시간들》에서는 다음과 같은 식으로 이런 상황을 분명하게
설명한다. 나무는 공기 중에서 이산화탄소를 취해서, 이 대기
가스의 탄소 부분을 **탄수화물을 만드는 데**, 다시 말해 **자라는
데** 이용한다.

　(뿌리와 줄기, 잎, 나아가 나무가 맺는 열매와 과일들까지 포
함해서, 식물은 거의 대부분이 탄수화물로 이루어져 있다.)

　그 사이에 나무는 이 가스의 산소 부분을 방출한다. 그것은
나무의 "분비물"이다.

　반면에 인간 존재가 살아가기 위해서는 산소가 필요하다. 너

희 대기 속에 충분히 있는 이산화탄소를 충분하지 **않은** 산소로 바꾸는 나무가 없다면, 너희는 종으로서 생존할 수 없다.

그 대신 너희는 **나무가** 생존하는 데 필요한 이산화탄소를 방출한다(호흡으로 내놓는다).

너는 그 균형을 볼 수 있겠느냐?

물론이죠. 정말 정교하군요.

고맙다. 그렇다면 이제 그 균형을 무너뜨리는 짓을 그만둬라.

하지만 우리는 나무 한 그루를 자를 때마다 나무 두 그루씩을 새로 심었습니다.

그렇겠지. 그리고 그 나무들이 너희가 베어내는 그 고목들만큼 많은 산소를 배출할 정도의 강도와 덩치로 자라는 데는 겨우 300년밖에 안 걸릴 테고.

너희 행성의 대기를 균형 잡는 능력에서, 아마존 열대우림이라 부르는 산소 제조 공장을 재건하는 데는 기껏해야 2000~3000년이면 충분할 테고. 그러니 걱정할 것 없다. 너희가 해마다 몇천 에이커씩을 개간하더라도 걱정할 것 없다.

왜죠? 우리는 왜 그렇게 하는 거죠?

땅을 개간해야 도살해서 먹을 양을 기를 수 있고, 양을 키우면 열대우림 국가들의 토착민들에게 더 많은 수입을 보장해줄 수 있다는 게 너희 주장이다. 따라서 너희는 이 모든 게 토지를 **생산적으로** 만들어준다고 선언한다.

하지만 고도로 진화된 문명들에서는 **종체계**를 침해하는 걸 **파괴적인** 것으로 보지, **생산적이라고** 보지 않는다. 그래서 고진 재들은 종체계의 전체 필요들을 균형 잡을 방법을 발견했다. 그들이 그 체계 중 작은 일부분의 바람에만 봉사하지 않고 이렇게 하는 쪽을 선택한 건, **그 체계 자체가 무너지면 체계 안의 어떤 종도 살아남을 수 없다**는 걸 깨닫고 있기 때문이다.

젠장, 그건 너무나 명백한 사실 같군요. 고통스러울 만큼 명백한 사실 말입니다.

앞으로 지구는 그 사실의 "명백함" 때문에 훨씬 더 고통스러워질 수 있다. 이른바 지구의 지배종이 깨어 일어나지 않는다면.

그 말씀을 접수할게요. 대폭 접수할게요. 그래서 저도 그 점에서 뭔가 했으면 합니다. 하지만 저 자신이 너무 무력한 것 같습니다. 저 자신이 무척 무력하게 느껴질 때가 종종 있습니다. 변화시키기 위해서 제가 뭘 할 수 있습니까?

네가 해야 할do 일은 아무것도 없다. 하지만 네가 될be 수 있는 건 대단히 많다.

더 자세히 말씀해주십시오.

인간 존재들은 오랫동안 "행위" 차원에서 문제를 해결하려고 애써왔지만, 그다지 성공하지 못했다. 참된 변화는 언제나 "행위" 차원이 아니라 "존재" 차원에서 이루어지기 때문이다.

아, 물론 너희는 몇몇 발견들을 했고, 기술을 발달시켰으며, 그리하여 어떤 면에서는 너희 삶을 더 편하게 만들었다. 하지만 너희가 삶을 **더 낫게** 만들었는지는 확실하지 않다. 게다가 더 큰 원리 문제들에서 너희의 진보는 무척 느리다. 너희가 현재 직면해 있는 원리 문제들 중 상당수가 너희 행성에서 과거 몇 세기 동안 계속해서 직면해오던, 여전히 그 문제들이다. 지구는 지배종의 착취 대상으로 존재한다는 너희의 관념이 좋은 예다.

너희가 지금 되어 있는 **상태**를 바꿀 때까지, 그것을 둘러싸고 너희가 취하는 **행동**을 바꾸지 않으리란 건 명약관화하다.

너희가 조금이라도 다르게 행동하고자 한다면, 너희는 먼저 환경 안의 모든 것과의 관계에서 자신이 누군지에 관한 관념부터 바꿔야 한다.

그러니 그것은 의식의 문제다. **그리고 너희가 의식을 바꿀 수 있으려면, 너희는 먼저 의식을 끌어올려야 한다.**

우리는 어떻게 해야 그렇게 할 수 있습니까?

이 모든 것에 대해 침묵하길 그만둬라. 큰 소리로 말하고, 소란을 피우고, 문제를 제기하라. 그렇게 하면 너희의 집단의식까지도 일부 끌어올릴 수 있을 것이니.

딱 한 가지 문제만 예를 들어보자. 왜 삼(대마)을 길러서 그걸 종이 만드는 데 쓰지 않느냐? 종이컵과 종이백, 종이타월은 말할 것도 없고, 일간신문을 너희 세상에 공급하는 데만도 얼마나 많은 나무들이 필요한지 알고나 있느냐?

삼은 값싸게 키울 수 있고, 손쉽게 수확할 수 있으며, 종이 만드는 데만이 아니라, 가장 질긴 밧줄과 가장 오래가는 옷감, 나아가서는 너희 행성이 제공할 수 있는 가장 효과적인 몇몇 치료약들을 만드는 데까지도 이용할 수 있다. 사실 마리화나(대마)는 너무나 값싸게 키울 수 있고, 너무나 손쉽게 수확할 수 있으며, 너무나 많은 놀라운 용도들을 가지고 있어서, 거기에 반대하는 어마어마한 로비가 이루어지고 있다.

세상이 거의 어디서나 자랄 수 있는 이 수수한 식물로 얼굴을 돌리게 놔뒀다가는 **너무 많은 사람들이 너무 많은 것을 잃고 말 것**이기 때문이다.

이것은 인간사에서 탐욕이 어떻게 상식을 바꿔치기하는가를 보여주는 한 예에 불과하다.

그러니 이 책을 네가 아는 모든 사람에게 주어라. 그들이 이런 사실을 접수할 뿐 아니라, 이 책이 말해야 했던 다른 모든 것도 접수할 수 있도록. 그리고 나서도 여전히 더 많은 것들이 있지만……

그냥 책장을 넘겨라……

그래요, 하지만 전 우울해지기 시작하고 있습니다. 2권을 읽고 난 뒤에 많은 사람들이 그런 느낌을 가졌다고 하듯이요. 우리가 세상을 어떤 식으로 파괴하고 있는지, 아니 사실상 그걸 폭파하고 있는지 앞으로도 더 이야기하실 작정이십니까? 왜냐하면 제가 이걸 감당할 수 있을지 자신이 없어서……

너는 고무되는 건 감당할 수 있느냐? 흥분되는 건 감당할 수 있느냐? 다른 문명들이 어떻게 하고 있는지 배우고 탐구하는 게 너희를 얼마나 고무하고 흥분시킬지 생각해봐라!

그 가능성들을 생각해봐라! 그 기회들을 생각해봐라! 모퉁이만 돌아서면 펼쳐질 황금빛 내일을 생각해봐라!

우리가 깨어난다면요.

너희는 **깨어날** 것이다! 너희는 깨어나고 **있다**! 패러다임이 변하고, 세상이 바뀌고 **있다**. 그것은 바로 너희 눈앞에서 벌어지고 있다.

이 책이 그 일부고, **너희** 또한 그 일부다. 잊지 마라, 너희는 방을 치유하려고 그 방에 있는 것이고, 공간을 정화하려고 그 공간에 있는 것이다. 너희가 여기 있을 다른 이유는 없다.

포기하지 마라! 절대 포기하지 마라! 가장 장대한 모험이 이제 막 시작되었으니!

좋습니다. 전 고도로 진화된 존재들의 사례와 지혜로 고무되는 쪽을 택하겠습니다. 그 때문에 낙담하지 않고요.

잘했다. 바로 이런 게 현명한 선택이란 거다. 너희가 한 종으로서 가고 싶다고 말하는 곳을 전제로 한다면 말이다. 너희는 그 존재들을 관찰함으로써 많은 것을 기억해낼 수 있다.

고진재들은 서로 간의 연결성을 깊이 느끼면서 조화롭게 살고 있다. 그들의 행동을 좌우하는 건, 너희라면 '사회의 기본 지도 원리'라고 불렀을, 그들의 받침 생각이다. 너희의 행동 또한 너희의 받침 생각, 즉 **너희** 사회의 기본 지도 원리에 좌우된다.

고진재 사회의 기본 지도 원리는 무엇입니까?

그들의 첫 번째 지도 원리는 '우리 모두는 하나'라는 것이다.

모든 결정과 모든 선택, 너희라면 "도덕"과 "윤리"라고 불렀을 모든 것이 이 원리에 근거하고 있다.

두 번째 지도 원리는 '하나' 안의 모든 것은 서로 연결되어 있다는 것이다.

이 원리 하에서 한 종의 어떤 구성원도 단순히 뭔가를 "그가 먼저 가졌다"거나, 그것이 그의 "것"이라거나, 그것이 "모자란다"고 해서, 남이 그것을 못 갖게 할 수 없고, 그렇게 하지도 않는다. 그 **종체계** 안에서 살아가는 모든 존재의 상호 의존성을 인정하고 존중하는 것이다. 그 체계 속에서 살아가는 모든 유기체 종의 상대적인 필요는 언제나 균형이 유지된다kept in balance. 그들이 그것을 언제나 **염두에** 두기kept in mind 때문이다.

이 두 번째 지도 원리는 개인 소유 따위는 없다는 뜻입니까?

너희가 이해하는 방식으로는 없다.

고진재는 자신이 보살피는 모든 좋은 것에 대해 **개인 책임**을 진다는 의미에서 "개인 소유"를 경험한다. 너희라면 "점유권의 존중"이라고 불렀을 것에 대해 고진재가 느끼는 감정을 너희 언어에서 가장 비슷하게 나타낼 수 있는 말은 **관리권**이다. 고진재는 **관리자**지, **소유자**가 아니다.

"소유한다"는 말과 그 말 뒤에 깔린 너희식 개념은 고진재 문화의 일부가 아니다. 뭔가가 "개인에게 속한다"는 의미에서 "소유" 같은 건 없다. 고진재들은 소유하지 않고 보살핀다. 다시 말해 그들은 만물을 유지하고, 받아들이고, 사랑하고, **돌보지만**, 그것들을 **소유하지는** 않는다.

인간들은 소유하지만, 고진재들은 보살핀다. 이것이 너희 언어로 그 차이를 묘사할 수 있는 방식이다.

너희 역사의 초기에, 인간들은 **자신이 손댄 것이면 무엇이든** 자기가 가질 권리가 있다고 느꼈다. 여기에는 아내와 자식들과 토지와 그 토지에서 나오는 부들도 들어갔다. "동산(動産)"과 그 동산이 그들에게 가져다줄 수 있는 다른 모든 "동산" 역시 그들의 것이었다.

인간 사회는 이런 믿음의 상당 부분을 지금도 여전히 진리로 삼고 있다.

인간들은 이 "소유"라는 개념에 사로잡히게 되었고, 멀리서 이를 지켜본 고진재들은 이것을 너희의 "소유 강박관념"이라 불렀다.

이제 진화해감에 따라, 너희는 사실 어떤 것도―너희 배우자와 자식들은 말할 것도 없고—진짜로 소유할 수는 없음을 점점 더 많이 이해해가고 있다. 하지만 너희 중 다수는 지금도 여전히 자신이 땅을 소유할 수 있고, 땅 위와 땅 아래, 그리고 땅 위의 하늘까지 소유할 수 있다는 관념에 매달려 있다. (그렇다, 너희는 "**공중권**"까지 이야기하고 있다!)

반면에 우주의 고진재들은 자신들이 발 딛고 있는 물질 행성이란 건 어떤 단일 존재에 의해 소유될 수 있는 것이 아님을 깊이 이해하고 있다. 물론 그들 사회의 메커니즘에 따라 보살펴야 할 땅 조각들이 개별 고진재들에게 주어질 수는 있다. 그리고 그녀가 그 땅을 훌륭히 관리한다면, 사회는 그녀가 자기 자식들에게, 또 그들은 그 자식들에게 그 땅의 관리권을 넘겨주도록 허용한다(부탁한다). 하지만 그나 그의 자식이 그 땅의 관리자로서 서투르다는 것이 드러날 때는 언제라도, 그 땅은 더 이상 그들의 보살핌을 받지 않는다.

우와! 이런 게 이 지구에서의 지도 원리라면, 세상 산업의 절반이 자산(資産)을 포기해야겠군요!

그리고 세상의 생태계는 하룻밤 만에 극적으로 개선될 테고.

보다시피, 고도로 진화된 문화에서는, 너희가 말하는 식의 "기업"이 이윤을 창출한답시고 토지를 약탈하도록 놔두는 일 같은 건 절대 없다. 사실 그 기업의 소유자나 그 기업의 노동자인 바로 그 사람들의 삶의 질이 회복될 수 없을 정도로 피해를 입고 있음이 확실한데, 그런 속에서 무슨 이윤을 찾을 수 있겠는가?

글쎄요, 그런 피해는 몇 년이고 느껴지지 않을 수 있지만, 이윤은 지금 이 자리에서 실현되니까요. 그래서 그걸 단기 이윤/장기 손실이라고 하는 걸 겁니다. 하지만 장기 손실을 체험할 때쯤엔 자기가 그 자리에 없을 거라면, 누가 장기 손실에 신경을 쓰겠습니까?

고도로 진화된 존재라면 신경을 쓴다. 게다가 그들은 훨씬 더 오래 산다.

얼마나 오래요?

몇 배나 오래. 몇몇 고진재 사회의 존재들은 영원히, 다시 말해 그들이 육신 형상으로 남아 있기를 택하는 한 계속 산다. 따라서 고진재 사회에서는 개별 존재들이 자신들의 행위가 가져온 장기적인 결과들을 체험할 때까지도 살아 있는 것이 보통이다.

어떻게 해서 그들은 그렇게 오래 살아남을 수 있습니까?

물론 너희가 그러하듯이, 그들 역시 살아 있지 않은 경우는 없다. 하지만 나는 네 말뜻을 안다. 너는 "몸을 가지고" 살아 있느냐는 뜻으로 물은 것이다.

그렇습니다. 어떻게 해서 그들은 그렇게 오랫동안 몸을 가지고 살아남을 수 있습니까? 이게 어떻게 가능하죠?

첫째로, 그들은 공기와 물과 땅을 오염시키지 않기 **때문이다.** 예를 들면, 그들은 흙 속에다 화학물질들을 집어넣지 않는다. 그런 화학물질들은 식물과 동물들에게 흡수되고, 그 다음엔 그 식물과 동물들을 섭취하는 너희 몸속으로 들어가기 마련이다.

사실 고진재라면 고기를 섭취하려 하지 않을 것이고, 더군다나 땅과, **동물**이 먹는 식물들을 화학물질로 채움으로써, 다시 그 동물 **자체**를 화학물질로 가득 채운 **다음,** 그것을 섭취하는 일 같은 건 결코 하지 않을 것이다. 고진재는 정확하게 그런 행위를 자살행위로 평가한다.

따라서 고진재들은, 인간들이 하듯이 자신들의 환경과 대기와 자기 육신을 오염시키지 않는다. 너희 육신은 너희가 지금 허용하는 것보다 무한히 더 오래 "버티게" 되어 있는 장대한 창조물이다.

그리고 고진재들이 보여주는 심리 행동들도 삶을 연장해주는 데 기여한다.

예를 들면요?

고진재는 걱정하는 일이 없다. 그들은 "걱정"이나 "스트레스" 같은 인간의 개념을 이해하지도 못할 것이다. 또 고진재라면

"미워하거나" "분노하거나" "질투하거나" 두려워하지도 않을 것이다. 따라서 고진재들은 자기 몸을 갉아먹고 망치는 체내 생화학 반응을 일으키지 않는다. 고진재라면 이것을 "자기 갉아먹기"라고 불렀을 것이고, 고진재라면 자신을 소모하자마자 다른 육신 존재를 섭취했을 것이다.

고진재들은 어떻게 이렇게 하죠? 인간들도 그런 식으로 감정을 조절할 수 있습니까?

첫째로 고진재들은 만사가 완벽함을 이해한다. 우주에는 저절로 굴러가는 과정이 있어서, 자신들이 해야 할 일이라곤 거기에 개입하지 않는 것뿐임. 그 과정을 이해하는 고진재로서는 절대 걱정하는 일이 없다.

그리고 네 두 번째 질문에 대해 답한다면, 그렇다, 인간들도 이런 조절력을 가질 수 있다. 비록 일부 사람들은 자신들이 그런 힘을 가졌다는 걸 믿지 않고, 다른 사람들은 그냥 그 힘을 행사하지 않지만. 반면에 노력하는 소수의 사람들은 훨씬 더 오래 산다. 화학물질들과 대기오염이 그들을 죽이지 않아왔고, 여타 방식으로 그들이 자진해서 자신을 독살하지 않아왔다고 가정하면.

잠시만요. 우리가 "자진해서 자신을 독살한다"고요?

너희 중 일부는 그렇다.

어떻게요?

앞에서 말했듯이 너희는 독을 먹는다. 또 너희 중 일부는 독을 마시고, 너희 중 일부는 독을 피우기까지 한다.

고도로 진화된 존재들에게는 그런 행동들이 이해할 수 없는 것으로 비친다. 그들로서는, 왜 도움이 안 된다는 걸 너희 스스로도 아는 물질들을 일부러 자기 몸속에 집어넣는지 상상이 가지 않는다.

음, 우리는 어떤 걸 먹거나 마시거나 피우면 **즐겁다는** 걸 알거든요.

몸속의 삶이 즐겁다는 걸 아는 고진재로서는, 그런 삶을 한정짓거나 끝내거나 고통스럽게 만들 수 있음을 **미리 알면서** 그렇게 한다는 건 상상도 할 수 없다.

우리 중에는 시뻘건 고기를 양껏 먹거나, 술을 마시거나, 엽초를 피우는 게 우리 삶을 한정짓거나 끝내거나, 삶을 고통스럽게 **만들** 거라고 믿지 않는 사람들도 있죠.

그렇다면 그들의 관찰 기술이 무척 무딘 것이다. 그들은 예리해질 필요가 있다. 고진재라면 너희더러 그냥 주위를 둘러보라고 제안했을 것이다.

그래요, 그랬겠죠…… 우주의 고도로 진화된 사회들에서 사는 게 어떤 건지 말씀해주실 또 다른 게 있습니까?

　　수치스러워하지 않는다.

수치스러워하지 않는다고요?

　　죄의식 같은 것도 없다.

땅의 서투른 "관리인"임이 밝혀진 존재라면 어떻습니까? 당신은 좀 전에 그들은 그 땅을 그에게서 빼앗는다고 말했어요! 이건 그를 심판해서 죄를 찾아냈다는 뜻 아닙니까?

　　아니다. 그건 그를 관찰하여 할 수 없다는 걸 찾아냈다는 뜻이다.
　　고도로 진화된 문화들에서는 할 수 없다고 밝혀진 일을 하라고 요구받는 일이 없다.

그래도 그들이 그 일을 하고 **싶어하면요?**

　　그들은 그렇게 하고 "싶어하지" 않을 것이다.

왜요?

　　이미 드러난 자신의 무능력이 그들이 그런 것을 바라지 않도록 만들 것이다. 이것은, 어떤 일을 할 능력이 없을 때 다른 사람들이 해를 입을 수도 있다는 그들의 이해에서 나오는 자연스러운 결과다. 그들은 결코 이렇게 하려 하지 않을 것이다. 남을 해롭게 하는 것은 자신을 해롭게 하는 것이고, 또 그들은 **이것을 알기** 때문이다.

그렇다면 그건 여전히 체험을 끌어가는 "자기 지속성self preservation"이 있다는 얘기군요. 지구에서처럼요!

당연히! 단 하나 다른 것은 **"자기"에 대한 그들의 규정**이다. 인간은 자기를 너무 협소하게 규정한다. 너희는 **나** 자신과 **내** 가족과 **내** 공동체라고 말한다. 고진재는 자기를 전혀 다르게 규정한다. 그녀는 자신과 가족과 공동체라고 말한다.

오직 하나뿐인 것처럼.

오직 하나뿐**이다**. 바로 그게 핵심이다.

이해가 갑니다.

따라서 고도로 진화된 문화에서는 예를 들면, 육아에서 **자신이 무능하다는 것을** 자기 눈으로도 몇 번이나 직접 확인한 존재가 자식 기르기를 고집하는 일이 절대 없다.
이 때문에 고도로 진화된 문화들에서는 아이가 아이를 기르지 않는다. 그들은 노인들에게 자식을 길러달라고 맡긴다. 이것은 새로 태어난 아이를 생명 준 사람들에게서 떼어내고, 그들의 품안에서 빼앗아서, 생판 낯선 사람에게 길러달라고 넘겨준다는 의미가 아니다. 전혀 그렇지 않다.

이 문화들에서는 노인들이 젊은이들과 긴밀한 관계를 가지면서 살아간다. 노인들은 혼자 힘으로 살아가도록 버려지거나, 무시되거나, 마지막 운명을 다하게끔 방치되지 않는다. 그들은 사랑과 보살핌과 활기로 가득한 공동체의 일부로서 존경받고, 존중되고, 가까이 모셔진다.

갓난아이가 세상에 도착할 때, 노인들은 바로 그 자리에, 그 공동체와 그 가족의 심장부 깊은 곳에 함께 있다. 그리고 그들이 아이를 기르는 건, 너희 사회가 이런 일은 부모더러 하게 하는 게 합당하다고 느끼는 것만큼이나 유기체로서 타당한 일이다.

차이는, 그들 역시 자기 "부모들"—그들의 언어에서 가장 가까운 용어는 "생명 주는 이"일 것이다—이 누군지는 언제나 알고 있지만, 이 아이들에게는, 그 자신도 **아직 삶의 근본에 대해서 배우고 있는** 존재들에게서 삶의 근본에 대해 배우라는 요구를 하지 않는다는 데 있다.

고진재 사회에서는 노인들이 주생활과 식생활, 아이들 보살피기만이 아니라, 배움의 과정도 조직하고 감독한다. 아이들은 지혜와 사랑, 크나큰 인내와 깊은 이해가 충만한 환경 속에서 길러진다.

그들에게 생명을 준 젊은 사람들은 대개 어딘가 다른 곳으로 가서 도전 과제들을 만나고, 젊은 삶이 주는 그들 나름의 기쁨들을 체험한다. 혹은 그들이 선택하는 만큼 많은 시간을 자기 자식들과 함께 보내거나, 때로는 연장자 거주지에서 아이들과 함께 살 수도 있다. "가정"환경 속에서 아이들 바로 옆에 있으면서, 아이들에게 자신들을 그 환경의 일부로 체험시키는 식으로.

그 모두가 대단히 통일되고 일관된 체험이다. 하지만 양육을 하고 그 책임을 지는 것은 노인들이다. 그리고 종 전체의 미래에 대한 책임이 노인들에게 지워지는 만큼, 그것은 일종의 명예다. 고진재 사회들은 이 일이 젊은 사람들에게 요구할 수 있는 수준 이상임을 인정한다.

여기에 대해서는 전에도 언급한 적이 있다. 너희 행성에서 자식들을 기르는 방법과 그것을 바꿀 수 있는 방법에 관해 이야기할 때.

맞아요. 그리고 이번에는 그것이 어떤 식으로 운영될 수 있는지 더 자세히 설명해주셔서 고맙습니다. 그런데 되돌아가서요, 고진재는 무슨 짓을 해도 죄의식이나 수치심을 느끼지 않는 겁니까?

그렇다. 죄의식이나 수치심 따위는 본래 자기 외부에서 오는 것이기 때문이다. 그런 후에 내면화될 수 있다는 건 의문의 여지가 없지만, 어쨌든 그것은 처음에는 외부에서 온다. 예외 없이 **항상**. 어떤 신성한 존재도(그리고 모든 존재가 신성하다), 자기 외부의 누군가가 자기나 자기가 하는 어떤 일을 "수치스럽거나" "죄 많은" 것으로 낙인찍기 전까지는, 절대 그걸 그런 식으로 여기지 않는다.

너희 문화라고 아기가 자신의 "배변 습관"을 부끄러워하는 가? 당연히 아니다. 너희가 아기더러 그래야 한다고 말하기 전까지는. 아이가 자신의 성기를 가지고 즐긴다고 해서 "죄의식"을 느끼는가? 당연히 아니다. 너희가 아이더러 죄의식을 느끼라고 말하기 전까지는.

한 문화의 진화 정도는 그것이 어떤 존재나 어떤 행동에 "수치스럽다"거나 "죄 많다"는 딱지를 얼마나 많이 붙이는가로 알 수 있다.

어떤 행동도 수치스럽게 여기지 **않는다고요?** 무슨 짓을 하든 아무 죄의식도 **없고요?**

내가 이미 말했듯이 옳고 그른 건 존재하지 않는다.

아직 그걸 이해하지 못하는 사람들도 있습니다.

여기서 말하는 걸 이해하려면 이 대화를 전체 **한 덩어리로** 읽어야 한다. 어떤 진술이든 문맥에서 따로 떼놓은 상태에서는 이해가 안 될 수 있다. 나는 1권과 2권에서 위에서 말한 지혜를 자세히 설명했다. 네가 여기서 나더러 설명해달라고 부탁한 건 우주의 고도로 진화된 문화들이다. 이미 이 지혜를 이해하고 있는 문화들 말이다.

알겠습니다. 이 문화들이 우리 문화와 다른 점이 이런 것들 말고도 많은 점에서 다르다. 그들은 경쟁하지 않는다.

그들은 한 사람이 지는 건 모두가 지는 것임을 안다. 따라서 그들은 한쪽은 "지고" 다른 쪽은 "이기는" 걸 **여흥**이라고 보는 터무니없는 사고방식을 아이들에게(그리고 어른으로까지 이어 지면서) 가르치는 게임이나 스포츠 같은 걸 만들어내지 않는다.

게다가 앞에서 말했듯이 그들은 모든 것을 공유한다. 남에 게 필요할 때, 단지 그것이 귀하다고 해서 자신이 지닌 것을 내 놓지 않거나 쌓아둔다는 것 역시 그들로서는 꿈도 꾸지 못할 일 이다. 오히려 그들은 **바로 이런 이유 때문에 공유한다.**

너희 사회에서는 귀한 것을 조금이라도 나누려 **하면,** 귀하다 는 이유로 그것의 값이 올라간다. 이런 식으로 해서 너희는 "소 유한" 것을 나누는 것이 어쨌든 너희를 **부유하게 만들어주도 록** 보장한다.

고도로 진화된 존재들 또한 귀한 것을 함께 나누는 것으로 부유해진다. 고진재와 인간의 유일한 차이점은 고진재들이 "부 유함"을 규정하는 방식이다. 고진재는 "이윤을 올릴" 필요 없이 모든 것을 공짜로 나눠주는 것에서 "부유하다"고 느낀다. 사실 이런 느낌 자체가 이윤이다.

너희 문화에도 너희 행동거지를 규정하는 여러 지도 원리들 이 있는데, 내가 이전에 말했듯이 그중 가장 기본되는 하나가 '적자생존'이다.

이것을 너희의 '두 번째 지도 원리'라고 할 수 있을 것이다. 그것은 너희 사회가 창조해낸 모든 것, 경제와 정치, 종교, 교육, 그리고 사회 구조의 기초가 된다.

하지만 고도로 진화된 존재에게는 그 원리 자체가 모순어법이다. 그것은 자가당착에 빠져 있다. '우리 모두가 하나'임을 첫 번째 지도 원리로 삼는 고진재로서는 "모두"가 "적응할" 때까지는 "하나"도 "적응할" 수 없다. 따라서 모두가 적응할 때까지는 "적자"도 "적응할" 수 **없으니**, "적자"생존은 불가능하거나 **유일하게** 가능한 일이다(따라서 모순이다).

내 말을 따라오고 있느냐?

그럼요. 우린 그걸 공산주의라 부르죠.

너희 행성에서는 한 존재가 다른 존재를 희생시키면서 진보하는 것을 용납하지 않는 모든 체제를, 손쓸 수 없는 망나니 체제라고 몰아붙이면서 그것을 거부해왔다.

어떤 통치 체제나 경제 체제가 "모두"에게 **속하는** 자원을 가지고, "모두"가 창출한 이익을 "모두"에게 균등하게 분배할 것을 요구할 때, 너희는 그런 식의 통치 체제가 자연 질서에 어긋난다고 말해왔다. 하지만 고도로 진화된 문화에서는 균등한 공유가 **자연 질서다.**

그 사람이나 집단이 그것을 받을 만한 일을 전혀 하지 않았더라도요? 공동선(共同善)에 전혀 기여하지 않았더라도요? 그들이 나쁜 사람들이라도요?

삶 자체가 공동선이다. 너희는 살아 있는 것 자체로 공동선에 기여하고 있다. 영혼이 물질 형상으로 있기는 대단히 어렵다. 그런 형상을 받아들이기로 동의하는 자체가 어떤 의미에서는 위대한 희생이다. 설사 전체가 자신을 체험으로 알고, 지금껏 '자신'에 대해 지녔던 가장 위대한 전망의 가장 숭고한 해석으로 자신을 새롭게 재창조하기 위해서는, 그렇게 하는 것이 필요하고, 나아가 즐겁기까지 하다 해도.

우리가 왜 여기에 왔는지 이해하는 것이 중요하다.

우리요?

그 '집합체'를 구성하는 영혼들.

제가 졌습니다.

내가 이미 설명했듯이 오직 '한 영혼', '한 존재', '한 본체'만이 있다. 사람들은 이것을 "신"이라 부르기도 한다. 이 단일 본체는 우주 속의 만물, 달리 말하면 존재 전체로 자신을 "개별화한다". 여기에는 지각 있는 모든 존재, 즉 너희가 영혼이라 부르기로 한 것도 들어간다.

그러니까 "신"은 "존재하는" 모든 영혼입니까?

지금 존재하고 있고, 이제껏 존재했으며, 앞으로 존재할 모든 영혼.

그렇다면 신은 "집합체"입니까?

　나는 그 용어를 선택했다. 그것이 너희 언어로 그 상황을 가장 가깝게 묘사할 수 있는 말이기 때문이다.

경외하는 단일 존재가 아니라 집합체라고요?

　꼭 이것 아니면 저것이어야 할 필요는 없다. "칸 밖에서" 생각하라!

양쪽 다가 신인가요? 개별 부분들의 집합체인 경외하는 단일 존재요?

　훌륭하다! 아주 훌륭하다!

그럼 그 집합체는 왜 지구로 왔습니까?

　1권에서 이미 자세히 설명했듯이, 자신을 물질성으로 체험하고, 자신의 체험으로 자신을 알고, 신이 되기 위해서.

당신은 당신이 되게 하려고 우리를 창조하셨습니까?

사실 우리는 그랬다. 너희는 바로 그 때문에 창조되었다.

어떤 집합체가 인간을 창조했다고요?

번역이 바뀌기 전에 너희 성경은, "우리, **우리의 형상**대로, **우리와 닮은꼴**로 인간을 창조하자"로 되어 있었다.

삶이란 신이 자신을 창조하고, 그런 다음 그 창조물을 체험하는 과정이다. 이 창조 과정은 영원히 계속된다. 그것은 항 "시" 일어나고 있다. 상대성과 물질성은 신이 일하는 도구들이다. '신'이란 건 순수 에너지(너희가 영spirit이라 부르는 것)다. 이 본체가 사실 '성령'이다.

에너지가 물질이 되는 과정이 영을 물질성으로 육화(肉化)한다. 그 에너지는 말 그대로 자신의 속도를 떨어뜨리는 것으로, 자신의 파동—너희라면 진동이라고 불렀을—을 바꾸는 것으로, 이렇게 한다.

전부인 것은 일부분씩 나누어 이렇게 한다. 다시 말해 전체의 부분 부분이 이렇게 하는 것이다. 이렇게 개별화된 영이 너희가 혼soul이라 부르는 것이다.

사실 존재하는 건 자신을 다시 모양 짓고 다시 만드는 오직 '한 영혼'뿐이다. 이것을 재형성Reformation이라 부를 수도 있다. 너희 모두는 형성 중인 신Gods In Formation이다. (신의 **정보** God's information!)

바로 **이것이** 너희의 기여다. 그 자체로 충분한 기여다.

이것을 단순하게 표현하면, 물질 형상을 취하는 것만으로도

너희는 이미 할 바를 다 했다. 나는 더 이상 아무것도 원하지 않고, 아무것도 필요하지 않다. 너희는 공동선에 기여**했다.** 너희는 공통된 그것이, 그 '한 공동 요소'가 좋은 것을 체험할 수 있게 해주었다. 너희도, 신이 하늘과 땅과 땅 위를 걸어다니는 짐승들과 공중의 새들과 바다의 물고기들을 창조하시니, **그것이 대단히 좋았노라고 적지 않았느냐?**

"좋음" 역시 그 대립물 없이는 체험으로 존재하지 않고 존재할 수 없기에, 너희는 좋음의 역운동, 즉 반대 방향인 나쁨도 창조해냈다. 또 너희는 삶의 대립물로서 소위 죽음이라 부르는 것도 창조해냈다.

하지만 죽음은 궁극의 현실에서는 존재하지 않는다. 그것은 너희가 삶을 더 가치 있게 만들기 위해 이용하는 단순한 조작물, 발명품, 가상 체험에 지나지 않는다. 그래서 "나쁨evil"의 철자를 거꾸로 적으면 "산다live"가 되는 것이다! 언어면에서 너희는 참으로 현명하여, 존재하는지조차 모르는 감춰진 지혜들을 그 속에 접어넣었다.

이 우주철학 전체를 이해할 때, 너희는 위대한 진리를 이해하게 되리니, 그리고 나면 너희는 더 이상 물질생활의 자원과 필요물을 함께 나누는 대가로 다른 존재에게 뭔가를 달라고 요구하지 않을 것이다.

그 자체로는 아름다운 거지만, 그래도 여전히 그걸 공산주의라고 부를 사람들이 있을 겁니다.

그들이 정히 그렇게 하고 싶다면, 그렇게 하게 하라. 하지만 너희에게 말하노니, 너희 **존재들의 공동체**community of beings 가 **함께 있음**being in community에 대해 알 때까지, 너희는 절대 성스러운 교류를 체험할 수 없고, '내'가 누군지 알지 못할 것이다.

우주의 고도로 진화된 문화들은 내가 여기서 설명한 것들 전부를 깊이 이해한다. 그런 문화들에서 공유하지 않기란 불가능하다. 또한 어떤 필수품이 귀해질수록 점점 더 터무니없는 "값"을 "매기겠다는" 발상 역시 가능하지 않을 것이다. 오직 지극히 원시적인 사회들만이 이렇게 할 수 있고, 오직 대단히 원시적인 존재들만이 공동 필요물의 부족을 더 많은 이윤을 올릴 기회로 볼 수 있다. 하지만 고진재 체계는 "수요와 공급"에 끌려가지 않는다.

이것이 너희가 삶의 질과 공동선에 기여한다고 주장하는 체계의 일부다. 하지만 고도로 진화된 존재의 시각에서 본다면, 좋은 것을 **공동으로** 체험하지 못하게 하는 너희 체계야말로 공동선을 **훼손시키고** 있다.

고도로 진화된 문화의 또 하나 두드러지고 매력적인 특색은 그 문화들 안에는 "네 것"과 "내 것"을 뜻하는 어떤 말이나 소리도 없고, 그런 의미를 전달할 수 있는 어떤 방법도 없다는 것이다. 그들의 언어에는 개인 소유격이 존재하지 않는다. 그래서 지구 언어로 말해야 할 경우라면, 그들은 약정 조항들을 이용해서 설명할 수밖에 없다. 그 약정을 적용하면, "내 차"는 "내가 지금 가지고 있는 차"가 되고, "내 배우자"나 "내 아이들"은 그

"배우자"나 "내가 지금 데리고 있는 아이들"이 된다.

너희라면 "소유권"이나 "재산"으로 불렀을 것을 묘사하는데, 너희 언어에서 가장 가까운 언어가 "지금 데리고 있는now with"이나 "마주하고 있는in the presence of"이란 표현들이다.

너희가 "마주하고 있는" 것은 선물이 된다. 이런 게 삶의 진짜 "선물present"이다.

따라서 고도로 진화된 문화들의 언어로는 "내 삶"이란 의미도 말할 수 없다. 오직 "내가 마주하고 있는 삶"이라는 의미로만 전달할 수 있다.

이것은 너희가 "신을 마주하고 있"음을 이야기할 때와 어느 정도 비슷하다.

너희가 신을 마주할 때(너희가 서로를 마주할 때, 너희는 신을 마주하고 있다), 너희는 신의 것, 말하자면 존재하는 것의 일부를 신이 갖지 못하게 막겠다는 생각 같은 건 절대 하지 않을 것이다. 너희는 신의 것을 신의 모든 **부분**과 당연히 함께 나눌 것이고, 똑같이 나눌 것이다.

이것이 모든 고도로 진화된 문화의 사회, 정치, 경제, 종교 구조 전체를 뒷받침해주는 영적 이해다. 이것은 삶 전체의 우주철학이다. 지구에서의 너희 체험이 일으키는 모든 불협화음은 오로지 이 우주철학을 관찰하고, 그것을 이해하고, 그 속에서 살지 못하는 데서 기인한다.

다른 행성에 사는 존재들은 어떻게 생겼습니까? 신체 면에서요?

    네 맘대로 골라잡아라. 너희 행성에 여러 종의 생명체가 있듯이, 그곳에도 다양한 여러 존재들이 있다.

    아니, 사실 그 이상이다.

우리하고 흡사해 보이는 존재들도 있습니까?

    물론이다. 아주 사소한 차이를 빼면 너희하고 똑같아 보이는 존재들도 있다.

그들은 어떻게 삽니까? 뭘 먹습니까? 옷은 어떻게 입고요? 대화는 어떤 식으로 합니까? 전 여기서 E.T.에 관한 모든 걸 알고 싶습니다. 어서 말씀해주십시오.

네 호기심을 이해는 한다. 하지만 이 책들은 호기심을 만족시키려고 너희에게 주는 것이 아니다. 우리 대화의 목적은 너희 세상에 메시지를 전하는 것이다.

그냥 두어 가지만 물을게요. 게다가 그것들은 단순한 호기심 이상입니다. 우린 여기서 뭔가 배울 수 있을 겁니다. 아니 더 정확하게는 기억해낼 수 있을 겁니다.

사실 그게 좀 더 정확하다. 너희가 배워야 할 것은 없다. 너희는 '참된 자신'을 기억하기만 하면 된다.

그 점에 대해서는 당신이 1권에서 멋지게 밝혀주셨죠. 그런데 다른 행성의 이 존재들은 자신이 누군지 기억합니까?

너희도 예상하겠지만, 다른 행성의 존재들이라 해도 그들이 처해 있는 진화 단계는 각기 다르다. 하지만 네가 여기서 의미하는, 고도로 진화된 문화들 속의 존재들이라면, 그렇다, 그들은 기억해냈다.

그들은 어떻게 삽니까? 일과 여행과 의사 전달에서는요?

너희 문화에서 말하는 식의 여행은 고도로 진화된 사회에는 존재하지 않는다. 기술이 발달한 그들로서는 화석연료를 사용해서 바퀴 달린 동체 속에 장착된 엔진을 돌리거나 할 필요가 없다.

새로운 물질 기술들이 제공하는 것들과 더불어, 마음과 물질성 자체에 대한 이해 역시 발전했다.

진화 차원에서 이 두 유형의 진보가 복합된 결과, 고진재들은 자신들의 몸을 마음대로 해체하고 다시 합칠 수 있게 되었다. 덕분에 가장 고도로 진화된 문화들에서는 대부분의 존재들이 그들이 선택하는 **곳마다,** 그들이 선택할 때마다 "있을" 수 있다.

우주를 가로지르는 광년들을 포함해서요?

그렇다. 대체로 그렇다. 은하를 가로지르는 그런 "먼 거리" 여행은 돌멩이가 물을 스치면서 튀는 것과 비슷한 방식으로 이루어진다. 우주라는 모체를 **관통하는** 방식이 아니라 그 **위에서** "톡톡 뛰어다니는" 식으로. 그것의 물리학을 설명할 때 너희 언어에서 찾을 수 있는 최상의 비유가 이것이다.

그리고 너희 사회에서 말하는 식의 "일"이라면, 대다수 고진재 문화들에는 그런 개념이 존재하지 않는다. 그들이 행하는 과제와 활동들은 오로지 각각의 존재가 무엇을 하고 싶어하고, 무엇을 자신의 가장 고귀한 표현으로 보는가에 좌우된다.

누구나 그렇게 할 수 있다면 정말 굉장하겠죠. 하지만 천한 일은 어떻게 처리합니까?

　　"천한 일"이란 개념은 존재하지 않는다. 사실 고도로 진화된 존재들의 세계에서는 너희 사회라면 "천하다"고 규정했을 일을 되레 가장 영예롭게 여긴다. 사회가 존재하고 제 기능을 하기 위해서 "반드시" 되어야 하는 일상 과제들을 수행하는 고진재들은, 전체에 대한 그들의 봉사로 가장 높은 보수를 받고, 최고의 호칭으로 불리는 "일꾼들"이다. 내가 여기서 "일꾼들"에 인용부호를 단 것은, 고진재들에게는 이것이 전혀 "일"이 아닌, 자기 성취의 최고 형태로 여겨지기 때문이다.

　　인간이 소위 일이라는 자기 표현을 둘러싸고 창조해낸 발상과 체험들은 고진재 문화의 일부가 아니다. 고도로 진화된 존재들은 "고역(苦役)"과 "초과 근무", "압박감" 따위의, 스스로 만들어낸 체험들을 선택하지 않는다. 무엇보다 그들은 "앞서거나", "최고가 되거나" "성공하려" 하지 않는다.

　　고진재에게는 너희가 규정하는 식의 "성공"이라는 개념 자체가 낯설다. 그것의 대립물인 **실패**가 존재하지 않는다는 바로 그 이유로 인해.

그럼 고진재들은 업적이나 성취를 어떻게 체험합니까?

　　대부분의 인간 사회와 활동들에서—심지어는(그리고 특히) 너희 학교들에서—그러하듯이, "경쟁"과 "이기고 짐"을 둘러싸고 정교한 가치 체계를 짜냄으로써가 아니라, 한 사회에서 참된 가치가 무엇인지 깊이 이해하고 그것을 진실로 인정함으로써.

그들은 "가치를 가져오는 일을 하는 것"을 성취로 규정한다. "가치 있든 아니든, '명성'과 '출세'를 가져오는 일을 하는 것"이 아니라.

그럼 고진재들도 "가치관"을 **가졌군요!**

아, 물론이다. 하지만 대다수 인간들의 그것과는 아주 다르다. 고진재들은 전체를 이롭게 하는 것을 높이 평가한다.

우리도 그래요!

그렇다, 하지만 너희는 "이로움"을 전혀 다르게 규정한다. 너희는 아이에게 삶의 최고 진리를 기억하도록 이끌거나, 사회의 영적 생활에 보탬이 되는 데서보다, 방망이를 가진 남자에게 작은 흰 공을 던지거나, 은막의 대형 화면 위에서 누군가의 옷을 벗기는 데서 더 큰 이로움을 본다. 그래서 너희는 선생과 성직자들보다 야구선수와 연예인들을 더 많이 존경하고, 그들에게 더 많이 지불한다. 너희가 하나의 사회로서 가고 싶다고 말하는 곳을 전제로 할 때, 너희는 이 면에서 모든 걸 거꾸로 하고 있다.

너희는 그다지 예리한 관찰력을 발달시키지 못했다. 고진재들은 언제나 "있는 그대로what's so"를 보고, "도움이 되는 것 what works"을 한다. 인간들은 그렇지 못할 때가 대단히 많다.

고진재들은 교사나 성직자들이 "도덕적으로 옳아서" 그들을 존경하는 것이 아니다. 그들 사회가 가기로 선택한 곳을 전제할 때, 그것이 "도움 되는 일"이기 때문에 그렇게 한다.

하지만 가치관이 있다면, 거기도 틀림없이 "가진 자"와 "못 가진 자"가 있을 텐데요. 그렇다면 고진재 사회에서 부유하고 유명한 쪽은 교사들이고, 가난한 쪽은 야구선수들이겠군요.

고진재 사회에는 "못 가진 자"가 **없다.** 너희가 다수의 사람들더러 빠지게 만든 식의 그런 열악한 상황 속에 사는 이는 아무도 없다. 그리고 아무도 굶주려 죽지 않는다. 시간당 400명의 어린이들과 날마다 30,000명의 사람들이 굶주림으로 죽어가는 너희 행성과 달리. 인간의 노동 문화에서나 존재할 수 있는 "소리 없는 절망"으로 얼룩진 삶 같은 것도 없다.

아니다, 고진재 사회에는 "빈민"이나 "영세민" 따위는 없다.

그들은 어떻게 해서 그런 상황을 피할 수 있었습니까? **어떻게요?**

두 가지 기본 원리를 적용하는 것으로—
우리는 모두 '하나'다.
충분히 있다.
고진재들은 넉넉함을 깨닫고 있으며, 넉넉함을 창조하는 의식을 지니고 있다. 만물의 상호 연관성을 의식하는 고진재들은 자기 행성의 천연자원을 낭비하거나 부수지 않는다. 이것은 만인을 넉넉한 상태가 되게 하니, 따라서 "충분히 있는" 것이다.

불충분함, "넉넉지 못함"에 대한 인간 의식은 모든 불안과 모든 긴장, 모든 경쟁, 모든 질투, 모든 분노, 모든 갈등, 그리고 궁극에는 너희 행성에서 벌어지는 모든 살인의 뿌리 원인이다.

여기에다 만물의 통일성보다는 분리성을 믿으려는 아집을 보탠 것, 이것이 너희 삶을 비참하게 만들고 너희 역사를 비극으로 만든 원인의 90퍼센트를 차지하고, 만인에게 더 나은 상황을 가져다주려 했던 너희 노력들이 무위(無爲)로 끝나고 만 원인의 90퍼센트를 차지한다.

너희가 의식의 이 두 요소를 바꾼다면, 만사가 변할 것이다.

어떻게요? 전 그렇게 하고 싶지만, **방법**을 모릅니다. 제게 도구를 주십시오. 그냥 진부한 의견이 아니라요.

좋다. 당연히 그래야지. 자, 여기 도구가 있다.

"인 듯이 행동하라."

너희가 모두 하나인 듯이 행동하라. 내일부터 그냥 그런 식으로 행동하기 시작하라. 그냥 모두를 힘들어하는 "자신"으로 보고, 공정한 기회를 원하는 "자신"으로 봐라. 그냥 모두를 다른 체험을 하고 있는 "자신"으로 봐라.

그렇게 해봐라. 그냥 내일부터 주위를 둘러보고 그렇게 해봐라. 모두를 새로운 눈으로 봐라.

그런 다음에는 "충분히 있는" 듯이 행동하기 시작하라. 네게 "충분한" 돈과 "충분한" 사랑과 "충분한" 시간이 있다면, 너는 어떤 식으로 다르게 행동하겠느냐? 더 마음을 열고, 더 자유롭게, 더 균등하게 다른 사람들과 함께하겠느냐?

이건 재미있군요. 왜냐하면 우리가 천연자원을 대하는 방식이 바로 그런 거거든요. 생태론자들은 그런 태도를 비판하고요. 제 말은 우리가 "충분히 있는" 듯이 행동한다는 겁니다.

진짜로 재미있는 건, 너희가 **자신을 이롭게 한다고** 여기는 것들에 대해서는 **부족한** 듯이 행동한다는 것이다. 그래서 너희는 그것을 자신이 얼마나 지닐 수 있는지 세심한 주의를 기울여 살핀다. 흔히 그런 것들을 사재기까지 하면서. 하지만 너희는 너희 환경과 천연자원과 생태계에 대해서는 일관되지 못하고 왔다갔다 한다. 따라서 여기서 가능한 유일한 가정은, 너희는 환경과 천연자원과 생태계가 너희를 이롭게 한다고 여기지 않는다는 것이다.

아니면 우리가 **충분히 있는** "듯이 행동하거나"요.

아니, 너희는 그렇지 않다. 만일 그랬다면, 너희는 이 자원들을 좀 더 균등하게 함께했을 것이다. 하지만 지금 이 순간에도 세계 인구의 5분의 1이 전 세계 자원의 5분의 4를 쓰고 있다. 그리고 현재로서는 그런 등식을 바꿀 기미도 전혀 보이지 않는다.

특혜받은 소수가 그 모든 걸 아무 생각 없이 탕진하는 것만 막을 수 있어도, 그것은 모두에게 충분히 있게 된다. 모든 사람이 자원을 현명하게 쓴다면, 소수의 사람들이 그것을 현명하지 못하게 쓸 때보다 전체로는 덜 쓰게 될 것이다.

자원을 **사용하라,** 하지만 **낭비하지는** 마라. 생태론자들이 말하는 게 이것이다.

음, 전 다시 우울합니다. 당신은 계속해서 절 우울하게 만드시는군요.

너는 이상한 사람이다. 너도 그걸 알고 있느냐? 너는 길을 잃은데다가 네가 가고 싶다고 말하는 곳에 닿을 수 있는 방법까지 잊은 채 외롭게 길을 달려가고 있다. 그런데 누군가가 따라와서 **네게 방향을 가리켜준다.** 이제 너는, 알았다!라면서 뛸 듯이 기뻐해야 한다. 그렇지 않은가? 하지만 아니다, 너는 우울해한다.

놀랍게도.

제가 우울해하는 건 과연 **우리가 이 방향으로 갈지 자신이 없기** 때문입니다. 전 우리가 그걸 원하는지조차 모르겠어요. 제 눈에는 우리가 벽을 향해 곧장 뛰어들고 있는 게 보입니다. 그래서 그게 절 우울하게 하고요.

너는 관찰력을 쓰지 않고 있다. 내 눈에는 이 책을 읽으면서

환호하는 몇십만의 사람들이 보이고, 여기에 적힌 단순한 진리들을 인정하는 몇백만의 사람들이 보인다. 그리고 내 눈에는 너희 행성에서 맹렬한 속도로 커져가는 새로운 변화 세력이 보인다. 사고 체계 전체가 폐기되고, 통치 방식들이 버려지고, 경제정책들이 수정되고, 영적 진리들이 재검토되고 있다.

너희는 **깨어나는 종**이다.

이 책에 적힌 지적과 관찰들이 반드시 낙담의 근거가 될 필요는 없다. 너희가 **그것들을 진리로 인정하는** 것이 **변화의 엔진을 몰아가는 연료**가 될 수 있다면, 이것 자체가 엄청나게 고무적인 일일 수 있다.

너는 그런 변화를 불러올 대리인이다. 너는 인간들이 삶을 창조하고 체험하는 방식을 **다르게 만들** 수 있는 한 사람이다.

어떻게요? 제가 뭘 할 수 있습니까?

다름difference이 **되라.** 변화가 **되라.** "우리 모두는 하나"라는 의식과 "충분히 있다"는 의식을 스스로 **구현하라.**

너 자신을 바꿔라, 세상이 바뀔 것이니.

너는 자신에게 이 책과 《신과 나눈 이야기》의 모든 소재를 주었다. 고도로 진화된 존재로서 사는 것이 어떤 것인지 자신이 다시 한번 기억해낼 수 있도록.

우리는 예전에도 이런 식으로 산 적이 있군요, 그렇죠? 당신은 전에도 우리가 예전에 이런 식으로 산 적이 있다고 언급하셨습니다.

그렇다. 너희라면 고대 시기와 고대 문명들이라고 불렀을 상황에서. 너희 종은 내가 여기서 묘사해온 것들 대부분을 예전에 체험했다.

이젠 제 일부가 훨씬 더 우울해지려고 하는군요. 당신 말씀은 우리가 거기에 갔다가 완전히 잃어버렸다는 것 아닙니까? 우리가 하고 있는, 이 모든 "원 따라 돌기"의 목적은 뭡니까?

진화! 진화는 직선이 아니다.

너희는 지금 너희 고대 문명들이 겪은 최악의 체험들을 피하면서, 최상의 체험들을 재창조할 수 있는 기회를 맞고 있다. 그러니 이번에는 개인적 에고와 진보된 기술이 너희 사회를 파괴하게 놔두지 마라. 너희라면 그것을 다르게 해낼 수 있다. 너희 **자신이 차이를 만들** 수 있다.

이것은 너희에게 대단히 흥분되는 사실일 수 있다. 그것이 그렇게 되게끔 너희가 허락한다면.

됐습니다. 접수할게요. 나 자신더러 그런 식으로 생각하게끔 허락했더니, 정말 흥분되는군요. 차이를 만들어내겠습니다! 더 이야기해주십시오. 전 가능한 한 많이 기억해내고 싶습니다. 우리의 진보된 고대 문명들에서는 그것이 어떤 모습이었고, 지금 고도로 진화된 존재들에게는 어떤 모습인지요. 그들은 어떻게 삽니까?

그들은 너희 세계라면 공동체라고 불렀을, 그런 형태로 모여서 산다. 하지만 대개의 경우 그들은 소위 "도시"나 "국가" 같은 변형판들은 포기했다.

왜요?

"도시들"이 너무 커져서 모여 사는 목적을 더 이상 감당하지 못하고, 오히려 그 목적을 손상시켰기 때문이다. 그래서 그들은 집단화된 공동체 대신에 "군집한 개인들"을 만들어냈다.

그건 우리 행성에서도 그래요! 우리 소도시와 마을들, 나아가 확 트인 농촌 지역들까지도 대도시들에서보다는 더 많은 "공동체" 의식이 있죠.

그렇다. 그 점에서 너희 세상과 우리가 지금 논의하는 다른 행성들은 딱 한 가지만 다르다.

그게 뭔데요?

다른 행성의 거주자들은 "무엇이 도움 되는지" 더 치밀하게 관찰하는 법을 배웠다.

반면에 우리는 도시들을 점점 더 키워가고 있고요. 그것들이 우리의 생활 방식 자체를 파괴하는 걸 보면서도요.

그렇다.

심지어 우리는 자기 서열에 **자부심**까지 느끼죠. 한 거대도시가 우리의 대도시 서열 12위에서 10위로 올라서자, 모두들 그것을 축하할 일로 생각했거든요. 실제로 상업회의소는 그걸 **선전했구요**.

퇴보를 진보로 보는 것이 원시사회의 표지다.

전에도 그런 말씀을 하셨죠. 그게 다시 절 우울하게 만드는군요!

점점 더 많은 사람들이 더 이상 이렇게 하지 않는다. 점점 더 많은 사람들이 "의도된" 소공동체들을 다시 만들어가고 있다.

그러니까 당신은 우리가 대도시들을 포기하고, 소도시나 마을로 돌아가야 한다고 생각하시는 겁니까?

나는 거기에 대해서 이런저런 선호를 갖지 않는다. 나는 그냥 관찰하고 있을 뿐이다.

항상 그러셨듯이요. 그럼 우리가 계속해서 점점 더 큰 대도시들로 이주하는 것과 관련해서 당신의 관찰은 어떤 겁니까? 그렇게 하는 것이 우리에게 좋지 않다는 것을 알면서도요.

너희 중 다수가 이것이 너희에게 좋지 않다는 것을 보지 못하기 때문이다. 너희는 대도시에서 함께 집단을 이루는 것이 문제를 해결해주리라 믿는다. 실제로는 문제를 만들어낼 뿐인데도.

물론 대도시들에는, 작은 읍이나 마을 정도에는 있지 않고 있을 수도 없는, 서비스와 직업과 여흥들이 있다. 하지만 사실상 유해한 것들인 이런 것들을 가치 있는 걸로 규정한다는 점에서 너희는 잘못하고 있다.

보라구요! 당신은 이 문제에서 관점을 **갖고** 계시잖아요! 당신은 방금 본색을 드러내셨다구요! 당신은 우리가 "잘못하고" 있다고 하셨어요.

만일 너희가 시애틀로 가고 싶다고 말하면서도—

또 시작하시는군요?—

음, 너는 계속해서 관찰을 "판단"으로, 사실에 대한 진술을 "선호"로 부르길 고집하는구나. 나는 네가 교류와 인식에서 더 큰 정확성을 추구하고 있음을 알기에, 매번 너를 여기로 불러낼 것이다.

너희가 시애틀로 가고 싶다고 말하면서도 샌어제이를 향해 가고 있을 때, 네가 방향을 물어본 제삼자가 너더러 "잘못하고 있다"고 말하는 게 그른 것이냐? 그 사람은 "선호"를 표현하고 있는 것이냐?

아마 아니겠죠.

아마 아닐 거라고?

좋습니다. 아닙니다.

그럼 그는 뭘 하고 있는 거냐?

그는 그냥 "있는 그대로" 말하고 있을 뿐이죠. 우리가 가고 싶다고 말하는 곳을 전제로 하면요.

훌륭하다. 너는 이해했다.

하지만 당신은 예전에도 이런 지적을 하셨습니다. 그것도 되풀이해서요. 그런데도 왜 저는 자꾸 당신을 선호를 가진 신, 판단하는 신으로 여기는 발상으로 되돌아가는 걸까요?

너희 신화가 떠받쳐온 신이 그러하기 때문이다. 너희는 할 수만 있다면 언제라도 나를 그 범주 속에 던져 넣을 것이다. 게다가 내가 선호를 가졌다면, 너희로서는 만사가 더 수월해졌을 것이다. 그랬더라면 너희 스스로 만사를 이해하여 너희 나름의 결론에 이를 필요가 없었을 테고, 그냥 내가 말한 대로 해야 했을 테니 말이다.
물론 내가 몇천 년 동안 뭔가를 말해왔다는 사실을 믿지 않

는 너희로서는 내가 뭘 말하는지 알 길이 없다. 따라서 너희로서는 내가 실제로 교류하던 시절에 내가 말하곤 **했던** 것을 가르친다고 주장하는 사람들에게 의지하는 것 말고는 선택의 여지가 없다. 하지만 이조차도 문제인 것이, 너희의 머리카락 수만큼 많은 다양한 스승과 가르침들이 있기 때문이다. 결국 너희는 출발했던 곳으로 되돌아가서 너희 나름의 결론에 이르지 않을 수 없다.

이 미로와, 그것이 인류에게 빚어낸 비참의 악순환에서 벗어날 방안이 있습니까? 대관절 우리가 그걸 "바로잡을" 수 있기나 할까요?

"벗어날 방안"은 **있고**, 너희는 그것을 "바로잡을" 것이다. 너희는 그냥 **관찰 기술을 키우기만** 하면 된다. 너희는 무엇이 너희에게 쓸모 있는지 더 잘 볼 줄 알아야 한다. 이런 게 "진화"다. 사실 너희는 "그것을 바로잡지 않을 수" 없다. 너희는 실패할 수 없다. 그것은 그런가 아닌가의 문제가 아니라, 시기의 문제다.

하지만 우리는 이 행성에서의 시간을 다 써가고 있는 것 아닙니까?

아, **그것이** 너희의 매개변수라면, 너희가 이 행성에서, 다시 말해 **이 특정한 행성이 아직 너희를 부양하는** 동안에 그것을 "바로잡고자" 한다면, **그런** 맥락 안에서라면, 너희는 서두르는 게 나을 것이다.

어떻게 해야 우리는 더 빨리 갈 수 있습니까? 우릴 도와주십시오.

나는 너희를 돕고 있다. 너는 이 대화가 무엇이라고 생각하
느냐?

좋습니다, 그렇다면 우리를 좀 더 도와주십시오. 당신은 좀 전에 다
른 행성의 고도로 진화된 문화들에서는 "국가"라는 개념도 버린다고
말씀하셨습니다. 그들은 왜 그렇게 하는 겁니까?

왜냐하면 그들은 소위 "민족주의" 같은 개념이 '우리 모두가
하나'라는 자신들의 첫 번째 지도 원리에 어긋난다는 걸 알기
때문이다.

반면에 민족주의는 우리의 두 번째 지도 원리인 '적자생존'을 지탱
해주고 있죠.

맞다.
너희는 생존과 안전을 이유로 자신들을 여러 국가들로 나누
었지만, 그 결과는 정반대다.
고도로 진화된 존재들은 국가별로 묶이길 거부한다. 그들은
그냥 한 국가만을 믿는다. 너희는 그들이 "신의 가호로 한 국가
를" 이루었다고 말할 수도 있을 것이다.

현명하군요. 그런데 그들도 "만인을 위한 자유와 정의"를 가지고 있

습니까?

너희는 그러하냐?

항복.

핵심은, 모든 종족과 모든 종이 진화하기 마련이고, 진화—
무엇이 자신에게 도움 되는지를 관찰하고 그것에 행동을 맞추
는 목적이 되는—는 한쪽 방향으로 나아가면서 다른 쪽 방향
에서는 멀어지기 마련이라는 데 있다. 그것은 합일을 향해 움직
여가면서 분리에서 멀어진다.

이건 놀랄 일이 아니다. 왜냐하면 합일은 궁극의 진리고, "진
화"는 "진리를 향해 가는 운동"의 또 다른 말에 지나지 않기 때
문이다.

게다가 제게는 "무엇이 너희에게 도움 되는지 관찰하고 그것에 행
동을 맞춘다"는 게 왠지 우리의 지도 원리 중 하나인 "적자생존"과 비
슷하게 들리는데요.

그건 사실이다, 그렇지 않느냐?

그러기에 이제 "적자생존"(즉 종의 진화)이 이루어지지 못했
고, 실제로는 전체 종들이 사실상 사멸해왔음을—사실상 **자멸
해왔음을**—"관찰할" 때가 왔다. "과정"을 "원리"로 규정함으로
써.

아이고. 당신이 이겼어요.

"진화"는 **과정**이고, 진화 추이를 이끌어가는 것이 그 과정을 **지도하는** "원리"다.

네 말이 맞다. 진화는 "적자생존"**이다.** 바로 이것이 **과정**이다. 하지만 "과정"을 "원리"와 혼동하지 마라.

"진화"와 "적자생존"을 동의어로 보면서, "적자생존"을 지도 원리로 주장하는 건 "진화의 지도 원리는 **진화**"라고 말하는 것과 다름없다.

하지만 이런 이야기는 지도 원리가 **자신의 진화 추이를 지배할** 수 있음을 알지 못하는 종이 하는 진술이다. 이런 이야기는 자신이 자신의 진화에 대해 참관인의 위치에 속해 있다고 여기는 종이 하는 진술이다. 왜냐하면 사람들은 대체로 "진화"가 특정 **원리들**에 따라 어딘가로 **향해 가는** 과정이 아니라, 그냥 "진행되는" 과정이라고 생각하기 때문이다.

따라서 그런 종들은 "우리는 **진화**의 원리에 따라…… 음, 진**화한다**"고 선언하는 셈이다. 하지만 그들은 과정과 원리를 혼동하기 때문에, 그 원리가 **뭔지는** 절대 말하지 않는다.

반면에 진화가 과정이고, 그러면서도 **자신들이 지배할 수 있는** 과정임을 확실히 알게 된 종들은 "과정"과 "원리"를 혼동하지 않는다. 그들은 그 과정을 지도하고 끌어가는 데 사용할 원리를 의식하면서 선택한다.

이것이 **의식 있는 진화**라고 불리는 것으로, 너희 종은 이제 막 여기에 도달했다.

와, 이건 믿기 힘들 만큼 놀라운 통찰력이군요. **그래서** 당신이 바버라 막스 허버드에게 그런 책을 주셨군요! 제가 말했듯이 그녀는 실제로 그걸 《의식 있는 진화》라고 불렀거든요.

물론 그녀는 그렇게 했다. 내가 그녀더러 그렇게 하라고 말했다.

전 그 책이 마음에 듭니다. 그럼…… E.T.에 대한 우리의 "대화"로 되돌아갔으면 하는데요. 이 고도로 진화된 존재들은 어떤 식으로 자신들을 조직합니까? 국가별로가 아니라면요. 그들은 어떤 식으로 자신들을 통치합니까?

그들은 "진화"를 진화의 첫 번째 지도 원리로 사용하지 않고, 순전히 관찰에만 근거해서 원리를 **만들어냈다.** 그들은 그냥 자신들 모두가 '하나'임을 관찰하고 나서, 이 첫 번째 지도 원리를 **훼손하는** 것이 아니라, 오히려 **뒷받침하는** 정치, 사회 경제, 그리고 영적 메커니즘을 고안해냈다.

그건 어떤 "모습"입니까? 예를 들면 정부는요?

너희 중 오직 하나만이 있을 때 너희는 어떤 식으로 자신을 다스리느냐?

예? 뭐라고요?

너희 중 오직 하나만이 있을 때 너희는 어떤 식으로 너희 행동을 다스리느냐? 누가 너희 행동을 다스리느냐? 너 자신 말고 누가?

아무도요. 완전히 나 혼자라면, 예를 들어 제가 무인도에 있다면, "자신 말고"는 아무도 내 행동을 다스리거나 통제할 수 없죠. 저는 제가 하고 싶은 대로 먹고 입고 행동할 겁니다. 십중팔구 옷 같은 건 전혀 안 입겠죠. 배고플 때마다 먹을 거고요. 맛나고 몸에 좋다고 느끼는 거면 뭐든 먹겠죠. 그리고 하고 싶다고 느끼면 무슨 짓이든 "할" 거고요. 그중 일부는 살아가기 위해서 필요하다고 여기는 게 뭔지에 따라 정해질 테고요.

음, 여느 때처럼 너는 자기 안에 모든 지혜를 가지고 있다. 전에도 네게 말했지만, 너는 아무것도 배울 필요가 없다. 단지 기억해내면 된다.

그럼 이게 진보된 문명의 모습이란 말입니까? 벌거벗고 뛰어다니고, 나무 열매를 줍고, 카누를 조각한다고요? 흡사 야만인들처럼!

너는 누가 더 행복하리라고 생각하느냐? 누가 더 신에게 가깝다고 생각하느냐?

우리는 전에도 이 문제를 다룬 적이 있습니다.

그렇다. 다룬 적이 있다. 단순성을 야만으로, 복잡성을 고도의 진보로 여기는 것이 원시문화의 표지다.

재미있는 건, 고도로 진보된 사람들은 그것을 정반대로 본다는 것이다.

하지만 모든 문화의 운동은—사실 진화의 과정 자체가—점점 더 복잡해지는 쪽으로 나아가기 마련 아닙니까?

어떤 의미에서는 그렇다. 하지만 여기에,

최고의 복잡성은 최고의 단순성이라는, 최고의 '신성한 이분법'이 있다.

체계가 "복잡할수록", 그 디자인은 단순하기 마련이다. 사실 그것은 그 '단순함'으로 인해 지극히 우아하다.

선각자는 이 점을 이해한다. 바로 이것이 고도로 진화된 존재들이 지극히 단순하게 사는 이유이고, 고도로 진화된 모든 체제가 지극히 단순한 이유다. 고도로 진화된 통치 체제, 고도로 진화된 교육 체계, 고도로 진화된 경제나 종교 체계, 그 모두가 우아할 만큼 지극히 단순하다.

예를 들면 고도로 진화된 통치 체제에는 자치를 빼고는 사실상 **아무런 통치도** 들어 있지 **않다.**

오직 한 존재만이 참여하고 있는 듯이요. 오직 한 존재만이 관련된 듯이요.

그것이 존재하는 전부다.

고도로 진화된 문화들이 이해하는 것이기도 하구요.

맞다.

전 이제 이 모든 것을 함께 모으기 시작하고 있습니다.

잘됐구나. 우리에게는 시간이 별로 없다.

떠나셔야 합니까?

이 책이 너무 길어지고 있다.

잠깐만요! 기다려요! 지금 떠나실 순 없어요! 전 E.T.에 대해 물어볼 게 더 있어요! 그들은 언젠가 "우리를 구하러" 지구에 나타날 건가요? 우리 행성의 양극을 통제하고, 대기를 맑게 하고, 태양 에너지를 이용하고, 기후를 조절하고, 온갖 질병들을 고칠 새로운 기술을 우리에게 전수해줌으로써, 우리더러 우리의 광기에서 벗어날 수 있게 해줄까요? 우물 안 개구리 격인 우리가 더 나은 삶을 꾸려갈 수 있도록요?

그런 일이 일어나길 너희가 원하지 않을 수도 있다. "고진재들"도 이것을 안다. 그들도 그런 식의 개입은, 너희를 **자신들**에게 종속시켜서—너희가 지금 종속되어 있다고 주장하는 신들이 아니라—**자신들**을 너희의 신으로 만들게 될 뿐이라는 것을 안다.

진실은, 너희는 **아무에게도** 종속되어 있지 않다는 것이다. 고도로 진화된 문화들에서 온 존재들이 너희에게 이해시키려 해온 것이 이것이다. 따라서 그들이 어떤 기술들을 너희와 함께 하려 한다면, 그들은 어쨌든 다른 사람의 힘과 잠재력이 아니라 너희 **자신의** 것을 너희가 확인할 수 있게 하는, 그런 방식으로 그것들을 전수해줄 것이다.

마찬가지로, 고진재들이 너희와 몇 가지 가르침들을 함께하려 할 때도, 그들은 어쨌든 너희가 더 큰 진리와 너희 **자신의** 힘과 잠재력을 이해할 수 있는 그런 방식으로 그것들을 전수해줄 것이다. **너희 스승들을 신으로 만드는 방식이 아니라.**

너무 늦었습니다. 우리는 이미 그렇게 해버렸습니다.

그래, 나도 눈치챘다.

그 문제는 우리를 우리의 위대한 스승인 예수라는 사람에게로 데려가는군요. 그를 신으로 만들지 **않았던** 사람들도 그의 가르침이 위대하다는 건 인정했습니다.

그 가르침들은 크게 왜곡되어왔다.

예수도 이 "고진재", 즉 고도로 진화된 존재였습니까?

너는 그가 고도로 진화되었다고 생각하느냐?

그럼요. 그리고 같은 차원에서 석가모니와 크리슈나, 모세, 바바지, 사이바바, 파라마한사 요가난다도요.

맞다. 그리고 네가 언급하지 않은 다른 사람들도 많다.

저, 2권에서 당신은 예수를 비롯한 이 스승들이 "외계"에서 왔을 수 있다는 "암시"를 주셨습니다. 이곳을 방문해서, 우리에게 고도로 진화된 존재들의 가르침과 지혜들을 나눠줬을 수 있다고 말입니다. 자, 이제 나머지 신발도 벗을 때가 왔습니다. 예수는 "우주인"이었습니까?

너희 모두가 "우주인"이다.

그게 무슨 말입니까?

너희는 지금 고향이라 부르는 이 행성의 원주민이 아니다.

우리가 원주민이 아니라고요?

그렇다. 너희를 만들어낸 "유전 재질"은 너희 행성에 계획적으로 심어졌다. 그것은 그냥 우연히 "나타나지" 않았다. 너희 생명을 형성한 요소들은 어떤 운 좋은 **생물학적 발전** 과정을 거쳐서 결합된 것이 아니라, 관련 계획이 있었다. 여기에는 훨씬 더 큰 뭔가가 진행되고 있다. 너는 너희가 아는 대로의 생명이 너희 행성에 나타나도록 만드는 데 필요했던 몇십조 가지의 생화학 반응들 모두가 어쩌다 우연히 일어났다고 생각하느냐? 너는 이런 결과가 단지 **뜻밖에** 행복한 결과를 낳은 마구잡이 사건들의 우연한 사슬이라고 보느냐?

아뇨, 물론 아니죠. 저도 계획이, **신의** 계획이 있었다는 걸 인정합니다.

잘했다. 왜냐하면 네 말이 맞기 때문이다. 그 모두가 내 발상이고, 내 계획이며, 내 과정이다.

그렇다면, 당신이 "우주인"이란 말씀입니까?

너희가 내게 말을 건다고 상상할 때, 으레 바라보는 방향이 어느 쪽이냐?

위쪽요. 전 올려다봤습니다.

왜 내려다보지 않았느냐?

모르겠습니다. 다들 올려다보죠. "하늘"을 향해서요.

내가 거기서 올 거라고?

그럴 겁니다. 맞아요.

　그것이 나를 우주인으로 만드느냐?

전 모르겠는데, 그런가요?

　그리고 내가 우주인이라면, 그게 나를 신보다 못한 것으로 만드느냐?

당신이 지닌 권능이라고 우리가 흔히 이야기하는 것을 전제로 하면, 아뇨, 안 그럴 겁니다.

　그리고 내가 신이라면, 그것이 나를 우주인보다 못한 것으로 만드느냐?

제 생각엔 그건 전적으로 우리의 정의에 달렸다고 봅니다.

　내가 전혀 "인간"이 아니라 힘이라면, 우주 "에너지"라면, '우주'라면, 다시 말해 사실 '존재 전체'라면 어떠냐? 내가 '집합체'라면?

음, 그건 사실 당신이 말씀해오신 당신 모습입니다. 당신은 이 대화에서 그렇게 말씀하셨습니다.

그렇다, 나는 그렇게 말했다. 그럼 너는 그것을 믿느냐?

예, 그렇다고 생각합니다. 적어도 제가 신을 존재 전체로 여긴다는 점에서는요.

좋다. 그런데 너는 소위 "우주인" 같은 게 있다고 생각하느냐?

외계에서 온 존재들 말입니까?

그래.

예, 전 그렇게 생각합니다. 전 항상 그렇게 믿어온 것 같거든요. 게다가 지금 이 자리에서 당신 역시 그렇다고 **말씀하시니**, 전 그렇다고 확신합니다.

그러면 이 "외계에서 온 존재들"은 "존재 전체"의 일부냐?

음, 물론 그렇죠.

그리고 내가 존재 전체라면, 그건 나를 우주인으로 만들지 않느냐?

그렇긴 하죠…… 하지만 그런 규정이라면, 당신은 **나이기도** 합니다.

맞았다.

그래요, 하지만 당신은 제 질문에서 한참 멀리 가고 말았습니다. 전 당신에게 예수가 우주인인지 물었습니다. 그리고 제가 무슨 말을 하는지는 당신도 아실 거고요. 그러니까, 그는 외계에서 온 존재입니까? 아니면 여기 지구에서 태어났습니까?

네 물음은 또다시 "이것 아니면 저것"을 전제로 한다. 칸에서 벗어나서 생각하라. "이것 아니면 저것"을 거부하고, "이것이면서 또한 저것"을 고려하라.

말하자면 예수는 지구에서 태어났지만 "우주인의 혈통"을 가졌다는 뜻입니까?

예수의 아버지가 누구였느냐?

요셉요.

그렇다. 하지만 그를 임신시킨 것은 누구라고 얘기되느냐?

그것이 무염시태(無染始胎)라고 믿는 사람들도 있죠. 그들은 대천사가 성처녀 마리아를 찾아왔다고 말합니다. 예수는 "성령에 의해 수태되어, 성처녀 마리아에게서 태어났다"고요.

너는 그것을 믿느냐?

거기에 대해 뭘 믿어야 할지 모르겠는데요.

자, 대천사가 마리아를 찾아왔다면, 너는 그 천사가 어디서 왔다고 생각하느냐?

천국에서요.

"천국에서"라고 말했느냐?

예, **천국에서요.** 다른 영역에서요. 신한테서요.

알겠다. 그리고 우리는 좀 전에 신이 우주인이라는 데 동의 하지 않았느냐?

정확하게 말하면, 그렇지 않죠. 우리는 신이 **전체**고, 우주인 역시 "전체"의 **일부**이기 때문에, 신이 우주인이라는 데 동의한 거죠. 우리가 신이라는 것과 같은 의미에서요. 신은 전체입니다. 신은 집합체입니다.

그렇다. 그러기에 마리아를 찾아온 이 대천사는 다른 영역에서 왔다. 천계(天界)에서.

그렇습니다.

천국은 너희 내면에 있으니, 그것은 너희 자신 깊숙한 곳에 있는 영역이다.

전 그렇게 말하지 않았습니다.

음, 그렇다면 우주의 내면 공간 속에 있는 영역이라고 하자.

아뇨, 전 그렇게 말하지도 않을 겁니다. 전 그게 무슨 뜻인지 모르거든요.

그렇다면 어디서 왔느냐? **외계**에서?

(한참 동안 중단)
당신은 지금 말장난을 하고 계십니다.

나로서는 최선을 다하고 있다. 나는 말이 지닌 끔찍한 한계에도 불구하고 그것을 **쓰고 있다.** 사실 너희 언어의 한정된 어휘로는 묘사할 수 없거나, 너희의 한정된 현재 인식 수준으로는 이해할 수 없는 것들의 사고방식과 개념에 최대한 가깝게 다가서기 위해서.
나는 새로운 방식으로 너희 언어를 사용함으로써 너희에게 새로운 인식을 열어주려 하고 있다.

좋습니다. 그러니까 당신 말씀은 예수가 다른 어떤 영역에서 온 고도로 진화된 존재를 아버지로 하니까, 그는 인간이면서 또한 고진재란 겁니까?

너희 행성을 걸어다닌, 고도로 진화된 존재들은 많이 있었다. 그들은 오늘날에도 많이 있다.

"우리 중에 외계인"이 있다는 말씀입니까?

신문과 라디오 좌담, 텔레비전에서 했던 너희의 작업이 너희에게 꽤 효과가 컸다는 걸 알겠구나.

무슨 뜻입니까?

너희는 온갖 걸 가지고 다 센세이션을 일으키려 한다. 나는 고도로 진화된 존재를 "외계인"이라고 하지 않았다. 나는 예수를 "외계인"이라고 하지 않았다.

신과 관련해서 "외계인" 같은 건 없다. 지구에는 어떤 "외계인"도 없다.

우리 모두는 '하나'다. 우리 모두가 '하나'라면, 우리 중의 어떤 개체도 '하나' 자신에게 외부인이 아니다.

우리 중 어떤 개체들은, 다시 말해 일부 개별 존재들은 다른 개체들보다 더 많이 기억한다. 기억해내는 이 과정(신과 재결합하는 과정, 혹은 다시 한번 전체인 집합체와 '하나'되는 과정)이 너희가 진화라 부르는 그 과정이다. 너희 모두가 진화하는 존재다. 너희 중 일부는 고도로 진화되었다. 다시 말해 그들은 **더 많이 재구성한다.** 그들은 '자신이 참으로 누군지' 안다. 예수도 그것을 알았고 그것을 선언했다.

좋습니다. 그렇다면 예수의 일을 놓고 어디 한번 말장난을 해보기로 하죠.

전혀 그렇지 않다. 내가 다 털어놓고 이야기해주마. 너희가 예수라고 부르는 그 인간의 영은 이 지구의 것이 아니었다. 그 영은 그냥 인간의 몸을 가득 채워서, 자신을 아이로서 배우게 했고, 그런 다음 어른이 되어서는 스스로 깨닫게 했다. 그가 이런 일을 한 유일한 존재는 아니다. **모든 영**All spirits은 "이 지구 출신이 아니다". **모든 영혼**All souls이 다른 영역에서 와서 몸으로 들어갔다. 그렇다고 모든 영혼이 특정한 한 "생애" 안에 혼자 힘으로 깨닫는 건 아니다. 예수는 그렇게 했다. 그는 고도로 진화된 존재였다(너희 중 일부가 신이라 불러온 존재). 게다가 그는 목적을 가지고, 임무를 띠고, 너희에게 왔다.

우리 영혼을 구하기 위해서요.

어떤 의미에서는 그렇다. 하지만 끝없는 천벌에서 구하기 위해서는 아니다. 너희가 상상하는 식의 그런 천벌 같은 건 없다. 그의 임무는 '참된 자신'을 모르고 체험하지 못하는 상태로부터 너희를 구하는 것이었고, 지금도 그러하다. 그는 너희가 무엇이 될 수 있는지 보여주는 것으로 그것을 증명하고자 했다. 너희가 받아들이기만 한다면, 사실 너희 자체를 보여주는 것으로.

그는 본보기를 보이는 것으로 앞장서고자 했다. 그가 "나는 길이요 생명이니, 나를 따르라"고 말한 이유가 이것이다. 그는 너희 모두가 자기 "지지자"가 되라는 의미에서 "나를 따르라"고 하지 않았다. 그가 그렇게 말한 건, 너희 모두가 **그를 본보기 삼아 신과 '하나'되라**는 의미에서다. 그는 "나와 아버지는 하나다. 그리고 너희는 내 형제다"고 말했다. 그라도 그 점을 이보다 더 잘 알아듣게 표현하지는 못했을 것이다.

그렇다면 예수는 신에게서 온 것이 아니라 외계에서 왔군요.

네 오류는 그 둘을 분리하는 데 있다. 너는 계속해서 그 둘을 구별하려 하고 있다. 네가 인간과 신을 분리하고 구별하기를 고집하듯이. 네게 말하노니, 그 둘 사이에는 **어떤 구별도 없다.**

흐음. 좋습니다. 이 책을 끝내기 전에 다른 세상의 존재들에 대해 마지막으로 몇 가지 더 말씀해주시겠습니까? 그들은 뭘 입습니까? 의사 전달은 어떤 식으로 합니까? 그리고 제발, 아직도 이런 걸 쓸데없는 호기심이라는 식으로 말하지 마십시오. 전 우리가 여기서 배울 게 있다는 걸 이미 증명했다고 생각하니까요.

좋다. 그렇다면 짧게 말하마.

고도로 진화된 문화들에 사는 존재들은 옷을 입을 필요를 느끼지 않는다. 그들의 힘으로 통제할 수 없는 요소나 상황으로부터 자신들을 보호하기 위해 일종의 가리개가 필요하거나, 어떤 "신분"이나 영예를 나타내기 위해 장식물을 사용할 때를 제외하고는.

　　"수치"나 "수줍음" 따위의 개념들을 이해하지 못하는 고진재로서는, 그럴 필요가 없을 때도 너희가 왜 몸 전체를 가리는지 이해하지 못할 것이고, "더 멋있게" 보이려고 가린다는 발상으로는 도저히 연결시키지 못할 것이다. 고진재에게는 알몸 자체보다 더 아름다운 건 없다. 따라서 고진재는 몸을 어쨌든 더 기쁘게 하거나 매력적으로 만들려고 그 위에 뭔가를 걸친다는 발상을 전혀 이해하지 못한다.

　　마찬가지로 고진재들로서는 너희가 "건물"이나 "집"이라 부르는…… 상자 속에서 산다는—인생의 많은 시간을 낭비하면서—발상 역시 이해하지 못할 것이다. 고진재들은 자연환경 속에서 산다. 자신의 환경을 창조하고 조절하고 보살피는 고도로 진화된 문명들에서는 극히 드문 일이긴 하지만, 특별히 환경이 우호적이 아닐 때 상자 속에 머무는 경우를 빼고는.

　　또한 고진재들은 자신들이 환경과 '하나'고, 자신들이 환경과 공간 이상을 함께하고 있으며, 나아가 상호 의존 관계까지도 함께한다는 걸 이해한다. 따라서 고진재들은 너희가 자신을 부양해주는 것을 왜 해치고 파괴하는지 도저히 이해하지 못한다. 그들이 내릴 수 있는 유일한 결론은, 환경이 자신을 부양한다는 사실을 이해하지 못하는 너희는 관찰 기술이 대단히 한정된 존재라는 것이다.

의사 전달communication과 관련해서 고진재는 너희라면 감정이라 불렀을 측면을 의사 전달의 으뜸 차원으로 사용한다. 고진재들은 자기 감정은 물론이고 남의 감정까지 안다. 누구도 감정을 **숨기려고** 시도하지 않는다. 그런 것을 자기 배신으로 보는 고진재들로서는, 감정을 숨기고 나서는 아무도 자신이 어떻게 느끼는지 알아주지 않는다고 불평하는 상황을 이해하지 못한다.

감정은 영혼의 언어다. 고도로 진화된 존재들은 이것을 이해한다. 고진재들의 사회에서는 서로를 진실되게 아는 것이 의사 교류의 목적이다. 따라서 고진재들은 너희 인간들이 "거짓말"이라 부르는 개념을 이해하지도, 이해할 수도 없다.

진실 아닌 것을 전달함으로써 바라던 것을 손에 넣는 데 성공하는 건, 고진재에게 껍데기뿐인 승리여서, 그것을 전혀 승리로 만들어주지 않는다. 고진재에게는 그것이 패배를 질질 끄는 것에 지나지 않을 것이다.

고진재들은 진실을 "말하지" 않는다. 고진재들 자체가 진실이다. 그들의 전 존재가 "있는 그대로"와 "도움 되는 것" 출신이다. 고진재들은 오래전, 아직 목소리로 의사를 전달하던 유사 이전의 시기에, 진실 아닌 것은 소용이 없다는 걸 배웠다. 너희는 너희 역사에서 아직 이것을 배우지 못했다.

너희 행성에서는 사회의 많은 것이 보안에 근거하고 있다. 너희 중 다수는 사는 데 도움이 되는 쪽이 너희가 서로**에게** 말하는 것이 아니라, 너희가 서로**에게서** 지키는 것이라고 믿는다. 이렇게 해서 보안은 너희의 사회 규범, 윤리 규범이 되었다. 그것은 진실로 너희의 '보안 규범'이다.

이것이 너희 모두에게 적용되는 것은 아니다. 예를 들면 너희의 고대 문화들과 너희 원주민들은 그런 규범에 따라 살지 않았다. 그리고 지금 사회의 많은 개인들도 이런 행동 방식을 받아들이길 거부했다.

그럼에도 너희 정부는 이 규범에 따라 운영되고, 너희 사업체들은 그것을 받아들였으며, 너희 관계의 다수가 그것을 반영한다. 워낙 많은 사람들이 크고 작은 거짓말들을 인정하다보니, 그들은 심지어 거짓말에 대해서까지 거짓말을 하기도 한다. 따라서 너희는, 벌거벗은 임금님 이야기처럼 모두가 알지만 아무도 거기에 대해 말하지 않는다는 식의, '보안 규범'에 관한 비밀 규칙을 발달시켰다. 너희는 그렇지 않은 체까지 한다. 이 점에서 너희는 자신에게 거짓말을 하고 있다.

당신은 예전에도 이 점을 지적하셨습니다.

나는 너희가 진실로 하고 싶다고 말하는 대로 상황을 바꾸려고 한다면, 지금 이 대화에서 반드시 "접수해야" 할 핵심 논점들, 요점들을 몇 번이고 되풀이하고자 한다.

따라서 나는 다시 한번 말할 것이다. 인간 문화와 고도로 진화된 문화의 차이는, 고도로 진화된 존재들은,

1. 충분히 관찰하고
2. 진실되게 교류한다는 데 있다.

그들은 "도움 되는 것"을 보고 "있는 그대로"를 말한다. 이것은 너희 행성의 삶을 헤아릴 수 없을 만큼 개선해줄, 또 하나의 작지만 심오한 변화다.

그런데 이것은 도덕 문제가 아니다. 고진재 사회에는 어떤 "도덕적 의무"도 없다. 이것 역시 거짓말이 그러하듯, 그들을 어리둥절하게 만들 개념의 하나다. 그것은 그냥 기능의 문제, 무엇이 이로운가의 문제다.

고진재들에게는 도덕이 전혀 없습니까?

너희가 이해하는 식의 도덕 같은 건 없다. 어떤 집단이 고안한 일련의 가치들에 순응해서 개인들이 살아야 한다는 식의 발상은 "도움 되는 것"에 대한 그들의 이해를 무너뜨릴 것이다. 자신에게 적절한 행동 방식과 적절하지 않은 행동 방식을 심판하는 궁극의 유일한 주체는 개개인이라는 그들의 이해를.

고진재 사회에서는 언제나 무엇이 **도움 되는가**, 무엇이 제 기능을 하고, 모두를 이롭게 하는가를 중심으로 논의된다. 인간들이 말하는 "옳고 그른" 것을 중심으로 하지 않고.

하지만 그게 그거 아닙니까? 우리는 우리에게 도움 되는 것을 "옳은 것"이라 말하고, 우리에게 소용없는 걸 "그른 것"이라고 말할 뿐이지 않습니까?

너희는 그런 꼬리표에다, 고진재들에게는 똑같이 낯선 개념들인 죄의식과 수치심을 덧붙였다. 또 너희는 그것들이 "소용없어"서가 아니라 그냥 그것들이 "부적절하다"고 여겨서—때로는 너희가 보기에가 아니라 "신이 보시기에"—엄청나게 많은 것들에 "그르다"는 딱지를 붙였다. 이렇게 해서 너희는 "무엇이 도움되고" 무엇이 그렇지 않은지를 놓고 "실제 있는 그대로"와는 전혀 관계없는 작의적인 규정들을 만들어냈다.

예를 들면 인간 사회는 자기 감정을 솔직히 드러내는 것을 "그르다"고 간주하는 경우가 많다. 이것은 고진재라면 결코 도달할 수 없는 결론이다. 왜냐하면 어떤 공동체 속에 있든, 어떤 무리 속에 있든, 감정의 엄밀한 자각이야말로 **삶**을 윤택하게 만들어주기 때문이다. 그러니 앞에서 말했듯이, 고진재라면 절대 감정을 숨기지 않을 것이다. 그리고 그들은 그렇게 하는 것이 "사회 차원에서도 옳음"을 안다.

사실 고진재로서는 어떤 경우에도 감정을 숨길 수 없다. 고진재는 다른 존재들에게서 그들의 감정이 뚜렷이 실려 있는 "진동"—사실상의 **파장**—을 읽는다. 너희가 방 안에 들어섰을 때 이따금 "공기를 느낄" 수 있듯이, 고진재는 다른 고진재가 무엇을 생각하고 체험하는지 느낄 수 있다.

너희라면 "말"이라 불렀을 사실상의 소리 내기는 있다 해도 아주 드물게만 사용된다. 고도로 진화된 모든 지각 있는 존재들 사이에서는 이런 식의 "텔레파시 교류"가 이루어진다. 사실 한 종의 진화 정도나 같은 종 안에서 구성원들 간 관계의 진화 정도는 그 존재들이 감정이나 바람, 혹은 정보를 전달하는 데 "말"을 얼마나 사용해야 하는가로 증명된다고 할 수도 있다.

그리고 네가 묻기 전에 대답하건대, 그렇다, 인간 존재도 이런 능력을 발달시킬 수 있고, 몇몇 사람들은 이미 발달**시켰다.** 사실 몇천 년 전에는 그것이 정상이었다. 그 후 너희는 사실상 "소리"인 원초적 말하기를 이용해서 교류하는 수준으로 퇴보하고 말았다. 하지만 너희 중에 많은 이들이 더 명확하고 더 정확하고 더 우아한 교류 형태로 되돌아가고 있다. 이것은 특히나 사랑하는 사람들 사이에서 그러해서, **좋아하면 통하기**Caring creates communication 마련이라는 주요 진리를 역설해준다.

사실 사랑이 깊다면 말은 불필요하다. 그리고 이 공리의 역도 참이어서, 너희가 서로에게 더 많은 말을 **써야** 할수록, 서로를 아껴주는 데 들이는 시간은 아마 틀림없이 더 적을 것이다. 좋아하면 통하기 마련이기에.

궁극의 차원에서 모든 참된 교류는 진실에 관한 것이고, 참된 진실은 오직 사랑뿐이다. 이 때문에 사랑이 있는 곳에는 통함이 있는 것이다. 서로 잘 통하지 않는 건 사랑이 충분히 존재하지 않는다는 표시다.

정말 아름답게 표현하시는군요. 아니 아름답게 **교류하신다고** 해야겠군요.

고맙다. 이제 고도로 진화된 사회에서의 생활 방식을 요약하면 다음과 같다.

그들은, 너희라면 의도된 소(小)공동체라고 불렀을 형태로 무리를 이루어 산다. 이 무리들은 도시나 도, 국가 따위로 조직

규모를 키우지 않지만, 상호 평등의 기초 위에서 다른 무리들과 상호작용한다.

너희가 이해하는 식의 정부나 법률 따위는 없다. 대신 대개 연장자들로 구성된 평의회 혹은 원로회의conclaves가 있고, 너희 언어로 번역하면 "상호 합의"라고 할 수 있는 것들이 있다. 그리고 이 상호 합의 사항들은 자각과 정직, 책임이라는 '삼각률(三角律)'로 모아진다.

고도로 진화된 존재들은 이미 오래전에 이런 것들을 더불어 살아가는 방식으로 삼기로 결정했다. 그들은 다른 어떤 존재나 집단이 제시한 도덕 체계나 영적 계시에 의해서가 아니라, **있는 그대로**와 **도움 되는 것**을 그냥 관찰함으로써 이런 선택을 내렸다.

정말로 전쟁이나 갈등 같은 건 전혀 없습니까?

없다. 그건 자신이 가진 모든 것을 함께 나누는 고진재로서는 힘으로 빼앗으려는 존재에게도 자신의 모든 걸 서슴없이 내주리란 이유에서 주로 그러하다. 삼라만상은 어쨌든 모두의 것이고, 그가 진심으로 그렇게 하고자 한다면 언제라도 자신이 "내준" 것보다 더 많이 창조할 수 있음을 그가 알기 때문이다.

고진재 사회에는 "소유"나 "상실"의 개념이 없다. 그들은 자신이 물질 존재가 아니라 물질로 있는 존재임을 이해한다. 또한 그들은 모든 존재가 같은 근원에서 나왔고, 따라서 '우리 모두는 하나'임을 이해한다.

당신이 전에도 말씀하셨다는 건 알지만…… 누군가가 고진재에게 생명을 내놓으라고 위협하는데, 그래도 다툼이 없을까요?

아무런 논란도 일어나지 않을 것이다. 그는 그냥 자기 몸을 내려놓을 것이다. 그 자리에서 너희를 위해 말 그대로 몸을 떠날 것이다. 그러고 나면 그는 다 자란 존재로서 다시 한번 물질성 속으로 들어오거나, 다른 연인들이 새로 임신한 자식으로 돌아가 또 다른 몸을 창조하는 쪽을 선택한다.

물질성 속으로 다시 들어올 때 고진재들이 가장 좋아하는 방식은 후자다. 고도로 진화된 사회들에서 새로 창조된 아이들은 누구보다 존중되고, 이들에게는 유례없는 성장 기회가 주어지기 때문이다.

고진재들은 너희 문화가 "죽음"이라 부르는 것을 조금도 두려워하지 않는다. 고진재들은 자신들이 영원히 산다는 것과, 그건 자신이 어떤 형상을 취하는가의 문제에 지나지 않는다는 걸 안다. 몸과 환경을 보살피는 법을 배운 고진재들은 보통 한 신체로 무한히 오래 살 수 있다. 하지만 물질 법칙과 관련된 어떤 이유로 고진재의 몸이 더 이상 제 기능을 하지 못하면, 고진재는 그냥 기꺼이 몸에서 떠나는 것으로 그것의 물질 요소를 '전부의 전부'에로 되돌려 "재활용"할 수 있게 한다. (너희가 "흙에서 나서 흙으로 돌아간다"고 이해하는 것이 이것이다.)

좀 뒤로 돌아가서요, "법률" 같은 건 없다고 말씀하신 걸로 알고 있습니다. 하지만 누군가가 "삼각률"에 따라 행동하지 않는다면요? 그때

532

는 어떻게 하죠? 즉결형인가요?

아니다. 즉결형이 아니다. "재판"이나 "처벌" 같은 건 없다. 그냥 "있는 그대로"와 "도움 되는 것"을 간단히 살펴볼 뿐이다.

"있는 그대로"—그 존재가 저지른 일—가 지금으로서는 "도움 되는 것"과 불일치한다는 사실과, 집단에 도움이 되지 않는 것은 어차피 그 개인에게도 도움이 되지 않는다는 사실이 조심스럽게 설명된다. 왜냐하면 개인이 집단**이고**, 집단이 개인**이기** 때문이다. 모든 고진재는 이 점을 아주 쉽게, 대체로 너희라면 **젊은이**라고 불렀을 이른 시기에 "접수한다". 따라서 성숙한 고진재가 "도움 되지" **않는** "있는 그대로"를 일으키는 방식으로 행동하는 경우는 극히 드물다.

하지만 누군가가 그렇게 하면요?

그에게는 그냥 자신의 잘못을 고칠 기회가 주어진다. 그는 우선 삼각률을 써서 자신이 생각했거나 말했거나 행한 일과 관련된 모든 결과를 자각하고, 그런 다음에는 그런 결과들을 자아낸 데 있어 자신의 역할을 평가하고 명시할 수 있다. 마지막으로 그에게는 개선 방안이나 수정 방안, 혹은 치유 방안을 써서 그런 결과들을 책임질 기회가 주어진다.

만일 그가 그렇게 하기를 거부하면요?

고도로 진화된 존재라면 그렇게 하기를 절대 거부하지 않을 것이다. 그것은 생각할 수도 없는 일이고, 그렇게 되면 그는 고도로 진화된 존재가 아닐 것이다. 네가 지금 이야기하는 것은 전혀 다른 차원의 지각 있는 존재다.

고진재는 이 모든 것을 어디서 배웁니까? 학교에서요?

고진재 사회에는 "학교 제도"가 없다. 단지 아이들에게 "있는 그대로"와 "도움 되는 것"을 일깨워주는 교육과정이 있을 뿐이다. 아이들은 자신을 낳은 사람이 아니라 노인들에 의해 길러진다. 그렇다고 그 과정 동안에 아이들이 굳이 자기 "부모"와 떨어져 있어야 하는 건 아니다. "부모"는 원할 때마다 얼마든지 함께 있을 수 있고, 선택하는 시간만큼 아이들과 함께 보낼 수 있다.

너희라면 "학교"라고 불렀을 것(사실 "학습 시간"이라고 번역하는 것이 가장 좋을 것이다)에서, 아이들은 자신들이 배워야 한다고 **듣는 게** 아니라, **자신들이** 습득하고 싶어하는 기술들을 골라 자기 나름의 "교육과정"을 설정한다. 따라서 동기부여를 최고 수준으로 유지할 수 있어서, 삶의 기술들을 쉽고 빠르고 즐겁게 습득한다.

삼각률(사실 이것들은 명문화된 "규율들"로 있는 게 아니지만, 너희 언어에서 찾아낼 수 있는 최상의 용어가 이것이다)은 어린 고진재들에게 "주입되지" 않고, "아이들"에게 모범이 되는 "어른들"의 행실을 통해서 거의 삼투 방식으로 습득된다.

어른들이 정작 자기 아이들에게 가르치고 싶어하는 것과는

반대되는 행실의 본보기가 되는 너희 사회와 달리, 고진재 문화의 어른들은, 아이들이란 다른 사람들에게서 본 대로 행동하기 마련임을 이해한다.

고진재라면 자기 아이들이 하지 말았으면 하는 행동들을 되레 적나라하게 보여주는 사진 장치 앞에 아이들을 여러 시간 동안 앉혀놓지 않을 것이다. 고진재로서는 그런 식의 결정을 도저히 이해하지 못할 것이다. 설사 한 고진재가 이렇게 했다 해도, 그런 다음 그 사진들이 자기 자식들의 갑작스러운 탈선 행동과 관계가 있음을 부정하는 것 또한 그들로서는 똑같이 이해할 수 없는 일일 것이다.

나는 고진재 사회와 인간 사회의 차이는 사실 아주 단순한 한 가지 요소, 즉 진실된 관찰이라 할 수 있는 것으로 모아진다는 사실을 다시 한번 강조하려 한다.

고진재들은 자신들이 보는 모든 것을 인정한다. 반면에 다수의 인간들은 자신들이 보는 것을 부정한다.

그들은 텔레비전이 자기 아이들을 망치고 있음을 보면서도 그것을 무시한다. 그들은 폭력과 "실패"가 "오락거리"로 사용되는 것을 보면서도, 그 모순을 부정한다. 그들은 담배가 몸을 해치는 걸 관찰하면서도, 그렇지 않은 체한다. 그들은 술에 취해 자식을 학대하는 아버지와 온 가족이 그것을 부정하는 모습을 보고서도, 아무도 거기에 대해 말하지 못하게 한다.

그들은 몇천 년 넘게 자신들의 종교가 대중의 행동 방식을 바꾸는 데 완전히 실패했음을 관찰하면서도, 이 또한 부정한다. 그들은 정부들이 도와주기보다는 억압한다는 사실을 두 눈으로 보면서도, 그것을 무시한다.

그들은 질병을 예방하는 데 재원의 10분의 1을, 질병을 관리하는 데 재원의 10분의 9를 소모하는 건강관리 제도—실제로는 질병관리 제도인—를 보면서도, 건강하게 행동하고 먹고 살수 있게 사람들을 교육시키는 문제에서 어떤 그럴듯한 진전도 이루지 못하는 게 **이윤 동기** 때문임을 부정한다.

그들은 화학약품이 든 사료를 억지로 먹여 길러진 뒤 도살당한 짐승 고기를 먹는 것이 건강에 좋지 않다는 걸 보면서도, 자신들이 보는 것을 부정한다.

그들은 그 이상을 하죠. 그들은 감히 그 주제를 논의했던 토크쇼 진행자를 고소하려고 합니다. 당신도 알다시피, 예리한 통찰력으로 먹을거리를 둘러싼 이 모든 논점을 파헤친 멋진 책이 있습니다. 존 로빈스가 쓴《육식, 건강을 망치고 세상을 망친다Diet for a New America》란 책이죠.

사람들은 그런 책을 읽고서도, 그것이 조금이나마 의미 있음을 부정하고, 부정하고 또 부정할 것이다. 바로 이것이 핵심이다. 너희 종족들 다수가 부정 속에 살고 있다. 그들은 주변 사람들 모두가 관찰한, 눈이 시릴 만큼 명백한 사실들을 부정할 뿐 아니라, 자기 눈으로 관찰한 것들까지도 부정한다. 나아가 그들은 자신의 감정을 부정하고, 결국에는 자신의 진실까지 부정한다.

반면에 고도로 진화된 존재들—너희 중 일부는 이렇게 되어

가고 있다—은 **아무것도** 부정하지 않는다. 그들은 "있는 그대로"를 관찰하고, "도움 되는 것"을 확실히 안다. 이런 단순한 도구들을 사용할 때, 삶은 단순해지고, "과정"은 칭송된다.

그래요, 그런데 "과정"은 어떤 식으로 작용합니까?

그 물음에 대답하자면, 예전에 이 대화에서 했던 지적을, 사실 되풀이해서 하지 않을 수 없다.

만사가, 너희가 자신을 누구로 생각하는지와 너희가 무엇을 하려 하는가에 달려 있다.

평화와 기쁨과 사랑으로 사는 것이 너희의 목표라면, **폭력은 작용하지 않는다.** 이것은 이미 입증된 사실이다.

건강하게 오래 장수하는 것이 너희의 목표라면, 죽은 고기를 먹고, 세상이 다 아는 발암물질들을 피우고, 신경마비와 뇌손상을 불러오는 용액을 마시는 일 같은 건 **작용하지 않는다.** 이것은 이미 입증된 사실이다.

폭력과 분노에서 벗어난 자식들을 기르는 것이 너희의 목표라면, 그들을 몇 년씩 폭력과 분노의 생생한 묘사 앞에 직접 앉혀놓는 일 같은 건 **작용하지 않는다.** 이것은 **이미 입증된 사실**이다.

만일 너희의 목표가 지구를 돌보고 그녀의 자원을 현명하게 절약하는 것이라면, 자원들이 무한한 것처럼 행동하는 일 같은 건 **작용하지 않는다.** 이것은 **이미 입증된 사실**이다.

만일 너희의 목표가 자애로운 신과의 관계를 찾아내고 일궈

감으로써 종교가 인간사를 달라지게 하는 것이라면, 벌하고 끔찍하게 보복하는 신을 가르치는 건 **작용하지 않는다.** 이 역시 **이미 입증된 사실**이다.

오직 동기motive만이 전부고, 목표가 결과를 결정한다. 삶은 너희의 의도에서 비롯되고, 너희의 참된 의도는 행동으로 드러나며, 너희의 행동을 결정하는 건 너희의 참된 의도다. 삶의 모든 것이(그리고 삶 **자체가**) 그러하듯, 이것도 순환이다.

고진재들은 그 순환을 보지만, 인간들은 보지 못한다.

고진재들은 있는 그대로에 대처하지만, 인간들은 그것을 무시한다.

고진재들은 **항상** 진실을 말하지만, 인간들은 남에게만이 아니라 자신에게까지 너무 자주 거짓을 말한다.

고진재들은 하나를 말하면 말한 대로 행하지만, 인간들은 말하는 것과 행하는 것이 다르다.

너희도 가슴속 깊은 곳에서는 뭔가 잘못됐다는 걸 **안다.** "시애틀로 가려고" 했는데, "샌어제이"에 와 있는 게 아닌가! 이제 너희는 자기 행동의 모순을 보면서 그걸 던져버릴 준비가 되어 있다. 너희는 있는 **그대로**와 **도움 되는** 것, 양쪽 다를 분명하게 보면서, 둘 사이의 괴리를 더 이상 부추기지 않으려 하고 있다.

너희는 실현의 시간을 눈앞에 둔, 깨어나는 종이다.

여기서 들은 이야기들 때문에 너희가 낙담할 필요는 없다. 새로운 체험, 더 큰 현실을 위한 토대는 이미 놓여졌고, 이 모든 것이 그냥 그것을 위한 준비에 지나지 않기 때문이다. 너희는 이제 문을 지나 걸어갈 준비가 되었다.

이 대화는 무엇보다 그 문을 열어젖히기 위한 것이었다. 우선 그것을 가리키기 위해서. **보이는가? 저기 있다!** 진리의 빛이 그 길을 영원히 비춰줄 것이기에. 여기서 너희가 받은 것이 바로 그 진리의 빛이다.

이제 이 진리를 집어들고 그것에 따라 살아라. 이제 이 진리를 부여잡고 남들과 함께하라. 이제 이 진리를 받아들이고 그것을 한없이 더 귀히 여겨라.

이 세 권의 책—《신과 나눈 이야기》 3부작—에서 나는 너희에게 **있는 그대로**를 되풀이해서 말해주었다.

더 멀리 나갈 필요는 없다. 더 많은 질문을 하거나, 더 많은 대답을 듣거나, 더 많은 호기심을 만족시키거나, 더 많은 예를 제시하거나, 더 많은 관찰을 내놓을 필요는 없다. 너희가 바라는 삶을 창조하는 데 필요한 전부가 여기에, 그토록 많은 것이 제시된 이 3부작 속에, 이미 들어 있다.

그렇다, 너는 더 많은 질문을 가지고 있다. 그렇다, 너는 더 많은 "하지만 만일 ~하면"을 가지고 있다. 그렇다, 너는 우리가 즐겼던 이 탐구를 아직 "그만두지" 않았다. 그건 너희가 **어떤 탐구도 그만둘 수 없기** 때문이다.

그렇다면 이 책이 한없이 계속될 수 있다는 건 분명하다. 하지만 이 책은 그렇게 하지 않을 것이다. 신과 나누는 네 대화는 그러하겠지만, 이 책은 그렇지 않을 것이다. 네가 물을 수 있는 다른 모든 질문에 대한 대답 또한 여기서, 이제 완전해진 이 3부작에서 찾을 수 있을 것이기에. 이제 우리가 할 수 있는 건 되풀이하고, 다시 부언하고, 같은 지혜로 몇 번이고 다시 되돌아가는 것뿐이다. 그 점에서는 이 3부작조차 연습이다. 여기에 새로운 건 아무것도 없다. 다만 다시 찾아간 태고의 지혜들이 있을 뿐.

거기로 다시 찾아가는 건 좋은 일이다. 그것에 다시 한번 익숙해지는 건 좋은 일이다. 이것이 내가 그토록 자주 말했던 기억해내는 과정이다. 너희는 아무것도 배울 게 없다. 단지 기억해내기만 하면 된다……

그러니 이 3부작을 자주 찾아가라. 그 내용들을 몇 번이고 다시 찾아봐라.

여기서 답해지지 않았다고 느끼는 질문이 떠오를 때, 그 책들을 다시 한번 읽어봐라. 그러면 그 질문이 이미 답해졌음을 발견할 것이다. 하지만 정말로 답해지지 않았다고 느낀다면, 너 **자신의** 답변을 찾아라. 너 **자신과** 이야기를 나누고, 너 **자신의 진실**을 창조하라.

그 속에서 너는 '자신이 진실로 누군지' 체험하리니.

Conversations with God
21

가시게 하고 싶지 않아요!

나는 아무 데도 가지 않는다. 나는 언제나 너와 함께 있다. **모든 면에서.**

제발, 끝내기 전에 딱 두어 가지만 더 질문할게요. 마지막 마무리 질문들요.

너는 언제라도 자신의 **내면으로 들어갈 수** 있다는 걸 모르겠느냐? '영원한 지혜의 자리'로 되돌아가, 거기서 네 답변들을 찾을 수 있다는 걸?

그래요, 저도 그걸 압니다. 그리고 그게 이런 식인 것에 제 가슴 밑바닥에서부터 감사하고 있습니다. 삶이 이런 식으로 창조되고, 제가 그 자산을 항상 가지고 있다는 것에요. 하지만 이 대화는 제게 큰 도움이 되어왔습니다.

이건 저한테 굉장한 선물이었습니다. 그러니 그냥 두어 가지만 마지막으로 질문하면 안 될까요?

물론 된다.

인간 세상이 위기에 처해 있다는 게 진짜입니까? 인간들이 자멸―사실상의 소멸―을 걸고 불장난을 하고 있는 게 사실입니까?

그렇다. 그것을 대단히 현실적인 가능성으로 생각하지 않는다면, 너희는 그것을 피할 수 없을 것이다. 저항할 때, 그것은 지속되기 때문이다. 너희가 끌어안을 때만, 그것은 사라질 수 있다.

그리고 내가 시간과 사건에 대해 이야기했던 것을 잊지 마라. 너희가 상상할 수 있었던, 아니 실제로 상상했던 모든 사건이 바로 지금, 그 '영원한 순간'에 벌어지고 있다. 이것은 '성스러운 찰나'고, 너희의 자각을 앞서가는 순간이며, 빛이 너희에게 닿기도 전에 벌어지는 일이다. 이것은 너희가 그것을 알기도 전에, 너희가 창조하여, 너희에게 보낸 현재 순간present moment이다. 너희는 이것을 "선물present"이라 부른다. 사실 그것은 "선물"이다. 그것은 신이 너희에게 준 가장 큰 선물이다.

너희는 지금껏 상상했던 모든 체험 중에서 너희가 지금 체험하려는 것을 선택할 능력을 가지고 있다.

전에도 그런 말씀을 하셨는데, 저는 이제서야 그것을 이해하기 시작하고 있습니다. 물론 제 한정된 인식 안에서요. 이 가운데 어떤 것도 실제로는 "진짜"가 아니죠, 그렇죠?

그렇다. 너희는 환상을 살고 있다. 이것은 대 마술쇼다. 그리고 너희는 그 속임수를 모르는 체한다. **너희 자신이 마술사인데도 말이다.**

이걸 기억하는 게 중요하다. 그렇지 않으면 너희는 모든 걸 아주 진짜처럼 만들고 말 것이다.

하지만 제가 보고 느끼고 냄새 맡고 건드리는 것들 모두가 흡사 진짜처럼 보이는데요. 그게 "진짜"가 아니라면, 그럼 뭐가 진짜입니까?

사실 너희는 자신이 쳐다보는 걸 "보는" 게 아니란 사실을 염두에 둬라.

너희 뇌는 지성의 원천이 아니다. 그것은 그냥 자료 처리기다. 그것은 감각이라 불리는 수신 장치를 통해서 자료를 받아들이고, **그 주제와 관련된 예전 자료들에 따라** 형성 중인 이 에너지를 해석한다. 뇌는 **실제 있는 것**이 아니라 자신이 **지각한 것**을 너희에게 말해준다. 이 지각에 근거해서 너희는 **자신이 어떤 것의 진실을 안다고 생각한다.** 실제로는 그것의 반밖에 모르면서도. 자신이 아는 진실을 만들어내는 건 사실 너희 자신이다.

당신과 나눈 이 대화도 다 포함해서요.

그건 가장 확실한 예다.

전 그 말씀이 "그는 신에게 말하는 게 아냐, 그는 그 모든 걸 꾸며내고 있어"라고 말하는 사람들에게 기름을 붓는 격이 되지 않을까 두렵습니다.

그 사람들에게 온유하게 말하라. "칸 밖에서" 생각해보라고. 그들은 "이것 아니면 저것"으로 생각하고 있다. 그들도 "이것이면서 또한 저것"으로 생각해볼 수 있다.

현재 통용되는 가치와 개념과 이해 안에서 생각하는 한, 너희는 신을 알 수 없다. 너희가 신을 알고 싶다면, 이 주제에 관해 알아야 할 모든 걸 알고 있다고 주장하기보다는, 자신이 현재 지닌 자료가 **한정된** 것임을 인정해야 한다.

나는, 참된 명확성은 기꺼이 주목하고자 할 때만 올 수 있다고 선언했던 베르너 에르하르트의 다음 말에 주의를 기울이라고 권하고 싶다.

"내가 모르는 뭔가가 있다. 알게 되면 모든 걸 바꿀 수 있는 뭔가가."

너희는 "신에게 말하면서" 또한 "그 모든 걸 꾸며낼" 수 있다.

그것은 그냥 가능하다.

사실 여기에 가장 장대한 진리, 너희는 **만사**를 꾸며내고 있다는 진리가 있다.

삶은 모든 것이 창조되는 과정이다. 신은 너희가 삶이라 부르는 순수 생짜 에너지다. 이런 깨달음은 우리에게 새로운 진리를 가져다준다.

신은 '과정'이다.

저는 당신이, 신은 '집합체', 신은 '전체'라고 말씀하신 걸로 아는데요.

그렇다, 그렇게 말했다. 신은 그러하다. 동시에 신은 전체가 창조되고, 전체가 자신을 체험하는 '과정'이기도 하다.

나는 네게 이걸 계시한 적이 있다.

그래요, 맞아요. 당신은 제가 《당신 자신을 재창조하려면Re-creating Yourself》이란 소책자를 쓰고 있을 때 그런 지혜를 주셨더랬습니다.

맞다. 그리고 이제 나는 훨씬 더 많은 청중이 받아들일 수 있도록 여기서 다시 한번 말하려 한다.

신은 '과정'이다.

신은 사람이나 장소나 사물이 아니다. 신은 너희가 항상 생각해왔지만, 이해하지 못했던 바로 그것이다.

다시 한번?

　너희는 언제나 신이 지고의 존재Supreme Being라고 생각해
왔다.

그렇습니다.

　그 점에서 너희는 옳았다. 나는 바로 그것, '존재'다. "존재"는
과정이지, 사물이 아님을 알아둬라.
　나는 **지고의** '존재'다. 다시 말해 지고의, 쉼표, 되고 있음
being이다.
　나는 과정의 **결과**가 아니라 '과정' **자체**다. 나는 창조주고, 나
는 **나를 창조한** '과정' 자체다.
　너희가 하늘과 땅에서 보는 모든 것이 **창조되고 있는** 나다.
창조 과정은 결코 끝나지 않는다. 그것은 절대 완결되지 않는다.
나는 결코 "되지" 않았다. 달리 말하면 천지만물은 끊임없이 변
하고 있다. 어떤 것도 가만히 있지 않는다. 움직이지 않는 건 아
무것도 없다. 그야말로 **아무것도.** 모든 것이 움직이고 있는 에너
지energy, in motion다. 지상의 속기로 너희가 "감정E-motion"
이라 부르는 게 이것이다!
　너희는 신의 가장 고귀한 감정이다!
　너희가 뭔가를 바라볼 때, 너희는 시공간 속의 "그 자리에"
가만히 "있는 뭔가"를 보고 있는 게 아니다. 천만에! 너희는 **사
건을 목격하고 있다.** 모든 게, 그야말로 그 **모든** 게 움직이고 변

하고 진화하고 있기 때문이다.

"나는 동사인 것 같다"고 말한 사람은 버크민스터 풀러였다. **그는 옳았다.**

신은 **사건**이다. 너희는 그 사건을 **삶**이라 불러왔다. 삶은 과정이다. 그리고 그 과정은 관찰할 수 있고, 알 수 있고, 예견할 수 있다. 더 많이 관찰할수록, 너희는 더 많이 알고, 그만큼 더 많이 예견할 수 있다.

저로서는 이걸 받아들이기가 힘들군요. 전 항상 신을 불변이라 여겼거든요. 유일한 상수(常數), 부동의 동인요. 저는 이 불가해한 절대 진리 안에서 제 안식처를 발견했습니다.

하지만 그게 진리**다**! 유일한 불변의 진리는, 신은 언제나 변한다는 것이다. 바로 이게 **진리다.** 너희가 **무슨 짓을 해도 이걸 바꿀 순 없다.** 결코 변하지 않는 한 가지는, 삼라만상이 언제나 변하고 있다는 것이다.

삶은 변화다. 신은 **삶**이다.

따라서, 신은 변화다.

하지만 저는 결코 변하지 않는 한 가지가 우리에 대한 신의 사랑이라고 믿고 싶은데요.

너희에 대한 내 사랑도 **항상** 변한다. 너희 자체가 항상 변하고 있고, 나는 **있는 그대로의 너희를** 사랑하기 때문이다. 내가 있는 그대로의 너희를 사랑하려면, '자신'에 관한 너희의 관념이 바뀌는 데 따라 무엇이 "사랑스러운가"에 관한 내 관념도 바뀌어야 한다.

그 말씀은 제가 살인자가 되기로 작정하더라도, 당신은 제게서 사랑스러움을 찾아내시리란 뜻입니까?

우리는 이 모든 걸 전에도 이야기했다.

압니다. 하지만 전 **이해할** 수가 없어요!

그들의 세상형을 전제로 하면 부적절한 일을 하는 사람은 아무도 없다. 나는 너희를 언제나 사랑한다, 모든 **면에서.** 너희는 어떤 "면에서도" 내가 너희를 사랑하지 않게 만드는 상태가 될 수 없다.

하지만 당신은 우리를 벌하실 거죠, 그렇죠? 당신은 사랑을 가지고 우리를 벌하시겠죠. 끝없는 고통 속으로 우리를 보내실 거구요. 당신 가슴속의 사랑을 담아서, 당신이 그래야 했다는 걸 슬퍼하면서.

아니다. 나는 결코 **아무것도** 슬퍼하지 않는다. 내가 "해야 하는" 건 아무것도 **없기** 때문이다. 대관절 누가 나더러 "그래야 하도록" 만들 수 있단 말이냐?
나는 결코 너희를 벌하지 않을 것이다. 비록 너희가 이번 생이든 다른 생애든 간에, 더 이상 그러고 싶지 않을 때까지 자신을 벌하려 할 수는 있지만. 나는 다치거나 해 입은 적이 없고, 내—실상 **너희 모두인**—부분을 너희가 다치게 하거나 해 입힐 수도 없으니, 나는 너희를 벌하지 않을 것이다.

너희 중 하나가 다치거나 해 입었다고 **느끼길** 선택한다 해도, 영원의 영역으로 되돌아왔을 때, 너희는 자신이 아무런 해도 입지 않았음을 알 것이고, 그 순간 너희는 자신에게 해를 입혔다고 생각했던 사람들을 용서할 것이다. 왜냐하면 너희는 더 큰 계획을 이해하게 될 것이기에.

더 큰 계획이란 게 뭡니까?

너는 내가 1권에서 네게 말해준 《작은 영혼과 태양》의 우화를 기억하느냐?

예.

그 우화에는 다음과 같은 후반부가 있다.

나는 작은 영혼에게 말했다. "너는, 원한다면 신의 어떤 부분이라도 될 수 있다. 너는 스스로를 체험하는 '절대 신성'이다. 이제 너는 신성의 어떤 측면을 자신으로 체험하려느냐?"

"제가 선택할 수 있다는 말씀입니까?" 작은 영혼은 내게 되물었다.

"그렇다. 너는 신성의 어떤 측면이라도 너에게서, 너로서, 너로 하여 체험하길 선택할 수 있다."

"좋습니다. 그럼 전 용서를 선택하겠습니다. 저는 완전한 용서라는, 그런 신의 측면으로 나 자신을 체험하고 싶습니다."

그런데 이건, 너도 상상할 수 있겠지만, 약간의 문제를 일으켰다. 아무도 **용서받을 이가 없었던** 것이다. 내가 창조한 것은 오직 완벽과 사랑뿐이었다.

"용서받을 이가 아무도 없다고요?" 작은 영혼은 다소 믿지 못하겠다는 얼굴이었다.

"아무도 없다." 나는 되풀이해서 말했다. "네 주위를 둘러봐라. 너보다 덜 완벽한 영혼, 너보다 덜 멋진 영혼을 찾을 수 있느냐?"

이 말에 고개를 돌려 주위를 둘러보던 작은 영혼은 하늘의 모든 영혼이 자신을 둘러싸고 있는 걸 보고 놀랐다. 하늘 왕국 도처에서 몰려온 영혼들이 거기에 있었다. 그들은 작은 영혼이 신과 놀라운 대화를 나누고 있다는 이야기를 들었던 것이다.

"나보다 덜 완벽한 건 하나도 찾을 수 없어요! 그럼 전 누굴 용서해야 하죠?"

작은 영혼이 이렇게 외치는 순간, 다른 영혼 하나가 무리에서 앞으로 걸어나와 말했다.

"날 용서해주면 돼."

"뭘 용서한단 말이야?"

작은 영혼의 반문에 그 상냥한 영혼은 이렇게 대답했다.

"내가 네 다음번 물질생으로 들어가서 네가 용서해줄 일을 할게."

"하지만 뭘로? 이토록 완벽한 빛의 존재인 네가 어떻게 내가 용서해줄 일을 저지를 수 있겠어?"

"아, 우린 틀림없이 뭔가 방법을 생각해낼 수 있을 거야." 그 상냥한 영혼은 웃으며 대답했다.

"하지만 너는 왜 그렇게 하려는 거니?" 작은 영혼으로서는 그토록 완벽한 존재가 사실상 "나쁜" 일을 저지를 정도로 자신의 진동을 떨어뜨리고 싶어하는 이유를 도무지 짐작할 수 없었다.

"간단해. 난 널 사랑하기 때문에 그렇게 하려는 거야. 너는 자신을 용서로 체험하고 싶은 거잖아. 게다가 너도 날 위해 같은 일을 했으니까."

상냥한 영혼의 설명에 작은 영혼은 놀랐다.

"내가 그랬다고?"

"물론이지. 기억 안 나니? 우리는, 너와 나는, 그 모두였어. 우리는 그것의 위와 아래였고, 오른편과 왼편이었어. 우리는 그것의 여기와 저기였고, 지금과 그때였어. 우리는 그것의 크고 작음이었고, 남자 여자였으며, 좋고 나쁨이었어. **우리 모두는 그 모두였어.**

게다가 우리는 서로 간의 **합의로** 그렇게 한 거야. 서로가 자신을 신의 가장 장대한 부분으로 체험할 수 있게 말이야. 왜냐하면 우리는……

자기 아닌 것이 없다면, 자기인 것도 없다는 걸 이해하고 있었거든.

"차가움" 없이 너는 "따뜻함"일 수 없어. "슬픔" 없이 너는 "행복"일 수 없고, 이른바 "악" 없이는 소위 "선"이란 체험도 존재할 수 없지.

만일 네가 뭔가가 되기를 선택한다면, 그것을 가능하게 만들기 위해서는 **그것에 대립하는 뭔가나 누군가가 네 우주 어딘가에 나타나야 해."**

그런 다음 상냥한 영혼은 그런 사람들은 신의 특별한 천사들이고, 그런 상황들은 신의 선물임을 설명했다.

"이번엔 내가 너한테 딱 한 가지만 부탁할게."

"뭐든지! **뭐든지** 말해봐." 자신이 신의 모든 신성한 측면을 체험할 수 있다는 걸 안 작은 영혼은 흥분해서 소리쳤다. 그는 이제 계획을 이해했던 것이다.

"내가 너를 때리고 괴롭히는 그 순간에, 내가 상상할 수 있는 가장 못된 짓을 네게 저지르는 그 순간에, 그런 순간에…… '내가 진짜로 누군지' 기억해줘."

"그럼, 절대 잊지 않아! 나는 지금 네게서 보는 완벽 그대로 너를 볼 거야. 그리고 '네가 누군지' 기억하겠어. 언제나."

이건…… 이건 놀라운 이야기군요. 믿기 힘든 우화예요.

그러니 작은 영혼의 약속은 내가 너희에게 한 약속이다. 바로 **이런 게** 변하지 않는 것이다. 그런데 작은 영혼인 너는 다른 사람들에게 이 약속을 지켜왔느냐?

아니요. 지키지 못했다고 말해야 하는 게 슬프군요.

슬퍼하지 마라. 진실을 알았음에 행복해하고, 새로운 진리에 따라 살겠다는 네 결심에 기뻐하라.

신은 진행 중인 일이고, 너희 역시 그러하기 때문이다. 그리고 절대 잊지 마라.

신이 너희를 보는 대로 너희가 너희를 본다면, 너희는 크게 웃을 것이다.

그러니 이제 가서 서로를 참된 자신으로 여겨라.

관찰하고, **관찰하고, 또 관찰하라.**

나는 너희에게 말했다. 너희와 고도로 진화된 존재 간의 주요한 차이는, 고도로 진화된 존재들은 더 많이 관찰하는 데 있다고.

너희가 지금의 진화 속도를 높이고 싶다면, **더 많이 관찰하고자 하라.**

이것 자체가 멋진 관찰이군요.

그리고 이제 나는 너희에게 너희 역시 사건임을 관찰하게 만들려 한다. 너희는 인간human, 쉼표comma, **되고 있음**being이다. 너희는 과정이다. 그리고 너희라는 존재는 모든 특정 "순간들"에 생겨난 너희 과정의 산물이다.

너희는 창조자이자 창조물이다. 우리가 함께하는 이 마지막 얼마 안 되는 순간들에, 나는 이것들을 되풀이해서 말하고 있다. 내가 그것들을 되풀이하는 건, 너희가 **그것들을 귀담아듣고** 이해하도록 만들기 위해서다.

이제 너희와 나인 이 과정은 영원하다. 그것은 언제나 일어나고 있었고, 지금 일어나고 있으며, 앞으로도 언제나 일어나고 있을 것이다. 그것을 일어나게 하려고 너희가 "도와줄" 필요는 없다. 그것은 "자동으로" 일어난다. 그리고 그것은 혼자 내버려둘 때, 완벽하게 일어난다.

베르너 에르하르트가 너희 문화 속에 끼워 넣은 또 다른 말로, **삶은 결국 삶의 과정 자체로 자신을 용해한다**는 말이 있다.

몇몇 영적 운동 세력들은 이것을 "놔두어라, 신이 알아서 하도록"으로 이해한다. 이것은 훌륭한 이해다.

너희가 그냥 **내버려둔다면**, 너희는 그 "길"에서 너희 자신을 얻게 될 것이다. "길"이란 과정, **삶 자체**라 불리는 과정이다. 이것이, 모든 선각자가 "나는 생명이요, 길이다"고 말한 이유다. 그들은 내가 여기서 말했던 것을 완벽하게 이해했다. 그들은 생명(삶─옮긴이)**이고**, 그들은 길**이다**. 진행 중인 사건, 과정이다.

지혜가 너희에게 요구하는 것은 오직 그 과정을 믿으라는 것뿐이다. 다시 말해 **신을 믿으라**는 것뿐이다. 혹은 원한다면 **너희 자신을 믿어라**. 너희가 신이니.

잊지 마라, 우리 모두가 '하나'다.

삶인 그 "과정"이, 내가 좋아하지 않는 것들을 계속 가져다주는 마당에, 제가 어떻게 "그 과정을 믿을" 수 있겠습니까?

삶이 가져다주는 것들을 좋아해라!
그것들을 네게 가져다주는 이가 너 자신임을 알고 이해해라.

완벽을 보라.

너희가 완벽이라 부르는 것에서만이 아니라, **모든 것에서** 완벽을 봐라. 나는 이 3부작에서 만사가 왜 그런 식으로 벌어지는지, 그리고 어떤 방식으로 그렇게 되는지 너희에게 자세히 설명했다. 그걸 이 시점에서 다시 읽을 필요는 없을 것이다—철저히 이해할 때까지 되도록 자주 그것을 재음미하는 게 너희에게 이로우리란 사실은 별도로 하고.

제발 이번 한번만 마무리 통찰력을 주십시오. 제발요. 어떻게 제가 전혀 완벽으로 체험하지 않는 것에서 "완벽을 볼" 수 있습니까?

네게 어떤 걸 체험하게 할 수 있는 사람은 아무도 없다.

너희가 공동으로 살아가는 외부 환경과 삶의 사건들이라면 다른 존재들도 공동 창조할 수 있고, 사실 공동 창조하고 있다. 하지만 자기 외에 다른 누구도 할 수 없는 한 가지는, **너희가 체험하려 하지 않는 어떤 것**—그것이 어떤 것이든—**을 너희더러 체험하게 하는 것이다.**

이 점에서 너희는 지고의 존재다. 그리고 누구도, **어느 누구도** 너희에게 "어째야 한다"고 말할 수 없다.

세상은 너희에게 환경을 제시할 수 있지만, 그 환경의 의미를 결정하는 건 오직 자신뿐이다.

내가 오래전에 네게 주었던 진리를 기억하라.

아무것도 중요하지 않다.

그래요, 하지만 제가 그 당시에 그걸 충분히 이해했는지 자신할 수가 없군요. 그건 1980년 유체이탈 체험으로 다가왔었죠. 지금도 생생히 기억이 납니다.

그럼 너는 그 당시의 일을 어떻게 기억하고 있느냐?

처음에는 혼란스러웠습니다. 어떻게 "아무것도 중요하지 않을" 수 있지? 아무것도 중요하지 않다면, 세상이 있을 곳이 어디야? 내가 있을 곳이 어디야?라면서요.

그 훌륭한 물음에 너는 어떤 답을 찾아냈느냐?

저는 모든 것이 본래부터—그 자체로, 저절로—중요한 게 아니라, 내가 사건들에 의미를 보태고, 그렇게 해서 그것들을 중요하게 만든다는 걸 "깨달았습니다". 또 저는 대단히 높은 형이상학적 차원에서도 이 점을 적용해봤습니다. 그건 제게 창조 과정 자체에 대해 굉장한 통찰력을 안겨주었고요.

어떤 통찰력이냐?

저는 모든 게 에너지라는 걸 "깨달았습니다". 내가 그것들을 어떻게 생각하는가에 따라 그 에너지는 "물질", 다시 말해 물질 "소재"와 "사건"으로 바뀐다는 걸요. 그리고 나니까 "아무것도 중요하지 않다 nothing matters"는 건 우리가 그렇게 하기로 선택하는 걸 빼면 아무것도 **물질로** 바뀌지 않는다nothing turns into matters라는 것임을 알겠더군요. 그 후 10년 넘게 이 깨달음을 잊어버리고 있었는데, 당신이 앞에서 말씀하시는 걸 듣고 다시 기억이 났습니다.

내가 이 대화를 통해 네게 준 모든 것이 네가 예전에 알고 있던 것들이다. 나는 예전에도 그것을, 그 모두를 너희에게 준 적이 있다. 내가 너희에게 보낸 다른 사람들이나, 내가 너희에게 데려다준 그들의 가르침을 통해. **이 책들에 있는 어떤 것도 새롭지 않으니,** 너희가 배워야 할 건 아무것도 없다. 너희는 그냥 기억해내기만 하면 된다.

"아무것도 중요하지 않다"는 지혜에 대한 네 이해는 풍부하고 깊어서 네게 큰 도움이 되고 있다.

죄송하지만, 저로서는 선명한 모순 하나를 지적하지 않고서는 이 대화를 끝내지 못할 것 같은데요.

그게 뭐냐—?

당신은 소위 "악"이 존재하는 건 우리가 "선"을 체험할 수 있는 맥락을 갖기 위해서라는 가르침을 몇 번이나 강조하셨습니다. '나 아닌 것'이 존재하지 않고서는 '나'인 걸 체험할 수도 없다고요. 달리 말해 "차가움"이 없으면 "따스함"도 없고, "아래"가 없으면 "위"도 없고라는 식으로요.

그건 맞다.

심지어 당신은, 어떻게 해야 제가 "문제"를 축복으로 볼 수 있고, 가해자를 천사로 볼 수 있는지 설명하실 때도 이 가르침을 사용하셨습니다.

그것도 맞았다.

그렇다면 어째서 고도로 진화된 존재들의 삶에는 사실상 "악"이라 할 만한 게 전혀 들어 있지 않은 겁니까? 당신이 묘사한 그들의 모습은 그야말로 낙원이었다구요!

오, 좋다. 아주 좋다. 너도 속으로는 이 문제를 생각하고 있었구나.

사실, 이 문제는 낸시가 잡아냈습니다. 제가 읽어주는 원고를 듣고 있던 낸시가 그러더군요. "내 생각엔, 그 대화가 끝나기 전에 당신이 물어봐야 할 게 있어. 고진재들은 자신들의 삶에서 부정적인 요소를 모두 제거한 것 같은데, 그렇다면 어떻게 그들이 '참된 자신'을 체험할 수 있는지 말이야"라고요. 아주 좋은 질문이란 생각이 들더군요. 아니, 사실 그 질문을 듣는 순간 전 얼어붙고 말았습니다. 그래서 당신이 이제 더 이상의 물음은 필요하지 않다고 하셨던 걸 알면서도, 이건 꼭 질문해야겠다고 마음먹었던 겁니다.

좋다. 낸시를 위해서 하나만 더. 공교롭게도 그건 이 책에서 가장 좋은 질문 중 하나니까.

(어흠.)

사실…… 우리가 고진재들 이야기를 할 때 네가 이것을 못 잡아냈다는 게 이상한 일이지. 네가 그 점을 생각하지 못했다는 게.

아뇨, 생각했습니다.

생각했다고?

우리 모두는 하답니다, 그렇죠? 그러니까 낸시라는 내 일부가 그걸 생각해낸 거죠!

오, **탁월한** 대답이군! 그리고 물론 **맞다.**

그렇다면 당신 대답은요?

나는 애초의 내 진술로 돌아가겠다.
너희 아닌 것이 없고서는 너희인 것도 없다.
다시 말해, 차가움이 없다면 너희는 소위 따뜻함이란 체험도 알 수 없다. 위가 없는 상태에서 "아래"라는 발상은 공허하고 의미 없는 개념이다.

이것이 우주의 진리다. 사실 이것은 우주가 왜 **지금** 같은 식인지, 왜 차가움과 **따뜻함**, 위와 아래, 그리고 그렇다, "선"과 "악"을 함께 가지고 있는지 설명해준다.

하지만 **너희는 그 모든 걸 꾸며내고 있음을** 알아라. 무엇이 "차갑고" 무엇이 "따뜻한지", 무엇이 "위"고 무엇이 "아래"인지 **결정하는** 건 너희다. (공간 밖으로 나가봐라, 그러면 너희의 규정들이 사라지는 걸 보리니!) 무엇이 "선하고" 무엇이 "악한지" 너희가 **결정하고** 있다. 그리고 이 모든 것에 대한 너희의 관념은 해(年)마다 바뀐다. 아니, 때로는 계절마다 바뀌기도 한다. 너희는 여름날 섭씨 5도를 "춥다"고 말한다. 하지만 한겨울이라면, "야, 정말 **따뜻한** 날씨야!"라고 말할 것이다.

우주는 너희에게 그냥 **체험 영역—객관 현상들의 범위**라고 할 수 있는 것—을 제공할 뿐이다. **그것에 어떤 딱지를 붙일지**는 너희가 결정한다.

우주란 그런 물질 현상 체계 전체다. 그리고 우주는 거대하다. 광활하고, 헤아릴 수 없을 만큼 광대하여, 사실 **끝이 없다.**

그런데 너희가 선택하는 현실을 체험하게 해주는 맥락 영역을 제공하기 위해서, 비교되는 상황이 굳이 **너희 바로 옆에** 존재해야 하는 건 아니다. 바로 여기에 위대한 비밀이 있다.

비교물 사이의 거리는 상관이 없다. 맥락 영역은 모든 비교 요소가 존재하는 우주 전체 차원에서 제공되는 것이기에, 어떤 체험이든 가능한 것이다. 바로 이것이 우주의 **목적**이고, 바로 이것이 우주의 역할이다.

하지만 제가 직접 "추위"를 **체험한** 적이 한번도 없다면, 아주 멀리 떨어진 다른 곳에서 날씨가 "추운" 걸 그냥 보기만 했다면, "추운" 게 뭔지 어떻게 알 수 있습니까?

너희는 "추위"를 체험했다. 너희는 **그 모든 것**을 체험했다. 이번 생에서가 아니면 지난 생에서라도. 아니면 그 지난 생애나 여러 다른 생애들 중 하나에서. 너희는 "추위"를 체험했다. "큰 것"과 "작은 것", "위"와 "아래", "여기"와 "저기", 존재하는 대립 요소들 모두를. 그리고 이것들은 너희 기억 속에 새겨졌다.

너희가 원하지 않는다면, 그것들을 다시 체험할 필요는 없다. 상대성의 보편 법칙을 일깨우려면, 너희는 그것들을 그냥 기억해내기만 하면 된다. 그것들이 존재함을 알기만 하면 된다.

너희 **모두**, 너희 모두가 그 **모두를** 체험했다. 인간들만이 아니라 우주에 있는 모든 존재가.

너희 모두가 그 모두를 체험했을 뿐 아니라, 너희는 그 모두다. 너희는 '그 모든 것'이다.

너희는 너희가 체험하고 있는 그것이다. 사실 너희는 그 체험을 **일으키고** 있다.

잘 이해가 안 되는 것 같은데요.

역학적인 의미로 설명해주마. 내가 지금 너희에게 이해시키고 싶은 것은, 지금 너희는 자신인 그 모두를 그냥 기억해내면서, 이번 생의 이 순간에, 이 행성에서, 이런 물질 형상을 하고

서, 체험하고 싶은 부분을 그중에서 선택하는 일을 하고 있을
뿐이란 사실이다.

맙소사, 당신은 그걸 그렇게 단순하게 만드셨군요!

그건 **단순하다.** 자신을 신의 몸체, 즉 전체인 '집합체'에서 떼
어낸 너희는 이제 다시 한번 자신을 그 몸체의 구성 부분으로
만들어가고 있다. "다시 구성하는re-membering" 과정이란 게
이것이다.

다시 구성하는 동안, 너희는 '자신이 누군지'를 다시 한번 자
신에게 샅샅이 체험시킨다. 이것은 순환이다. 너희는 몇 번이고
다시 이렇게 하면서 이것을 "진화"라 부른다. 너희는 자신이
"진화한다evolve"고 말한다. 사실 너희는 다시 돈다RE-volve!
지구가 태양 둘레를 돌고, 은하가 은하 중심의 둘레를 돌 듯이.

모든 것이 회전한다revolve.

회전revolution(혁명이라는 뜻도 있음 — 옮긴이)은 모든 생명의 기본
운동이다. 생명 에너지는 **회전한다.** 생명 에너지가 **하는** 일이
바로 이것이다. 사실 너희는 **회전운동** 속에 있다.

당신은 어떻게 **그러실** 수 있습니까? 당신은 어떻게 계속해서 모든
걸 그토록 명료하게 해주는 표현들을 찾아내실 수 있습니까?

그걸 명료하게 만드는 건 너다. 네 "수신기"를 깨끗하게 하는
것으로 네가 이렇게 했다. 너는 진부함을 몰아내고 알려는 새

로운 열의 속으로 들어섰다. 이 새로운 열의가 너와 너희 종 전체를 위해 모든 걸 바꿔줄 것이다. 이 새로운 열의 속에서 네가 진짜 혁명가가 되었기 때문이다. 덕분에 이제 막 너희 행성에서 가장 위대한 영적 혁명revolution이 시작되고 있다.

서두르는 편이 낫겠군요. 우리에게는 새로운 영성(靈性)이 필요합니다. 지금 **당장**요. 우리는 지금도 도처에서 믿기 힘든 비참을 만들어 내고 있습니다.

그건, 모든 존재가 비교되는 체험을 이미 모두 겪었다 해도, **그것을 알지 못하는** 이들이 있기 때문이다. 그들은 잊어버렸고, 아직 완전한 기억 속으로 들어서지 못했다.

고도로 진화된 존재들은 그렇지 않다. 그들은, 자신들의 문명이 얼마나 "긍정적"인지 알자고, 굳이 자신들의 바로 코앞에, 그들 세상에 "부정성"을 가질 필요가 없다. 그들은 '자신들이 누군지' "긍정적으로 자각하자고", 굳이 부정성을 창조할 필요가 없다. **고진재들은 그냥 다른 곳에 있는 자기 아닌 것**을 그 맥락 영역 안에서 관찰함으로써 그것을 인식한다.

사실 고도로 진화된 존재들이 비교 영역을 찾으려 할 때, 쳐다보는 것 중의 하나가 너희 행성이다.

그렇게 하면서 그들은 지금 너희가 체험하고 있는 것을 자신들이 체험했을 때 어떠했는지 기억해낸다. 이렇게 해서 그들은 자신들의 현재 체험을 알고 이해할 수 있는 탄탄한 준거틀을 형성하는 것이다.

이제 왜 고진재들이 그들 사회에 "악"이나 "부정성"이 필요하지 않은지 이해하겠느냐?

예. 하지만, 그렇다면 왜 우리 사회에는 그런 게 필요합니까?

너희도 필요하지 **않다.** 내가 이 대화 전체를 통해서 줄곧 말해왔던 게 이것이다.

너희 역시 자신인 것을 체험하려면, '자신 아닌 것'이 존재하는 맥락 영역 안에서 살아야 한다. 이것은 우주법칙이니, 너희 역시 이걸 피할 순 없다. 그런데 너희는 지금 이 순간 그런 영역 안에서 살고 있다. 너희가 따로 하나를 창조할 필요는 없다. 너희가 지금 살고 있는 그 맥락 영역은 **우주**라 불리는 것이다.

너희는 자신의 배경 속에 더 작은 맥락 영역을 따로 창조할 필요가 없다.

이것은 너희가 너희 행성에서의 삶을 지금 당장 바꿀 수 있다는 뜻이고, **너희 아닌 모든 걸 제거할 수** 있다는 뜻이다. '자신'을 알고 체험하는 너희 능력을 조금도 위태롭게 하지 않고.

우와! 이건 이 책에서 가장 위대한 계시예요! 그걸 끝낼 수 있다니! 그러니까 저는, 굳이 **대립물**을 불러들여서 제가 지금껏 '자신'에 대해 가졌던 가장 위대한 전망의 다음번 가장 숭고한 해석을 창조하고 체험할 필요가 **없군요!**

맞다. 그것이 내가 맨 처음부터 너희에게 해오던 이야기다.

하지만 당신은 그걸 이런 식으로는 설명하지 않았어요!

지금까지의 너는 그것을 이해하려 하지 않았다.

'자신'과 '자신의 선택'을 체험하자고, 굳이 너희가 대립물을 창조할 필요는 **없다.** 너희는 그냥 다른 곳에서 이미 창조된 것을 관찰하기만 하면 된다. 그냥 그것이 존재한다는 걸 기억해내기만 하면 된다. 내가 앞에서 너희에게 저주나 원죄가 아니라, 매튜 폭스의 표현대로 **원축복**이었노라고 설명했던, "선악과(善惡果)의 지식"이 바로 이것이다.

그리고 그것이 존재함을 기억하기 위해서, 너희가 예전에 그 모든 걸, 존재하는 전부를, 물질 형상으로 체험했음을 기억하기 위해서…… 너희가 해야 할 일은 위를 쳐다보는 것뿐이다.

"내면을 보라"는 말씀이시군요.

아니다, **말 그대로 위를 쳐다보란** 것이다. 별을 쳐다보고, 하늘을 쳐다봐라. **맥락 영역을 관찰하라.**

나는 앞에서 고도로 진화된 존재가 되기 위해서 너희가 할 일은 **관찰 기술**을 키우는 것뿐이라고 말했다. "있는 그대로"를 보고, 그런 다음 "도움 되는 것"을 하라.

그러니까, 우주의 다른 곳을 쳐다보면, 다른 곳들의 상황을 알 수 있을 거란 말씀이군요. 그리고 그런 비교 요소들을 사용하면 지금 이 자리에 있는 '자신'을 이해할 수 있고요.

그렇다. "기억해내기"라는 게 이런 것이다.

음, 정확하게 말하면, 그건 "관찰하기"란 겁니다.

너는 자신이 뭘 관찰하고 있다고 생각하느냐?

다른 행성과 다른 태양계와 다른 은하의 생명체들요. 우리가 가진 기술을 최대한 긁어모았을 때, 전 이런 것들을 관찰할 수 있을 거라고 생각하는데요. 그들의 진보된 기술을 전제로 하면 고진재들이 지금 관찰할 수 있는 것들도 이런 것인 것 같고요. 당신은 당신 입으로 그들이 바로 이곳, 지구의 **우리**를 관찰하고 있다고 말씀하셨습니다. 그러니까 우리가 관찰하게 될 것도 그런 것 아닙니까?

그런 다음에 너희가 **실제로** 관찰하게 될 것은 무엇이겠느냐?

뭘 물으시는지 이해가 안 되는데요.

그렇다면 내가 답해주마.
너희는 자신의 과거를 관찰하고 있다.

예???

너희가 위를 쳐다볼 때, 너희는 별들을 본다. 그것들의 몇백 광년 전, 몇만 광년 전, 몇백만 광년 전의 모습으로. 너희가 지금 보고 있는 건 실제로는 **거기에 있지 않다.** 너희가 보고 있는 건 과거에 거기에 있었던 것이다. 너희는 과거를 보고 있다. 그리고 그것은 **너희가 함께했던** 과거다.

예? 뭐라고 하셨죠?

너희는 거기에 **있었다.** 그것들을 **체험하면서,** 그것들을 하면서.

제가 거기에 있었다고요?

내가 너는 많은 생애를 살았다고 하지 않았느냐?

그랬죠, 그런데…… 그런데 제가 그 멀리 있는 이런 별들 중 하나를 찾아간다면요? 제가 실제로 거기에 갈 능력이 있다면 말입니다. 지구에서는 몇백 광년이 지나서야 "볼" 수 있는 바로 그 순간에, 제가 "지금 당장" 거기에 있다면요? 그때 전 뭘 보게 되죠? 두 명의 "나"인가요? 당신 말씀은 그렇게 되면 내가 동시에 두 곳에 존재하는 나 자신을 보게 되리란 건가요?

당연히! 그리고 너는 내가 줄곧 이야기해오던 것, 즉 시간은 존재하지 않고, 너는 전혀 "과거"를 보는 게 아님을 발견할 것이다! 그 모든 것이 **'지금' 일어나고 있다.**

또 너는 지구 시간으로 네 미래가 될 삶을 "지금 이 순간" 살고 있다. "네가" 별개의 본인identity들과 "시간 속의 순간들"을 체험할 수 있는 것은 너 "자신들" 간의 거리 때문이다.

따라서 너희가 재구성하는 "과거"와 너희가 보게 될 미래란 건 결국 존재하는 "지금"에 불과하다.

와. 이건 믿을 수가 없어요.

그렇다, 그리고 그건 또 다른 차원, 다시 말해 **우리 중에 오직 하나만이 있다**는 차원에서도 사실이다. 따라서 별들을 쳐다볼 때 너희는, 너희라면 '우리 과거'라고 불렀을 것을 보고 있다.

전 이걸 감당할 수가 없어요!

참아라. 한 가지 더 말할 게 있다.

너는 **언제나,** 너희식 용어로는 "과거"라 규정했을 것을 보고 있다. 심지어 네가 네 눈앞에 있는 것을 볼 때도.

제가요?

현재를 보는 건 불가능하다. "일어난" 현재는 에너지가 흩어지면서 만들어내는 빛의 분사로 바뀌어, 눈이라는 너희의 수용기관에 이른다. **그것이 이렇게 하는 데는 시간이 걸린다.**

빛이 네게 도달하는 그 사이에도 삶은 **계속해서 앞으로 나간다.** 지난번 사건에서 온 빛이 네게 도달하는 동안 그 다음 사건

이 일어나고 있다.

그 에너지의 분사가 감각기관인 네 눈에 도달하면, 네 뇌에 이런저런 신호를 보내고, 뇌는 그 자료를 해석하여 네가 보고 있는 게 뭔지 네게 말해준다. 하지만 그건 지금 눈앞에 있는 게 아니다. 그것은 네가 지금 보고 있다고 생각하는 것이다. 다시 말해 너희는 자신이 이미 본 것에 대해 생각하면서, 그게 뭔지 자신에게 말해주고, 그것을 뭐라 칭할지 결정하고 있다. 반면에 "지금" 일어나는 일은 너희의 처리 과정보다 먼저 일어나서 너희가 처리해주길 기다리고 있다.

이것을 단순하게 표현하면, **나는 언제나 너희보다 한 걸음 앞서 있다.**

맙소사, 이건 믿을 수가 **없습니다.**

이제 귀담아**들어라.** 너희가 자신과 어떤 사건의 물질 위치 사이에 **거리를 더 많이 둘수록, 그 사건은 더 많이 "과거" 속으로 물러난다.** 자신을 2~3광년 뒤에 놓아봐라, 그러면 너희가 보는 것은 사실 아주 아주 오래전에 일어난 일이다.

하지만 그것은 "오래전에" 일어나지 **않았다.** 단지 물리적 **거리**가 "시간"이라는 환상을 만들어냈고, "그때 거기에" 있으면서 또한 "지금 여기에" 있는 너희 자신을 체험케 해준 것이다!

어느 날엔가 너희는 소위 시간과 공간이 **같은 것**임을 알게 되리라.

그러면 너희는 만사가 **바로 지금 바로 여기서 일어나고 있음**

을 볼 것이다.

이건…… 이건…… 너무 **난폭하군요**. 제 말은, 이 모든 걸 어떻게 생각해야 할지 모르겠다는 겁니다.

내가 말한 것을 이해할 때, 너희는 **자신이 보는 어떤 것도 진짜가 아님**을 이해하게 되리라. 너희는 예전에 일어난 일의 상 image을 보고 있다. 게다가 그 상조차, 그 에너지 분사조차, 일어난 그대로가 아닌 너희의 해석이다. 그 상에 대한 너희의 개인적 해석을 너희는 상 그리기image-ination라 부른다.

너희는 상상imagination을 사용해서 **무엇이든** 창조할 수 있다. 왜냐하면—여기에 가장 위대한 비밀이 있다—너희의 상 그리기는 **두 측면 모두에서 작용하기** 때문이다.

어떻게요?

너희는 에너지를 **해석할** 뿐 아니라 에너지를 **창조한다**. 상상은 3중의 존재인 너희의 3분의 1을 차지하는 마음의 기능이다. 너희가 마음속으로 뭔가의 상을 그리면 그것은 물질 형상을 취하기 시작한다. 그 상을 더 오래 그릴수록(그리고 더 많은 사람들이 그 상을 그릴수록), 그 형상은 더 물질이 되어간다. 너희가 그것에 부여했던 에너지가 점점 커져 말 그대로 **빛으로 폭발할 때까지**. 그 상이 너희가 현실이라 부르는 것으로 번쩍이며 드러날 때까지.

그러고 나면 너희는 그 상을 "보고", 다시 한번 그것이 무엇인지 결정한다. 이렇게 해서 그 순환은 계속된다. 이것이 내가 '과정'이라 불렀던 것이다.

이것이 '너희인 것'이다. 너희가 이 '과정'이다.

이것이 '신인 것'이다. 신이 이 '과정'이다.

이것이, 내가 너희는 **창조자이자 창조물**이라고 했을 때의 의미다.

이제 나는 그 모두를 묶어서 너희에게 가져다주었다. 우리가 이 대화를 끝맺어가고 있는 지금, 나는 너희에게 우주의 역학, 모든 삶의 비밀을 설명했다.

전…… 완전히 나가떨어졌습니다. 완전히…… 얼이 빠졌어요. 그런데 이것들을 제 일상생활에 적용할 방법을 찾고 싶은데요.

너희는 그것을 일상생활 속에 적용하고 **있다**. 너희가 그것을 적용하지 않을 **도리는** 없다. 너희는 지금 이 순간에도 **그렇게 하고 있다.** 다만 문제는 너희가 그것을 **의식하면서** 적용할 것인가, 아니면 **의식 없이** 적용할 것인가, 다시 말해 너희가 그 과정의 결과가 될 것인가, 아니면 그것의 원인이 될 것인가뿐이다. 그러니 모든 것에서 원인이 되라.

아이들은 이것을 완벽하게 이해하고 있다. 어린애한테 "왜 그랬니?" 하고 물어봐라. 그러면 어린애는 "그냥요"라고 대답할 것이다.

그것이 무슨 일이든, **뭔가를 하는 이유는 이것 하나뿐이다.**

이건 정말 놀랍군요. 이건 이 놀라운 대화를 놀라운 결말로 몰아가는 놀라운 돌진이군요.

너희의 새로운 이해를 의식하면서 적용할 수 있는 가장 중요한 방법은, 너희 체험의 결과가 아니라 그것의 **원인**이 되는 것이다. 그리고 **너희가 굳이 자신의 개인 영역이나 개인 체험 속에 대립물을 창조해서, '참된 자신과 되고자 선택하는 자신'을 알고 체험할 필요는 없다는 것도 알아둬라.**

이 앎으로 무장할 때, 너희는 자신의 삶을 바꿀 수 있다. 이 앎으로 무장할 때, 너희는 너희 세상을 바꿀 수 있다.

그리고 이것이 내가 여기 와서 너희 모두와 함께 나누려 했던 진리다.

우와! 야호! 알았어요! 전 이해**했어요!**

잘했다. 그런데 대화 전체를 꿰뚫고 흐르는 세 가지 기본 지혜가 있음을 알아둬라.

1. 우리 모두는 '하나'다.

2. 충분히 있다.

3. 우리가 해야 할 일은 아무것도 없다.

"우리 모두가 하나"이기로 마음먹는다면, 너희는 지금 방식대로 서로를 대우하길 그만둘 것이고,

"충분히 있다"고 마음먹는다면, 너희는 모든 걸 모두와 나눌 것이다.

만일 너희가 "우리가 해야 할 일은 아무것도 없다"고 마음먹는다면, 너희는 문제를 해결하기 위해 "행함"을 사용하길 그만두고, 그런 "문제들"에 대한 너희 체험이 사라지게 함으로써, 그런 상황들 자체가 증발해버리는 존재 상태로 옮겨갈 것이고, 또 그런 존재 상태에서 나올 것이다.

이것이 아마도 너희가 지금의 진화 단계에서 이해해야 할 가장 중요한 진리일 것이다. 그리고 이것은 이 대화를 끝내기에 좋은 지점이다. 다음의 것을 항상 기억하면서 그것을 너희의 만트라(眞言)로 만들어라.

나는 아무것도 가질 필요가 없고, 아무것도 할 필요가 없으며, 아무것도 될 필요가 없다. 지금 이 순간 내가 되고 있는 것을 빼고는.

이것은 "가짐"과 "행함"이 너희 삶에서 배제되리란 뜻이 아니다. 그것은 자신을 가짐과 행함으로 체험하는 것이 너희의 되어 있음**에서** 나오리란 뜻이다. 그 되어 있음에 이르는 것이 아니라.

너희가 "행복"**에서** 나올 때, 너희는 행복하기 때문에 그렇게 한다. 자신을 행복하게 만들어주리라 여기면서 그렇게 하던 구식 패러다임과는 반대로.

너희가 "지혜"**에서** 나올 때, 너희는 지혜**롭기** 때문에 그렇게 한다. 지혜에 이르려고 애쓰기 때문이 아니라.

너희가 "사랑"**에서** 나올 때, 너희는 사랑**이기** 때문에 그렇게 한다. 사랑을 갖고 싶기 때문이 아니라.

너희가 "되기"를 추구하지 않고, "되어 있음"**에서** 나올 때 모든 게 변하고, 모든 게 뒤집힌다. 너희는 "되어 있음"에 이르게 "할" 수 없다. 너희가 행복해"지려고" 애쓰든, 현명해지려고 애쓰든, 사랑이 되려고 애쓰든, 혹은 신이 되려고 애쓰든, 행함으로는 "거기에 이를" 수 없다. 하지만 일단 "거기에 이르고" 나면, 너희가 멋진 일들을 할 수 **있으리란** 건 사실이다.

여기에 '신성한 이분법'이 있다. "거기에 이르는" 길은 "거기에 있는" 것이다. 그냥 자신이 **이르고자** 하는 곳에 **있어라!** 그건 이토록 간단하다. **너희가 해야 할 일은 아무것도 없다.** 행복해지길 바라느냐? **행복하라.** 현명해지길 바라느냐? **현명하라.** 사랑이길 바라느냐? **사랑이어라.**

어쨌든 바로 이런 게 '너희'다.

너희는 내가 사랑하는 이들**이다.**

아! 전 그냥 숨이 멎을 것 같습니다. 당신은 참으로 경이로운 방식으로 표현하시는군요.

진리에는 설득력이 있다. 진리에는 가슴이 놀라 깨어나게 만드는 유려함이 있다.

이 《신과 나눈 이야기》가 해왔던 일이 바로 이것이다. 이 이야기들은 인류의 가슴을 건드렸고, 다시 깨어나게 했다.

이제 그것들은 너희를 결정적인 질문으로, 모든 인류가 자신에게 물어봐야 할 다음의 질문으로 데려간다. 이제 너희는 문화사를 새로이 창조할 수 있고, 창조하겠느냐? 이제 너희는 다른 모든 신화의 근거가 되는 '첫 번째 문화 신화'를 새로이 고안할 수 있고, 고안하겠느냐?

인간은 날 때부터 선한가, 아니면 날 때부터 악한가?

여기가 너희가 도달한 교차로다. 인간의 미래는 너희가 어느 길로 가느냐에 달렸다.

자신이 날 때부터 선하다고 믿는다면, 너희와 너희 사회는 삶을 긍정하고 삶을 건설하는 결정과 법률들을 만들겠지만, 자신이 날 때부터 악하다고 믿는다면, 너희와 너희 사회는 삶을 부정하고 삶을 파괴하는 결정과 법률들을 만들 것이다.

삶을 긍정하는 법률이란, 너희가 원하는 것이 되고 그것을 하고 그것을 갖게 해주는 법률인 반면, 삶을 부정하는 법률이란, 너희가 원하는 것이 되고 그것을 하고 그것을 갖는 걸 막는 법률이다.

원죄를 믿고 인간의 타고난 천성이 **악하다고** 믿는 사람들은, 신은 인간이 원하는 대로 하지 **못하게** 하는 법을 창조하셨으니, 인간의 법률들(그 무수한 법률들)도 같은 것을 추구하라고 부추긴다.

원축복을 믿고 인간의 타고난 천성이 **선하다고** 믿는 사람들은, 신은 인간이 원하는 대로 할 수 있게 **해주는** 자연법을 창조하셨으니, 인간의 법률들도 같은 것을 추구하라고 부추긴다.

인간종을 바라보는 네 관점은 무엇이냐? 자신을 바라보는 네 관점은 무엇이냐? 완전히 제멋대로 하도록 놔뒀을 때, 너는 자신을 믿을 수 있다고 보느냐? 무슨 일에서든? 다른 사람들에 대해서는? 너는 그들을 어떤 식으로 보느냐? 그들이 이런저런 식으로 자신을 드러낼 때까지 너는 그들을 어떤 식으로 가정하고 있느냐?

이제, 대답하라. 네 가정들이 너희 사회를 더 **무너뜨릴지**
break down, 아니면 **극복할지**break through를.

저는 저 자신을 믿을 만하다고 봅니다. 전에는 한번도 그러지 않았
지만, 이제는 그렇게 봅니다. 전 믿을 만해**졌습니다.** 나란 사람을 보는
관념이 바뀌었거든요. 또 저는 이제 신이 뭘 원하고 뭘 원하지 않는지
잘 압니다. 저는 당신을 잘 압니다.

제가 이렇게 변한 데는 이《신과 나눈 이야기》가 엄청나게 큰 역할
을 했습니다. 그리고 이제 저는 나 자신에게서 보는 것을 사회에서도
봅니다. 무너지고 있는 모습이 아니라 극복하고 있는 모습을요. 저는
인간 문화가 마침내 자신의 신성한 유산에 눈뜨고, 신성한 목적을 자
각하고, 신성한 자신을 점점 더 많이 의식해가는 모습을 봅니다.

네가 보는 것이 그러하다면, 너는 그것을 창조할 것이다. 너
는 한때 길을 잃었지만 이제 발견되었고, 너는 한때 눈이 멀었
지만 이제 보게 되었다. 이것은 놀라운 은총이 되어**왔다.**

너는 가슴속에서 이따금 나와 떨어져 있었지만, 이제 우리는
다시 온전해졌고, 영원히 그렇게 있을 수 있다. 네가 함께 묶은
것을 떼어낼 수 있는 사람은 너 말고는 아무도 없기 때문이다.

잊지 마라, 너희는 결코 떨어져 있지 않으니, 너희는 언제나
일부다. 너희는 결코 **신에게서** 떨어져 있지 않으니, 너희는 언
제나 **신의** 일부다.

이것이 너희 존재의 진리다. 우리는 온전하다Whole. 그리고

이제 너희는 그 온전한 진리를 안다.

이 진리는 굶주린 영혼을 위한 양식이니, 그것을 집어서 먹어라. 온 세상이 이 기쁨에 목말라해왔으니, 그것을 집어서 먹어라. 나를 다시 구성하면서(기억하면서 – 옮긴이) 이렇게 하라.

진리는 사랑인 신의 몸이요, 기쁨은 사랑인 신의 피니.

진리.

기쁨.

사랑.

이 셋은 서로 뒤바뀔 수 있으며, 하나는 언제나 다른 것들을 가져다준다. 그것들이 어떤 순서로 놓여 있는가는 하등 중요하지 않다. 전부가 내게로 이른다. 전부가 나다.

그러니 이제 나는 이 대화를 시작했을 때와 똑같은 말로 이 대화를 끝맺으려 한다. 삶 자체가 그러하듯 그것은 완전한 원으로 돌아온다. 너희는 여기서 진리를 받았고, 기쁨을 받았고, 사랑을 받았다. 너희는 여기서 삶의 가장 큰 수수께끼들에 대한 답들을 받았다. 이제 딱 하나의 물음만이 남아 있다. 맨 처음 우리가 이 3부작을 시작하면서 던졌던 그 물음만이.

'문제는 내가 누구한테 말하는가가 아니라, 누가 내 말을 귀담아듣는가'라는 물음만이.

고맙습니다. 우리 **모두**에게 말해주셔서 고맙습니다. 우리는 당신 말을 들었고, 이제 귀담아들을 것입니다. 당신을 사랑합니다. 이 대화가 끝나는 지금, 저는 진리와 기쁨, 사랑으로 **충만합니다**. 저는 당신으로 충만합니다. 저는 제가 신과 '하나'되었음을 느낍니다.

'하나됨'의 그 자리가 바로 천국이다.

너희는 지금 거기에 있다.

너희와 내가 '하나' 아니었던 적이 없으니, 너희가 거기 있지 않았던 적은 없다.

이것이 내가 너희에게 알려주려던 것이다. 이것이 내가 이 대화에서 너희더러 집어들게 만들려던 것이다.

그리고 여기에 내 메시지가 있다. 내가 세상에 남기고자 하는 메시지가.

하늘에 있는 내 자녀들이여, 너희의 이름이 거룩히 빛나며, 너희의 나라가 임하고, 너희의 뜻이 하늘에서와 같이 땅에서도 이루어질지어다.

너희는 오늘 너희가 일용할 양식을 받았고, 너희가 너희에게 죄 지은 자를 용서해준 것 같이, 너희의 업과 너희의 죄를 용서받았다.

너희 자신을 유혹으로 이끌지 않게 하고, 너희가 창조해낸 악에서 자신을 구할지어다.

나라와 권세와 영광이 너희에게 영원히 있을지니.

아멘,

또 아멘.

이제 가서 너희 세상을 바꿔라. 이제 가서 가장 고귀한 자신이 되라. 이제 너희는 이해해야 할 모든 걸 이해하고 있다. 이제 너희는 알아야 할 모든 걸 알고 있다. 너희는 이제 오로지 되어 있기만 하면 된다.

예전에도 너희는 결코 이보다 못하지 않았다. 다만 너희가 이것을 몰랐을 뿐이고, 그것을 기억하지 못했을 뿐이다.

　이제 너희는 기억한다. 이 기억을 항상 지니고 다니고자 하라. 그것을 너희가 만나는 모든 사람과 함께 나누고자 하라. 너희는 지금껏 상상할 수 있었던 그 어떤 운명보다 더 장대한 운명을 타고났으니.

　너희는 그 방을 치유하기 위해 그 방으로 왔고, 그 공간을 정화하기 위해 그 공간으로 왔다.

　이것 말고 너희가 여기 있을 다른 이유는 없다.

　그리고 알아둬라, 나는 너희를 사랑한다. 내 사랑은 언제나 너희 것이다. 지금도, 그리고 앞으로도 영원히.

　나는 언제나 너희와 함께 있을 것이다.

　모든 면에서.

신이시여, 안녕히 가십시오. 이야기를 나눠주셔서 감사합니다. 정말 **감사합니다.**

　그리고 내 멋진 창조물이여, 너도 고맙다. 너는 신에게 다시 목소리를 주었고, 네 가슴속 자리를 내주었다. 우리 둘 다가 진실로 원해왔던 것은 오직 이것뿐이다.

　우리는 이제 다시 함께 있다. 이것은 아주 좋은 일이다.

맺는말

여러분도 상상할 수 있겠지만 이것은 내게 놀라운 체험이었다. 이 3
부작을 받아적는 데는 6년이 걸렸는데, 그중 4년이 이 마지막 3권에
소비되었다. 나는 비켜나 있으면서 '과정'이 자신의 경이를 풀어나가도
록 최선을 다했다. 대부분의 경우 그렇게 하는 데 성공했다고 믿지만,
그럼에도 내가 완벽한 체가 되지 못했다는 건 분명하다. 따라서 이 책
은 물론이고 영적인 문제를 다룬 다른 어떤 저작도 말 그대로 진리로
받아들이는 건 오류일 것이다. 누군가 그런 식으로 생각하는 사람이
있다면 나는 그 사람을 말리고 싶다. 이 책을 여기에 적힌 것 이상의
어떤 것으로도, 또 그보다 덜한 어떤 것으로도 받아들이지 말라고.

이 책에 담긴 것은 중요한 메시지다. 그것은 바로 세상을 바꿀 수
있는 메시지다. 이미 많은 사람들이 《신과 나눈 이야기》를 읽고 바뀌
었다. 24개 언어로 번역되고 매달 연이어 세계 각국의 베스트셀러 목
록들에 오른 이 책은, 이제 지구 전역의 몇천만 명의 사람들 손에 들
어갈 수 있는 길을 발견했다. 이미 150개 이상의 도시에서 《신과 나눈
이야기》 연구 모임이 만들어졌으며, 그 수는 갈수록 늘고 있다. 이 글
을 쓰는 지금까지도 우리는 이 책들의 통찰력과 지혜와 진리에 깊이
감명받은 사람들로부터 일주일에 400~600통에 달하는 편지를 받고
있다.

이런 엄청난 반응에 대처하기 위해 낸시와 나는 독자들의 질문에 대한 대답과 강연 소식, 묵상회, 그리고《신과 나눈 이야기》의 여타 관련 교재들을 다룬 월간 회보를 출판하는 비영리 재단을 만들었다. 만일 여러분이 이 메시지의 에너지와 "연결되어 있고" 싶고, 그것을 다른 사람들에게 퍼뜨리고 싶다면, 그렇게 할 수 있는 좋은 방법이 이 회보를 신청하는 것이다. 회원 가입비 중 일부는 장학 기금으로 적립되어, 우리 프로그램에 참여하거나 회보를 받아보기 힘든 사람들이 무료로 그럴 수 있는 기회를 갖게 해줄 것이다. 연회비 35달러(외국 거주자의 경우는 45달러)를 다음 주소로 보내주기 바란다.

Newsletter Subscription

c/o ReCreation

The Foundation for Personal Growth

and Spiritual Understanding

1257 Siskiyou Blvd., #1150

Ashland, OR 97520

Telephone 541-482-8806

e-mail: recreating@aol.com

여러분이 여기서 찾아낸 메시지를 실천하는 데 진실로 동참하고 싶다면 이 외에도 할 수 있는 일들이 있다. 첫째, 여러분은 이 3부작에서 다룬 주제들과 관련해서 다른 중요한 자료들을 읽는 것에서 시작할 수 있다. 이 책에서 했던 신의 제안을 받아들여 이제 나는 다음과 같은, 짧지만 강력한 도서 목록을 적극 추천하고자 한다. 나는 이 목록에 '세상을 바꿀 수 있는 여덟 권의 책들'이라는 이름을 붙였다.

나는 이 책들을 단순히 추천하는 것이 아니라, 꼭 직접 읽어보라고 강력하게 요청한다. 왜냐하면 나는 우리 지구인들이 정말 놀라운 시기로 옮겨가는 중이라고 믿기 때문이다. 지금 인류 공동체 앞에는 엄청난 선택들이 놓여 있다. 그리고 그 선택권은 갈수록 좁아지고 있기 때문에, 그만큼 내일의 선택들은 훨씬 더 중대할 것이다.

우리 모두가 이런 선택들을 내리는 데 나름의 몫을 하게 될 것이다. 이런 결정들을 다른 누군가에게 대신 맡길 수는 없기 때문이다. 아니 우리 모두가 그 다른 누군가이기 때문이다. 내가 지금 이야기하는 선택들은 어떤 정치권력도, 어떤 영향력 있는 엘리트도, 혹은 어떤 거대 기업도 내릴 수 없고 내리지도 않을 그런 것들이다. 그 선택들은 전 세계 개인들의 가슴과 가정들에서 내려질 것이다.

우리 아이들을 어떻게 가르칠 것인가? 우리 돈을 어디다 쓸 것인가? 우리의 어떤 꿈과 열망과 욕구와 바람을 우리의 최고 목표, 최우선 순위로 삼을 것인가? 우리 환경을 어떤 식으로 다룰 것인가? 건강하게 살 수 있는 가장 좋은 방법은 무엇이고, 어떻게 해야 우리의 식생활을 개선할 수 있는가? 우리는 우리 지도자들에게 무엇을 요구할 것인가? 언제를 삶이 잘 굴러가고 있다고 판단해야 하는가? 무엇을 우리의 성공 척도로 삼을 것인가? 사랑하는 법을 어떻게 배울 것인가? 이런 극히 개인적인 선택들이 다 합쳐졌을 때 미칠 영향력은, 과학자이자 저자인 루퍼트 셸드레이크가 "형태장morphic field"이라 불렀던 것, 다시 말해 전 세계 생명체들에게 공감과 공통된 기운을 불러일으키는 "공명resonance"을 만들어낼 것이다.

따라서 개개인이 자신들의 역할을 자각하는 것이 몹시 중요하다. 아니 사실 그게 결정적이다. 우리는 외부와 단절된 진공 상태에서 선택하는 것이 아니다. 그리고 우리 대부분은 우리가 박식하다고 믿기 때문에(그리고 솔직히 우리 중 일부는 그렇지 않기 때문에), 나는 이 책들을 읽는 것이 대단히 이로우리라고 믿는다. 그렇지 않다면 나는 굳이 시간을 들여 이 책들을 여러분에게 언급하지 않았을 것이다.

이 밖에도 많은 멋진 저작들이 있어서 이 목록은 얼마든지 늘어날 수 있다는 건 나도 알고 있다. 그런 의미에서 이것은 나 개인의 선택이다. 일부 저자는 내가 직접 알게 된 사람들이고, 일부 저자는 내가 한 번도 만나지 못했던 사람들이지만, 그럼에도 이 책들은 대단히 강력하고 의미 있고 중요하다. 부디 여러분이 이 '세상을 바꿀 수 있는 여덟 권의 책들'을 읽어보기를 간곡히 당부한다.

1. 《미국 치료하기The healing of America》, 매리앤 윌리엄슨 지음. 매서운 통찰과 과감한 해결책들로 가득한, 이 불꽃 같은 책은 개인과 민족과 한 종으로서 우리가 지금 있는 곳이 어디고, 가고 싶어하는 곳이 어딘가에 대해 진지하게 생각하는 모든 이들에게 풍부한 자양분을 제공한다. 최근에 나온 이 책은 놀라운 용기와 사회의식을 가진 한 여성이 새로운 세상을 추구하는 사람들에게 던지는 외침이다.

2. 《우리 문명의 마지막 시간들The Last Hours of Ancient Sunlight》, 톰 하트만 지음. 여러분에게 충격을 주고 정신이 번쩍 들게 만들며, 심지어 화나게까지 만들 책. 이 책을 읽고 나면 여러분은 더 이상 이 행성에서의 삶을 예전과 같은 식으로 살아가지 못할 것이다. 그리고 그렇게 되는 건 여러분 자신과 지구를 위해서 바람직할 것이다. 쉽게 읽히면서도 절박하고 강력하게 "세상을 뒤흔드는" 책.

3. 《의식 있는 진화: 우리의 사회적 잠재력 일깨우기Conscious Evolution:

Awakening the Power of Our Social Potential》, 바버라 막스 허버드 지음. 호모 사피엔스로서 우리가 지나왔고 향해 가는 곳이 어디인가에 대해, 유려하고 박진감 넘치며 지혜롭고 설득력 있게 서술한 책. 숨 막힐 정도로 놀라운 범위와 전망을 다루고 있는 이 책은 우리에게 우리 자신의 가능성을 새롭게 자각하게 해준다. 이 책은 공동 창조의 새 천년으로 들어서는 지금 시기에 우리의 가장 고귀한 자아에게 보내는 감명 깊은 부름이다.

4.《성공 뜯어고치기Reworking Success》, 로버트 시어벌드 지음. 저자는 우리 시대 가장 중요하고 영향력 있는 미래학자들 중 열 손가락 안에 꼽히는 인물이다. 이 작은 책에는 엄청난 메시지가 담겨 있다. 만일 우리가 이 문화에서 "승리"라고 부르는 것을 다시 선정하지 않는다면, 문화 자체가 그리 오래 못 갈 것이라는 메시지가. '우리에게 좋은 것'에 대한 우리의 낡은 관념들이 우리를 죽이고 있는 것이다.

5.《천상의 비전The Celestine Vision》, 제임스 레드필드 지음. 우리가 받아들이기만 한다면, 새롭고 희망 찬 미래로 나아갈 지침, 멋진 내일로 나아갈 길을 제시하는 책. 이 책은 우리 모두가 그토록 오랫동안 꿈꾸어왔던 삶을 창조해내는 도구로 사용할 수 있도록, 가장 단순하면서 가장 소박한 진리를 우리 눈앞에 내놓는다. 갑자기 꿈이 손에 잡

힐 듯 다가온다.

6.《의미의 정치학The Politics of Meaning》, 마이클 러너 지음. 우리를 맨 밑바닥까지 내려가게 하면서도 동시에 멋지게 끌어올려주는 이책은, 우리의 정치와 경제와 기업계에 온전한 정신과 자비와 소박하면서도 인간적인 사랑을 가지라고 호소한다. 그리고 이 책에는 우리가 진정으로 보살피는 권력 구조를 가질 수만 있다면, 세상이 어떤 식으로 움직여나갈지에 대한 놀라운 발상들과 경이로운 전망들과 함께, 그런 일이 일어나도록 만드는 데 필요한 방법들도 담겨 있다.

7.《사랑의 미래The Future of Love》, 대프니 로즈 킹마 지음. 서로를 사랑하는 새로운 방법, 친밀한 관계에서 발휘되는 영혼의 힘을 인정하는 방법에 대한 눈부신 탐구서. 깊은 통찰력과 대담한 참신성을 갖춘 이 책은 우리가 구습에서 벗어나 우리 존재의 가장 참되고 웅장한 바람, 즉 충분히 사랑하기로 다가서게 만든다.

8.《육식, 건강을 망치고 세상을 망친다Diet for a New America》, 존 로빈스 지음. 음식이라는 단순한 주제를 대단히 인상적이면서도 충격적으로 다룬 이 책은 그 자체로 하나의 계시다. 이 책은 우리가 자기 몸속에 집어넣는 것을 바라보는 우리의 태도를 영원히 바꿔놓을 그런 방식으로, 우리가 먹는 독이 되는 것들과 우리가 섭취하는 저질 영양

소에 대해 파헤치고 있다. 이 책은 죽은 동물의 고기를 섭취하는 것이 좋다는 가정에 이의를 제기하면서, 고기를 먹는 것이 경제에도 건강에도 더 이상 이롭지 않음을 밝혀주는 놀라운 증거들을 제시한다.

이 책들은 모두 내일을 위한 청사진을 제공하고 있다. 이 책들에 담긴 발언들이 서로 닮은 경우가 많다는 사실에 나는 자주 깜짝깜짝 놀라게 된다. 이 저자들이 함께 둘러앉아서 자신들이 말하려는 내용과 그것을 이야기하는 방식을 두고 합의를 보지 않았다고 믿기가 어려울 정도로 말이다. 물론 이런 일은 없었지만, 그 동시성은 참으로 놀라울 정도다.

이 여덟 명의 저자들이 제시하는 전망이 대단히 명료하고 대단히 흥미진진하다는 점에서, 또 우리의 지금 일상 현실보다 훨씬 더 엄청나게 문명화된 사회관을 제시한다는 점에서, 여러분의 가슴은 어마어마한 환희를 경험할 것이고, 그러기 위해서 여러분이 할 수 있는 일이 무엇인지 한시바삐 알고 싶어질 것이다. 다행히도 매리앤와 톰, 바버라, 로버트, 제임스, 마이클, 대프니, 존, 모두가 이제부터 우리가 가야할 곳을 놓고 구체적이면서 튼실한 제안들을 내놓고 있다. 이 책들에는 상황을 더 낫게 만들고 장기적으로 우리 세상을 바꾸기 위해서 여러분이 지금 할 수 있는 일에 대한 아이디어들이 가득하다.

더불어 나는 지금 이 순간《신과 나눈 이야기》3부작이 우리를 불러 일깨운 과업에 활발하게 몰두하고 있는 단체 세 곳과, 세상에 희망과 행복을 가져다주려는 풀뿌리 시민운동 하나를 여러분에게 소개하고 싶다. 만일 여러분이 그들의 철학에 동의하고, 또 그들이 지금까지 여러분의 전망과 선택들을 실현해줄 방향으로 일해왔다는 생각이 든다면, 이 모임들에 대해 더 자세히 알아보기를 권한다.

영성 분야: The Emissaries(사자, 또는 밀사)

이 단체는 일상 체험의 모든 측면에서 삶이 작동하는 방식과 정확히 조화를 이루고, 현실 삶 속에서 신성을 밝히는 것을 주요 관심사로 삼는 여러 나라 사람들의 협의체다. 이 모임은 이런 작업이 일관되게, 또 다른 사람들과 조화롭게 이루어질 때 나타날 신성의 집단 계시가 인류에게 어떤 신호음을 울려, 자각과 참된 정체성으로의 복귀를 불러올 것이라고 믿는다.

"신성한 빛의 사자들"이라는 서술 용어는, 안정되고 참되고 애정 깊은 영성을 일관되게 표현하는 모든 사람을 가리킨다. 여기에는 타고난 영적 잠재력의 발산을 가로막는 태도와 전제들을 직시하고 그것들을 놓아버릴 책임을 받아들인다는 의미가 들어 있다.

물론 이 단체에 대해 한번도 들어보지 못한 사람들도 많겠지만, "사자들"은 그들이 지금 있는 곳에서 그들의 존재 자체가 빛을 뿜고 희망과 행복을 가져다준다. 그런 의미에서 그들은 신성한 빛의 사자들이고 그들의 삶에는 권위와 힘이 실려 있다. 체계적인 제휴와 통신 강좌, 세미나, 파장 동조, 주례 모임 등을 통해 이 단체는 영적 창조적 작업을 공유할 수 있는 지속적인 토대를 제공한다. 다음 주소로 연락하면 접촉할 수 있다.

The Emissaries

5569 North County Road, #29

Loveland, Colorado 80538

Telephone 970-679-4200

e-mail: sunrise@emnet.org

정치 분야: The Natural Law Party(자연법당)

1992년에 미국 정치 구조의 빈 곳을 채우기 위해 창설된 자연법당은 지금은 세계 여러 나라에 뿌리를 두고 있다. 이 당은 인간이 계속 진보하고 하나의 행성 공동체로서 발전하기 위해서는 "자연법칙, 즉 물질 우주 전체의 삶을 관장하는 질서 원리"로 묘사되는 "자연법"과 굳건히 결합해야 한다고 믿는다.

　지난 선거에서 미국 자연법당의 대통령 후보였던 존 해길린은 "불행하게도 우리의 여러 제도들과 현대 기술과 행동 양태들이 갈수록 자연법칙을 어기고 있는 것이 사실이다. 위험한 부작용을 낳는 우리의 의약품과 화학살충제와 화학비료와 식품방부제, 나아가 우리 금융 기관의 일부까지도 미래의 재난과 계급 전쟁, 환경 재난의 씨를 뿌리고 있는 것이다"라고 말한다. 《신과 나눈 이야기》역시 되풀이해서 똑같은 지적을 하고 있다는 건 두말할 여지도 없다.

　자연법당은 이런 문제들을 해결할 수 있는 정치 강령을 제시하고 있다. 미국에서는 다음 주소로 연락하면 된다.

The Natural Law Party

1946 Mansion Drive

P. O. Box 1900

Fairfield, IA52556

Telephone 515-472-2040

online at: www.natural-law.org

미국 내 영적-정치적 행동주의 분야: The American Renaissance Alliance(미국 르네상스 동맹)

이 단체는 저자이자 강사이며 선지자인 매리앤 윌리엄슨과 함께 내가 개인적으로 활동하고 있는 조직이다. 매리앤은 "우리 내부에서 영성의 힘이 솟구칠 때 우리는 세상에 봉사하길 바라게 된다. 이때 정치 영역에서 우리의 영적 가치를 표현할 기회를 줌으로써 그런 봉사가 가능하게 해주는 것이 민주적 절차다"라고 본다.

사랑과 자비와 평화와 정의는 충분히 많은 사람들이 그것들을 우리 행성의 정치 풍경 전면에 놓기로 작정할 때 그제야 비로소 그곳에 거하게 될 것이다. 이 점에서 르네상스 동맹은 철학적 탐구와 정치행동을 위한 조직 기반을 제공하고, 공공선을 위한 봉사라는 면에서 비슷한 생각을 가진 사람들을 함께 묶어주는 역할을 할 수 있다. 우리의 목적은 영적인 힘을 미국 민주주의의 핵심에 이용함으로써 우리 모두의 내면에 있는 신의 사랑을 분명하게 증거하는 것이다.

매리앤과 나는 미국 전역의 도시들에서 둘 이상의 사람들이 평화와 정의를 기원하기 위해 함께 모이는 모습을 그려보곤 한다. 매리앤은 우리 소개 책자에 다음과 같이 썼다. "영혼의 힘은 폭력보다 강하다는 믿음에 충실한 르네상스 동맹은 탐욕의 올가미에서 벗어나고, 평화에 근거하고, 더 많은 사랑으로 나아가는 미국의 미래상을 적극 선언한다. 우리는 이것이 행성의 한 종으로서 우리 운명이라고 믿으며, 다른 나라들에서 만들어질 유사 조직들을 지원할 것이다.

미국 르네상스 동맹은 이슈 중심의 전통 정치 조직이 아니다. 우리는 그런 이슈들은 문제가 아니라고 생각한다. 미국이 가진 문제 대부분은 일반 시민들이 자국의 정치 과정에서 배제되어 있다는 근본 원인에서 기인하기 때문이다. 그리고 이것은 전 세계가 동일하다."

나는 《신과 나눈 이야기》가 말하는 메시지 속에는 행동하라는 공공연한 권유만이 아니라 부름이 들어 있다고 믿으며, 그 부름이 세계 모든 지역의 사람들 귀에 들리기를 바란다. 또 내가 사는 미국에서 활동하는 우리의 르네상스 동맹이 전 세계 국민들이 따라 할 수 있는 하나의 본보기가 되기를 바란다. 매리앤이 말했듯이, 이 동맹은 "훌륭한 진보적 가치들만이 아니라 훌륭한 보수적 가치들의 정치적 중요성도 인정하는 초당파 조직의 본보기다. 우리의 바람은 모든 이들이 각자 자신의 양심과 믿음에 따라 지니고 있는 정치력을 제한하는 것이 아니라, 풀어주는 것이다. 다시 말해 우리는 각자가 자기 주변 세상을 자신의 영혼으로 물들이는 것을 돕고자 한다."

영성 정치 및 그 행동 원리와 관련해서 매리앤과 내가 하는 이런 활동에 대해 더 많은 정보를 얻거나 우리와 함께할 생각이 있는 분은 다음 주소로 연락하기 바란다.

The American Renaissance Alliance

P. O. Box 15712

Washington, D. C. 20003

Telephone 202-544-1219

online at: www.renaissancealliance.org

마지막으로 여러분은 《신과 나눈 이야기》 3권이 "도움 되는 것"에 대해 되풀이해서 언급하고 있다는 사실을 알고 있을 것이다. 3권에서는 고도로 진화된 존재들은 "있는 그대로"와 "도움 되는 것"을 일관되게 관찰한다는 사실이 몇 번이고 지적되고 있다.

지금 우리 사회에는 우리가 직면한 많은 문제들을 좀 더 자세히 분석하려는 여러 가지 노력들이 익어가고 있다. 그중 내가 개인적으로 알고 있는 한 가지가, 도움 되는 것임이 이미 밝혀진 일들을 확인함으로써 새로운 문명을 건설하는 데 일조하려는 '긍정적 해결책 운동'이다.

이 운동의 목적은, 이런 돌파구들을 조사해 찾아내어 연결하고 교류하며, 그것들이 반향을 일으키게 고취하는 것이다. 이런 돌파구들을 더 널리 적용하고 수용할 때, 우리는 몇십조 달러의 돈을 절약하면서 많은 사람들의 생활 수준을 개선할 수 있을 것이다. 나는 지금 이 운동과 밀접한 관계를 맺고 일한다. 사람들이 자기 공동체에 가장 도움 되는 것을 현실화하고, 우리 세상을 치유하고 진화시키는 데 기여할 프로젝트들을 일구는 데 일조할 수 있기를 바라기 때문이다.

이 운동의 지도자는 엘리너 멀로니 르케인으로, 미래학자 바버라 막스 허버드와 낸시 캐롤, 패트리샤 엘스버그와 함께 일하고 있다. 이 운동은 바버라의 비영리 재단에서 추진하는 프로젝트다. 자신이 아는 것을 함께 나누고 남들의 성공에서 배울 방도를 제공하는 이 운동의 웹사이트에는 많은 개인과 집단과 조직과 기관들이 함께하고 있다. 여러분도 그 웹사이트 http:/www.cocreation.org를 방문할 수 있다.

또 여러분은 여러분의 공동체나 교회, 조직, 또는 친구들 사이에서 소모임을 만들어 공동 상승 과정과 공동 창조 과정을 시작할 수 있다. 스스로에게 이런 질문들을 던져보라. 1) 나는 지금 당장 무엇을 창조하기를 열망하는가? 2) 내 욕구는 무엇인가? 내가 다음 걸음을 내

딛으려 할 때 어디서 막혀 있다고 느끼는가? 3) 내가 대가 없이 다른 사람에게 내어줄 수 있는 자원은 무엇인가? 4) 내 인생에서, 내 일에서, 그리고 이 세상에서 이미 도움이 되고 있음을 알고 있는 어떤 것이 있는가? 그런 다음 여러분의 프로젝트와 여러분이 아는 도움 되는 다른 프로젝트들을 그 웹사이트에 올려라.

이 계획에 대해 더 많이 알고 싶으면 다음 주소로 연락하라.

The Foundation for Conscious Evolution

P. O. Box 6397

San Rafael, CA 94903-0397

Telephone 415-454-8191

e-mail: fce@peaceroom.org

이런 정보들이 여러분에게 도움이 되기를 바란다. 여기서 내 목적은 《신과 나눈 이야기》 3부작을 행동으로 옮길 수 있는 도약대를 제공하는 것이었다. 내가 여기서 언급한 저자들과 단체들에 여러분 모두가 찬성하지 않으리란 건 나도 잘 알고 있다. 그래도 상관없다. 이런 정보들이 우리 모두에게 멈춰 서서 생각해볼 계기를 준다는 것만으로도 충분하기 때문이다.

이제 이 세 권의 대화록을 끝맺으면서 여러분에게 고맙다는 인사를 하고 싶다. 나는 나를 통해 흘러나온 그 자유분방한 발상들을 끝까지 참고 읽어준 여러분에게 감사한다. 물론 나는 여러분 모두가 이 책들에 적힌 모든 이야기에 동의하지는 않는다는 것을 잘 알고 있다. 이 역시 상관없다. 사실 그쪽이 더 낫다. 뭐든지 잘 씹지 않고 통째로 삼키면 몸에 안 좋기 마련이다.

그리고 《신과 나눈 이야기》의 가장 큰 메시지는 우리는 누구라도 신성과 자기 나름의 대화를 풀어갈 수 있으며, 자신의 내면 지혜에 닿을 수 있고, 자신의 내면 진리를 발견할 수 있다는 것이다. 여기가 자유가 있는 지점이고, 기회가 놓인 지점이며, 삶의 궁극 목적이 실현되는 지점이다.

이제 여러분과 나는, 우리가 지금껏 자신에 대해 가졌던 가장 웅대한 전망의 다음번 가장 위대한 판본으로 우리 자신을 새롭게 재창조할 수 있는 기회를 가지게 되었다. 우리는 이제 우리의 삶을 바꾸고 진실로 세상을 바꿀 기회를 갖고 있다.

"세상을 보이는 대로 보는 사람들은 '왜 이럴까?'라고 묻고, 세상을 있을 수 있는 모습으로 보는 사람들은 '왜 안 되겠어?'라고 묻는다"라고 했던 사람은 조지 버나드 쇼였다. 이제 여러분과 내가《신과 나눈 이야기》3부작을 통해 이 여행을 마치는 오늘, 나는 여러분에게 자기 자신과 세상에 대한 가장 고귀한 전망을 받아들여 "왜 안 되겠어?"라 고 물어보기를 권하고 싶다.

축복 있기를.

닐 도날드 월쉬

찾아보기

ㅋ

ㅌ

ㅍ

ㅎ